Icebreaker

HANNAH GRACE

Icebreaker

Maple Hills - tome 1

Traduit de l'anglais (États-Unis)
par Madeleine Petit

BMR

Illustration de la couverture : Leni Kauffman

Hachette Livre, 58 rue Jean Bleuzen, 92170 Vanves.

Pour Erin, Kiley, et Rebecca
Merci de croire en moi.
Ce livre est pour vous, les filles.

PLAYLIST

CRUEL SUMMER | TAYLOR SWIFT
KISS ME MORE (FEAT. SZA) | DOJA CAT
TALKING BODY | TOVE LO
SHUT UP | ARIANA GRANDE
IDGAF | DUA LIPA
ENERGY | TYLA JANE
MOTIVATION | NORMANI
ONE KISS (AVEC DUA LIPA) | CALVIN HARRIS
DANCE FOR YOU | BEYONCÉ
NEEDY | ARIANA GRANDE
WHO'S | JACQUEES
LOSE YOU TO LOVE ME | SELENA GOMEZ
KISS ME | SIXPENCE NONE THE RICHER
BOYFRIEND (AVEC SOCIAL HOUSE) | ARIANA GRANDE
RUMORS (FEAT. ZAYN) | SABRINA CLAUDIO
MORE THAN ENOUGH | ALINA BARAZ
YOU SHOULD SEE ME IN A CROWN | BILLIE EILISH
I'M FAKING | SABRINA CARPENTER
MAKE ME FEEL | JANELLE MONÁE
CAN I | KEHLANI

« Le patinage était le récipient dans lequel je pouvais verser mon cœur et mon âme. »

Peggy Fleming

UN

ANASTASIA

— ENCORE UNE FOIS, ANASTASIA !

Si j'entends à nouveau les mots « Anastasia » et « encore » dans la même phrase, je vais péter un câble. Je suis sur le fil du rasoir depuis que je me suis réveillée ce matin avec une gueule de bois de l'enfer. Alors, la dernière chose dont j'ai besoin en ce moment, c'est que la coach Aubrey Brady me cherche.

Je m'efforce de réprimer mon agacement, comme je le fais à chaque entraînement où elle se donne pour mission de repousser mes limites. J'essaie de me raisonner : c'est son dévouement qui fait d'elle une coach si efficace, et l'idée de lui lancer mes patins à glace au visage doit absolument rester un pur fantasme.

— Tu ne t'appliques pas, Stas ! crie-t-elle alors que nous passons juste devant elle. Les filles qui bâclent le travail n'obtiennent pas de médailles !

Qu'est-ce que je disais à propos de ne pas lui jeter mes patins en plein visage ?

— Allez, Anastasia. Fais un effort, pour une fois, ricane Aaron.

En réponse au regard froid que je lui lance, il me tire la langue.

Aaron Carlisle est ce que l'université de Californie, Maple Hills, a de meilleur comme patineur artistique masculin. Quand on m'a offert une place à l'UCMH sans en proposer une à mon partenaire de patinage, Aaron s'est heureusement trouvé dans la même position. Nous sommes tout naturellement devenus partenaires. C'est notre troisième année de patinage ensemble, la troisième à nous faire botter les fesses.

J'ai une théorie : Aubrey est une espionne soviétique. Je n'ai aucune preuve, et mon hypothèse n'est pas très développée. Pas développée du tout, en fait. Mais parfois, quand elle me crie de redresser ma colonne vertébrale ou de lever le menton, je pourrais jurer qu'un léger accent russe lui échappe.

Ce qui n'est pas commun pour une femme de Philipsburg, dans le Montana.

Camarade Brady a connu son heure de gloire en patinage artistique, une vraie superstar. Même aujourd'hui, ses mouvements sont délicats et contrôlés, et elle se déplace avec une telle grâce qu'il est difficile de croire qu'elle peut crier aussi fort qu'elle le fait.

Ses cheveux grisonnants sont toujours ramenés en arrière dans un chignon serré, ce qui accentue ses pommettes hautes. Sans oublier ce manteau noir en fausse fourrure dans lequel elle s'enveloppe tout le temps et à l'intérieur duquel, selon Aaron, elle cache tous ses secrets.

La rumeur dit qu'elle était censée aller aux Jeux olympiques avec son partenaire, Wyatt. Cependant, Wyatt et elle ont pratiqué leurs levées un peu trop souvent, si bien qu'elle a fini par tenir un bébé au lieu d'une médaille d'or. C'est la raison pour laquelle elle est de mauvaise humeur depuis qu'elle a commencé à entraîner, il y a vingt-cinq ans.

Au moment où les dernières notes de *Clair de lune* retentissent, Aaron et moi terminons notre programme nez à nez. Nos poitrines se soulèvent l'une contre l'autre alors que nous essayons de reprendre notre souffle. Lorsque nous entendons enfin un applaudissement, nous nous éloignons et patinons vers ce qui sera sans aucun doute la source de mon prochain mal de tête.

Je n'ai même pas arrêté de bouger que ses yeux verts se fixent sur moi et se plissent.

— Quand vas-tu apprendre à atterrir après ton lutz ? Si tu n'y arrives pas, on devra le retirer de ton programme.

À part Brady, réussir un quadruple lutz sans atterrir sur le cul est le fléau actuel de mon existence. Je m'entraîne depuis Dieu sait combien de temps, sans succès. Aaron l'exécute parfaitement, c'est pourquoi j'ai convaincu le chorégraphe de l'inclure dans notre programme.

La fierté est un sentiment stupide, d'autant plus stupide quand il s'agit de patinage artistique, puisqu'à la moindre erreur, votre crâne rebondit sur la glace. Mais je préfère m'abîmer le visage plutôt que de voir la moue déçue d'Aaron chaque fois qu'on lui suggère de l'enlever.

— Ça vient, coach, dis-je en forçant mon enthousiasme autant que possible. J'y arrive. Ce n'est pas encore parfait, mais je vais continuer à m'entraîner.

C'est un petit mensonge, un petit mensonge de rien du tout. J'y arrive. Ce que j'ai omis de dire, c'est que je n'y arrive qu'en dehors de la glace et, qui plus est, en utilisant un équipement pour m'aider.

— Elle sait le faire, ment Aaron en passant un bras autour de mes épaules. Encore un peu de temps, AB.

C'est bien qu'Aaron soit de mon côté afin de montrer un front uni à Aubrey du KGB. En privé, il ne tient pas le même discours. Selon lui, le seul moyen pour moi de réussir est de me doper et de construire une machine à remonter le temps pour retrouver mon corps de prépubère.

Elle marmonne quelque chose d'inaudible, puis nous fait signe de partir de manière désinvolte.

— À demain. Et si vous pouviez tous les deux ne pas avoir la gueule de bois, ce serait génial. Je suis presque sûre que manger chez Kenny's avant de vous entraîner ne va pas vous faire entrer dans l'équipe olympique. Compris ?

Merde.

— Oui, coach, répond-on en chœur.

Aaron m'attend dans le hall, les yeux rivés sur son téléphone, lorsque je sors enfin du vestiaire des femmes.

— Je t'avais dit qu'elle le saurait, gémis-je en balançant mon sac vers lui dès que je suis assez proche pour le frapper dans l'estomac avec. Je n'ai rien pris, en plus !

Il grogne sous l'impact, m'arrache le sac des mains et le jette sur son épaule.

— Cette femme a le flair d'un limier.

Comme la plupart des choses dans la vie, le patinage est bien plus facile quand on est un homme, car personne ne vous soulève et ne vous lance à travers la pièce deux fois par jour.

En première année, j'ai pris les *freshman 15*[1]. En réalité, c'étaient plutôt deux kilos, mais Aaron a dit que je devenais trop lourde à porter, alors je n'ai pas pris un gramme depuis.

J'essaie de suivre religieusement mon régime alimentaire, avec une fête de temps en temps pour rester saine d'esprit. Le vingt et unième anniversaire de ma meilleure amie, hier, était l'occasion idéale de me lâcher un peu, même si ça signifiait affronter Brady avec une gueule de bois.

Nous embarquons dans la nouvelle Mercedes d'Aaron, le dernier cadeau que son père infidèle mais riche, lui a offert, et prenons la direction de la maison. Après notre première année, Aaron, ma meilleure amie Lola et moi avons conclu qu'il serait sympa de vivre ensemble. Avec des emplois du temps similaires et une passion commune pour le patinage, cela nous semblait évident.

Aaron tourne sur Maple Avenue en me jetant des coups d'œil pendant que je fouille dans mon sac pour trouver mon bien le plus précieux.

— Qu'est-ce qu'il dit, ton planning, pour ce soir ?

Je roule des yeux, ignorant son ton taquin.

— Je m'envoie en l'air.

— Beurk, lâche-t-il.

---

1. Aux États-Unis, l'expression *freshman 15* désigne les « 15 pounds » (environ 7 kilos) que prennent habituellement les étudiants pendant leur première année de fac.

Le bout de son nez se plisse alors qu'il grimace.

— C'est déjà assez bizarre de planifier l'heure à laquelle tu dors et manges, tu as vraiment besoin de planifier tes rapports sexuels ?

Il ne ment pas pour ce qui est de dormir et de manger. Chaque minute de ma vie est méticuleusement planifiée dans mon fidèle agenda, ce que mes amis trouvent à la fois hilarant et ridicule. Je ne dirais pas nécessairement que je suis une maniaque du contrôle, mais je suis le genre de femme qui a besoin de tout maîtriser.

Il y a une *vraie* différence.

Je hausse les épaules, réprimant l'envie de lui faire remarquer qu'au moins moi, j'en ai, contrairement à lui.

— Ryan est un homme occupé, et je suis une fille occupée. Je veux le voir autant que possible avant la saison de basket.

Ryan Rothwell, un mètre quatre-vingt-dix-huit de pure perfection athlétique. En tant que meneur et capitaine de l'équipe de l'UCMH, il est aussi dévoué à son sport que moi. Cela le rend idéal pour une relation sans attaches. De plus, Ry est incroyablement charmant. Grâce à cet arrangement mutuellement bénéfique, nous sommes devenus de très bons amis.

— Je n'arrive pas à croire que tu baises encore avec lui. Il fait le double de ta taille, comment fait-il pour ne pas t'écraser ? Non, attends. Je ne veux pas savoir.

— Je sais qu'il est grand, ricané-je en lui pinçant les joues jusqu'à ce qu'il me repousse. C'est un peu tout l'intérêt.

La plupart des gens pensent qu'Aaron et moi sommes plus que des partenaires, alors que nous sommes plutôt des frères et sœurs. Ce n'est pas qu'il n'est pas beau, mais nous n'avons jamais eu d'intérêt romantique l'un pour l'autre.

Aaron est beaucoup plus grand que moi et maigre comme un danseur, avec un corps sculpté et musclé. Ses cheveux noirs sont courts, et je jurerais qu'il porte du mascara, car ses yeux bleu ciel sont encadrés par des cils sombres qui contrastent fortement avec sa peau pâle, suscitant la jalousie de beaucoup de monde.

— Je suis officiellement trop au courant de ta vie sexuelle, Anastasia.

Aaron n'arrive pas à décider s'il aime Ryan ou pas. Parfois, il est cool avec lui et Ryan peut voir le Aaron que je vois, celui qui est amusant. Le reste du temps, on pourrait croire que Ryan a personnellement ruiné la vie d'Aaron ou un truc du genre. Aaron peut être si abrupt et dur que c'en est embarrassant. Son comportement est imprévisible, mais Ryan s'en moque et me dit de ne pas m'inquiéter non plus.

— Je promets de ne pas en reparler du trajet si tu me promets de m'emmener chez Ryan plus tard.

Il réfléchit pendant une minute.

— OK, marché conclu.

Lola lève les yeux de sa salade qu'elle attaque vigoureusement à coups de fourchette, avec un soupir exaspéré.

— Juste une question : Olivia Abbott suce la bite de qui pour avoir le rôle principal pour la troisième année consécutive ?

Malgré moi, ses mots tranchants me font tressaillir, bien que je sache qu'elle ne les pense pas vraiment. Elle était déjà mal en point ce matin, après les quantités généreuses d'alcool que nous avons consommées hier soir pour son anniversaire. Découvrir aujourd'hui qu'elle n'a pas obtenu le rôle qu'elle convoitait n'arrangeait certainement pas les choses.

J'ai assisté à toutes les représentations, ces deux dernières années, et Lo le sait aussi bien que moi : Olivia est une actrice exceptionnellement douée.

— Elle ne peut pas simplement être très talentueuse ? Pourquoi faut-il qu'elle suce la bite de quelqu'un ?

— Anastasia, tu veux bien me laisser être mesquine pendant cinq minutes et prétendre que je ne sais pas qu'elle est meilleure que moi ?

Aaron se jette dans le fauteuil à côté de moi et prend un bâtonnet de carotte dans mon assiette.

— Pourquoi on est mesquin ?

— Olivia Abbott, répondons-nous, Lo et moi, à l'unisson.

Le dégoût dans son ton ressort de manière évidente.

— Elle est canon. C'est peut-être la fille la plus chaude du campus, dit-il nonchalamment, sans faire attention à la mâchoire de Lola, qui se déboîte. Elle est célibataire ?

— Comment suis-je censée le savoir ? Elle ne parle à personne. Elle entre, obtient le rôle que je veux et continue à être une anomalie.

Lola étudie les arts du spectacle. Il doit exister une règle tacite selon laquelle il faut avoir une personnalité hors du commun, car tous ceux que j'ai rencontrés dans son cours sont comme elle. C'est généralement une bataille épuisante pour attirer l'attention, même en tant que spectateur, mais Olivia reste discrète, et pour une raison que j'ignore, ça semble déranger les gens.

— Je suis désolée, Lols. Il y aura toujours une prochaine fois, dis-je.

On sait toutes les deux que ça ne veut rien dire, mais elle m'envoie quand même un baiser.

— Si ça peut te rassurer, reprends-je, je n'arrive toujours pas à atterrir après mon lutz. Aubrey va bientôt régler ça et me bannir en Sibérie.

— Oh, non. Tu es officiellement une ratée, comment peux-tu remettre un pied sur la glace ? me dit-elle en souriant, et ses yeux marron avec des nuances de miel brillent lorsque je lui adresse une grimace. Tu vas y arriver, bébé. Tu travailles dur.

Ses yeux se dirigent vers Aaron, qui pianote sur son téléphone, totalement indifférent à notre conversation.

— Hé, princesse des glaces ! Tu peux m'aider, là ?

— Hein ? Désolé, oui, toi aussi, tu es sexy, Lols.

Je suis surprise de ne pas voir de la vapeur s'échapper des oreilles de Lola alors qu'elle lui hurle dessus qu'il ne l'écoute pas.

Je me retire lentement dans ma chambre, désireuse de ne pas attirer l'attention sur moi et de ne pas être prise sous le feu croisé de la dispute de mes colocataires. Vivre avec Aaron et Lola, c'est comme vivre avec des frères et sœurs qui ont toujours voulu être des enfants uniques.

Aaron, comme moi, est un vrai enfant unique. Le bébé miracle de deux parents vieillissants du Midwest qui tentent désespérément de rester mariés. Vivre avec d'autres personnes après avoir été la fierté et la joie de ses parents pendant dix-huit ans a représenté un grand pas pour lui, et pour nous, qui devons vivre avec lui et ses sautes d'humeur.

Maintenant qu'il n'est plus à Chicago, les relations entre ses parents ne sont pas au beau fixe, et lorsqu'elles sont particulièrement mauvaises, nous le comprenons toujours parce qu'Aaron reçoit un cadeau odieusement cher et inutile.

Comme une Mercedes.

Contrairement à nous deux, Lola vient d'une grande famille. Le fait d'être la plus jeune et la seule fille lui garantissait la place de numéro un à la maison, et elle n'a aucun problème à remettre Aaron à sa place.

Je suis toujours cachée dans ma chambre quand mon téléphone vibre. Le nom de Ryan clignote sur mon écran.

RYAN : Les gars veulent faire une fête, ce soir. Chez toi, plutôt ?

RYAN : Ils étaient censés aller faire les cons à un match ou un truc du genre, mais finalement, ils restent à la maison.

RYAN : Je veux juste être seul avec toi.

STASSIE : Bien sûr, mais mes colocataires sont là.

STASSIE : Il faudra être silencieux.

RYAN : Ah.

RYAN : Tu devrais probablement répéter cette instruction devant un miroir.

RYAN : Tu es libre, là ?

STASSIE : Ouais, viens.

RYAN : J'arrive. J'apporte des trucs à manger.

— Tout le monde est à nouveau ami ? demandé-je prudemment en passant de ma chambre au salon.

Ils sont tous les deux plongés dans une rediffusion d'*Esprits criminels* à la télé, mais j'obtiens un léger « ouais » en réponse, qui m'indique que je peux tenter une approche en toute sécurité.

Je me penche sur le canapé pour prendre une poignée de pop-corn dans le bol qui se trouve entre eux, en notant mentalement de l'ajouter à mon suivi alimentaire quand je retournerai dans ma chambre.

— L'équipe de basket organise une fête. Je me demandais si…

— Si on pouvait venir avec toi ? m'interrompt Aaron, qui a l'air inhabituellement plein d'espoir.

— Non, je…

Quand Lola se retourne pour me faire face, ses boucles rousses rebondissent sur ses épaules et un air mutin se dessine sur son visage.

— Si ça nous dérange que Ryan vienne ici ?

— Oui. Comment as-tu…

— Crache l'argent, Carlisle.

Elle rit et lui tend la main. Il fourre quelques billets de vingt dans sa paume, marmonnant quelque chose pendant qu'elle les compte.

— Nous avons entendu parler de la fête, dit Lola. Et je me doutais que tu ne voudrais pas te faire baiser par ton mec avec des étudiants de première année ivres qui s'embrassent de l'autre côté de la porte. On va y aller à pied.

Notre maison est l'un des meilleurs cadeaux de culpabilité que le père d'Aaron ait offerts à son fils. C'était soit après sa liaison avec sa secrétaire, soit avant qu'il ne décide de coucher avec l'architecte d'intérieur. Maple Tower est un magnifique immeuble en copropriété au bord du campus. Notre appartement jouit d'une vue exceptionnelle et de belles lumières naturelles.

Le bâtiment n'est pas réservé aux étudiants, c'est donc un endroit paisible où vivre, mais il est suffisamment proche de tout le monde pour qu'il soit facile de revenir à pied après une fête.

Aaron et moi ne sommes pas censés aller aux fêtes, mais ce qu'Aubrey ignore ne peut pas lui faire de tort.

Lola en est déjà à sa dixième tenue quand Ryan m'envoie un texto pour me dire qu'il est enfin arrivé, me donnant ainsi une excuse pour la quitter, elle et ses dix robes noires presque identiques.

Les papillons que j'ai quand on frappe à la porte et que je sais que Ryan est de l'autre côté me paraissaient étranges au début. Maintenant, je trouve ça mignon.

Il remplit pratiquement l'encadrement de la porte lorsque j'ouvre pour le laisser entrer. Ses cheveux blonds en désordre sont encore humides, et il sent fortement l'orange ainsi que quelque chose que je n'arrive pas à identifier, mais qui me réconforte étrangement. Sa tête se penche vers la mienne, puis ses lèvres se posent légèrement sur ma joue.

— Bonsoir, ma belle.

Il me tend le sac de trucs à grignoter qu'il insiste toujours pour apporter parce qu'apparemment, je ne mange pas assez et je n'ai rien de bon à manger quand il est là. Ryan mange plus que n'importe quelle personne que je connais, et pour lui, quelque chose est bon lorsqu'il est plein de sucre.

Pour une raison quelconque, Aaron et Lo nous observent depuis le salon comme s'ils n'avaient jamais vu d'autres êtres humains auparavant. Ryan rit quand il les aperçoit. Heureusement, il est habitué à leurs pitreries, maintenant. Il leur adresse un « salut » silencieux tandis que je le guide vers ma chambre.

— Hé, Rothwell ? crie Lola quand on atteint ma porte.

Il lâche ma main et se retourne pour lui faire face.

— Ouais ?

Elle est penchée sur le dossier du canapé, et je devine à son regard malicieux que je ne veux pas entendre ce qu'elle a à dire.

— Puisque ma chambre est à côté de celle de Stassie et que je vais devoir écouter tes grognements et tes claquements de couilles toute la nuit… (Mes yeux s'écarquillent comme jamais derrière lui.) Est-ce que je peux avoir le code de ta chambre ? Comme ça, je n'aurai pas à me battre pour accéder à la salle de bains commune à la fête chez toi ?

Les logements du campus ont des serrures à code électronique sur les portes des chambres pour plus de sécurité. La chambre de Ryan a une salle de bains privée, donc la demande de Lo est une bonne idée quand on sait que la file d'attente aux toilettes devient ridicule à mesure que les gens s'enivrent.

C'est sa façon de le dire qui va nécessiter quelques améliorations.

— Bien sûr, je te l'enverrai par SMS. Ne fouille pas dans mes affaires, Mitchell. Je saurai si tu l'as fait.

Elle brandit le signe de la paix.

— Honneur aux scouts. Profitez du sexe.

— Bon sang, Lo ! grogné-je assez fort pour qu'elle l'entende.

Je traîne Ryan dans ma chambre, loin d'elle.

— Je suis vraiment désolée.

— Je l'aime bien. Elle est drôle, glousse-t-il en prenant mon visage en coupe.

Il incline ma tête pour m'embrasser. C'est doux au début, puis plus pressant à mesure que sa langue bouge contre la mienne. Ses mains descendent doucement le long de mon corps jusqu'à atteindre mes cuisses. Quand il me soulève dans un geste rapide, mes jambes s'enroulent automatiquement autour de sa taille. Nous avons fait ça tant de fois que mon corps est habitué au sien, désormais.

Des bruits en provenance du couloir parviennent à mes oreilles, probablement mes colocataires qui s'en vont. Pourtant, chaque baiser enflammé que Ryan dépose dans mon cou détourne mon attention. Je devrais m'assurer que ce sont bien eux qui partent, mais cette préoccupation chute drastiquement dans mes priorités lorsque Ryan me fait basculer sur le lit et se positionne au-dessus de moi.

— Comment était ta journée ? marmonne-t-il sous mon oreille.

Il fait toujours ça. Il m'embrasse parfaitement, place son corps entre mes jambes, exerce une pression suffisante pour que je me tortille, brouille les idées dans ma tête, *puis* me demande quelque chose de banal comme « comment s'est passée ta journée ».

À la seconde où j'essaie de formuler une réponse, il passe ses doigts sous mon tee-shirt en suivant la ligne de ma mâchoire avec son nez. Chaque centimètre de ma peau me donne l'impression de bourdonner alors qu'il n'a encore rien fait.

— C'était… euh… euh… Bien, j'ai… hum… patiné…

Son corps vibre lorsqu'il rigole.

— Tu as patiné ? Ça a l'air intéressant. Pourquoi ne m'en dis-tu pas plus, Allen ?

Je le déteste. Je le déteste vraiment, vraiment.

Je marmonne quelque chose d'incohérent sur la glace et les Russes pendant qu'il nous déshabille jusqu'à ce que nous soyons tous les deux en sous-vêtements. Le corps de Ryan ferait pleurer un dieu grec : une peau bronzée grâce à sa maison d'été à Miami et un torse avec plus d'abdos que je ne peux en compter.

Oublions le dieu grec, ça me donne envie de pleurer.

Saisissant ma culotte, il attend que j'acquiesce avant de la descendre lentement le long de mes jambes, de la jeter derrière lui et d'écarter mes jambes.

— Stas.

— Oui ?

Son front se plisse.

— Lola peut vraiment entendre mes couilles ?

DEUX

NATHAN

IL Y A UNE MAIN SUR MA BITE qui n'est certainement pas la mienne.

Elle est profondément endormie, ronflant avec force, son bras enroulé autour de ma taille et sa main ayant trouvé son chemin dans mon caleçon. Je la retire délicatement pour l'observer : de longs faux ongles, des bagues signées Cartier et une Rolex encerclant son poignet délicat.

Qui c'est, putain ?

Malgré une nuit consacrée à Dieu sait quoi, elle sent toujours aussi bon. De longues mèches de cheveux blond doré se drapent sur mon épaule depuis l'endroit où elle repose derrière moi.

Je n'aurais pas dû aller à la fête hier soir, mais Benji Harding, et le reste des basketteurs, sont des petits merdeux persuasifs. Même si j'adore organiser des fêtes, rien ne vaut celles où l'on est invité : quand on rentre chez soi tout est tranquille et rangé.

Sauf si on parle de ce genre de désordre. Le genre où il y a une femme dans ton lit, et tu n'as aucune idée de qui ça peut être.

La partie de mon cerveau dotée de bon sens me dit de me retourner pour la regarder, là où une autre partie qui se souvient de toutes les situations stupides dans lesquelles on s'est mis continue de me rappeler que le Nate bourré est un con.

Cette partie de mon cerveau a vraiment peur que ce soit la sœur de quelqu'un, ou pire, la mère de quelqu'un.

— Tu peux arrêter de bouger ? s'emporte l'invitée mystère. C'est quoi, le problème avec les putains de sportifs toujours debout aux aurores ?

Cette voix. C'est une voix que j'aimerais ne pas reconnaître.

Oh, putain.

Je me retourne lentement pour confirmer ma pire crainte : j'ai bien fait l'amour avec Kitty Vincent, la nuit dernière.

Elle a l'air paisible lorsqu'elle essaie de dormir. Les traits de son visage sont doux et délicats, ses lèvres rougies et pincées. Vu comme elle a l'air calme en ce moment, on ne croirait pas que c'est une furie…

— Pourquoi tu me fixes, Nate ?

Ses yeux s'ouvrent, et elle me désintègre d'un seul regard, comme le putain de dragon qu'elle est.

Kitty Vincent incarne tout ce qui cloche chez les filles riches qui possèdent la carte de crédit de leur père, une sous-espèce de femmes de l'UCMH dont je suis un expert. Expertise que j'ai acquise en couchant avec pratiquement toutes ces femmes.

Excepté celle-ci.

Je n'étais pas censé le faire avec celle-là.

Il n'y a rien qui cloche avec elle visuellement. Pour être franc, c'est un vrai canon. C'est juste un être humain absolument terrible.

— Tu vas bien ? demandé-je prudemment. Tu as besoin de quelque chose ?

— J'ai besoin que tu arrêtes de me regarder comme si tu n'avais jamais vu une femme nue dans ton lit auparavant, rétorque-t-elle en se reculant pour s'appuyer contre la tête de lit. On sait tous les deux que c'est le cas, et tu me fous les jetons.

— Je suis choqué, Kit. Je… euh… ne me rappelle pas comment c'est arrivé…

Je me souviens d'avoir été à la fête et d'avoir essayé de convaincre Summer Castillo-West de me donner son numéro, mais d'avoir été tragiquement rejeté pour la quatrième année consécutive. Je me souviens aussi d'avoir joué au bière-pong avec Danny Adeleke et d'avoir perdu, je préfère ne pas revenir là-dessus. Par contre, je ne me souviens toujours pas comment *ça* s'est passé.

— Oh, merde. Attends, tu ne sors pas avec Danny ?

Elle roule ses yeux bleus et attrape son sac à main posé sur la table de chevet. Elle jure quand elle découvre que la batterie de son téléphone est morte. Balayant ses cheveux de son visage, elle me regarde enfin, et je n'ai jamais connu une femme que ma présence irrite à ce point.

— Nous avons rompu.

— Ah, OK. Ça craint, je suis désolé. Que s'est-il passé ?

J'essaie d'être poli, un hôte gracieux, diraient certains, mais elle hausse un de ses sourcils parfaitement sculptés.

— Qu'est-ce que t'en as à foutre ?

Je frotte nerveusement ma mâchoire avec ma paume en essayant de trouver une réponse à lui donner. Elle a raison. Je m'en fiche. Je déteste l'infidélité et je panique, mais comme ils ont rompu, je n'ai pas à m'inquiéter.

— J'essaie seulement d'être gentil.

Elle me lance le sourire le plus faux que j'aie jamais vu, balance ses jambes hors du lit et se pavane cul nu vers ma salle de bains. C'est dur de se concentrer sur son apparence quand, avec un dernier regard désintéressé par-dessus son épaule, elle me dit d'un air renfrogné :

— Sois gentil, appelle-moi un Uber.

Dieu merci.

— Bien sûr.

— Action-réaction, Nate. C'est déjà assez difficile à supporter qu'on me voie partir d'ici. Ne m'insulte pas plus en te montrant radin.

Lorsque la porte de la salle de bains se referme et que le son de la douche retentit, je sais que je peux enfin sereinement hurler dans mon oreiller tous les jurons qui me viennent à l'esprit.

Je regarde Kitty monter dans son Uber depuis la porte d'entrée. Je me suis évidemment exécuté rapidement, à cause de toute la honte potentielle.

Tout en passant une main dans mes cheveux, j'essaie de comprendre comment j'ai pu me retrouver dans cette situation après avoir juré que cette année serait exceptionnelle. Je me souviens distinctement d'avoir dit à Robbie, mon meilleur ami, sur le chemin du retour vers la Californie, que la dernière année allait être différente. J'ai dû le répéter au moins vingt fois pendant notre voyage de deux jours à carburer au café.

J'ai tenu trois semaines.

J'arrête de me lamenter sur mon sort lorsque j'entends des murmures derrière moi. Robbie et mes autres colocataires, JJ et Henry, sont tous assis dans notre salon, en train de siroter leur tasse de café comme les acteurs dans *The View*.

— Eh bien, eh bien, eh bien, dit Robbie avec suffisance. Que s'est-il passé ici, ma petite pute ?

Robbie me terrorise personnellement depuis que nous avons cinq ans. Le père de Robbie, que j'appelle toujours « M. H. » seize ans plus tard, était l'entraîneur de notre équipe locale de hockey sur glace à Eagle County, où nous avons grandi. C'est là qu'on s'est rencontrés et qu'on est devenus amis. Depuis, il me fait chier.

Je l'ignore pour me diriger directement vers la cuisine. Sous leurs yeux indiscrets, je me sers une tasse de café et lui offre un doigt d'honneur au lieu de la satisfaction d'une réponse.

J'avale mon café en deux secondes en sentant encore leurs regards sur moi. Le pire quand on cohabite avec ses coéquipiers, c'est que rien n'est secret.

JJ, Robbie et moi sommes tous des seniors qui vivent ensemble depuis que nous avons partagé un dortoir en première année, mais Henry est un deuxième année.

Le gars est incroyable au hockey, mais il supporte difficilement toute la pression sociale livrée avec le package « équipe sportive ».

Il détestait vivre dans les dortoirs et avait du mal à se faire des amis en dehors de l'équipe, alors nous lui avons proposé d'emménager ici.

Nous avons toujours eu une chambre d'amis, car notre garage a été transformé en chambre accessible en fauteuil roulant pour Robbie. Henry a été plus que reconnaissant de l'offre.

Même après seulement trois courtes semaines passées ici, on s'aperçoit déjà qu'il est plus confiant – c'est probablement pour ça qu'il ne voit plus d'inconvénient à aider JJ et Robbie à me maltraiter.

— Pourquoi tu as couché avec Kitty Vincent ? demande Henry par-dessus le bord de sa tasse de café. Elle n'est pas vraiment sympathique.

Ah ouais, j'oubliais : le gamin n'a *aucun* filtre.

— Je vais faire comme si je ne l'avais pas fait, mon pote. Elle n'était pas très enthousiaste non plus. En plus, je ne me souviens de rien, donc ça ne compte pas. Comment vous avez pu me laisser faire ça, vous trois ?

Je hausse les épaules, me dirige vers le salon et me jette dans un fauteuil. Suis-je trop vieux pour rejeter la responsabilité de mon erreur ? Bien sûr. Cela m'interdit-il d'essayer ? Non.

— J'ai essayé de t'empêcher de partir avec elle, mon frère, ment JJ en levant les mains en signe d'innocence. Tu as dit qu'elle sentait bon et que tu aimais palper son cul. Qui suis-je pour me mettre entre toi et le grand amour ?

Je gémis bruyamment, si bien qu'un bruit sourd résonne dans ma tête. Si Jaiden prétend avoir essayé de m'empêcher de partir, c'est qu'il a probablement commandé l'Uber et m'a mis dedans avec Kitty.

JJ, originaire du Nebraska, est un enfant unique né en plein milieu de la campagne. Durant son enfance, se moquer des gens de son entourage était son unique distraction.

Ses parents nous rendent toujours visite en juin afin de pouvoir nous accompagner à la Pride de Los Angeles avec JJ en portant fièrement leur pins avec le drapeau pansexuel. Le temps qu'ils ont passé chez nous m'a permis de bien les connaître. C'est ainsi que je sais que le père de JJ est exactement comme son fils, au point que je ne sais pas comment sa mère a pu supporter de les avoir tous les deux sous le même toit.

Mme Johal est une femme étonnante, dotée de la patience d'un saint. Elle s'assure toujours de remplir notre réfrigérateur de différents currys et accompagnements avant leur départ, et elle a des goûts étonnants en matière de films d'horreur, ce qui pourrait expliquer pourquoi je l'aime tant.

C'est probablement à cause d'elle que je n'ai pas encore tué Jaiden.

Robbie se place à côté de moi et passe ce que je crois être un bras réconfortant autour de mes épaules.

— Tu as gardé ta concentration sur l'école et le hockey plus longtemps que je ne le pensais. Maintenant, viens, mets de l'ordre dans tes affaires. Tu dois nous conduire en classe.

Lorsque j'ai été admis à Maple Hills, je n'avais aucune idée de ce que je voulais étudier. Et même maintenant, à moins d'un an de l'obtention de mon diplôme, je doute toujours que la médecine sportive soit la bonne voie pour moi.

J'ai été repéré par les Vipers de Vancouver à la fin du lycée. Ce fut un choix difficile de faire passer mes études en premier, puisque rejoindre la NHL est mon rêve depuis tout petit. Tout ce que je veux, c'est jouer, mais je sais qu'il y a toujours des problèmes avec le hockey. Une mauvaise blessure ou un accident inévitable, et votre carrière est terminée.

Même si une place dans l'équipe de mes rêves m'attendra une fois mon diplôme en poche, j'aurais quand même aimé retenir *une chose* – n'importe quoi – de ces trois dernières années d'apprentissage pour que mon plan de secours en vaille la peine.

Mon père n'était pas très enthousiaste à l'idée que je quitte mon État pour aller à l'université, et il l'était encore moins à l'idée que je signe avec une équipe de hockey et encore moins avec une équipe canadienne. Il voulait que j'apprenne le « business familial » et dirige les stations de ski jusqu'à ce que je sois vieux et grisonnant comme lui. L'idée de devenir comme mon père a toujours suffi à me donner un coup de pied au cul pour atteindre mes objectifs.

J'aurais plus de chances de comprendre les structures cellulaires si je n'étais pas constamment épuisé par l'entraînement, sans parler de tenir mes coéquipiers – ces clowns – loin des ennuis. Lorsque Greg Lewinski a obtenu son diplôme et m'a passé le flambeau de capitaine l'année dernière, il ne m'avait pas préparé à la quantité de baby-sitting nécessaire pour garder leurs fesses sur les bancs, prêts à jouer.

Robbie m'aide puisqu'il est l'assistant du coach Faulkner. Après un accident de ski pendant notre première année de lycée, Robbie n'a jamais retrouvé l'usage de ses jambes et se déplace maintenant en fauteuil roulant. Il a transféré sa compétence de me crier dessus sur la glace à me crier dessus depuis le bord de la glace.

Rien ne lui plaît plus qu'agiter son énorme porte-bloc dans ma direction en me disant de faire mieux. Les gars de l'équipe aiment que je sois la cible des cris de Robbie, parce que ça permet aux autres de passer un meilleur moment.

Aujourd'hui est un exemple parfait. Le vendredi, JJ et moi avons cours dans le bâtiment des sciences. Alors, nous avons pour tradition de nous traîner jusqu'à la patinoire pour l'entraînement en passant par un Dunkin' afin de nous offrir un beignet de pré-entraînement.

C'est notre petit secret. JJ sait que si on se fait prendre, c'est moi qu'on accusera de toute façon. Donc, il ne craint pas le risque.

Le dernier cours de la journée est celui que j'aime le moins au monde, donc le risque ne me dérange pas non plus.

J'attends JJ devant son laboratoire en faisant paresseusement défiler mon fil d'actualité, quand j'entends son ton enjoué s'amplifier à mesure qu'il s'approche de moi.

— Tu es prêt à te faire botter le cul à cause de ta gueule de bois ?

— Un donut arc-en-ciel peut tout arranger. Éliminer l'alcool par la transpiration, c'est super bon. Ça me permettra d'être frais pour ce soir.

Ses sourcils se froncent.

— De quoi tu parles ? Tu n'as pas vu la discussion de groupe ?

La dernière chose que j'ai vue, c'est la décision de Robbie d'organiser une fête ce soir. Notre premier match n'est pas avant deux semaines, et attaquer la saison avec une fête, ou cinq, ça fait partie de nos traditions.

Dès que je sors mon téléphone, j'aperçois les messages que je n'ai pas encore lus.

PUCKBUNNIES[1]

BOBBY HUGHES : Il est peut-être en train de mourir.

KRIS HUDSON : Bonne chance, mon pote.

ROBBIE HAMLET : Un verre chez nous, ce soir ?

BOBBY HUGHES : Pour reprendre les mots de Michael Scott[2], je suis prêt à être blessé à nouveau.

JOE CARTER : J'apporterai le plateau de shots de tequila.

HENRY TURNER : L'e-mail de Faulkner dit qu'on doit aller à la salle des prix, pas à la patinoire.

JAIDEN JOHAL : Quoi ?

HENRY TURNER : Il a envoyé ça, il y a une heure.

---

1. Le terme « puck bunny » désigne les fans de hockey dont l'intérêt pour le sport est motivé par leur attirance pour les joueurs plutôt que par le sport en lui-même.

2. Personnage de la série *The Office*.

La salle des prix, située au cœur du bâtiment des sports, sert principalement de salle de réception. La plupart d'entre nous n'y mettent que rarement les pieds, sauf en cas d'incident. C'est le lieu de travail des entraîneurs en dehors des sessions d'entraînement et des matches. C'est également là que se tiennent les cérémonies de fin d'année. Être convoqué dans cette salle est généralement signe d'une connerie importante. J'espère sincèrement ne pas en être la cause.

— Je ne sais pas ce qui se passe, dit JJ en montant dans ma voiture. Tu te rappelles Josh Mooney, le joueur de baseball de ma classe ? Il m'a dit que leur entraînement était annulé aussi. Ils doivent aller à la salle des prix, mais on leur a dit d'y aller trente minutes après nous. Putain, c'est bizarre, mec.

C'est seulement la troisième semaine du trimestre. À quel point pouvons-nous déjà être dans le pétrin ?

On est dans un tel *pétrin.*

Lorsque nous passons la porte, le coach ne regarde même pas dans notre direction. La moitié de l'équipe est déjà assise en face de lui, chacun arborant une expression identique que je reconnais : celle de la peur. JJ prend un siège à côté d'Henry et me regarde, l'air de dire : « Trouve quel est le problème, *capitaine.* »

Neil Faulkner n'est pas un homme qu'on veut se mettre à dos. Il a remporté trois fois la coupe Stanley avant qu'un conducteur ivre ne le fasse sortir de la route. L'accident lui a brisé les bras et la jambe droite, mettant ainsi fin à sa carrière dans la NHL. J'ai regardé ses vieilles cassettes de match un nombre incalculable de fois, et il était – non, il est toujours – putain d'effrayant.

Donc, le fait qu'il soit assis en silence sur une chaise devant l'équipe, le visage rouge, comme s'il était sur le point d'imploser, déclenche mon envie de fuir. Mais mon équipe a besoin de moi, donc je me retiens à contrecœur.

— Coach, nous…

— Pose ton cul sur un siège, Hawkins.

— Q…

— Je ne vais pas te le répéter.

Je trébuche vers mes coéquipiers, la queue entre les jambes. Ils ont l'air encore plus mal en point qu'il y a une minute. Je me creuse la tête, essayant de penser à ce que nous aurions pu faire, car il n'y a aucune chance qu'il soit en colère à cause de la fête à laquelle nous sommes allés hier soir.

À part Henry, la plupart des élèves de première année n'étaient pas là. Ils n'ont pas l'âge de boire, alors on ne les invite pas aux fêtes avec nous. Ça ne veut pas dire qu'ils ne sont pas tous en train de se bourrer la gueule dans le quartier des fraternités, mais au moins, ce n'est pas moi qui leur mets la bière dans la main alors que je suis censé être leur chef responsable.

Lorsque Joe et Bobby arrivent et s'assoient, Coach esquisse enfin un geste, juste un soupir, mais c'est déjà ça.

— En quinze ans de présence dans cette école, je n'ai jamais eu aussi honte que ce matin.

C'est la merde.

— Avant de continuer, quelqu'un a-t-il quelque chose à dire ?

Il regarde chacun d'entre nous, comme s'il attendait que quelqu'un se lève et passe aux aveux, mais je ne vois vraiment pas ce que nous sommes censés confesser. J'ai eu droit au discours « Je n'ai jamais eu aussi honte » tant de fois depuis que j'ai rejoint l'équipe – c'est une spécialité de Faulkner. En revanche, je ne l'ai jamais vu aussi en colère.

Tout en repliant ses bras sur sa poitrine, il s'adosse à sa chaise et secoue la tête.

— Ce matin, quand je suis arrivé à la patinoire, je l'ai trouvée détruite. Alors, qui s'est attiré des ennuis ?

Les sports universitaires sont pleins de traditions. Certaines bonnes, d'autres mauvaises, mais ça reste des traditions. Maple Hills n'est pas différente, et chaque sport a ses propres bizarreries et superstitions qui se transmettent d'année en année.

Pour nous, ce sont des farces. Des farces irréfléchies et puériles. Les uns contre les autres, contre d'autres équipes, contre d'autres sports. J'ai assisté à suffisamment de lynchages verbaux de la part de Faulkner au fil des ans pour savoir que je n'en laisserai pas passer tant que je serai capitaine. Des gars égoïstes se battaient pour se surpasser les uns les autres, pour se surpasser eux-mêmes, jusqu'à ce que l'école soit obligée de s'en mêler.

Donc, si notre patinoire a été saccagée, c'est que quelqu'un ne m'a pas écouté.

Je glisse légèrement vers l'avant pour avoir une meilleure vue sur mes coéquipiers, et il me faut une fraction de seconde pour repérer Russ, un étudiant de deuxième année qui joue avec nous depuis un an et qui a l'air d'avoir vu un fantôme.

Le ton monte et la voix de Faulkner finit par résonner dans toute la pièce.

— Le directeur est furieux ! Le doyen est furieux ! Je suis furieux, putain ! Je croyais qu'on avait tiré un trait sur ces conneries de farces ? Vous êtes censés être des hommes ! Pas des enfants.

Je veux dire quelque chose, mais ma bouche est sèche. Je me racle la gorge, ce qui n'arrange rien, mais parviens à capter son attention. En prenant une gorgée d'eau, j'arrive enfin à parler.

— On a arrêté ces conneries, coach. Nous n'avons rien fait.

— Alors, quelqu'un a décidé spontanément de casser le générateur et le système de refroidissement ? Ma patinoire est en passe de devenir une piscine, et vous voulez me faire croire que vous, les clowns, n'avez rien à voir avec ça ?

C'est vraiment, vraiment mauvais.

— Le directeur organise une réunion avec chaque étudiant-athlète dans cinq minutes. Attachez vos ceintures, messieurs. J'espère qu'aucun d'entre vous ne veut faire du hockey sa carrière.

Est-ce que j'ai déjà dit que c'était la merde ?

TROIS

ANASTASIA

MON ORGANISATION est dans un chaos *total* et irrémédiable, et j'en suis très énervée.

Nous sommes loin de cette euphorie que les gens recherchent généralement le vendredi. La journée promettait d'être paisible. Je me suis éveillée aux côtés d'un bel homme, et chaque moment de ma journée était minutieusement planifié. Gymnastique, cours, entraînement avec Aaron, dîner, et pour couronner le tout, danser jusqu'à ce que mes pieds me lancent.

Si j'avais eu plus de temps, j'aurais même pu revoir Ryan et explorer nos pulsions mutuelles.

Mais d'après le courriel très passif-agressif que j'ai reçu, David Skinner, directeur des sports de Maple Hills, n'en a rien à foutre de mon planning ou de mon programme d'entraînement, et il n'en a certainement rien à foutre de ma vie sexuelle. Sinon, pourquoi annulerait-il les entraînements et traînerait-il chaque étudiant-athlète dans le pire coin du campus ?

Ce bâtiment est l'endroit où tous les coachs complotent en secret pour nous rendre malheureux. Quand j'ai posté une photo ce matin qui disait « profitez de l'endroit où vous êtes maintenant », je n'avais pas réalisé que j'allais bientôt me trouver parmi une énorme file d'étudiants essayant d'entrer dans la salle des prix.

Je me perds dans des pensées furieuses, limite meurtrières, lorsque je sens soudain deux bras musclés s'enrouler autour de ma taille par-derrière et des lèvres se presser doucement contre le sommet de ma tête. Sachant instantanément que c'est Ryan, je me blottis dans son étreinte en penchant la tête en arrière pour le regarder. Il vient déposer un baiser sur mon front et déjà, je me sens un peu mieux.

— Hé, ma belle.

— Je suis stressée, grommelé-je, les yeux rivés sur la file d'attente devant moi. Et tu coupes la file. Tu vas avoir des problèmes.

Il prend mes épaules et me fait pivoter pour me placer face à lui. D'un geste doux, il glisse son doigt sous mon menton, m'incitant à lever la tête vers sa stature imposante. Alors que je croyais avoir atteint la limite de son charme, il repousse mes cheveux de mon visage avec un sourire attendrissant.

— Tu contrôles le planning, Stas. Le planning ne te contrôle pas.

— Tu es toujours en train de couper la file d'attente.

Il glousse en haussant les épaules.

— Tu me gardais une place. C'est ce que j'ai dit à tous les gens que j'ai dépassés. Allez, quelle citation écœurante et motivante as-tu postée aujourd'hui ? Il faut te rafraîchir la mémoire ?

Ryan et moi avons commencé à nous fréquenter l'année dernière, quand on s'est rencontrés à une fête et qu'on a joué au bière-pong. Naturellement, nous avons gagné, parce que nous sommes les personnes les plus têtues et les plus compétitives dans un rayon de cent cinquante kilomètres autour de Maple Hills. Le lendemain, il s'est glissé dans mes DM. Il a plaisanté en disant qu'il ne s'attendait pas à trouver quelqu'un qui joue à des jeux d'alcool avec autant d'agressivité tout en prônant les *ondes positives uniquement* sur les réseaux sociaux.

Depuis, chaque fois que je suis grincheuse ou que j'en ai marre, il me rappelle que je suis censée être un rayon de soleil.

Salaud.

— Alors ? demande-t-il en me guidant vers l'entrée.

— Il était question de s'arrêter pour apprécier le moment présent.

Son sourire s'élargit quand il réalise qu'il m'a eue.

— OK, ouais, je peux me débrouiller avec ça. Ça craint que l'entraînement ait été annulé, *mais* si tu choisis d'apprécier le moment, tu verras que tu traînes avec moi, et je suis génial.

Les bras croisés sur ma poitrine, je fais de mon mieux pour retenir mon sourire en continuant à prétendre qu'il n'a pas le moindre impact sur mon humeur.

— Hum.

— Tu es exigeante, bon sang. Dès qu'on sortira d'ici, je t'emmènerai manger. Et plus tard, il y a une fête organisée par les joueurs de hockey à laquelle on peut aller pour te permettre d'évacuer ton stress.

— Quoi d'autre ?

Je le laisse me faire pivoter maintenant que nous ne sommes plus qu'à quelques personnes de l'entrée. Ses mains restent sur mes épaules.

— Je vais te ramener chez toi et te laisser évacuer tout le stress restant sur mon corps ?

— Avec une batte ?

Ses doigts s'enfoncent dans mes muscles tendus, pressant en rythme chaque nœud tandis que je roule la tête d'un côté et de l'autre.

— Coquine. Tu vas te déguiser en Harley Quinn, aussi ?

Il grogne bruyamment lorsque mon coude s'enfonce dans ses côtes, ce qui est ridiculement théâtral, car mon coude a nettement plus mal que lui.

Après ce qui semble être une éternité d'attente, nous passons enfin l'entrée de la salle de remise des prix. Au lieu des tables rondes habituelles, des rangées de chaises ont été alignées face à la scène.

Mais qu'est-ce qui se passe ?

Ignorant mon inquiétude immédiate, Ryan insiste pour que je profite du moment, ce qui se traduit en gros par le fait d'être obligée de m'asseoir avec l'équipe de basket. Donc, maintenant, je suis coincée entre Ryan et Mason Wright, son coéquipier, qui font ressembler mon respectable corps d'un mètre soixante-deux à celui d'un enfant trop grand.

— Chips ?

Je m'efforce de ne pas regarder le sac de Lay's qu'on me fourre sous le nez, mais ils sont goût barbecue, mes préférés, ce que Ryan sait pertinemment.

— Non, merci.

Il se penche en avant pour fouiller bruyamment dans le sac à ses pieds, sans se soucier d'attirer l'attention. Tout en s'enfonçant dans son siège avec un soupir, il me tend un paquet.

— Un biscuit ?

— Non, merci. Je n'ai pas faim.

J'essaie de ne pas attirer à nouveau l'attention sur nous, mais il est difficile d'ignorer la déception dans son regard.

— Ne me regarde pas comme ça. Les régionales arrivent à grands pas, je ne peux pas prendre de poids.

Ryan se penche sur son siège pour que nos têtes soient au même niveau et se rapproche pour nous donner plus d'intimité. Son souffle danse sur ma peau tandis que ses lèvres se posent sur mon oreille, me donnant la chair de poule.

— En tant que personne qui te soulève assez souvent, je me sens qualifié pour dire ceci : si ce crétin n'est pas capable de faire face à quelques kilos de plus ou de moins – ce qui est parfaitement normal d'ailleurs – il ne devrait pas être ton partenaire.

— On ne va pas encore avoir cette conversation, Ryan.

— Sta..., commence-t-il, se coupant lui-même lorsque le directeur Skinner monte enfin sur la scène en plissant les yeux sous les projecteurs.

Ryan se redresse et pose sa main sur ma cuisse pour la presser doucement.

— Peut-être aurons-nous besoin d'une batte plus tard.

Le crissement aigu du micro qui s'allume résonne dans la salle, faisant grimacer tout le monde. Skinner a pris place derrière le podium, mais n'a pas encore réussi à esquisser un sourire forcé.

Il a beaucoup vieilli depuis que j'étudie à l'UCMH. Avant, il avait l'air accessible et enthousiaste, mais maintenant, avec le dédain qu'il affiche et qui creuse les rides sur son front, il a l'air tout sauf ça.

— Bonjour à tous. Merci d'avoir pris le temps de venir ici dans un délai aussi court. Je suis sûr que vous vous demandez tous pourquoi vous êtes ici.

Je ne sais pas pourquoi il fait comme si l'e-mail ne contenait pas le mot *obligatoire* en majuscules et en gras.

Skinner suspend sa veste de costume et se retourne pour nous faire face en soupirant. Il passe une main sur ses cheveux gris clairsemés. Je jure qu'ils étaient épais et noirs quand j'étais en première année.

— On s'attend à certaines choses lorsqu'on a affaire à des étudiants. Il est évident qu'il y aura un certain niveau de chaos puisque vous commencez votre vie d'adulte loin de chez vous. (Il soupire à nouveau, son épuisement est évident.) Quand on ajoute à ça un sport de compétition, il faut essayer de trouver un équilibre pour gérer à la fois ses compétences et vivre pleinement son expérience universitaire.

Eh bien, voilà qui est condescendant. On dirait qu'il a demandé à sa secrétaire d'écrire ce petit discours et qu'il l'a répété plusieurs fois devant le miroir. Si Lo était là, elle serait très critique envers sa prestation d'acteur.

— Certains d'entre vous profitent un peu trop de l'expérience universitaire.

Et nous y voilà.

— Depuis cinq ans que je suis directeur des sports, j'ai dû faire face à d'innombrables situations évitables. Des fêtes incontrôlables, des dépenses médicales dues à des étudiants qui se sont comportés de manière imprudente sur le campus, plus de farces que je ne peux en compter, des grossesses accidentelles et…

Le bruit de la chaise de Michael Fletcher qui racle le sol résonne alors qu'il se lève d'un bond.

— M. Fletcher, veuillez vous asseoir.

Fletch l'ignore et se penche pour prendre son sac au sol. Il se dirige vers la sortie, pousse les deux portes avec force et quitte la pièce.

Je ne connais pas grand-chose au football, mais tout le monde dit que Fletch est le meilleur *linebacker* que cette université ait jamais vu et qu'il est pratiquement assuré d'avoir une place en NFL une fois diplômé. Plus important encore, c'est un père incroyablement fier de sa petite fille Diya, qu'il a eue avec sa petite amie, Prishi, l'année dernière.

Prishi était dans l'équipe de patinage avec moi, avant de tomber involontairement enceinte au début de sa première année. Quand je lui ai demandé si elle reviendrait, elle a répondu que sa vessie n'était plus ce qu'elle était après avoir mis au monde un bébé de trois kilos et qu'elle n'avait pas envie de pisser sur la glace devant un public.

Ils vivent ensemble avec leurs amis, et chacun se relaie pour s'occuper du bébé afin de permettre à Fletch et Prishi d'aller en cours. C'est merdique de la part de Skinner de les utiliser comme un exemple alors qu'il est en train de dénigrer les étudiants délinquants.

Vingt minutes passent, et il continue. Je pose ma tête contre l'épaule de Ryan et ferme les yeux, acceptant le biscuit qu'il glisse dans la paume de ma main.

— Pour résumer…

Enfin.

— … À l'avenir : tolérance zéro pour l'abus de votre statut sur ce campus.

J'ai l'impression de passer à côté d'une grande partie du puzzle, car malgré ce long discours qui n'en finit pas, je n'ai toujours aucune idée de ce qui a provoqué ce sabotage grossier de mon emploi du temps.

— Pour les seniors qui espèrent rejoindre des équipes professionnelles à la fin de cette année scolaire, il serait important que vous en preniez note.

À côté de moi, Ryan glousse et avale un autre biscuit. Quand j'ouvre la bouche pour demander ce qu'il y a de si drôle, il en fourre un dans la mienne en souriant comme un idiot parce que je n'ai pas d'autre choix que de le manger.

Skinner est finalement à court d'énergie. Il s'appuie contre le podium, ses épaules s'affaissent.

— Je me fiche de votre potentiel. Si vous ne rentrez pas dans le rang, vous serez mis sur le banc. J'aimerais que les équipes de patinage et de hockey restent ici. Les autres, vous pouvez partir.

Ryan prend son sac, se lève et s'étire en laissant échapper un bâillement exagéré.

— Je t'attends dehors. On mange ?

Je lui fais un signe de tête et me glisse sur la pointe des pieds pour essuyer les miettes de biscuits du coin de sa bouche avec mon pouce.

— J'espère que je ne serai pas longue.

Tout le monde, sauf une cinquantaine d'étudiants, sort de la pièce. Ironiquement, environ cinq fois plus vite qu'ils ne sont entrés.

Brady et Faulkner, l'entraîneur de l'équipe de hockey sur glace, rejoignent le directeur Skinner sur la scène.

— Approchez, tout le monde ! Je suis fatigué de ce micro.

Alors que nous nous dirigeons tous vers l'avant de la salle, je repère un Aaron à l'air agacé dans la foule. Je me glisse à ses côtés.

— Tu vas bien ? demandé-je doucement tandis que nous prenons place au premier rang.

— Ouaip.

Pas besoin d'être un génie pour savoir qu'il n'est pas de bonne humeur. Toutefois, ça semble dirigé contre moi, pas contre Skinner.

— Tu es sûr ?

Ses lèvres sont pincées, et il ne m'a pas encore regardée.

— Ouaip.

Skinner sort de derrière son podium et plonge ses mains dans les poches de son pantalon de costume. Ses yeux fatigués et enfoncés dans leurs orbites scrutent chacun de ceux qui sont restés.

— Je vais faire vite. En raison de ce qu'on peut qualifier de merdier colossal, la patinoire numéro deux est hors service.

Oh, mon Dieu.

— Une enquête est en cours pour déterminer comment les dommages ont été causés, mais on me dit qu'il y aura des retards importants dans les réparations, à cause d'une pénurie de pièces pour notre équipement particulier.

Cette prise de conscience ne m'a pas submergée, elle m'a noyée. L'équipe de hockey est connue pour créer des problèmes aux équipes rivales, et plus généralement, pour en créer entre eux. Rien d'étonnant, lorsqu'on sait que tous les gosses de riches l'intègrent lorsqu'ils arrivent à l'université. Je parierais sur l'un d'eux.

— Dans l'immédiat, ça implique, poursuit Skinner, de partager une patinoire et, pour que cela fonctionne, vous devrez travailler ensemble, je compte sur vous.

Anticipant les questions qui ne manqueront pas de l'assaillir, Skinner se retire sur-le-champ, prouvant ainsi qu'il ne se soucie pas vraiment de nous. Il n'a même pas quitté la scène que je me précipite vers le coach Brady.

— Nous avons les régionales dans *cinq* semaines !

— Je suis bien consciente de ton planning de compétition, Anastasia, dit l'entraîneur Brady en faisant signe à certains élèves de s'éloigner lorsqu'ils tentent de s'agglutiner autour de nous. Nous n'avons pas d'autre option, donc ça ne vaut pas la peine de s'énerver.

Sérieusement ?

— Comment allons-nous nous qualifier si nous ne pouvons pas nous entraîner ?

À trois mètres de là, le coach Faulkner est entouré de sa propre équipe, qui, j'imagine, fait face aux mêmes préoccupations. Ce n'est pas comme si je m'en souciais. Ils ont manifestement causé ce désordre, et maintenant, c'est nous qui allons en pâtir.

J'essaie de rester calme, de ne pas laisser mon imagination déborder. Je m'efforce de respirer profondément, luttant contre l'envie de fondre en larmes devant ces inconnus, tout en entendant mes coéquipiers exprimer leurs propres craintes. Lorsque mon regard se pose sur l'équipe de hockey, la majorité des joueurs sont déjà partis. Seul un membre reste, discutant avec Faulkner. Il doit sentir mon regard sur lui car nos yeux se croisent. Il affiche une expression étrange, comme une grimace de compassion forcée.

Franchement, il peut prendre sa fausse sympathie et se la fourrer dans le cul.

— Nous en reparlerons à l'entraînement, Stassie, dit Brady en m'offrant un rare sourire – limite amical. Profitez de votre vendredi soir de libre pour une fois. Je vous verrai tous les deux, lundi.

Après une nouvelle petite protestation, j'écoute finalement Brady, qui me supplie de la laisser tranquille, et me dirige vers la sortie. Je suis Aaron en traînant les pieds et en m'apitoyant sur mon sort, quand j'entends un « Hé ! » et sens une main se poser sur mon biceps.

C'est M. Sympathie, toujours avec, on l'a deviné, une moue pleine de pitié.

— Écoute, je suis désolé. Je sais que ça craint pour nous tous. Je vais faire ce que je peux pour faciliter les choses autant que possible.

Il lâche mon bras et recule d'un pas, me donnant l'occasion de le regarder de près pour la première fois. Il me dépasse d'au moins trente centimètres, avec ses larges épaules et ses muscles dessinés qui se tendent à travers les manches de son Henley. Même sous sa barbe de trois jours, on peut voir la netteté de sa mâchoire. J'essaie de me rappeler si je l'ai déjà rencontré avant, quand il se remet à parler.

— Je sais que tu dois être stressée, mais on fait une fête ce soir, si tu veux venir.

— Et tu es ? demandé-je en forçant ma voix pour paraître calme.

Je ne peux pas ignorer le sentiment de satisfaction que j'éprouve lorsqu'il hausse les sourcils pendant une fraction de seconde.

Il se détend tout aussi rapidement. L'amusement brille au fond de ses yeux bruns.

— Nate Hawkins. Je suis le capitaine de l'équipe de hockey.

Il me tend la main pour que je la serre. Je la regarde, puis je remonte vers son visage en croisant les bras sur ma poitrine.

— Tu n'as pas entendu ? raillé-je. La fête est terminée, selon Skinner.

Il hausse les épaules et se frotte maladroitement la nuque.

— Les gens viendront, de toute façon, même si j'essayais de les en empêcher. Écoute, viens, amène tes amis ou autre. Ce serait bien si nous pouvions tous nous entendre. En plus, je te garantis que nous avons de la bonne tequila. Tu as un nom ?

Je refuse d'être charmée par un joli visage. Pas même un avec des petites fossettes et de belles pommettes. C'est toujours un désastre.

— Tu rencontres beaucoup de gens qui n'ont pas de nom ?

À ma surprise, il se met à rire. Un bruit grave et généreux qui fait rougir mes joues.

— OK, tu m'as eu, là.

Ses yeux passent derrière moi au moment où un bras se pose sur mes épaules. Je lève les yeux, m'attendant à trouver Ryan, mais à la place, je trouve Aaron. Je rejette son étreinte, car c'est ce genre de choses qui fait croire aux gens que nous sortons ensemble, alors que je préférerais manger mes patins.

— Tu viens ? dit-il.

Tout en hochant la tête, je jette un dernier regard à mon nouvel *ami* de patinoire. Il ne prend pas la peine de se présenter à Aaron. Au lieu de ça, il lance :

— N'oublie pas la fête.

Mon Dieu, Lola va adorer tout ce drame.

QUATRE

NATHAN

TOUTE L'ÉQUIPE DE HOCKEY se déverse par la porte d'entrée et se dirige immédiatement vers le bar. J'attends que Russ soit sur le point de passer pour saisir son bras, le stoppant dans son élan.

— Ma chambre. Trois-neuf-neuf-trois.

Il baisse la tête et se force à faire résonner un rire nerveux.

— Vous n'êtes pas mon type, capitaine.

Je resserre ma prise lorsqu'il tente de rejoindre le reste des membres de notre équipe, qui se passent des bières dans le salon.

— Ça a été une putain de longue journée. Ne m'oblige pas à faire ça devant toute l'équipe.

Ses épaules s'affaissent en signe de défaite. Il gravit chaque marche comme un vilain écolier, la tête basse. Enfin, techniquement, à cet instant, c'est un vilain écolier.

Partager une patinoire juste avant le début de la saison est un putain de cauchemar logistique – sans parler des matches prévus à domicile. *Putain.* J'ai l'impression d'avoir déjà la migraine alors que nous n'avons même pas encore essayé d'établir un calendrier.

La patineuse artistique aux cheveux bruns semblait vraiment furieuse tout à l'heure. Je suis étonné qu'une veine n'ait pas sailli de son front lorsque son entraîneuse lui a conseillé de rester calme. J'essayais de capter la conversation en douce, ce qui n'était pas compliqué vu le volume de sa voix.

Ce n'est pas l'envie qui m'en manque non plus quand je pense au fait que je ne dois pas « m'en faire ». Au moins, elle et moi avons quelque chose en commun. Son petit ami, en revanche, n'avait pas l'air perturbé. Il va peut-être l'aider à se calmer, ou peut-être pas, vu la façon dont elle l'a repoussé.

C'est une drôle de petite chose. Elle m'a fait immédiatement la leçon, en gardant la tête haute. Pourtant, je pense qu'elle s'est adoucie à mon contact. Quelques minutes plus tôt, elle était clairement au bord des larmes. J'espère qu'elle acceptera mon offre et qu'on pourra boire un verre, nouer une amitié quelconque. Ça rendra toute cette situation plus simple.

Je décide de laisser Russ mijoter pendant vingt minutes, en espérant que la culpabilité le rongera assez pour faciliter ses aveux sur ce qui s'est passé. Il est en haut, à écouter les gens rire et plaisanter sans lui, mais il ne réalise pas que ce qui déclenche leur hilarité c'est l'horreur de la saison à venir.

Je suis désolé pour eux. À tel point que je ne mets même pas à la porte les bleus qui noient leur chagrin dans leur bouteille de bière. J'ai l'impression qu'il faut que je fasse un discours de motivation ou quelque chose dans le genre, histoire de remonter le moral de tout le monde. Mais d'abord, il faut que je sache exactement pourquoi on est dans ce pétrin.

Lorsque je rejoins finalement Russ, il s'amuse à tourner sur ma chaise de bureau. Je m'attendais à une pique sarcastique, à ce qu'il se plaigne de l'attente – quelque chose que j'aurais dit à l'époque où j'étais une jeune merde arrogante –, mais il ne prononce pas un mot. Il reste là, en silence, attendant que je prenne l'initiative.

— Qu'est-ce qui s'est passé ?

Il se frotte les mains et se penche en avant pour poser les coudes sur ses genoux. Il est mal à l'aise. Son visage est pâle, il a l'air plus malade qu'autre chose.

— Mec, je ne peux pas t'aider si tu ne me mets pas au courant.

— Je n'ai rien fait.

Je passe ma main sur mon visage en essayant de ne pas perdre patience.

— Je sais que tu y es pour quelque chose. Je ne peux rien pour toi si tu me mens.

Quand j'ai commencé à jouer au hockey à Maple Hills, notre capitaine était un con. Tout le monde le détestait. Je ne m'attendais pas à devenir capitaine, mais je m'étais toujours dit que si je le devenais un jour, je ne serais pas comme lui. Russ a une vie familiale de merde, et j'imagine bien qu'il n'a pas travaillé comme un fou pour se sortir de cette situation, venir ici et être traité de la même façon par moi.

Peut-être ne serais-je pas aussi patient avec d'autres gars de l'équipe, mais être un bon leader implique de savoir comment faire passer le message à ses hommes.

Lorsque je prends place sur mon lit, en face de lui, je vois une dizaine d'émotions différentes le frapper en même temps.

— Ce n'était pas une blague, je te le promets.

— Bien, continue à parler.

— Il y a cette fille à UCLA. Je l'ai rencontrée à une fête il y a deux semaines. On a commencé à flirter. Et puis, à chaque fête où j'allais, elle était là. Je pensais qu'elle était célibataire, mais...

Il regarde ses mains, s'attardant sur les callosités de ses paumes.

— Mais ?

— Mais elle a un petit ami. Il l'a découvert d'une manière ou d'une autre et m'a envoyé un message disant que j'allais regretter de l'avoir regardée. Puis ce truc est arrivé. Donc, ça doit être ça, non ?

— Tu parles toujours à cette fille ?

Il secoue la tête.

— Je l'ai bloquée partout dès que j'ai découvert qu'elle avait un petit ami.

— Ne dis rien à personne, d'accord ? Tu serais viré de l'équipe. Je suis sérieux, petit. Quand ils te demanderont pourquoi tu es venu ici, dis-leur que tu as des problèmes à la maison ou autre et que tu voulais me parler.

— OK, cap.

Je lui désigne la porte.

— Va te prendre une bière.

J'attends qu'il soit sorti de la chambre et qu'il ait descendu les escaliers avant de hurler tous les jurons que je connais dans mon oreiller, pour la deuxième fois aujourd'hui.

Quelques heures après avoir fait de mon mieux pour agir en capitaine responsable, la maison déborde de gens, de bouteilles vides et de gobelets rouges. Une partie de moi s'attend à ce que David Skinner passe la porte, ou pire, Faulkner.

Je suis presque sûr que le coach ne serait pas ravi d'apprendre que nous avons choisi de conclure la journée la plus éprouvante de notre vie par une fête non autorisée. Habituellement, les soirées du vendredi rassemblent des athlètes épuisés, courbaturés par les matchs ou les entraînements du week-end, cherchant simplement à se relaxer en observant d'autres faire des choix discutables. Mais ce soir, il règne une atmosphère différente. Comme si le simple rappel qu'il ne faut pas déraper incitait tout le monde à aller à l'encontre de cette recommandation.

J'aperçois Briar, la colocataire de Summer, qui se sert un verre au comptoir de la cuisine, ce qui me rassure immédiatement. Ces filles sont inséparables, donc si B est là, Summer doit être là quelque part. Elle ne peut pas me rejeter deux fois en une semaine, si ?

Summer s'amuse à répéter que la seule raison pour laquelle je la désire est qu'elle n'est pas intéressée et qu'elle est la seule femme qui m'ait déjà rejeté. L'entendre dire qu'elle n'est pas intéressée me donne encore plus envie d'elle, alors en y réfléchissant bien, elle a probablement raison. Même si je veux avoir une chance avec elle, nous sommes de bons amis, ce qui rend son rejet un peu moins douloureux.

Je me faufile parmi la masse de gens et m'approche en affichant mon visage le plus amical, celui qui dit : « je veux épouser ta meilleure amie ». Briar est tellement absorbée par la liqueur qu'elle mélange qu'elle ne me remarque même pas quand je m'appuie sur le comptoir à côté d'elle.

— On dirait que tu vas vomir sur ma pelouse plus tard, Beckett.

Sa tête se lève brusquement, ses longs cheveux blonds se balancent lorsqu'elle me trouve à côté d'elle.

— C'est une bonne chose que je ne boive pas seule alors, n'est-ce pas ? glisse-t-elle, avec ce mélange inhabituel d'accents anglais et américain.

Ses yeux verts sont vitreux, sans parler de son sourire, qui me fait penser au rictus paresseux d'un ivrogne. Elle me fait un clin d'œil et pousse le gobelet dans ma direction avant d'en prendre immédiatement un nouveau.

— J'ai entendu dire que tu avais eu une journée de merde. Moi aussi. On peut se rendre malades ensemble.

J'attends qu'elle ait préparé une autre concoction dégoûtante pour incliner mon gobelet vers le sien.

— Aux connards d'étudiants de deuxième année.

Elle grogne.

— Aux ex-copines à la con.

Je descends le verre et putain, ça pique. Je m'étouffe alors que le liquide se fraie un chemin dans ma gorge.

— Bon Dieu. Qui t'a appris à mélanger les alcools, bordel ?

— Mon oncle James. Il appelle ça un cocktail magique. Tu cherches Summer ?

Elle lève les yeux au ciel lorsque je hoche la tête.

— Elle joue au bière-pong avec Cami dans le salon.

— Je me souviendrai de ce beau moment quand je ferai mon discours lors de mon mariage avec Summer.

Je bois le reste de mon poison en essayant de ne pas m'étouffer, en vain.

— Mariage qui n'aura pas lieu ! me crie-t-elle. Elle sait que tu as baisé Kitty hier soir !

Putain.

Summer est penchée sur la table, occupée à viser, quand je me fraie un chemin dans la foule pour me placer à côté d'elle. Elle joue contre Ryan et CJ de l'équipe de basket avec son autre meilleure amie, Cami.

— Vous gagnez ?

— Va-t'en, Nathan, se moque-t-elle, sans prendre la peine de tourner les yeux vers moi. Tu vas me distraire.

— C'est méchant. Et si j'étais ton porte-bonheur…

Je n'ai même pas le temps de finir ma phrase que je suis forcé de ravaler mes mots alors qu'elle envoie la balle rebondir à travers la pièce par accident.

Elle lève enfin les yeux vers moi. Ils brillent d'une lueur meurtrière que je trouve étrangement sexy. Je m'éclaircis la gorge.

— Je vais t'encourager d'ici.

Elle roule des yeux en marmonnant quelque chose qu'elle sait que je ne comprendrai pas.

— *Tienes suerte de ser guapo.*

En balayant le salon du regard pour voir qui est arrivé, je repère immédiatement Mlle Je-ne-sais-pas-quoi. Elle a l'air beaucoup plus détendue que tout à l'heure. Ses longs cheveux châtain clair bouclés rebondissent autour de son visage tandis qu'elle rejette la tête en arrière et rit de ce que son amie dit. Ses joues sont rouges, ses yeux bleu océan brillent. Elle a l'air heureuse.

Je l'aime bien.

Elle me repère avant que je ne l'atteigne. Ça pourrait être le fruit de mon imagination, mais je suis sûr qu'elle me regardait.

— Tu es venue ! lui dis-je joyeusement.

Elle ne réagit pas. Je me tourne vers son amie, qui m'étudie avec curiosité.

— Je m'appelle Nate.

— Lola. (Elle nous désigne tour à tour, les yeux plissés.) Vous vous connaissez, tous les deux ?

— Nous nous sommes rencontrés tout à l'heure, confirmé-je en la regardant ignorer ma tentative d'attirer son attention.

Elle prend une gorgée de – d'après ce que je peux voir de ma hauteur – son gobelet vide.

— Je n'ai pas retenu ton prénom, malheureusement.

Elle arrête de faire semblant de boire pour enfin me dévisager. Elle a seulement l'air de vouloir un peu me frapper avec une crosse de hockey, ce qui est une énorme amélioration par rapport à tout à l'heure.

— Anastasia. Ou Stassie. Peu importe, ça n'a pas d'importance.

— Je peux t'offrir un verre ?

— Je peux m'en procurer un moi-même, c'est bon.

Lola souffle et roule des yeux, avant de me lancer un sourire.

— Ignore-la, elle ne sait pas être sympa avec les autres. C'est un truc d'enfant unique.

— Seigneur. D'accord, je vais t'aider, dit Anastasia en se dirigeant vers la cuisine.

Elle entraîne Lola derrière elle de sa main libre tandis que je cours après elles pour récupérer les gobelets vides dans son autre main.

— Il faudrait bien plus qu'un simple verre pour que j'oublie ma colère à propos de la patinoire, tu sais.

Je ne suis pas étonné. Rien chez cette fille ne me dit qu'elle sera facile à faire craquer, ce qui rend toute cette situation au sujet de la patinoire un peu plus intéressante.

— Tu n'as pas encore vu à quel point je peux être charmant, me moqué-je, souriant d'une oreille à l'autre quand je vois le coin de sa bouche se relever. Tu vas être impressionnée.

Elle me reprend les gobelets des mains avant de les poser sur le comptoir. Elle s'active pour préparer deux boissons.

— Je suis immunisée contre le charme des joueurs de hockey.

Étonné, Robbie fait rouler son fauteuil jusqu'à moi et me donne un coup dans la jambe en marmonnant dans le dos des filles : « C'est quoi, ce délire ? » Lorsqu'il s'éclaircit la gorge, elles se tournent toutes les deux vers lui.

— Qu'en est-il des séduisants assistants du coach de hockey ?

— Oh, elle est *définitivement* immunisée contre ça, mais pas moi. Salut, je m'appelle Lola.

— Robbie.

Lola donne un coup de coude à Stassie, qui marmonne un « salut ».

— Voici Stassie. Elle fait semblant d'être grincheuse, mais en fait, elle est très gentille.

— Merci d'être venues à ma fête, dit-il sans la quitter des yeux.

Je ne sais pas si je dois grimacer ou rester bouche bée alors qu'elle lui lance des clins d'œil en gloussant.

Ce n'est pas croyable.

Le visage d'Anastasia arbore le même mélange de confusion et d'amusement face à ce spectacle.

— Lo, je vais faire la queue pour les toilettes. Tu viens ? (Lola lui jette un coup d'œil, puis regarde Robbie, avant de secouer la tête.) OK, je te retrouve ici.

Je lui tends la main pour l'entraîner vers les escaliers.

— Viens, tu peux utiliser ma salle de bains.

Elle observe ma main, puis remonte vers mon visage, les yeux plissés par la méfiance.

— J'ai une porte protégée par un mot de passe et une salle de bains privée. Tu préfères faire la queue ? dis-je en montrant du doigt les gens ivres qui se traînent dans l'escalier.

Elle pousse un soupir de résignation et laisse tomber sa main dans ma paume en entrelaçant ses doigts aux miens.

— Ça ne veut pas dire que je te pardonne.

— Évidemment.

Je nous guide à travers la foule, en gardant son corps près du mien. Sa main libre repose doucement sur ma taille jusqu'à ce que nous atteignions les escaliers. Là, elle me contourne pour passer en premier, et je réalise immédiatement que la laisser passer devant moi est une erreur, car dès qu'elle a quelques pas d'avance, j'ai son cul en plein dans mon champ de vision, qui se balance à chaque pas.

Je la fais entrer et lui indique la salle de bains, avec une drôle d'impression de déjà-vu en la regardant après les conneries de ce matin. Au moins, elle est habillée. *Attends, pourquoi je dis ça comme si c'était une bonne chose ?*

Elle sort de la salle de bains au bout de quelques minutes. Elle s'arrête dans son élan dès qu'elle s'aperçoit que je l'attends sur mon lit. Je lève mes mains en signe d'innocence.

— Je ne voulais pas que tu te perdes.

— C'est bon, dit-il en croisant les bras et en penchant la tête sur le côté d'une manière presque joueuse. Je suis juste déçue que tu sois encore là, j'allais fouiner.

C'est agréable de voir une autre facette d'elle après celle que j'ai rencontrée cet après-midi. Il n'y a rien de mal à montrer ses émotions, mais je préfère la voir plus détendue.

Pour la première fois, je prends conscience de ce qu'elle porte. Un pantalon serré en cuir qui semble avoir été peint sur elle, ainsi qu'un corset noir en dentelle, qui montre son corps d'une manière que je ne suis pas sûr de savoir comment décrire. Ce que je veux dire sans le dire clairement, c'est qu'elle est sexy, et peut-être qu'apprendre à la connaître un peu mieux ne serait pas une mauvaise chose.

— Ne laisse pas ma présence te dissuader de fouiner, plaisanté-je. Je vais attendre sagement ici.

Le claquement de ses talons résonne dans la pièce tandis qu'elle se dirige lentement vers mon bureau, sans me quitter des yeux. Ses doigts parcourent la pile de livres de biologie étalée dessus.

— Qu'est-ce que tu étudies ?

— La médecine du sport. Et toi ?

— Le commerce.

Elle prend une photo sur mon bureau, l'analyse attentivement avant de me regarder.

— Un jeune de la côte Ouest ?

— Des montagnes.

— Wyoming ? demande-t-elle en reposant la photo et en prenant celle d'à côté.

— Presque.

Je me lève et me dirige vers le bureau. Après lui avoir pris la photo des mains, je la remplace par une photo de Robbie et moi à notre premier match de hockey quand nous avions cinq ans.

— Colorado. Eagle County. Et toi ?

— Je suis de Seattle. C'est la station de sports d'hiver de Vail, c'est bien ça ? Un enfant riche, star du hockey du comté d'Eagle, c'est un peu cliché, non ?

Je m'assois sur le bureau de façon à ce que nous soyons à hauteur d'yeux en croisant les bras pour imiter son attitude réservée.

— Un peu cliché ?

Je ne peux pas m'empêcher d'afficher un sourire en coin alors que son regard bleu océan se plante dans le mien.

— Tu penses que je suis une star ?

Elle se retourne rapidement en riant, moqueuse, puis traverse la pièce pour prendre place sur mon lit. J'ai envie de la suivre comme un petit chiot, mais je me force à ne pas bouger, à la regarder placer ses mains derrière elle et se pencher en arrière en laissant ses cheveux bruns soyeux tomber sur son épaule.

— Je ne t'ai jamais regardé jouer, dit-elle avec un peu plus de gaieté que je ne l'aurais souhaité. Je n'aime pas *du tout* le hockey.

— Je suis offensé, Anastasia. Il faudra que je t'obtienne des places côté patinoire à notre prochain match à domicile.

— Je n'ai pas besoin de billets pour assister à un événement dans ma propre patinoire. Enfin, si tu ne foires pas avant et que ton équipe ne se fait pas virer.

Il y a presque un peu trop d'optimisme dans son ton lorsqu'elle prononce le mot « virer ». C'est comme se faire agresser verbalement par la fée Clochette.

— Qui as-tu terrorisé au point de mériter que ta patinoire soit saccagée ?

Ce n'est pas la dernière fois qu'on me pose cette question, alors je dois me préparer à y répondre, même si je déteste les mensonges. Je n'aime pas non plus entamer une amitié de cette manière, mais c'est pour protéger quelqu'un.

— Nous n'avons rien fait, donc je l'ignore.

Ses yeux se rétrécissent, parce qu'elle ne me croit clairement pas. Alors, je panique :

— Je te le promets, Anastasia.

Ses yeux s'adoucissent, et je me sens immédiatement comme une merde. *Putain, pourquoi j'ai promis ?*

— On devrait peut-être retourner en bas ?

— Bien sûr. Robbie a probablement charmé ton amie à l'heure qu'il est.

Elle glousse, et c'est presque embarrassant de voir à quel point je suis heureux de la faire rire.

— Crois-moi, Lola est plus qu'heureuse d'être charmée par un mec sexy.

Cette fois, j'ai la présence d'esprit de marcher devant elle dans les escaliers, plaçant nos mains entrelacées sur mon épaule, pour qu'elle puisse s'appuyer sur moi et garder son équilibre. Ce n'est qu'arrivé à la dernière marche que je le remarque. Son petit ami – que j'avais complètement oublié – est là, me lançant un regard chargé de colère, comme s'il était prêt à tout démolir.

CINQ

ANASTASIA

NATE S'ARRÊTE BRUSQUEMENT devant moi, me faisant presque dégringoler les escaliers.

— Qu'est-ce que tu fais ? demandé-je, confuse, quand il arrache pratiquement sa main de la mienne.

Il fait un pas sur le côté, et dès que son corps massif s'écarte du chemin, je cherche ce qui a attiré son attention.

— Ton petit ami a l'air de vouloir me tuer.

— Eh bien, c'est étrange, murmuré-je en me déplaçant pour que nous soyons sur la même marche, parce que je n'ai pas de petit ami.

Il a raison, cependant : Aaron a l'air prêt à tuer quelqu'un. Il a toujours ce regard de tueur quand il s'approche de Nate et moi, qui descendons la dernière marche.

— Hé ! je gazouille. Je pensais que tu restais à la maison, ce soir.

Aaron fixe encore Nate, même lorsque je pose ma main sur son bras et le serre. Les yeux d'Aaron rencontrent enfin les miens.

— Que faisais-tu à l'étage avec lui ? demande-t-il, les sourcils levés.

Je sens Nate à côté de moi, l'ombre de son toucher plane dans le bas de mon dos. Je décide de jouer le jeu au lieu de m'en prendre à Aaron comme je le voudrais, alors qu'il se comporte d'une manière aussi bizarre et impolie.

— Aaron, voici Nate. Nate, voici Aaron, mon partenaire de patinage.

L'aura de testostérone émanant d'eux est presque tangible lorsqu'ils se serrent la main. Leur emprise est si forte que leurs jointures blanchissent, comme si chacun cherchait à écraser la main de l'autre. Pathétique. Lorsqu'ils finissent enfin par relâcher leur étreinte et que la couleur revient dans leurs doigts, je me tourne vers Aaron avec un sourire forcé, bien qu'il ne le mérite pas.

— Tu vas bien ? Où étais-tu passé ?

— Je t'ai posé la question en premier.

— Je faisais pipi. Ça te va comme réponse ? m'emporté-je, à bout de patience.

La journée a été longue, et j'ai déjà dû tolérer les conneries d'Aaron une fois, quand il a décidé que Ryan était l'ennemi public numéro un après la réunion.

Ryan voulait m'emmener manger, une activité normale entre amis. Aaron a serré les dents en me rappelant que j'avais une tenue à enfiler pour les régionales. Comme si je pouvais oublier cela, surtout en sa présence. Ryan, agacé, a alors lancé à Aaron que s'il n'était pas capable de me porter, il devrait peut-être s'entraîner davantage à la salle de sport.

Bien sûr, Aaron n'a pas apprécié et a répliqué. À la fin, j'étais tellement fatiguée de ce psychodrame que Ryan a fini par me ramener chez moi. Malheureusement, ma salade de poulet n'avait pas le même goût, sachant que Ryan m'aurait convaincue de manger un hamburger ou autre.

C'est donc irritée, affamée et un peu ivre qu'une fois de plus, je regarde Aaron se comporter comme un con et me faire honte.

Aaron fronce les sourcils. Il ne me croit pas quand je dis que j'utilisais juste les toilettes.

— Je pensais que tu avais décidé de collectionner les capitaines d'équipe comme des Pokémon. Où est Rothwell ? C'est lui, normalement, qui te suit partout.

Ses mots me frappent en plein cœur, comme il en avait l'intention, si bien que je ne peux pas empêcher une boule de se former dans ma gorge. La main de Nate se pose dans mon dos tandis qu'il avance d'un pas.

— Si c'est pour te comporter comme un connard, tu peux partir, mec. Les gens essaient de passer une bonne soirée.

— Tu t'immisces dans une conversation privée, *mec*, répond Aaron du tac au tac.

— Tu es chez moi et tu te montres impoli envers mon invitée. Détends-toi ou va-t'en.

Nate est un grand garçon, beaucoup plus grand qu'Aaron d'une quinzaine de centimètres, plus large et plus musclé. Sans oublier que c'est un sacré joueur de hockey. Aaron est bâti comme un danseur de ballet, fort aussi, mais maigre. De plus, sa vie de privilégié ne lui a jamais donné l'occasion d'en venir aux mains. Alors pourquoi provoque-t-il des histoires avec des gens qui, contrairement à lui, se sont déjà battus ?

— Je suis désolé, Stas, dit-il en s'embrouillant légèrement avec mon prénom. Je suppose que je suis contrarié maintenant que je sais pourquoi la patinoire a été saccagée.

— Personne ne sait ce qui s'est passé, répond rapidement Nate.

Trop rapidement.

Aaron lâche un rire sans joie.

— Moi, si. Rookie n'a pas su la garder dans son pantalon. Il a mis en cloque la petite sœur de quelqu'un. Et puis, il l'a ghostée. (Il se tourne vers moi, le choc sur son visage est clairement feint.) Il faut être un gros abruti pour faire un truc pareil. Pas vrai, Stas ? Faire fuir l'étudiante de première année que tu as mise en cloque ? Et maintenant, c'est nous qui en pâtissons.

— Ce n'est pas ce qui s'est passé, lâche froidement Nate.

Mon Dieu, je me sens stupide à cet instant. Je n'aurais pas dû me fier à sa promesse. Bien sûr qu'il sait ! Mon corps se raidit sous la main de Nate. Il l'enlève rapidement, puis s'écarte pour me laisser de l'espace.

— Eh bien, ce fut amusant, dis-je platement, en essayant de ne montrer aucune émotion, puisque c'est clairement ce qu'Aaron espérait. Je rentre à la maison.

— Cool, on peut rentrer ensemble. Je vais chercher Lo.

Il devient un autre homme en quelques minutes. C'est comme être ami avec Jekyll et Hyde parfois, surtout après un verre, quand son côté méchant ressort. C'est décevant parce que la plupart du temps, il est génial, mais il est tellement doué pour cacher le bon côté de sa personnalité.

Nate se pince l'arête du nez et pousse un soupir de frustration tandis que nous regardons tous les deux Aaron disparaître dans la foule.

— Je ne voulais pas te mentir.

Tout en mettant un peu de distance entre nous, je me tourne pour lui faire face. Il a l'air de porter le poids du monde sur ses épaules en ce moment, et c'est peut-être le cas, pour ce que j'en sais. Mais j'ai aussi des objectifs. J'aime mon sport, et mon temps sur la glace est aussi précieux que le sien.

Il fait glisser sa main sur son visage en se forçant à sourire.

— Je ne veux pas que ça affecte notre amitié. Enfin, l'amitié que nous pourrions avoir.

— Tu crois qu'une bonne amitié commence par un mensonge ?

— Non, en fait, dit-il en bafouillant un peu, je ne voulais pas te mentir. Mais mon équipe n'est même pas au courant, et je te jure que ce n'est pas ce qui s'est passé. Ton partenaire ment aussi.

Je regrette d'être venue à cette fête.

— Super, donc tout le monde me ment. *Fantastique,* dis-je sarcastiquement. Oublie ça, c'est bon. L'équipe de hockey peut se débrouiller toute seule pendant que le reste d'entre nous n'a qu'à, je ne sais pas, aller se faire foutre ou quelque chose comme ça.

Je doute que le Dr Andrews, mon thérapeute de longue date, serait impressionné par ma repartie à cet instant. *La communication est reine*, c'est ce qu'il dit à chaque séance depuis plus de dix ans.

Techniquement, je communique, pas très bien, mais ça compte quand même. Je ne sais pas comment dire à Nate à quel point toute cette situation est stressante pour moi sans donner l'impression de dramatiser. Peut-être ne fais-je pas assez d'efforts pour éviter de réagir comme l'espérait Aaron, mais c'est à cause de l'alcool et du manque de nourriture décente.

Nate attrape mon bras au moment où je me retourne pour partir. En le regardant par-dessus mon épaule, je vois son visage s'adoucir.

— Je te promets qu'il n'a fait que sortir avec elle. Elle a un petit ami, et il ne le savait pas. Rien à propos d'une grossesse.

Il a l'air sincère, mais tout à l'heure aussi. Je me tourne vers lui en faisant un pas en arrière pour garder une distance suffisante entre nous, bien que sa main reste sur mon bras.

— Sans vouloir te vexer, tes promesses sont sans valeur. Tu n'as aucune idée de la pression que je subis, des sacrifices que j'ai dû faire. Tu n'as aucune idée de ce que ça fait, de savoir que tout est remis en cause parce qu'un gamin ne sait pas comment emballer sa bite.

Ses sourcils se froncent. La confusion, peut-être.

— Remis en cause ? N'en fais pas une montagne. Si nous ne réagissons pas de manière excessive et que nous travaillons ensemble…

C'est comme si je pouvais sentir mon sang bouillir. Il est clair qu'il ne mesure absolument pas les conséquences des leurs erreurs. Il a une équipe complète pour l'aider à gagner. De mon côté, il n'y a que moi et Aaron. Si on ne s'entraîne pas assez, on ne gagne pas. Si on ne gagne pas, on ne va pas aux Jeux olympiques. Si on ne va pas aux JO, quel est le putain de but ?

Les deux patinoires du campus ne sont pas là par hasard. Et si Maple Hills produit certains des meilleurs athlètes du pays, c'est parce que l'école s'assure que nous disposions d'assez d'espace et, donc, du temps dont nous avons besoin pour devenir les meilleurs.

— Tu penses que j'en fais trop ? Tu sais quoi, Nate ? rétorqué-je sèchement en retirant sa main. Oublie ça. Reste en dehors de mon chemin, et j'en ferai autant.

— Stassie ! s'écrie-t-il alors que je me dirige vers la foule.

Mais je l'ignore, le début d'une longue série de moments où je l'ignorerai.

À la fin de ce qui est probablement la pire journée de tous les temps, mon niveau d'irritation continue d'augmenter parce que mettre la main sur Lola dans cette maison s'apparente à essayer de trouver Charlie.

Aaron a disparu également, mais je n'arrive pas à savoir si c'est une bonne ou une mauvaise chose après le petit numéro qu'il m'a fait.

En revanche, je repère facilement Ryan. Ce n'était pas difficile puisqu'il est toujours terré avec ses amis du basket. Cependant, je ne m'attendais pas à le trouver assis sur un canapé, en train de chuchoter à l'oreille d'Olivia Abbott.

Bizarrement, ma première pensée est : Lola sait-elle que son ennemie jurée est là ? Rapidement cette idée s'évapore et je suis sous le choc.

Je ne pense pas avoir déjà vu Olivia à une fête, jamais. Elle est encore plus belle de près que sur scène : de longs cheveux dorés coiffés à la manière d'une vieille icône hollywoodienne, un trait d'eye-liner que je mettrais trois semaines à dessiner et des lèvres rouges impeccables. Elle devrait marcher sur le tapis rouge, pas traîner dans une fête universitaire.

— Hé, je suis désolée de vous interrompre, dis-je en m'approchant d'eux.

Ryan arrête de chuchoter et lève les yeux vers moi.

— Vous avez vu Lola ?

Il a immédiatement l'air inquiet, même s'il n'a pas besoin de l'être. Enfin, sauf si je tue Aaron ce soir et qu'il doit m'aider à cacher le corps.

— Tout va bien ? demande Ryan.

— Aaron nous a fait du grand Aaron. On rentre à la maison.

— Je l'ai vue entrer dans la chambre de Robbie en sa compagnie il y a un moment, m'explique doucement Olivia. Je peux m'assurer qu'elle rentre bien chez elle s'il faut que tu t'en ailles. Je ne bois pas, et ma voiture est juste à côté.

— Tu as besoin de mon aide avec Aaron ? demande prudemment Ryan.

— Olivia, si tu pouvais faire ça pour moi, je t'aimerais éternellement ! promets-je.

Je suis soulagée maintenant que je sais que quelqu'un veille sur Lo.

— Quant à Aaron, reprends-je, je ne m'en fais pas pour lui, il a évacué toute sa méchanceté. Je suis désolée de ne pas avoir eu l'occasion de te parler ce soir, Olivia. Tu es magnifique. La prochaine fois, on pourra faire plus ample connaissance. Mon Uber est dehors, donc je dois y aller.

Elle esquisse un sourire timide.

— Ce serait bien. À bientôt.

— Envoie-moi un message dès que tu es rentrée, OK ? crie Ryan alors que je m'éloigne. Je suis sérieux, Stas. N'oublie pas.

Je sais que c'est bizarre de penser au gars avec qui tu couches et à la fausse ennemie de ta meilleure amie ensemble, mais une relation entre Abbott et Rothwell serait le genre de relation qui ferait pleurer les adolescentes tant elle serait parfaite.

Ryan et moi fonctionnons si bien parce que je ne veux rien de sérieux, et il s'en fiche. S'il trouvait quelqu'un avec qui il avait envie de sortir, je ne me mettrais jamais en travers de son chemin. Il mérite d'être aimé de cette manière, et il mérite d'être heureux, parce que c'est un type formidable.

Il serait le plus grand soutien d'Olivia, et peut-être la ferait-elle sortir un peu de sa coquille. Je ne connais pas encore Olivia, pourtant même si elle obtient le rôle que Lo veut, Lo ne peut nier qu'Olivia semble être une fille bien.

J'ai hâte de voir où cette histoire va nous mener.

J'ai commencé à travailler au Simone's Rink en première année, lorsque Rosie, l'amie d'une amie, m'a dit que sa mère cherchait de l'aide.

Les frais pour l'achat des manuels scolaires s'accumulaient, et je ne pouvais pas demander de l'argent à mes parents, puisqu'ils payaient déjà pour toutes mes affaires de patinage. Simone, la propriétaire, a financé ma formation d'entraîneuse pour que je puisse donner des cours, le samedi, à des enfants de moins de dix ans.

— Tout va bien ? demande Simone en entrant dans la salle de repos où je me suis installée pour réfléchir à mon prochain repas.

— Ouais, super. Je vais aller manger un bout avant mon prochain cours, je pense.

— Il y a un très bel homme à la réception qui te demande, m'annonce-t-elle avec un clin d'œil. On dirait qu'il a de la nourriture avec lui.

En m'aventurant vers la réception, je constate que Simone avait raison. Il y a un très bel homme.

Ryan n'a pas l'air à sa place avec les enfants énergiques de six ans qui l'entourent en criant. Dès qu'il me voit, ses yeux fatigués s'adoucissent et le coin de sa bouche se relève. Il tient des sacs en papier dans chaque main.

— Tu veux déjeuner avec moi ?

— J'ai un autre cours à treize heures. Tu peux manger tout ça en trente minutes ?

— Je peux faire beaucoup de choses en trente minutes, Anastasia. Tu devrais le savoir, maintenant.

Nous nous installons à une table dans un coin tranquille, à côté du snack-bar, et il commence à déballer la nourriture.

— Avant que tu me cries dessus, je t'ai pris une salade Cobb… mais aussi des frites au fromage et au bacon et des nuggets, parce que j'ai vu ton message de ce matin sur l'importance de l'équilibre.

Je roule des yeux, car je ne sais pas lequel de nous deux devient le plus prévisible.

— L'équilibre est important, arrête de me taquiner ! Quoi qu'il en soit, merci. Tu n'étais pas obligé de m'apporter le déjeuner, enfin, deux déjeuners, mais j'apprécie. Où as-tu fini, la nuit dernière ?

Ryan prend une bouchée de son cheeseburger et s'empiffre de frites en soupirant joyeusement.

— West Hollywood, au Honeypot. J'en ai trop fait.

— Avec Olivia ?

Je jure que ses joues rougissent un peu.

— Non, Liv est rentrée chez elle, malheureusement. Arrête de me regarder comme ça.

— Oh, c'est Liv maintenant, hein ? Je suis contente pour toi. J'ai le droit d'être contente, tu ne peux pas m'en empêcher. Tu n'es sorti avec personne depuis si longtemps, et elle a l'air d'être une personne sympa, même si je la connais peu en réalité.

— Je ne sors pas avec elle, *drama queen*. On a échangé nos numéros.

— La première étape de tout mariage.

Il souffle, hausse les épaules et s'essuie les mains sur une serviette.

— Nous verrons bien. Pourquoi ne peux-tu pas m'épouser, Allen ?

— Pourquoi sauter l'étape « petite amie » pour passer directement au mariage ?

— Pourquoi sortir avec quelqu'un quand on est déjà meilleurs amis ? Les rendez-vous sont effrayants. Du sexe époustouflant et quelqu'un qui ne s'énerve pas à propos de mon emploi du temps ?

Attention, je peux te demander de m'épouser à tout moment. Accepterais-tu un *onion ring* à la place d'une bague en diamant ?

— Je ne m'énerve pas de ton emploi du temps car je suis trop prise pour remarquer que tu l'es aussi, dis-je en lui donnant un petit coup de coude amical. Olivia est sympa, Ry. Tente ta chance avec elle et vois où ça te mène. Dans le scénario le moins favorable, tu pourras raconter à tes futurs enfants que tu as fréquenté une star de cinéma ou de Broadway, selon ce qu'elle choisira de devenir.

— Tu crois que c'est une bonne idée que je prenne conseil auprès de toi ? Une grande phobique de l'engagement ?

Il pourrait marquer un point, là.

— Je vais l'inviter à sortir, mais si ça tourne mal, Anastasia, je t'en tiendrai pour responsable.

— C'est de bonne guerre.

— Tu as envie de parler de ce qui s'est passé avec Aaron ?

Je comprends au ton de sa voix qu'il fait de son mieux pour paraître calme et indifférent. En réalité, d'après les douze textos qu'il m'a envoyés à différents moments de la nuit, je sais que ça l'intéresse beaucoup.

— Il m'a demandé si je collectionnais les capitaines d'équipe comme des cartes Pokémon, dis-je en sortant mes nuggets de leur emballage et en en gobant un. Il m'a vue descendre les escaliers avec Nate Hawkins et a cru qu'on avait baisé.

— C'est quoi, le putain de problème de ce gars ? murmure Ryan en plongeant ses frites dans le ketchup de manière agressive. Je ne sais pas comment tu peux passer autant de temps avec lui. Même si tu avais couché avec Hawkins, ça ne regarde personne. Tu es célibataire, tu fais ce que tu veux.

— Je sais, je sais. Mais ensuite, Aaron a révélé qu'il avait découvert ce qui s'était passé concernant la destruction de la patinoire. Nate m'avait promis qu'il ne savait rien quelques minutes plus tôt, alors ça a provoqué une petite dispute.

— Aaron est un con, Stassie. Hawkins a menti, c'est clairement pas génial. Mais on sait tous les deux qu'il doit faire passer son équipe en premier. Ce n'est pas comme si je te mentais ou autre… Juste, vous ne vous faites pas encore confiance. Tu comprends sûrement ?

— Oui, bien sûr, mais quand j'ai essayé de lui expliquer à quel point ça m'affectait, il a prétendu que j'en faisais trop. Et que ce soit vrai ou non n'a pas d'importance. Comment pouvons-nous être sur un pied d'égalité s'il n'essaie même pas de voir les choses de mon point de vue ?

— Le poste de capitaine est difficile, crois-moi. Tu dois penser à plus de vingt personnes en plus de toi-même. Ils attendent tous que tu les soutiennes, peu importe la merde dingue qu'ils ont causée. Putain, ça peut craindre parfois. Hawkins est un bon gars, alors ne lui en veux pas.

Je me lance dans un concours de regard avec mes nuggets, parce que je ne peux pas soutenir celui de Ryan quand il parle de manière aussi sensée.

Il ricane tout en se penchant en avant pour attirer mon attention.

— Tu vas lui en vouloir, n'est-ce pas ?

— Sans aucun doute. Pour toujours. Voire plus longtemps encore, si c'est possible. Ils ont pourri la situation à grands coups de batte, alors je vais rester à l'écart de tous ces gars.

Il affiche un sourire moqueur.

— Tu es consciente que les battes, c'est pour le baseball et non le hockey, pas vrai ?

SIX

NATHAN

LES TROIS DERNIÈRES semaines ont été parmi les plus stressantes de ma vie.

Aaron Carlisle – mon Dieu, même son nom fait connard – a raconté des conneries à qui voulait l'entendre. Y compris à son entraîneur, qui l'a dit à notre entraîneur, qui a ensuite menacé de commencer à arracher des membres si quelqu'un ne lui expliquait pas tout, et tout de suite.

J'ai passé plus de temps à me faire engueuler par l'équipe qu'à jouer au hockey avec eux, récemment. Les gars qui ont saccagé la patinoire étaient dans l'équipe de hockey de UCLA, l'université rivale la plus proche. Aaron ne mentait pas complètement : la fille est enceinte, mais ça n'a rien à voir avec Russ.

Le pauvre gamin n'en savait rien ; il pensait que sa seule faute était d'avoir couché avec la petite amie d'un autre. Elle a paniqué et a donné le nom de Russ quand son grand frère a découvert sa grossesse. Je suppose que c'était plus facile de blâmer un inconnu, et je ne pense pas qu'elle s'attendait à ce que son frère vienne jusqu'ici pour foutre en l'air notre patinoire.

Russ a vieilli d'environ dix ans depuis le scandale. Le soulagement sur son visage lorsque nous lui avons donné la vraie version était incroyable. Faulkner et moi avons eu une réunion avec l'entraîneur et le capitaine de l'UCLA, c'est ainsi que nous avons pu savoir le fin mot de l'histoire. Je connais Cory, le capitaine, depuis des années, et il était aussi furieux que moi.

J'avais l'impression d'être le Dr Phil donnant les résultats d'un test de paternité. Quoique, Jerry Springer s'y connaît plus dans le domaine[1]. On peut dire qu'on est tous sur la corde raide avec Faulkner. Il a menacé de mettre sur le banc pour le reste de la saison le premier qui ferait quelque chose d'irresponsable. Il se fiche de nos perspectives après la fac, il l'a assez répété, et il assure qu'il déclarera forfait chaque match jusqu'à ce qu'on apprenne à rester dans les clous.

Je dois être irréprochable jusqu'à la fin de l'année, car je ne suis pas certain que Vancouver me voudra encore si je me fais exclure de l'équipe (ou démembrer). Et hors de question que je retourne dans le Colorado après être parti d'ici.

Est-ce que c'est cliché d'être un type qui a grandi avec d'immenses privilèges et qui connaît également des problèmes avec son père ? Oui. Mais pour ma défense, mon père est un gros connard. Je suis sûr qu'il n'a pas été assez câliné quand il était enfant et il en a fait mon problème, ainsi que celui de ma sœur.

Heureusement, j'ai réussi à déménager à des milliers de kilomètres, mais la pauvre Sasha est toujours coincée avec lui puisqu'elle n'a que seize ans. Même quand elle en aura dix-huit, je doute qu'il la laisse partir. Elle restera un prodige du ski sous-estimé et surmené.

Mon père est prêt à débourser des sommes astronomiques pour tous les entraîneurs de l'hémisphère nord, si cela peut aider Sash à devenir la prochaine championne olympique. Idéalement sans la moindre égratignure, mais je doute qu'il se soucie réellement de son bien-être. Tout ce qu'il veut, c'est la voir triompher.

Heureusement pour moi, il méprise le hockey. Selon lui, c'est « un sport imprudent et brutal pour ceux qui manquent de discipline et qui aiment semer le désordre ». C'est ma mère qui m'a inscrit dans l'équipe de M. H. il y a des années de cela. Elle était

---

1. Deux animateurs américains connus pour leurs talk-shows qu'on pourrait qualifier de racoleurs. L'émission de Jerry Springer est la plus « trash » des deux (NdT).

alors enceinte de Sasha et cherchait une manière d'épuiser son fils hyperactif de cinq ans.

Je ne me suis pas mis au ski comme mon père l'avait espéré, et je peux déclarer avec fierté que je le déçois tous les jours depuis. Il ne serait même pas surpris si je lui racontais ce qui s'est passé récemment, mais ça impliquerait de répondre à ses appels, et ce n'est pas quelque chose que j'ai tendance à faire.

En plus, il ne ferait que trouver un moyen pour rejeter la faute sur moi.

L'intensité du regard de Robbie me donne l'impression que ma peau brûle, ce qui me tire de mes pensées. L'énerver est une de mes activités préférées. Je comprends pourquoi JJ aime tant être un connard. Rob n'arrête pas de faire tomber des objets, de frapper son téléphone contre la télécommande de la télévision dans un bruit sec, et après environ dix minutes sans réponse, il se met à tousser bruyamment.

Je garde les yeux sur la télé en réprimant un sourire. Mike Ross[1] est sur le point de boucler une autre affaire quand Henry me donne un coup de coude.

— Robbie essaie d'attirer ton attention. Tu fais exprès de l'ignorer ?

— Excellente question, Henry, merci ! s'écrie Robbie de façon dramatique. Tu fais exprès de m'ignorer, Nathan ?

Quand je le regarde enfin, il me dévisage avec le regard critique d'une mère peu impressionnée par sa progéniture.

— Désolé, mon pote. Tu veux quelque chose ?

Robbie marmonne un truc avant de pousser un gros soupir.

— Tu as organisé ma fête d'anniversaire ?

— Tu veux dire, la fête d'anniversaire surprise ? Celle dont tu as *spécifiquement* dit que tu ne voulais rien savoir ? Pour que ça reste, tu sais, une *vraie* surprise ?

---

1. Héros de la série *Suits*.

Il y a six semaines, Robbie m'a annoncé qu'il voulait une fête surprise pour son anniversaire. Selon lui, organiser des fêtes est très stressant et prend beaucoup de temps. Il ne voulait pas avoir de problèmes à gérer pendant son propre anniversaire, donc je devais m'en occuper. Je lui ai répondu que si c'était un tel tracas, il n'avait qu'à ne plus organiser nos fêtes.

Il m'a traité d'imbécile et m'a dit de grandir.

— Si la surprise est que tu n'as rien réglé, je n'en veux pas, putain.

Henry bondit et nous regarde alternativement, Robbie et moi, avant de se ruer vers les escaliers. Robbie le suit du regard avec une pointe de méfiance avant de revenir à moi. Je lève les épaules, feignant l'ignorance face à l'angoisse d'Henry qui craint de gâcher la surprise depuis des semaines. Le pauvre garçon n'arrive pas à garder un visage impassible, et il s'est convaincu qu'il ne tiendrait pas bien longtemps.

— Tu dois te détendre, Robert, dis-je en sachant pertinemment qu'utiliser son nom complet l'énervera un peu plus. Le stress n'est pas bon à ton grand âge.

Je croyais qu'on arrivait à la fin de la discussion, mais au lieu de ça, il se gratte la mâchoire en marmonnant un « hum ». Ce n'est pas le genre de M. Confiant d'hésiter avec les mots. Il a à présent toute mon attention.

— Tu as… Tu as invité Lola ?

Oh, voilà qui est amusant.

— Qui ?

J'évite de justesse le coussin qu'il lance dans ma direction.

— Ne joue pas au con, *Nathaniel.* Tu sais de qui je parle.

Il y a trois semaines, pendant que je déconnais royalement avec Stassie, Robbie faisait connaissance avec sa meilleure amie. Il ne veut pas me dire ce qui s'est passé, sous prétexte que c'est un gentleman, mais c'est difficile de ne pas tirer ses propres conclusions alors qu'elle n'est partie que le samedi après-midi avec l'un de ses tee-shirts sur le dos.

Je ne l'ai pas revue depuis, alors j'ai pensé que c'était l'affaire d'une nuit, mais à en juger par l'expression nerveuse sur son visage, peut-être pas.

— Tu voudrais qu'elle soit là ? Dans la situation hypothétique où il y aurait une fête ?

— On parle, donc oui. Hypothétiquement.

Robbie n'a aucun problème avec les femmes. Pour autant, je ne peux pas nier qu'il change de cible quand il s'ennuie. Le fait qu'il lui parle et qu'il ne fasse pas que coucher avec elle est bon signe.

— Noté. Prêt pour l'entraînement ? lui demandé-je en changeant soigneusement de sujet avant de révéler les secrets de la fête.

— Ouais, laisse-moi prendre mon sweat, d'abord.

Merde. Maintenant, je dois trouver un moyen de faire venir Lola ici.

JJ sprinte dans la rue pendant que je mets le fauteuil de Robbie dans le coffre de ma voiture. J'appuie sur le bouton pour abaisser les portes papillon arrière, m'installe derrière le volant et passe la marche arrière, verrouillant automatiquement toutes les portières.

Il tape sur la vitre, à bout de souffle, en marmonnant quelque chose d'inaudible. Je baisse un peu la vitre pour pouvoir l'entendre.

— Ne pars pas sans moi, connard.

— Dépêche-toi ! lui réponds-je en le regardant courir vers la porte d'entrée pour récupérer ses affaires.

J'aurais de la peine pour lui si je ne savais pas qu'il est bordé par une des pom-pom girls depuis hier soir.

Le partage de la patinoire implique que nous nous entraînions à des horaires différents chaque jour. Puisque, techniquement, c'est leur patinoire, l'entraîneur Brady a exigé que nous travaillions en fonction des heures d'entraînement des patineurs. Beaucoup d'entre eux ont des compétitions qui approchent, et elle a fait valoir qu'elle ne voulait rien de moins que notre accord total.

Aubrey Brady est une femme terrifiante, elle tient les couilles de Faulkner dans un étau de fer. Dès qu'elle a découvert pourquoi notre patinoire avait été saccagée, elle s'en est servie pour forcer Skinner à se plier à toutes ses exigences et maintenant, elle nous tient dans la paume de sa main.

Je ne peux pas lui en vouloir, elle s'occupe de ses athlètes, mais passer maladroitement à côté de Stassie tous les jours me saoule. Voir à quel point elle est sexy dans ses trucs de patinage me saoule aussi. La voir faire des blagues à sa tête de nœud de partenaire de patinage, on le devine, me saoule également.

Et rapidement.

La plupart du temps, elle me regarde comme si elle voulait m'asperger d'essence et craquer une allumette. Ou alors, elle m'ignore complètement. Cette fille a le don de nourrir des rancœurs, envers tout le monde sauf Henry, visiblement.

L'autre jour, Henry a croisé Anastasia, plongée dans ses études à la bibliothèque. Il lui a offert un café, lui a parlé de la situation avec Russ, s'est excusé en affirmant comprendre sa colère. Depuis, il est le seul parmi nous à être dans ses bonnes grâces.

— Pourquoi veux-tu toujours des filles qui ne t'aiment pas ? m'a demandé Henry alors qu'elle passait à côté de nous un après-midi, tout en réussissant à lui adresser un doux sourire. Summer, Kitty, Anastasia… Pourquoi ?

— Purée, Hen', a bafouillé JJ en s'étouffant avec son eau. Frappe le gars pendant qu'il est à terre, tant qu'à faire.

— Je ne sais pas, petit, ai-je avoué en passant un bras autour de ses épaules alors que ses joues rougissaient à cause des rires des gars. Trouve-moi une fille sympa qui m'aime, et je tenterai ma chance.

— Il n'est pas un putain de faiseur de miracles, Hawkins, a grommelé JJ.

Robbie soutient qu'il pourrait gagner sa faveur s'il le souhaitait. Jaiden, lui, se plaît à penser qu'il préfère jouer le rôle du ténébreux séducteur. Quant à moi, même si je me mettais à genoux pour m'excuser, j'ai le sentiment qu'elle profiterait de la situation pour me donner un coup.

Je me gare, signale aux gars que je les verrai à l'intérieur et m'élance vers la patinoire. Elle est en train de ranger ses patins lorsqu'en ouvrant les portes, j'attire son attention. Ses yeux se lèvent, mais son expression se durcit en me reconnaissant.

Charmant.

Je m'assois sur le banc, à côté de son sac, et me racle la gorge.

— Anastasia ?

Ses yeux se verrouillent aux miens. Ses lèvres pulpeuses font immédiatement la moue.

— Qu'est-ce que tu veux ?

— J'ai besoin d'une faveur.

— Non.

— Tu n'as même pas encore entendu ce que c'est.

— Inutile. La réponse est non.

— Et si je te disais que c'est super important pour le bonheur de nos deux meilleurs amis ?

Elle soupire, un bruit que j'ai l'habitude d'entendre maintenant, en mettant les mains sur ses hanches.

— OK, je mords à l'hameçon. Continue.

— C'est le vingt et unième anniversaire de Robbie, samedi, et je lui organise une fête surprise. Il aimerait que Lola soit là, tu peux lui passer le message ? Tu es invitée aussi, évidemment.

— Bien.

On dirait que j'ai réussi, peut-être.

— Super, merci. C'est sur le thème de Vegas, donc cravate noire. Bar gratuit, tables de poker, tous les trucs sympas. J'espère que vous viendrez, ça rendra Robbie très heureux.

— D'accord.

Elle se dirige vers les portes au moment où elles s'ouvrent sur les gars. Elle tapote le bras d'Henry et murmure « Salut » en passant devant lui, et les joues du gamin rougissent à nouveau.

Quand elle est suffisamment loin pour ne pas nous entendre, JJ me bloque la tête en ricanant alors que je me débats.

— Tu perds la main, Hawkins. Le gamin a plus de sex-appeal que toi.

— Je n'essaie pas de sortir avec elle, se défend rapidement Henry en se grattant la mâchoire nerveusement. J'essaie d'être gentil avec elle, pour qu'elle nous aime à nouveau. Elle a un petit ami, de toute façon.

— C'est son partenaire de patinage, pas son petit ami. Elle n'a pas de petit ami, elle me l'a dit elle-même.

Henry secoue la tête.

— Pas lui, Ryan Rothwell. Je les ai vus s'enlacer, la semaine dernière.

— Serrer quelqu'un dans ses bras ne prouve pas grand-chose, Hen. Kris et Mattie seraient en couple avec la moitié du campus, si c'était le cas, grogne Robbie.

— Ils se pelotaient et il lui attrapait les fesses, ajoute Henry.

Super.

Aaron est encore en train de faire des conneries sur la glace lorsqu'on s'apprête à commencer l'entraînement. C'est un connard odieux, je ne peux vraiment pas le supporter. Ça n'a rien à voir avec Stassie. Il me donne les pires vibrations imaginables, et ça suffit pour que je le déteste. Évidemment, ça n'aide pas qu'il nous ait tous baisés avec sa grande gueule.

Je sais que j'ai dit que ce n'était pas à propos d'elle, mais une chose que je n'aime pas chez lui, c'est la façon dont il parle à

Anastasia quand ils patinent. Je lui ai laissé le bénéfice du doute à la fête parce qu'il était clairement ivre. Mais leurs séances ont souvent lieu juste avant ou après les nôtres. Quand nous arrivons en avance ou que nous finissons tard, je le surprends à lui dire, avec une condescendance insupportable, qu'elle ne doit pas négliger l'entraînement.

C'est nul, mais ce n'est pas mon problème. Elle n'est pas le genre de fille qui a besoin qu'on la défende. Si je tentais de le faire, je me retrouverais sûrement en tête de sa liste noire.

Quand il nous entend arriver, il patine finalement jusqu'au bord. Il arbore un sourire suffisant dès qu'il me remarque. Il teste déjà fortement ma patience sans même avoir ouvert la bouche. Je suis sûr que si je le frappais, je me sentirais mieux. Mais en repensant à ce que Faulkner a dit à propos de la ligne de conduite à adopter, je prends une profonde inspiration à la place. Voilà. Je peux me comporter en adulte.

— Elle ne va pas te baiser. Tu perds ton temps.

— Excuse-moi ?

Ne le frappe pas. Ne le frappe pas. Ne le frappe pas.

— Tu m'as entendu.

Il s'assied sur le banc et commence à délacer son patin, sans prendre la peine de regarder mon visage choqué. Les gars traînent les buts sur la glace et Robbie parle à Faulkner. Sinon, je chercherais confirmation auprès d'eux de ce que je crois avoir entendu.

— On pourrait penser qu'elle fait semblant d'être difficile à avoir, mais ce n'est pas le cas. Ce qu'il y a de plus froid chez elle, c'est son cœur. Elle va te mener en bateau, comme elle le fait avec Rothwell, alors épargne-toi cette peine.

Quel enfoiré.

— Tu es un con, tu le sais ça ? lancé-je effrontément.

Il jette son patin dans son sac et passe à l'autre en levant un visage moqueur vers moi.

— La vérité fait mal, mon pote.

— Je ne suis pas ton putain de pote. (Je serre le poing tout en essayant désespérément de garder ma colère à distance.) Et si tu reparles d'elle comme ça, tu vas devoir ramasser tes dents sur la patinoire.

Il m'adresse un sourire mielleux. Mes doigts craquent tant je serre le poing, mais ça ne le perturbe pas le moins du monde et il me balance un coup d'épaule en partant. Il atteint la sortie, puis se tourne vers moi.

— Je vais m'amuser à la voir te transformer en imbécile pleurnichard, juste pour te laisser tomber comme elle le fait avec tous les autres. Sur ce, bon patinage.

SEPT

ANASTASIA

Team building.

Deux mots. Douze lettres. Deux heures d'enfer.

— Nous allons faire quelques activités pour briser la glace, annonce Brady à la salle.

Elle semble aussi ravie que moi à l'idée de ce qui nous attend. Je sais qu'elle n'est pas emballée, elle me l'a dit en arrivant. Le coach Faulkner est à ses côtés, semblant lui aussi préférer être ailleurs. David Skinner, qui commence franchement à me taper sur les nerfs, veut voir une meilleure entente entre nos deux équipes. Brady m'a raconté que Skinner s'était trouvé là par hasard quand Ruhi, une des plus jeunes patineuses en solo, s'était prise la tête avec un hockeyeur pour avoir interrompu son entraînement. Il semblerait que Skinner ait découvert le talent de Ruhi pour transformer les termes techniques du hockey en insultes cinglantes.

Donc, maintenant, nous renforçons l'esprit d'équipe.

Quelle perte de temps… Je pourrais aussi bien jeter mon agenda puisque tout le monde semble se foutre de ma routine.

Faulkner s'éclaircit la voix en jetant un coup d'œil à Brady pour chercher un peu de soutien. Il n'a pas l'air à sa place là où il n'y a pas de patinoire, et si je n'étais pas si dégoûtée d'être à nouveau coincée dans la salle des prix, je trouverais probablement ça drôle.

— Je suis sûr que vous avez tous déjà entendu parler de *speed dating*, dit Brady. Mes patineurs, vous allez chacun vous asseoir à une table. L'équipe de hockey, vous allez passer de table en table toutes les cinq minutes.

— Je vous rappelle qu'il ne s'agit pas d'un vrai rendez-vous galant, s'écrie Faulkner, qui sort enfin de son silence. Le but est d'apprendre à mieux se connaître. Discutez de vos aspirations, de vos hobbies, du nom de votre chien, je m'en fiche, mais restez respectueux. Hughes, Hudson, Carter et Johal, pour être clair, je m'adresse spécifiquement à vous quatre.

Les quatre gars font semblant d'être choqués, ce qui fait rire le reste de leurs coéquipiers.

— C'est une blague, gémit Aaron. Nous ne sommes pas des enfants.

Aussi difficile que cela puisse être pour moi de l'admettre, je dois concéder qu'il a raison. Ces trois dernières semaines, il a été vraiment agréable, et c'est un plaisir d'être en sa compagnie. Il a même invité Lo et moi à dîner chez Aiko, un élégant restaurant japonais où je n'aurais jamais pu me rendre sans son invitation.

Il a l'air d'avoir changé, et je lui en suis profondément reconnaissante. Je n'ai pas vu Ryan très souvent car il a passé beaucoup de temps avec Olivia. Mais lorsqu'il était là, Aaron a été agréable. J'essaie de voir le bon côté des choses pour éviter qu'Aaron soit de mauvaise humeur.

— Ça peut être amusant. Certains d'entre eux sont sympas.

J'ai un faible pour Henry Turner, un des étudiants de deuxième année de l'équipe de hockey. Je stressais sur ma dissertation au sujet de la responsabilité sociale des entreprises à la bibliothèque quand il s'est approché de moi, l'air inquiet. Il s'est présenté, m'a expliqué qu'il faisait partie de l'équipe et qu'il avait entendu ce qui s'était passé. Il a affirmé qu'il ne pouvait pas m'en dire trop, mais qu'il voulait quand même m'expliquer.

Puis il a commencé à me raconter tout sur tout le monde.

Il m'a expliqué que Nathan avait mis fin aux traditionnelles farces à la minute où il était devenu capitaine. Il m'a promis que l'équipe – y compris Nathan – n'aurait rien pu faire pour éviter ce désastre.

Russ, celui qui a planté la petite graine – ou non, puisqu'il s'avère finalement que ce n'est pas lui – a une vie familiale difficile, à laquelle il a réussi à échapper en travaillant exceptionnellement dur pour obtenir une bourse d'études complète.

Nathan savait que si les gens l'apprenaient, Russ pourrait perdre sa bourse d'études, et avec ses parents incapables de couvrir ses frais de scolarité, il n'aurait eu d'autre choix que de retourner à la vie qu'il a travaillé si dur pour fuir. Nathan n'a même pas confié l'information à sa propre équipe, c'est dire à quel point il est protecteur envers Russ, malgré ses erreurs de jeunesse.

Henry tenait à me faire savoir que Russ n'est pas un gamin arrogant. Il est calme et essaie d'éviter les problèmes, et Henry a tendance à s'identifier à lui parce qu'il est pareil. Il ne s'est pas fait d'amis en première année ; même s'il vient de Maple Hills, l'université a été une expérience accablante pour lui.

Il détestait les dortoirs, mais sans amis avec qui vivre, il n'avait pas beaucoup de choix. Nathan lui a offert une chambre dans leur maison, même si un étudiant de deuxième année qui vit avec des seniors, c'est du jamais-vu dans leur équipe. C'est sur ça qu'il s'est basé pour m'expliquer à quel point son capitaine était un type bien et pour m'encourager, malgré ma colère, à lui donner une chance.

Après m'avoir raconté des potins sur tous les membres de l'équipe que je ne connais pas encore, il a terminé son discours en me disant que j'étais la plus belle patineuse artistique qu'il ait jamais vue. Il a rapidement précisé qu'il parlait de mes performances, et non de mon apparence, et que lorsque je ne tombe pas sur le cul ou que je ne ressemble pas à un bébé girafe, mes performances sont exceptionnelles.

Et comme si je n'étais pas déjà assez charmée, il m'a payé un café et m'a aidée à étudier.

Brady tape dans ses mains pour nous faire bouger. Je prends un siège à l'opposé d'Aaron. Il est peut-être amical en ce moment, mais ça ne veut pas dire pour autant que j'ai envie qu'il écoute mes conversations.

Je suis capable de tenir une conversation pendant cinq minutes, n'est-ce pas ? Ce sont seulement deux minutes et demie chacun. Je peux parler de moi pendant tout ce temps. Ça va être bien.

J'espère.

Mon premier interlocuteur s'installe en face de moi et me met instantanément à l'aise avec un large sourire. Il arbore des cheveux blonds décolorés. Ses bras dorés sont ornés de tatouages noirs détaillés, mis en évidence lorsqu'il a retroussé ses manches dès qu'il s'est assis, tout en me faisant un clin d'œil. Une courte barbe orne sa mâchoire et un discret anneau en argent décore son nez. Il a tout du genre de gars avec qui on pourrait s'attirer des ennuis, mais de la meilleure des manières.

Il me tend la main pour que je la serre, ce qui est étrangement formel.

— Jaiden Johal, mais tu peux m'appeler JJ.

C'est un peu bizarre, mais je le fais quand même.

— Anastasia Allen. Stassie me va aussi.

— Oh, je sais parfaitement qui tu es. Je me suis donné pour mission de connaître toute femme qui remet Nate Hawkins à sa place. Je suis un grand fan.

Je rougis. *Super.*

— Merci ? Enfin, je crois. Parle-moi de toi. On doit occuper ces cinq minutes d'une manière ou d'une autre.

La pièce est remplie du bruit des gens qui discutent, ce qui est un signe positif. JJ allonge ses jambes, se mettant à l'aise dans son siège.

— J'ai vingt et un ans. J'ai un soleil en Scorpion, une lune en Scorpion et un ascendant Scorpion. Je viens du Nebraska, et si tu y es déjà allée, tu sais que, putain, il n'y a rien à y faire. (Il frotte la paume de sa main contre son visage tout en s'arrêtant pour réfléchir à ce qu'il va dire ensuite.) Je joue en défense, j'intégrerai les Marlins de San Jose quand je serai diplômé, je déteste les cornichons. Faulkner a dit qu'on n'avait pas le droit de parler de trucs sexuels, donc je ne sais pas quoi dire d'autre.

En regardant l'horloge de mon téléphone, je réalise que nous avons couvert quatre-vingt-dix secondes.

— J'ai vingt et un ans. Je suis de Seattle, je suis fille unique, je travaille à la patinoire Simone's Rink. Je fais du patinage artistique depuis que je suis enfant, toujours en couple, et je patine avec Aaron depuis la première année. (Je bouge dans mon siège, pas très à l'aise, dans l'espoir que JJ parle encore de lui.) Notre objectif, c'est la Team USA. Nous voulons participer aux prochains Jeux olympiques. (*Pourquoi est-ce si difficile ?*) J'étudie le commerce. Tu veux connaître mes trois grands signes ?

Il acquiesce avec enthousiasme.

— Évidemment.

— Soleil et ascendant en Vierge, lune en Cancer.

Il siffle et secoue immédiatement la tête.

— Quoi ?

— Lune en Cancer. *Red flag*[1].

— De la part d'un triple Scorpion ?

Jaiden lève les mains pour se défendre et écarquille ses yeux noisette.

— Je te signale que nous sommes incroyablement incompris.

Je regarde à nouveau l'horloge, il nous reste une minute.

— Soixante secondes. Autre chose ?

Il frotte ses mains l'une contre l'autre d'une manière qui m'inquiète. Que va-t-il me demander ?

— Préférerais-tu… avoir une tête de poisson, mais ton corps, ou avoir ta tête, mais un corps de poisson ?

1. *Red flag* ou « drapeau rouge » est une expression utilisée pour désigner certains comportements toxiques chez une personne.

Il s'écoule au moins trente secondes pendant lesquelles je le dévisage, incapable de formuler une réponse. Il tape sur la montre qu'il a au poignet.

— *Tic-tac*, Stassie. Le temps est presque écoulé.

— Je ne sais pas.

— Dix, neuf, huit, sept…

— Une tête de poisson avec mon corps. Je crois. Mon Dieu, c'est dégoûtant à visualiser.

— Excellent choix, me félicite-t-il, l'air satisfait de ma réponse.

Brady donne un coup de sifflet, indiquant à tout le monde de changer de place. Il me fait un nouveau clin d'œil, et je rougis définitivement.

— J'espère te voir plus souvent bientôt.

Le temps passe vite alors que les gars défilent à ma table. Trois étudiants de première année m'ont demandé mon numéro. Un certain Bobby a passé nos cinq minutes à parler d'une fille au lieu de lui-même, et quand un certain Mattie a réalisé que nous suivions le même cours, il a passé cinq minutes à me demander de lui expliquer notre dernier devoir en écrivant les réponses sur son téléphone.

Robbie s'approche de ma table au coup de sifflet. C'est agréable de voir quelqu'un que je connais un peu.

— Anastasia.

— Robbie. Je suis contente de te voir ici.

Il se pourrait qu'entre Lola et Robbie, il se passe vraiment quelque chose. Je n'en suis pas sûre. Elle-même n'en est pas sûre. À la seconde où elle a su qu'on allait faire équipe, j'ai reçu des instructions strictes pour le découvrir.

— Comment vas-tu ?

— Je vais bien. J'espère que tu vas passer les quatre prochaines minutes et… (Il regarde sa montre.)… vingt-huit secondes à parler de ta colocataire.

Elle va sauter au plafond quand je rentrerai à la maison. Ces quatre minutes ont été parmi les plus faciles de ma vie. Lo est un livre ouvert : ce que vous voyez d'elle est authentique. La décrire à quelqu'un d'autre est un jeu d'enfant, car elle est toujours partante pour de nouvelles aventures et demeure l'amie la plus affectueuse et compréhensive que je connaisse.

Je déteste admettre que Joe et Kris sont vraiment hilarants. J'ai dû me retenir pour ne pas éclater de rire, ce qui est agaçant car je n'avais pas prévu d'ajouter d'autres joueurs de hockey à ma liste de gens que j'apprécie.

Ça devait être seulement Henry, pour toujours.

Ces dix minutes de rire tombent à point nommé, car je suis de bonne humeur lorsque Russ s'assied à ma table. Il semble inutile de décrire les joueurs de hockey à ce stade, étant donné que le seul mot qui me vient à l'esprit est *grand*. Russ n'est pas différent, mais la seule chose qui le distingue de ses amis est son visage de bébé. Contrairement au reste de l'équipe, il n'y a pas de barbe en vue. Ses yeux sont grands et doux, comme ceux d'un chiot.

Je ne l'avais jamais remarqué avant, mais je ne l'avais jamais vu de près non plus. Il a l'air très nerveux aussi, et je repense à ce qu'Henry m'a dit : « c'est un gars tranquille ».

— Je suis Stassie. Russ, c'est ça ?

Il acquiesce et les pointes de ses oreilles rougissent.

— Oui, c'est un plaisir de te rencontrer. Tu veux parler de toi ou de quelque chose en particulier ? Je n'ai rien d'intéressant à dire.

Oh, Russ, pourquoi faut-il que tu te comportes comme un animal timide alors que j'essaie d'être en colère contre toi ?

Je me lance dans le même discours que celui que j'ai tenu à tous les autres gars. Il pose des questions complémentaires qui me font parler, si bien qu'au moment où le sifflet retentit et où il s'en va, je ne sais toujours rien de lui.

— C'était un plaisir de te rencontrer, me dit-il gentiment en partant.

L'activité est presque terminée, et je suis incroyablement ennuyée qu'elle ait eu l'effet désiré, en quelque sorte. C'est difficile d'en vouloir aux gars de partager la patinoire après avoir entendu toutes leurs aspirations et motivations.

Je veux dire, c'est peut-être difficile, mais pas impossible.

Par élimination, je sais qu'il ne me reste que deux personnes. Ma batterie sociale vacille, mais j'essaie de tenir bon, car je sais que ça en vaut la peine lorsque Henry se laisse tomber sur le siège en face de moi.

— C'est inutile, n'est-ce pas ? murmure-t-il en posant ses coudes sur la table pour reposer sa tête dans ses mains. Pourquoi aurais-je besoin de savoir comment s'appelle l'animal de compagnie d'enfance de quelqu'un ou la date de son anniversaire ? Les seules personnes que ces informations intéressent, ce sont les pirates informatiques. Et je n'aime même pas les ordinateurs.

Je suis en état de choc. Lors des quelques rencontres individuelles que nous avons eues, Henry était calme et détendu. Il semble que Skinner ait trouvé le moyen de l'énerver : la sociabilisation forcée.

— S'il te plaît, ne me parle pas de tes animaux domestiques, Anastasia, me supplie-t-il en passant une main dans ses courtes boucles auburn avec un profond soupir. Je n'ai pas l'énergie de faire semblant de m'intéresser à eux.

— Tu préfères qu'on garde le silence ? Il ne te reste plus qu'une personne après moi. Tu peux faire une petite pause avant la dernière rencontre.

— C'est une bonne idée, merci.

Henry ferme les yeux, et je n'ai pas d'autre choix que de le regarder faire une micro-sieste. J'ai l'impression d'être une meuf chelou, mais qu'est-ce que je suis censée faire d'autre ? Il pourra se lancer dans le mannequinat si le hockey ne lui réussit pas. Un visage parfaitement symétrique, une peau brune, lisse et lumineuse, les pommettes les plus définies que j'aie jamais vues sur un homme. Il est magnifique.

— Je sens que tu me fixes. Tu peux arrêter ?

Je suis contente qu'il garde les yeux fermés. Ainsi, il ne peut pas voir la teinte rouge très agressive que prend mon visage. Lorsque le sifflet de Brady retentit, Henry s'en va en jetant à peine un regard dans ma direction.

Il n'y a qu'une seule personne que je n'ai pas encore affrontée, et c'est celle que je redoute. Il met une éternité – ou ce qui semble être une éternité, du moins – à s'asseoir. Il porte un tee-shirt des Maple Hills Titans et un pantalon de survêtement gris. Je me déteste d'être une femme charmée par un homme en pantalon de survêtement gris. *Merde*. Non, je ne flancherai pas.

— Salut, dit-il joyeusement. Je suis Nathan Hawkins.

— Tu la joues comme ça, hein ?

Il ignore ma question et fronce les sourcils.

— Et tu es ?

— Nathan, qu'est-ce que tu fais ? demandé-je en m'adossant à mon siège, les bras croisés.

Il imite mon geste en croisant les bras comme je l'ai fait. Vu de l'extérieur, nous devons sûrement sembler être les personnes les moins amicales de la salle, ce qui, en réalité, pourrait bien être le cas.

— On repart à zéro. Tout le monde aime les nouveaux départs, non ? Prenons-en un. Tu ne peux pas rester en colère pour toujours.

— J'avais prévu de rester en colère jusqu'à la fin de temps, donc j'ai l'impression que tu me sous-estimes énormément.

Il se met à rire, et je ne sais pas quoi faire, parce que mon visage se bat pour sourire, lui aussi. *Merde*.

— Ton engagement pour la cause est admirable, Allen, me taquine-t-il. Je sais déjà que tu es patineuse artistique, que tu étudies le commerce et que tu viens de Seattle. J'ai découvert que tu pouvais être terrifiante, mais que tu pouvais aussi être gentille.

Mes sourcils se haussent immédiatement, signe de ma confusion. Alors, il clarifie :

— Envers Henry, pas envers moi.

— Henry a été gentil avec moi.

Son visage s'affaisse un peu, la façade charmante s'estompe.

— Je veux être gentil avec toi. Écoute, je suis désolé de t'avoir menti. J'étais pieds et poings liés, et je devais faire passer Russ en premier. Je souhaite vraiment être ton ami, Anastasia.

— Je sais, tu ne me connais pas, tu ne peux pas me faire confiance ou autre, et ça me va très bien. Je comprends, mais j'ai essayé de partager ce que je ressentais pour que tu puisses voir mon point de vue, et tu as immédiatement balayé ça comme si c'était une réaction excessive.

Je me sens naïve de dire ça, mais j'ai suivi assez de thérapie dans ma vie pour savoir que je dois essayer de communiquer mes sentiments. Enfin, quand je ne suis pas mesquine. Les gens n'arrêtent pas de me dire que Nathan est un type bien, alors je lui donne l'opportunité d'en être un.

— Je comprends pourquoi ça te donne envie de garder tes distances avec moi.

Sa main s'enfonce dans ses cheveux. Il les tire avec ce qui ressemble à de l'agacement contre lui-même.

— Je suis désolé, ce n'était pas bien de ma part. Ça te dirait de tout recommencer ?

Le sifflet de Brady retentit pour la dernière fois, mais il ne bouge pas. Il attend que je réponde, ses yeux bruns fixent pratiquement mon âme.

— Tu es en probation.

La chaleur remonte sur mes joues quand il esquisse le plus beau des sourires.

— Je vais y arriver.

— Tu as intérêt.

Merde, merde, merde.

HUIT

NATHAN

ROBBIE AVAIT RAISON. Organiser une fête, c'est difficile. Cependant, le plus dur aujourd'hui a été de l'éloigner. Nous avions convenu que Joe et Mattie allaient l'occuper toute la journée, pendant que le reste d'entre nous attendrait que tout soit livré et installé.

C'était un plan parfait.

Jusqu'à ce que Robbie décide qu'il devait rester à la maison pour réceptionner quelque chose qu'il avait commandé. Ma présence à la maison n'était pas suffisante, il devait l'attendre lui-même.

Après Joe, Robbie est le gars le plus intelligent que je connaisse. C'est pourquoi je suis convaincu à 100 % qu'il a fait ça pour nous stresser. Finalement, il est parti avec les gars et trente secondes plus tard, le livreur a apporté les tables. La commande que Robbie était censé recevoir n'est jamais arrivée.

Salaud.

Chaque fois que je pense tout savoir de mes amis, un nouveau projet voit le jour – transformer la maison en casino par exemple –, et je découvre à quel point ils sont chiants.

La maison est fantastique. Je n'ai pas lésiné sur les moyens, et je ne le regrette pas du tout. Même s'il m'irrite au plus haut point, Robbie le mérite.

La décision la plus intelligente que j'ai prise a été de louer un bar entièrement approvisionné et surveillé. Ils se sont installés sur la terrasse, au-delà des portes-fenêtres de la cuisine, et c'est magnifique. Bobby et Kris se sont amusés à nommer les cocktails. Je pense que lorsque Robbie entendra quelqu'un commander une Folle de la Crosse ou un Judge Judy, il sera heureux.

Nous avons tous convenu collectivement de ne pas expliquer l'origine de « Judge Judy ». C'est plus amusant de laisser les gens deviner. En réalité, c'est en référence à l'émission de téléréalité que Robbie a regardée en boucle pendant des semaines quand il était à l'hôpital après son accident.

Maintenant, quand il a la gueule de bois, il s'allonge sur le canapé du salon et regarde son émission préférée. Personne n'a le droit de parler pendant, et personne n'a jamais le droit d'être en désaccord avec la décision de Judge Judy.

Henry n'a pas bien compris ce qui se passait quand il a emménagé avec nous. Je ne suis pas sûr qu'il comprenne mieux aujourd'hui, mais il sait qu'il doit rester silencieux comme le reste d'entre nous.

— On est sexy, s'enthousiasme JJ en admirant chacun de nous dans notre smoking.

Les gars doivent rentrer juste avant le début de la fête. Ils auront donc le temps de prendre une douche et de se changer. Nous voulions tous être prêts pour que l'illusion Vegas fasse son effet au retour de Robbie.

— Vous pensez que Lola et Anastasia viendront ? demande Henry en tripotant son nœud papillon.

— Je l'espère, mon pote. Robbie tient à ce que Lola soit là, et je ne veux pas le laisser tomber pour son anniversaire.

— Rien à voir avec ton désir d'embrasser Stas et de te réconcilier avec, alors ? se moque Bobby.

Mon sourcil se lève.

— Depuis quand elle est « Stas » pour toi ?

— On est amis, maintenant. Le truc pour briser la glace a marché, je l'aime bien.

Oh, génial.

Par chance, les gars font leur apparition au même moment, et peu de temps après, la fête bat son plein, ce qui ne me laisse pas le temps de m'attarder sur cette prétendue *amitié* entre mes potes et Anastasia.

Cette fête est sur invitation seulement, une de mes idées les plus brillantes. On ne murmure jamais les mots « bar gratuit » sur ce campus, à moins de vouloir être ruiné. Comme ça, je peux coller Tim, un des bleus, devant la porte avec une liste d'invités. Ainsi, plus besoin d'être inquiet à l'idée que des fauteurs de troubles entrent et gâchent tout.

Le succès de Tim en tant que gardien de l'entrée dépend fortement de sa présence devant la porte, donc le voir traverser la pièce avec son porte-bloc gâche les espoirs que j'avais placés en lui en matière de sécurité.

— Qu'est-ce qui ne va pas ?

— Tout va bien, cap. En quelque sorte. Les filles auxquelles tu m'as dit de faire attention sont arrivées. Lola Mitchell et Anastasia Allen.

Dieu merci.

— Et donc, quel est le problème ?

— Je leur ai dit de venir te voir, comme tu me l'as demandé, et…

— Crache le morceau, Tim.

— Lola… eh bien… elle m'a dit de te dire que si tu voulais lui donner des ordres, tu n'avais qu'à l'intégrer à ta foutue équipe.

— Message reçu. Où sont-elles, maintenant ?

— Au bar, capitaine.

Sur ce, je renvoie Tim à son poste. Je garde un œil sur les portes du jardin tout en continuant ma partie de poker.

La maison est pleine de gens qui se pressent autour de diverses tables de jeux, qui boivent, qui rient. J'ai essayé de faire en sorte que rien ne soit de mauvais goût, même lorsque JJ a essayé de me convaincre d'engager un imitateur d'Elvis qui fait des mariages. Comme je risquais trop de finir marié à JJ par accident, j'ai refusé.

Je ne les ai pas vues revenir à l'intérieur, et ça fait plus d'une heure. Quand je me dirige enfin vers le bar, Henry, Robbie et Jaiden m'ont déjà devancé pour trouver les filles.

— Tu es très belle, aujourd'hui. Pas du tout comme un bébé girafe, j'entends Henry dire à Stassie alors que je m'approche d'eux cinq.

JJ commence à s'étouffer avec sa boisson, mais elle ne semble pas se soucier d'être comparée à un animal géant et vacillant.

— Tu te sens mieux maintenant que tu ne peux plus gâcher la surprise ? demande-t-elle.

Ses yeux se tournent vers moi lorsque je m'arrête à côté de lui, puis reviennent vers Henry. J'ai l'impression que tout le monde, sauf Robbie, connaissait l'inquiétude d'Henry et l'a encouragé.

— Je me sens beaucoup mieux, merci.

Je suis à présent si près d'elle que je peux voir à quel point elle est époustouflante. Des cheveux parfaitement bouclés dans le dos, une robe bleu marine en soie coupée bas, devant et derrière, avec une fente jusqu'en haut de la cuisse. Mais par-dessus tout, elle sourit jusqu'aux oreilles. Elle rayonne de bonheur alors qu'elle discute avec mes amis.

Je ne peux pas m'empêcher de la regarder avec un sourire niais sur le visage, et je sais qu'elle doit le remarquer parce que, de temps en temps, ses yeux flottent vers moi. Toutefois, j'ai trop peur de dire quelque chose et de gâcher ce moment.

Plus je la regarde, plus j'ai envie d'être le gars le plus drôle de la pièce, d'être celui qui la fera rire. Mais je vais devoir me contenter du fait qu'elle ne me regarde pas de travers, pour le moment.

Tout ça, c'était pour que Lola soit là pour Robbie, et j'ai réussi. Elle a pris une chaise à côté de lui, et ils chuchotent ensemble, dans leur propre petit monde. Je suis heureux pour lui, bien qu'un peu jaloux.

Anastasia frotte ses bras de haut en bas. Je réalise rapidement que, pour quelqu'un qui ne porte pas grand-chose, il fait froid ici.

— Tiens, dis-je en enlevant ma veste de smoking. Prends ça.

Sa bouche s'ouvre, et je reconnais ce regard : un combat s'annonce. Mais à ma grande surprise, elle la referme, acceptant mon offre. Elle la dépose sur ses épaules et la resserre autour de sa poitrine.

— Merci, Nathan.

— Allons prendre un verre, Hen, dit JJ en lui tapant dans le dos.

— Mais j'ai déjà un verre, et vous aussi.

JJ soupire et entraîne Henry vers le serveur le plus proche en marmonnant quelque chose sur la discrétion.

Je n'ai jamais été nerveux à l'idée de parler à une femme avant. Je sais que je dois faire des efforts avec Anastasia si on veut être amis un jour. Impossible de supporter les prochaines semaines, ou mois, avec cette tension bizarre entre nous. Surtout maintenant que tous mes coéquipiers font des progrès avec elle.

En plus, elle a dit que j'étais en probation, donc je dois essayer quelque chose.

— Tu es magnifique.

Une entrée en matière un peu faible, Hawkins.

Je réessaie.

— Est-ce que tu t'amuses ?

— Oui. Dommage que tu sois à l'initiative de cette soirée. Devoir te féliciter est le seul point négatif.

Ses mots semblent plus durs qu'ils ne le sont en réalité. Ils sont provocants, mais ce qu'ils ne montrent pas, c'est la façon dont ses yeux brillent, et la façon dont ses dents s'enfoncent dans sa lèvre pendant qu'elle attend ma réponse.

Que Dieu te bénisse, tequila.

— Je croyais qu'on avait fait une trêve. Je suis en probation, tu es censée être gentille.

Je glousse en la regardant essayer de ne pas rire.

— Mais je suis gentille, là !

— C'est ta version de la gentillesse ? Ce n'est pas ton fort, Allen.

— J'ai dit que tu étais en probation, pas moi.

Je me moque d'elle.

— Je vais t'apprendre à être gentille.

— Je suis sûre qu'il y a *plein de* choses que tu peux m'apprendre, Nathan, mais être gentille n'en fait pas partie. Je suis un amour.

— Hum. Je pense que le mot « amour » est un peu exagéré.

Elle sourit. Un vrai sourire qui illumine tout son visage, et j'ai enfin l'impression de progresser.

— Quelles sont les choses que tu veux que je t'apprenne ?

Elle fait un signe de tête vers la maison.

— Et si on commençait par le poker ?

Avant que je ne puisse répondre, Henry réapparaît avec un verre dans chaque main et lance :

— Je suis partant pour un poker.

— Super. (Je me force à sourire, en essayant de ne pas faire la grimace à cause de son intervention.) Installons-nous à une table.

Une fois que tout le monde a pris place dans le salon, les cartes sont distribuées. Il faut à peu près vingt minutes pour que l'homme de la soirée nous quitte, préférant du temps seul avec Lola.

Je lui suis reconnaissant, car ça veut dire qu'il ne verra pas Anastasia m'arnaquer de deux cents dollars. *Lui apprendre à jouer au poker, mon cul.* J'ajouterais actrice à sa liste de compétences. Je pensais vraiment qu'elle n'avait jamais joué avant. Elle a dit « fleur » pour parler du trèfle, bordel de merde ! Elle était très convaincante. Enfin, jusqu'à ce qu'elle pose ses cartes et qu'elle me mette à terre.

— Où tu vas ? demandé-je à Stassie lorsqu'elle se lève de table.

— Aux toilettes. Je reviens.

Je me lève aussi et donne mes jetons à Bobby.

— La file d'attente va être énorme. Tu peux utiliser les miennes, allez.

Elle accepte ma main tendue sans hésiter. Toute cette situation me semble familière. J'espère que cette fois, cette nuit se terminera par la naissance d'une amitié.

Apparemment, je n'ai pas retenu la leçon la dernière fois. J'ai à nouveau le cul d'Anastasia devant mon visage alors que nous montons les escaliers. Les talons aiguilles avec lesquels elle réussit à marcher sont immenses, si bien qu'elle dirige mes mains vers la courbe de sa taille pour l'aider à monter les marches en toute sécurité.

La soie de sa robe est douce sous mes doigts, son corps est chaud. À chaque pas qu'elle fait, ses cheveux se balancent devant moi et la forte odeur de miel et de fraise de son shampooing envahit mes narines.

Il y a pire comme problème.

Une fois parvenu à ma chambre, je tape le code et lui fais franchir la porte. Dans un sens, c'est bien qu'elle soit seule parce que j'aimerais parler avec elle. Les gars sont comme des chiots, des golden retrievers qui se battent tous pour son attention. Ça doit être épuisant pour elle. C'est épuisant à regarder, et en plus, ça craint pour moi parce que je suis définitivement l'avorton de la portée, en ce qui la concerne.

Elle s'arrête lorsqu'elle sort de la salle de bains et me découvre sur le lit. Ses mains se posent sur ses hanches.

— Je n'allais pas fouiner.

— J'ai pensé que tu voudrais un peu de paix et de tranquillité, loin de tes fans.

Ses épaules s'affaissent, son corps se détend.

— Je les aime tous, mais être sociable me fatigue parfois.

— Je comprends. Ils sont nombreux, mais on s'y habitue. Et si ce n'est pas le cas, je peux toujours t'aider à leur échapper.

— Et si c'est à toi que j'essayais d'échapper ?

— Tu n'as définitivement pas besoin de mon aide. Tu es, genre, au niveau expert maintenant, ou pas loin.

Elle rit et, mon Dieu, ce son… Je n'ai jamais aimé faire rire quelqu'un comme j'aime la faire rire, elle. C'est parce que je trime pour chaque rire et chaque sourire. Mon côté compétitif bourdonne quand j'y arrive. Tout en prenant place à mon bureau, elle me parle des spectacles qu'elle faisait quand elle était plus jeune, et de l'épuisement qu'il y avait à être entourée de centaines d'autres enfants surexcités.

Assis sur le lit, je l'écoute en hochant la tête et en riant, fasciné par sa confiance et sa détermination, sa façon de voir les choses et de les expliquer.

Quand elle achève son monologue, même elle a l'air de ne pas savoir d'où lui est venue cette envie de se confier. Elle se concentre sur le contenu de mon bureau, tripotant un manuel sur Dieu sait quoi.

— Ça ne me dérange pas que tu fouines, tu sais. Tu n'as pas tout vérifié, la dernière fois.

— Je n'ai pas besoin de fouiner. Je sais tout ce que j'ai besoin de savoir sur toi.

Je ne peux pas retenir un soupir lorsqu'elle se lève de son siège pour se diriger vers la porte de la chambre. Au moment où elle tend la main vers la poignée, je me penche instinctivement en avant et saisis doucement son bras.

Elle se retourne pour me faire face, son dos se heurte à la porte.

— Est-ce que tu vas me pardonner un jour ? demandé-je empli d'espoir.

— Je te l'ai dit, tu es en période de probation.

Je passe une main dans mes cheveux. Le gémissement qui sort de ma bouche n'est que pure frustration.

— Ce n'est pas un oui. Est-ce que je dois me mettre à genoux et te supplier, Anastasia ? C'est ça que tu veux ?

Elle secoue la tête en riant.

— La seule raison pour laquelle je voudrais voir un homme à genoux devant moi, Nate, c'est parce que son visage est entre mes jambes. Donc, non, je ne veux pas que tu me supplies.

Oh, putain.

Dès que je me lève du lit, je vois son attitude changer. Sa respiration s'intensifie, ses cuisses se resserrent, sa langue sort pour humidifier ses lèvres. Je ne peux m'empêcher de sourire, car je viens de réaliser que l'attirance n'était peut-être pas aussi unilatérale que je le pensais.

— Tu ne me détestes pas autant que tu le prétends, n'est-ce pas ? Si tu veux que je me mette à genoux, Anastasia, on peut faire en sorte que ça arrive.

Mes mains se pressent contre la porte, de chaque côté de sa tête. Je me penche de sorte que nos yeux soient à la même hauteur. Les siens, d'une teinte bleu océan, sont maintenant sombres. Son souffle est court et je pense que si je pressais ma bouche contre son cou, je sentirais son pouls erratique contre mes lèvres.

— Je ne fais pas semblant.

— Si.

La voir se battre contre elle-même est la chose la plus sexy qui soit. Même si elle reste campée sur ses positions, je quitterai cette pièce en homme heureux. Je me penche en avant, laissant ma bouche s'attarder près du lobe de son oreille, mon souffle chatouiller son cou.

— Demande-le-moi gentiment. Laisse-moi te montrer à quel point j'aime quand tu es gentille.

— Pourquoi je ferais ça alors que je ne t'aime pas ?

Ses mots sont forts, mais sa voix tendue et aiguë la trahit.

— Tu n'as pas besoin de m'aimer pour crier mon nom, Anastasia.

Je trace légèrement le contour de sa mâchoire avec mon nez, appréciant la façon dont sa respiration s'arrête.

— Je pourrais te donner une carte pour atteindre mon point G que tu n'arriverais toujours à me faire jouir, Hawkins.

— Je n'ai pas besoin de carte.

— Si.

Ma bouche est à quelques millimètres de la sienne. Je ne ferai le premier pas. Je n'en ai pas besoin. Si elle me veut, elle est sur le point de me le montrer.

L'idée que j'aurais besoin d'une carte pour la faire jouir est risible. Qu'elle pense que je ne passerais pas chaque instant à apprendre à connaître son corps mieux que le mien est également risible.

Ce que j'aime chez elle, c'est qu'elle est compétitive, mais je le suis tout autant, je l'ai toujours été. C'est comme ça que je suis devenu si doué pour gagner. Et à cet instant, nous sommes en compétition pour voir qui peut tenir le plus longtemps.

Tout en baissant la voix pour chuchoter, je lui donne une dernière chance.

— Testons cette théorie, d'accord ?

NEUF

ANASTASIA

LE RISQUE de combustion spontanée est réel.

La voix de Nate n'est qu'un murmure lorsqu'il suggère de tester sa théorie, mais je sens chaque syllabe sur ma peau. La chair de poule se répand dans mon cou et sur ma poitrine. J'ai été trahie par mon corps à la seconde où il a posé ses mains de part et d'autre de ma tête et s'est penché vers moi.

Il m'a à peine touchée et pourtant, je suis déjà prête à me transformer en flaque à ses pieds.

Je ne sais pas si c'est la proximité, l'adrénaline pure ou la tequila, mais toute pensée rationnelle disparaît, et j'écrase ma bouche contre la sienne.

Il ne perd pas de temps pour enfoncer sa main dans mes cheveux et saisir fermement ma nuque. Sa main libre se glisse autour de mon corps, jusqu'à atteindre mes fesses, ce qui me fait gémir dans sa bouche.

Nate est partout à la fois. Tout ce que je peux faire, c'est m'accrocher à lui et subir. Quand sa bouche descend dans mon cou, me suçant et me mordillant, je suis pratiquement à bout de souffle.

Je ne pensais pas que ça arriverait quand je l'ai suivi jusqu'ici, je le jure. Il est si beau dans son smoking, et il y avait quelque chose d'attachant dans son regard qui toute la nuit s'assurait nerveusement que la fête se passait bien. Et il est super sexy, je l'ai déjà dit ? Cheveux noirs, yeux noirs, et muscles sur muscles, sur muscles.

Il se met à genoux devant moi, tire sur son nœud papillon et déboutonne légèrement sa chemise. Les cheveux ébouriffés par endroits, là où je les ai agrippés, et les joues rougies, il lève les yeux vers moi. Ses mains glissent de ma cheville jusqu'à mon genou, puis reviennent en arrière, frôlant toujours cette zone sensible.

— Tu es sûre ?

— Tu as un stylo et du papier pour que je te dessine une carte ?

Je fais des blagues. Pourquoi est-ce que je fais des blagues ? Pourquoi je trouve si drôle la façon dont il semble ne pas être impressionné par moi à cet instant ? Et si sexy ?

— Je ne plaisante pas avec le consentement, Anastasia, dit-il doucement en se penchant en avant pour embrasser mon genou.

— Je suis sûre.

Je ne sais pas pourquoi, mais je suis convaincue que je ne devrais pas ressentir ça. La manière dont il passe ma jambe par-dessus son épaule ne devrait pas me plaire. Et je suis certaine que je ne devrais pas apprécier la sensation de sa langue glissant sur l'intérieur de ma cuisse.

Il tire le tissu de la robe sur le côté. Quand j'ai mis cette robe tout à l'heure, ce n'est pas comme ça que je voyais la soirée se dérouler. J'entends un gémissement d'approbation quand sa bouche se rapproche du sommet de mes cuisses et qu'il réalise que je ne porte pas de culotte.

L'attente me tue. Je sais qu'il le fait exprès, car il se rapproche de plus en plus, sans toutefois rien faire de significatif.

Je suis sur le point d'ouvrir la bouche pour lui dire de se dépêcher quand sa langue passe entre mes lèvres afin de tourner lentement autour de mon clitoris. Un gémissement fort et désespéré résonne dans la pièce. Je ne me rends même pas compte que le bruit vient de moi, jusqu'à ce que je sente ses épaules bouger parce que cet abruti rit.

Ses doigts chatouillent l'arrière de mes cuisses en remontant toujours plus haut. Ses énormes mains s'enfoncent finalement dans mes fesses. Tout en les pressant, il aspire mon clito dans sa bouche d'une manière qui me donne l'impression de flotter.

Je suis une épave. Une loque qui se tortille, qui gémit, qui tremble. Merde. Je n'ai même pas besoin de regarder son visage pour réaliser à quel point il est arrogant, même si je ne pourrais pas – il est enterré trop profondément entre mes cuisses.

J'enfonce mes mains dans ses cheveux pour trouver quelque chose à quoi me raccrocher. Un gémissement satisfait gronde dans sa gorge tandis que les papillons dans mon estomac se multiplient.

Je voudrais dire quelque chose d'intelligent, l'insulter d'une manière ou d'une autre. Ne pas lui donner la satisfaction de savoir qu'il m'a transformée en une poupée de chiffon pleurnicharde en quelques minutes.

Une de ses mains se détache de mes fesses, et quand je baisse mon regard, une paire d'yeux bruns me fixe. Ils restent rivés sur moi, à m'étudier attentivement, pendant que deux de ses doigts glissent en moi, trouvant mon point G en deux secondes et demie.

C'est la fin du jeu.

Son rythme s'accélère, il fait entrer et sortir ses doigts de moi, en parfaite coordination avec sa langue. S'il ne soutenait pas tout mon corps avec sa bouche, j'aurais déjà basculé.

La sensation ne cesse de croître. Je crie en tirant plus fort sur ses cheveux. Mon talon aiguille s'enfonce dans les muscles durs de son dos alors que j'essaie désespérément de bouger mes hanches pour chevaucher ses doigts.

— Nathan… je gémis, serrée tellement fort que je n'arrive pas à respirer. Nathan, je vais…

Je ne parviens même pas à prononcer les mots avant que chaque partie mon corps se mette trembler dans un ultime cri. Mon sexe pulse tout en se serrant autour de ses doigts, malgré mes efforts pour résister à la vague de plaisir et de chaleur qui inonde tout mon corps.

Il retire sa main ainsi que sa bouche, puis se penche en arrière pour pouvoir me regarder correctement. Avec l'expression la plus suffisante que j'aie jamais vue, il suce ses doigts, sans jamais rompre le contact visuel.

Oh, putain.

Depuis la fête, chaque jour m'apporte une nouvelle révélation sur moi-même.

Un bouleversement a cette capacité à transformer une personne.

La première chose que j'ai apprise, c'est que je suis douée pour courir avec des talons ; je m'en suis rendu compte en sortant en courant de la chambre de Nate. J'ai compris que je n'étais pas douée pour faire profil bas, même lorsque j'essaie activement d'éviter quelqu'un. Je sais aussi que je ferais une terrible criminelle ; je finirais par me faire prendre. Je suis trop nerveuse et paranoïaque, c'est pourquoi mon instinct me pousse à immédiatement paniquer lorsque je me réveille en entendant des coups violents sur la porte de ma chambre.

Le bras de Ryan se resserre autour de ma taille, sa tête s'enfonce plus profondément dans mon cou. Son grognement agacé vibre contre ma peau.

— Fais en sorte que ça s'arrête.

Il n'y a qu'une seule personne dans cette maison assez assurée pour frapper si fort à la porte de quelqu'un d'autre si tôt le matin.

— Qu'est-ce que tu veux, Lola ?

— Vous baisez tous les deux, ou je peux entrer ?

Ryan et moi n'avons même pas couché ensemble, hier soir. On a regardé un film et on s'est endormis. On s'est mis d'accord sur le fait que notre amitié devait perdre ses bénéfices maintenant qu'il cherche à proposer une relation exclusive à Olivia. Je ne suis pas triste parce que j'ai toujours su que ça prendrait fin. Je suis contente d'avoir réussi à gagner un meilleur ami dans ce qui a été une situation incroyable.

Ryan démêle nos corps et roule sur le dos avec un soupir.

— Si on baisait, tu viens de casser l'ambiance.

— OK, j'entre ! Range ta bite, Rothwell.

Portant deux cartons sur sa hanche, Lola franchit la porte et se jette sur le lit. Elle cache ses yeux de façon théâtrale quand elle aperçoit le torse exposé de Ryan.

Il me regarde avec incrédulité, en tirant sur la couette pour se couvrir. Qu'on couche ensemble ou pas, j'aurais une photo du corps de Ryan comme papier peint dans ma chambre si je pouvais. Lola est ridicule.

— Comment va mon non-couple préféré, ce matin ? demande-t-elle joyeusement en me lançant l'une des boîtes. On a des cadeaux !

Ryan bâille. Il s'assure de garder son corps couvert tandis qu'il s'étire.

— C'est mieux si tu m'avais réveillée avec un petit-déjeuner au lieu d'un mal de tête.

Le truc favori de Ryan lorsqu'il reste dormir, c'est le petit déjeuner que prépare Lo. Charmant, n'est-ce pas ?

Lola m'interrompt.

— Allons, personne n'aime ceux qui en font des caisses, Rothwell.

— De qui viennent les cadeaux ? demandé-je en examinant mon nom de famille en grosses lettres sur la boîte.

— Nate. (Elle tapote sur son téléphone, le son de l'appel vidéo commence.) Nous devons les ouvrir en appel vidéo.

Appel vidéo ?

— Lo, attends…

— Bonjour, dit Robbie. Tu es belle, le matin.

— Elle a un public, je grommelle avant que le téléphone rose ne commence.

— Moi aussi, répond-il.

Lola se retourne pour être dos à moi et Ryan. Elle tient son téléphone en l'air de manière à ce qu'on soit tous les trois dans le champ de la caméra.

Robbie fait la même chose, montrant qu'il est entouré de Nate et JJ, en train de manger ce qui ressemble à des céréales. JJ lève les yeux de son bol vers la caméra et s'étouffe. Nathan lève aussi les yeux, mais son expression est vide. Robbie l'ignore et parle plus fort pour couvrir le bruit.

— Ouvrez vos cadeaux, maintenant.

— Tiens, Rothwell, lance Lo en se retournant et en se penchant pour tendre le téléphone à Ryan. Rends-toi utile en faisant le cameraman.

Enfin, après ce qui semble être des heures depuis que Lo a débarqué, j'ouvre la boîte. Je me sens bizarre d'ouvrir ce qui est censé être un cadeau de Nathan alors que je suis au lit avec Ryan. Je n'ai aucune raison de me sentir bizarre, et pourtant…

Oh, attends, c'est peut-être parce que j'évite Nate depuis qu'il m'a fait le meilleur cunni de ma vie il y a cinq jours, et que la première fois qu'il me voit après ça, je suis au lit avec quelqu'un d'autre. C'est même probablement pour ça.

Je plonge mes mains dans la boîte et j'en retire le contenu : un maillot de hockey des Titans.

Lo pousse un cri d'excitation en brandissant le sien. *Mitchell* est imprimé au dos et quand je retourne le mien, *Allen* me regarde en grosses lettres blanches.

— Merci, Nate !

— On m'a dit que c'était tout ce qu'il fallait pour que vous m'écoutiez, toutes les deux. Bienvenue dans l'équipe.

La pauvre recrue qui était de service à la porte de la fête de Robbie a évidemment rapporté le message de Lola.

— Mettez-les, dit Ryan de derrière la caméra. Je n'arrive pas à croire que je suis au lit avec deux stars du hockey, je me sens si chanceux.

— Ça aurait pu en faire trois si tu m'avais prévenu, grogne JJ.

— Tais-toi, connard, c'est de ma meuf que tu parles.

Lo me fait un clin d'œil juste avant d'enfiler le maillot. Nous avons toutes les deux lu assez de romances et regardé assez de mauvais films d'amour pour savoir que nous aimons le genre de mecs qui disent « elle est à moi ».

— Je l'adore, dit Lo.

— On doit aller à l'entraînement. Je te parle plus tard, d'accord ?

— Bien sûr. Salut.

Avec Ryan, nous lançons en cœur un « À plus tard, les gars ! »

Juste avant que Ryan ne déconnecte l'appel, on entend Henry dire :

— C'est Anastasia ? Je pensais qu'elle t'évitait, Nathan.

Je réussis à ne pas réagir aux mots d'Henry, sauf par un long et fort cri intérieur, mais ça n'empêche pas deux paires d'yeux de me fixer. C'était drôle quand Lola et Ryan ont commencé à me fixer intensément, mais quelques minutes plus tard, c'est un peu sinistre.

— Qu'est-ce que tu ne me dis pas ? demande Lo de sa voix la plus sérieuse.

Ce qui se passe à Vegas reste à Vegas, n'est-ce pas ce qu'on dit ? Je sais que, techniquement, c'était une fête sur le thème de Vegas à Maple Hills, mais les règles devraient quand même s'appliquer. Je devrais avoir le droit d'être un peu irresponsable et un peu salope, sans avoir à le partager avec mes amis. Malheureusement pour moi, les gardiens du secret de Vegas n'ont pas rencontré Lola.

— Dis-nous, ou je le rappelle pour lui demander.

Je m'enfonce dans le lit en remontant la couette sur ma tête pour ne pas avoir à regarder qui que ce soit.

— Il m'a fait un cunni à la soirée d'anniversaire et je me suis enfuie.

— Hein ? disent-ils tous les deux à l'unisson.

Je souffle et m'accroche alors que Ryan essaie de tirer la couette vers le bas. Il est plus fort que moi, si bien que je finis par abandonner.

— Il m'a fait un cunni à la fête d'anniversaire de Robbie, bla-bla-bla. (J'ignore leurs hoquets de surprise, le vrai de Lola et celui de Ryan, qui en rajoute des tonnes pour faire comme Lola.) C'était un accident, un moment de faiblesse, et je l'évite depuis.

— Tu ne vas pas me servir un bla-bla-bla. Ça fait presque une semaine ! s'écrie-t-elle en agitant les bras de façon spectaculaire. (Elle reporte son attention sur Ryan.) Tu étais au courant ?

— Non, j'avais rendez-vous avec Liv, samedi, donc je ne pouvais pas venir à la fête, explique-t-il, manquant complètement la façon dont son visage grimace lorsqu'il mentionne Olivia. Mais ça m'intéresse de savoir comment les gens font accidentellement un cunni, Stas. Partage avec le groupe.

— T'es con.

Je gémis et le frappe à la poitrine avec un oreiller.

— J'utilisais sa salle de bains. Il essayait de me faire admettre que je voulais être son amie. Il m'a demandé s'il devait se mettre à genoux et supplier.

— Classique, commente Lo en roulant des yeux.

— Il a affirmé que je faisais seulement semblant de le détester.

— Ouais, ça ressemble au début de toute bonne relation, déclare-t-elle de manière sarcastique, en fronçant le nez avec agacement. Passe à la partie croustillante.

— Eh bien, quand il a demandé s'il devait se mettre à genoux, j'ai été honnête. J'ai dit que le seul moment où je veux voir un homme à genoux, c'est quand sa tête est entre mes jambes.

Lola n'arrive pas à respirer, elle rit trop fort, et Ryan n'est pas loin. Je suis surprise qu'Aaron ne se soit pas montré parce que ça aurait été *parfait.*

— Vous êtes agaçants, marmonné-je en les frappant à nouveau tous les deux avec un oreiller. Bref, il a pris ça comme une invitation. Il m'a dit de le lui demander gentiment, et il était du genre « Je ne plaisante pas avec le consentement, Anastasia », super sexy et sérieux. Et oui, il a pratiquement détruit mes cordes vocales à me faire crier.

— Il l'a pris comme une invitation ? répète Ryan, bouche bée. Stas, tu lui as pratiquement dit que tu voulais qu'il te fasse un cunni.

— Ce n'est pas ce que j'ai dit !

Certainement pas. Je faisais simplement remarquer que je ne tire aucun plaisir à voir un homme mendier à mes pieds. Je ne sais pas comment ça a été si mal interprété dans la conversation.

Tout ça, c'est à cause de Ryan ! S'il avait été là quand Lo a disparu avec Robbie, j'aurais eu quelqu'un pour m'empêcher de faire des choses imprudentes avec des joueurs de hockey imprudents et sexy.

— Anastasia, renchérit-il en prenant mon visage en coupe. (Il tourne ma tête pour que je ne regarde que lui, et non Lola, qui essuie ses larmes.) Si une femme me dit que le seul moment où elle me veut à genoux, c'est quand mon visage est entre ses jambes, respectueusement, je fais un *move.* Je t'aurais embrassée, moi aussi.

— Eh bien, techniquement, marmonné-je en secouant la tête, si tu veux entrer dans les détails, je l'ai embrassé.

— Petite salope, se délecte Lola. Je n'arrive pas à croire que tu n'allais pas nous le dire ! (Quand ses yeux se tournent vers Ryan, son nez se fronce à nouveau.) Enfin, à moi. Vous, vous êtes bizarres. Je ne sais pas ce que vous partagez. Mais je n'arrive pas à croire que tu n'allais pas me le dire !

— Ça ne se reproduira pas, Lo, alors calme-toi.

Ryan gémit à côté de moi en passant une main sur son visage.

— Stas, tu sais que je t'aime, mais il faut que tu arrêtes d'être aussi têtue, putain. Hawkins est un mec bien. Baise-le, ou ne le baise pas. Mais depuis quand tu évites les gens avec qui tu baises ?

— Tu devrais vraiment le baiser, insiste Lo, bien plus enthousiaste que je ne le voudrais.

— Je suis d'accord. Tu devrais probablement le faire au moins une fois, Stas. Pour la science.

La première en arts du spectacle et le premier en littérature anglaise, les deux personnes les moins tournées vers les sciences que je connaisse, me dévisagent, hochent la tête et concluent de manière synchronisée :

— Pour la science.

DIX

NATHAN

AVEZ-VOUS DÉJÀ VU une femme sprinter en talons aiguilles ? Moi, oui.

La semaine dernière. Je ne m'étais même pas encore relevé qu'Anastasia remettait déjà sa robe en place et tendait la main vers la poignée de la porte. Elle m'a jeté un dernier regard, les joues toujours rouges après l'orgasme, puis elle a tapé un sprint.

Elle courrait si vite que je suis surpris qu'il n'y ait pas eu de fumée derrière elle. Tout ce que je pouvais faire, c'était la laisser partir. Sinon, je serais sorti avec une érection douloureuse dans une maison pleine à craquer de gens.

Est-ce que je savais ce qui allait se passer quand je l'ai emmenée en haut ? Non. Dans le meilleur des cas, elle réalisait que j'étais quelqu'un d'attentionné et elle acceptait enfin d'être mon amie. Est-ce que je pensais qu'il y avait une chance qu'elle finisse par crier mon nom et que je suce son goût sur mes doigts ? Je ne pense pas qu'un homme normal y penserait, dans ces circonstances.

Est-ce que ce souvenir se répète en boucle dans ma tête chaque fois que je me branle ? Évidemment.

De toute évidence, elle regrette, car dès qu'elle me voit, elle part dans la direction opposée. J'ai d'abord pensé que c'était sans doute dû à la gêne, mais après l'avoir vue au lit avec Rothwell hier, je crois à nouveau que l'intérêt est unilatéral.

Je me suis dit qu'elle sortait peut-être avec Rothwell, comme Henry semble le penser. C'était sûrement une erreur, un moment de faiblesse, mais j'ai dû arrêter, car je me rendais malade. Je déteste les gens infidèles, et mon instinct me disait que ce n'était pas le cas avec elle. Je me suis immédiatement senti mieux quand j'ai aperçu Ryan, qui semblait proche de Liv Abbott.

Je ne sais pas quel type de relation Stas et Ryan ont, mais quelle qu'elle soit, ils ne sont clairement pas exclusifs.

J'ai décidé qu'aujourd'hui était le jour où nous allions en parler. Elle est douée pour communiquer ses sentiments, elle l'a prouvé plusieurs fois. En revanche, elle n'est manifestement pas douée pour affronter les hommes sur le visage desquels elle a joui.

Le plan est de l'attraper directement après l'entraînement, puisqu'elle s'entraîne avec Connard avant nous le vendredi. JJ est furieux que nous n'ayons pas le temps de nous arrêter chez Dunkin', il marmonne quelque chose à propos de ses droits constitutionnels. J'ai promis de lui acheter deux donuts la semaine prochaine, ce qui a semblé l'apaiser. Il est excité à l'idée de tendre une embuscade – ses mots, pas les miens – à Stassie avec moi et de me regarder me faire descendre.

C'est audacieux de sa part de penser que je vais m'approcher assez près pour être abattu.

Réfléchir à la façon de séduire Anastasia a été une distraction suffisante pour m'empêcher de me demander pourquoi, depuis trois jours, mon père fait exploser mon téléphone de notifications sans montrer aucun signe de lassitude.

À supposer qu'il appelle au sujet de la baisse significative de mon compte en banque après que j'ai payé la fête de Robbie, je ne veux quand même pas lui parler. Un gars avec un père normal supposerait qu'il me contacte pour me souhaiter bonne chance, puisque notre premier match de la saison est demain. Malheureusement, ce n'est pas mon cas.

M. H. a plus été un père pour moi que mon propre père. La présence des Hamlet en ville pour l'anniversaire de Robbie était formidable. Génial pour moi, peut-être moins pour Lola, qui les a rencontrés de manière impromptue le dimanche matin, alors qu'elle ne portait que le tee-shirt de Robbie.

Mme H. avait l'air d'être sur le point d'exploser de bonheur, tandis que M. H. faisait un double signe du pouce à Robbie. Lo ressemblait à une biche prise dans les phares d'une voiture, et Robbie n'était pas en reste.

JJ avait un regard que je ne lui avais jamais connu auparavant. Il semblait vivre le meilleur moment de sa vie. Ça n'a fait qu'empirer lorsque Henry a demandé à voix haute à Lola si elle regrettait de ne pas avoir mis de pantalon.

La visite des Hamlet fait remonter des souvenirs de la maison, mais uniquement les bons, ceux d'avant la mort de maman. Parler de stratégies avec eux me rappelle pourquoi j'aime le hockey. Maintenant, je suis impatient de commencer la saison.

Je sais que je l'ai déjà dit, mais je le pense, cette fois : cette année va être différente.

Je sais toujours qu'il se passe quelque chose quand mon téléphone ne cesse de vibrer. Ignorant le récapitulatif péniblement ennuyeux du professeur Jones sur les macronutriments, je sors mon téléphone de ma poche.

PUCKBUNNIES

ROBBIE HAMLET : Je suis mort.
BOBBY HUGHES : Drôle de façon de l'annoncer, mais OK.
KRIS HUDSON : Je peux avoir ta chambre ?
JOE CARTER : Je peux avoir le numéro de Lola ?
ROBBIE HAMLET : Ferme ta gueule, Carter.
NATE HAWKINS : RIP.
ROBBIE HAMLET : Le voilà. L'homme du jour.

NATE HAWKINS : T'es drogué ou quoi ?

ROBBIE HAMLET : Tu savais que Stassie, Summer et Kitty vivaient dans le même immeuble ?

NATE HAWKINS : Tu plaisantes, putain.

ROBBIE HAMLET : Je ne plaisanterais pas sur quelque chose d'aussi drôle que ça.

JAIDEN JOHAL : Maple Tower ? Merde. Je pourrais déménager.

HENRY TURNER : Je ne vois pas où est le problème.

KRIS HUDSON : Elles sont voisines, Hen.

HENRY TURNER : Ouais… Mais aucune d'entre elles ne veut le baiser, de toute façon, alors en quoi est-ce un problème ?

HENRY TURNER : Ce n'est pas comme s'il allait être invité.

MATTIE LIU : Ça tire à balles réelles.

KRIS HUDSON : Je sais juste que Hawkins est bien fatigué, en ce moment.

JOE CARTER : Il en a marre d'attendre que Turner dise que c'était une blague mdr.

JAIDEN JOHAL : Quelqu'un d'autre entend-il des pleurs ?

NATE HAWKINS : Je vais faire du basket. Bande de connards.

HENRY TURNER : Tu auras peut-être plus de chances avec Stassie si tu changes de discipline.

NATE HAWKINS : Et pourquoi ça ?

HENRY TURNER : Elle a définitivement couché avec Ryan Rothwell.

HENRY TURNER : Peut-être que son type, ce sont les joueurs de basket.

NATE HAWKINS : Tu n'en sais rien.

HENRY TURNER : Je le sais. Elle me l'a dit.

NATE HAWKINS : Et pourquoi elle te dirait ça, putain ?

HENRY TURNER : Parce que j'ai demandé ?

JAIDEN JOHAL : Je ne veux pas te faire flancher, cap… Mais Rothwell a définitivement baisé Summer aussi.

NATE HAWKINS a quitté **PUCKBUNNIES.**
JOE CARTER a ajouté **NATE HAWKINS** aux **PUCKBUNNIES.**
NATE HAWKINS a quitté **PUCKBUNNIES.**
MATTIE LIU a ajouté **NATE HAWKINS** à **PUCKBUNNIES.**

NATE HAWKINS : Salauds.

J'ai toujours aimé Ryan Rothwell, jusqu'à maintenant.

Je prends la décision stratégique, mais facile de ranger mon téléphone dans ma poche et d'essayer de me concentrer sur l'apprentissage de quelque chose, ou au moins d'apprendre quelque chose qui n'a rien à voir avec Ryan Rothwell et l'endroit où il met sa bi… Bref.

Le reste du cours semble passer plus vite tant je suis concentré. Toutefois, je regrette de ne pas être resté en retrait dès que j'ai aperçu JJ. Depuis la première minute où je l'ai croisé à l'extérieur de son laboratoire jusqu'au moment où je me suis trouvé devant la patinoire, il n'a cessé de se moquer de moi. Heureusement, il décide de me laisser échouer dans ma mission en toute intimité et s'engage à attendre dans la voiture jusqu'à ce que les gars arrivent.

Clair de lune est diffusé par les haut-parleurs de la patinoire lorsque je franchis la double porte. Il y a d'autres patineurs qui traînent, mais un seul couple sur la glace, ce qui signifie que je suis arrivé au bon moment. Je dépose mon sac de hockey sur les bancs et me dirige vers le bord de la patinoire. Je lance un « Bonjour » poli à Brady, qui se renfrogne en me voyant.

Je n'avais encore jamais vu Anastasia patiner auparavant. D'habitude, l'un de nous arrive quand l'autre part, donc je ne la vois jamais s'entraîner, mais aujourd'hui, j'ai vingt minutes d'avance.

Elle est hypnotisante. D'aussi loin que je me souvienne, j'ai toujours patiné. Pourtant, je n'ai jamais, jamais bougé comme elle le fait à cet instant. Elle n'a même pas l'air de patiner, on dirait qu'elle flotte ; je ne peux pas détacher mes yeux d'elle.

Ses bras se tendent vers Connard. Sans même se regarder, ils se connectent parfaitement. Avant que je ne comprenne ce qui se passe, elle est en l'air. Elle tourne sur elle-même sur une des mains de son partenaire, agrippant la lame de son patin pour maintenir sa jambe au-dessus de sa tête.

Je crois qu'il est sur le point de la lâcher, car il la fait descendre rapidement, mais d'une manière ou d'une autre, elle tourne dans les airs, une combinaison de membres que je ne peux même pas suivre. J'essuie la sueur de mon front lorsque ses patins sont de retour sur la glace et je relâche le souffle que je n'avais même pas conscience de retenir.

Le duo prend de la vitesse, traversant la patinoire sans problème. Je peux dire que quelque chose est sur le point de se produire à la façon dont la posture de Brady change. Ses doigts s'agrippent aux bandes tandis qu'elle retient son souffle.

Stas et Aaron se déplacent à un rythme parfait. Ils se retournent tous deux pour patiner en arrière. Ils frappent le bout de leur patin contre la glace avant de tourner à une vitesse que mon cerveau ne peut même pas enregistrer. Mes yeux ne réalisent pas ce qui se passe, quand Aaron atterrit. Sa jambe s'envole gracieusement pour finir le mouvement alors que le corps d'Anastasia glisse sur la glace, heurtant durement la planche de l'autre côté de la patinoire.

Putain.

J'ai été frappé contre plus de planches que je ne peux m'en souvenir, mais c'était quand je portais un équipement de hockey de la tête aux pieds. Elle porte un legging et un haut de sport à manches longues qui ne la protègent en rien, même si elle ne l'a pas percutée violemment.

La musique s'arrête brusquement, et Aaron la tire sur ses pieds, vérifiant chaque centimètre de son corps avec frénésie, examinant le sommet de sa tête lorsqu'elle le montre du doigt. Elle le repousse lorsqu'il essaie de la soulever, mais accepte sa main et le laisse la guider vers Brady et moi.

Je sens que je devrais m'éclipser. Seulement, mon cœur est sur le point de tomber au sol. J'ai besoin de l'entendre dire qu'elle va bien, même si ce n'est pas à moi.

Le court trajet sur la glace prend une éternité. Quand ils finissent par atteindre le bord, elle me regarde, mais c'est presque comme si elle ne réalisait pas que c'est moi, parce qu'il n'y a aucune émotion sur son visage. Pas même du dégoût.

Elle doit être vraiment blessée si elle n'est même pas dérangée par mon existence. *Putain.*

Brady saisit son visage dans un geste presque protecteur, comme une mère le ferait, d'une certaine manière. Elle l'incline dans tous les sens jusqu'à ce qu'elle soit satisfaite.

— On stoppe, Anastasia. Tu vas faire le triple.

— Quoi ? grince-t-elle, l'air sincèrement confus. C'est bon ! Donnez-moi une minute, on va recommencer. Je vais atterrir. Vous savez que je peux atterrir.

— Anastasia, je viens de te voir percuter une structure solide ! Ce n'est pas le moment de discuter.

Stassie considère Aaron, bouche bée. Les larmes commencent à couler. Il passe son bras autour de son épaule, ramenant son corps contre lui. Elle sanglote.

— Le triple reste difficile, Stas. Il n'y a pas de honte à laisser tomber le quadruple. Tant de gens n'arrivent même pas à faire le triple, et les tiens sont parfaits.

Son corps tout entier tremble. Elle essuie ses yeux et grimace en levant son bras gauche, le côté de son corps qui a pris l'impact.

— Mais je peux faire le quadruple saut. J'ai travaillé pour le quadruple pendant si longtemps. J'ai besoin de recommencer, je n'ai pas bien décollé. Je peux le refaire.

Ses yeux se posent sur moi tandis qu'elle essuie les larmes sur sa manche. J'essaie de lui offrir un sourire réconfortant, mais il se transforme en rictus d'horreur lorsqu'un filet de sang rouge foncé s'échappe de la naissance de ses cheveux et coule le long de sa tempe.

C'est comme si nous le voyions tous exactement au même moment. Nous nous jetons tous sur elle en même temps. La confusion sur son visage s'intensifie alors que nous l'inspectons tous les trois.

— Coach, je suis un secouriste qualifié, dis-je rapidement. Elle doit aller à l'hôpital, mais pas avant que la plaie ouverte soit nettoyée et bandée.

Les lèvres de Brady sont pincées en une ligne dure et inquiète. Finalement, elle m'adresse un signe de tête ferme.

— Stas, dis-je doucement. Je vais te porter jusqu'à la salle de premiers soins, d'accord ?

— Pourquoi tu me parles comme si j'étais une enfant ?

Aaron grogne à côté d'elle et s'essuie la main sur le visage, regardant le plafond avec un mélange d'amusement et de désespoir. Ce type est un crétin, mais on ne peut nier qu'il se soucie d'elle. Il a l'air malade d'inquiétude et ne se bat même pas contre moi pour l'examiner.

— Je suis content que ce choc à la tête n'ait pas eu raison de ta charmante personnalité, réponds-je, taquin. Je vais te porter parce que tu n'as pas de protections. En plus, si tu marches et que tu t'effondres, j'ai peur de te blesser là où se trouve cet énorme bleu en te rattrapant. Je peux te soulever ?

Elle grogne des jurons et me fait un signe de tête peu enthousiaste, accompagné d'un roulement d'yeux.

— Je suis lourde, marmonne-t-elle alors que mes bras passent sous ses jambes et autour de sa taille.

Nous laissons Brady et Connard derrière nous. Je commence à marcher vers les vestiaires, où se trouve la salle de premiers soins.

— Tais-toi, Anastasia. Tu ne fais même pas la moitié des poids que je soulève pour l'échauffement.

Elle se tortille dans mes bras, et je réalise qu'elle essaie de me donner un coup de coude dans les côtes. Je suis trop occupé à essayer d'ouvrir la porte avec mon cul pour m'inquiéter de son agacement. Je l'installe sur le lit médicalisé avant de faire un pas en arrière. Dès que nos corps sont séparés, elle me donne un coup de poing droit dans le bras.

— Tu ne peux pas me dire de la fermer, je suis blessée.

— C'est moi qui suis blessé, maintenant, gémis-je en massant mon biceps. Bon sang. Qui t'a appris à donner des coups de poing ?

— Le père de Lola. Il enseigne la boxe.

Je récupère le matériel dont j'ai besoin dans le placard – solution saline, compresses de gaze et glace – jusqu'à ce qu'elle aille à l'hôpital. Je me lave soigneusement les mains, les sèche et prends des gants.

— Tu n'es pas allergique au latex, n'est-ce pas ?

Ses yeux se rétrécissent, ses lèvres se pincent.

— Non, Nathan. Je ne suis pas allergique au latex.

Tout en réprimant un grognement, j'efface les connotations évidentes qui l'ont poussée à me regarder ainsi.

— Heureux de l'entendre. Nous ne voulons pas ajouter un visage gonflé à la liste de tes blessures.

Je crois que j'ai réussi à lui décrocher un sourire, mais je l'ai peut-être imaginé.

Je commence par le sang à moitié séché sur son visage. Je nettoie soigneusement la zone tout en me concentrant sur la racine de ses cheveux. Je dois avoir atteint la coupure, car elle grimace et sa main se tend pour saisir mon sweat.

— Je suis désolé, murmuré-je en essayant d'essuyer aussi rapidement et légèrement que possible.

Le sang s'est infiltré dans ses cheveux et chaque fois que je tamponne, la gaze en absorbe davantage. Sa main me serre toujours, son pied bouge de haut en bas dans l'air. Il est clair qu'elle n'aime pas être soignée comme ça.

Je dois la distraire, mais je ne trouve rien à dire qui ne lui rappelle pas qu'elle m'évite.

— Tu es une patineuse phénoménale, Stas. Je ne pouvais pas arrêter de te regarder.

— Jusqu'à ce que je traverse la patinoire comme une boule de bowling et que j'essaie d'abattre un panneau avec mon corps, tu veux dire ?

Elle lève les yeux pour rencontrer les miens, un sourire 100 % confirmé sur son visage, définitivement pas imaginé celui-là.

— Oui, jusqu'à la partie de bowling humain, tu étais à couper le souffle.

— Merci, murmure-t-elle en regardant à nouveau ses mains. Pourquoi tu es ici si tôt ?

Je rassemble les compresses usagées maintenant que sa blessure est aussi propre que possible et les jette dans la poubelle médicale. Je ne sais pas comment répondre à sa question sans gâcher ce moment agréable et semi-normal que nous vivons en ce moment.

— Je voulais te voir. Tu m'évites, je voulais m'assurer que tu allais bien. Tu peux lever ton bras gauche pour moi ? C'est le côté qui a pris l'impact, non ?

— Que j'allais bien, répète-t-elle, ignorant tout ce que j'ai dit d'autre.

Elle grimace légèrement, mais dans l'ensemble, le mouvement semble fluide. Rien n'est cassé, d'après ce que je peux voir. J'attache la poche de glace à son épaule, où se trouve la majorité de l'inflammation, puis je la regarde une dernière fois.

— Une poche de glace par intervalles de dix minutes maximum, d'accord ? Tu as des vertiges ?

Elle secoue la tête.

— Tu as la nausée ? Des maux de tête ? Tu te sens étourdie ou confuse ?

Elle secoue à nouveau la tête, cette fois avec un sourcil sceptique levé.

Je me baisse pour délacer ses patins, les retire de ses pieds pour les placer derrière elle.

— Je voudrais que tu ailles à l'hôpital. Ils doivent t'examiner, pour être sûrs. Et tu dois te reposer, ce week-end.

Elle grogne bruyamment. Sa main vole vers sa bouche pour étouffer le bruit.

— Désolée, c'était impoli. C'est juste que j'ai compétition, demain. Je ne peux pas me reposer.

— Anastasia…

— Ça va aller. Vous avez fini, Dr Hawkins ? demande-t-elle en essayant de sauter du lit.

Mes mains agrippent instinctivement ses hanches pour la maintenir en place. Mais très vite, je la laisse partir, comme si elle était faite de lave. Ses yeux rencontrent les miens, quelque chose d'incertain y nage.

— Nate, je…

La porte s'ouvre derrière nous, et Connard entre en portant un sac de sport rose. Comme si je n'avais pas déjà assez de raisons de vouloir l'étrangler… Il place son sac derrière elle et lui tend des baskets, qu'elle enfile. Il examine sa tête, comme s'il avait la moindre idée de ce qu'il regarde.

Enfoiré. Je pense qu'il étudie l'histoire ou quelque chose comme ça.

Pour le bien de Stassie, je mets provisoirement nos différends de côté et me montre poli.

— Tu pourrais l'emmener à l'hôpital ?

Il hoche la tête en marmonnant. Il ne prend pas la peine de me regarder alors qu'il fouille à nouveau dans son sac et en sort un sweat UCMH pour elle.

— Ne la laisse pas s'endormir avant d'atteindre l'hôpital. Et tu dois dire à Lola de venir la surveiller quand elle dormira.

— Je m'en occupe, dit-il nonchalamment, en jetant ses patins dans le sac et en le refermant.

— Non, je veux dire, le soir, quand elle sera couchée.

— Oui, insiste-t-il en prononçant le mot comme si je ne le comprenais pas. Je vais la surveiller. Tu sais qu'on vit ensemble, n'est-ce pas ? Ma chambre est aussi proche de la sienne que celle de Lo.

C'est quoi, ce bordel ?

— D'accord.

J'encaisse le choc et j'essaie d'éviter que ma voix me trahisse.

— Bon rétablissement, Stas. Bonne chance pour demain, les amis.

— Toi aussi, répond Connard.

Bizarre.

Anastasia me jette un dernier coup d'œil par-dessus son épaule avant de partir. Une fois que j'ai nettoyé la pièce, je me dirige vers l'endroit où les gars attendent. Ils ont clairement entendu ce qui s'est passé et me lancent tous des regards faussement sympathiques.

— La pauvre fille préférerait se donner une commotion cérébrale plutôt que de te parler, Hawkins. C'est dur, mon pote, dit Robbie, suscitant un concert de ricanements de la part du reste de l'équipe.

— Hé, le clown ! lancé-je. Tu savais que ta copine a sept grands frères ?

Son visage pâlit.

— Dis-moi que tu plaisantes.

— Oh, je ne plaisanterais pas sur quelque chose d'aussi drôle que ça.

ONZE

ANASTASIA

S'IL Y A BIEN UN MOMENT où je suis exceptionnellement reconnaissante envers Aaron, ce sont les jours de compétition.

Contrairement à moi qui m'agite et panique, Aaron reste calme et détendu. Il me rassure gentiment, me garantissant que tout ira bien pendant que je vomis d'angoisse.

Sans surprise, selon lui, notre performance était bonne, et nous allons participer aux sélections. Brady a même dit en plaisantant que je patinais mieux que d'habitude, en mettant ça sur le compte de ma grave blessure à la tête.

Allez comprendre.

Je suis comme ça à chaque fois. Plus je vieillis, plus il y a d'enjeux, et plus l'anxiété s'aggrave. Aaron est aussi calme, si ce n'est plus, qu'il l'était lorsque nous avons commencé à patiner ensemble en première année. Je pense que la différence est qu'Aaron s'est toujours qualifié. Il n'est jamais tombé, n'a jamais volé à travers la patinoire et, heureusement, ne m'a jamais fait tomber.

Il ne s'est jamais donné de raison de douter.

Nous nous en sommes sortis aujourd'hui, mais la pression est encore plus forte pour les championnats de section le mois prochain. Si nous y arrivons, nous irons aux championnats nationaux en janvier.

Depuis le premier jour, Brady m'en veut de ne pas être allée plus loin dans mes jeunes années. Puisque, selon elle, j'ai le talent, elle ne comprend pas pourquoi je n'ai pas participé à des compétitions internationales avant. La réponse honnête est que mon partenaire de l'époque, James, n'était pas à la hauteur et que je ne voulais pas trouver quelqu'un d'autre parce que je l'aimais.

Absurde est son mot préféré pour répondre à ce que je dis.

— Tu as été incroyable, aujourd'hui, déclare Aaron en me regardant depuis le siège conducteur. J'ai hâte que Lo voie la vidéo.

Nous voyageons habituellement avec Aubrey, mais Aaron a conduit aujourd'hui, vu que le lieu de compétition n'était pas loin.

Après quelque chose comme ça, Lola est toujours soumise à un replay de notre programme. Elle avait dit qu'elle viendrait nous voir, mais les Titans jouaient leur premier match à domicile de la saison et Robbie lui a demandé d'y assister.

Je m'attendais à ce qu'Aaron fasse la gueule quand elle a lancé l'idée ce matin, mais il a été étonnamment compréhensif et lui a assuré qu'elle pouvait toujours venir la prochaine fois.

— Toi aussi. Je n'aurais pas pu le faire sans toi.

— Nous formons une bonne équipe, Stas. On se dispute parfois, mais on ne peut pas faire ce qu'on fait avec d'autres personnes. Ce ne serait pas pareil.

Bizarrement, il n'a pas tort.

— Je sais.

— Nous irons jusqu'au bout. Je le sens. Si on continue comme ça, si tu te tiens à ton programme alimentaire, on peut tout casser.

— Tu veux aller dîner ou autre ? Je doute que Lola soit déjà revenue du match des Titans contre Washington.

— Je ne peux pas, désolé. J'ai des projets avec Cory et Davey, on va boire un verre.

Mon téléphone sonne dans le porte-gobelet. Je l'attrape et le nom de Lo s'affiche.

LOLS

LOLS : Ton homme est sexy à mourir, putaaaaaaain.

STASSIE : Ce n'est pas mon homme.

LOLS : Il devrait l'être. Il vient de plaquer quelqu'un contre le mur, et je jure que j'ai eu une palpitation.

STASSIE : Qu'est-ce qui se passe ?

LOLS : Je ne sais pas. Je ne comprends toujours pas le hockey. Mais Robbie porte un costume trois-pièces et crie sur les gens *émoji enceinte*

STASSIE : Omg. Est-ce qu'ils gagnent ?

LOLS : Ouais ! Nate glisse sur la glace aussi facilement que dans ta petite chatte.

STASSIE : Je te déteste.

LOLS : Laisse-le mettre sa langue dans ta bouche, Stassie.

STASSIE : Je supprime ton numéro.

LOLS : Tu veux sortir ce soir pour fêter ça ?

STASSIE : Pas si c'est avec l'équipe de hockey.

LOLS : J'ai hâte que tu changes d'avis *émoji sourire en coin*

Je connais assez Lola pour savoir que ça ne sert à rien d'essayer d'éviter les mecs, ce soir. En plus, ça pourrait être amusant parce que, malheureusement, j'apprécie la plupart d'entre eux.

Je lui ai dit qu'en aucun cas je n'irais avec elle à la fête d'anniversaire de Robbie, la semaine dernière. Résultat : j'ai dû rester assise là, à regarder son sourire suffisant pendant qu'elle me maquillait pour la soirée à laquelle j'avais promis de ne pas assister.

Si elle sort, et qu'Aaron aussi, il n'y a pas de raison que je reste seule à la maison, si ?

— Pas grave. Lo a envoyé un message pour dire qu'elle voulait sortir, de toute façon, lui dis-je en remettant mon téléphone dans le porte-gobelet.

— Fais confiance à Lola pour s'engager avec un joueur de hockey, répond-il en vérifiant ses rétroviseurs avant de tourner dans notre rue. Au moins, Rothwell n'est pas un total abruti.

Je le note mentalement pour m'en souvenir. Ryan sera ravi d'apprendre qu'il n'est qu'un peu con, pas complètement.

Quels que soient les sentiments que j'éprouve ou que j'ai éprouvés à l'égard des joueurs de hockey, Robbie est génial avec Lola. Il est prévenant et gentil, mais surtout, il la traite avec le respect qu'elle mérite. Et même ses parents se sont montrés très gentils avec elle lors de leur première rencontre, ce qui prouve que Robbie a été bien élevé.

Contrairement à certaines personnes que je connais.

— Il la rend heureuse, et ça ne nous regarde pas.

— Ça nous regardera quand elle sera en cloque et ghostée.

— Ce n'est pas…

Cette dispute n'en vaut pas la peine.

— Je suis sûre que tout ira bien.

— Tu devrais rester loin d'eux, Stassie. Ils ne t'apporteront que des problèmes. Tu n'as pas toujours à aller là où Lola te dit d'aller, tu sais.

Les mots sont sur le bout de ma langue, mais je les ravale, prête à tout pour ne pas gâcher ce qui a été, par ailleurs, une excellente journée.

— OK.

Je ne prends pas la peine de lui expliquer que je vais passer la soirée avec les personnes qu'il souhaite que j'évite. Même s'il n'a pas envie de passer du temps avec moi, il ne voudra pas que les autres le fassent non plus.

— Je cherche juste à prendre soin de toi, Stassie. Je tiens à toi. Nous sommes partenaires, ça va au-delà du patinage. Je sais que tu ferais la même chose pour moi.

Je suis indulgente envers Aaron. Je m'accroche désespérément à ces beaux moments que nous partageons. Il tient à moi, à Lola. Mais parfois, comme maintenant, il dit quelque chose qui me fait douter de ses réelles motivations.

Parfois l'idée qu'il puisse dire du mal de l'une de nous deux semble impossible. Quand il est férocement loyal et protecteur, sans être toxique, ou quand nous sommes tous les trois blottis dans notre salon, à regarder des films et à rire.

Et puis, il y a des moments comme celui-ci, où son côté méchant se faufile entre les mailles du filet. Parfois, ça sort tellement de nulle part que ça me fait l'effet d'un coup de fouet, et j'en viens à me demander si je le connais vraiment.

J'attends que la voiture s'arrête devant notre immeuble avant de me pencher pour le serrer dans mes bras.

— Je tiens aussi à toi, Aaron.

Je suis à moitié prête quand Lola déboule dans ma chambre, dopée à la bière et aux bonbons trop sucrés.

— J'adore le hockey !

Elle est très belle dans son maillot Mitchell, coiffée de son bonnet des Titans. Je suis un peu jalouse de ne pas avoir pu y aller.

— Pas autant que j'aime le patinage artistique, évidemment. Mais le hockey est plus dramatique. C'était comme un opéra, mais avec des crosses. Je suis complètement fan. (En regardant autour d'elle, elle réalise que je suis la seule personne à la maison.) Où est la princesse de glace ?

— Parti boire un verre avec des amis. Je lui ai demandé s'il voulait dîner avec moi, mais il a dit non. Oh, et il a ajouté que les mecs du hockey sont nuls, et que je n'ai pas à aller où tu me dis d'aller, ce qui est une bonne nouvelle.

Elle se jette sur le canapé à côté de moi.

— Je te jure, ce garçon en fait trop. On va au Honeypot, on ne va pas se marier.

Le Honeypot est la boîte de nuit la plus populaire de Los Angeles. C'est super exclusif, on n'y entre que parce que Briar, notre voisine, y travaille. Lola s'est donné pour mission de se lier d'amitié avec elle quand elle a découvert que nous vivions dans le même immeuble.

Lo déteste faire de la musculation. Non, c'est un euphémisme. Lo méprise l'exercice physique de tout son être, mais elle est allée à la gym tous les jours jusqu'à réussir à charmer Briar. Elle a été franche sur ses motivations dès le début, et heureusement, Briar a trouvé ça drôle. Chaque fois que nous sommes au club, Lo me demande de lui offrir un verre pour la remercier de son sacrifice.

— Pas de mariage ? Alors, inutile de porter ma robe de demoiselle d'honneur ? la taquiné-je en lui donnant un coup dans les côtes, là où elle est chatouilleuse.

— Ah, non ! supplie-t-elle en s'éloignant de moi. Je suis trop pleine de bière pour tes provocations. (Elle s'étire, enlève ses baskets et attrape la couverture qui se trouve sur le dossier du canapé.) Dès que j'aurai fait une micro-sieste, je commencerai à me préparer. C'est promis.

La micro-sieste de Lola se transforme en une vraie sieste, si bien que je l'écoute courir dans l'appartement en jurant alors qu'elle essaie frénétiquement de se préparer pendant les quarante-cinq dernières minutes. Elle m'en veut, sans se souvenir des insultes qu'elle m'a adressées les cinq fois où j'ai essayé de la réveiller.

Pendant ce temps, je suis seule avec mes pensées. Or, je ne peux pas m'empêcher de songer au fait que je suis nerveuse à l'idée de voir Nate. Il a demandé à Robbie d'envoyer un message à Lola ce matin pour me souhaiter bonne chance, ce qui est gentil de sa part.

Il est temps pour nous d'enterrer la hache de guerre. C'est clairement un type bien, comme tout le monde me l'a dit. Maintenant que j'ai eu une semaine pour digérer tout ça, je ne suis plus gênée par mon manque de résistance de la semaine dernière.

On est tous les deux des adultes. Parfois, il arrive que des adultes laissent d'autres adultes prouver qu'ils n'ont pas besoin d'outils de navigation pour trouver un point G. C'est normal.

— OK, je suis prête !

Lola est incroyable dans sa robe midi noire avec un bustier Max Morgan. C'est sa robe préférée lorsqu'elle ne sait pas quoi porter. Elle dit qu'elle doit en avoir pour son argent puisqu'elle coûte si cher. Elle l'a achetée l'année dernière, lors d'une rare escapade à Rodeo Drive. Elle est magnifique, mais son père n'était pas franchement ravi quand il a reçu son relevé de carte de crédit.

Ses cheveux sont raides dans le dos, un contraste avec ses boucles habituelles, et elle a encadré ses yeux d'un parfait eye-liner qui finit en pointe. En levant les yeux vers moi, elle sourit.

— Je sais que je suis sexy, mais nous devons partir. Steve attend déjà depuis cinq minutes.

En traversant le hall vers notre Uber, Lola glousse toute seule, ce qui est toujours suspect.

— Quoi ?

— Rien.

— Lola…

— Je me demandais juste si tu allais la garder dans ton pantalon ce soir, mais j'ai réalisé que tu n'en portais pas, de toute façon.

— Tu es si puérile.

— Désolée ?

— Tu n'es même pas un peu désolée.

Elle me fait un clin d'œil et me tient la porte de la voiture ouverte afin que je monte dedans.

— Tu veux que je me mette à genoux et que je te supplie de me pardonner ?

— Je te déteste.

— Bien sûr que oui. Tout comme tu as détesté Hawkins quand tu as joui sur son visage.

Steve, le chauffeur d'Uber, commence à s'étouffer, mais il ne dit rien, ce qui me suffit pour lui donner cinq étoiles une fois arrivée à destination.

Le Honeypot est aussi rempli que l'on peut s'y attendre un samedi soir. Nous discutons avec Briar pendant quelques minutes avant que quelqu'un ne lui signale un problème dans son casque et qu'elle parte s'en occuper.

Les gars ont réservé l'un des box de la zone VIP, prêts à célébrer leur première victoire de la saison. Je suis plus excitée à l'idée de voir Henry. À ce stade, je ne pense pas que cette déclaration nécessite une explication.

Apparemment, nous ne sommes pas les seuls à profiter de Briar. Quand Lola m'a parlé du box tout à l'heure, elle a aussi dit que Nate avait obtenu une faveur pour que l'âge d'Henry ne soit pas vérifié. Il ne voulait pas qu'Henry reste seul à la maison, sachant qu'il n'aurait pas envie d'aller à une fête du campus sans eux.

J'essaie de ne pas faire une fixette sur le fait que c'est beaucoup trop mignon.

Je paie sa boisson à Lo en la remerciant pour la millionième fois pour les six semaines qu'elle a passées à faire du cardio. Tandis que nous nous frayons un chemin jusqu'au box, j'ai la boule au ventre.

Bobby nous repère en premier et nous serre toutes les deux dans ses bras, si fort qu'il nous en volerait notre oxygène.

— Je suis si content que vous soyez venues, crie-t-il par-dessus la musique.

Mattie est le suivant. Il me montre fièrement son œil gonflé, qui semble devenir violet foncé. Il hurle les détails de son combat en regardant Lo pour obtenir la confirmation que c'était aussi cool qu'il le dit.

La plupart d'entre eux sont assis dans le box. Les autres parlent à des gens, dans l'espoir manifestement de ne pas rentrer seuls chez eux, ce soir. Il manque une personne, mais je m'en fiche. La seule personne avec qui je rentre chez moi ce soir est Lola, je le lui ai dit dans le Uber. Elle m'a donné un « OK » sarcastique avant de continuer à envoyer des SMS à Robbie.

Installée dans une partie plus calme du club avec Joe et Kris, je regarde Henry parler à deux femmes. Le seul mot pour décrire ce que je ressens à cet instant est « étonnement ». Elles sont toutes les deux putain de sexy. Elles font bouger leurs cheveux, rejettent la tête en arrière pour rire à tout ce qu'il dit. *Qu'est-ce qu'il leur dit ? Où est le Henry calme et timide que je connais et que j'aime ?*

Joe rit de mon expression déconcertée.

— C'est comme ça partout où on l'emmène. Les femmes l'adorent.

Sans déconner.

Kris souffle, puis avale son whisky coca.

— J'aimerais bien connaître son secret pour faire pareil.

Je suis absorbée par leurs théories lorsque des mains se glissent autour de ma taille par derrière, et un souffle chaud effleure mon cou.

— Tu ne devrais pas boire. Tu as une blessure à la tête.

Je me retourne pour lui faire face. Lorsqu'il se redresse, je repère immédiatement la profonde coupure sur sa joue. Je me rapproche et caresse doucement le bord de sa blessure de mon pouce.

— Tu as aussi essayé de faire un quadruple lutz ?

Nate glousse. Son corps vibre contre le mien.

— Ouais, ça avait l'air super facile pour toi. J'ai pensé que je devais essayer.

Mon corps bourdonne parce que Nate est tout près. Non, c'est l'alcool. Définitivement l'alcool. Je ne suis pas gênée par notre proximité. De la même façon, je ne suis pas dérangée par son sourire.

Anastasia Rien À Foutre Allen.

— Qu'est-ce qui t'est arrivé ? demandé-je pour entretenir la conversation et ne pas m'attarder là-dessus.

Il porte son verre à ses lèvres et sourit en buvant une gorgée.

— Il s'avère que les gens de Washington ne sont pas très amicaux.

— Un mensonge vicieux, Hawkins. Nous sommes réputés pour être très amicaux.

Il hausse les épaules, toujours avec un sourire en coin.

— Il faudra que tu me le montres, car j'ai du mal à te croire.

— Prépare-toi à être surpris.

— Tu me surprends déjà, Anastasia, dit-il en me lançant un clin d'œil.

Sur ce, il me contourne pour se diriger vers le box.

Qu'est-ce qui vient de se passer, au juste ?

DOUZE

NATHAN

RIEN DE TEL que de gagner le premier match à domicile de la saison pour se mettre de bonne humeur.

Nous avons joué de façon phénoménale. Ça m'a fait du bien de retourner sur le terrain avec mes gars et de les mener à la victoire. Même Faulkner était content. Et il n'est jamais content, c'est dire ! Nous étions tous prêts à tout pour lui prouver, malgré les conneries des dernières semaines, que nous méritions notre place dans cette équipe.

L'entraîneur et Robbie nous ont immédiatement fait asseoir autour de la table afin d'analyser le match tant qu'il était encore frais dans nos têtes. Habituellement, c'est le moment que je déteste, surtout après une victoire, quand j'ai envie de fêter ça avec une bière ou dix. L'adrénaline qui circule dans mon corps n'a pas envie de revoir chaque passe et chaque score alors que je suis confiné dans une pièce. C'est ce que les gars ont ressenti dès qu'ils ont pris place. Je l'ai vu à leur façon de taper du pied, de remuer les jambes et de se conformer à chaque mot prononcé par le coach.

Pour une fois, j'étais parfaitement calme. Je n'ai pas le droit à l'erreur, cette année. Chaque geste doit être parfait.

Robbie voulait finir tôt. Ses yeux déviaient vers sa montre connectée chaque fois qu'elle s'allumait. Je savais que Lola était quelque part dans le bâtiment, portant fièrement le maillot que je lui ai envoyé.

Les soirées d'après-match sont toujours les meilleures. Nous commençons par une fête dans le quartier des fraternités, ce qui n'est pas mon endroit préféré, mais comme la moitié de l'équipe n'a pas vingt et un ans et ne peut pas aller en boîte, il est agréable de boire quelques verres ensemble avant de se séparer pour la soirée.

Puis nous allons au Honeypot, qui est, à mon humble avis, le meilleur club de West Hollywood. B, la colocataire de Summer et la pire mixeuse qui soit, travaille là-bas et réserve les tables pour nous.

Maintenant qu'Henry vit avec nous, B et moi avons passé un accord secret pour le laisser entrer sans carte d'identité, puisqu'il n'a pas vingt et un ans. J'ai dû promettre de ne jamais le dire à personne pour qu'elle ne se retrouve pas avec la moitié de l'UCMH sur le pas de sa porte. En échange, je leur offre, à elle, Summer et Cami, les meilleures places pour nos matches à domicile.

C'est une promesse facile à tenir, car si le reste de l'équipe savait que je tire les ficelles pour Henry, je ne connaîtrais plus jamais la paix.

Quelques minutes après notre arrivée, la table était couverte de bouteilles et, sans surprise, après plusieurs verres, la moitié de l'équipe est alcoolisée. JJ et Robbie sont au milieu d'une conversation à cœur ouvert très intense, pleine de tapes dans le dos et de bourrades affectueuses dans le bras de l'autre. Ils n'arrêtent pas d'entrechoquer leurs verres pour célébrer quelque chose, bien que je n'aie aucune idée de ce que ça peut être.

Joe et Kris continuent de regarder Henry, comme s'ils étaient sur Discovery Channel, en essayant désespérément d'apprendre ses méthodes. Bobby, Mattie et quelques autres gars ont disparu pour se lier d'amitié avec les convives d'un enterrement de vie de jeune fille de l'autre côté de la piste de danse.

JJ et Robbie se séparent enfin pour me dévisager tandis que je continue à observer les gens en sirotant mon verre. JJ rigole et fait un signe de tête en direction de l'endroit où Anastasia et Lola dansent.

— Tu as déjà tout foutu en l'air avec elle ?

— Probablement.

Je ne prends pas la peine de mentionner mon plan pour la conquérir ni la surprise qu'elle a eue quand je suis passé à côté d'elle tout à l'heure, avant de la laisser avec mes amis. À partir de maintenant, c'est elle qui viendra à moi.

Ça fait des heures, et je ne pense qu'à une peau lisse, bronzée et éclatante. Elle porte une robe lilas si moulante, qui recouvre si parfaitement chaque centimètre de son corps, qu'on dirait une seconde peau.

Le décolleté plonge entre ses seins, et c'est là que ma capacité à décrire ce qu'elle porte s'arrête, car dès que mon regard passe sur le tissu tendu qui recouvre ses seins, tout le sang de mon corps se précipite directement vers ma bite.

Ses cheveux châtain clair ondulés descendent le long de son dos jusqu'à la courbe de ses fesses, des fesses qui, je le sais, sont incroyables. Elle se déhanche en rythme, sourit et porte la boisson qu'elle tient à la main à sa bouche.

La chanson se fond finalement dans la suivante. Je la vois donner une tape à Lo et lui indiquer la direction du box, ce qui signifie que je vais enfin pouvoir arrêter de la regarder comme un putain de sale type. J'avais envie de la rejoindre pour danser, mais je ne voulais pas être le mec qui s'immisce dans l'espace d'une femme alors qu'elle essaie de passer un bon moment avec son amie. Je dois m'en tenir au plan et ne pas me laisser distraire. Sans oublier que je ne sais pas danser.

Quand les gars ont réalisé que la plupart des invitées de l'enterrement de vie de jeune fille étaient mariées, ils se sont retirés dans le box, la queue entre les jambes. Maintenant, les bouteilles se vident beaucoup plus vite.

Lo fait irruption dans le box la première, les joues rouges et l'air d'être assoiffée. Elle regarde Robbie comme s'il était la meilleure chose qu'elle ait jamais vue dans sa vie, avant de se précipiter sur sa bouche et de se laisser tomber sur ses genoux.

Il fait courir sa main le long de son tibia doucement en lui murmurant quelque chose qui lui fait enfouir sa tête dans son cou.

Anastasia est juste derrière elle, et elle est encore plus belle de près. Ses yeux scrutent les lieux à la recherche d'un endroit où s'asseoir. Elle se renfrogne lorsqu'elle les trouve pleins de joueurs de hockey de quatre-vingt-dix kilos. Ses yeux finissent néanmoins par se poser sur moi, et elle me regarde sans vergogne. Ses dents s'enfoncent dans sa lèvre inférieure, ses doigts tapent sur le verre qu'elle tient dans sa main tandis qu'elle scrute le box une fois de plus. Je suis sur le point de lui dire de s'asseoir avec moi, quand elle se penche pour chuchoter quelque chose à l'oreille de JJ.

Je lance à Kris un regard pour le prévenir que je vais le tuer après l'avoir surpris en train de tapoter le torse de Mattie pour attirer son attention, avant de pointer un doigt dans sa direction.

Sa robe couvre à peine ses fesses, je suis sur le point de la couvrir avec ma veste. Le dos bien droit, elle rit de ce que Jaiden dit en mettant ses cheveux derrière ses oreilles et en me jetant un coup d'œil par-dessus son épaule.

JJ écarte finalement les jambes afin de la laisser s'asseoir sur son genou. Son bras vient entourer son cou, et je suis surpris que le verre dans ma main ne se brise pas tant je le serre.

J'emmerde le plan. La jalousie m'étouffe. Je descends le reste de mon verre, laissant l'alcool froid apaiser la brûlure dans ma poitrine.

Je suis sur mes pieds et j'effleure les jambes de mes coéquipiers avant même d'avoir eu le temps de considérer cet étalage de jalousie téméraire et alcoolisé. Soit elle essaie de m'énerver, soit elle n'en a rien à foutre de moi, mais dans tous les cas, je suis près d'elle, maintenant.

Je me penche, ma bouche n'est plus qu'à quelques millimètres de son oreille.

— Danse avec moi ?

La chaleur se répand dans mon corps lorsqu'elle frissonne, car j'aime la façon dont elle réagit en ma présence. Je recule, lui laissant de l'espace pour se remettre debout. Au lieu de ça, elle me regarde par-dessus son épaule avec des yeux bleu brillant. Elle sort la langue pour humidifier sa lèvre inférieure tout en me dévisageant.

— On peut faire en sorte que ça arrive. Il suffit de me le demander gentiment.

Elle sourit alors qu'un rire choqué gronde dans ma gorge. Je lui tends ma main, qu'elle lie à la sienne pour que je la tire sur ses pieds.

Je sais que l'équipe nous regarde comme si c'était un feuilleton, mais je m'en fous. Son corps se moule au mien. Son visage est beaucoup plus proche avec les dix centimètres que ses stilettos ajoutent à sa taille. Je suis sûr que ce sont ses talons qui m'ont laissé des marques rouges dans le dos, et quand ma queue tressaute, je réalise que ce n'est pas le bon moment pour m'en souvenir.

— C'est ce que je fais. Veux-tu danser avec moi ?

— Seulement parce que tu as gagné aujourd'hui, me répond-elle avec une lueur malicieuse dans les yeux.

Elle guide nos mains jointes et les pose juste au-dessus de l'arrondi de ses fesses, nous guidant à travers la foule jusqu'à la piste de danse.

Je ne sais même pas comment danser, putain. Je sais juste que je veux sentir son corps contre le mien, et que si j'avais dû la regarder toucher JJ une minute de plus, je lui aurais arraché la tête.

Nous arrivons au milieu de la piste de danse, où les lumières clignotent, mais elle poursuit son chemin à travers les fêtards ivres et débraillés vers une zone de la piste de danse que les lumières n'atteignent pas tout à fait.

— Notre public va devoir trouver quelqu'un d'autre à regarder, dit-elle.

Malgré tout l'alcool que j'ai dans le sang, je reste douloureusement conscient que son corps est pressé contre le mien.

— Je ne sais pas danser.

— Je vais te montrer.

La musique se fait soudain plus lente, plus sombre, plus sexy. Elle se tourne dans mes bras en pressant ses fesses si fort contre moi qu'il n'y a plus d'espace entre nous. Sa tête retombe sur mon épaule. Elle fait glisser mes mains le long de son corps jusqu'à ce que mes doigts s'enfoncent dans ses hanches.

Nous nous balançons au rythme de la musique. Son cul remue et se frotte contre moi, au point de me rendre si douloureusement dur qu'il est impossible qu'elle ne le sente pas. Ma tête atterrit sur son épaule. J'en profite immédiatement pour respirer son doux parfum.

— Tu es en train de me tuer, Stas, je gémis dans son cou.

Ses mains se tendent vers l'arrière pour s'enrouler autour de ma nuque. En parcourant sa silhouette des yeux, je vois ses seins qui pointent sous le tissu fragile de sa robe.

J'aimerais qu'on ne soit pas dans une boîte de nuit bondée. J'aimerais qu'on soit à la maison pour que je puisse faire rouler ses tétons entre mes doigts ou plonger ma main entre ses cuisses, en espérant la trouver sans sous-vêtements.

Je suis pratiquement à bout de souffle. Mon cœur tambourine, mon corps est en feu. Je ne pensais pas que je pourrais me sentir mieux après la victoire d'aujourd'hui, mais entendre les soupirs de satisfaction de Stas quand je passe mes mains sur sa taille, tout en lui murmurant à l'oreille combien j'aime sentir son corps contre le mien, me fait sans conteste me sentir encore mieux.

J'agis comme si une femme ne s'était jamais frottée contre moi auparavant, comme si je n'avais jamais été ce type dans le coin sombre du club avec la belle fille dans ses bras. Pourtant, l'attention d'Anastasia est comme une récompense.

La chanson se termine, et elle détache son corps du mien. Quand elle se retourne, ses joues sont rouges, sa poitrine se soulève rapidement, sa peau brille. Je caresse sa pommette, sentant sa chaleur brûler mon doigt, et regarde ses yeux s'élargir tandis qu'ils se verrouillent aux miens.

Ma main glisse sur le côté de sa gorge, mes doigts s'accrochent à sa nuque, mon pouce se frotte à son pouls erratique. Je suis accro à elle quand elle est comme ça. Quand elle oublie le jeu auquel nous jouons, quand ses yeux me regardent et que ses mains agrippent le devant de ma chemise, comme si elle avait peur que je lui échappe.

Nos visages sont dangereusement proches, je sens son souffle contre mes lèvres.

— Hé, les tourtereaux. Vous êtes prêts à partir ? crie Lo derrière moi.

Mon front se pose contre celui de Stassie tandis que le regret de ne pas avoir saisi l'instant présent reste suspendu dans l'air.

Elle relâche ma chemise, puis recule d'un pas en effleurant ses lèvres du bout des doigts.

— Oui, allons-y.

Si sentir le corps d'Anastasia frôler le mien dans une boîte de nuit était ma récompense, l'avoir assise sur mes genoux dans le Uber au retour est ma punition.

J'ai glissé cinquante dollars de plus à notre chauffeur pour que les filles puissent monter avec nous. Sinon, nous aurions dû faire un autre trajet pour deux personnes seulement. Henry et Bobby sont sur la banquette avant avec le chauffeur. JJ, Kris et Robbie sont sur la rangée du milieu, avec Lola en face d'eux. Je suis sur la banquette arrière, avec Stas sur mon genou.

Elle voulait s'asseoir sur le genou d'Henry, mais il a poliment dit non. Alors, je suis à présent forcé de la regarder incliner sa taille en avant tandis qu'elle se tortille et se penche pour parler à Lola dans la rangée devant nous, en essayant de ne pas penser à la façon dont mes mains s'y adapteraient si j'étais en train de… Peu importe.

— Stassie, tu dois te tenir droite. Tu dois me laisser mettre cette ceinture de sécurité autour de toi, dis-je doucement en tirant lentement ses épaules en arrière.

Elle ne se débat pas. Elle s'appuie contre mon torse et me permet de l'attacher. Je ne sais pas où mettre mes mains, alors elles s'agrippent au siège pour essayer de ne pas rendre la situation plus difficile qu'elle ne l'est déjà.

— Qu'est-ce que tu fais ? demande-t-elle, la tête inclinée vers le haut, si bien que son nez effleure le dessous de ma mâchoire.

— De quoi tu parles ?

Même si la voiture est pleine de gens qui crient et rient, pour une raison quelconque, nous, nous chuchotons.

Elle me pousse à nouveau avec son nez. Ses mains agrippent mes avant-bras et descendent jusqu'à l'endroit où mes doigts s'enfoncent dans le siège pour les retirer et les enrouler autour de son corps à la place. Un ricanement diabolique s'échappe de ses lèvres.

— Tu es dur.

Je ne peux même pas retenir le gémissement embarrassant qui m'échappe.

— Ouais, ma bite a du mal à réaliser que toutes tes ondulations ne sont pas à notre avantage.

Si tant est que ce soit possible, elle se détend encore plus contre moi et entrelace nos mains, les plaçant toutes deux dans une position confortable sur ses cuisses. Ça semble gérable. Pas de tortillement, je peux retourner à Maple Hills comme ça. Des mains qui se tiennent et des corps détendus. Sympa, pas de quoi stresser.

— Si ça peut te décrisper un peu, murmure-t-elle en déplaçant nos mains droites vers l'intérieur de sa cuisse, jusqu'à ce que je puisse sentir la chaleur qui irradie entre ses jambes, sache que je suis trop humide, putain. (Tout en écartant les genoux, elle rapproche nos mains jointes de son intimité.) Et que je ne porte pas de culotte.

TREIZE

ANASTASIA

L'OBSCURITÉ à l'arrière de ce Uber me donne plus de confiance que ça ne devrait.

Ou est-ce que c'est l'alcool ? L'effet post-qualification ? La façon dont le corps de Nathan répond au mien et dont il fait ronronner mon ego en me montrant que je suis la femme la plus sexy qu'il ait jamais vue ?

Sa main est à deux doigts de rendre ce retour plus intéressant, même si j'ai essayé d'éviter ça, pour ma défense. J'ai tenté de m'asseoir avec Henry, qui, je le savais, ferait tout son possible pour que nos corps se touchent le moins possible.

Merde, il m'aurait probablement forcée à m'asseoir sur le tapis du siège passager, et ça m'aurait convenu. Mais maintenant, je dois faire face aux conséquences de mes actes. Or, je ne peux blâmer personne d'autre que moi-même si mon sexe est humide et excité.

Mes hanches traîtresses bougent d'elles-mêmes. Un gémissement désespéré s'échappe de mes lèvres entrouvertes alors que Nate roule lentement et délibérément son bassin vers l'avant, la main toujours imbriquée dans la mienne entre mes jambes.

Son autre main quitte ma cuisse, et je lève instinctivement mon bras pour venir enfoncer mes doigts dans ses cheveux bruns et épais. Ma respiration ralentit lorsque sa paume se met à parcourir mon corps. Elle remonte le long de mon ventre, suit la courbe de ma poitrine, avant d'entourer mon mamelon, sans exercer assez de pression pour que je sois satisfaite.

— Nathan… gémis-je d'impatience.

Son rire sombre et sournois m'indique qu'il n'en a rien à faire de ce que je veux. Sa main se déplace vers mon autre sein, le même toucher léger et frustrant qui me fait me cambrer dans sa main juste pour en sentir plus.

— Nathan, s'il te plaît…

Je tire ses cheveux, essayant d'ignorer la chair de poule qui se répand sur ma peau chaque fois que son souffle chaud danse sur mon cou.

Ses doigts finissent par pincer mes tétons tendus. Son nez pousse ma tête sur le côté, la barbe qui recouvre sa mâchoire racle mon pouls battant au passage.

— Tu ne m'apprécies que lorsque tu es ivre et excitée, susurre-t-il en mordant le lobe de mon oreille.

— C'est faux.

Je libère finalement la main que j'ai glissée entre mes jambes, laissant la sienne là. Tandis qu'il caresse doucement l'intérieur de ma cuisse, je me retourne pour le regarder par-dessus mon épaule. Ses yeux sombres et chargés de désir rencontrent les miens.

— Je ne t'aime pas, à aucun moment.

Ses lèvres s'écrasent sur les miennes et sa main se déplace pour saisir mon cou. Ce baiser est rude et passionné, écrasant et chaud, et tout un tas d'autres mots que mon cerveau ne peut même pas traiter en ce moment. Il serre ma gorge tout en explorant ma bouche de sa langue. Un gémissement lui échappe lorsque mes dents s'enfoncent dans sa lèvre.

Ce n'est pas suffisant. Je veux qu'il soit plus près, j'ai besoin qu'il soit plus près. Il relâche sa prise, fait glisser sa bouche sur ma mâchoire, embrasse et suce mon cou.

— Ne me dis pas que tu ne m'apprécies pas quand je peux sentir à quel point tu es mouillée, Anastasia, répond-il d'une voix rauque tandis que je roule mes hanches contre lui.

— Tu en aurais partout sur la main si seulement tu décidais de faire ça sérieusement.

Je suis à deux doigts de prendre les choses en main, même si je ne sais pas où me masturber sur ses genoux nous placerait sur l'échelle de l'amitié fraternelle. Une personne normale s'inquiéterait pour son public, mais je pourrais crier jusqu'à ce que les vitres se brisent que nos amis exceptionnellement ivres ne le remarqueraient pas. L'ivresse mise à part, la chanson *Cruel Summer* de Taylor Swift passe à la radio, et Kris l'a mise à fond.

Nous sommes dans notre propre petit monde ici. La température est plus élevée, l'air plus épais, la tension vole chaque dernière parcelle d'oxygène de mes poumons.

Je ne pourrais même pas dire à quelle distance de Maple Hills nous sommes ni combien de minutes se sont écoulées depuis que j'ai grimpé ici et que je me suis installée sur les genoux de Nate, ces mêmes genoux qui écartent les miens. Sa bouche descend à nouveau sur la mienne, plus possessive, plus dominante. Son nez effleure le mien.

Tu peux être une gentille fille et te taire ?

J'acquiesce, prête à sentir enfin ses doigts longs et épais apaiser les palpitations entre mes jambes. Au lieu de ça, il fait doucement glisser un doigt sur mon clitoris gonflé, si bien que je ne peux m'empêcher de pousser un soupir de frustration.

— Je suis si près de le faire moi-même. Dis-moi si tu ne sais pas t'y prendre, Nathan.

La dernière fois que je lui ai reproché de ne pas être capable de donner du plaisir à une femme, il m'a prouvé que j'avais vraiment, vraiment tort.

Sa main libre s'enfonce dans les cheveux de ma nuque, tirant dessus pour que je lève les yeux vers lui. Il augmente la pression sur mon clito, et un gémissement de satisfaction gronde dans ma gorge. Ma mâchoire se relâche alors que le plaisir parcourt mon corps très tendu et sexuellement frustré.

Il accentue la pression dans mes cheveux.

— Un jour, je vais baiser ta jolie petite bouche, et tu ne pourras plus jouer à la petite gamine autoritaire et impatiente.

Il couvre ma bouche avec la sienne, absorbant mon gémissement satisfait au moment où deux doigts glissent en moi pour m'écarter délicieusement.

Je n'aurais pas dû promettre de me taire.

Le bruit humide et glissant des doigts de Nate qui entrent et sortent de moi suffirait à ce que tout le monde comprenne sans que je dise un mot. Cependant, la musique est toujours à fond, et nos amis ne s'intéressent aucunement à nous. Un plaisir familier, brûlant, remonte le long de ma colonne vertébrale.

— Ta chatte est si parfaite, grogne-t-il à mon oreille. Si humide et serrée.

Mes hanches s'agitent contre sa main, des supplications et des gémissements incohérents s'échappent de mes lèvres. Mes genoux tentent de se resserrer, mon corps essaie de fuir la sensation qui monte en moi.

Il coince mes jambes écartées avec les siennes alors que je suis sur le point de tomber la tête la première dans le néant.

— Tu vas jouir pour moi ? Jouis sur mes doigts, Anastasia. Montre-moi ce que tu vas ressentir quand j'aurai ma bite enfouie en toi.

Il lâche mes cheveux et plaque sa main sur ma bouche pour étouffer mes cris au moment où l'orgasme me déchire. Je crie si fort qu'on pourrait croire que j'essaie de briser les vitres.

Chacun de mes membres tremble. Le plaisir se répand dans tout mon corps, au point que mes yeux se révulsent et que mon dos se courbe contre lui. Il continue de faire aller ses doigts jusqu'à ce que les spasmes s'apaisent et que je m'écroule sur son torse, transpirante et satisfaite.

Il retire doucement ses doigts, puis presse ses lèvres contre mon front humide.

— Ouvre la bouche, me demande-t-il avec une lueur curieuse dans le regard alors que je lève les yeux vers lui, confuse.

Je fais ce qu'on me dit, trop contente pour discuter, et j'attends, la bouche ouverte. Là, il glisse ses deux doigts humides sur ma langue. Je me délecte immédiatement ce goût enivrant, à la fois salé et sucré.

— Suce. Regarde comme tu as bon goût, murmure-t-il.

— Na…

La musique s'interrompt brusquement, et tout mon corps se fige. J'écarquille les yeux tandis que Nathan retire rapidement ses doigts de ma bouche et libère mes jambes pour que je puisse les rapprocher.

— Quelqu'un veut un McDonald's ?

Je me promets que les dix minutes restantes dans la voiture pour retourner à Maple Hills seront sans incident.

Lola me jette un regard suspicieux par-dessus son épaule en baissant la vitre.

— Il fait… euh… trop chaud. J'ai besoin d'air frais.

Je lève les yeux vers Nathan, me sentant à la fois ivre, endormie et rassasiée. J'attends qu'il me regarde avant de murmurer :

— Est-ce que ça sent le sexe ?

Il renifle et presse affectueusement ses lèvres contre mon nez.

— Tout ce que je sens, c'est ton shampooing. Maintenant, je vais bander au moindre parfum de miel et de fraise parce que j'y penserai systématiquement. Très peu pratique, Allen.

Nate a raison : ce n'est pas très pratique. Toutefois, pour l'instant, ça ne me dérange pas. Il me serre contre lui, me faisant bavarder et rire jusqu'à ce que nous nous arrêtions devant sa maison.

Tout le monde se rue vers la porte, certains chargés des sacs McDonald's et d'autres en essayant de se porter les uns les autres.

Je suis Lola dans la maison pendant que Nate aide à attraper Robbie et JJ, qui sont tellement bourrés qu'ils se sont endormis. Aussitôt, elle me tire par le bras jusqu'au coin cuisine, suffisamment loin pour que les gars n'entendent pas.

— Tu as fait l'amour dans le Uber ?

Sa voix exprime l'indignation, mais son visage la fierté. Tellement, tellement, tellement de fierté.

— Non, pas du tout !

Techniquement, ce n'est pas un mensonge.

— Tu as fait quelque chose, Anastasia Allen.

De gros bras s'enroulent autour de ma taille par-derrière tandis que je sens sa bouche embrasser mon épaule.

— Lo, Robbie m'a demandé de te dire d'aller chercher tes nuggets de poulet.

Ses yeux s'écarquillent. Elle les avait probablement oubliés, la connaissant. Quand elle s'enfuit en direction du salon, Nate me tourne face à lui avec un sourire satisfait sur le visage. Il repousse mes cheveux derrière mes oreilles.

— Tu veux aller te coucher ?

— Tellement.

Il prend deux bouteilles d'eau dans le réfrigérateur, emmêle ses doigts aux miens et nous guide à travers ses coéquipiers ivres éparpillés dans le salon jusqu'à l'escalier.

Il me laisse passer la première, sa main serrant fermement ma taille pour s'assurer que je ne perde pas l'équilibre avec ces talons ridiculement hauts.

— Arrête de regarder mon cul, Hawkins.

— Arrête d'avoir un cul qui ressemble à ça.

Une fois devant sa porte, je tape le code. Je fronce les sourcils lorsque le clavier clignote en rouge. Je le retape. Rouge.

— Ta porte est cassée, grommelé-je en faisant une nouvelle tentative.

— Ça marchait, il y a quelques heures. Tu as entré le bon code ?

— Ouais !

Je tape à nouveau les chiffres.

— Deux-cinq-trois-neuf… C'est rouge.

— Ce n'est pas mon code, dit-il en me poussant pour entrer quatre chiffres différents.

Le clavier clignote immédiatement en vert.

— Comment ça, ce n'est pas ton code ? Tu l'as changé ?

Il secoue la tête et me fait entrer. Je reste persuadée d'avoir raison, jusqu'à ce que le brouillard de la tequila se dissipe pendant une fraction de seconde et que je réalise que ce n'est pas le cas.

— Non, désolée, cerveau tequila. C'est le code de la chambre de Ryan.

C'est comme si la température de la pièce se refroidissait alors que je vois presque toutes les émotions passer sur son visage en même temps. Débouchant l'une des bouteilles d'eau, il en prend une grande gorgée, avant de hocher la tête comme s'il avait une conversation à laquelle je n'étais pas invitée.

Il enlève ses chaussures, retire ses chaussettes, déboutonne son jean, le fait glisser sur ses cuisses musclées et passe la main par-dessus son épaule pour retirer son tee-shirt.

C'est injuste de voir ça pour la première fois sans être complètement sobre. J'ai peur de manquer un muscle ou un abdo, peut-être une tache de rousseur quelque part sur son torse. Il est incroyable, et il ne réagit même pas lorsque je l'admire sans vergogne se promener dans sa chambre en boxer gris moulant.

Il prend un tee-shirt noir dans un tiroir, le logo des Titans visible près du cou, et me le tend. Après un soupir, il dit enfin quelque chose.

— Ryan, ouais… J'ai oublié Ryan, en quelque sorte. Le gars que tu baises.

J'aurais dû voir cette conversation venir.

— On ne sort pas ensemble.

Je le suis des yeux alors qu'il prend place sur le lit, les muscles des épaules tendus.

— Tu as dit à Henry que tu le baisais. J'ai même pu le voir dans ton lit.

Il n'a pas l'air en colère. Il a l'air, je ne sais pas… Je ne sais pas ce qu'il se dit, je ne sais pas ce qui se passe dans sa tête.

— On a eu une relation d'amis avec quelques avantages pendant un moment. Il veut sortir avec Olivia, alors on a arrêté.

Je hausse les épaules, espérant que ma brève explication suffira, mais je vois à son visage que ce n'est pas le cas.

— On n'a même rien fait, l'autre soir. On a regardé un film et on s'est endormis. C'est mon meilleur ami, Nate, et ce ne sont pas tes affaires. Pourquoi es-tu jaloux ?

Ignorant ma question, il tire mes hanches jusqu'à ce que je sois directement en face de lui. Je m'attends à ce qu'il dise quelque chose maintenant, mais encore une fois, il ne le fait pas.

Il se baisse à mes pieds, détache les brides de mes talons et me demande de les enlever. Le soulagement que je ressens en posant mes pieds bien à plat sur le sol dur, après des heures de torture, est sans doute meilleur que l'orgasme que Nate m'a donné plus tôt, mais je ne pense pas que ce soit le bon moment pour en parler.

Il passe ses mains à l'arrière de mes cuisses, doucement.

— Je suis jaloux parce que je te veux pour moi tout seul, Stassie, et je suis jaloux de tous les gars à qui tu donnes librement ton attention. Je suis même jaloux d'Henry, bordel de merde ! Pourtant, j'aime ce gamin.

— Ryan et moi fonctionnions très bien parce que nous n'étions pas jaloux. On se fichait de ce que l'autre faisait en dehors de notre arrangement…

— C'est super, dit-il d'un ton sarcastique. Mais je ne suis pas Ryan.

Il saisit l'arrière de mes cuisses et les tire vers l'avant pour que mes genoux tombent de part et d'autre de ses hanches, à califourchon sur lui. Je suis douloureusement consciente de l'absence de culotte lorsque ma robe commence à remonter. Elle ne s'arrête que lorsque ses grandes mains attrapent mes fesses et qu'il utilise sa prise pour appuyer ma chatte contre lui.

— Je ne veux pas te partager avec d'autres gars. Tu sais que je peux te satisfaire parfaitement tout seul, de toutes les façons dont tu as besoin.

On se rapproche dangereusement d'un territoire exclusif, ce que je ne veux pas. J'écarte ses cheveux de son visage et presse doucement mes lèvres contre le coin de sa bouche.

— Arrête de trop réfléchir et baise-moi. Ce n'est pas si dur.

Nate me fait rouler sur le dos, puis se glisse entre mes jambes, exerçant une pression exactement là où je le souhaite. Mes doigts s'enfoncent dans son dos pour tirer son corps sur le mien afin que je puisse le sentir à chaque souffle. J'ai besoin de plus de friction, plus de pression, plus de lui.

— Tu as un préservatif ?

Son nez frôle le mien, une fois, deux fois. Un gémissement confus gronde dans sa gorge quand je roule mes hanches contre l'endroit où son caleçon se tend.

— Je me déteste, là, mais on ne va pas faire l'amour.

De toutes les choses que je m'attendais à entendre, celle-ci était tout en bas de la liste.

— Quoi ?

— Je ne veux pas faire l'amour avec toi. Non. Merde, j'en ai envie, mais pas maintenant. (Il appuie son front contre le mien en baissant la voix.) Je veux que tu aies envie de moi quand tu seras sobre, Anastasia. Je refuse de passer une autre semaine à te voir m'éviter. Je déteste ça, putain.

La piqûre du rejet me rentre dans l'estomac, et c'est comme si je ne pouvais plus respirer.

— Oh, OK. C'est bon. Tu peux me lâcher, s'il te plaît ?

— Je ne voulais pas te le dire de cette façon, je suis désolé. Je ne veux juste pas être un autre plan cul alcoolisé. Mets le tee-shirt. On peut parler ou dormir, tout ce que tu veux.

Même si ce qu'il dit a du sens, d'une certaine manière, ça n'apaise pas la gêne que je ressens. Ma lèvre tremble, même si j'essaie à tout prix de me concentrer sur le désir qu'il a pour moi. On dirait qu'il ne veut de moi que si je lui offre plus, ce dont je suis incapable. Le besoin de lui plaire et celui de lui échapper s'affrontent dans mon cerveau et m'étouffent.

— Stassie, s'il te plaît, ne pleure pas, putain. J'ai tellement envie de toi. Je ne veux pas que tu regrettes notre première fois.

Sans un mot de plus, j'attrape le tee-shirt des Titans et me dirige vers la salle de bains. Une fois ma robe enlevée, je le rejoins dans son lit, les joues encore roses et les yeux humides.

Il se penche pour poser ses lèvres sur ma tempe, l'embrassant à plusieurs reprises.

— Tu veux faire des câlins ?

Je repose ma tête contre l'oreiller.

— Je ne suis pas du genre à faire des câlins.

Il glousse et m'embrasse encore une fois.

— Bonne nuit.

J'attends qu'il soit bien endormi avant de commander un Uber.

QUATORZE

NATHAN

PARFOIS, JE N'UTILISE PAS le cerveau qui m'a été donné. C'est embarrassant, mais je vais l'avouer et dire que je mérite le traitement silencieux qui m'attend.

Je suis un putain de connard. Probablement le plus grand connard qui ait jamais existé. Quel genre de personne dit à une femme tout à lui, une femme dont il a rêvé pendant des semaines, qu'il ne veut pas la baiser alors qu'elle demande une capote ?

Elle n'aurait pas pu être plus vulnérable qu'au moment où je l'ai rejetée. Je n'en avais pas l'intention ; j'espère qu'elle le comprendra. Quand bien même elle le comprendrait, il n'en reste pas moins que je l'ai blessée, même avec les meilleures intentions du monde.

J'étais juste ivre, et jaloux parce qu'elle avait tapé le code de Ryan pour entrer dans ma chambre. J'ai été mesquin et j'ai tout foutu en l'air.

Beau travail, Hawkins.

Je tenais à lui montrer que je ne la veux pas seulement quand je suis bourré, je la veux tout le temps. J'aime son étincelle, et j'ai envie d'apprendre à la connaître, mais j'ai bel et bien raté le coche.

J'ai réalisé qu'elle n'était plus là quand je me suis retourné, à moitié endormi, pour l'enlacer. Elle avait manifestement attendu que je m'endorme, et je ne lui en veux pas.

Depuis que je suis réveillé, je l'appelle, mais je tombe directement sur sa boîte vocale. Elle ne m'a donné son numéro qu'hier soir, j'en suis pratiquement mort de stupeur. Après son orgasme, elle était mignonne, endormie et docile, pelotonnée sur mes genoux, à babiller des bêtises, à me poser plein de questions et à me regarder avec ses grands yeux bleus.

J'ai pris mon téléphone dans ma poche pour consulter l'heure. Elle a marmonné que je ne devais pas le mettre dans son champ de vision pour lui éviter de voir tous les *nudes* qu'on m'envoie. Je l'ai déverrouillé et le lui ai tendu en lui disant de s'amuser. Elle est allée dans les contacts et a tapé son numéro.

— Sous quel nom dois-je m'enregistrer ?

— Ton prénom est généralement un bon point de départ, l'ai-je taquiné.

Elle a gloussé en tapant avec ses ongles sur le dos de mon téléphone.

— Hum. C'est ennuyeux… Je veux être… la salope du Uber… Non, c'est un peu long. La Pute du Uber. Parfait.

Je n'ai pas pu m'empêcher de ricaner.

— Tu n'es pas sérieuse, Anastasia, lui ai-je lancé, mais elle était déjà en train de tapoter joyeusement.

Donc, maintenant, je suis coincé à essayer de mettre la main sur La Pute du Uber.

LA PUTE DU UBER

NATE HAWKINS : Réponds à ton téléphone, Stas.

NATE HAWKINS : S'il te plaît.

NATE HAWKINS : Réponds à ton téléphone, ou je change ton nom.

NATE HAWKINS : Tu devras être quelque chose d'ennuyeux, comme Stassie ou Anastasia.

NATE HAWKINS : Plus La Pute du Uber.

NATE HAWKINS : J'espère que tu étais assez sobre pour te souvenir de cette conversation.

La dernière chose dont j'ai besoin, c'est qu'elle pense que je la traite de pute.

Après avoir fixé le plafond de ma chambre pendant une heure sans avoir reçu aucun appel ou texto, je me traîne enfin hors du lit.

JJ, Robbie, et Lola sont en train de manger dans la cuisine quand j'arrive en bas. Bien qu'ils aient l'air d'avoir la gueule de bois, ils rigolent tous. Enfin, jusqu'à ce que j'apparaisse et que les yeux de Lola se plissent.

— Lit vide, Hawkins ?

Tout en passant une main sur mon visage, je m'avance maladroitement vers eux. J'appuie mes coudes sur l'îlot de cuisine et me prépare à la torture.

— Je sais, Lo, je sais… Comment peux-tu être au courant si vite ? Tu n'es même pas encore rentrée chez toi.

— Parce qu'on l'a vue essayer de sortir d'ici avec ton tee-shirt une heure après que vous êtes montés en cachette.

Pour une fois, JJ et Robbie ne disent pas un mot. Ils fixent leurs bols de céréales comme si c'était la chose la plus excitante qu'ils aient jamais vue.

— J'ai essayé de l'appeler, mais elle ne répond pas. Quel est le numéro de ton appartement ? Je vais y aller en voiture.

— Tu as pris trop de coups sur la tête, le joueur de hockey ? Elle est en haut. (Elle prend sa tasse de café et la porte à ses lèvres en continuant de m'observer par-dessus le rebord.) Je n'allais pas la laisser monter dans un Uber, ivre et triste, juste habillée d'un tee-shirt. Elle a dormi dans la chambre d'Henry.

— Et où Henry a-t-il dormi ? demandé-je aussi calmement que possible.

— Je ne sais pas, probablement blotti contre elle, me dit-elle avec un sourire énorme, à la limite du sinistre. Ils ne sont pas encore descendus. Tu sais ce qu'on dit à propos des hommes matinaux… Il est si doux et gentil, ce sont toujours les plus calmes, tu vois ? Henry la traitera très bien.

J'entends encore son gloussement alors que je suis à mi-chemin de l'escalier, définitivement trop bourré pour courir où que ce soit.

— Tu n'es pas drôle, Lo !

La chambre d'Henry est à côté de la mienne, et comme je n'ai entendu aucun bruit, je me dis que c'est bon signe. Je frappe à la porte et j'attends que quelqu'un me dise d'entrer. Maintenant que je suis debout devant la porte, je peux l'entendre rire. Je frappe à nouveau, mais personne ne répond.

Fait chier.

Je tape le code. Quatre zéros parce que Henry a trop peur d'être enfermé à l'extérieur de sa chambre et de ne pouvoir récupérer aucune de ses affaires.

Elle est sous les couvertures, visage nu, cheveux mouillés, avec une tasse à café entre les mains. Elle glousse en écoutant Henry, mais quand elle m'aperçoit, son visage s'assombrit un peu avant de laisser apparaître un sourire forcé.

À ma grande joie, Henry est assis sur un matelas à moitié gonflé sur le sol. Il nous regarde tour à tour et se lève.

— Je vais prendre un petit déjeuner.

Il me dépasse maladroitement. Une fois que je l'entends dans l'escalier, j'entre dans la chambre et m'assieds au pied du lit. Elle s'est appuyée contre la tête de lit. Elle porte toujours mon tee-shirt, et putain, elle est magnifique.

— Stassie, je suis désolé.

Elle arbore le même sourire forcé.

— Tu n'as pas besoin de t'excuser, Nathan. Tu as le droit de retirer ton consentement à tout moment. Je ne t'en voudrai jamais, jamais, de changer d'avis. (Elle prend une grande inspiration et se penche pour poser sa tasse sur la table de chevet.) J'ai juste…

— Stas, arrête, je l'interromps en me rapprochant d'elle. Je suis content que tu le saches, et tu as raison, mais ce n'est pas le cas ici. Je ne retirais rien, j'étais juste jaloux.

Mon Dieu, je me sens mal d'admettre ça.

— J'ai cru que si on faisait l'amour, reprends-je, tu te réveillerais ce matin et tu disparaîtrais. Je déteste que tu sois en colère contre moi, et chaque fois que je semble briser la putain de forteresse de glace que tu as mise en place, quelque chose se passe, et je suis de retour à la case départ.

Elle écoute tout ce que je dis : pas de dispute, pas de roulement d'yeux, pas d'insolence.

— Je supporte mal le rejet, dit-elle doucement. Je le supportais déjà mal quand j'étais petite. Je me suis sentie rejetée et accablée, hier soir. Je voulais seulement passer du temps avec toi, et tu as commencé à parler de ne pas me partager.

Elle gigote sur le lit en tripotant les pointes de ses cheveux. Je vois bien qu'elle est mal à l'aise.

— J'ai l'impression que tu veux une relation ou quelque chose de plus que ce que je t'offre. Je suis vraiment attirée par toi, Nate, mais on se connaît à peine. Je suis désolée d'être partie. Je n'aimais pas cette situation, et ça m'a donné envie de m'en éloigner.

Elle a raison. Je l'aime bien et je n'ai même pas pensé à ce qu'elle voulait, elle.

— J'aime que tu saches partager ce que tu ressens avec moi.

Elle grogne et ramène ses genoux contre sa poitrine en tirant mon tee-shirt par-dessus.

— J'ai suivi tellement de putains de thérapies. Il m'a fallu des années pour dire : « Je supporte mal le rejet ». Dr Andrews sera si heureux d'apprendre que j'ai réussi à l'appliquer en situation réelle.

— Tu dois être sa patiente préférée. Écoute, je suis désolé que tu te sois sentie rejetée. Ce n'était pas mon intention.

— C'est tellement gênant, putain. Je voulais monter ta queue, Nathan, pas causer un drame. Je dois être honnête, l'exclusivité, ce n'est pas mon truc. Je n'aime pas l'engagement. Je n'ai pas le temps. Mon emploi du temps est déjà bien rempli.

Elle ne pourrait pas être plus directe et claire. Rien de tout ça ne me plaît, si ce n'est le passage sur ma queue, parce que j'aimerais bien. Pour autant, je ne peux pas lui reprocher de ne pas communiquer.

— Message reçu cinq sur cinq, Allen. Phobique de l'engagement, j'ai compris. Pour info, maintenant qu'on est sur la même longueur d'onde, tu peux monter ma queue quand tu veux.

— Oh, Nate, roucoule-t-elle de la manière la plus mignonne et la plus condescendante qui soit, en me lançant un sourire jusqu'aux oreilles. Je ne suis plus bourrée. Tu es de nouveau sur la liste des merdeux, mon pote. J'envisagerai de t'en retirer quand tu me rendras ma patinoire.

— Je croyais que j'étais en période de probation ? Quand est-ce que c'est devenu la liste des merdeux ? Est-ce que je suis au moins en haut de la liste ? Suis-je le numéro un ?

— Tu es définitivement le numéro un.

Être le numéro un sur la liste des merdeux de Stassie est le job le plus facile que j'aie jamais eu.

Nous nous sommes entraînés avant elle et Aaron tous les jours de la semaine. Le problème, c'est que chaque jour, nous avons commencé et terminé en retard à cause d'un délire de Faulkner. Elle est restée debout, silencieuse et furieuse, les bras croisés sur la poitrine, à essayer de m'assassiner avec ses yeux.

Chaque fois que je quittais la glace, je tentais un « Stassie… » en passant devant elle.

— Ne commence pas, Nathan, sauf si tu veux que je te frappe avec ta crosse de hockey.

Elle le disait si calmement que c'était encore plus terrifiant que si elle criait, j'en avais la chair de poule.

Hier, nous étions occupés à gagner notre match à San Diego. Elle avait donc la patinoire pour elle seule, mais aujourd'hui, je ne pense pas que je sortirai d'ici en un seul morceau. Je peux la voir dans ma vision périphérique alors que je glisse sur la patinoire. Elle porte une tenue bleu layette. Une couleur un peu trop douce et délicate pour une personne si pleine de rage.

Je ne peux pas voir son corps, mais je suis certain que son justaucorps épouse parfaitement ses courbes. Au moins, ce sera la dernière chose que je verrai quand elle me tuera.

Je l'aperçois en train de se disputer avec Aaron, ce qui me fait plaisir plus que de raison, mais me distrait suffisamment pour que JJ me rentre dedans, m'envoyant ainsi voler contre les planches.

— Fais attention, tête de nœud, grommelé-je.

En regardant l'horloge, je sais que nous avons dépassé d'un bon quart d'heure. Faulkner nous a prévenus que nous ne nous arrêterions pas avant qu'il ne l'ait décidé, et tant que Brady n'est pas debout, à taper du pied avec impatience, il est prêt à abuser de sa chance.

Chaque muscle est douloureux depuis qu'il nous fait travailler comme si on était des putains de marines et…

Qu'est-ce qu'elle fait, bordel ?

Elle patine au milieu de la patinoire avec un air de pure détermination sur le visage, et elle a l'air de… Est-ce qu'*elle commence son putain de programme ?* Elle va se faire aplatir.

Où sont Aaron ou Brady, bordel ?

— Stassie, quitte la glace !

Elle ne m'accorde même pas un regard. Elle lève juste son majeur et continue pendant que les gars patinent autour d'elle.

Bobby s'arrête à côté de moi.

— Elle va être blessée, cap. Tu dois faire quelque chose.

Elle flotte autour de la patinoire entre les gars, et j'ai l'impression d'essayer d'attraper un putain de papillon. Une vision en bleu qui tourne et glisse, sans se soucier du danger qu'elle court. La moitié des gars ne l'ont même pas repérée, donc ils n'ont pas ralenti, tandis qu'embarrassé, je me bats pour la rattraper.

Capitaine de l'équipe de hockey, et je ne peux pas suivre une patineuse artistique d'un mètre soixante… Je ne suis pas près de l'oublier.

Elle finit par ralentir pour faire quelques pirouettes. Au même moment, je ferme la marche et la soulève par-dessus mon épaule en ignorant son cri d'horreur. Ses poings cognent contre mon dos. Heureusement que je porte un équipement de protection.

Je n'ai même pas dit un mot, mais elle sait que c'est moi.

— Nate Hawkins, pose-moi tout de suite !

Ma main saisit l'arrière de sa cuisse pour la maintenir en place. Je la serre.

— Tais-toi, Anastasia. Tu essaies de te faire une autre blessure à la tête ?

Elle tente de se dégager. Seulement, ma prise est trop serrée. Alors, tout ce qu'elle peut faire, c'est me frapper, et franchement, j'ai connu pire.

— Arrête. De. Me. Dire. De. Me. Taire ! Repose-moi, Nathan !

La colère s'infiltre dans chaque syllabe, et je sais que je vais en prendre plein la figure dès que je la poserai.

Des flammes dansent pratiquement dans ses yeux lorsque je la remets sur ses pieds derrière les planches, là où elle sera en sécurité. Ses joues sont rouges, ses poings serrés le long de ses flancs. Ses mains s'envolent vers ses cheveux, ses doigts s'entremêlent tandis qu'elle secoue la tête, exaspérée, la poitrine gonflée. J'essaie de me concentrer sur sa colère, pas sur ses seins, mais c'est difficile.

— Anas…

Elle rive ses yeux aux miens, et j'en reste figé sur place. Puis elle dit d'une voix menaçante :

— Si jamais tu me touches à nouveau, Nathan Hawkins, je ferai en sorte que le seul travail que tu puisses exercer sur la glace soit celui de conducteur de surfaceuse. Compris ?

Je me mords la langue parce que, putain, j'ai tellement envie de l'embrasser à cet instant. Ses mains se posent sur ses hanches. Elle est tellement sexy quand elle est en colère contre moi.

— Compris.

— Tu débordes et tu bousilles mon emploi du temps. J'ai des projets, ce soir, et je vais être en retard si tu ne quittes pas la glace pour me laisser m'entraîner !

— Quels projets ?

Elle souffle, les bras croisés.

— Rien qui te concerne.

— Hawkins ! crie le coach, ramenant mon attention sur la glace. Termine !

Je la regarde une dernière fois.

— Tu es très belle, aujourd'hui.

Sa bouche s'ouvre et se ferme, elle ne s'attendait certainement pas à ça. La colère sur son visage commence à fondre, ses yeux s'adoucissent, et presque comme par magie, une fraction de seconde passe, et tout disparaît.

— Oh, va te faire foutre, Nathan ! crie-t-elle en s'éloignant de moi.

J'ai l'impression d'être un détective qui essaie de trouver où elle va ce soir.

— « Harceleur » est le mot que les flics emploieraient, Nate, m'informe Henry de l'autre côté de la pièce.

Ça ne m'étonnerait pas qu'il sache où elle va. Il a probablement demandé, et elle le lui a dit. C'est comme ça que ça marche entre eux, n'est-ce pas ?

Je sors mon téléphone. J'espère qu'elle aura pitié de moi maintenant qu'elle est fatiguée par l'entraînement.

LA PUTE DU UBER

NATE HAWKINS : Où vas-tu ce soir ?

LA PUTE DU UBER : Qui est-ce ?

NATE HAWKINS : Tu sais qui c'est.

LA PUTE DU UBER : Je pense que vous avez composé un mauvais numéro, désolée.

NATE HAWKINS : Hum.

NATE HAWKINS : Je ne pense pas. Tu vas à une fête ?

LA PUTE DU UBER : Voir des motards.

LA PUTE DU UBER : Des gros, pleins de sperme[1].

NATE HAWKINS : Excellente référence cinématographique.

NATE HAWKINS : Quelle sale gosse tu fais.

LA PUTE DU UBER : Je vais te dire, Hawkins, trouve-moi avant minuit, et tu pourras enfin baiser ma « jolie petite bouche ».

LA PUTE DU UBER : Comme ça, je ne pourrai plus jouer à la « petite gamine autoritaire et impatiente ». Ça marche ?

NATE HAWKINS : Tu vas être tellement belle avec ma bite dans ta bouche.

LA PUTE DU UBER : Bonne chasse !

Anastasia sait retourner mes propres mots contre moi. Cependant, elle vient de me donner la parfaite motivation pour la retrouver.

Merde.

Henry a raison : je ressemble à un harceleur.

---

1. Réplique du film *Dix bonnes raisons de te larguer.*

QUINZE

ANASTASIA

JE SUIS INCROYABLEMENT CONTENTE de moi, à cet instant.

Nate est à dix minutes de ma position, et il ne reste que quinze minutes avant minuit. Il a bombardé mon téléphone toute la nuit, me suppliant de lui donner des indices. Je n'ai pas bougé, ni aucun de ceux qui ont juré de garder le secret.

À chaque fête où il ne me trouve pas, il est de plus en plus énervé contre lui-même. Il a passé trop de temps à vérifier les fêtes de fraternité, ce qui a compromis ses chances, et maintenant, j'attends que les minutes passent.

Douze minutes.

En acceptant son appel vidéo, je souris alors que son visage grincheux remplit mon écran.

— Tu es toujours à Los Angeles, on est d'accord ?

— Tic-tac, Hawkins. Ton temps est compté.

Il passe une main dans ses cheveux et pousse un soupir de défaite.

— C'est une punition, c'est ça ? Pour avoir joué tard toute la semaine ? Tu es toujours en colère, n'est-ce pas ?

Je me lève du lit et me promène dans la pièce. Je garde les yeux sur son visage tout en tenant le téléphone à distance de mon corps pour qu'il puisse la voir.

— Qu'est-ce que tu en penses ?

— Bien sûr, tu es encore en colère, soupire-t-il. Je le sais.

À mesure que je fais le tour de la pièce, je vois un éclair de compréhension se peindre sur son visage.

— Tu devrais savoir qu'il ne faut pas déconner avec mon temps de glace, Nathan.

Neuf minutes.

— Tu es dans ma putain de chambre, dit-il sèchement. Pourquoi tu me fais courir dans tout Maple Hills alors que tu es dans ma chambre ?

— Personne ne t'a dit qu'il y avait une fête chez toi ? C'est étrange.

— Je vais les tuer.

— C'est dommage que tu sois si loin et que tu ne puisses pas arriver avant minuit, soupiré-je dramatiquement, en appréciant chaque seconde de ce moment. Je crois que je vais descendre et trouver quelqu'un d'autre avec qui faire la maligne. Bonne route, Hawkins.

— Anastasia, que…

Convaincre les amis de Nate de s'en prendre à lui était facile.

JJ

STASSIE : J'ai besoin d'une faveur.

STASSIE : Ça va ruiner la soirée de Nathan.

JJ : Tu as toute mon attention.

STASSIE : Je lui ai peut-être dit qu'il pourrait faire des choses sur certaines parties de moi.

STASSIE : Les parties avec lesquelles il veut vraiment faire des trucs.

STASSIE : Mais seulement s'il réussissait à me trouver sur le campus avant minuit.

JJ : Et à quel moment j'interviens dans tout ça ?

STASSIE : Que penses-tu d'organiser une fête après son départ ?

STASSIE : Une qu'il ne découvrira qu'après minuit.

JJ : Tu es diabolique.

JJ : Je suis partant.

JJ : Il vient d'envoyer un SMS dans notre groupe de discussion pour demander si quelqu'un veut sortir ce soir mdr.

JJ et moi avons développé un partenariat improbable basé sur le plaisir mutuel d'ennuyer Nathan. Ça a commencé la semaine dernière, quand il n'y avait nulle part où s'asseoir. Nate me regardait, me déshabillait pratiquement du regard, alors j'ai décidé de l'embêter un peu.

Jaiden m'a laissée m'asseoir sur son genou, tout en plaisantant sur le fait que si Nate n'était pas à côté de moi dans les quatre-vingt-dix secondes, il paierait la note du bar. Ça a pris vingt-sept secondes.

C'est aussi lui qui m'a empêchée de partir après la crise de jalousie de Nathan, en m'installant dans la chambre d'Henry pour dormir. Selon lui, Nate ne s'arrêterait pas pour utiliser son cerveau s'il me trouvait dans sa chambre, mais il donnerait une chance au gamin de s'expliquer.

C'est parce que JJ est un amant exceptionnel – son explication, pas la mienne – qu'il représente une menace pour Nathan.

C'était amusant de rester dans la chambre d'Henry. Il y a une boîte de produits essentiels comme du shampooing, des lingettes, des attaches pour cheveux et des tampons dans sa salle de bains. J'ai demandé si une ex les avait laissés, mais il a dit qu'il les avait achetés dans l'hypothèse où une femme resterait chez lui. Il voulait s'assurer qu'elle aurait tout ce dont elle pourrait avoir besoin, surtout parce que les femmes n'ont jamais leurs propres chaussettes.

J'aimerais avoir une sœur pour qu'elle puisse épouser Henry, parce qu'il me fait fondre.

En me dirigeant vers la cuisine pour rejoindre tout le monde, je remarque que l'ambiance est au top. C'est un miracle qu'ils aient réussi à garder la fête secrète. Mattie apparaît, une bouteille de champagne en main.

— Trois minutes ! crie Robbie en distribuant les gobelets en plastique tandis que Mattie fait sauter le bouchon.

— Une minute avant minuit, ajoute Henry en regardant sa montre.

Nous sommes en octobre, mais il flotte comme un air de Nouvel An en raison de cette excitation inexplicable et du décompte des minutes.

C'est la folie dans la cuisine. Pourtant, personne en dehors de notre petit groupe n'a la moindre idée de ce qui se passe. Je suis contente parce que ce petit jeu était vraiment stupide, mais les gars l'adorent. D'après ce que j'ai compris, ils en ont marre que Nate puisse avoir toutes les filles qu'il veut.

Trois.

Deux.

Un.

Les gars se mettent à applaudir, à déboucher le champagne et à se congratuler. Un bras lourd se pose sur mon épaule, et je lève les yeux vers le visage souriant de JJ.

— Nous formons une super équipe, Allen. Il est à environ trente secondes d'ici. Tu es prête à t'amuser ?

Bobby et Kris ont passé la nuit à « surveiller Hawkins », s'envoyant secrètement des mises à jour sur ses déplacements et sur son niveau de frustration. Soi-disant, il se fiche de ma proposition, il ne veut pas perdre contre moi parce que je serais insupportable.

Ce qui pourrait être la seule chose sur laquelle nous sommes d'accord.

Soudain, on entend la porte d'entrée s'ouvrir depuis l'îlot de cuisine, autour duquel nous sommes tous rassemblés. Lorsqu'il franchit la porte, la première chose qu'il fait est de secouer la tête en scrutant la pièce pleine de monde.

— Il a l'air énervé, glousse Lola.

— Ouais, c'est ma faute, dit JJ en descendant le gobelet d'un trait sans se défaire de son sourire. S'il ne réagissait pas ainsi, je ne ferais pas tout ça. Mais il me facilite tellement les choses.

Je décide de le rejoindre à mi-chemin, partiellement effrayée à l'idée qu'en atteignant la cuisine il tue Jaiden, quand tout à coup, une fille se place devant lui et enroule ses bras autour de sa taille.

Il a l'air surpris, encore plus que le reste d'entre nous. Lola se penche en avant, les yeux plissés.

— C'est Summer Castillo-West ?

Summer vit dans notre immeuble avec notre amie du Honeypot, et en ce moment même, elle est sur la pointe des pieds, en train de chuchoter à l'oreille de Nate. Ses yeux me trouvent, et après m'avoir souri, il me fait un clin d'œil.

Je bois le reste de mon verre.

— Oui, c'est Summer.

Une sensation inconfortable et brûlante remonte le long de ma colonne vertébrale, une sensation que je ne reconnais pas. Pourtant, je n'ai aucune envie de la ressentir à nouveau. Elle se propage jusqu'à mon estomac, qui se retourne lorsque je vois Nathan prendre la main de Summer et l'entraîner vers les escaliers.

Ce n'est pas de la colère, c'est plus profond que ça. Ardent et exaspérant, capable de m'enflammer comme un feu. Je pense que c'est de la jalousie. *Merde.*

JJ se gratte l'arrière de la tête, la confusion gravée sur les traits de son visage. Il cherche du soutien auprès des autres, mais ils sont tous en train de fixer leurs gobelets, évitant tout contact visuel. Il s'éclaircit la gorge et me regarde à nouveau.

— Nate lui court après depuis la première année, mais elle n'a jamais cédé. Je… euh… je ne sais pas ce qui se passe, là.

On est donc deux.

Je ne pense pas avoir cligné des yeux durant tout le temps où Nate et Summer étaient ensemble à l'étage. Après environ dix minutes, je la repère enfin dans les escaliers, mais elle est seule. Lorsqu'elle rejoint son groupe pour continuer à boire, elle n'a pas l'air de quelqu'un qui vient de s'envoyer en l'air.

En me dirigeant vers les escaliers, je me dis que ce n'est peut-être pas une bonne idée. Je suis galvanisée par l'alcool, la jalousie, et peut-être un peu d'incrédulité. Qu'est-ce qui pourrait arriver de pire ?

Une partie de moi s'attend à le croiser dans les escaliers, en train de remonter sa braguette ou quelque chose d'aussi dégoûtant, mais ce n'est pas le cas. J'entre le code dans le clavier, le bon cette fois, et je le regarde clignoter en vert.

Nate est assis sur le lit, à l'endroit où j'étais un peu plus tôt, lors de l'appel vidéo avec lui. Il a l'air nettement plus heureux que lorsqu'il a franchi la porte d'entrée, ce qui m'irrite immédiatement.

— Putain, c'était quoi, ça ? demandé-je aussi calmement que possible, ce qui, à la réflexion, ne semble pas franchement calme.

— Serais-tu jalouse, Anastasia ?

— Je suis ennuyée. (Il se redresse avec un sourire quand je m'approche de lui.) Tu m'as fait passer pour une idiote devant nos amis !

Il se moque.

— Tu m'as fait courir dans tout le campus alors que tu étais littéralement là où je te voulais depuis le début. Imagine à quel point je me sens stupide.

— Tu as baisé une autre fille à l'étage d'une fête à laquelle je suis !

Il se lève. Son corps domine immédiatement le mien, et l'odeur sucrée de son eau de Cologne excite tous mes sens. Il tend la main pour replacer mes cheveux derrière mon oreille, m'ignorant lorsque j'essaie de repousser sa main.

— Je ne l'ai jamais touchée. Elle a eu ses règles et avait besoin d'utiliser la salle de bains en urgence. Je suis resté assis ici, à attendre que tu viennes te mettre en colère contre moi. (Il saisit doucement mon menton et passe son pouce sur ma lèvre inférieure.) J'voulais voir comment cette histoire de « je ne suis pas jalouse » dont tu parlais fonctionne.

— Je…

Merde.

— Eh bien, je suis en colère contre toi, Nathan.

— Bien.

— Tellement en colère.

— Parfait.

Nos bouches s'écrasent l'une contre l'autre dans une démonstration folle, ivre et désespérée de frustration sexuelle accumulée. Il saisit l'arrière de mes cuisses et me soulève, laissant mes jambes s'enrouler autour de sa taille. Mes mains s'enfoncent dans ses cheveux tandis que nos corps œuvrent à l'unisson pour se rapprocher le plus possible l'un de l'autre.

Il n'y a rien de romantique dans ce qui se passe. Mon corps est pris en sandwich entre lui et la porte, nos langues se battent dans l'espoir de dominer et ses mains s'enfoncent dans mes fesses. Un gémissement torturé m'échappe quand il presse son bassin contre le mien pour me faire sentir à quel point il est dur.

Il laisse traîner sa bouche le long de ma mâchoire, jusqu'à grignoter une zone sous mon oreille, faisant ainsi frémir tout mon corps.

— Dis-moi que tu veux que je te baise, Anastasia.

— Toi, dis-le-moi.

Mes mots durs perdent leur impact quand il suce mon cou et que je les gémis littéralement. Avant que je ne comprenne ce qui se passe, il me dépose sur le bord du lit et s'accroupit à mes pieds pour enlever mes chaussures.

Je suis étonnée de voir comment il peut passer de la brutalité à la douceur en quelques secondes. Une fois mes chaussures enlevées, je le regarde se lever. Il y a un petit moment de silence durant lequel nous nous dévisageons simplement. Mon cœur bat encore la chamade, le sang brûle sous ma peau, tout est hypersensible.

Ses yeux se plongent dans les miens. Je ne manque donc pas l'éclair de surprise qui les traverse lorsque mes mains se posent sur sa ceinture.

— Je peux ?

— Putain, oui.

Il m'aide à le déshabiller, jusqu'à se tenir devant moi en caleçon. C'est à ce moment-là que je réalise qu'il n'y a absolument aucune chance que ça rentre dans ma bouche, ou même ailleurs.

Nate sourit tandis que je reste bouche bée. Je me secoue parce que je ne suis pas une lâcheuse, et je ne vais certainement pas lui donner la satisfaction de lui dire à quel point il est gros.

— J'ai été testé récemment, et il n'y a rien à signaler, mais je peux mettre un préservatif si tu veux ? demande-t-il alors que je passe mes mains sur le devant de ses cuisses.

Je secoue la tête et le regarde se prendre en main. Tout en serrant la base dans son poing, il entame quelques va-et-vient. Puis il se penche pour m'embrasser sur le front.

— Dis-moi d'arrêter si je suis trop brutal, d'accord ?

Une main tient ma nuque, l'autre guide sa bite dure vers moi.

— Tire la langue, bébé.

Je m'exécute, pour son plus grand plaisir. Je la fais tourner autour de son gland, goûtant alors son liquide salé et capiteux sur ma langue.

— Voilà une gentille fille.

Je referme mes lèvres autour de l'extrémité, que je suce doucement. Sa main quitte mon cou et s'enfonce immédiatement dans mes cheveux.

— Putaaaain, Stas.

Il gémit bruyamment, et d'un seul coup, je perds ma capacité à attendre ses ordres. Je place mes mains sur le devant de ses cuisses, me penche en avant et le prends jusqu'à ce qu'il atteigne le fond de ma gorge. Je me mets à tousser, et une série de jurons résonne dans la pièce.

Son autre main s'enfonce à son tour dans mes cheveux alors que je prends le contrôle. J'enroule mes doigts autour de la base et les bouge en rythme avec ma bouche. Je gémis et m'étouffe en levant vers lui des yeux larmoyants.

Sa tête bascule en arrière, les muscles de son estomac se contractent, des grognements profonds et satisfaits résonnent tandis que ses hanches s'avancent afin de s'enfoncer plus profondément.

— Putain, c'est tellement bon, bébé. Tu es si douée, putain.

Ses poussées sont de plus en plus dures et désordonnées, ce qui me montre à quel point il est proche. Lorsque j'attrape doucement ses couilles avec ma main libre, il est fichu.

— Oh, putain de merde, Stassie.

Ses mains resserrent leur emprise sur mes cheveux au moment où des spasmes le secouent. J'avale tout ce qu'il me donne, les yeux encore humides et la gorge à vif.

Je nettoie le coin de ma bouche avec mon pouce, que je lèche.

— Je me sens encore insolente, me moqué-je. Et impatiente.

Son rire profond me transperce d'une manière à laquelle je ne suis pas habituée. Une lueur de satisfaction post-orgasme rougit ses joues, ses yeux sont brillants et sauvages. Il est magnifique.

— Tu es incroyable.

Nathan me prend par les aisselles pour me remettre sur mes pieds, avant de tirer sur la bretelle de ma robe.

— Cette robe a besoin de disparaître.

— Qui est autoritaire, maintenant ?

Je tourne sur place pour qu'il puisse descendre la fermeture Éclair. Ses lèvres se posent sur mon épaule, m'embrassent partout pendant qu'il descend les bretelles. Le tissu tombe à mes pieds.

Mon corps entier semble rempli d'une énergie frénétique et indomptée. Ses gestes sont si maîtrisés et lents. Il me torture délibérément, faisant traîner le plaisir inévitable. Lorsque sa main attrape mes seins par-derrière et que ses doigts font rouler mes tétons, mes fesses se frottent instinctivement contre lui.

— Demande-le-moi gentiment, murmure-t-il à mon oreille. Et je te baiserai tellement bien.

Plus Nate me dit de demander gentiment, plus je suis proche de lui dire d'aller se faire foutre. J'empêche ses mains d'explorer davantage mon corps et me glisse au milieu du lit, en m'appuyant sur les coussins. Son genou tombe sur le lit pour me suivre, mais j'appuie sur sa poitrine avec mon pied pour l'empêcher d'aller plus loin.

— Mets-toi au bout du lit.

Il a l'air confus, mais curieux. Les yeux plissés, il recule vers le bord du lit. Mes doigts glissent sous le tissu de ma culotte, la faisant glisser le long de mes jambes.

Ses yeux s'écarquillent quand il réalise ce que je fais, et il se penche en avant pour s'agripper au cadre du lit. J'écarte mes jambes au maximum, ce qui lui donne une vue parfaite sur ma chatte mouillée. De cette façon, il n'aura aucun problème à me voir plonger deux doigts dans mon corps.

— Hum, Nathan…

Le son glissant et humide est le seul bruit dans la pièce, à part mes cris et mes gémissements et, de temps en temps, un « mon Dieu » de sa part.

Sa bite est déjà à nouveau dure, elle dépasse fièrement de son bassin. Du sperme brille à son extrémité. Je fais tourner mes doigts contre mon clito gonflé et les fais entrer et sortir de moi à tour de rôle, tandis que Nate a l'air de s'enflammer.

Je pense que c'est le gémissement de son nom qui le pousse à bout, ainsi que la façon dont mon dos se cambre et dont je mords ma main.

— Demande gentiment, je le taquine. Et je te laisserai me baiser.

— Tu es une femme diabolique, grommelle-t-il en se frottant le visage. Laisse-moi te faire du bien, Stas.

Il se dirige vers le tiroir et en sort un préservatif, dont il déchire l'emballage avant de le dérouler sur son sexe. Il rampe lentement vers moi, s'installe entre mes cuisses et prend un oreiller de rechange. Là, il me demande de soulever mes hanches de manière à le placer dans mon dos.

Je n'arrive pas à me concentrer sur ce que je suis censée faire alors qu'il est à genoux entre mes jambes, avec un corps qui semble avoir été sculpté par les dieux et une bite épaisse, longue et dure.

— Tu veux que je te baise, Anastasia ?

— Oui.

Oui, j'en meurs d'envie.

Nathan se penche sur moi, un bras soutenant son corps et l'autre berçant doucement ma tête. Je passe ma main entre nous, frotte son gland contre mon clito, ce qui nous fait tous deux frissonner, et le place face à mon entrée.

— Je serai doux, murmure-t-il en frottant affectueusement son nez contre le mien.

J'enfonce mes dents dans sa lèvre inférieure, avant de passer immédiatement ma langue sur la morsure.

— Ne sois pas doux. Baise-moi comme si tu me détestais.

SEIZE

NATHAN

EST-CE QUE c'est ce qui va se passer chaque fois que je l'aurai pour moi tout seul dans ma chambre ?

Je veux dire, ça me va, mais ça semble trop beau pour être vrai. Ça fait des semaines que je pense à ce que ça me ferait d'avoir Stassie nue sous moi. J'imaginais comment je la baiserais quand elle me traitait de « gosse de riche devenu star du hockey » et qu'elle me disait à quel point elle se foutait du hockey. J'aurais dû me douter des problèmes qui allaient m'arriver à ce moment-là.

Je n'ai aucune idée de la façon dont je vais m'en sortir vivant parce que mon imagination ne lui a pas rendu justice, même pas un peu. Je pourrais dire qu'elle va supplanter toutes les autres femmes pour moi, mais je ne pense à personne d'autre qu'elle.

Dès que Summer s'est approchée de moi, j'ai su qu'Anastasia ne serait pas contente. Elle m'a reproché, à juste titre, d'avoir été jaloux par le passé. Alors, quand l'opportunité de lui rendre la monnaie de sa pièce, sans la rejeter, s'est présentée, je n'ai pas pu la refuser.

Je sais à quoi ça ressemblait depuis la cuisine. J'ai regardé tous leurs visages adopter un masque horrifié. Les gars savent depuis combien de temps je cours après Summer, mais pour la première fois, je n'étais pas intéressé. Ouais, j'étais tout aussi choqué. Je lui ai pris des tampons dans la boîte de merde sous l'évier d'Henry et je l'ai renvoyée en bas.

Je m'attendais à ce qu'Anastasia tienne plus longtemps. Summer a dû à peine avoir eu le temps d'atteindre le bas des escaliers qu'elle les avait déjà montés en trombe.

Peut-être n'aimait-elle pas Rothwell autant qu'elle m'apprécie. Et elle m'aime bien, même si elle prétend le contraire.

Elle était là pendant tout ce temps, c'est l'idéal. Maintenant, je peux la garder auprès de moi toute la nuit et la baiser à lui en faire oublier sa jalousie. Je colle affectueusement mon nez contre le sien.

— Je serai doux.

Ses dents s'enfoncent dans ma lèvre inférieure, me prenant au dépourvu. Puis sa langue vient balayer la même zone.

— Ne sois pas doux. Baise-moi comme si tu me détestais.

Oh, mon Dieu.

— Je ne vais pas faire comme si je te détestais, Anastasia.

Son corps se tortille, cherchant désespérément quelque chose pour atténuer la douleur. Les sourcils froncés, elle se penche en avant pour que nous soyons nez à nez.

— Pourquoi ?

— Parce que je ne pourrai jamais te détester. (Je tiens l'arrière de sa tête pour garder sa bouche près de la mienne et absorber son cri puissant et satisfait lorsque je glisse en elle, l'étirant lentement.) Je vais te baiser comme si cette petite chatte serrée était à moi. Et tu vas la prendre comme une gentille fille, n'est-ce pas ?

Je nous ai tous les deux réduits au silence, à l'exception de nos gémissements et de sa douce plainte lorsque je roule mes hanches. Son sexe trempé me serre tellement fort. C'est si bon que je doute de pouvoir un jour faire autre chose.

J'ai besoin de tout mon self-control pour rester immobile et la laisser s'adapter, sachant que son petit côté autoritaire me fera savoir quand elle sera prête. Ce n'est que lorsque je suis au-dessus d'elle que je réalise à quel point je suis plus grand qu'elle.

— Il fallait que tu me donnes tout, n'est-ce pas ? Putain de frimeur.

Le bout de ses doigts parcourt les creux de mon dos tandis que ses hanches commencent à se mouvoir, signe que je dois commencer mes va-et-vient.

— Je ne te donne que la moitié.

Ses yeux à moitié fermés s'ouvrent brusquement, et elle se redresse pour regarder l'endroit où nos corps se rejoignent.

— Mais je pense que tu peux en prendre plus.

Je me retire, puis m'enfonce aussi loin que je peux, jusqu'à rencontrer une résistance. Ses ongles se plantent dans mes épaules, son dos se cambre, collant au passage son ventre contre le mien.

— Oh, mon Dieu.

— Tu es si bonne, Anastasia. Une chatte si parfaite.

Ses jambes s'enroulent autour de mes hanches. Ses chevilles se croisent dans le bas de mon dos, se resserrant pour me maintenir en place quand je suis profondément en elle.

— Nate, murmure-t-elle comme une prière, c'est tellement gros. Je suis remplie. *Ah*.

Elle essaie de m'achever juste avec ses mots, et putain, elle pourrait y arriver si elle continue. Ma tête tombe sur son épaule, je presse mes lèvres contre sa clavicule, puis le long de son cou, jusqu'à ce que nos bouches s'écrasent l'une contre l'autre dans une course désespérée de langues et de lèvres.

Une main tire mes cheveux, l'autre s'accroche à mon dos. Elle est proche ; je le vois à la façon dont elle se tortille sous moi, à la façon dont son souffle se coupe lorsque l'extrémité de ma queue frôle son point G, à la façon dont son visage se tord d'extase lorsque je m'enfonce.

J'enlève la main qui tient sa tête pour la glisser entre nous. Mon pouce vient frotter son clitoris gonflé jusqu'à ce que tout son corps se cambre.

— Jouis autour de ma bite, Stas. Donne-moi tout.

Tout son corps se tend tandis qu'elle crie mon nom dans mon épaule en y enfonçant ses ongles si profondément que je serais surpris qu'elle ne fasse pas couler du sang. Alors que sa chatte palpite autour de moi, je ralentis. Je presse mes lèvres contre son front et nous fais rouler sur le dos pour ramener son corps doux et amorphe sur mon torse, ma bite toujours enfouie en elle.

— C'était… halète-t-elle. Tu es… Tu as joui ?

— Pas encore. Je veux te voir me monter.

Imaginer Stassie en amazone au-dessus de moi a été au cœur de chaque douche que j'ai prise cette semaine. Depuis qu'elle l'a dit à voix haute, je ne pense qu'à ça. Et vu la façon dont ses yeux brillent alors qu'elle me dévisage, un sourire timide aux lèvres, je sais que je suis dans la merde.

Le dos bien droit, elle glisse lentement sur ma queue jusqu'à en avaler chaque centimètre. Je regarde l'endroit où nous nous rejoignons, et il n'y a pas le moindre espace.

Putaaaaaain.

— Comme ça ? demande-t-elle doucement, en balayant ses cheveux de son visage.

J'acquiesce, incapable de formuler de véritables mots. Pour seule réponse, mes mains s'enfoncent dans ses hanches, qui basculent et s'écrasent. Mon souffle s'arrête dans ma gorge.

— Ou comme ça ?

— Ouais, bébé, juste comme ça, lui dis-je, la voix tendue.

Je sais que Stassie est souple pour l'avoir vue patiner. Alors, je ne comprends pas pourquoi je suis si surpris quand elle étire ses jambes de chaque côté pour faire le grand écart.

— Et comme ça ?

Impossible de parler ou penser. Je m'enfonce plus loin ; je ne sais pas comment, ni d'où ça vient, ni où ça va. Elle prend appui sur mon ventre pour se soulever de haut en bas. La décharge de plaisir s'abat sur moi, et je serre ses hanches si fort qu'elle aura des marques pendant des jours.

— Tu es incroyable, putain d'incroyable.

Chacun de ses mouvements suit un rythme parfait, j'en deviens fou. Je remonte mes hanches quand elle descend, et sa tête tombe en arrière.

— Juste là, ouais, juste là… gémit-elle.

Elle s'effondre sur mon torse et ses doigts se tendent pour saisir mes cheveux. Elle continue à venir à la rencontre de mon bassin à chacune de mes poussées. Le son satisfaisant du claquement de nos peaux résonne dans la pièce, et je suis soudain content qu'il y ait une fête bruyante de l'autre côté de ma porte.

Le corps de Stassie est parfait ; fort et souple, doté d'un cul rond et charnu et d'une poitrine généreuse. Mais rien de tout ça n'a d'importance quand on sait à quel point il est bon de sentir un orgasme la traverser.

— Tu vas encore jouir pour moi, Anastasia ? la taquiné-je alors que ses jambes tremblent et que ses doigts s'enfoncent dans ma peau.

Elle marmonne quelque chose d'incompréhensible. Sa peau hâlée brille sous l'éclairage de ma chambre, et ses fines mèches de cheveux collent à son front. Avec un regard épuisé et rassasié, elle prend chaque centimètre comme une putain de championne.

J'enroule mon bras autour de sa taille pour maintenir ma prise sur elle et glisse mon autre bras entre nos corps joints. J'applique une légère pression sur son clito, et elle s'envole.

Je mérite une médaille pour ne pas avoir explosé, car son corps tout entier se tend, chose que, quelques secondes plus tôt encore, j'aurais crue impossible. Elle tremble. Ses hanches se balancent et elle chevauche son orgasme en criant mon prénom.

— Tu es un démon. (Elle se lève et presse ses lèvres contre les miennes alors que nos corps sont toujours collés l'un à l'autre de la meilleure façon qui soit.) Un démon en chair et en os.

— Je ne t'ai jamais considérée comme une lâcheuse, Allen.

Je ramène les cheveux qui s'accrochent à son visage derrière ses oreilles et capture son visage dans ma main. Je prends une seconde pour la regarder. Avec des joues rougies et un sourire paresseux, elle tourne la tête pour embrasser ma paume.

— Tu es tellement belle, tu le sais ?

— Tu me baises déjà, Hawkins. Tu n'as pas besoin de gonfler mon ego aussi.

Du Anastasia tout craché.

La fille docile et affectueuse de l'après-crise a disparu, et son attitude typique de sale gosse est de retour. Je tapote sa joue, avant de la faire rouler sur le dos à nouveau. Je glousse en entendant son gémissement de déception quand je me retire d'elle, puis son couinement de surprise quand je la retourne sur le ventre.

— Je ne peux pas recommencer, gémit-elle. Je ne peux pas.

Je tire ses hanches vers moi jusqu'à ce que son cul soit en l'air. Je vais rêver de cette image toutes les nuits.

— Tu veux t'arrêter ? (Elle me regarde par-dessus son épaule et secoue la tête.) Bien, tiens-toi au lit.

Ses mains s'agrippent aux barreaux de mon lit. La tête appuyée contre un oreiller, elle essaie de me regarder pendant que je me place derrière elle.

Je pense sincèrement que je n'ai jamais été aussi dur.

Je frotte ma queue de haut en bas, en prenant le temps de faire le tour de son clito trop sensible, ce qui fait frémir son corps. Quand elle gémit d'impatience, je m'aligne enfin face à son entrée et m'enfonce à nouveau en elle.

Elle répond à chaque poussée en venant à ma rencontre. Ses fesses rebondissent contre moi. Très vite, elle me laisse aller encore plus fort. Mes mains s'insèrent parfaitement dans le creux de sa taille, et les bruits qu'elle fait ne vont pas me permettre de tenir longtemps comme ça.

— Je t'ai dit que j'allais baiser cette chatte comme si elle était à moi, Anastasia, parce qu'elle est à moi.

— Nathan… gémit-elle, mais elle parvient encore à m'insulter. Dans tes rêves.

— Lâche le lit.

La satisfaction bouillonne sous ma peau alors qu'elle m'écoute immédiatement et fait ce qu'on lui dit, pour une fois. Je la ramène vers moi. Je la veux plus proche, j'ai besoin qu'elle soit plus proche. Je passe ensuite ma langue sur son épaule, jusqu'à son cou, goûtant l'éclat salé sur sa peau.

Une de mes mains serpente le long de son corps jusqu'à ses seins, et l'autre se place entre ses jambes, là où ma bite entre et sort alors qu'elle rebondit dessus avec ferveur. Son corps entier tremble, sa poitrine se soulève, sa chatte palpite autour de moi.

— C'est trop… C'est trop bon, je ne peux pas.

— Ne sois pas une lâcheuse, Anastasia.

Mes doigts taquinent lentement son clito, de manière délibérée et contrôlée. Elle y est presque. Sa bouche s'incline vers moi, ses hanches s'agitent, ses yeux se révulsent. J'écrase ma bouche sur la sienne au moment où elle hurle. Elle me serre si fort que je ne peux pas me retenir et me répand dans le préservatif.

C'est comme un feu qui gagne tout mon corps, en me consumant et en m'engloutissant, en m'étouffant dans ses flammes. Je me vide et j'ai des spasmes à l'intérieur d'elle bien après que nous avons cessé de bouger tant le plaisir m'inonde.

— Alors, c'était mieux que si je t'avais baisée comme si je te haïssais ? grogné-je en posant mon front sur son épaule.

Elle se met à rire, son corps se tortille dans mes bras.

— Oh. Mon. Dieu. Tais-toi, Nathan.

L'inconvénient d'avoir une maison pleine de gens, autre que d'avoir une maison pleine de gens, c'est d'essayer de se faufiler.

Après m'être finalement glisser hors d'elle à contrecœur, je jette le préservatif et enfile un pantalon de jogging. Elle me regarde depuis le lit, le nez froncé quand elle réalise que je suis un homme en mission.

— Tu as fait fondre tous mes os, dit Anastasia.

Elle est nue sur mon lit. Son ventre se creuse alors qu'elle prend des respirations contrôlées. Elle est incroyable. Chose surprenante, même après tout ça, ma bite tressaute. Mais si je lui propose de recommencer maintenant, elle va me tuer. Elle me regarde traverser la pièce en direction de la porte de la chambre.

— Où vas-tu ?

J'embrasse son front et tire une couverture sur elle, ignorant son froncement de sourcils.

— Je suis sur le point d'ouvrir cette porte. Souhaites-tu prendre le risque que quiconque se trouve à l'extérieur et te voie les fesses à l'air ?

Elle hausse les épaules.

— Je vais voler des trucs à Henry. Je reviens dans une minute.

Henry est le héros de ce soir. Je pense que je vais aller à Target demain pour acheter une boîte de trucs de filles. Je tape tous les zéros, puis je rentre dans la chambre. J'ai le choc de ma vie quand je vois Henry, en caleçon, en train de peloter une fille à moitié nue sur son lit.

— Oh, merde ! crié-je en me couvrant les yeux. Je suis désolé, mon pote, putain, je dois récupérer cette boîte dans ta salle de bains. Je suis désolé…

— Daisy, complète la fille mystérieuse.

Tout en gardant une main sur mes yeux, je me dirige vers la salle de bains et referme la porte derrière moi. Je trouve immédiatement ce dont j'ai besoin : j'ai volé du gel douche, du shampooing, de l'après-shampooing, une attache à cheveux et une brosse. Après un dernier coup d'œil, je décide également de prendre des chaussettes. Je les mets en équilibre sur un bras et utilise l'autre pour me protéger les yeux alors que je m'aventure à nouveau dans ce qui devrait être considéré comme le *no man's land*.

— Elle est partie. Tu peux baisser ta main, m'annonce Henry sans ambages.

— Je suis désolé, mon petit. Je ne pensais pas que tu serais ici. Qui est la fille ?

— Quelqu'un que je connais. C'est la plus petite sœur de Briar. (Il soupire, et je me sens tellement coupable.) La prochaine fois que tu as une fille dans ton lit, cap, ne la laisse pas seule, ou je la prends.

Super.

— Tu pourrais probablement, mon pote. Je ne reviendrai pas, je te le promets. Va retrouver ta copine.

Anastasia est là où je l'ai laissée quand je retourne dans ma chambre.

— J'ai cassé le coup d'Henry par accident. Ne lui parle plus, Allen. Il a dit que si je te laissais seule, il t'emmènerait.

Elle rit encore quand je retourne à mon lit pour la soulever dans mes bras, après avoir déposé mes trouvailles dans la salle de bains.

— Il pourrait, tu sais. Il a ce côté mystérieux, mais gentil.

Bien sûr que je le sais. Les femmes aiment Henry. J'allume la douche à la bonne pression et à la bonne température et nous place sous le jet, la remettant doucement sur ses pieds. Elle soupire en me voyant prendre le shampooing.

— Nathan, je peux le faire moi-même.

— Pourquoi tu le ferais alors que je suis là pour le faire à ta place ?

Elle ne me résiste pas lorsque je passe méthodiquement mes doigts dans ses cheveux, enrobant chaque mèche de mousse et les lavant.

Mes doigts s'enfoncent dans ses épaules, son corps se détend. Elle s'appuie sur ma poitrine en soupirant. C'est calme et paisible ici, un contraste frappant avec tout à l'heure. Enfin, jusqu'à ce que je prenne le flacon d'après-shampooing et louche sur les minuscules instructions.

— Où est-ce que ça va, putain ?

Elle rit à en être pliée en deux.

— Les pointes.

Je la frotte de la tête aux pieds et une fois fini, je l'enveloppe dans la plus grande et la plus moelleuse des serviettes que j'ai. Stassie passe de la docilité et de la passivité à l'irritation plus vite que n'importe qui d'autre, mais à la façon dont elle se blottit contre ma poitrine, on ne le dirait pas.

J'attrape un tee-shirt des Titans dans mon tiroir et le lui enfile par-dessus la tête. Je mets un caleçon avant de l'allonger sur le lit et de grimper à côté d'elle.

Je ne pourrais pas moins me soucier de la fête bruyante derrière ma porte. J'éteins la lumière et m'allonge à côté d'elle en l'entourant de mes bras, quand elle s'approche de moi. À peine a-t-elle enroulé son corps autour du mien qu'elle s'endort. De doux ronflements chatouillent mon torse.

Au lieu de m'endormir également, je reste allongé dans le noir, à écouter sa respiration et à essayer de concevoir un plan pour qu'elle ne veuille plus faire ça avec quelqu'un d'autre.

Et je ne trouve absolument rien.

DIX-SEPT

ANASTASIA

DIFFICILE DE SE RÉJOUIR d'avoir connu le meilleur coup de sa vie quand le gars en question est incroyablement pénible.

— Regarde mon cou, Nathan !

J'enrage en découvrant mon reflet dans le miroir au sortir de la douche. Je n'ai même pas pensé à regarder hier soir, mais les suçons sont incroyablement voyants ce matin, d'une couleur rouge qui se détache très clairement sur mon cou.

— On dirait que des sangsues m'ont attaquée ! Tu t'es pris pour qui, putain ? Dracula ?

— Je t'achèterai une écharpe quand j'irai chez Target, dit-il nonchalamment en admirant son œuvre. (Je l'observe dans le miroir et remarque le regard indubitablement fier qu'il arbore.) Cesse d'en faire tout un drame.

— Cesse d'en faire tout un drame ? Tends-moi une écharpe, et je t'étrangle avec, réponds-je en défaisant ma serviette pour me sécher. J'ai des cours à donner aux enfants, ce matin. Tu sais ce que les enfants remarquent ? Absolument tout.

— Tant de rage dans un être aussi petit et mignon, me taquine-t-il en embrassant les vilaines marques sur mon cou.

— Je te déteste.

— Non, c'est faux.

D'une main sur mon ventre nu, il rapproche mon corps du sien. La serviette autour de ses hanches ne dissimule en rien l'envie qu'il a que je n'aille pas au travail. Sa voix est basse et sombre quand il murmure à mon oreille :

— Je te veux encore.

— Hum, ce n'est pas difficile à deviner.

— Sèche ton travail pour qu'on puisse retourner au lit.

Pourquoi je mouille à ces quelques mots ?

Pourquoi ai-je envisagé de faire ce qu'il dit pendant une fraction de seconde ?

C'est à ça que ça ressemble de se faire hypnotiser par une bite ?

— On n'a pas tous un compte d'épargne, Hawkins, fais-je remarquer.

Je me reprends finalement et me dégage de son emprise en marmonnant des jurons. Tandis que je répète mes menaces de le couvrir de suçons en montant dans sa voiture, il continue de sourire comme un idiot.

La nuit dernière était spéciale. Je ne sais pas si c'est en raison de toute cette frustration sexuelle accumulée ou de l'excitation provoquée par le match, mais cet homme sait comment utiliser sa bite à la perfection.

Je ne pense pas avoir dormi. J'ai dû m'évanouir d'épuisement après avoir été si bien baisée. Ce matin, lorsque j'ai mentionné la douleur entre mes jambes alors que nous prenions notre douche ensemble, il m'a demandé s'il pouvait l'embrasser pour qu'elle aille mieux.

Et il l'a fait. Deux fois.

— Tu veux que je monte ? demande-t-il lorsque nous nous arrêtons devant mon immeuble pour que je puisse me changer avant le travail.

Je secoue la tête.

— Tu vas me distraire. Je ne serai pas longue.

La vraie raison, c'est que je n'ai pas la force de gérer la réaction d'Aaron si j'arrive avec Nate, et couverte de suçons.

Heureusement, Aaron est encore au lit quand je rentre dans l'appartement. Une fois dans ma chambre, je décide que la seule tenue appropriée, aujourd'hui, se compose d'un col roulé. Après avoir convenablement couvert ces monstruosités sur mon cou, je rejoins Nate.

— Je n'arriverais pas à me concentrer si tu étais ma professeur de patinage.

Nate passe la main par-dessus la console centrale pour la poser sur ma cuisse. Ses doigts tracent des motifs dessus pendant le trajet jusqu'à la patinoire de Simone. Quand on s'arrête enfin devant, il se tourne vers moi avec un regard plein d'espoir.

— Je peux assister à tes cours ?

— Absolument pas, réponds-je en sautant de mon siège et en prenant mon sac. Merci de m'avoir emmenée.

— Stassie ! m'interpelle-t-il alors que je m'apprête à fermer la portière. On se voit plus tard ?

Je fouille dans mon sac et en sors mon agenda. Je tombe sur le 23 octobre. Travail, études, entraînement, dîner.

— Non, désolée, je suis occupée. Au revoir, Nate.

— Stas ! crie-t-il encore, me stoppant net dans mon élan. Et demain ?

Mes yeux balaient le 24 octobre.

— Non, occupée. Je dois y aller. Et si tu me cries encore dessus, je donne un coup de pied dans ta voiture. Il ne faut pas que je sois en retard. Salut !

Je n'ai même pas franchi les portes d'entrée que mon téléphone vibre dans ma poche.

NATE

NATE : Lundi ?
STASSIE : Occupée.
NATE : Mardi ?
STASSIE : Occupée *émoji pouce en bas*.

NATE : Mercredi ? Tu me tues, là, Allen.

STASSIE : Tu as un match en Arizona.

NATE : Putain de merde.

NATE : Comment tu sais ça ?

STASSIE : Lo-l'experte en hockey-Mitchell.

NATE : Jeudi ? Tu as entraînement après nous. Je t'attends ?

STASSIE : Je dois aller au centre commercial jeudi, pour acheter un costume d'Halloween.

NATE : Pareil.

NATE : Drôle de coïncidence.

NATE : Allons-y ensemble.

STASSIE : *émoji yeux vers le ciel* Bien sûr.

Drôle de coïncidence, mon cul.

Les enfants semblent déborder d'énergie, aujourd'hui. Alors, le temps que je prenne ma pause-déjeuner, je suis épuisée. J'essaie de décider quoi manger, quand mon téléphone vibre sur la table et que le nom de Nate s'affiche.

NATE

NATE : Je peux venir te chercher au travail ?

STASSIE : Pas besoin, je vais prendre un Uber.

NATE : Ça n'a aucun sens. Laisse-moi venir te chercher.

STASSIE : C'est ce que tu dis qui n'a aucun sens.

NATE : Seulement parce que tu as détruit mon cerveau quand tu m'as baisé.

STASSIE : Putain.

NATE : 15 heures ?

STASSIE : Ouais. Ne sois pas en retard ! Tu dois me ramener directement à la maison.

NATE : Pas de bêtises.

NATE : Parole de scout.

STASSIE : Il n'y a pas moyen que tu aies un jour été un boy-scout.

NATE : J'en étais un, mais je me suis fait virer.

STASSIE : Pourquoi ?

NATE : J'ai accidentellement mis le feu à Robbie quand on avait huit ans *émoji feu*.

Comme promis, il m'attend sur le parking quand je sors du travail à 15 heures pile.

— Salut, le pompier ! le taquiné-je en montant sur le siège passager.

Il se penche vers moi, prend mon visage dans ses mains et me salue d'un baiser qui me donne des frissons dans tout le corps.

J'essaie de ne pas trop analyser les choses. Si Ryan m'embrassait, je ne me prendrais pas la tête. En sachant tous les trucs lubriques que cet homme a faits avec mon corps hier soir… et ce matin, je ne devrais probablement pas m'attarder sur un petit baiser.

— Salut, gazouille-t-il alors qu'il met la voiture en marche et quitte la place de parking. En parlant d'allumer des feux, donne-moi ton agenda tout de suite, Allen.

Je serre mon sac contre ma poitrine et repousse sa main tendue vers moi.

— Non. Pourquoi tu plaisantes avec ça ?

— Parce que cette chose ruine ma semaine. Pourquoi es-tu si occupée ? (Sa main se pose sur ma cuisse, ce qui me distrait momentanément.) Qu'est-ce qui peut bien te prendre autant de temps pour que tu n'en aies plus pour moi ?

Sa main sur ma cuisse, je peux la supporter. Par contre, je ne peux pas gérer le fait qu'il la presse occasionnellement et qu'il dessine des motifs dessus. Cette merde fait hurler mon vagin, et je ne suis pas sûre d'être prête à assumer les conséquences si je me transforme en petite salope excitée… à nouveau.

— Je ne sais pas, Nate. Peut-être parce que j'étudie ? Parce que je m'entraîne pour pouvoir réaliser mon rêve d'entrer dans l'équipe olympique de patinage ? Parce que je fais le ménage ? Prépare les repas ? Travaille ?

Ses doigts joueurs s'enfoncent dans ma cuisse, si bien que je me tortille sur mon siège.

— Tu me verras avant ou après l'entraînement, et j'ai le jeudi soir de libre, reprends-je. C'est là que j'ai habituellement du temps pour mes… pour mes amis.

Ne dis pas « plans cul », Stassie.

— Je suppose que si c'est pour soutenir tes rêves de toujours, je pourrais probablement trouver un moyen d'être d'accord avec ça. Quand as-tu commencé à avoir un style de vie aussi méticuleusement planifié ?

— Quand j'avais environ neuf ans.

— Neuf ans ?! s'exclame-t-il. Tu étais une enfant de neuf ans avec un agenda à code couleur ?

— Pas tout à fait.

Difficile de savoir quand il faut commencer à lâcher les détails sur sa vie dans une amitié. Ce n'est pas un secret, et ce n'est pas quelque chose dont j'ai honte, mais quand même…

— Je peux t'expliquer, si tu veux, mais c'est peut-être un peu trop profond pour un samedi après-midi.

Il presse à nouveau ma cuisse tout en jetant un coup d'œil dans le rétroviseur alors que nous roulons vers un stop. Il m'offre un signe de tête encourageant.

— Je suis bon quand il s'agit d'aller en profondeur, dit-il, puis ses yeux se ferment. Pas de la façon à laquelle tu penses.

Crois-moi, je le sais, mais c'est une conversation très, très différente.

Concentre-toi, Anastasia.

— OK, donc j'ai toujours su que j'étais adoptée. Mes parents sont des gens super aimants. Ils ont voulu le meilleur pour moi.

Bon début.

— Ils m'ont inscrite à toutes les activités extrascolaires possibles parce qu'ils voulaient me donner les meilleures chances. J'ai commencé à patiner et j'ai progressé. J'ai continué à progresser, jusqu'à ce que quelqu'un se dise : « OK, c'est une patineuse artistique. » (Je fixe mes mains en grattant le coin de mes ongles.) Ils m'ont répété combien ils étaient fiers chaque jour. Que j'allais devenir une star, une patineuse célèbre, une athlète olympique.

La main de Nate caresse doucement ma cuisse de haut en bas.

— Ça fait beaucoup pour une enfant.

— J'ai ressenti cette pression écrasante, dont je réalise maintenant, en tant qu'adulte, qu'il s'agissait d'une anxiété sévère, mais j'aimais tellement le patinage et je voulais être la meilleure pour eux. (Ses doigts se glissent entre les miens.) Je pensais qu'ils ne voudraient plus de moi si j'échouais.

— Oh, Stas… soupire-t-il.

— Quand j'y pense à mon âge, c'est ridicule, parce qu'ils m'aiment tellement. Mais j'avais peur qu'ils me rejettent si je ne réussissais pas pour eux, et ça a dégénéré en une obsession intense.

Il ne dit rien, ce que j'apprécie.

— Je ne pouvais pas expliquer ce que je ressentais. J'en étais bouleversée et frustrée. Alors, ils m'ont fait suivre une thérapie. Je suis devenue un cauchemar pour eux, même si j'avais mes raisons. Le Dr Andrews m'a appris à exprimer mes émotions.

— Et le planning ?

— Ça a commencé comme une activité thérapeutique. J'avais l'impression d'avoir perdu le contrôle, ce qui semble incroyable pour une enfant si jeune. Alors, je m'asseyais avec mes parents le dimanche soir et j'écrivais ce que je devais faire pour la semaine qui suivait.

— Intelligent.

— Trois catégories : ce que je devais faire, ce que j'aimerais faire si j'avais le temps et ce que j'allais faire pour moi, qui n'avait rien à voir avec l'école et le patinage.

Je me tortille sur mon siège, mal à l'aise, parce que je suis sans doute en train d'en dire trop à ce stade. Toutefois, il me regarde et m'incite à continuer d'un hochement de tête.

— C'était un tableau d'autocollants brillants quand j'étais plus jeune. Il me donnait l'impression de pouvoir tout faire sans tomber dans une spirale, et avec le temps et l'âge, il s'est transformé en planning.

— Alors…

— S'il te plaît, ne me demande pas si je connais mes parents biologiques. Je suis parfaitement heureuse avec ceux que j'ai, et je n'ai aucune envie d'aller fouiller dans mon passé.

— Je n'allais pas te demander ça, Stassie. (Il porte le dos de ma main à sa bouche pour déposer un baiser sur mes jointures.) J'allais te demander si ces citations ridiculement optimistes que tu postes sur les réseaux sont une forme de thérapie, ou si tu aimes juste faire croire aux gens que tu n'es pas la femme la plus capricieuse, autoritaire et terrifiante qu'ils aient jamais rencontrée ?

— Pardon ? Je ne suis ni capricieuse ni autoritaire.

Mon air choqué le fait rire et il embrasse à nouveau mes jointures.

— J'ai l'impression que les preuves pèsent lourdement en ma faveur.

Nous arrivons enfin à mon immeuble. Il trouve une place à l'écart du dépose-minute normal.

— Merci d'avoir partagé ça avec moi, dit-il.

— Merci d'avoir écouté. Je sais que ça fait… beaucoup.

— Je peux gérer beaucoup de choses. Et puis, j'aime bien savoir ce qui te motive. C'est important pour moi de pouvoir être présent pour mes amis en cas de besoin, et savoir des choses comme ça sur eux aide, je suppose.

Ma bouche s'ouvre pour répondre, mais elle est immédiatement recouverte par une grande main.

— Ne me dis pas que nous ne sommes pas amis. Nous le sommes.

Je lui mordille la paume, et il retire sa main en riant.

— Ce n'est pas ce que j'allais dire. (Il me fixe, sceptique.) D'accord, ce n'était pas la *seule* remarque qui me venait. J'allais ajouter que tes amis ont passé beaucoup de temps à me convaincre que tu es une bonne personne, donc ce que tu fais fonctionne.

Un sourire carnassier illumine son visage.

— Est-ce que tu viens d'admettre que je suis une bonne personne ? Est-ce que tu m'as… *complimenté* ?

— Oh, mon Dieu. Je m'en vais. Merci de m'avoir raccompagnée.

Nate ne me laisse pas partir. Au contraire, il se penche vers moi pour m'embrasser comme si j'étais une oasis en plein désert.

Ce que je le laisse faire. Pendant vingt minutes.

Je passe le court trajet dans l'ascenseur jusqu'à mon étage à essayer de reprendre le contrôle de mes expressions faciales, car je n'ai jamais l'air aussi heureuse après le travail. En entrant dans l'appartement, je remarque que Aaron et Lola sont tous les deux à la maison, en train de se chamailler pour des bêtises, comme d'habitude.

Mon anxiété monte en flèche quand Aaron m'aperçoit et m'observe immédiatement avec une expression étrange. Je laisse tomber mon sac sur le sol avant d'attraper un verre pour me servir à boire.

— Hé !

Ignorant mon salut, il s'avance vers moi. D'un doigt, il déplace légèrement le tissu qui recouvre mon cou. C'est ce petit geste qui me fait réaliser qu'il a glissé vers le bas. *Putain.*

— Tu devrais dire à Rothwell de manger un repas décent avant de t'approcher, Stas, se moque-t-il. Ça fait vraiment vulgaire. Je ne patine pas avec toi aux sélections si tu as des trucs comme ça.

— Laisse-la tranquille, princesse des glaces ! lui crie Lo depuis le canapé. Ne fais pas ta petite garce parce que tu ne baises pas, mais que Stassie comprend enfin la *hype* autour du hockey.

— La *hype* autour du hockey ? demande-t-il en nous dévisageant frénétiquement à tour de rôle tandis que mon cœur se serre. Tu baises Nate Hawkins, c'est ça ?

Lo écarquille les yeux en réalisant son erreur.

— Ce ne sont pas tes affaires. Laisse tomber.

Ce ne sont pas ses affaires. Je suis une grande fille. Je fais ce que je veux, mais ça ne m'empêche pas de savoir que je vais me faire emmerder par Aaron, ce qui me remplit d'effroi. Avec les années, j'ai appris à distinguer quelles batailles je pouvais gagner, et celles où il s'est déjà fait son avis n'en font pas partie.

— Pourquoi fais-tu des choix aussi horribles ? Bon sang. C'est comme si tu ne te respec…

— Finis ta phrase, grogne Lo en s'avançant vers nous. Je te mets au défi, Carlisle. Finis cette phrase, et tu verras les choix que moi, je vais faire.

Il souffle et roule des yeux, avant de s'éloigner vers sa chambre en marmonnant quelque chose sur le fait de vivre avec des femmes.

Quand sa porte se referme, Lola se jette sur moi pour me serrer dans ses bras, au point de m'étouffer.

— Désolée, désolée, désolée, désolée.

— Hum. Tu vas bientôt l'être, Mitchell.

Jeudi arrive. Ça fait cinq jours qu'Aaron a commencé à bouder, et je confirme qu'il boude toujours. Il m'a à peine dit deux mots depuis que je suis rentrée du travail samedi, ce qui me convient, mais refroidit l'ambiance au sein de notre colocation.

Je suis restée très occupée et, après ce que j'appelle un *coup de baguette magique*, j'ai réussi à prendre de l'avance et à me libérer du temps jusqu'à dimanche.

— Passe ton coup de fil plus loin, m'aboie Henry sans lever les yeux de son carnet de croquis. Ou je le reprends.

Je m'exécute à contrecœur et range mon téléphone dans ma poche. Henry a été mon compagnon d'études toute la semaine. Il m'a tenu compagnie à la bibliothèque. Il confisquait mon téléphone lorsque je me laissais distraire par les messages de joueurs de hockey agaçants. Au pluriel, parce que JJ fait exploser les notifications de mon téléphone plus que quiconque.

Jusqu'à présent, Henry n'a pas étudié lui-même. Il affirme qu'il préfère procrastiner jusqu'à la dernière minute, puis étudier sous la contrainte et avec le sentiment d'un malheur imminent. À la place, il m'a dessinée en girafe, une belle représentation.

J'ai presque fini mon devoir quand j'entends le crayon d'Henry frapper contre la table de la bibliothèque où nous travaillons.

— Tu sais que Nathan ne t'aurait pas abandonnée, n'est-ce pas ?

— Hein ?

— Hier. Tu as dit que tu serais contente de tomber amoureuse de moi parce que je ne t'abandonnerais pas. Nathan ne le ferait pas non plus.

Comme lors de la plupart de mes conversations avec Henry, ses mots me prennent au dépourvu. Ça semble évident, vu le rire brouillé – semblable à un étouffement – qui s'échappe de mes lèvres.

— C'était juste une blague, Hen.

En échange d'un chocolat chaud avec des marshmallows, Henry m'a fait, hier, un récit très détaillé de la façon dont il me ferait tomber amoureuse de lui si jamais Nate venait à ruiner ses chances de s'envoyer en l'air. Naturellement, ma réaction immédiate a été de lui dire que j'étais tout à fait d'accord pour tomber amoureuse de lui, en ajoutant bêtement qu'il n'y avait absolument aucune chance qu'il m'abandonne, et qu'il pourrait me faire signe le moment venu. C'est clair qu'il y a pensé.

— Tu n'as pas besoin de me mentir, Anastasia. Une fille sympa comme toi n'est pas célibataire sans raison. Tu n'as pas besoin de m'en parler, mais je voulais que tu saches qu'il ne t'abandonnera pas.

Il a l'air si sincère quand il dit ça que j'ai envie de pleurer.

— Il ne m'a jamais abandonné, et pourtant, je ne suis que son ami. Toi, il peut te voir nue, et c'est finalement plus attirant. Avant que tu dises que c'est faux, ma chambre est juste à côté de la sienne, et tu es incroyablement bruyante quand tu jouis.

Je peux sentir le sang quitter mon visage.

— C'est… bon à savoir. Et sur cette note édifiante, il est temps pour nous d'aller à la patinoire.

Henry et moi rangeons nos affaires et traversons le campus en direction de la patinoire. Nous discutons en toute décontraction, heureusement de sujets qui n'impliquent pas le bruit que je fais quand j'ai un orgasme. Il est facile d'être ami avec Henry. Vous savez que ce qu'il dit est la vérité, et il n'y a pas de duplicité. Cette semaine, ce genre d'honnêteté sans fard a été d'un grand réconfort face à la tension avec Aaron. C'est pourquoi je suis plus que déçue lorsque nous arrivons à la patinoire et qu'il me laisse immédiatement tomber.

N'aurait-il pas pu être un patineur artistique ?

J'essaie de me concentrer sur mon échauffement, et non sur la manière sexy dont Nathan crie des instructions à son équipe. Au moment où j'entre sur la glace, je suis plus que rougissante. Mais Aaron y met immédiatement fin, car recevoir de plein fouet son attitude de merde, c'est comme être emportée par un blizzard.

— Il te distrait, Anastasia. Tu es négligente. Arrête de me faire perdre mon temps si tu ne fais pas d'efforts, se plaint-il en désignant Nate, qui nous observe depuis les tribunes.

C'est aujourd'hui que Nate et moi allons au centre commercial, alors je lui ai dit qu'il pouvait me regarder patiner. Je savais que c'était une erreur quand j'ai dit oui, parce que je m'attendais à ce qu'Aaron se comporte comme un con, mais il a demandé si gentiment que je ne pouvais pas refuser.

— Je ne suis pas distraite !

La seule chose distrayante en ce moment, c'est l'attitude d'Aaron. Ses mouvements sont tendus et brusques. Nous sommes désynchronisés. Et lorsqu'il fait un geste pour me soulever, ses mains me serrent un peu plus fort que d'habitude. Je me sens frustrée et désorientée, au point que, lorsque nous avons terminé, j'ai l'impression d'avoir besoin de m'enfermer et de pleurer.

Tandis qu'il part en trombe vers les vestiaires, Nate s'approche lentement de moi. Je n'ai même pas besoin de lui dire ; il est évident pour tout le monde que cette session était désastreuse. Nous avons été nuls.

— Je lui botterai le cul, si c'est ce que tu veux.

Sa main caresse ma joue. Je me blottis dans sa chaleur.

— Si tu le blesses, je ne pourrai pas participer aux sélections dans deux semaines.

— Noté.

— Mais si nous ne nous qualifions pas et que tu le renverses avec ta voiture, ce n'est pas mon problème.

— Noté également.

Il glousse et se penche en avant pour m'embrasser sur le front. Je suis sûre que Brady est tapie quelque part, en train de me juger, elle aussi. Toutefois, alors que j'enroule mes bras autour de lui et que je laisse son calme m'envahir, je n'arrive pas à trouver en moi la force de me soucier de ce qu'elle pourrait penser.

J'imite ses respirations profondes, me sentant instantanément plus calme.

— Merci de m'avoir attendue.

— Puis-je faire une suggestion à propos de nos projets ? dit-il prudemment en inclinant mon visage vers le sien. Loin de moi l'idée de mettre le bazar dans le planning, mais j'ai l'impression que ce que tu ressens en ce moment justifie quelques modifications.

Il est si attentif, si doux avec moi, comme si je pouvais me casser en deux. Il se penche en avant, à quelques centimètres de mon visage, attendant que je le rejoigne.

— Je ne t'embrasse pas tant que je ne connais pas la proposition, déclaré-je.

Son sourire est si beau qu'il me tue presque, mais je m'accroche, me concentre sur mes inspirations et expirations pour avoir l'air d'un être humain normal devant cet homme douloureusement attirant.

— Au lieu d'aller au centre commercial, on prend ton plat à emporter préféré et on commande un costume en ligne. Tu peux rester chez moi parce que j'ai acheté plein de trucs de filles chez Target samedi, après t'avoir emmenée au travail, et je pense que tu as besoin de t'éloigner un peu d'Aaron, à l'heure actuelle.

— Tu pensais être capable de convaincre une autre personne de coucher avec toi ? le taquiné-je, me sentant instantanément plus légère.

— Tu n'as pas vu à quel point mes achats sont bien. À côté, la boîte d'Henry, c'est de l'amateurisme. Tu me supplieras de te laisser rester.

— C'est un plan bien pensé, Hawkins.

— C'est un plan génial. Je te ramènerai même chez toi demain matin pour que tu te changes, et je te déposerai à ton cours ensuite. Ça pourrait être le meilleur plan que j'aie jamais conçu.

Je comble l'écart entre nous afin de presser mes lèvres contre les siennes. C'est dur de se rappeler que nous ne sommes pas seuls quand sa langue s'enroule autour de la mienne.

— C'est un oui ? demande-t-il en s'écartant.

— Oui.

DIX-HUIT

NATHAN

ÇA FAIT TROIS MINUTES que nous sommes devant chez moi, et jusqu'à présent, elle n'a pas essayé de sortir de la voiture. Nous voilà donc assis dans un silence semi-confortable.

Les mains agrippées aux lanières de son sac, elle regarde au loin, le corps visiblement raide. Je sais qu'elle se sent perdue, qu'elle réfléchit trop, alors je la laisse tranquille un peu plus longtemps, sans m'imposer.

Quelques minutes plus tard, ses lèvres sont toujours aussi pincées. J'effleure sa joue et me racle la gorge pour attirer son attention. Quand j'enroule une mèche de ses cheveux autour de mon doigt, elle tourne la tête pour m'écouter.

— Tu veux qu'on joue au papa et à la maman ?

— Hein ?

Elle semble confuse, ce que je ne peux pas lui reprocher. Elle plisse les yeux tout en me lançant un regard amusé.

— « Jouer au papa et à la maman » ?

— Le jeu auquel tu jouais quand tu étais petite.

Le froncement de ses sourcils s'estompe lentement, le coin de ses lèvres se relève légèrement.

— Et en quoi est-ce que ça consiste ? On va faire semblant d'être des parents pour les garçons ?

— Nous allons oublier le monde extérieur jusqu'à demain. Si JJ t'appelle maman, je vais le faire souffrir, mais à part ça…

Comment on dit quand quelqu'un *catfish*[1] ses abonnés sur les réseaux comme toi avec tes « Il n'y a que des ondes positives ici » ?

— Je ne *catfish* pas les gens ! Je *suis une* personne positive, insiste-t-elle, pas plus sincère avec moi qu'avec elle-même.

Elle soupire et croise les bras pour me provoquer, mais elle n'arrive pas à tenir. Son expression prétendument agacée s'adoucit.

— As-tu toujours été aussi doux ? demande-t-elle. Je ne m'attendais pas du tout à ça venant de toi.

— Oui, c'est comme ça que ma mère m'a élevé. Si je t'aime bien, je t'aime bien. Je suis une personne du genre « c'est tout ou rien », je l'ai toujours été.

Une petite pointe de panique me traverse à l'idée qu'elle puisse prendre mes mots de travers après notre discussion autour de ce qu'elle recherche. Heureusement, elle rit.

— J'aurais pensé qu'avec ton statut sur le campus, tu aurais déjà baisé la moitié de Maple Hills. Un titre de capitaine t'assure de t'envoyer en l'air, non ?

— Je l'ai fait, et oui, c'est un peu le cas.

Je ne suis pas sûr que ce soit la réponse qu'elle attendait, car ses yeux s'écarquillent.

— Oh.

— Est-ce que tu essaies de me faire culpabiliser, Anastasia Allen ? Toi, la reine du « je refuse de m'engager » ?

Sa mâchoire se décroche. Elle commence à bafouiller, mais je ne lui en laisse pas l'occasion. J'aime la voir sans voix.

— Coucher avec quelqu'un et aimer quelqu'un est très différent. Quand j'aime quelqu'un, je veux être près de cette personne et apprendre à la connaître. Ce n'est pas souvent que je veux quelque chose de plus avec quelqu'un, alors quand c'est le cas, j'en fais une priorité.

---

1. *Catfishing* : une pratique consistant à se créer une fausse identité en ligne. (N.d.T.)

— Mon Dieu, si collant… grommelle-t-elle, les joues rougies. (Elle tend la main vers la poignée de la portière, l'autre étant toujours accrochée à son sac.) Allons à l'intérieur avant que les enfants ne fassent un scandale.

C'est génial quand tes meilleurs amis kiffent la fille que tu kiffes, mais à peine avons-nous passé la porte d'entrée qu'ils aperçoivent Anastasia derrière moi et se transforment en golden retrievers. Si je ne l'avais pas vu de mes propres yeux, je ne l'aurais jamais cru. Je connais ces gars depuis des années, et je ne les ai jamais vus agir comme ils le font quand Stas et Lola sont là.

Henry est le premier à commencer.

— Qu'est-ce que tu fais ici ? Tu veux regarder un film avec nous ? Tu restes dormir ?

Elle enroule son bras autour de ma taille, s'appuie contre moi et me sourit avant de regarder à nouveau Henry.

— Nathan m'a kidnappée parce qu'il veut jouer au papa et à la maman.

— Tu peux m'appeler papa quand tu veux, Stassie ! lui crie JJ depuis le canapé.

— Monte. (Je donne un léger coup de hanche à Anastasia pour l'y encourager.) Arrête d'être une menace, Johal. Elle ne veut pas de toi.

JJ s'esclaffe.

— Je n'y crois pas. Tout le monde me veut.

Henry fronce les sourcils alors que Stassie se dirige vers les escaliers en marmonnant :

— Je ne veux pas de toi, JJ.

Être avec une stassie complètement sobre pourrait devenir mon nouveau truc préféré.

J'adore lui parler. Ça semble évident, et ça l'est, mais j'aime l'écouter plonger la tête la première dans une histoire. J'aime la façon dont elle doit se retenir de rire quand elle me raconte quelque chose que Lola a dit, ou son sourire triste quand elle parle de Seattle. Son imitation de Brady avec un terrible accent russe me fait mourir de rire, même après l'avoir entendue vingt fois.

Elle a des opinions et des intérêts, et sous sa nature obsessionnellement organisée et compétitive, c'est une femme qui veut juste bien faire. Je me sens mal de lui avoir dit qu'elle en faisait trop parce que, qu'on ne se méprenne pas, elle a ses moments, mais en fin de compte, elle est investie et a juste peur.

Une autre découverte amusante que j'ai faite à propos de la Stassie sobre, c'est que, pour quelqu'un de si réfractaire aux gens collants, elle est sacrément collante.

Elle est, littéralement, accrochée à moi.

Comme un koala.

Ou un paresseux.

Son corps entier est enroulé autour de moi. Son visage est enfoui dans mon cou, ses cheveux me chatouillent le nez à plusieurs reprises, ses jambes sont à cheval sur ma taille, ce qui ne me laisse pas d'autre choix que de faire tenir mon ordinateur portable en équilibre sur ses fesses, une main parcourant un site web de costumes et l'autre chatouillant son dos de haut en bas.

Même si je n'aime pas qu'elle se sente aussi mal – d'autant plus que c'est ma faute si Aaron est aussi chiant avec elle –, je suis content qu'elle soit avec moi au lieu de me repousser.

— Est-ce que tu as de la graisse ? (Elle descend le long de mon corps jusqu'à être à califourchon sur mes hanches, s'asseyant un peu pour que nous soyons face à face.) Être sur toi, c'est comme être allongée sur un trottoir. Que du solide.

Je referme mon ordinateur portable, le pose sur le sol, reportant ainsi toute mon attention sur la belle femme qui se trouve au-dessus de moi.

Une autre chose que j'aime : elle nage dans mon tee-shirt trop grand pour elle. C'est bizarre, je sais. Je me demande s'il y a une raison psychologique qui explique pourquoi le fait qu'elle porte mes vêtements m'excite.

— Je suis désolé que le corps que je sculpte chaque jour d'arrache-pied ne fasse pas un bon matelas pour toi.

Je passe mon pouce sur sa lèvre inférieure. Quand elle referme ses dents dessus avec un regard diabolique, tout le sang de mon corps se précipite directement vers ma bite.

— Je suis sûr que tu aimes mon corps pour d'autres raisons, en revanche, rajouté-je.

Ses hanches roulent contre l'érection qui se bat pour sortir de mon caleçon. Je jure devant Dieu, un seul petit mouvement, et cette fille me fait perdre la tête.

— Tu sais ce que je veux ? chuchote-t-elle en suivant des doigts les lignes de mes abdos jusqu'à mon nombril.

— Dis-moi, Anastasia, que veux-tu ?

— De la nourriture, glousse-t-elle en s'appuyant sur ses avant-bras. Je suis affamée.

J'essaie de lui faire choisir un plat depuis que nous sommes rentrés. C'est une tâche impossible et frustrante, probablement la plus exaspérante de ma vie.

J'ai proposé de prendre des plats à emporter. J'ai proposé de cuisiner. Je lui ai proposé de choisir pour nous, mais tout s'est soldé par un grognement et un mouvement de tête. Alors, je fais une nouvelle tentative, en me penchant d'abord pour embrasser le bout de son nez puisqu'elle est si mignonne à cet instant.

— Des hamburgers ?

— Trop calorique.

— Pizza ?

— Calorique.

Alors que je suis sur le point de suggérer de la nourriture thaïlandaise pour la millionième fois, son téléphone sonne à côté de nous.

— Désolée, laisse-moi juste prendre cet appel… Hé, Ry.

Elle tient son téléphone éloigné de son corps alors que son visage s'affiche sur l'écran.

Super.

— Quoi de neuf ?

— Hé, je viens de récupérer Liv à la répétition et j'ai vu Lo. Elle m'a dit qu'Aaron t'avait contrariée, je voulais juste vérifier que tout allait bien.

J'essaye de ne pas regarder son téléphone par-dessus mon épaule parce que je ne sais pas si je suis dans l'angle ou non.

— On va manger des ailes de poulet chez Kenny, si tu veux te joindre à nous ? (Il y a un marmonnement plus silencieux en fond qui le fait glousser.) Liv dit bonjour. Apparemment, je suis trop grand et je la cache.

— Salut, Olivia ! Oui, il est juste charmant, comme d'habitude, mais ça va. Il est simplement stressé parce qu'il pense que je suis irresponsable à propos de… certaines choses.

Moi. Je suis ces choses.

— Et il est toujours de mauvaise humeur juste avant la compétition, mais plus sympa le jour J, ce qui est tout ce dont j'ai besoin. Je tuerais bien pour du poulet de chez Kenny, mais je ne peux pas. Merci quand même pour l'offre.

— J'ai suggéré de manger des ailes de poulet, et tu as dit non, marmonné-je doucement.

Elle roule les yeux et me répond en baissant la voix :

— Calorique.

— Tu viens de dire « calorique » ? demande durement Ryan. Il essaie encore de contrôler ce que tu manges ? Attends… Tu es avec qui ?

— Je suis avec Nathan, dit-elle en inclinant son téléphone pour qu'il puisse la voir allongée sur mon torse nu. Et personne ne contrôle rien, alors ne commence pas. J'ai des partiels dans deux semaines, Ryan. On ne peut pas tous vivre d'un régime de graisses saturées et de glucides.

À ma grande surprise, lorsque je regarde son téléphone et le salue d'un signe de tête poli, il a un grand sourire sur le visage.

— Content de voir que tu as suivi mon conseil, Allen. Je ne m'immiscerai pas plus longtemps dans votre soirée. Au revoir, les gars ! Faites-moi savoir si vous voulez vous joindre à nous.

Après avoir raccroché, Stassie pose le téléphone à côté de nous, sans rien dire.

— Quels conseils tu as suivis ?

— Hein ? Oh, il… euh… Ryan m'a conseillé de cesser de me montrer si dure envers toi et de te donner une chance. Selon lui, tu es un type bien, alors je devais arrêter d'être têtue.

J'ai toujours dit que j'appréciais vraiment Ryan. J'ai toujours dit que c'était un type bien, un sage qui devrait être écouté. Je retire toutes les autres conneries que j'ai dites.

— Il m'a aussi suggéré de te baiser, au nom de la science, et Lo était d'accord.

J'aime les amis d'Anastasia. Ce sont des gens bien.

— Est-ce que ça signifie que tu me donnes une chance ?

Je suis prêt à faire face à n'importe quelle réponse. Elle est toujours là dans mon lit, quoi qu'elle dise. Je sais où se trouve sa limite, et je suis heureux du côté où je me trouve en ce moment.

— Oui, je suppose que oui. Mais si je ne mange pas bientôt, je vais avoir faim et qui sait ce que je vais te dire ou faire.

— Je commande chez Kenny. Tu veux des ailes de poulet, alors tu en auras.

Elle pose sa tête contre mon torse et se plaint en marmonnant des conneries sur sa prise de poids.

— Oh, la ferme, Anastasia, plaisanté-je. (Je sursaute quand elle me frappe dans les côtes pour lui avoir dit à nouveau de se taire.) Dans un monde parfait, les calories n'existeraient pas. Plus sérieusement, ce n'est qu'un repas, et tu brûles des centaines de calories par jour. D'accord ?

Elle tripote la pointe de ses cheveux, enroulant anxieusement une mèche autour de ses doigts. Finalement, elle acquiesce.

— OK.

— On n'est pas obligés d'en parler tout de suite, mais je veux savoir ce que Ryan voulait dire par : « Aaron contrôle ce que tu manges ». Maintenant, je te commande quoi ?

Environ une heure plus tard, j'ai une fille beaucoup plus heureuse entre les mains.

Il suffisait d'un grand bol d'ailes de poulet et de frites au fromage pour faire apparaître cet énorme sourire sur son visage. Elle me regarde comme si j'avais créé le soleil. Tout ce que j'ai fait, c'est passer la commande et la récupérer à la porte d'entrée, mais c'est suffisant pour qu'elle soit en extase.

Henry ne savait pas où regarder quand elle est passée devant lui dans mon tee-shirt. Personne ne savait où regarder quand elle a gémi en mordant dans la première aile. La bouche de JJ s'est ouverte, mais même lui s'est ravisé. Un soulagement, car nous avons un match samedi, et je préférerais ne pas me priver d'un défenseur.

Mais rien ne peut arrêter Henry et son visage inquiet. Il s'efforce de ne pas lâcher la première chose qui lui passe par la tête, mais il n'y parvient pas toujours.

Quand Stassie mord dans une autre aile, son froncement de sourcils s'accentue.

— Je sais que je vais t'entendre faire ce bruit plus tard, Stassie. Ce n'est pas juste que je doive aussi l'entendre pendant le dîner.

— Putain de merde, Hen, bafouille JJ en recrachant sa boisson.

Elle en reste bouche bée. Je ne sais même pas ce qu'elle est censée répondre. C'est le signal qu'il est temps de l'éloigner de mes amis. Une fois qu'elle a fini de manger et qu'elle s'est lavé les mains, je la traîne jusqu'en haut des escaliers.

À la seconde où je ferme la porte de ma chambre, elle me plaque contre elle et enroule ses bras autour de mon cou pour attirer mon visage vers le sien.

Le corps doux de Stassie se moule contre le mien et ses doigts s'enfoncent dans mes cheveux.

— C'est quoi, l'urgence ? demandé-je en baissant quand même mon pantalon de survêtement, parce que je ne suis pas assez stupide pour poser trop de questions quand elle m'embrasse comme ça.

— Henry dit que je fais du bruit quand je jouis. Alors maintenant, je veux le faire avant qu'il aille au lit.

Putain.

De toutes les raisons que je pensais qu'elle me donnerait, celle-là n'était même pas sur la liste.

Ma main se glisse sous le tissu léger de mon tee-shirt, qu'elle porte encore. Je plonge entre ses jambes et fais glisser mon doigt le long de sa culotte. Elle se cambre contre ma main pour accentuer la pression. Ses doigts s'agrippent à mon biceps tandis que sa langue joue avec la mienne.

Ses petits bruits et mouvements me rendent fou. Elle gémit, se tortille. Sa respiration est profonde lorsque je m'aventure dans son cou et que je saisis ses cuisses pour les accrocher autour de mes hanches, la pressant plus encore contre la porte.

J'ai désespérément besoin d'être à l'intérieur d'elle, putain. C'est tout ce à quoi je pense depuis samedi soir. Alors que ses hanches se frottent contre les miennes, la chair de poule se répand sur tout mon corps.

— Et si j'aime quand tu es bruyante ?

— Fais quelque chose pour me faire crier, alors, Hawkins.

Je la repose par terre et saisis chaque côté de sa culotte pour la faire glisser jusqu'à ses chevilles après avoir reçu son consentement. Le tee-shirt suit. Elle est à présent nue, en train de frotter ses cuisses l'une contre l'autre, les joues roses et les yeux brillants. C'est la femme la plus sexy que j'aie jamais vue, et je ne pense même pas qu'elle s'en rende compte. Contre toute attente, je la laisse là, me jette sur mon lit et m'allonge.

— Qu'est-ce que tu fais ?

Ses mains se posent sur ses hanches, et elle penche la tête sur le côté, à la fois confuse et peu impressionnée.

— J'attends que tu bouges ton cul par ici et que tu t'assoies sur mon visage, Anastasia. Qu'est-ce que j'ai l'air de faire ?

— J'adore ce jeu.

DIX-NEUF

ANASTASIA

J'ADORE HALLOWEEN quand je suis totalement satisfaite de mon costume.

Même si Nate et moi n'avons pas réussi à commander quoi que ce soit, j'étais sûre de mon choix quand je me suis réveillée hier matin dans son lit.

Quand j'ai ouvert les yeux, Henry était assis au bout du lit de Nate, l'air coupable. Nate se tenait à côté de lui en caleçon, les bras croisés sur son torse musclé, avec l'air renfrogné d'un parent peu impressionné.

— Dis-le, a grogné Nate.

Henry s'est traîné maladroitement, faisant tourner son téléphone entre ses mains.

— Je suis désolé, Anastasia.

— Pourquoi ?

J'ai regardé Nate, qui émettait toujours des vibrations de père en colère, ce qui m'excitait discrètement.

— Je suis désolé si je t'ai mise mal à l'aise à propos de tes activités sexuelles et de ta façon de manger des ailes de poulet. Le volume est relatif, j'imagine, et tu es beaucoup plus silencieuse que Kitt…

— OK, OK, tais-toi, tu as fini, l'a interrompu Nate en le tirant du lit et en le poussant vers la porte. Sors.

De nous trois, j'étais la plus mortifiée, ce qui m'a donné envie de me venger de l'homme surprotecteur qui a fait ça.

Nate n'a pas semblé gêné. Il est remonté dans le lit, m'a couverte de son corps de colosse en s'installant entre mes jambes. J'étais encore en train de penser à l'agacement que j'éprouvais à son égard lorsqu'il a commencé à se rouler contre moi et à embrasser mon cou.

— Comment peux-tu penser au sexe alors que tu viens de m'embarrasser devant ton meilleur ami ?

Son corps a cessé tout mouvement. Sa tête s'est relevée pour me laisser voir son visage perplexe.

— D'abord, je pense toujours au sexe avec toi. Aïe, gémit-il. Ne me pince pas. Je suis désolé si tu te sens gênée, ce n'était pas mon intention. Je n'ai pas aimé ce qu'il t'a dit. Je veux que tu te sentes à l'aise quand tu es ici.

— Je me sens à l'aise quand je suis ici… Enfin, pas là. Là, j'ai envie de me cacher pour l'éternité.

Son sourire montait jusqu'aux oreilles.

— Ça me fait plaisir, si on oublie cette histoire de se cacher. Je suis désolé que tu sois embarrassée, mais il n'a pas de passe-droit parce qu'il est mignon.

— Il est mignon, ai-je dit en approuvant de la tête. Je l'aime, Nathan, ça devient un problème. J'ai envie d'écraser ses petites joues. Je ne veux pas qu'il pense que je lui ai causé des problèmes.

— Il est très attachant.

Il a embrassé doucement le bout de mon nez, me distrayant momentanément.

— Mais s'il n'apprend pas, il finira par énerver quelqu'un un jour. Je suis inquiet, je ne sais pas comment il se débrouillera quand nous aurons tous été diplômés, alors je dois l'éduquer.

— Même si je n'aime pas me réveiller devant le visage coupable d'Henry, j'aime ta *vibe* de père sexy, mais attentionné.

— Ne plaisante pas là-dessus, Anastasia.

Son comportement a changé, et le frottement contre moi a repris instantanément.

— Parce que je vais te faire un bébé tout de suite, et tu seras forcée de donner des cours à des petits patineurs prétentieux comme Brady.

— Dégage ! ai-je répondu, joueuse, en repoussant son torse, malgré son gémissement. J'ai besoin de prendre ma pilule.

Il a ri, s'est détaché de moi et s'est assis sur ses genoux. Un géant aux cuisses épaisses et aux muscles saillants. Je devrais recevoir un prix pour, tout en sachant à quel point Nathan est beau sans vêtement, réussir à quitter sa chambre. Plus que difficile d'avoir la motivation de le repousser. Même mes ovaires criaient.

Pour l'heure, Lola est à poil dans ma chambre. Elle est en train de fouiller dans mon placard quand je rentre de mes heures de travail du samedi.

— Salut, ma belle, gazouille-t-elle. Comment ça s'est passé au travail ?

Je jette mon sac à main sur le sol avant de m'asseoir au bout de mon lit.

— Bien, merci. Lols, ce n'est pas que je n'aime pas voir ton popotin de pêche, mais pourquoi est-ce que tu es nue dans ma chambre ?

— Je vole dans ton armoire. J'ai besoin de quelque chose à porter ce soir. Le Honeypot organise une grande fête d'Halloween, et grâce à notre voisine préférée, nous avons tous des entrées pour y aller.

Parce qu'ils souhaitent que leurs costumes soient une surprise, les gars ont demandé à nous rencontrer au club, ce qui me convient, car le mien aussi est une surprise. En consultant l'heure sur mon téléphone, j'aperçois un message de JJ qui me dit qu'il est en route.

— JJ va bientôt me déposer mon costume.

— Tu devrais probablement l'attendre près de la porte, dit-elle en prenant une robe couleur émeraude sur l'étagère et en la plaquant contre elle. Si Aaron voyait un joueur de hockey dans cet appartement, il pourrait mettre le feu à l'immeuble.

Elle n'a pas tort.

— Il n'est pas là. Je ne sais pas où il est. Il ne répond pas à mes appels.

La situation avec Aaron craint plus que jamais. Depuis le début de notre amitié, je suis habituée à ses sautes d'humeur. Il finit par se reprendre, s'excuse et passe quelques semaines à se réconcilier avec Lola et moi.

Ça fait une semaine qu'il a découvert que je sortais avec Nathan, et il est toujours en colère, bien que je n'arrive pas à comprendre pourquoi. Nate m'a déposée à la patinoire hier matin. Aaron est arrivé en retard et ne m'a même pas parlé. À l'entraînement de l'après-midi, quand il a réalisé que je ne partais pas avec Nathan, il a un peu brisé la glace.

J'ai envie de crier chaque fois que quelqu'un suggère que c'est parce qu'il est amoureux de moi, d'autant qu'ils ne se laissent pas convaincre du contraire, malgré mes objections. Quand je dis quelqu'un, je veux dire tous les membres de l'équipe de hockey de Nate, y compris Nate.

Ma théorie est qu'Aaron n'a jamais appris à partager. Alors, les choses ne peuvent qu'empirer.

Dans une boîte de nuit bondée, retrouver nos amis devrait être une mission impossible. Cependant, en jetant un œil depuis le balcon, il est difficile de ne pas remarquer ce groupe distinctif aux vêtements jaunes assis à une table privée.

JJ est le premier à nous apercevoir, Lo et moi, alors que nous nous frayons un chemin dans la foule. À en juger par son regard surexcité, il est plus que prêt pour ce qui va se passer. Il frappe le gars à côté de lui, qui frappe le gars suivant, jusqu'à ce que nous soyons face à une douzaine de gars en salopette en train de nous fixer.

Le dernier Minion a la capuche baissée, je peux donc reconnaître Bobby. Il tape sur l'épaule de Nate afin d'interrompre sa conversation avec Robbie.

Nate porte un pantalon sombre, une veste zippée et une écharpe rayée autour du cou. Il s'agrippe à la poitrine de Robbie, sans me quitter des yeux. Robbie porte une blouse blanche, un tee-shirt jaune et des lunettes à monture épaisse. D'après mon pouvoir de déduction, influencé par la vodka, je dirais que ces garçons sont déguisés en personnages de *Moi, moche et méchant*.

Les yeux de Nathan sont rivés sur moi alors que nous parcourons les derniers mètres jusqu'à l'espace réservé, nous arrêtant juste devant l'entrée. Son regard glisse de mes pieds, remontant le long de mes cuissardes noires. Lorsqu'il atteint la portion de peau à découvert, je remarque sa pomme d'adam tressaillir et sa langue venir humidifier ses lèvres.

Ses yeux vont au-delà de mes cuisses, de l'ourlet du maillot des Titans et de la ceinture, qui se resserre à ma taille, sous mes seins, à mes yeux. Il lâche un profond soupir en passant la main sur son visage.

Être l'objet de l'attention de tous ces hommes est incroyablement intimidant, mais il n'est plus question de faire marche arrière à présent. Se démarquant par son sourire plus éclatant que les autres, JJ élève la voix pour se faire entendre au-dessus de la musique :

— Tourne sur toi-même, Stassie !

Tout en faisant glisser mes cheveux sur mon épaule, je me tourne lentement. Je marque une pause de deux secondes lorsque mon dos fait face à l'équipe. C'est assez long pour que les rires et les applaudissements se mettent à résonner. Quand je finis ma rotation, le visage de Nathan est figé.

Il serre son verre si fort que ses jointures en deviennent blanches. Il n'a pas exprimé son ressenti, mais je suppose qu'il ne s'attendait pas à ce que je me déguise en JJ pour Halloween.

— Tu avais raison, c'est amusant. Il a l'air super furieux ! s'exclame Lo avec joie en faisant un pas dans le carré privé.

Au moment où je m'apprête à la suivre, je me heurte à un mur de muscles d'un mètre quatre-vingt-treize.

— Viens avec moi.

Je ne suis pas sûre de pouvoir qualifier ce que je fais de « marche », car mes pieds ne touchent pas toujours le sol.

Nate me traîne – très gentiment – à travers la foule, sans me dire où nous allons. Il n'a rien dit du tout. Malgré sa colère, sa prise sur mon poignet reste tendre, et il utilise son corps comme un bouclier humain alors qu'il fend la mer de lapins Playboy et de Jokers ivres, ce qui me permet de le suivre beaucoup plus facilement.

Au moins, mon costume est original.

Nate murmure un « Merci » en direction d'un agent de sécurité à l'air effrayant alors qu'il nous emmène dans un couloir sombre. Il s'arrête finalement devant une porte noire, qu'il me désigne de la tête.

— Entre.

Est-ce que c'est ici qu'il va me tuer, est-ce que je passerai à la postérité dans des podcasts sur les vrais crimes ? Je croise les bras en secouant la tête.

— Force-moi.

— C'est ton choix.

Je suis renversée par-dessus son épaule avant même d'avoir eu le temps de penser à mes derniers mots. Il franchit une porte, puis une autre, avant de me remettre sur mes pieds.

En regardant autour de moi quand il ferme la porte, je réalise rapidement que nous sommes dans une salle de bains très chic.

— Tu n'aimes pas faire pipi tout seul ? Tu aurais pu me le demander gentiment.

— Enlève-le, Anastasia.

C'est difficile de ne pas sourire comme le chat du Cheshire à cet instant. J'adore l'énerver. Je comprends pourquoi les gars le font, c'est si facile et *si* satisfaisant.

— Enlever quoi ?

Nathan se rapproche et instinctivement, je recule à chaque pas qu'il fait, jusqu'à ce que mon dos heurte le mur. Malgré son visage furieux sur lequel je garde mon attention, une étrange excitation me gagne. De façon presque masochiste, une tension douloureuse se fait sentir intensément entre mes jambes.

Une main se pose de chaque côté de ma tête, et il se penche pour être au niveau de mes yeux.

— Enlève le maillot de Jaiden, ou je vais l'arracher.

— Tu as l'air en colère, Nathan, le taquiné-je en faisant courir mon doigt le long de son écharpe.

Son visage étant à quelques centimètres du mien, je frotte mon nez contre le sien, appréciant la façon dont sa respiration ralentit.

— Je pense que tu dois trouver un moyen de canaliser ta rage dans quelque chose de gratifiant, murmuré-je.

— Je suis tellement en colère contre toi, grogne-t-il en prenant possession de ma bouche.

Il me soulève et me plaque brutalement contre le mur. Si je n'étais pas déjà toute mouillée, je le serais à présent.

Je ne sais pas sur quoi me concentrer alors que ses mains parcourent mon corps et que son bassin se presse contre moi. Il trouve ça aussi chaud que moi. Il est dur, tendu contre la fermeture Éclair de son pantalon. Quand je roule les hanches, un gémissement gronde dans sa gorge.

Je suis censée avoir le dessus dans cette situation. Je ne l'ai pas, même pas un peu. Je suis dans le besoin et désespérée. Je gémis quand ses dents mordillent ma carotide.

— Dernière chance, bébé. Lequel d'entre nous va l'enlever ?

— Mais JJ est mon joueur de hockey préféré…

Je n'ai pas le temps de finir ma phrase qu'il a déjà fait sauter le fermoir de ma ceinture, la laissant tomber sur le sol. Il fait passer le maillot au-dessus de ma tête d'un seul mouvement rapide, avant de le jeter à travers la pièce, loin de nous.

Chaque centimètre de mon corps me fait souffrir, c'est étouffant, exaspérant. Je ne suis même pas ivre, mais je me sens enivrée par lui, son toucher, son odeur. C'est incroyable. Ce mec est habillé comme Gru, bordel ! Pourtant, je jure qu'un seul contact, et je vais m'enflammer.

Il baisse les yeux sur mon corps et rigole, sarcastique. Il me dépouille brusquement de mon maillot de numéro un, révélant la petite tenue de pom-pom girl des Titans que je porte en dessous. Il capture mon menton entre son pouce et son index, puis fait basculer ma tête en arrière.

— Aimes-tu *vraiment* marcher droit ?

Je resserre mes jambes autour de sa taille. L'attente me fait bouillir.

— Je n'ai jamais été fan.

— Bien.

Les sons qui suivent sont un mélange de gémissements et de bruissements, de bruits de ceinture et de déchirures de papier d'aluminium, jusqu'à ce qu'il soit protégé et me taquine avec le bout de sa bite.

Je sais ce qu'il fait. Il veut que je le supplie. Pas de chance, je ne supplie pour rien.

— Laisse-moi remettre le maillot pour que tu puisses regarder le nom de JJ pendant que tu me…

Je n'ai pas le temps d'aller au bout de ma provocation qu'il enfonce son sexe d'un seul coup, privant mes poumons de la moindre molécule d'oxygène. Alors que je halète, les doigts de Nate s'enfoncent dans mes fesses. Il utilise sa prise pour me baiser encore plus fort, et tout ce que je peux faire, c'est m'accrocher à lui.

Chaque poussée est aussi délicieuse et punitive que la précédente. Le son du claquement de nos peaux résonne autour de nous. Ses dents s'enfoncent dans ma lèvre tandis qu'il grogne et gémit, me pressant plus fort contre le mur.

L'orgasme sort de nulle part et me frappe comme un train, un train qui ne ferait pas de pause, ne ralentirait même pas.

Il me laisse geindre contre son torse et m'agripper à ses épaules. Et lorsque mes spasmes s'arrêtent enfin, son bras crochète une de mes jambes et la fait remonter jusqu'à son épaule. Il répète ensuite le mouvement de l'autre côté.

Je suis pliée, il porte tout mon poids dans ses deux mains. D'où vient cet homme ? La seule chose à laquelle je peux penser en ce moment, c'est : « Dieu merci, je suis souple, et il est musclé. »

— Une petite chatte si serrée, Anastasia. Tout ça pour moi, halète-t-il contre ma bouche. Tu crois que tu peux m'énerver, hum ? Tu crois que je ne vois pas le petit jeu auquel tu joues ? C'est sur ma queue que tu jouis. Même quand tu veux mettre le nom d'un autre gars sur ton dos… C'est mon nom que tu cries.

À chacun de ses mots, je me serre davantage autour de lui. L'angle, la frustration, le contrôle… Il me détruit. Je tremble et me cambre contre lui. Chaque cellule de mon corps est tendue, prête à ce qu'il me désintègre.

J'essaie de me retenir, de ne pas lui donner la satisfaction de penser que son petit discours a un quelconque impact sur moi, mais alors, il gémit mon prénom contre mon cou, et c'est tellement érotique que mon corps tout entier me trahit.

Je jure que je vois des étoiles. Mon corps se tend, fond et s'enflamme. C'est tellement bon que je ne sais même pas ce que je ressens.

Ses poussées sont de plus en plus molles, ses gémissements de plus en plus forts. Soudain, sa bouche s'écrase sur la mienne. Il ralentit, frissonne et jure alors qu'il palpite en moi, se répandant dans le préservatif.

Son front se pose contre le mien. Il relâche finalement mes jambes, me ramenant sur mes pieds très, très chancelants. Notre respiration est laborieuse. Ses lèvres se pressent contre mon front, et il inspire.

— J'aime ta tenue de pom-pom girl.

— Hum.

Ce n'est même pas une réponse. C'est juste un vague bruit qui ressemble un peu à un accusé de réception. Il ne plaisantait pas quand il parlait de ne plus pouvoir marcher droit, mais il n'a rien dit sur le fait d'articuler correctement.

Le bras de Nathan est enroulé autour de ma taille, et quand je lève les yeux vers lui, il a un sourire suffisant et agaçant sur le visage.

Quand nous atteignons le box, Nate renvoie à JJ son maillot en pleine figure.

— J'espère que tu aimes le patinage en sac, petite merde.

Je sens le sexe, ma chevelure décoiffée crie au sexe aussi, mais je n'ai pas la force de m'en soucier. J'ai essayé de me coiffer dans la salle de bains. Seulement, après quelques minutes à essayer d'y glisser mes doigts, j'ai abandonné.

Les gars se lancent des regards complices quand on prend des verres.

Tous sauf un.

— Tu aurais dû te déguiser en Minion comme nous, dit Henry en regardant ma tenue de haut en bas en affichant un désintérêt total sur son visage. Tu serais beaucoup plus à l'aise à l'heure actuelle, et il n'y aurait aucun risque que nous voyions ton cul.

Il a raison. L'année prochaine, je porterai la salopette des Minions au club. Nathan me prend sur ses genoux, fourre un verre dans ma main et m'embrasse affectueusement sur l'épaule.

— Personne ne voit ton cul, Allen, murmure-t-il sous mon oreille, ce qui fait frissonner tout mon corps. Je suis presque sûr qu'il y a une empreinte de mes mains sur chaque fesse.

Je vois Lo entrer dans le box du coin de l'œil. Quand je me tourne pour lui faire face, Aaron est juste derrière elle, en train de serrer son bras. Ses yeux s'écarquillent lorsqu'elle me remarque. Elle me lance un regard qui, après plus de deux ans d'amitié, signifie que les choses sont sur le point de dégénérer.

Je reporte mon attention sur Aaron et lui adresse un sourire de bienvenue, mais il ne me le rend pas.

— Je suis content que tu sois là. Tu vas bien ?

Mes yeux reviennent sur le bras qu'il serre, et je me sens physiquement mal quand je réalise que ce n'est pas un costume.

— Aaron, qu'est-il arrivé à ton bras ?

Ses yeux se rétrécissent. Il me dévisage avec tant de haine que je n'arrive pas à respirer.

— Demande à ton petit ami, Anastasia.

VINGT

NATHAN

J'AI UNE MIGRAINE depuis plus de vingt-quatre heures.

Ça a commencé quand Aaron Carlisle s'est tenu devant moi avec un bras cassé et une hanche meurtrie et qu'il m'a accusé. C'est à ce moment-là que j'ai ressenti une douleur à la base de mon crâne, suivie de peu par une chaleur étouffante qui s'est répandue dans ma tête jusqu'à ce qu'elle soit si douloureuse que je pouvais la sentir à l'arrière de mes yeux.

La soirée a sombré dans le chaos. Lola a crié sur Robbie, JJ a traité Aaron de menteur, et j'ai agrippé frénétiquement Anastasia, lui promettant que je ne l'avais jamais touché.

Elle a volé à ses côtés, sans se soucier de personne d'autre. Elle a examiné attentivement son bras et a murmuré son nom d'une voix empreinte d'une douleur poignante.

— Nous ne serons pas en mesure de participer aux sélections.

Je ne pouvais pas voir son expression, mais je la devinais. Nous la devinions tous. L'angoisse, la prise de conscience, la douleur. Elle était stupéfaite, et quand elle s'est recroquevillée contre sa poitrine et a commencé à sangloter, j'ai réalisé que je n'avais aucune idée de comment les choses avaient pu mal tourner si rapidement.

Je ne savais pas quoi lui dire. Bien que j'aie fait des blagues à ce sujet et qu'elle m'ait réprimandé, je ne l'ai jamais touché. Je ne mettrais jamais ses rêves en danger.

La main d'Aaron a doucement glissé sur sa tête, la calmant. J'aurais voulu le repousser, et assurer mon innocence, mais à la place, il l'a entraînée dehors avec Lo sur les talons. Je les ai regardés s'éloigner.

L'équipe était tout aussi confuse que moi. Tous m'assuraient qu'ils n'avaient rien à voir là-dedans non plus. Pas de farces, pas de mauvais comportements. Ils étaient tous restés loin de lui, comme je le leur avais demandé. Rien n'avait de sens.

J'ai appelé Anastasia dès qu'on est rentrés du club, mais elle n'a pas répondu. Ni la première fois, ni la deuxième. La troisième fois, Lola a décroché et m'a informé qu'elle dormait. J'ai essayé d'expliquer que je n'avais rien fait, mais elle m'a rétorqué que ce n'était pas elle que je devais convaincre.

Dimanche, Stassie m'a envoyé un texto disant qu'elle avait besoin d'espace parce qu'elle ne savait pas quoi penser. Elle était tiraillée entre son partenaire et moi, car nous jurions tous deux dire la vérité, et elle avait besoin de réfléchir à son retrait de la compétition.

J'ai avoué qu'elle me manquerait, mais elle n'a pas répondu.

J'ai consacré mon dimanche entier à visiter chaque maison pour interroger tous les gars absents la veille. Chacun d'eux a juré son innocence. Traitez-moi de naïf, mais je les crois.

Je me suis retrouvé assis sur un canapé collant et répugnant d'une fraternité, avec trois étudiants en face de moi. Leurs yeux rougis trahissaient une nuit quasiment sans sommeil. J'aurais sans doute été dans le même état si mon samedi soir ne s'était pas transformé en cauchemar.

— On n'a rien fait, cap. Johal nous a interdit d'embêter les patineurs, même s'ils faisaient les cons. Il a dit qu'on ne pouvait pas énerver ta copine, ou toi et Robbie nous mettriez sur le banc.

Ta copine. Ce terme ne pourrait pas être plus éloigné de la vérité qu'en ce moment. Elle était plus proche d'être ma copine l'autre soir, mais à présent, je ne suis même pas de retour à la case départ. Je ne suis même plus sur le tableau.

Maintenant que le week-end est terminé, j'essaie de me préparer pour la fac depuis une heure, mais même l'obscurité de ma chambre n'aide pas à calmer la douleur lancinante dans mon crâne.

Mon téléphone se met à vibrer.

PUCKBUNNIES

ROBBIE HAMLET : E-mail de Faulkner : Salle des prix à 7 h 30.

BOBBY HUGHES : Eh bien, c'était sympa de vous connaître, les gars. Paix à votre âme.

MATTIE LIU : J'aurais dû jouer au basket, putain.

HENRY TURNER : Tu n'as pas la coordination main-œil nécessaire pour le basket, Liu.

NATE HAWKINS : J'ai l'impression que mon cerveau essaie de se transformer en gelée tout en s'enflammant.

JAIDEN JOHAL : Tu as besoin de Tylenol, mon pote ?

NATE HAWKINS : J'ai besoin d'un coup de pelle en pleine tête.

KRIS HUDSON : Je suis sûr que tu n'auras pas besoin de demander ça deux fois à Faulkner.

Ça devait arriver, donc je ne peux pas être surpris. Aaron a expliqué à son entraîneuse qu'il y avait quelque chose sur le sol devant son casier et qu'il avait glissé. *L'équipe de hockey fait encore des farces*, lui a-t-il dit.

Il a raconté à Anastasia que quelqu'un – il ignore qui – m'avait vu agir et l'en avait informé par la suite. Mais il n'a pas révélé à Brady que c'était moi. Il a réservé cette information pour Anastasia, sous prétexte qu'il ne veut pas m'attirer d'ennuis parce qu'il se soucie de son *bien-être*.

Je le sais seulement grâce à Robbie, qui a une Lola désemparée sur les bras. Elle est coincée au milieu, incapable de prendre parti ou de faire quoi que ce soit pour améliorer les choses. Ses amis souffrent tous les deux.

Elle sait que je ne ferais jamais rien pour blesser Anastasia.

Ce sont des conneries.

Sept heures trente me rattrape rapidement, et je réussis à me traîner jusqu'à la réunion improvisée de Faulkner. La salle est plongée dans un silence total tandis que Faulkner s'assoit et nous dévisage tous. Pour la première fois, je n'arrive pas à décrypter son humeur.

Je ne sais pas ce qu'il attend. Un aveu de culpabilité ? Un regard qui indique que c'était moi ?

— Tout le monde a passé un bon week-end ? demande-t-il.

J'ai assisté à suffisamment de ces réunions au fil des ans pour savoir qu'il se fout de notre week-end et que ce n'est pas une question à laquelle il faut répondre.

Henry me regarde, en quête de conseils. Je lui réponds par un léger mouvement de tête.

— Le mien était génial ! continue Faulkner. J'ai passé le samedi au match de volley-ball de ma fille, rempli de fierté. Elles ont gagné, je n'aurais pas pu être de meilleure humeur. J'avais même prévu une journée en famille le dimanche pour fêter ça ensemble.

Si j'ai retenu une leçon en plus de trois ans passés dans cette équipe, c'est de ne jamais déranger Faulkner lorsqu'il est en famille.

Il voyageait beaucoup lorsqu'il était pro, c'était la nature même de son travail, mais il avait du mal à supporter d'être éloigné de sa femme et de sa fille Imogen, alors nouveau-née. Son accident l'a forcé à ralentir ses activités, et aujourd'hui, il n'y a rien qu'il apprécie plus que le temps qu'il passe avec ses filles.

— Dimanche, j'ai reçu un coup de fil du doyen, dit-il en portant son thermos de café à ses lèvres, regardant les gens se tortiller, inquiets. Oh oui, vous pouvez tous avoir l'air mal à l'aise. Pas le directeur Skinner, oh non, encore au-dessus. Le doyen voulait savoir pourquoi mon équipe d'athlètes hautement qualifiés de première division avait délibérément blessé un autre étudiant.

— Coach, nous…

— Ferme-la, Johal ! s'exclame-t-il en posant violemment la flasque sur la table. La mère de l'étudiant a appelé le doyen, menaçant de retirer sa généreuse donation pour le nouveau bâtiment des arts. Elle est furieuse, non seulement parce que son fils a été blessé sur le campus, mais aussi parce qu'il a une compétition dans deux semaines.

Pas besoin de nous rappeler les sélections. On est au courant. C'est exactement ce qu'Anastasia nous hurle chaque fois qu'elle tente de nous éjecter de la glace.

Kris lui avait dit qu'il boirait un shot chaque fois qu'elle prononcerait le mot « sélections », ce qui avait provoqué les ricanements des gars autour de lui. J'étais prêt à intervenir, mais elle l'a fixé d'un regard si glacial que j'en ai eu froid dans le dos alors qu'il ne m'était même pas destiné.

Elle l'a détaillé lentement de haut en bas, et je l'ai regardé se tortiller. Pourtant, ensuite, elle lui a adressé un sourire éclatant et lui a tapé sur le bras.

— Je prendrais bien un shot chaque fois que tu manques un but, mais je n'ai pas le temps de faire des excès cette semaine.

C'est pour ça que ces hommes l'aiment, même si elle passe la plupart de son temps à nous rappeler que nous sommes le fléau de son existence et à nous dire d'apprendre à lire l'heure. Elle sait se défendre et elle est drôle quand elle est grincheuse.

Un « Je t'ennuie, Hawkins ? » me parvient de très loin.

Je me rends compte qu'il me parle lorsque Mattie me donne un coup de coude dans les côtes.

— Non, monsieur. J'ai une migraine, mais j'écoute.

Ses yeux se rétrécissent alors qu'il cherche à savoir si je mens. Toutefois, je suis blanc comme un linge et j'ai d'énormes poches sous les yeux. Il serait bien en peine d'essayer de nier que je suis malade en ce moment.

J'avais des migraines lorsque je vivais à la maison, à cause du stress lié à l'omniprésence de mon père. Elles étaient insupportables.

C'est pourquoi je sais que si je continue à prendre des analgésiques, je peux à peu près fonctionner. Seulement, si je laisse la situation devenir incontrôlable, j'en viendrai à vomir et à devoir me cacher de la lumière comme un vampire avant même de m'en rendre compte.

— Alors, comme vous pouvez le constater, nous nous trouvons dans une situation délicate. Maintenant, dites-moi, qui a fait ça ?

Le silence règne dans la pièce car chacun assure ne pas être coupable. La réaction logique serait de s'exprimer, de corriger Faulkner et d'unir nos efforts pour découvrir la vérité.

Mais ce n'est pas la façon de faire des Titans.

Il a décidé que nous étions coupables parce que nous ne lui avons donné aucune raison de croire qu'il pouvait nous faire confiance pour dire la vérité. Il a connu des années de conneries mesquines et épuisantes où il s'est avéré qu'un gars de l'équipe était coupable à chaque fois. Il ne nous donne pas le bénéfice du doute, car nous ne l'avons jamais mérité.

— Vous êtes tous exclus de l'équipe jusqu'à ce que quelqu'un se présente et admette la vérité.

La pièce silencieuse se transforme en chaos alors que chaque joueur essaie de le raisonner. Le volume augmente, au point de m'en donner mal à la tête, jusqu'à ce qu'il finisse par rugir et que tout le monde cesse instantanément de parler.

— Je n'en ai rien à foutre de déclarer forfait pour vos matchs. Je vais faire en sorte que cette équipe finisse dernière si vous ne commencez pas à vous comporter comme des hommes !

C'est un homme intimidant, je l'ai toujours dit. Sa colère est palpable, et personne ne peut prétendre le contraire. Pourtant, si l'on regarde au-delà de son visage empourpré et de ses cris, sa déception est manifeste. Robbie, pinçant l'arête de son nez, fixe ses genoux depuis plusieurs minutes, tout aussi déçu, car il est impossible d'entraîner une équipe qui n'existe plus.

— Le hockey est un privilège ! L'université est un privilège ! crie Faulkner. Quand j'aurai ma réponse, vous pourrez rejouer.

Je m'éclaircis la gorge et évite tout contact visuel avec mes coéquipiers.

— C'était moi, coach.

Je sais que le Tylenol fait effet au moment où la nausée me percute comme un bus lancé à pleine vitesse.

Le coach est au téléphone avec le doyen, en train de marmonner et d'acquiescer, sans trop en dévoiler. J'ai déjà reçu tout un tas d'insultes créatives par messages, ce qui est mérité, je dirais.

Faulkner ne me croit pas. Je le vois à la façon dont il me regarde en marmonnant au téléphone, mais il a les mains liées, et je lui ai donné la porte de sortie dont il avait désespérément besoin.

Il risque de perdre son équipe pour une durée indéterminée si personne ne se dénonce. Ou bien, il peut me perdre temporairement, mais me retrouver avant que la saison ne batte son plein. C'est risqué, je l'admets, car j'ignore quelle sanction me sera infligée. Mais plus cette situation s'éternise, plus mon équipe est affectée, et plus je ressens le besoin de casser la gueule à Aaron.

Au moins, si j'assomme Aaron, j'aurai quelque chose à me reprocher.

Il remet le téléphone sur son socle.

— Tu ne joues pas tant qu'il ne peut pas patiner à nouveau. C'est ce que le doyen a dit. Tu peux venir aux matchs avec ton équipement, mais tu t'assieds et tu regardes. Tu ne t'entraînes pas avec l'équipe, et tu ne peux participer à aucune activité liée à l'équipe, à part les déplacements.

— Savez-vous combien de temps il va rester à l'écart ?

— Non. Il voit un spécialiste ce soir. Nous devrions savoir à ce moment-là. Ce sera au minimum deux semaines, d'après les contusions sur son poignet et sa hanche. Il n'a rien de cassé, donc le repos et quelques exercices de mobilité devraient suffire, mais ses parents exigent qu'il obtienne un deuxième avis, pour être sûr.

Il se passe une main sur le visage. Si je prends une seconde pour le regarder correctement, il a l'air aussi malade et épuisé que moi.

— De toute évidence, il soulève sa petite amie lorsqu'ils patinent. Ils ne veulent pas la mettre en danger s'il n'est pas assez fort dans deux semaines.

— Ce n'est pas sa petite amie.

Les mots sortent de ma bouche avant même que je ne puisse les arrêter, et ses yeux se plissent instantanément. *Putain.*

— Si je découvre que c'est pour une femme, Hawkins, que Dieu me vienne en aide, je te tuerai moi-même. Je ne suis pas totalement débile. Je sais que ça ne colle pas, mais qu'est-ce que je suis censé faire si tu me dis que c'est ta faute ?

Il se pince l'arête du nez. J'aimerais avoir quelque chose à lui offrir en guise d'explication.

— Je n'ai pas la force de te crier dessus, là. Je suis trop déçu. Je te suggère de discuter avec ton tuteur de tout ce bordel, parce que je n'ai pas envie de recevoir de mails furieux quand tu ne seras pas sur le terrain. Allez, fous le camp de mon bureau. Je t'appellerai plus tard dans la semaine.

Le retour jusqu'à ma voiture ressemble à un marathon, mais je finis par y arriver. J'attrape immédiatement des analgésiques et une bouteille d'eau que j'ai rangée dans la boîte à gants.

Mon téléphone n'arrête pas de vibrer à cause des notifications. Je finis par le regarder, car les gars méritent des réponses.

PUCKBUNNIES

JOE CARTER : Hawkins, espèce de navet. Qu'est-ce qui se passe, bon sang ?

BOBBY HUGHES : Je n'ai jamais été aussi stressé de ma vie, même quand j'ai découvert que les préservatifs n'étaient pas efficaces à 100 %.

JAIDEN JOHAL : Hein ? C'est quoi encore, cette merde ?

KRIS HUDSON : Comment sommes-nous censés jouer sans capitaine ?

JAIDEN JOHAL : Non, je parle de cette histoire avec le préservatif !!!!

NATE HAWKINS : On ne peut pas s'entraîner ou jouer tant qu'Aaron ne peut pas patiner.

MATTIE LIU : Et combien de temps ça va prendre ?

NATE HAWKINS : *émoji hausse les épaules*

NATE HAWKINS : Je vais chez Stassie pour essayer de lui parler.

NATE HAWKINS : On se voit tous plus tard.

J'ai encore mal à la tête, et je n'ai jamais été aussi reconnaissant envers une voiture qui se conduit toute seule.

JJ m'a transmis par SMS le numéro de son appartement, étant donné que je n'y ai jamais été invité. Sachant qu'il était là samedi pour y laisser son maillot, je parie qu'elle n'a pas supprimé son nom de la liste des visiteurs. Je donne donc son nom au réceptionniste du hall. Heureusement, il ne me demande pas de montrer une pièce d'identité, et me fournit un code temporaire pour utiliser l'ascenseur.

Je suis rassuré de savoir qu'elle habite dans un endroit si sécurisé. Lorsqu'elle ne sera plus fâchée contre moi et que je ne tenterai plus de m'introduire en trompant la sécurité, je lui signalerai quand même que j'ai réussi à entrer en mentant.

Mais ce n'est pas le moment.

On dit que la tour Maple est le meilleur logement de Maple Hills, et je comprends pourquoi : tout le bloc est luxueux et magnifique. Une partie de moi se demande comment Stas peut se le permettre, car je doute que son travail d'entraîneuse du samedi soit suffisamment rémunérateur, et je sais que sa bourse ne couvre pas le logement. Mais en arrivant à sa porte, l'appartement 6013, je lis juste en dessous des chiffres en cursive : *La résidence Carlisle.*

Je prends une profonde inspiration et frappe à la porte plusieurs fois, fort, mais pas frénétiquement. Je ne veux pas qu'elle pense que je suis là pour me battre, car ce n'est pas le cas.

Je ne peux pas dire si les crampes dans mon estomac sont dues à l'anxiété ou au fait que mon corps et mon cerveau abandonnent. Mais l'envie de vomir s'intensifie lorsque la porte s'ouvre et qu'Aaron est de l'autre côté, en short de basket.

— Je suis ici pour voir Anastasia. Peux-tu aller la chercher pour moi, s'il te plaît ? demandé-je calmement.

J'ai envie de lui crier dessus, de le traiter de menteur, d'enfoncer mon poing dans sa putain de face odieuse, mais je ne le fais pas.

Il me sourit. Je jure que je ne suis pas en train de l'imaginer, il sourit et s'écarte. Il ouvre la porte plus largement et tend son bras bandé pour m'inviter à entrer.

— Elle est dans sa chambre, gazouille-t-il en fermant la porte derrière moi.

— Je ne sais pas laquelle c'est, dis-je en levant un sourcil. Je ne suis jamais venu ici avant.

Il hausse les épaules, et son sourire hypocrite tombe.

— Porte du milieu. Celle à côté de la table, avec les fleurs.

— Merci, murmuré-je en retour en suivant ses indications.

Il est trop gentil, trop calme, et ça me met complètement à cran. J'attends que la raison de cette satisfaction se dévoile.

Je toque légèrement à la porte, sans réponse. Alors, j'essaie à nouveau, et cette fois, j'entends un sanglot.

— Va-t'en, Aaron !

Je tente ma chance et pousse la porte. Juste devant moi se trouve la raison pour laquelle Aaron était si heureux de me laisser entrer. Ryan est appuyé contre la tête de lit, un bras autour d'elle et l'autre caressant ses cheveux tandis qu'elle est assise entre ses jambes et sanglote contre son torse. Aaron voulait bien sûr que je voie tout ça, mais elle a l'air brisée et c'est tout ce qui me fait du mal.

Ils me regardent tous les deux simultanément, avec des expressions très différentes sur le visage. La sienne est sans équivoque.

Trahison.

— Sors, dit-elle, la voix cassée. (Elle se tord dans les bras de Ryan et essuie ses larmes d'un revers de main.) Tu m'as encore menti ! Tu avais promis de ne rien faire, et tu as menti, Nathan.

— Stassie, s'il te plaît. On peut parler ? Je te promets que je n'ai rien fait.

— Arrête de me promettre des choses ! hurle-t-elle.

Son corps entier tremble tandis que des sanglots l'envahissent. Ryan enfouit sa tête dans ses cheveux, marmonnant quelque chose que je n'entends pas, mais ses yeux sont rivés sur moi.

— Le doyen a tout dit aux parents d'Aaron, Nate ! Je sais que tu as été exclu ! Je sais que c'est toi !

J'ai l'impression de ne plus pouvoir respirer. J'ai la tête qui tourne. Je tiens désespérément à lui raconter tout ce qui s'est passé aujourd'hui, mais je ne peux me concentrer que sur la douleur dans ma tête et la brûlure derrière mes yeux.

Ryan soulève Stas et la pose sur le lit à côté de lui.

— Ça va, Hawkins ? demande-t-il en glissant du lit. Tu n'as pas l'air très bien, là, mon pote. Tu as besoin de t'asseoir ? Tu veux de l'eau ?

Ma tête commence à tourner lorsque je sens les bras de Ryan sur mes épaules. Il me fait reculer jusqu'à ce que mes jambes touchent une chaise et que je m'assoie.

— Qu'est-ce qui ne va pas chez lui ? demande-t-elle avec de la panique dans la voix.

Je porte mes paumes à mes yeux et laisse tomber ma tête entre mes jambes afin de prendre de grandes respirations. Je ne peux plus prendre d'analgésiques, alors il est inutile de se poser la question.

Je suis resté trop longtemps dans le bureau du coach et j'ai trop attendu avant de prendre la deuxième dose. L'efficacité n'est pas optimale, et maintenant, j'en paie le prix tout en me ridiculisant.

Super.

Ses mains douces se pressent contre mon front, et je ne peux m'empêcher de chercher son contact. Elle ne me laissera plus jamais m'approcher d'elle. J'aimerais juste que ce moment ne soit pas gâché par la sensation de chaleur dans mon cerveau et par cette impression que mon corps tout entier est écrasé petit à petit.

— Migraine. Je vais conduire jusqu'à la maison. Je reviendrai quand on pourra parler, parviens-je à murmurer.

« Il ne peut pas conduire » est la dernière chose que j'entends.

VINGT ET UN

ANASTASIA

J'AI DÉJÀ REPOSITIONNÉ l'iPad devant moi dix fois, mais je ne peux m'empêcher de le déplacer légèrement vers la droite une fois de plus.

Tout ce dont j'ai besoin est devant moi, aligné par ordre de priorité : mon agenda, de l'eau et des Kleenex – la plus grande boîte qui existe.

J'ai fait ça des centaines de fois, alors je ne sais pas pourquoi je suis nerveuse, mais ce sentiment de malaise frémit sous la surface. Lola et Aaron sont allés chercher des ailes de poulet chez Kenny pour me laisser un peu seule. Or, le silence de mon appartement ne fait qu'ajouter à mon malaise.

Juste au bon moment, le nom du Dr Andrews apparaît sur l'écran de l'iPad.

En appuyant sur « Accepter », je sens mon cœur se serrer. L'écran se remplit de la toile de fond familière de Seattle et du décor neutre du bureau du Dr Andrews.

Il est assis à son bureau, un carnet en équilibre sur ses jambes croisées, un stylo en main.

— Bonjour, Anastasia. Comment tu te sens, aujourd'hui ?

« J'ai le mal du pays » sont les mots que j'ai sur le bout de la langue. Pour la première fois depuis mon départ pour l'université, j'aimerais être de retour dans l'État de Washington.

J'ai vu Seattle dans des films ou des séries d'innombrables fois, et ça ne m'a jamais autant bouleversée. Voir la ville à travers une fenêtre par laquelle j'ai regardé pendant près de dix ans me donne envie de sauter dans le prochain vol au départ de LAX.

Tout en essuyant mes paumes moites sur mon pantalon, je souris à la caméra.

— Je vais bien, merci.

— Tu es sûre que c'est la réponse que tu veux que je note ?

Le Dr Andrews a maintenant une quarantaine d'années, mais il venait tout juste d'obtenir son doctorat lorsque je suis devenue sa patiente. Il n'a pas vieilli. Son visage a gardé ces mêmes ridules au coin des yeux, et ses cheveux ont toujours été du même brun clair parsemé de mèches grises.

Il m'a dit que c'étaient des « cheveux grisonnants dus aux études de médecine » quand je lui ai demandé d'où ça venait, probablement très impoliment, à l'âge de neuf ans environ. D'une certaine manière, je pense que le fait qu'il défie les signes du temps est un réconfort pour moi. J'ai l'impression que c'est quelque chose que je devrais aborder avec lui à un moment donné.

Il demeure silencieux pendant que je réfléchis à ce que je vais dire. Ce n'est pas que je pense que c'est bien de cacher des choses à son thérapeute. C'est juste que je ne sais pas comment verbaliser mes sentiments à cet instant. Raison pour laquelle je suis de retour en thérapie.

— La vue derrière vous me rend triste.

— Peux-tu identifier ce qui te dérange dans cette vue ?

Le bruit du stylo grattant le papier commence, un bruit auquel je me suis habituée au fil des ans.

— Je ne suis pas rentrée chez moi depuis presque un an. Seattle me manque.

Assis bien droit sur sa chaise, il pivote légèrement, sciemment ou non, bloquant partiellement la vue. Je desserre les poings, que je n'avais pas conscience de serrer jusqu'à ce que mes paumes commencent à piquer sous la force de mes ongles.

— Tes parents te rendent-ils visite à Los Angeles ?

— Jamais. Ils me demandent, mais je suis toujours occupée, et ils n'aiment pas prendre l'avion, alors je n'aime pas les faire voyager. J'ai trop de choses à faire pour leur rendre visite.

— Nous avons beaucoup parlé de tes parents, Anastasia. Tu m'as dit que tu te sentais submergée par le besoin de réussir pour eux, plus que pour toi, dit-il en remontant ses lunettes sur l'arête de son nez. Est-ce que la pression, ou le sentiment d'accablement que tu décris, diminue lorsque tu ne les vois pas ?

— Ça ne disparaît jamais complètement. Les premières questions qu'ils posent quand ils appellent concernent toujours le patinage. (Une boule se forme dans ma gorge, que je m'efforce d'avaler.) Quand je n'ai pas de nouvelles, je me sens… euh… je me sens soulagée.

Il acquiesce en griffonnant des notes sur la page devant lui.

— Est-ce que ce soulagement te fait te sentir coupable ?

Oh, mon Dieu. Pourquoi j'ai les yeux qui pleurent ?

— *Ouais…*

— Quels sont tes intérêts en dehors du patinage artistique, Anastasia ?

J'essaie de répondre du tac au tac, mais lorsque ma bouche s'ouvre, je réalise que je n'ai rien à dire. Le patinage est toute ma vie.

— Je n'en ai pas.

— Et si tu devais perdre une compétition ou décider de tout arrêter, penses-tu que tes parents seraient furieux ? Prends un moment pour y réfléchir.

Inutile. Dès qu'il a posé la question, la réponse m'est immédiatement venue à l'esprit.

— Non, je pense qu'ils seraient confus au début, mais qu'ils voudraient que je sois heureuse.

— D'après les séances communes que nous avons eues avec tes parents par le passé, et les séances que nous avons eues ensemble, je sais à quel point tu les tiens en haute estime. Aurais-je raison de dire que tu les trouves toujours d'un grand soutien, que ce soit pour la thérapie, l'école ou le sport ?

— Absolument. Ils sont géniaux.

— Les parents, enfin, les bons parents comme les tiens, qui ont des enfants très performants avec des intérêts très spécifiques, ont parfois du mal à savoir de quoi parler en dehors de ces intérêts. (Il joint ses mains et les pose sur son ventre en se penchant en arrière sur sa chaise.) Tes parents ont dit, lors de nos séances communes, qu'ils comprenaient que le patinage était ta plus grande priorité. Tu trouves qu'ils te posent systématiquement des questions à ce sujet chaque fois qu'ils te parlent. C'est leur façon de te montrer qu'ils te soutiennent toujours, même s'ils ne te voient pas régulièrement.

Ma poitrine se contracte – je me sens coupable. Coupable parce que je sais que mes parents me soutiennent. Coupable parce que je ne les ai pas vus depuis un moment. Coupable parce que je ne les ai pas compris.

Je garde les yeux rivés sur l'écran de l'iPad, sur sa pince à cravate. Si je regarde son visage, je vais pleurer.

— Je sais qu'ils ne veulent que le meilleur pour moi.

— Il est normal de comprendre quelque chose logiquement, mais de ressentir émotionnellement quelque chose de différent. Aimer quelqu'un tout en se sentant soulagé de ne pas lui parler engendre un énorme conflit dans l'esprit d'une personne. Pour autant, cela ne te rend pas mauvaise, en aucune façon. Cela te rend humaine.

C'est dur à entendre.

— Pour en revenir à la vue, Anastasia. Est-ce Seattle qui te manque ou bien tes parents, qu'en penses-tu ?

J'acquiesce, sans quitter la pince des yeux, même s'ils se remplissent de larmes.

— Peut-être.

— Comme les enfants, les adultes ont besoin de limites. J'aimerais que tu dises à tes parents que tu ne veux pas parler de patinage. Ne pas l'aborder, même si c'est juste pour un appel, une visite, pour voir comment tu te sens. C'est possible ?

Tout en chassant les larmes qui menaçaient de couler, je regarde à nouveau son visage et me force à sourire.

— Bien sûr.

J'ai cessé d'avoir des séances de thérapie régulières quand j'ai déménagé à Los Angeles, il y a deux ans. J'étais tellement immergée dans l'expérience de l'université que je n'en ressentais pas le besoin. Mais quelque chose se passait, j'en parlais lors d'une séance, et je me promettais d'en suivre régulièrement, sans jamais le faire.

Avec la thérapie, rien ne devient plus facile. On apprend juste à accepter que ces conversations difficiles en valent la peine lorsque les sentiments deviennent plus faciles à gérer. À la moitié de la séance, je peux enfin respirer, mais je sais par expérience que tout peut changer avant la fin.

— Lors de notre séance de la semaine dernière, tu as expliqué que l'incertitude autour de ta compétition te causait une forte anxiété. Peux-tu me dire comment tu te sens, cette semaine ?

— Je me sens bien, réponds-je honnêtement. Le médecin a donné son feu vert à Aaron hier, nous pouvons donc concourir demain.

C'est agréable d'avoir quelque chose de positif à dire pour une fois.

— Je suis ravi de l'entendre. Ça doit être un énorme poids en moins dans ton esprit.

— Aaron et moi avons séché les cours pour nous entraîner, et heureusement, tout s'est bien passé.

— Et où en est ta relation avec Aaron ? La semaine dernière, tu as dit que tu te sentais étouffée.

Étouffée est un euphémisme. Aaron n'a pratiquement pas quitté mon chevet depuis deux semaines, et ça fait beaucoup. À bien des égards, j'apprécie que, bien qu'il soit le blessé, il ait pris le temps de me laisser faire mon deuil. Parce que c'est à ça que j'ai passé ces deux dernières semaines, faire le deuil. Le deuil de choses que j'aurais pu avoir.

Pourtant, même avec les meilleures intentions, la gentillesse d'Aaron ressemble parfois à du contrôle. Mes larmes étaient compréhensibles, mais seulement si elles concernaient le patinage. L'anxiété que je ressentais pouvait s'améliorer, mais seulement s'il était à mes côtés pour m'aider.

— Aaron a pris un peu de recul, expliqué-je. Je lui ai dit que j'avais besoin de réfléchir par moi-même, surtout maintenant que j'ai des doutes sur ce qui s'est passé. Il était ennuyé au début, mais il semble avoir tout oublié depuis qu'il est de nouveau autorisé à patiner.

— Tu trouves qu'il s'énerve souvent après toi ?

— Euh, Aaron aurait bien besoin d'une thérapie. C'est probablement la façon la plus gentille de le dire.

Je lutte contre l'envie de rire nerveusement, car par où commencer ?

— Les parents d'Aaron se manipulent tout le temps, c'est très malsain, et Aaron a grandi en apprenant que c'est comme ça qu'on obtient ce qu'on veut. Il veut être meilleur qu'eux, et il essaie. La plupart du temps, c'est un ami merveilleux.

— Mais est-ce qu'il s'énerve souvent contre toi ?

— Je fais définitivement les frais de sa mauvaise humeur, mais je passe plus de temps avec lui que n'importe qui d'autre. Parfois, j'ai l'impression que tout est parfait, et soudain, ça ne l'est plus, sans que je sache vraiment ce que j'ai fait de mal.

— La situation me semble difficile.

— C'est vrai. Il a de grandes exigences me concernant, comme… Je ne sais pas comment l'expliquer… Lola fait quelque chose, c'est bien, mais si je fais exactement la même chose, ça ne sera pas aussi bien.

— Tu as l'impression que les règles sont différentes pour toi ?

— Oui, exactement. Quand il est de bonne humeur, ça n'a pas d'importance, mais si les choses vont mal, il est difficile à vivre. Seulement, je n'abandonnerais pas Lola si elle avait des problèmes. Alors, je ne veux pas l'abandonner, lui non plus.

— C'est très admirable, Anastasia.

Il écrit quelque chose, et parfois, j'aimerais pouvoir lire ses notes.

— Je t'encourage à te rappeler que, même si tout le monde a des progrès à faire, il est important que tu fasses de ton bien-être une priorité. Les amitiés sont importantes, mais vivre dans un environnement sain l'est tout autant.

— J'ai compris.

— J'aimerais parler de Nathan ensuite, si tu le permets. J'aimerais connaître l'impact qu'il a eu sur ta vie.

J'avais beau savoir que ça allait arriver, je n'y étais toujours pas préparée. Mon thérapeute n'allait pas oublier que j'ai terminé la dernière séance plus tôt que prévu parce que je ne pouvais pas m'arrêter de pleurer au sujet d'un homme que je ne connais que depuis deux mois.

La semaine dernière, j'ai donné au Dr Andrews un résumé des événements qui ont mené à mon amitié improbable avec Nathan. C'est quand j'ai évoqué le jeu du papa et de la maman que j'ai pleuré.

— Je n'ai pas eu de nouvelles de lui depuis deux semaines. Je lui ai crié dessus, alors je crois que notre relation est terminée.

Il feuillette les pages de son carnet et tapote une page.

— Tu étais en colère parce qu'il avait admis être responsable de l'accident d'Aaron après t'avoir promis qu'il ne l'était pas.

— Oui.

— Et il a déjà fait une promesse avant, qui s'est avérée être un mensonge. Pour protéger un coéquipier, non ?

— C'est exact.

— Mais tu penses qu'il pourrait dire la vérité, raison pour laquelle ça te dérange de discuter de lui ?

Il y a deux semaines, comme Ryan a refusé de laisser Nathan rentrer chez lui en voiture, Bobby et Joe sont venus le chercher. Nate s'était déjà évanoui, après avoir vomi plusieurs fois, et j'aurais aimé pouvoir en faire de même. Voyant mon visage baigné de larmes, Bobby a essayé de me convaincre que Nate n'était pas coupable, même s'il s'était dénoncé. Joe a ensuite pris sa défense en expliquant que le coach Faulkner était prêt à annuler tous les matchs de hockey à moins que quelqu'un n'avoue.

Ils ont tous deux promis que Nathan ne ferait jamais rien pour me blesser, ce qui était difficile à entendre et encore plus difficile à supporter.

Le Dr Andrews attend patiemment que je lui explique, un doigt appuyé sur ses lèvres. Tout ce que je veux, c'est mettre fin à l'appel. Toutefois, je persiste.

— Nate a le syndrome du sauveur. Il veille sur ses amis, je sais combien il est fier de s'être vu confier le titre de capitaine. Il me semble logique qu'il prenne le blâme si son équipe en souffre.

— Cette période semble difficile pour chacun d'entre vous. Qu'est-ce qui te contrarie, précisément ? Qu'on te mente à nouveau ?

Je me suis posé la même question. En soupirant, plus fort que prévu, j'essaie de mettre des mots sur ce que je ressens.

— En quelque sorte. Je me sens plus naïve qu'autre chose. Nathan et Aaron ne peuvent pas dire la vérité tous les deux. Aaron n'a rien gagné, il n'a aucune raison de mentir.

— Et Nathan ?

— Nathan…

Oh, mon Dieu. Pourquoi est-ce que je m'énerve ?

— Quand on est ensemble, Nathan me donne l'impression qu'il tient à moi. Je me sens désirée avec lui. Je ne pense pas qu'il mettrait en péril ma compétition, mais je ne fais pas confiance à mon jugement parce que j'ai commencé à avoir des sentiments pour lui.

— Tu le lui as dit ?

Je secoue la tête. J'admets finalement ma défaite et prends un Kleenex.

— Comme je l'ai mentionné, je n'ai pas eu de nouvelles de lui. J'ai pensé l'appeler tant de fois, mais j'ai peur.

— De quoi as-tu peur ?

— Que ce soit trop tard. Qu'après avoir entendu ce que j'ai à dire, il me rejette quand même parce que je ne l'ai pas cru.

L'admettre à voix haute fait mal. Avoir envie d'être avec lui alors qu'il ne veut peut-être pas de moi en définitive, ça fait mal. Je ne me fais pas confiance pour prendre les bonnes décisions, et ça me fragilise aussi. Il me manque tant que ça me fait mal.

J'ai réussi à éviter tout le monde en m'entraînant à la patinoire du boulot. Brady n'était pas contente, mais je ne lui ai pas laissé le choix. Mattie m'a adressé un signe triste quand il m'a croisée dans un de nos cours communs. Pour autant, il ne m'a pas approchée. Lola a reçu l'instruction ferme de ne pas me tenir au courant.

— Le rejet est effrayant, mais vivre sans jamais savoir ce qui aurait pu se passer si tu avais été honnête l'est tout autant. Je pense que tu dois lui dire ce que tu ressens. Aucune relation, amitié ou plus, ne survivra à toute cette malhonnêteté.

— Je dois être la plus honnête, et c'est injuste, grogné-je en tamponnant mes joues avec un mouchoir. Ce n'est pas moi qui mens. Ce sont tous les autres. Je suis coincée au milieu, et j'ai l'air d'une idiote.

Le Dr Andrews étouffe un rire avec sa main.

— Oui, je vois l'ironie de la situation, mais personne ne pense que tu es une idiote, Anastasia. Quel est le dicton ? Soyez le changement que vous voulez voir, ou quelque chose comme ça. Montre la voie avec ton honnêteté. On dirait que tu as de bons amis autour de toi, et il est important de se rappeler que les gens commettent des erreurs.

— Les erreurs ne me dérangent pas. Je n'attends pas de quelqu'un qu'il soit parfait…

— De quelqu'un d'autre que toi-même.

Je roule des yeux parce qu'il m'a eue, là. Cependant, il ne reste pas assez de temps pour aborder cette question. Même après plus de dix ans, il n'y a jamais assez de temps.

— J'exige la perfection de moi-même, mais pas de mes amis.

Une minuterie sonne doucement, la séance touche à sa fin. Ce n'est qu'une fois qu'elle est terminée que je me souviens à quel point la thérapie est épuisante. Elle vous laisse avec une gueule de bois de sentiments. J'ai toujours besoin de dormir pour la faire passer, mais quand je me réveille, je me sens mieux.

— Nous avons abordé beaucoup de sujets, mais récapitulons : quelles sont les choses à retenir de cette conversation ?

J'ai l'impression que nous avons évoqué tellement de choses, mais en réalité, je pourrais probablement passer encore quelques heures à discuter en boucle de ces questions.

— J'ai besoin de fixer des limites avec ma mère et mon père pour pouvoir profiter du temps passé avec eux, sans m'inquiéter.

— Bien. Quoi d'autre ?

— Je dois me protéger quand Aaron se montre difficile. Je peux être une bonne amie tout en donnant la priorité à mon bien-être.

— Et ?

— J'ai besoin de parler à Nathan. J'ai besoin d'être honnête sur ce que je ressens.

— Et enfin ?

— Les gens commettent des erreurs.

Il referme son carnet avec un sourire en coin.

— Dix sur dix, bien joué. Ta compétition est demain, c'est ça ?

— Oui, à l'heure du déjeuner.

— Je t'ai vue lors de nombreuses compétitions, et je sais que perdre n'est pas une option pour toi ou tout athlète lors d'une échéance importante. Comment te sens-tu à la veille de cette compétition ? T'es-tu préparée à l'idée de ne pas te qualifier ?

— Oui, mens-je. Parce que j'aurai fait de mon mieux. Je préfère concourir et perdre que ne pas concourir.

— Tu me sors cette réplique à chaque fois, Anastasia, et je dois dire que tu n'es pas plus convaincante maintenant que lorsque tu avais neuf ans. (Il pose son carnet et son stylo sur son bureau et réajuste sa cravate en gloussant.) J'espère sincèrement que tu obtiendras le résultat pour lequel tu as travaillé si dur, surtout après tout ce malheur.

— Moi aussi, doc.

VINGT-DEUX

NATHAN

CES QUATORZE DERNIERS jours ont été les plus longs de mon existence.

Pendant deux semaines, j'ai boudé et je me suis morfondu, désespérément jaloux de mes coéquipiers, me languissant d'une fille qui me déteste.

En un mot, j'ai été un loser pendant deux semaines.

J'ai vraiment failli pleurer de bonheur lorsque Robbie m'a appelé pour me dire de me préparer pour l'entraînement parce que Connard avait été autorisé à patiner.

Après cette mise à l'écart, je réalise à quel point j'aime le hockey. Je sais, ça semble scandaleux parce que je devrais en avoir conscience, non ? C'est ce que je pensais. Mais la privation du jeu et de l'équipe m'a permis d'être plus lucide, plus concentré.

J'ai ensuite pensé à Anastasia et à ses rêves qui sont de nouveau à portée de main. Putain, j'ai tellement envie de la voir.

Ma salle de bains est pleine de bouteilles qui sentent bon, comme elle. Je n'ai jamais autant apprécié l'odeur du miel et de la fraise que maintenant que je ne la vois plus.

Mais elle ne veut pas de moi près d'elle. Je l'ai vu sur son visage quand elle a cru que je lui avais encore menti. Je veux l'appeler, j'y ai pensé des dizaines de fois, mais j'ai peur d'aggraver la situation.

Mattie m'a dit combien elle avait l'air triste quand il l'a croisée en cours, et je déteste en être la cause. Elle doit tenir un peu à moi, même si elle ne s'en rend pas compte. Lorsque j'avais l'impression d'être à l'article de la mort avec ma migraine et que j'ai vomi partout et plusieurs fois, elle était à côté de moi, à me frotter le dos.

Quand je me suis évanoui sur son lit, et qu'elle est montée dessus pour vérifier ma température, j'ai poussé ma chance et posé ma tête sur ses genoux. Je voulais me cacher de la lumière qui faisait griller mon cerveau, mais elle a caressé mes cheveux pendant ce qui m'a semblé une éternité. J'ai essayé de rester éveillé pour l'apprécier, en vain.

Lola en a marre que je lui demande comment va sa meilleure amie. Chaque fois que je mentionne Stassie, elle me répond que la police de Los Angeles a des tonnes de crimes non résolus que je peux confesser pour les ennuyer, eux, au lieu d'elle.

C'est une phrase longue, mais elle ne s'est jamais décidée à la raccourcir, même après deux semaines. Elle est très attachée à son trait d'esprit. Même si elle aime me faire passer des mauvais quarts d'heure, je sais qu'elle est coincée au milieu et qu'elle est très contrariée. Robbie m'a raconté qu'Anastasia avait interdit à Lola de parler de nous, ce qui ne fait qu'empirer les choses.

Je voulais lui envoyer un message pour lui souhaiter bonne chance pour les sélections, mais je me suis dégonflé en pensant que ça pourrait la stresser. Je veux que les choses reviennent à la normale. Jamais je n'ai tant voulu quelque chose.

S'éloigner de Maple Hills et écraser le groupe d'Austin du Texas, huit à trois, a été un excellent moyen de me faire oublier tout ça.

J'avais peur d'être rouillé, mais tout était parfait, à part Joe et JJ, qui ont squatté le banc de pénalité comme s'ils payaient un loyer. Je vais laisser Robbie s'occuper d'eux parce que je suis de trop bonne humeur.

Pour l'instant, en tout cas. Ça risque de ne pas durer puisque je me faufile dans le hall de l'hôtel avec deux sacs pleins de bouteilles d'alcool.

Techniquement, ce n'est pas illégal parce que j'ai vingt et un ans, mais Faulkner ne le verra pas de cette façon s'il me surprend à faire circuler des bouteilles de Jägermeister. On m'a choisi pour prendre le risque. Les gars disent que je leur suis redevable parce qu'ils ont dû supporter à ma place toutes les conneries que Robbie m'inflige habituellement.

Quand j'entre enfin dans la chambre que je partage avec Robbie et Henry, la plupart des gars sont déjà là, leurs pieds transpirants sur mon lit.

L'ambiance tient plus de l'enterrement que de la fête d'une équipe qui vient de gagner un match.

— Qui est mort ?

Ils se retournent tous pour me dévisager, avec les mêmes visages sombres.

— Je plaisantais, mais maintenant, je doute. Pourquoi vous me regardez tous comme ça ?

Ils échangent des œillades. Kris est le premier à se racler la gorge.

— Faulkner te cherche, mec.

— Je n'ai même pas encore ouvert une bouteille, plaisanté-je en posant un sac sur le bureau. Comment je peux déjà avoir des problèmes ?

— Ce n'est pas ça, dit Robbie en passant une main sur son visage. Aaron ne peut plus patiner, Nathan. Tu es de retour sur le banc.

— Comment ça, il ne peut plus patiner ? crié-je. Ils ont participé à la compétition ?

Je vais avoir une autre putain de migraine.

Silence.

— Quelqu'un peut me dire ce qu'il se passe ?

— Il l'a laissée tomber, dit Henry sans ambages en se dirigeant vers les sacs et en sortant une bouteille. Son poignet a lâché pendant la représentation, et il l'a laissée tomber.

Ça fait trente minutes que je suis assis devant la Tour Maple, et je n'ai toujours pas réussi à entrer.

Pendant quinze de ces minutes, j'étais au téléphone avec Lola, en train d'essayer de la convaincre de donner mon nom au concierge pour que je puisse obtenir un code pour l'ascenseur. Les quinze autres, je les ai consacrées à me préparer mentalement à l'idée qu'Anastasia allait me mette dehors.

Faulkner a confirmé ce que les gars ont dit quand je l'ai trouvé. La blessure d'Aaron s'est rappelée à lui alors qu'ils étaient sur la glace. Il a essayé de la rattraper, ce qui n'a fait que le blesser davantage.

— Je suis désolé, Hawkins, a dit Faulkner en me tendant une bière du minibar. On en saura plus lundi, mais Skinner veut que tu restes sur le banc, pour s'en tenir à ce qui avait été décidé.

Je ne me soucie pas de moi, à l'heure actuelle. Je pense à mon équipe, comme je le fais toujours, mais surtout à elle. Je ne pourrai pas m'en empêcher tant que je n'aurai pas vu de mes propres yeux qu'elle va bien.

J'ai eu mal à l'estomac pendant tout le trajet en ascenseur. Heureusement, Lo n'a pas demandé qu'on me fasse sortir de force. On m'a laissé entrer dans le bâtiment. Je frappe trois coups à la porte, puis recule. La douleur s'intensifie, j'ai l'impression que mon cœur s'arrête de battre.

Le ton rude caractéristique de Brooklyn – qui m'est habituellement adressé – résonne de l'autre côté de la porte. La porte s'ouvre, et sans surprise, Lola s'appuie dans l'encadrement.

— Si tu la fais pleurer, Nathan, je te jure, ta bite vivra dans un bocal dans ma chambre, et je ferai en sorte que tu ne sois plus jamais heureux.

— Noté.

Elle me tire par mon sweat, puis s'énerve en refermant la porte derrière moi.

— Elle est dans sa chambre, elle ne sait pas que tu es là. Sois patient avec elle. Elle est forte, mais particulièrement vulnérable, en ce moment.

Derrière elle, Aaron ouvre la porte de sa chambre et jette un coup d'œil. Il claque la porte dès qu'il m'aperçoit.

— Elle a perdu tout contrôle, Nate, alors que c'est une fille qui contrôle tout d'habitude.

— J'ai compris, Lo. Je veux la voir parce qu'elle m'a manqué, et que je suis inquiet pour elle.

Elle me fait un signe de tête prudent et s'écarte de mon chemin.

— Tu lui as manqué aussi.

Je n'ai pas le droit d'exiger quoi que ce soit, et je lui suis reconnaissant d'être arrivé jusqu'ici. Mais une petite partie égoïste de moi espère que je ne trouverai pas Ryan Rothwell de l'autre côté de cette porte.

Après avoir toqué très légèrement, j'attends qu'elle dise « entre » avant de pousser la porte. Elle a dû y regarder à deux fois avant de se redresser rapidement dans son lit, au point d'en grimacer.

Elle porte mon tee-shirt.

— Hé.

Bon début, Hawkins.

Elle cligne des yeux, une fois, deux fois, comme si elle ne comprenait pas que c'est moi. J'entre dans sa chambre et referme la porte derrière moi en gardant mes distances avec elle.

— Salut, me répond-elle dans un murmure.

— Je sais que tu ne veux pas de moi ici, mais j'ai entendu ce qui s'est passé. Même si tu m'arraches la tête, il fallait que je te voie, Anastasia. J'avais besoin de voir de mes propres yeux que tu allais bien.

Tout en ramenant ses genoux contre sa poitrine, elle tire le tee-shirt sur ses jambes nues et hoche la tête. Elle n'a pas l'air bien du tout en ce moment.

— Tu as l'air d'aller mieux que la dernière fois que tu es venu. Je ne savais pas que tu avais des migraines, c'était effrayant.

Je fais un pas de plus vers son lit, et elle ne réagit pas mal, alors j'en fais un autre.

— Je ne voulais pas t'effrayer, et je suis désolé pour le vomi. Je suis aussi désolé pour tout le reste. J'ai tellement merdé, mais pas de la façon dont tu le penses.

— Je sais.

— Tu sais quoi ?

Elle pose son menton sur ses genoux en soupirant.

— Je sais, Nathan.

Elle a l'air brisée. Visage pâle et bouffi, yeux rouges de pleurs ou de frottements, ou les deux. Ses cheveux, qui flottent habituellement dans son dos, brillants, sont attachés en une masse sur le dessus de sa tête. Son corps tout entier semble comme dégonflé.

— Stassie, je peux te faire un câlin ? Tu as l'air d'en avoir besoin, et je… eh bien… Tu m'as beaucoup manqué.

— J'aimerais bien, dit-elle, si doucement que je l'entends à peine.

Après avoir enlevé mes baskets, je me dirige vers elle. Lorsqu'elle allonge ses jambes, je vois immédiatement les bleus. Ne sachant pas où me mettre, je m'assieds à côté d'elle, appuyé sur ses millions d'oreillers, juste assez près pour que nos jambes se touchent.

C'est comme si deux semaines de séparation nous avaient fait oublier comment être ensemble, mais quand je mets mon bras autour d'elle, elle grimpe entre mes jambes et enfonce son visage contre mon torse.

Mon corps sait mieux que mon cerveau ce qu'il faut faire. Je la rapproche doucement en l'entourant de mes bras. Toute la tension de mon corps s'évapore. Je peux à nouveau respirer correctement.

Jusqu'à ce que ses épaules tremblent et que ses doigts s'accrochent à mon sweat. Je presse mes lèvres sur son front alors que son cri devient audible, de plus en plus fort.

— Chut, bébé. Tout va bien.

— Tout est un... dit-elle d'une voix brisée entre deux sanglots... un chaos total.

J'attrape sa nuque et passe mon pouce sur sa joue jusqu'à ce que les cris cessent et qu'elle s'immobilise contre ma poitrine. Je garde mes bras autour d'elle, sans rien dire. J'attends qu'elle soit prête à parler. J'écoute le doux bruit de sa respiration quand elle le fait enfin.

— Je suis désolée de pleurer.

— Hé, j'ai vomi et je me suis évanoui sur toi, Stas. Je peux supporter quelques pleurs. Tu veux parler de ce qui s'est passé ?

Elle relâche son étreinte, et pendant une seconde, je pense qu'elle va s'enfuir. Mais au lieu de ça, elle se met à cheval sur mes genoux et s'assied face à moi.

Je caresse le devant de ses cuisses nues tandis qu'elle frotte ses paumes contre ses yeux afin de se débarrasser des dernières larmes.

— Tu es déjà tombé d'une grande hauteur devant des centaines de personnes ?

— Je suis tombé d'un téléski, une fois.

Elle rigole et secoue la tête.

— Bien sûr, ça ne m'étonne même pas, dit-elle en jouant avec le cordon de mon pantalon de survêtement, sans me regarder en face. Tout allait bien. On s'était entraînés et entraînés. Il allait bien. On était vers la fin de notre programme, en plein porté, quand son poignet a lâché.

La façon dont sa voix tremble lorsqu'elle le dit me fait l'effet d'un coup de poing dans les tripes. Ses yeux rencontrent enfin les miens, les larmes débordent.

— J'ai cru que j'allais m'ouvrir la tête. Tout s'est passé si vite. Aaron m'a rattrapée pendant la chute, mais je lui ai cogné la jambe quand il m'a fait pivoter. Il a ces affreuses coupures et contusions. Je me sens tellement coupable !

Je trace légèrement les contours d'un bleu particulièrement prononcé sur l'intérieur de sa cuisse.

— Tu ne t'en es pas tirée à si bon compte.

— J'ai atterri sur mes pieds au lieu de ma tête, Nate. Ça aurait pu être bien pire.

Tout son corps tremble sur moi, et je ne sais pas comment l'aider.

— Il a mis mes pieds sur le sol, explique-t-elle, m'a dit de continuer à patiner, et on a réussi à finir.

— Et ensuite, que s'est-il passé ?

— J'ai vomi et pleuré, se moque-t-elle. On a attendu notre score et par miracle, on a tout juste réussi à se qualifier. Nous avions été parfaits jusque-là, et puis… Je ne sais pas.

Elle lâche un rire sans joie. Petit à petit, il laisse la place à des larmes, jusqu'à ce qu'elle soit à moitié en train de rire, à moitié en train de pleurer. Elle me regarde en haussant les épaules parce que je pense qu'elle ne sait pas non plus ce qui se passe.

Tout en serrant son corps contre le mien, je lui frotte le dos alors qu'elle sanglote à nouveau. Elle enroule ses bras autour de mon cou et pose sa tête sur mes épaules. Ses reniflements et ses soupirs chatouillent mon cou. Je me sens soudain tellement dépassé.

Au moment où sa joue se presse contre la mienne, sa respiration s'intensifie. Puis elle frotte son nez contre le mien en posant les mains de chaque côté de mon visage, avant de presser ses lèvres contre les miennes.

Tout est tellement plus lent que d'habitude. Il n'y a pas l'urgence habituelle, la tension sexuelle, la frustration ou l'ivresse. C'est juste moi et elle, sobres, son corps doux sous mes mains et sa langue qui bouge doucement contre la mienne.

Elle nous sépare. Sa main effleure affectueusement ma barbe tandis que je regarde mille questions tourbillonner dans ses jolis yeux bleus.

— Nathan, tu veux jouer avec moi ?

— Toujours.

Je pense que laver les cheveux des femmes ne prend généralement pas autant de temps, mais je n'ai pas le cœur à m'arrêter.

J'ai essayé de ne pas faire de bruit et de ne pas regarder ostensiblement quand elle a enlevé son tee-shirt et est passée sous l'eau. De larges ecchymoses violettes parsèment ses côtes et son estomac, ça me rend malade.

J'ai l'habitude de voir des personnes blessées et meurtries. C'est le lot d'un joueur de hockey et d'un membre d'un groupe d'amis remplis de clowns. Mais jamais à ce point-là. Elle m'a fait un sourire triste et m'a tendu la main pour que j'entre dans la douche avec elle.

— Ce n'est pas aussi grave que ça en a l'air, je te le promets.

Jouer au papa et à la maman, oublier la vie réelle pendant quelques heures, était la meilleure chose qu'elle pouvait faire. En repensant à ce que Lola a dit à propos de son besoin de contrôle, j'ai demandé à Anastasia ce qu'elle voulait faire. Immédiatement, elle a voulu se laver les cheveux, affirmant qu'elle ne pouvait pas s'occuper de ses nœuds toute seule.

Je suis doué pour masser son cuir chevelu avec ce produit. Au début, j'étais un peu brutal, mais j'y arrive maintenant, je fais sortir toute la mousse.

C'est fascinant d'être dans sa douche. Il existe beaucoup plus de produits qui sentent bon que je ne le pensais. J'ai découvert que l'exfoliant pour le corps est un vrai truc, et ça m'a époustouflé.

— C'est pour ça que tu es toujours aussi douce ?

Ça fait vraiment du bien de l'entendre rire.

— Euh, ouais, peut-être.

Après notre passage sous le jet, son corps s'est détendu contre le mien, et il y est resté. Il ne se passe rien de sexuel dans cette douche, et je n'en suis pas mécontent. Je veux prendre soin d'elle. Je suis reconnaissant qu'elle le veuille aussi.

Se retournant pour me faire face, elle se hisse sur la pointe des pieds et me frotte la tête.

— Je peux te laver les cheveux ?

Ses yeux sont plus brillants, maintenant. Ses joues rougissent, redonnant de la couleur à son visage. Ça fait cinq minutes que j'essaie de redresser ses cheveux, déterminé à lui donner une coiffure punk rock. Ils sont trop longs, si bien que chaque fois que je mets assez de mousse dessus, ils retombent en lui frappant le visage. Je récolte un coude dans l'estomac et elle, une bouche pleine de shampooing.

— Tu n'arrives même pas à atteindre ma tête correctement, la taquiné-je en liant nos doigts. Tu veux de l'aide ?

On dirait qu'elle est sur le point de s'entêter. Toutefois, elle doit réaliser qu'elle n'a pas d'autre choix, car elle acquiesce.

Je la soulève aussi doucement que possible tandis qu'elle enroule ses jambes autour de ma taille. Je garde mes mains sous elle pour la maintenir. En fait, c'est pour l'éloigner de ma trique. Ma queue ne comprend pas que la femme nue et mouillée qui accroche ses jambes autour de nous en gloussant ne veut pas s'asseoir sur elle.

Elle fait mousser le shampooing entre ses mains avant de les enfoncer dans mes cheveux. À cet instant, je jure que je gémis.

— Merci, Nathan. J'avais besoin de ça.

— J'en avais besoin aussi.

VINGT-TROIS

ANASTASIA

EN ME RÉVEILLANT CE MATIN, je me suis promis de ne pas pleurer cette semaine.

J'y croyais. Ça me semblait réalisable, à ce moment-là. J'ai même posté sur mes réseaux : « *Nouvelle semaine, nouveau départ* ». C'est dire à quel point j'étais sûre que tout allait bien se passer. J'ai tellement pleuré ces deux dernières semaines que je suis surprise que notre immeuble n'ait pas été inondé. Mais la nuit dernière a marqué la fin de tous ces pleurs.

C'est ce que je pensais, en tout cas.

Je n'ai pas commencé du bon pied quand j'ai dû me traîner hors de mon lit. La tête de Nate était enfouie dans mon cou, son corps chaud s'accrochait au mien. L'idée de devoir me détacher de lui m'a donné envie de pleurer.

Il était si attentionné, la nuit dernière. Non, il *est* si attentionné. M'emmitoufler dans le lit avec lui après qu'il m'a lavé et brossé les cheveux a été l'expérience la plus apaisante de ma vie. À ce moment-là, il était facile pour nous de parler de tout ce qui s'est passé.

— Je n'arrive pas à croire que tu penses que je pourrais te rejeter, Anastasia, a-t-il dit, sous le choc. Tu n'en as aucune idée, n'est-ce pas ? De tout ce que je ferais si tu me laissais faire ? De ce que je ferais pour te rendre heureuse ?

Mon cœur a fait un truc bizarre dont je n'ai entendu parler que dans les livres. Un mélange de bruits sourds et de palpitations, le genre qui m'a fait me demander s'il allait continuer à fonctionner correctement.

Être avec Nate m'apporte un sentiment de sécurité écrasant, comme si je pouvais lui soumettre n'importe quel problème, il le résoudrait. Dans un monde où j'ai l'impression que je peux être emportée par les vagues à tout moment, il m'ancre au sol. J'aime bien l'effet qu'il a sur moi. Je l'aime bien, lui.

— Je suis désolée de t'avoir crié dessus, ai-je marmonné contre son torse, où ma tête reposait.

— Je l'ai mérité, a-t-il admis en embrassant le sommet de ma tête. J'aurais pu faire plus. J'aurais pu t'appeler avant les parents d'Aaron et t'expliquer. J'aurais pu ne pas admettre quelque chose que je n'avais pas fait. (Il a ri.) Je suis désolé que tu aies pu penser une seconde que je serais capable de briser tes rêves.

— Je t'aime bien, Nathan, ai-je dit en le regardant dans les yeux. Et ça me fait mal à plusieurs niveaux d'être maintenant une personne qui aime bien un joueur de hockey. Mais c'est le cas. C'est si dur parce qu'Aaron est convaincu que c'était toi, mais je fais confiance à mon instinct.

— Moi aussi, je t'aime bien. Les deux dernières semaines ont été si difficiles.

Notre conversation a été interrompue par le vacarme d'Aaron, vraisemblablement mécontent que Nate soit de retour.

Aaron souffre aussi, physiquement et mentalement, mais il n'a pas trouvé de moyen sain de me communiquer sa souffrance. Il m'a laissée tomber, et ça le pousse à se détester. Il s'est excusé plus de fois que je ne peux les compter, obsédé par une petite erreur dont il n'était pas responsable, et je n'arrive pas à le faire changer d'avis.

Je ne lui en veux pas. C'était un accident qu'aucun de nous n'a vu venir. À part quelques marques, je vais bien. Je lui ai dit combien j'étais reconnaissante qu'il m'ait rattrapée, mais ça ne lui suffit pas.

J'ai peur de l'effet que ça aura sur notre duo quand il reviendra, car l'idée d'être portée me terrifie, désormais. Même sous la douche, quand Nathan a commencé à me soulever pour me rapprocher de son visage, pendant un moment, mon cœur a voulu s'arrêter.

Je suis surprise de ne pas l'avoir écrasé. Mes jambes étaient si serrées autour de lui qu'il a probablement un bleu. Il ne semblait pas s'en soucier. Je pense qu'il se concentrait pour que son pénis n'entre pas accidentellement en contact avec moi.

J'ai l'habitude de m'inquiéter pour Aaron, mais on ne peut aider correctement quelqu'un que s'il vous confie ce qui ne va pas.

Les claquements de portes – sans doute encore Aaron – m'ont réveillée, ce matin. Au lieu de me rendormir, j'ai choisi de rester éveillée et d'écouter la respiration de Nate.

— Je peux entendre les rouages de ton cerveau tourner. Dis-moi, à quoi peux-tu penser si tôt le matin ?

Il a bâillé et embrassé affectueusement mon épaule.

À ce moment-là, j'avais déjà décrété que ce serait une semaine sans pleurs, alors je ne voulais pas aborder mes soucis avec Aaron.

— J'essaie de deviner si tu as mis une crosse de hockey dans le lit entre nous ou si tu es vraiment heureux de te réveiller à mes côtés.

Il s'est frotté contre mon cul, gémissant dans mes cheveux. C'est un amant bruyant, et ça me fait *quelque chose*. C'est comme s'il appuyait sur un bouton quelque part et soudain, ce sont les chutes du Niagara entre mes jambes.

— Si je réponds que c'est une crosse de hockey, tu joueras avec ?

— Oh, mon Dieu, tu es tellement agaçant. Je déteste ce sport, comment faut-il te le dire ?

— Je pourrais te faire aimer le hockey, Anastasia, a-t-il chuchoté, et un frisson a parcouru tout mon corps. Avec les bons outils éducatifs, bien sûr, et suffisamment de pratique.

Je ne pense pas qu'il parlait de sa bite.

Après avoir déposé des baisers dans mon cou, il a passé sa main au-dessus de l'élastique de ma culotte, effleurant le tissu entre mes cuisses.

J'étais à deux doigts de pousser un soupir incontrôlé. Embarrassant, mais totalement justifié. Au fond, je savais pertinemment que je devais quitter les draps et ne pas m'y rouler avec lui.

— Je suis une étudiante très *manuelle*… mais j'ai peur que nous n'ayons pas le temps de nous entraîner, *capitaine*.

— Oh, putain.

Il a fait basculer ma tête en arrière, capturant immédiatement ma bouche.

— Appelle-moi encore capitaine.

En me séparant de lui, j'ai plissé les yeux.

— Je pense que c'est quelque chose que nous devons explorer.

— Je suis à cent pour cent pour l'explorer.

— Je veux dire d'un point de vue psychologique.

Il a souri.

— Petite perverse. J'aime ça.

C'est le moment où j'aurais dû annuler ce lundi et rester au lit. J'aurais pu laisser Nathan grimper sur moi, le laisser me montrer à quel point on s'est manqué et occulter cette journée avec lui.

J'ai été imprudente et naïve en pensant que ce lundi ne pouvait pas royalement me baiser.

— Je peux avoir une autre vodka et un Coca light, s'il vous plaît ?

Quand vous n'avez pas le droit de pleurer pour gérer vos problèmes, boire de l'alcool est la deuxième meilleure chose à faire. Je n'aurais jamais cru que je serais une personne capable de se saouler seule, mais le fait de ne pas avoir de partenaire de patinage pendant huit semaines peut avoir cet effet sur une fille.

Le barman pose un nouveau dessous de verre devant moi et y dépose mon verre. Après avoir marmonné un « merci » à peine audible, je porte la paille à mes lèvres. Mes yeux se referment lorsque j'aspire une gorgée de vodka pure.

Huit semaines. Le pire ? Je ne m'inquiète même pas de savoir s'il sera bon dans huit semaines ; je m'inquiète pour moi. Je m'inquiète de ma nouvelle aversion pour les portés et de ma capacité à suivre son énergie à son retour. Même si Aaron prenait une année de repos, je suis convaincue qu'il serait spectaculaire en revenant.

Les championnats nationaux sont dans huit semaines. Je ne sais pas si on sera assez bons pour y participer, et ça me terrifie. Aaron ne répond pas à mes appels. Il n'est pas non plus venu à l'entraînement, même pour parler, c'est juste *super*.

Nate a appelé pour dire qu'il n'était pas autorisé à jouer tant qu'Aaron n'était pas capable de patiner. C'est la goutte d'eau qui a fait déborder le vase. À la seconde où l'appel s'est terminé, j'ai commandé un Uber.

J'ai dit à Lo que j'allais à la patinoire de Simone pour m'entraîner, mais je suis allée dans un bar à deux rues de la patinoire de Simone.

Je reste dans mon coin depuis environ une heure, ce qui ne me dérange absolument pas, mais le groupe de gars assis à quelques sièges de là est devenu de plus en plus bruyant et odieux, gorgée après gorgée.

Chaque fois qu'ils se lèvent pour aller aux toilettes, ils s'assoient plus près de moi à leur retour. Petit à petit, ils ont fini par se retrouver juste à côté de moi.

Sentant leur désespoir, j'avale le reste de mon verre et demande l'addition.

— Laisse-moi te payer un verre, chérie, glisse le plus proche en se penchant vers moi. Tu as l'air de te sentir seule.

— Non, merci. Je m'en vais.

Je ne suis ni trop gentille ni trop grossière. Je suis à la lettre les recommandations pour gérer les relous bourrés qu'on trouve dans tous les articles de propagande blâmant les femmes.

— Ne pars pas déjà. On commence seulement à s'amuser...

— Tu es prête à y aller, bébé ?

Je reconnais la voix avant même de voir à qui elle appartient. Je ressens un soulagement indescriptible lorsqu'en levant les yeux je découvre le visage de bébé de Russ. Il se penche pour attraper mon sac par terre, le met sur son épaule et me tend la main.

— Je suis désolé, je suis en retard.

— Ça ne fait rien... muffin, réponds-je en acceptant sa main.

Je pose quelques billets sur le bar, saute de mon tabouret, et lorsque mes pieds touchent le sol, je réalise que je suis vraiment ivre.

Sans surprise, les types ivres ne disent pas un mot de plus. La taille de Russ est intimidante ; j'imagine qu'il n'aurait aucun problème à s'occuper d'eux s'ils essayaient de faire des histoires.

La brise fraîche de novembre me frappe de plein fouet alors que je marche à son bras, dans la rue.

— OK, c'était bizarre.

— Désolé, moi, c'est Russ. On s'est rencontrés il y a quelques semaines au truc pour briser la glace. Je suis dans l'équipe de hockey.

— Je sais qui tu es, Russ.

Le bout de ses oreilles devient rose.

— Ces types sont horribles. Ils sont toujours là, à boire et à harceler les gens. Je t'ai entendue dire que tu partais et je ne voulais pas qu'ils te causent des problèmes.

— J'apprécie, honnêtement.

Le bout de ses oreilles passe du rose au rouge tandis qu'il marmonne « de rien » à voix basse.

— Je dois commander un Uber.

— Il y a un café au coin de la rue. Je peux attendre avec toi, si tu veux ? Je te proposerais bien de te raccompagner, mais j'ai l'habitude de rentrer chez moi en courant.

— Tu es le bienvenu, mais ne te sens pas obligé de te joindre à moi.

Au coin de la rue, le Café Kiley est calme, avec seulement quelques personnes qui mangent et boivent. Nous prenons place à l'une des tables extérieures et commandons deux cafés.

— Alors, Russ… Qu'est-ce qui t'a poussé à passer ton lundi soir dans un bar, seul, alors que tu es mineur et que tu vis à des kilomètres ?

Je joins mes mains et me penche en avant pour poser mes coudes sur la table, comme si je l'interrogeais.

Il se gratte l'arrière de la nuque, se tortille sur son siège.

Le serveur pose nos cafés et disparaît. Nous avons probablement l'air d'un couple au bord de la rupture. Mes yeux sont vitreux tandis qu'il semble méga mal à l'aise.

Russ boit une gorgée de son café, prolongeant le silence jusqu'à ce qu'il n'en puisse plus.

— Je travaille là-bas, le soir. Je travaille en cuisine, en quelque sorte, dit-il, embarrassé.

Pour autant que je sache, les autres joueurs de hockey n'ont pas de travail. Comme dans toutes les universités américaines, le fossé économique est assez profond.

— Je travaille à la patinoire de Simone, à quelques rues d'ici, réponds-je. Je ne suis pas riche, mais j'ai des amis riches, donc j'ai besoin d'argent. Ils aiment manger des trucs chers, et travailler m'aide à payer ma part. J'ai beaucoup de chance que mes parents paient tout ce qui a un rapport avec le patinage, mais le reste, je dois le gagner.

La tension dans ses épaules disparaît alors qu'elles s'affaissent, et la réticence que je sentais s'estompe légèrement.

— Oui, les gars de ma fraternité ont des comptes d'épargne. Ma bourse couvre la plupart de mes dépenses, mais travailler m'aide, entre autres, à payer ma part. Un peu comme tu l'as dit.

— Je comprends, lui assuré-je.

— Et toi, pourquoi tu es dans un bar, seule, un lundi ?

— Je suppose que tu sais que Nate est sur le banc ?

Il acquiesce.

— Mon partenaire de patinage ne répond pas à mes appels, et j'ai dû m'interdire de pleurer. L'alcool est la deuxième meilleure chose à faire, non ?

— Je ne bois pas souvent. Quelques gorgées de bière de temps en temps, mais ma b…

Il s'arrête et saisit immédiatement son café, buvant une longue gorgée pour garder le silence. Quand sa tasse est vide, il me regarde à nouveau.

— Je suis désolé pour ton partenaire, même s'il agit comme un con avec toi. Qu'est-ce que tu vas faire, maintenant ?

— Il ne se comporte pas comme un con avec moi… (Je fronce les sourcils.) Tu n'aimes pas parler de toi, hein ? Tu as fait ça au *speed dating*. Tu m'as fait parler de moi, et je n'ai rien appris sur toi.

— Il n'y a rien d'intéressant à savoir sur moi, Anastasia.

La façon dont il le dit me brise le cœur. Un discours plein de conviction, bien rodé. Comme s'il l'avait répété un million de fois.

— Je refuse de croire ça. Je suis intéressée par ce que tu as à partager.

— Tu as commandé un Uber ? demande-t-il, changeant totalement de sujet.

Merde.

— Non, j'ai oublié.

Il a de nouveau l'air mal à l'aise, et quand ses yeux se posent sur l'écran de son téléphone, je comprends pourquoi.

— Tu l'as dit à Nathan, n'est-ce pas ?

— Je lui ai envoyé un texto quand je t'ai vue au bar. Je suis désolé.

— Il est en route, c'est ça ?

— Pour ma défense, je ne lui ai pas dit où nous étions. Il oblige la team à utiliser une application de localisation. C'est pour nous retrouver plus rapidement en cas de problèmes.

— Oh, Russ… Je commençais à t'apprécier. Et bien sûr, tu me balances.

Ses joues rougissent à nouveau et il s'enfonce dans son fauteuil.

— Tu es moins effrayante que le cap. (La Tesla blanche de Nathan s'arrête à côté de nous, et Russ pose quelques billets sur la table.) Enfin, je crois.

Après plusieurs refus, Russ accepte enfin que Nathan le raccompagne chez lui. Mais une fois qu'il est dans la voiture, Nathan reste silencieux pendant que j'essaie de faire parler Russ. Lorsque nous nous arrêtons devant la maison de la fraternité où il vit, il sourit maladroitement à Nate.

— Merci de m'avoir déposé, cap.

— Pas de problème, répond froidement Nate.

Je me penche à l'arrière de la voiture pour embrasser Russ.

— À plus, muffin ! Je suis triste que notre relation ait pris fin.

Il rit nerveusement. Son regard se tourne rapidement vers Nate, puis revient vers moi. Il secoue la tête.

— À plus, Stassie.

Une fois que Russ est sorti et que je suis réinstallée dans mon siège, je réalise que Nathan a l'air perdu.

— Muffin ? Relation ? Je te jure que si tu portes le maillot de Russ la prochaine fois, je me fais transférer à UCLA.

— Notre amour a été court, mais intense, soupiré-je. Le lien qui nous unit, Russ et moi, survivra à notre mort, mais je suis heureuse que ce soit arrivé, au lieu d'être triste que ce soit fini, tu vois ?

— Tu es ivre, s'amuse-t-il en balayant les cheveux de mon visage. Pourquoi tu t'es saoulée toute seule, bébé ?

— J'ai interdiction de pleurer.

Il acquiesce, s'éloigne du trottoir et pose sa main sur ma cuisse.

— Je ne comprends pas comment ces deux choses sont liées, mais d'accord. Tu veux en parler ?

— C'est moi qui devrais te demander ça, marmonné-je en traçant le contour de sa main. Je sais que tu as dit que tu allais bien, mais est-ce vraiment le cas ?

— J'assume les conséquences de mes actes, Anastasia. Skinner se sert de moi comme d'un exemple. Ce n'est rien. L'équipe peut continuer de jouer sans moi, je serai de retour dans quelques mois. Allez, dis-moi ce qui tourne en boucle dans ta petite tête.

— Aaron m'évite. Tu ne peux pas jouer au hockey. Je ne peux pas m'entraîner et j'ai peur d'être portée. (Je me mordille l'intérieur de la joue afin de me souvenir de ne pas pleurer.) Personne ne peut remplacer Aaron parce que tout le monde a déjà des engagements ou des partenaires, et je…

— Je serai ton partenaire.

Je m'étouffe avec mes mots, littéralement. Il me tapote doucement le dos alors que je m'efforce de faire fonctionner mes poumons.

— Enfin… je veux dire… partenaire au sens le plus respectueux du terme ?

Le trajet entre la maison de Russ et la mienne est court. Nathan se gare au dépose-minute. Il se retourne sur son siège pour m'observer, le visage sérieux.

— J'ai dit que je serais ton partenaire. Je dois patiner et m'entraîner, de toute façon. Autant le faire avec toi. Je serai absent pour les matchs à l'extérieur, mais je suis à toi le reste du temps.

Tout en passant une main dans mes cheveux, je ne peux m'empêcher de secouer la tête. Je pense immédiatement à toutes les raisons pour lesquelles ce serait une très mauvaise idée.

— Le patinage artistique, ce n'est pas comme le hockey, tu ne peux pas simplement passer de l'un à l'autre. Ça ne marchera jamais, Nate.

— C'est huit semaines, Stas. Je ne pourrai peut-être pas sauter comme Aaron, mais je peux t'aider à t'entraîner et à faire tes portés.

— Tu ne peux pas me soulever. Tu n'es pas entraîné.

Il pose sa main sur ma nuque. Son pouce caresse tendrement ma joue.

— Tu devras me montrer comment faire, mais je suis tout à fait capable de te soulever en toute sécurité, soupire-t-il, et cet étrange battement de cœur revient. Je suis un excellent patineur, et je suis fort. Je suis beaucoup plus fort qu'Aaron. Je me transformerais en tapis humain avant de te laisser toucher la glace.

Je me mords la lèvre en réfléchissant à ce qu'il dit.

— C'est gentil de ta part, mais ça ne marchera jamais.

— Donne-moi une bonne raison pour que ça ne marche pas. Une seule.

Il porte ma main à sa bouche, l'embrasse doucement et me donne sans le savoir la vraie raison.

— Précisément pour ça, réponds-je tranquillement. Je ne peux pas mélanger le patinage et ce que nous sommes. Je t'aime bien. Ça me fait mal de l'admettre, mais tu t'es fait une place dans ma vie et tu as réussi à me faire aimer chaque moment passé avec toi. Je suis même gentille avec toi, maintenant. Ça en dit long sur l'ampleur de ma chute. Un désastre, diraient certains.

Il glousse, me fixant avec une adoration qui me coupe le souffle.

— Tu parles beaucoup pour une fille ivre, mais ce que tu dis n'a aucun sens.

C'est pas faux…

— J'ai besoin de me concentrer, Nate. Je ne peux pas le faire si je suis dans ton lit tous les soirs.

— Et un soir sur deux ?

Je roule des yeux, réprimant le sourire qui tente de me trahir.

— Nathan…

— Si tu crois que je ne peux pas garder ma bite dans mon pantalon, tu te trompes. Il y a deux mois, je pensais que tu allais me l'arracher et me la faire manger. On en a fait, du chemin !

J'ai les yeux qui pleurent. Traîtres.

— Putain, tu adores me donner des ordres. Pense à quel point ça va être bien de m'apprendre le patinage artistique. S'il te plaît, dis oui.

— Je ne pense pas que ce soit une bonne idée…

— Mais dis quand même oui.

Tout en lâchant un soupir las et nerveux, j'acquiesce.

— D'accord. Soyons partenaires. Oui.

VINGT-QUATRE

NATHAN

QUAND JE ME SUIS RÉVEILLÉ ce matin, récupérer Stassie et Russ à leur petit rendez-vous dans un café semblait aussi probable que de devenir patineur artistique. Et pourtant, j'en suis là.

Il faut trente secondes pour que la panique s'installe. La petite ride entre ses sourcils apparaît, comme chaque fois qu'elle est plongée dans ses pensées.

— Je travaille dur et je peux être difficile à vivre, Nate, lâche-t-elle d'une voix tremblante. Je sais que tu penses qu'Aaron me tyrannise, mais ce n'est pas le cas. Parfois, on se dispute carrément au milieu de la patinoire.

Je tends la main pour placer ses cheveux derrière son oreille et lui caresser doucement la joue.

— Pourquoi tu m'expliques que tu es une travailleuse acharnée, comme si je ne le savais pas déjà ?

La ride se creuse, mais un petit rire s'échappe. Pour moi, lundi a bien commencé, puis a été merdique, et maintenant, il semble qu'il se termine bien. Je ne sais pas d'où vient mon offre. Je pense que j'ai juste atteint ma limite, je ne supporte plus de la voir bouleversée.

Je ne suis pas convaincu que je serai bon, mais je ne la laisserai pas tomber, et c'est ce dont elle a besoin.

— Tu ne comprends pas dans quoi tu t'engages. (Elle se blottit contre moi en laissant échapper un soupir.) Et si tu ne me supportes plus quand on aura fini ?

— Anastasia, ne te préoccupe pas de ce que je vais ressentir dans huit semaines. Sache que si jamais un jour il me manque un joueur, j'attendrai de toi que tu viennes jouer au hockey avec nous. Ton agressivité serait un excellent atout pour l'équipe.

Je parviens à attraper le bras qui s'envole dans ma direction et à le tirer doucement jusqu'à ce que Stas enjambe la console pour venir s'asseoir sur mes genoux.

— Quand tu sortiras de cette voiture, nous serons partenaires, et je ne pourrai pas te toucher avant janvier. Si j'avais su que ce matin serait la dernière fois que je pourrais t'embrasser, je m'y serais mieux pris. Un dernier baiser ?

— Tu n'es pas sérieux.

— Bien sûr que je suis sérieux. Si tu n'avais pas bu, je demanderais à te baiser sur la banquette arrière. Donc, un baiser, c'est peu.

Elle roule des yeux et se penche, s'arrêtant à un centimètre de mes lèvres.

— Ton charme est irrésistible, Hawkins.

J'enfonce mes mains dans ses cheveux et je l'embrasse de toutes mes forces. C'est un moment étrange, qui ressemble à la fois au début et à la fin de quelque chose. Quand ses hanches roulent contre moi, je ne sais pas si je dois pleurer ou me réjouir.

— J'ai toujours le droit de penser à toi quand je me branle, hein ? demandé-je rapidement alors qu'elle recule pour sortir de la voiture. Ou est-ce que c'est contraire à la règle ?

S'il te plaît, ne me dis pas que ça va à l'encontre des règles.

Elle est vraiment en train de grogner, moqueuse. Comme un petit cochon.

— Je suis d'accord si tu l'es aussi. Tu seras ma personne de référence. Marché conclu ?

Putain de merde. Je hoche la tête, incapable de parler alors que mon cerveau projette une image très inappropriée.

Les huit prochaines semaines vont être un enfer.

Le temps que j'arrive chez moi, tout le monde sait déjà ce qui se passe, car Stassie a envoyé un SMS à Lola. J'ai appelé Faulkner depuis la voiture. Selon lui, ça jouera en ma faveur en termes de réputation. Il va me préparer un régime pour rester en forme. Le patinage artistique contribuera à mon temps de glace, donc je *pense* qu'il sera satisfait de cet arrangement. J'imagine seulement, je ne sais pas, parce qu'il m'a ensuite qualifié d'enfant le plus bizarre qu'il ait jamais eu à tolérer et a ajouté : « J'espère que tu prendras plaisir à porter des leggings. »

Lo a réuni tous les gars autour de la table du salon pour plier des brochures pour la représentation d'*Hamilton* par la société de théâtre. Il est plus facile de raconter toute l'histoire à tout le monde simultanément, mais les rires à mes dépens sont dix fois plus forts.

— Puisque tu es si doué pour aider les autres avec leurs affaires, assieds-toi. J'ai hâte de voir ton cul en collants, Hawkins.

Elle me tend une énorme pile de papiers à plier et me montre la chaise à côté de Mattie.

— Je suis plus inquiet à l'idée qu'il ait la trique, ajoute Henry, concentré sur le pliage parfait de sa brochure. Il est comme un petit chien en rut autour de Stassie.

— Je te remercie, enfoiré. Non, il n'y aura rien entre nous. Elle veut s'assurer qu'elle ne sera pas distraite. On sera juste amis.

Les rires reprennent. J'imagine qu'ils vont beaucoup rire à mes dépens au cours des deux prochains mois.

La première découverte de cette petite expérience de patinage artistique : mes horaires de cours du mardi s'alignent sur ceux d'Anastasia, nous finissons tous les deux à 14 heures. Nous sommes censés étudier, mais nous venons d'arriver au centre commercial de Maple Hills.

Dans un film, quand il y a un bouton rouge que personne n'est autorisé à toucher, on hurle devant la télé quand quelqu'un le fait inévitablement. Anastasia est mon bouton rouge. Je sais que je ne devrais pas la toucher, mais j'en ai envie, et elle me crierait dessus si je le faisais.

Elle est si jolie à cet instant, alors qu'elle explique avec passion l'importance de patiner dans la bonne tenue.

— Arrête de regarder mes lèvres et écoute ce que je dis, me réprimande-t-elle.

— J'écoute. Je ne vois toujours pas pourquoi je ne peux pas porter de jogging.

— Tu ne peux pas, d'accord ? On va acheter des leggings.

Si jolie.

— Oui, madame.

Le premier magasin n'a rien pour les hommes, le deuxième n'a rien qui passe au-dessus de mes cuisses, mais le troisième est parfait.

— Et ça ? demande-t-elle désignant un modèle à ma taille.

— C'est un motif léopard, Anastasia.

— Je vois ça. Alors, tu en penses quoi ?

Les sourcils froncés, je m'appuie contre le support.

— Eh bien, l'expression « motif léopard » ne suffit-elle pas à répondre à ta question ? Pourquoi ne pas exclure tous les leggins avec un imprimé animal, histoire de gagner du temps ?

Alors qu'elle s'apprête à dérouler son argumentaire, nous sommes interrompus par la sonnerie de mon téléphone.

Papa. Appel rejeté.

Je remets mon téléphone dans ma poche tandis qu'elle me tend un autre spécimen.

— Alors, c'est non pour l'imprimé zèbre ?

— Exactement.

— Tu en es *absolument* certain ? Avec ça, tu aurais de belles cuisses.

— Si tu veux voir mes cuisses, je patinerai en boxer. Problème résolu. Tu veux manger ?

Elle ne prend même pas la peine de répondre.

— Je vais prendre ça pour un non, alors.

En cherchant dans une mer d'options noires, sans imprimé animal, je trouve une poignée de vêtements à ma taille. Elle ne fait que grogner et se renfrogner pendant que je règle mes tenues « ennuyeuses ».

À notre sortie du magasin, je tends la main pour attraper la sienne, mais j'interromps immédiatement mon geste et le transforme en un étirement. Nous marchons en silence vers l'aire de restauration, mais je vois bien à l'expression de son visage que quelque chose la tracasse. Au moment où je m'apprête à lui poser la question, mon téléphone sonne à nouveau.

Papa. Appel rejeté.

Nous prenons une table à l'écart des autres, là où c'est plus calme, et elle a toujours le même regard.

— Qu'est-ce que tu as en tête, grincheuse ?

— La NHL.

Inattendu.

— Je suis pour la diversité dans le sport, Stas, mais je pense que tu es un peu petite pour entamer une carrière dans le hockey, la taquiné-je. Pourquoi penses-tu à la NHL ?

— Je pense juste à quel point ma dernière année sera tranquille, puisque tu vas au Canada pour combattre les élans ou un truc comme ça. (Elle hausse les épaules et m'adresse un sourire forcé.) C'est idiot, oublie ça.

— Je suis flatté que tu me penses capable d'affronter un élan, mais je ne suis pas sûr qu'ils se baladent souvent dans le centre-ville de Vancouver, rigolé-je. Pas sûr que tu le saches non plus, mais il y a des vols pour Vancouver depuis Los Angeles. Si jamais tu voulais bousculer un peu ta tranquillité et venir me rendre visite.

Elle est sur le point de répondre quand mon putain de téléphone se remet à sonner. Encore *papa*. Je le rejette, *encore*. Elle passe une main dans ses cheveux en soupirant.

— Tu peux répondre à ton téléphone devant moi.

— Je sais.

— Je ne vais pas flipper si tu as une conversation avec une autre fille. (Elle pose ses coudes sur la table et appuie sa tête sur ses mains.) Ce n'est pas parce que tu ne peux pas me baiser que tu ne peux baiser personne.

Roulant des yeux, je pousse mon téléphone sur la table.

— Trois, neuf, neuf, trois.

Elle secoue immédiatement la tête et essaie de repousser le téléphone vers moi.

— Nathan, je ne veux pas…

Je tape les numéros moi-même, puisqu'elle veut apparemment respecter ma vie privée. Je la regarde se débattre avant que ses yeux ne se posent enfin sur l'écran de mon téléphone et qu'elle ne voie le mot *Papa* remplir le journal de mes appels, encore et encore.

— C'est compliqué.

— Oh, OK, eh bien… euh… bafouille-t-elle. Je le pense vraiment, au fait. Genre, je ne m'attends pas à ce que tu restes chaste pendant deux mois.

Face à mon rire moqueur, ses yeux s'écarquillent, emplis d'incertitude.

— On va passer tellement de temps ensemble, Anastasia. Je vais bloquer tout homme qui se présentera à toi, chaque fois que j'en aurai l'occasion. Tu peux faire ce que tu veux, *évidemment*. Mais bonne chance pour essayer de baiser quelqu'un qui n'est pas moi.

Ses yeux s'illuminent. La chaleur rougit instantanément ses joues.

— C'est censé être mignon ? Ça fait plutôt possessif et toxique.

Le coin de ma bouche se soulève. J'aime quand c'est mon jour.

— Ne me raconte pas de conneries. J'ai vu ce que tu as sur ton étagère de livres cochons. (Elle en reste bouche bée.) Maintenant, qu'est-ce que tu veux manger ?

— Rien. Je mangerai en rentrant chez moi, mais tu peux prendre ce que tu veux.

— Tu as quelque chose contre le fait de manger à l'extérieur ?

— Non, mais je dois respecter mon régime alimentaire.

— Régime ?

Il est clair pour quiconque passe du temps avec Anastasia qu'elle a une relation compliquée avec la nourriture. Je parie que, la moitié du temps, sa mauvaise humeur est due au fait qu'elle a faim.

— Aaron et moi avons un plan alimentaire. Je prépare les repas et d'autres choses pendant la semaine. Nous devons être organisés.

— C'est cool que tu sois si disciplinée, dis-je prudemment. La nutrition fait partie de mes cours, donc je fais beaucoup de choses de ce genre. J'adorerais jeter un œil à ton plan alimentaire, si tu es d'accord ?

Elle fouille dans son sac et en sort mon ennemi : son agenda. Elle feuillette les pages, jusqu'à ce qu'elle trouve un morceau de papier, qu'elle me tend.

— Fais-toi plaisir.

Oh, putain. Les légumes. Des légumes. Une petite quantité de protéines. Des légumes. Je prends mon téléphone et fais apparaître la calculatrice pour tenter une estimation.

— Qui a conçu ce planning de repas ?

— Aaron.

La réponse est sans surprise, mais toujours aussi décevante. Pour une fois, je suis sans voix. Mes sentiments à l'égard d'Aaron Carlisle ne sont pas très positifs, et je pense que c'est légitime. Mais c'est vraiment bizarre. Soit il n'a aucune connaissance en matière de nutrition, soit il le fait exprès.

— Anastasia, tu es *massivement* sous-alimentée. Tu ne manges pas assez, loin de là.

J'essaie de ne pas donner l'impression de la réprimander ou de la rabaisser ; ce n'est pas sa faute. Elle reprend le papier, balayant la page du regard.

— Qu'est-ce que tu racontes ?

— Ton corps brûle des calories rien qu'en étant en vie. Tu dois donc alimenter ton corps pour vivre. Quelqu'un qui brûle autant de calories que toi, en patinant et en faisant de la musculation, doit manger encore plus pour s'assurer que ses muscles récupèrent.

— Je vais bien.

— Ne pas manger suffisamment te rend plus vulnérable aux blessures et aux problèmes de santé graves. Tu as toujours eu des bleus aussi importants que ceux que tu as en ce moment ?

Elle doit avoir la tête qui tourne à cent à l'heure. Elle est figée sur place, essayant clairement d'assimiler ce que je dis.

— Peut-être ? Je ne sais pas.

J'ai remarqué il y a quelque temps qu'elle était toujours couverte de bleus. J'ai mis ça sur le compte des chutes et autres, mais maintenant que je les ai vus de près, je sais à quel point ils sont graves.

— Des bleus importants peuvent être le signe d'une carence en nutriments. Tu es souvent fatiguée ? Anxieuse ? Irritable sans raison ? Des changements dans ton cycle menstruel ?

— Bon sang, Nate ! s'énerve-t-elle tout en regardant autour de nous pour s'assurer que personne n'écoute, avant de baisser la voix : je suis fatiguée, anxieuse et irritable parce que je travaille dur. Tu sais sûrement mieux que quiconque que ça fait partie du travail.

— Stas…

— Et en ce qui concerne mon cycle menstruel, qui ne te regarde pas, je prends une contraception qui l'arrête complètement. Je n'en ai pas eu depuis des années.

Elle croise les bras sur sa poitrine et s'affale sur son siège. Défiance, agacement, un brin d'incertitude. Je n'ai pas l'intention de la contrarier, mais je ne vais pas non plus la laisser manger comme ça.

— Il n'y a pratiquement pas de glucides dans ce régime.

— Et alors ?

— Tu as besoin de glucides, Stassie. Je ne te demande pas de te gaver de malbouffe, mais tu dois manger plus de calories, bébé. Je peux t'écrire un nouveau plan. Nous allons donner les deux à Brady et voir lequel elle préfère.

— Bien, dit-elle en haussant les épaules. Peu importe.

— Ryan a-t-il regardé ton plan de repas ?

Ses sourcils se froncent.

— Quoi ? Non, pourquoi ?

En repensant à l'appel vidéo d'il y a un mois, je me rappelle que j'avais l'intention d'évoquer ce que Ryan avait dit, mais je n'en ai pas eu l'occasion après tout ce qui s'est passé.

— Ryan a dit une fois qu'Aaron essayait de contrôler ce que tu manges.

Elle roule des yeux.

— Ignore Ryan. Il me ferait manger du KFC tous les soirs, ce qui n'est pas réaliste. Je n'ai pas son métabolisme surhumain. Aaron dit qu'il a du mal à me soulever parfois, et ça rend Ryan grincheux.

C'est quoi, ce bordel ?!

— Il a dit qu'il *avait du mal* à te soulever ?

— Si je ne respecte pas le plan, oui. Parfois, mon poids fluctue un peu.

Je réprime la colère qui monte en passant une main sur mon visage. Le partage de l'enceinte sportive ne concerne pas seulement la patinoire, mais aussi le gymnase. J'ai vu Aaron soulever confortablement deux fois le poids d'Anastasia. Il n'est peut-être pas très grand, mais il est fort.

— Il est complètement déséquilibré, Stas.

— Tu exagères.

— Je ne veux pas qu'on débatte là-dessus, ce n'est pas ta faute. Mais ce type te contrôle, et Brady le confirmera quand elle verra ça.

Elle souffle en se frottant les tempes, les yeux fermés.

— Tu me donnes mal à la tête.

— C'est parce que je me sens concerné.

— Pourrais-tu t'occuper de moi en évitant de me causer des tonnes de problèmes ?

— Nous allons régler ça ensemble, je te le promets.

Sa main survole la table pour venir se poser sur la mienne. Elle la serre.

— Je vais aller nous chercher à manger. Je reviens tout de suite.

J'essaie d'éluder la façon dont sa voix se brise quand elle le dit.

VINGT-CINQ

ANASTASIA

— QU'EST-CE QUI PEUT lui prendre autant de temps ?

Je l'entends trépigner de l'autre côté de la porte du vestiaire, mais il ne s'est pas encore matérialisé. C'est notre première séance, et nous allons entrer sur la glace en retard, ce qui n'est pas de bon augure pour les deux prochains mois, ou pour que Nathan reste en vie.

— Nathan ! crié-je en frappant à la porte.

— Je ne peux pas sortir.

Je m'en prends à la porte, sachant que j'ai l'air ridicule, à défaut de pouvoir m'en prendre à lui puisqu'il ne veut pas sortir.

— Pourquoi ?

— Le legging. Il est trop serré. On voit *tout.*

— Si tu ne sors pas, je viens te chercher !

Sa tête sort, le reste de son corps est protégé par la porte.

— Je suis sérieux. Il est, euh… On voit *tout.*

— Oui, on a tous compris. Tu as une grosse bite. Bla-bla-bla. Ton ego est satisfait ? On est en retard. Allez, on s'y met.

Brady s'approche alors que Nate tire la porte, vêtu de ce qui est probablement le legging le plus révélateur que j'aie jamais vu. On dirait qu'il a été peint sur lui, au point qu'on peut voir les contours. Des contours très, très détaillés.

— Oh, mon *Dieu*, lâché-je.

Brady l'examine de la tête aux pieds, puis une nouvelle fois pour faire bonne mesure. Sa main se pose sur sa hanche tandis qu'elle secoue la tête.

— Je suis désolée, M. Hawkins, mais je ne peux pas vous laisser porter ça.

Nate a l'air d'un lapin pris dans les phares d'une voiture et se cache à nouveau derrière la porte.

— Vous avez autre chose sur vous ?

— J'ai des shorts dans mon casier que je pourrais mettre par-dessus ?

— Je pense que ce serait un choix judicieux.

Nate disparaît dans les vestiaires. Je sens que l'entraîneuse est derrière moi. Lorsque je me retourne pour lui faire face, elle secoue la tête.

— C'est une pente glissante, Anastasia.

— Je ne vois pas de quoi vous parlez.

Mensonge. Gros mensonge. *Gros* mensonge.

— Je dois m'échauffer ? demandé-je.

— Utilise des préservatifs. Demande à Prishi. Ta vessie ne sera plus jamais la même.

— Nous ne sommes pas…

Elle m'interrompt d'un geste désinvolte de la main.

— Nous sommes toutes les deux des adultes. N'insulte pas mon intelligence, je vois comment cet homme te regarde. Je veux voir ma meilleure patineuse sur un podium, pas dans une salle d'accouchement. C'est clair ?

— On ne pourrait pas être plus clair, coach.

Ce qu'elle n'a pas pris en compte dans son petit discours, c'est la probabilité que sa *meilleure patineuse* meure d'embarras.

Et pourquoi m'appelle-t-elle ainsi seulement quand il n'y a aucun témoin ?

Sortant enfin des vestiaires, Nate me donne un léger coup de coude dans les côtes.

— Tu es prête, Allen ?

— Non, ne me fais pas du rentre-dedans.

— Pas de rentre-dedans, pas de salles d'accouchement… Tant de règles, Anastasia.

Mes yeux s'écarquillent lorsque je rencontre les siens. Son sourire suffisant m'adoucit. Sa joie est réconfortante, et c'est la preuve qu'il n'est pas nerveux comme moi. La preuve qu'il ne se rend pas compte que si cette petite expérience échoue, je pourrais finalement craquer.

Je suis perdue dans mes pensées quand des doigts se faufilent entre les miens.

— Ça va bien se passer, murmure-t-il alors que nous approchons de la zone d'échauffement. Ça pourrait même être amusant.

— Tut-tut. Si c'est amusant, c'est que tu ne travailles pas assez dur.

Il rit, ce qui lui vaut un sifflement de Brady.

— Tu parles comme un vrai tyran.

Après l'échauffement, il est enfin temps de découvrir si c'était une mauvaise idée.

— Pour que ça marche, j'ai besoin que tu connaisses par cœur le programme, Nathan. Je ne sais pas quelles *bêtises* le coach Faulkner te laisse faire sans broncher, mais sur ma patinoire, tu fais ce que *je* te dis.

Coach resserre sa fausse fourrure autour d'elle. Il ne m'était pas venu à l'esprit que ce ne serait peut-être pas moi que Nate aurait du mal à supporter.

Il acquiesce. Son sourire suffisant de tout à l'heure n'est plus qu'un lointain souvenir.

— D'accord.

— Vous deux, faites-moi un tour de piste, ordonne-t-elle avant de se tourner vers Nate. Privilégie la grâce, pas la rapidité, mais suis Stassie.

— Gracieux. Lent. Compris… Aïe ! Pourquoi est-ce que tu me pinces, encore ?

Il gémit en se frottant le ventre.

— Je ne suis pas lente ! J'ai déjà prouvé une fois que j'étais plus rapide que toi. Est-ce que j'ai besoin de le refaire ?

La bouche de Nate s'ouvre, mais avant qu'il ne puisse répliquer, Brady frappe dans ses mains.

— À quel moment t'a pensé que je voulais regarder une course ? Exécutez-vous, maintenant !

En partant, Nate arrive à suivre le rythme. Quand nous sommes assez loin pour nous sentir en sécurité, il se rapproche.

— Pourquoi elle frappe dans ses mains ?

C'est amusant de voir d'autres personnes découvrir les pitreries de Brady pour la première fois. Après plus de deux ans de travail avec elle, je ne les remarque même plus.

— J'aime imaginer qu'elle a été dresseuse de chiens dans une vie antérieure.

Nous revenons au point de départ, et je reconnais immédiatement le dégoût de la coach. C'est très facile de reconnaître quelque chose qu'on voit six jours par semaine. Le pauvre Nate a l'air content de lui, et à sa décharge, il a suivi mon rythme.

— Comment c'était ? s'enquiert-il en souriant.

Elle ne cache pas son mécontentement.

— Comme un cerf ivre marchant par erreur sur un lac gelé.

— Est-ce qu'il y a beaucoup de cerfs ivres dans le Montana, coach ? demandé-je en me rappelant à la dernière seconde de dire Montana et non Russie.

— Ne te moque pas de moi, Anastasia. Vous deux, recommencez. *Avec grâce.*

J'ai fait plus de tours que de sauts avant que Brady ne soit finalement satisfaite de la version « gracieuse » de Nate.

— Beaucoup mieux, Nathan. Tu ne joues plus au hockey, maintenant. Personne ne va t'attaquer sur la glace.

— Respectueusement, coach, dit-il en tournant rapidement les yeux vers moi, je ne pense pas que vous puissiez me promettre ça.

Une fois que nous sommes dans le rythme, j'apprécie mes séances d'entraînement pour la première fois depuis longtemps, et je *pense que* Brady pourrait en faire autant.

Tout en me déportant au centre, je viens me placer à côté de Nate pour introduire les sauts les plus simples. Il n'a pas besoin de faire quoi que ce soit de complexe pour m'aider, mais il doit impérativement s'assurer qu'il est au bon endroit et qu'il regarde dans la bonne direction lorsque je réalise la partie vraiment technique.

Plus que tout, j'ai besoin qu'il se rappelle le nom des figures pour qu'il sache ce que je fais et qu'il ne se mette pas accidentellement sur mon chemin.

— Je vais te faciliter la tâche. Fais juste attention à mes pieds.

— Stassie, répond-il, je suis presque sûr que j'ai patiné avant de marcher. Tu n'as pas besoin de me mâcher le travail. J'en sais probablement beaucoup plus que tu ne le penses.

L'arrogance. Ce que je préfère gérer.

— OK, petit génie. Tu t'élances de quel côté quand tu fais un lutz ? (Il se place devant moi, et je vois sur son visage qu'il n'en a pas la moindre idée.) Bien fait pour toi. Tu viens de prouver que tu devais te taire et m'écouter.

— Bien fait pour *toi*, se moque-t-il. Je ne sais même pas ce qu'est un lutz.

— Tu es l'homme le plus énervant que j'aie jamais rencontré.

— Je me fiche du titre que tu me donnes, tant que je suis en tête de liste.

Comment diable suis-je censée faire ça six jours par semaine ?

Même quand il est énervant, j'ai toujours envie de lui sauter dessus. Le tee-shirt à manches longues que nous avons acheté plus tôt s'accroche à chaque muscle, ses joues sont rouges, et dès qu'il me regarde et que le coin de sa bouche se relève, je n'arrive plus à réfléchir.

Je suis totalement déstabilisée par un homme. Je me dégoûte moi-même d'être distraite, de sciemment laisser chaque parcelle de féminisme se ratatiner et mourir pour des fossettes et des cuisses épaisses.

— Pourquoi tu as l'air de faire une crise ?

Parce que c'est le cas !

— Sois attentif. Je ne vais pas t'expliquer tout ça encore une fois.

— Hé, ce n'est pas moi qui rêve éveillé.

— Il existe six types de sauts en patinage artistique : le boucle piqué, le flip, le lutz, le salchow, le boucle et l'axel. Ils se répartissent en deux catégories, à savoir les sauts piqués et les sauts de carre. Peux-tu deviner ce que sont les sauts piqués ?

— Est-ce que ce sont des sauts qui utilisent ce putain de truc inutile ?

La seule chose qui ne plaît pas à Nate, ce sont ses nouveaux patins. Contrairement à ses patins de hockey, les patins que nous utilisons ont des cales. On a fait un rapide entraînement sur la patinoire de Simone après avoir fini nos achats au centre commercial, et j'ai perdu le compte du nombre de fois où il s'est ramassé. Sans parler du fait que « casser » des patins neufs peut être putain de douloureux.

— Ce n'est pas inutile, tu vas en avoir besoin. Mais ouais, tu décolles en frappant la glace avec le « putain de truc inutile ». Pour les sauts de carre, soit le patin est incliné vers l'intérieur des jambes, soit vers l'extérieur des jambes. Simple, n'est-ce pas ?

Il grogne quelque chose qui ressemble à un oui tout en observant le mouvement de mes pieds pendant que je tourne, étire ma jambe gauche en arrière et frappe le pic contre la glace.

— Boucle piqué simple.

Il reproduit mes mouvements et, à sa décharge, réussit à être raisonnablement précis, à l'exception de son atterrissage bancal. Nous continuons.

— Quel mouvement faisais-tu quand tu es tombée comme une quille au bowling il y a quelques semaines ? demande-t-il en se levant et en enlevant la glace de son cul.

— J'essayais de faire un quadruple lutz. Le lutz est un saut piqué.

« *Essayer* » étant le mot-clé.

— Ça avait l'air dur.

— Ça l'est.

— Je sens que tu ne veux pas en parler.

— Il n'y a rien à dire, soupiré-je. Brady l'a enlevé du programme après ma chute. Ce n'est pas courant en patinage artistique féminin et pratiquement impossible en couple. Elle a estimé que c'était un risque inutile.

— Alors, pourquoi le faire ?

Il n'essaie pas de se montrer impoli, je pense que ça l'intéresse vraiment.

— J'essaie seulement de comprendre comment tu fonctionnes, Stas, insiste-t-il. Pas de te mettre mal à l'aise.

Je ne sais pas l'expliquer. J'ai l'impression qu'il s'agit d'un sujet que je devrais aborder en thérapie, et non lors d'une discussion improvisée au milieu d'une séance d'entraînement. Mais je lui dois d'être honnête.

— J'ai perdu des années à patiner avec quelqu'un qui n'était pas à la hauteur de mon talent parce que c'était mon petit ami.

Classique.

— Ne te méprends pas, reprends-je, on était très bons, mais pas géniaux. Avec un autre partenaire, j'aurais pu aller plus loin. Je ne veux pas être cette personne pour Aaron.

— Et Aaron y arrive, c'est ça ?

— Bien sûr qu'il y arrive, raillé-je. Il a passé des heures et des heures à essayer de m'aider à le faire, même s'il pensait que je n'en étais pas capable. Il y a une raison pour laquelle ce n'est pas commun, mais je suis têtue. Je vais continuer à essayer, mais ce ne sera pas pour cette saison.

— J'aime ta détermination, dit-il doucement.

— Si vous voulez vous regarder tendrement, faites-le pendant votre temps libre ! crie l'entraîneuse à travers la patinoire, nous rappelant ainsi que nous sommes censés patiner, pas discuter.

Il soupire lourdement et pose ses mains sur ses hanches.

— Elle me fout la trouille. C'est quoi, ce manteau ? Elle sait qu'on est en Californie ?

— Elle a le sens esthétique de Cruella. Tu vas t'y habituer.

Nathan gémit et grimace bruyamment lorsque nous montons dans sa voiture.

— Tu exagères tellement, rigolé-je en jetant mon sac à mes pieds. Ce n'était pas si terrible.

— Je ne suis pas fait pour le ballet et le yoga, Stas, marmonne-t-il en actionnant la marche arrière. Mes jambes sont en feu.

— Tu n'es pas du tout souple, hein ? C'était comme regarder un tronc d'arbre patiner.

Il me considère depuis le siège du conducteur, les sourcils froncés.

— Je n'ai pas besoin d'être souple parce que *tu l'es*, ce qui nous rend parfaitement compatibles.

— Tu t'en es bien sorti, Nathan. Sérieusement, je te suis reconnaissante. Merci.

— J'ai passé la moitié du temps à genoux ou à imprimer mon visage dans la glace. Je ne me suis jamais concentré aussi fort que pendant ces putains de tours. J'étais terrifié à l'idée de trébucher. Tu es sûre que je ne peux pas porter mes propres patins ?

— Je te promets que tu t'y habitueras.

— Ou bien c'est toi qui vas t'habituer à me voir à genoux. (Il fronce les sourcils.) Enfin, pas comme ça. Ou comme ça, si tu veux. C'est ce que je préfère.

— Un jour, m'exaspéré-je. Tu as tenu un jour.

Nate me fait rire tout au long du trajet jusqu'à mon appartement, surtout à ses dépens, mais ça compte quand même. Une fois dehors, mon sac en main, je me penche vers lui.

— On se voit demain matin.

— Apporte du café ! crie-t-il quand je ferme la portière.

J'ai secrètement redouté de rentrer à la maison, et maintenant que je regarde les chiffres de l'ascenseur défiler, j'aimerais être n'importe où, mais ailleurs. Je ne l'ai pas dit à Nathan, mais Aaron m'ignore depuis que je lui ai parlé de mon nouvel arrangement pour le patinage en rentrant hier soir.

Comme si ça ne suffisait pas, ce que Nathan a dit sur mon plan de repas me trotte dans la tête depuis cet après-midi. Je n'ai jamais montré d'intérêt pour l'apprentissage de la nutrition. Quand je vivais à la maison, ma mère s'en occupait, et à l'université, j'ai laissé Aaron s'en débrouiller. J'ai cru qu'il savait ce qu'il faisait.

Je sais que Lola est aux répétitions, ce qui veut dire qu'Aaron devrait être seul. J'espère que j'aurai l'opportunité de lui parler. J'insiste sur le « j'espère ».

En entrant dans l'appartement, je le repère immédiatement sur le canapé du salon, en train de regarder un film.

— Hé.

Il tourne la tête vers moi, m'étudie, mais ne répond pas. Je ravale la boule qui se forme dans ma gorge et essuie mes paumes moites contre mon estomac en m'approchant de lui.

— On peut parler ?

Encore une fois, il ne répond pas. Toutefois, il met son film en pause et me regarde quand je m'assois sur le canapé en déposant mon sac de sport à mes pieds.

— Euh, je me demandais juste… Est-ce que tu penses que mon plan de repas intègre assez de calories ? Et qu'il est assez varié pour que je sois en bonne santé ?

— Pourquoi tu me demandes ça, bordel ? s'emporte-t-il.

Je prends une grande inspiration, puis je hausse les épaules.

— Le sujet a été mis sur le tapis, aujourd'hui, et on m'a suggéré que je ne mangeais pas assez. Je voulais t'en parler, pour qu'on puisse…

— Suggéré par qui ? Hawkins ? demande-t-il en prononçant le nom de Nathan avec du poison dans la voix. Tu suces sa bite une fois ou deux et soudain, il sait mieux que moi ce dont tu as besoin ?

Ses mots me coupent le souffle. Je bafouille et j'étouffe ce que je veux dire, surprise. Abasourdie est un meilleur mot pour décrire ce que je ressens en ce moment. Alors que ce sentiment se dissipe, la douleur s'installe.

— Quoi ? Non ? Pourquoi es-tu si méchant ? Je voulais juste vérifier avec toi, pour qu'on puisse…

Il m'interrompt à nouveau en se levant du canapé et en se passant une main sur le visage.

— Tu sais quoi, Anastasia ? Va te faire foutre. Si Nate Hawkins est si malin que ça, va te fier à lui pour tout. (Ses mains tremblent, ses yeux me brûlent.) Mais quand il se lassera de toi, ne viens pas pleurer parce que c'est toi qui baisses ta culotte pour n'importe quel mec qui porte un maillot !

Mon cœur bat la chamade alors qu'il se dirige vers sa chambre, claquant la porte si fort que c'est comme si tout le bâtiment tremblait. Je m'affale sur le canapé, fouille dans mon sac et en sors mon téléphone.

— Je te manque déjà ? rit-il en décrochant.

Tout en essuyant mes larmes d'un revers de main, je me racle la gorge.

— Tu peux venir me chercher ?

VINGT-SIX

NATHAN

— UNE PINCÉE DE SAFRAN. Non, une pincée. Une pincée, Robbie ! C'est pas une pincée, ça !

Anastasia inspire profondément, se force à sourire puis repêche la montagne de safran que Robbie vient d'ajouter dans la casserole.

— Désolé, marmonne-t-il en prélevant une vraie pincée, cette fois.

— C'est pas grave. Pardon d'avoir crié.

Stassie est en train de lui apprendre à cuisiner. Enfin, elle tente. J'ai parié dix dollars à Stas qu'elle perdrait son calme avec lui avant que le plat ne soit cuit. Stas prétendait que ce serait facile, mais Rob est tellement stressé qu'il en transpire. Chaque fois qu'elle est sur le point de s'énerver, ses yeux se tournent d'abord vers moi, puis elle s'exprime calmement.

— Il faut laisser tout ça mijoter dans la casserole, explique Stassie de façon semi-patiente. Mais il ne faut pas que ça brûle.

— On ne brûle rien et on laisse les herbes faire connaissance. J'ai compris.

Stassie fait le tour du comptoir, se glisse sur le tabouret à côté du mien, prend son manuel et se remet à étudier.

Je suis obligé de m'incliner devant son agenda, car c'est la première fois depuis le début de mes études que je suis à jour dans tous mes devoirs. Stassie et moi, on s'entraîne ensemble, on se brosse les dents côte à côte et on cuisine les mêmes repas. Je n'ai aucune idée de ce que nous sommes, mais j'aime ça. On ne joue plus seulement à vivre ensemble, on a élevé le jeu au niveau supérieur.

Elle ne dit rien sur les dix dollars qu'elle me doit. Assise près de moi, concentrée sur son travail, elle laisse simplement sa jambe reposer doucement contre la mienne.

Voilà où j'en suis. Au stade où je me sens reconnaissant de pouvoir lui effleurer les jambes. L'avoir ici tout le temps sans pouvoir la toucher a été difficile, continue de l'être, et ça ne s'arrangera certainement pas avec le temps.

Ça fait deux semaines qu'Aaron a fait du grand Aaron en l'injuriant et en insinuant qu'elle était une salope. Elle était dans un état lamentable quand je suis passé la prendre ce jour-là. Elle sanglotait devant son immeuble tout en serrant son sac pour la nuit dans ses bras.

On s'est promis que ce ne serait qu'une nuit. Nous avons construit une barricade d'oreillers pour respecter notre accord d'être amis et rien de plus. C'était il y a deux semaines, et je dors toujours de l'autre côté de la barricade. Le côté positif, c'est que nous apprenons vraiment à nous connaître. Lorsque nous sommes allongés chacun de notre côté, la nuit, nous parlons de tout et de rien, jusqu'à ce que l'un de nous s'endorme en premier. C'est toujours elle, car je ne me lasserai jamais de l'écouter parler.

D'une manière bizarre et tordue, je suis heureux. Si les choses étaient différentes, j'aurais passé les deux dernières semaines enfoui en elle au lieu d'apprendre ce qui la fait vibrer. Nous n'aurions rien accompli. J'aurais peut-être même abandonné la fac pour rester à la maison et découvrir toutes les façons de la faire crier mon nom…

Mais je refuse d'y penser parce que nous sommes amis, maintenant. Les seules occasions où elle crie mon nom ces jours-ci, c'est sur la glace.

— Stassie ? l'appelle Robbie. Je pense qu'elles ont bien mijoté, là. Je fais quoi ?

Stassie descend de son tabouret. Ses doigts se promènent sur le bas de mon dos quand elle passe derrière moi, ce qui m'envoie une décharge le long de la colonne vertébrale. Elle examine le plat et hoche fièrement la tête.

— Ça m'a l'air parfait.

— Et qu'est-ce qu'on mange, nous, cheffe ? lui demandé-je d'un ton espiègle.

Je referme mon cahier de textes, officiellement mort d'ennui.

Mes estimations étaient malheureusement correctes : Stassie ne se nourrissait pas suffisamment lorsqu'elle suivait le plan alimentaire fixé par Aaron. C'est une des seules fois dans ma vie où j'ai détesté avoir raison. Brady a approuvé le régime que j'ai conçu, étonnée d'apprendre qu'Anastasia mangeait si peu jusqu'à présent. Stas n'a pas voulu impliquer Aaron, soulignant qu'elle devra continuer de patiner avec lui et que le dénoncer à son entraîneuse ne ferait que lui rendre la vie difficile.

Anastasia et Lola ne croient pas qu'Aaron soit assez dérangé pour le faire exprès, arguant qu'il est simplement trop têtu pour admettre qu'il ne sait pas ce qu'il fait, et j'ai décidé de ne pas insister.

Une partie des changements apportés au régime alimentaire de Stassie consiste à lui faire manger des aliments plus intéressants que seulement de la salade et du poulet. Nous nous relayons tous pour lui apprendre à cuisiner différents plats. Ou bien elle trouve un plat qui la tente en ligne, et je l'adapte pour qu'il corresponde à ses besoins en macronutriments. Je crois que ni elle ni moi n'avons anticipé la peur qu'elle a développée de par son alimentation déséquilibrée.

Elle peut, jusqu'à un certain point, rationaliser le fait de manger ce qu'elle appelle un « cheat meal », mais il est compréhensible que le fait de changer 99 % de ce qu'elle mange si rapidement soit difficile à vivre et la submerge un peu. J'ai essayé de planifier les choses de manière progressive, elle m'a dit qu'elle n'avait pas le temps de faire ça en douceur et qu'elle allait simplement s'y mettre. Je sais reconnaître un signal d'alarme quand j'en entends un. Seulement, elle a promis d'en parler à son thérapeute, alors je ne peux pas faire grand-chose de plus.

Ce n'est pas qu'elle n'aime pas ce qu'elle mange, mais elle a cette peur inébranlable de prendre du poids et d'être trop lourde pour être soulevée ou de ne plus rentrer dans ses tenues de patinage. C'est effrayant – presque comme si elle avait été conditionnée. Je me demande combien de fois on lui a fait cette remarque.

— JJ veut m'apprendre à faire un authentique curry indien. Je lui ai accidentellement dit que je n'en avais jamais fait qui ne provenait pas d'un bocal, et il a répondu que c'était une offense à ses ancêtres.

Elle sort son téléphone de sa poche, et je sais, sans même vérifier, qu'elle consulte son application de calories. Elle lève les yeux vers moi, en quête d'approbation.

— On peut l'intégrer dans mon régime, hein ?

— La cuisine traditionnelle indienne est bonne pour toi. Il s'agit essentiellement de légumes, d'épices, de viande et de lentilles. D'un point de vue nutritionnel, c'est très équilibré, expliqué-je. Ce sont les plats préparés occidentaux qui rajoutent plein de saloperies. Cette cuisine a été diabolisée à cause de ça, c'est dommage, mais elle peut tout à fait s'intégrer dans ton régime.

— OK, il devrait bientôt rentrer de la salle de sport, dit-elle en rangeant son téléphone avant de me tendre la main. Viens faire des étirements, mon petit patineur artistique.

Malgré quelques grognements, je mets ma main dans la sienne et la laisse m'entraîner dans le salon.

Ça fait maintenant deux semaines que j'ai les cuisses douloureuses, à force de me mettre sur les pointes pour faire de la putain de danse classique. Deux semaines durant lesquelles Anastasia a prouvé qu'elle était meilleure patineuse que moi. Deux semaines durant lesquelles Brady m'a scruté comme si elle voyait dans mon âme et perçait tous mes secrets. J'ai mal partout : mes fesses, mes cuisses, mes mollets. Je suis peut-être fort, mais j'ai compris que je n'étais pas souple.

Allongé sur le sol, je lève les jambes. En utilisant le poids de son corps, Stassie maintient mes jambes contre elle et se penche en avant pour étirer les muscles à l'arrière de mes cuisses.

C'est évidemment au moment où je suis en train de gémir, les jambes en l'air, que JJ et Henry débarquent. Je distingue mal leurs expressions depuis ma position sur le sol, mais j'entends JJ rire tout seul.

— Je veux être le prochain, Stassie.

Henry se tient à côté de nous, la tête inclinée sur le côté, pour évaluer ce que nous faisons.

— Est-ce que ça te fait bizarre d'être celle qui tient les jambes, Anastasia ?

Elle appuie un peu plus fort, ce qui fait hurler mes muscles. J'aime autant que je déteste ça, mais l'inconfort fait que je n'entends pas ce que dit Henry, jusqu'à ce qu'elle lui réponde :

— Tu sais quoi, Hen ? En fait, ouais, c'est bizarre.

Même si je fais souvent les frais de leurs conneries, je suis content que les gars distraient assez Stas pour qu'elle ne pense pas trop à Aaron. Il fait exploser son téléphone en enchaînant excuses sur excuses. C'était un moment de faiblesse, dit-il, il ne voulait pas lui crier dessus. Mais elle est blessée, et elle remet en question son jugement.

Les amitiés sont importantes, mais vivre dans un environnement sain l'est tout autant, l'ai-je entendue se dire alors qu'elle rejetait son dixième appel. Tout le monde a des progrès à faire.

Je lui répète tous les jours qu'elle peut rester aussi longtemps qu'elle le souhaite. Égoïstement, j'aime l'avoir près de moi tout le temps, et les gars aussi. Ils sont aussi partants que moi pour qu'elle reste et m'ont dit d'arrêter de jouer au con quand j'ai proposé de réserver une chambre d'hôtel pour nous deux. Eux non plus ne veulent pas qu'elle retourne chez Aaron.

En rentrant à la maison, Lo hume le repas que Robbie lui a préparé. Puis, au prétexte que toute cette testostérone leur pourrit le cerveau, les filles me demandent de les déposer au cinéma pour passer du temps entre copines.

Je n'essaie pas de rendre les choses plus pénibles en disant du mal de son foutu agenda, mais Stassie a rempli son temps de trucs inutiles. Vivre ici a été un choc culturel pour elle, car rien n'est prêt en temps et en heure.

Je vois à quel point ça la met mal à l'aise lorsqu'elle se sent à la traîne, alors je fais de mon mieux pour respecter son agenda tout en lui rappelant que, parfois, il est bon de modifier le programme. Afin d'y insérer une sortie impromptue pour aller voir une comédie romantique, par exemple.

En rentrant après les avoir déposées, je remarque une voiture que je ne reconnais pas garée à ma place. Mon téléphone sonne alors que je tourne ma clé dans la serrure, et quand elle s'ouvre, je n'ai pas besoin de demander qui m'appelle ou pourquoi.

— Nathaniel, lâche sèchement mon père. Ravi de savoir que tu es en vie.

— Qu'est-ce que tu fais ici ? m'écrié-je.

— Tu veux dire, dans la maison que j'ai payée, où vit mon fils unique ? Ou bien ici, en Californie ?

Ce ton hautain fait monter la bile dans ma gorge. Je ne sais vraiment pas comment Sasha et moi avons pu être élevés par quelqu'un d'aussi odieux sans pour autant devenir comme lui.

Le regarder, c'est comme regarder mon futur dans un miroir. Mêmes cheveux, mêmes yeux, mêmes traits en plus vieux. Il n'y a malheureusement aucun doute sur le fait que je suis son fils. Mais sa personnalité, putain.

— Les deux, dis-je.

— Tu ne réponds pas à mes appels.

— Tu as fait des milliers de kilomètres parce que j'étais trop occupé pour répondre à tes appels ? Vraiment ?

Je n'avais pas remarqué que les garçons étaient là, jusqu'à ce que je les voie se faufiler dans le salon. Ça a toujours été gênant pour moi parce que leurs parents sont tous sympas. Les mères d'Henry ont beau vivre à Maple Hills, elles ne débarquent pas chez nous à l'improviste.

— Je suis en Californie pour affaires. Mais je suis ici parce que je voulais te voir. Comme je l'ai dit, tu n'as pas répondu à mes appels.

Le rôle du père attentionné a toujours été son favori. Si je ne le connaissais pas aussi bien, ce serait presque convaincant.

Je m'assois sur le canapé en face de lui. C'est louche, mon instinct me dit que quelque chose ne va pas.

— Quelles affaires peuvent bien t'occuper à L. A. ? Tu sais qu'il ne neige pas ici, pas vrai ?

— Ne prétends pas savoir quoi que ce soit sur les affaires familiales, rétorque-t-il, et sa façade se dérobe. Ça ne te dérange pas de dépenser l'argent familial pour tes frais de scolarité, ta maison ou ta voiture à cent mille dollars. Mais tu n'aimes pas contribuer à quoi que ce soit.

Je me penche en avant pour appuyer mes coudes sur mes genoux en soupirant. Je refuse d'engager la même conversation que celle que nous avons eue mille fois depuis que je lui ai dit que je n'allais pas étudier le commerce à Colorado State après le lycée.

— Pourquoi tu es là, papa ?

— Ta sœur est malheureuse.

Sans blague.

— J'ai besoin que tu lui parles. Elle dit qu'elle veut arrêter le ski.

Sasha ne veut pas arrêter de skier. C'est le seul prétexte qu'elle a trouvé pour attirer son attention et qu'il l'écoute enfin.

— Qu'est-ce qu'elle dit d'autre ?

Il frotte sa mâchoire, les sourcils froncés. Putain, on a les mêmes mimiques.

— Comment ça ?

— Elle n'est pas venue te voir pour te dire qu'elle arrêtait. Que demande-t-elle d'autre que tu as décidé d'ignorer ? Qu'est-ce qu'elle veut ? Mon Dieu, je ne devrais pas avoir à t'apprendre à éduquer ta fille de seize ans.

— Surveille ton langage, Nathaniel.

— Est-ce que tu l'écoutes, au moins ? demandé-je d'une voix plus forte, tant la colère me fait bouillonner. Ce n'est pas un cheval de compétition, c'est ta fille. Elle n'existe pas pour gagner des trophées pour toi. Elle a des besoins ! Tu as de la chance qu'elle n'ait pas demandé son émancipation !

J'ai envie qu'il crie, lui aussi, qu'on se dispute, mais il se contente de me fixer avec une expression vide.

— Elle adore le ski, tu le sais. Elle ne serait pas aussi bonne qu'elle l'est si elle n'aimait pas ça. Mais elle a besoin de pauses, papa. Elle a besoin d'attention, et de savoir que l'amour que tu lui portes ne dépend pas de la fluidité avec laquelle elle descend les pistes.

— Elle veut partir en vacances pour Noël.

J'avais vu juste, il avait la réponse. Je ne serais pas surpris d'apprendre qu'il ignore sa demande depuis des mois.

— Tu vois ? Facile. Emmène-la à Saint Barth ou ailleurs. Laisse-la s'allonger sur une plage, lire un livre, boire une ou deux virgin piña colada.

Sans hésiter, il ignore ce que j'ai dit et fait un signe de tête vers l'escalier.

— Il paraît qu'une femme vit dans ta chambre. Où est-elle ?

Il me prend au dépourvu, ce qui était clairement son intention. Une habitude chez lui, comme de se pointer ici sans y être invité. Quand l'effet de surprise s'estompe, je réalise que pour la première fois, je suis content qu'Anastasia ne soit pas là.

— Comment tu es entré dans ma chambre ?

Il se lève de sa chaise et réajuste sa veste de costume.

— Parce que je me souviens de la date d'anniversaire de ma propre femme.

L'atmosphère change. Se refroidit. M'étouffe. Je ne sais même pas ce que j'éprouve.

— De toute évidence, tu es occupé et ne veux pas de moi ici. Je suis descendu au Huntington, si tu décides que tu peux tolérer, le temps d'un repas, l'homme qui t'a donné tout ce que tu as toujours désiré. Je rentre à la maison dans deux jours.

Et sur ces dernières paroles d'apitoiement, ayant obtenu ce qu'il était venu chercher ici, il s'en va.

VINGT-SEPT

ANASTASIA

ELLES SONT CENSÉES AMÉLIORER votre bien-être, mais en réalité les affirmations positives sont nulles. Elles ne fonctionnent pas. Je ne me sens pas plus positive. Je ne me sens pas plus affirmée. Pourquoi est-ce que je me donne cette peine ?

Nate se déplace derrière moi jusqu'à ce que son corps s'étende au-dessus du mien. Ses mains tiennent fermement ma taille, la chaleur de ses doigts brûle la peau nue de mon ventre. Tout en gardant son corps près du mien, il trouve mon oreille et y glisse :

— Tu es prête, Allen ?

Mon cœur est surtout prêt à s'échapper de ma poitrine. Mes pensées se noient dans un chaos irréparable. Ça fait des semaines, et je ne sais pas si je suis prête. Non. Je sais que je ne le suis pas. Je ne veux pas.

— Trois, deux, un…

— Non ! (Je saisis ses poignets, et il ne faut pas grand-chose pour l'arracher à moi.) Non, je ne peux pas !

Il me lâche, me permettant de m'éloigner sur mes patins. Je chasse la tension pénible qui me picote le bas du cou. Ça devient ridicule, je le sais. Je peux sentir sa frustration quand je l'arrête avant qu'il ne me soulève. Il ne s'en prend jamais à moi, il ne dit jamais rien, mais je sais qu'elle est là.

Nate patine dans la direction opposée, les mains sur les hanches, reprenant son souffle.

— Nate, je suis désolée ! crié-je pour ce qui semble être la millionième fois.

Alors qu'il glisse vers moi, j'ai envie de céder à mes pulsions. De le laisser m'attraper, m'emporter et me couvrir d'affection. J'ai envie de m'agripper à lui et le laisser me promettre dans des murmures qu'il ne me laissera jamais tomber.

Deux mains capturent mon visage, inclinant légèrement ma tête en arrière. Je veux qu'il se penche et m'embrasse, mais il ne le fera pas parce que je lui ai dit qu'il ne pouvait pas.

Une autre chose pour laquelle je peux m'en vouloir.

— Pourquoi tu ne me fais pas confiance ? demande-t-il doucement, ce qui rend les choses plus difficiles encore. Stas, je ne vais pas te laisser tomber.

— Je…

Je n'ai pas de réponse à lui donner. Chaque fois que l'anxiété tourbillonne au creux de mon estomac, je n'arrive pas à respirer. Nous nous sommes entraînés dans le gymnase, je sais qu'il peut me récupérer, mais pour une raison quelconque, être ici pour vraiment le faire, c'est trop.

— Je te fais confiance. Je ne sais pas ce qui ne va pas chez moi.

Brady s'approche en arborant son irritation habituelle.

— Vous devez régler ça tous les deux. Anastasia, si tu veux être une patineuse en couple, tu dois être capable de travailler en couple.

Elle le dit comme si ce n'était pas la source même de mon obsession actuelle.

— Je sais, coach.

— Plus tu laisses cette peur te dominer, plus tu souffres. Débrouille-toi, et vite.

Je retiens mes larmes. En sortant de la glace, Nate et moi mettons nos protections. Le pire, c'est que je m'amuse tellement à m'entraîner avec Nathan. Maintenant qu'il est habitué à ses patins, il apprend vite.

Même s'il est là pour m'aider, je suis étrangement fière quand il réussit un saut. Qu'on ne se méprenne pas, il a atterri sur son cul une centaine de fois, et chaque fois d'une manière plus drôle que la précédente. Mais à présent, quand il est au sol, il balaie mes jambes quand j'essaie de l'aider à se relever et me rattrape sur ses genoux.

Mon amour du patinage est revenu en fanfare, et il y est pour beaucoup. Il passe un bras sur mes épaules alors que nous marchons vers les vestiaires.

— Nous allons le faire. Je vais faire un plan. Nous allons traverser ça ensemble.

Je m'arrête dans mon élan pour suivre son regard. Je tombe alors sur la dernière personne que je m'attendais à voir.

— Aaron, qu'est-ce que tu fais ici ?

— On peut parler ?

Ses yeux flottent vers Nate, et sa posture se raidit.

— Seul à seul.

— Absolument pas, lance Nate.

— Nathan… l'arrêté-je, parce que la dernière chose dont j'ai besoin est qu'on se dispute. Je n'ai rien à te dire, Aaron.

— Ne dis rien, alors, répond-il doucement. Écoute simplement, et je m'en irai.

Le bras de Nate se resserre autour de moi. Je n'aime pas cette sensation d'être coincée entre eux. Jamais Aaron et moi n'avons parlé aussi longtemps. Même si je meurs d'envie de l'entendre dire quelque chose qui m'aiderait à donner un sens à cette situation, j'en ai assez d'être son punching-ball verbal.

— Laisse-moi me changer, d'abord, lâché-je finalement. Je te retrouve dans le bureau dans quelques minutes.

— Anastasia, dit fermement Nathan.

Je perçois son anxiété, mais je ne peux pas éviter Aaron pour toujours. Je tente de le rassurer en pressant la main posée sur mon épaule.

— Je vais m'en sortir. Ce ne sera pas long.

Mon humeur s'améliore immédiatement à mon entrée dans les vestiaires, lorsque j'entends quelques jeunes patineuses bavarder avant leur entraînement.

— Il est tellement sexy.

— C'est le capitaine de l'équipe de hockey.

— Quelle putain de chanceuse.

— Ils baisent ensemble dans le dos d'Aubrey.

— J'ai entendu dire que c'est lui qui a défoncé Aaron.

— Je croyais qu'elle était avec le basketteur ?

— Bien, Aaron est un sale type.

— Non, je le suis sur les réseaux, et il poste toujours des trucs sur une fille blonde, Olivia.

— Ils le font certainement. Je parie qu'Aubrey a déjà deviné.

— Moi aussi, je voudrais bien prendre le risque de la mettre en colère s'il me regardait comme ça. Tu as entendu ? Il a dû mettre un short à cause de la taille de son…

— Les filles ? les interromps-je en essayant de ne pas rire. Le coach Brady vous attend toutes.

C'est si calme qu'on pourrait entendre une épingle tomber. Il n'y a plus un seul mot qui sort de leur bouche alors qu'elles passent toutes devant moi, l'air horrifié.

Une partie de moi n'est pas pressée de me changer tant je redoute d'affronter Aaron. L'autre partie veut en finir avec ça. Nathan m'attend quand je me traîne enfin hors des vestiaires.

— Je n'aime pas ça, est la première chose qu'il me dit.

Sa main caresse doucement ma joue, et je ne peux m'empêcher de me pencher pour me pelotonner contre sa chaleur.

— Tu es libre de faire tes propres choix, mais souviens-toi que tu ne lui dois rien. Ne le laisse pas te faire culpabiliser.

— Tu m'attends dans la voiture ?

Après avoir acquiescé, il se penche en avant, mais se ravise. Il se décide finalement à m'embrasser rapidement sur le front avant de se diriger vers la sortie.

La marche jusqu'au bureau me semble deux fois plus longue, sachant qui m'y attend, mais je l'affronte quand même et pousse la porte.

Aaron est assis à la table, son poignet blessé ramené contre son torse, lui conférant une allure grave. Je referme la porte derrière moi et prends place en face de lui tout en me focalisant sur ma respiration.

— Ça fait des semaines que je veux venir ici, dit-il tranquillement en fixant sa main libre posée sur la table. Mais j'étais en colère contre toi, et ça n'aurait été bon pour aucun de nous.

Je suis surprise que ma mâchoire ne touche pas le sol. Aaron m'a pratiquement harcelée, me suppliant de revenir à la maison, mais apparemment, il était en colère contre moi ?

— Pourquoi serais-tu en colère contre moi ?

— Tu te moques de moi ? Tu déménages sans me le dire, et tu emménages avec le type responsable de mon incapacité à patiner ?

Je me bats pour rester calme.

— Il dit qu'il n'a rien à voir avec ça.

— Tu crois tout ce qu'il te dit. C'est ça, ton problème, Stassie, se moque-t-il en me regardant droit dans les yeux. Tu es naïve. Tu fais semblant d'être Mme Positive, et de vouloir communiquer, mais c'est des conneries. Tu n'es qu'une menteuse.

Est-ce que je suis en plein cauchemar ? Il n'y a pas moyen que je sois vraiment en train d'entendre ça. Je ne sais pas à quel reproche répondre en premier. Je devrais partir et ne plus jamais lui parler, mais malheureusement, je ne peux pas.

— Si tu comptes juste rester assis à m'attaquer, je pars.

— Je ne t'attaque pas. Je veux parler. Je veux arranger les choses entre nous.

— Tu entends ce que tu dis ? Tu m'en veux d'avoir déménagé, alors que tu m'as dit d'aller me faire foutre.

J'essaie de ne pas le laisser m'énerver, mais mon cerveau a envie de crier, et mon cœur de pleurer.

— Je n'ai pas assez mangé, Aaron. J'ai eu un risque accru de blessure pendant des mois, et c'est toi qui as un problème ? Je t'ai fait confiance !

— Tu exagères tellement, putain. Pourquoi tu réagis comme si je t'avais laissée mourir de faim ? lance-t-il avec un soupir exaspéré, levant les yeux au plafond avant de les reporter sur moi. Je croyais que ça te convenait ! Tu ne t'en es jamais plainte. Et puis, tu es une grande fille, Anastasia. Si tu as faim, mange davantage ! En quoi est-ce ma faute si tu ne sais pas écouter ton propre corps ?

— Oh, et tu ne m'as pas rappelé que je devais rentrer dans ma tenue ? Tu ne te plaignais pas quand tu me soulevais ?

— Donc, je suis le méchant de l'histoire parce que je te responsabilise ?

— Ce n'est pas de la responsabilisation, Aaron, c'est de l'obsession ! Tu te préoccupes trop de ce que je fais et avec qui je le fais.

Ma voix se brise, et je déteste ça. Je déteste qu'il sache ce qu'il m'a fait.

— Tu veux me contrôler. Tu détruis notre amitié, notre partenariat !

— Quand est-ce que tu rentres à la maison ? demande-t-il brusquement. Tu me manques.

Son changement de cap me donne le coup de fouet nécessaire et me rappelle qu'au fond, Aaron est perdu.

— Je ne pourrai pas rentrer à la maison tant que tu n'auras pas compris ce que tu as fait, et que je ne serai pas sûre que tu vas changer, dis-je en me levant de mon siège et en mettant mon sac sur l'épaule. Je ne peux pas te faire confiance pour le moment, Aaron. Mais nous sommes partenaires, que ça nous plaise ou non, alors je vais devoir réussir à gérer tout ça, d'une manière ou d'une autre.

Il acquiesce, le regard vide.

— Je sais que tu crois tout ce qu'il te dit, mais pourquoi je ferais exprès de t'exposer à un plus grand risque de blessure,

Anastasia ? soupire-t-il, laissant ses épaules s'affaisser. Si tu ne crois pas que je me soucie de toi, très bien. Mais tu sais que je me soucie de moi-même, alors pourquoi je mettrais en péril mes propres objectifs en prenant le risque que tu te blesses ?

Si la situation n'était pas aussi triste, je pourrais rire. Il n'a pas tort. La première préoccupation d'Aaron Carlisle, c'est de lui-même.

— Je ne comprends pas pourquoi tu agis comme tu le fais. Mais chaque fois, c'est la même chose.

— Je n'ai pas aimé te voir patiner avec quelqu'un d'autre. Je souhaite vraiment réparer ça, Stas. Je te le promets.

— Je te crois, mais pour l'instant, ta promesse ne suffit pas.

Quand je suis montée dans la voiture de Nathan tout à l'heure, débordante d'adrénaline, je lui ai demandé s'il avait envie de faire quelque chose d'irresponsable.

Organiser une fête la semaine avant le début des examens est ma façon de me montrer irresponsable, tout comme jouer à des jeux d'alcool avec un homme plus grand et plus lourd que moi. Pour égaliser nos chances, Nate boit deux fois plus que moi, mais il ne l'a pas remarqué. Heureusement pour moi, le jeu choisi est « Je n'ai jamais… ». Or, il s'avère que Nate a passé une bonne partie de son temps à l'université à acquérir de nouvelles expériences.

Mattie s'éclaircit la gorge pour obtenir l'attention de tous lorsque c'est son tour.

— Je n'ai jamais… accidentellement appelé Faulkner pendant que je faisais l'amour.

— Oh, putain de merde, lâche Nate en portant son verre à ses lèvres, avant de marmonner sans prendre la peine de me regarder : Tu ne veux pas savoir.

— OK, OK, poursuit JJ en se frottant les mains. Je n'ai jamais… quitté le club avec une femme plus âgée.

Plusieurs des gars lèvent leur gobelet, mais s'arrêtent quand JJ leur demande d'attendre.

— … pour ensuite découvrir que j'avais aussi couché avec sa fille quand j'ai vu les photos de famille sur le mur le lendemain matin.

Nathan jure à voix basse. Il secoue la tête devant son meilleur ami en portant de nouveau son gobelet à sa bouche.

— Oh, mon Dieu !

Ma mâchoire pourrait aussi bien être tombée par terre. Lola glousse à côté de moi, et Jaiden a l'air incroyablement content de lui. C'est mon tour, et je n'arrive pas penser à quelque chose d'aussi scandaleux que les gars. Toutefois, j'ai une chose qui, je le sais, le fera boire.

— Je ne suis jamais… tombée d'un téléski.

Nate grogne et lève immédiatement son gobelet. À côté de lui, Robbie boit aussi.

— Toi aussi ?

Je ris quand il acquiesce et grimace en avalant son verre. C'est Lola qui l'a fait, alors Dieu sait combien il est fort.

— Oui, cette petite merde m'a entraîné avec elle.

Le jeu continue, et naturellement, les gars l'utilisent comme un moyen d'exposer les erreurs de jeunesse des uns et des autres. Lola et moi nous éloignons pour rattraper les événements de la journée, et après une heure d'échange de théories et de plaintes au sujet d'Aaron, je retrouve Nate.

Je le trouve dans le salon, en train d'ignorer totalement les deux filles qui essaient de lui parler. Dès que je m'approche, il me prend sur ses genoux et enfouit sa tête dans mon cou.

— Où étais-tu ? Tu m'as manqué.

— Avec Lo. Comment je peux te manquer ? Tu me vois tous les jours.

Ne prenant pas la peine de répondre à ma question, je le sens me mordiller l'oreille.

— Je ne me souviens pas pourquoi je n'ai plus le droit de t'embrasser, mais j'en ai vraiment, *vraiment* envie. Tu es si jolie, Stassie.

Il est tellement ivre que ses paroles sont confuses, mais je ne m'en souviens pas non plus.

Lorsque je me tourne sur ses genoux pour lui faire face, son gémissement me fait comprendre que ce n'était pas la meilleure décision. Il pose sa main sur mon visage et fait la moue.

— On fait si bien l'amour. Allez, laisse-moi te le rappeler.

Je l'emmène dans sa chambre, mais ce ne sera certainement pas pour ça.

— Viens, garçon ivre.

C'est comme si j'essayais de contrôler un enfant très turbulent alors que je le guide dans les escaliers. Arrivé dans sa chambre, Nathan se déshabille instantanément et jette ses vêtements au hasard. Pendant que je ramasse ses vêtements, j'entends la douche se mettre en route, et quelques instants plus tard, une interprétation très forte et fausse de *Last Christmas* résonne par-dessus le bruit de l'eau qui coule.

Il apparaît quelques minutes plus tard, des effluves puissants de miel et de fraise dans son sillage. Je sais donc qu'il a utilisé mon shampooing. La serviette pend librement de ses hanches, des gouttes d'eau coulent sur son torse massif.

Putain.

Sans se soucier du fait qu'il est trempé, il traverse la pièce d'un pas lourd et s'arrête devant moi.

— Tu veux faire la danse sans pantalon avec moi ?

— Non. Je veux que tu te mettes au lit et que tu dormes.

Il a l'air sincèrement choqué.

— Pourquoi non ?

Je le pousse vers le lit. Il s'y affale, loin d'adopter une position appropriée pour le sommeil.

— À ton avis, pourquoi ?

En y réfléchissant, il se rend compte de la situation.

— Tu es ivre, et je suis sobre, donc ça veut dire… chante-t-il en faisant un *X* avec ses bras. Pas de soirée pyjama à poil.

Pas tout à fait exact, mais il a vu juste sur les principales raisons.

— Bingo. Allonge-toi correctement, s'il te plaît.

Il bâille tout en m'ignorant et ferme les yeux.

— Les gens ivres ne peuvent pas donner leur consentement, Stas.

— C'est ça, bébé, soufflé-je en soulevant ses lourdes jambes pour essayer de le bouger. Nate, peux-tu… OK, tu dors. Super.

Le nez de Lo se fronce lorsque je la rejoins en bas.

— Pourquoi tu es en sueur ?

— Nathan est ivre et lourd.

— Tu es en train de tomber amoureuse de lui, tu es au courant ?

— Je le connais depuis très peu de temps, Lola. Je ne suis pas en train de tomber amoureuse, nous ne sortons même pas ensemble, réponds-je en regardant par-dessus mon épaule pour m'assurer que personne n'est en train d'écouter.

— Ça fait presque trois mois, et vous vivez ensemble depuis un mois presque. Je pense que la question de sortir ensemble ou pas a peu d'importance en fait.

Ça fait une heure que Lola m'emmerde et s'enflamme sur un mariage hypothétique. Soudain, elle grimace, ce qui me fait sursauter.

— J'ai oublié de te le dire parce que j'étais pressée ! Aaron sort avec Kitty Vincent !

Je me sens comme un de ces personnages de dessins animés quand leurs yeux sortent de leurs orbites.

— Dis-moi que tu plaisantes.

— Je ne plaisanterais jamais sur quelque chose d'aussi horrible. Je l'ai vu de mes propres yeux. Aucun rapport, mais quand tu emménageras chez toi, il faudra brûler le canapé. Rosie est toujours adorable, mais Kitty, c'est une autre histoire. Bien pire. Bien, bien pire.

Kitty était notre amie pendant notre première année, quand nous commencions à fréquenter Rosie, sa colocataire. Rosie est la fille de Simone, ma chef, et c'est grâce à elle que j'ai décroché ce job.

Comme Lola l'a souligné, Rosie est un amour, mais Kitty est tout simplement méchante et vaniteuse, et je n'utilise pas ces mots à la légère quand il s'agit de parler d'une autre femme. Leur amitié mériterait d'être analysée par des experts, car après deux ans, je n'arrive toujours pas à la saisir.

Ce qui est ennuyeux, c'est qu'elles vivent dans notre immeuble. Donc, nous les voyons parfois, et nous ne pouvons pas mieux apprendre à connaître Rosie tout en évitant Kitty puisqu'elles sont inséparables.

Avant que je n'aie le temps d'assimiler l'information que me lance Lo, des acclamations éclatent autour de nous. Lola écarquille les yeux, et sa main vole vers sa bouche alors qu'elle étouffe un son qui ne peut être décrit que comme un mélange de moquerie et de grognement.

En me retournant pour chercher la source du chaos, j'aperçois immédiatement Nathan qui traverse la foule en caleçon. Ses amis sortent du salon, également à la recherche de la cause du bruit, et prennent tous leur téléphone.

Nate traverse la pièce d'un pas décidé. J'aimerais qu'il se dirige vers ses amis.

J'aimerais vraiment, vraiment que ce soit le cas.

Mais il ne le fait pas. Il s'arrête juste devant moi, avec une moue boudeuse et des yeux ensommeillés.

— Tu n'étais pas là quand je me suis réveillé.

— Oh, mon Dieu. Où sont tes vêtements ?

— Reviens te coucher, gémit-il assez fort pour que les autres entendent. Pas de bêtises. Fais-moi juste un câlin.

— C'est pépite, lâche Lola derrière moi.

Quand je jette un coup d'œil par-dessus mon épaule, elle aussi a sorti son téléphone.

Les gars regardent tous, et plusieurs sont pliés de rire. L'un d'eux a l'air de faire de l'hyperventilation. À contrecœur, je laisse Nathan me traîner vers les escaliers en les assassinant tous du regard.

— Merci pour votre aide, les gars.

— Mais tu fais un si bon boulot, répond Robbie.

Lorsque nous arrivons dans sa chambre, Nate se laisse tomber sur le lit. Je vois qu'il a décidé de démolir notre barricade d'oreillers. Il ronfle déjà quand je suis prête à me glisser à côté de lui, mais il sent ma présence et me tire plus près de lui.

Après trois semaines de séparation avec oreillers, être contre lui me fait un bien fou. Je ne prends pas la peine de lutter pour garder les yeux ouverts.

VINGT-HUIT

NATHAN

MON TÉLÉPHONE est rempli de messages, et je n'ai pas besoin de les ouvrir parce qu'il me suffit d'en consulter un pour savoir que les autres seront tous pareils.

Ils porteront tous sur moi en train de déambuler dans mon salon, bourré et pratiquement nu, afin de traîner Anastasia à l'étage avec moi comme un bébé ivre en manque d'affection.

Cette dernière est toujours recroquevillée contre moi. Son souffle doux chatouille ma poitrine, ses mèches brunes décorent mon biceps. Je peux voir les restes de notre barricade d'oreillers éparpillés sur le sol de ma chambre.

Je ne m'en souviens pas, mais j'imagine que c'est probablement ma faute.

Je dirais que le fait que nous soyons en train de nous faire des câlins en ce moment même est probablement ma faute aussi. Mais à en juger par l'expression de satisfaction sur son visage alors qu'elle dort paisiblement, je suppose qu'elle est aussi heureuse que moi de cette proximité.

D'habitude, je ne me saoule pas beaucoup, car mes amis sont trop irresponsables pour être en présence d'autres personnes sans la surveillance d'un adulte. Toutefois, hier soir, j'ai été entraîné dans un jeu de boisson par une femme qui, je suppose, trichait.

C'est elle qui s'occupait de moi, et non l'inverse, et ça suffit pour confirmer mes soupçons. Je décide de braver le pire pendant qu'elle dort encore et ouvre le chat collectif de l'équipe.

PUCKBUNNIES

JAIDEN JOHAL : *émoji en colère*

JAIDEN JOHAL : Nate quand Stassie ose parler à quelqu'un qui n'est pas lui.

JOE CARTER : *émoji en pleurs*

JOE CARTER : Quand elle n'est pas là quand tu te réveilles.

KRIS HUDSON : *émoji cœur dans les yeux*

KRIS HUDSON : Quand il dit pas de baise, juste des câlins.

Le message suivant est de ma sœur, Sasha.

SASH HAWKINS

SASH HAWKINS : Mon Dieu, tu me fais honte.

SASH HAWKINS : Je vais retirer l'UCMH de ma liste d'écoles potentielles.

NATE HAWKINS : Comment c'est possible que tu sois au courant ?

SASH HAWKINS : J'ai vu la vidéo sur la page des rumeurs de l'UCMH.

SASH HAWKINS : J'ai besoin d'une thérapie maintenant, merci.

NATE HAWKINS : Super.

SASH HAWKINS : Je t'en veux déjà de m'avoir abandonnée à Noël.

NATE HAWKINS : Oh, j'imagine combien ça doit être terrible pour toi.

NATE HAWKINS : Profiter de la plage de Saint-Barth, comment vas-tu faire ?

NATE HAWKINS : De rien, au fait.

SASH HAWKINS : Profite de Noël tout seul, cinglé.

Mon père a suivi mon conseil et a proposé de nous emmener en vacances à Saint-Barthélemy pour Noël. Je ne sais pas qui était le plus choqué : Sasha, pour avoir eu ce qu'elle voulait, ou moi, parce qu'il a écouté mon conseil.

J'adorerais passer Noël avec Sasha, mais je préfère sincèrement nager dans des eaux infestées de requins en combinaison de phoque que de passer deux semaines avec papa dans un autre pays.

Mon téléphone vibre, un autre message de l'équipe.

Oh, génial. Je suis un mème, maintenant.

Parfois, je leur facilite trop les choses, mais là, je les sers carrément sur un plateau. Je n'ai pas eu de petite amie depuis qu'on est à la fac. Non pas qu'Anastasia soit ma petite amie.

Pourquoi je panique comme si elle pouvait entendre mes pensées ?

Quand je lui ai dit qu'avec moi, c'était tout ou rien, je plaisantais. Je ne m'attendais pas du tout à ce qu'elle emménage.

L'idée qu'elle ne vive plus avec moi et les garçons me fait bizarre maintenant, et je m'inquiète de la suite des événements. Elle dit qu'une fois qu'elle aura réglé les choses avec Aaron, elle voudra retourner chez lui. C'est difficile à comprendre, d'autant plus qu'elle considère cette maison comme *son foyer.*

Anastasia pense que commencer notre relation – oui, elle a dit relation – de manière aussi intense pourrait nous conduire à l'échec. Elle me rappelle aussi régulièrement qu'à la fin de l'année scolaire, je partirai au Canada et qu'elle restera seule ici. Elle n'a pas tort, ce qui ne me convainc toujours pas pour autant qu'elle devrait vivre à nouveau avec Aaron.

Elle remue dans mes bras. C'est le bon moment pour commencer à faire semblant de ronfler, mais ses yeux s'ouvrent brusquement sans qu'elle ait l'air impressionnée.

— Pourquoi tu me regardes, espèce de sale type ?

Elle ne me laisse pas l'occasion de répondre.

— N'essaie même pas de me dire que je suis belle. Je sens de la bave séchée sur ma joue.

— J'aime quand tu me dis des trucs sexy.

— Vous avez de gros problèmes, monsieur, répond-elle en bâillant et en étirant tous ses membres.

Je ne sais pas si c'est la gueule de bois ou l'anxiété d'attendre qu'on m'engueule qui me donne la nausée, mais j'ai la nausée.

— Comment va ta tête ? demande-t-elle. Tu veux que je te fasse des pancakes ?

Eh bien, merde. Je ne m'attendais pas à ça.

— Je t'ai fait honte, et tu veux me faire des pancakes ?

— Tu t'es ridiculisé, glousse-t-elle. Et je sais *pertinemment* que tes amis vont te faire la misère, aujourd'hui. Potentiellement pour le reste de ta vie, en y réfléchissant bien. On pourrait dire que ce sont des pancakes de pitié plus qu'autre chose. Tu veux des pépites de chocolat ?

Elle est assise à côté de moi, les cheveux sauvages pareils à la crinière d'une lionne et les yeux à moitié fermés, mais chaleureux. Je ne peux pas m'empêcher de tendre le bras pour caresser son visage, en effleurant soigneusement de mon pouce les parties de ses joues qui rougissent.

— Qu'ai-je fait pour te mériter ?

Elle embrasse rapidement la paume de ma main et grimpe sur moi pour sortir du lit.

— Tu es très gentil et tu es très mignon.

— Et si je me fais attaquer par un lion des montagnes et qu'il me dévore le visage, est-ce que tu m'aimeras toujours bien ?

Je la vois essayer de réprimer un rire en pinçant les lèvres.

— Tu passes trop de temps avec JJ. Il me demande toujours des trucs comme ça. Euh, tu seras toujours aussi gentil sans visage ?

Je pense.

— Oui.

— Alors, je t'aimerai toujours bien.

Nous reprenons cette conversation dans la cuisine, où tout le monde attend maintenant avec impatience les pancakes que Stassie est en train de préparer.

— Et s'il se fait mordre par un requin, qu'il survit et récolte une cicatrice cool, mais que chaque pleine lune, il devient un requin. Est-ce que tu l'aimeras encore bien ? demande JJ, en sursautant quand il tente de voler un pancake dans la pile de Stassie et qu'elle lui donne une tape sur la main.

— Quand c'est un requin, est-ce qu'il vit dans la mer ou dans une baignoire que je dois remplir et tout ?

Sans hésiter, JJ réplique :

— La mer. Tu dois juste le déposer à Venice Beach avant le coucher du soleil.

— Oui, je l'aimerai toujours bien.

Elle sert les pancakes et les fait circuler, puis recouvre sa propre assiette de fraises et de sirop. Les pancakes protéinés sont sa nouvelle obsession, car ils lui permettent de ne plus avoir à tolérer le goût écœurant des boissons protéinées.

Henry est resté étrangement silencieux en écoutant Robbie, JJ et Lola multiplier les scénarios pour tester sa limite. Or, Henry n'a pas tendance à rester silencieux longtemps.

— Donc, ce que j'entends, Stassie, c'est que tant que Nathan est gentil avec toi, il n'y a rien qui puisse t'empêcher de l'aimer ?

Elle hausse les épaules.

— Euh, je suppose ? Je ne sais pas. Je ne suis pas trop inquiète à l'idée qu'il rejoigne la mafia ou qu'il doive porter uniquement un costume de clown pour le reste de sa vie, donc… Enfin, ce n'est pas réel, tu vois ?

— Ce que je vois, c'est qu'on dirait que tu es amoureuse de lui.

Les yeux de tout le monde s'écarquillent et toutes les têtes se tournent vers lui en même temps. La bouche pleine de pancakes, il nous regarde tour à tour, confus.

— Qu-… Quoi ?

Est-ce que ça fait du bien de savoir que Stas m'aimerait encore si j'avais des mains de crabe ? Bien sûr. Est-ce que je veux qu'Henry la mette sur la sellette pour des pancakes alors qu'on essaie d'attendre jusqu'en janvier ? Non.

Prenant une gorgée de son eau, il s'éclaircit la gorge.

— À en juger par la façon dont tout le monde me regarde, j'ai l'impression que c'est une des choses que je ne suis pas censé dire.

— Ces pancakes sont incroyables, Stassie ! s'exclame JJ.

— Les meilleurs, je marmonne en prenant une autre bouchée.

Elle se concentre sur ses fraises, mais elle ne peut pas cacher ses joues roses.

Intéressant.

— Nate, ce n'est pas le chemin de la patinoire.

— On ne va pas à la patinoire.

Brady a dit que nous devions travailler sur nos problèmes de confiance, alors c'est ce que nous allons faire. Les *problèmes de confiance*, c'est comme ça qu'on les appelle parce qu'on est une équipe. Pointer du doigt la peur de Stassie lui ferait porter le chapeau et lui donnerait une raison de s'en vouloir.

— On ne peut pas rater l'entraînement parce que tu as la gueule de bois, dit-elle.

— J'ai mangé trois beignets avec JJ tout à l'heure, je n'ai plus la gueule de bois. Et on ne saute pas l'entraînement. Brady a approuvé.

— Qu'est-ce qu'on fait, alors ?

— Nous allons apprendre à nous faire confiance.

Le reste du trajet en voiture est calme. Elle reste assise et boude parce que je ne veux pas lui dire où nous allons. Ça n'a pas l'effet désiré, car j'aime ses lèvres pincées et la façon dont son nez se plisse quand elle n'est pas contente.

En entrant dans le parking de la piscine de l'UCMH, je sens immédiatement ses yeux sur moi.

— Nager ? Tu plaisantes, n'est-ce pas ?

— Toute l'équipe de natation est à Philadelphie pour une compétition. Nous avons la piscine pour nous tout seuls. Je vais te prouver qu'il n'y a rien que tu me demandes que je ne puisse supporter.

C'est un bon plan, en principe, mais la façon dont son visage se décompose me fait mal au cœur.

— Je n'ai même pas de maillot.

— J'ai emmené Lola à la maison au déjeuner, et elle m'a donné toutes tes affaires. Tu as tout ce dont tu as besoin. Tout va bien se passer.

— Si tu le dis, grommelle-t-elle en retirant sa ceinture de sécurité.

Ça fait quinze minutes que j'attends devant les vestiaires, et aucun signe d'elle. J'envisage la possibilité qu'elle ait pu commander un Uber, quand finalement, sa tête apparaît.

— As-tu précisé tes exigences à Lola quand tu lui as demandé de me trouver un maillot de bain ?

— Je lui ai demandé de prendre quelque chose avec lequel on peut aller dans la piscine. Pourquoi ?

Elle souffle et roule des yeux.

— Sache juste que ce bikini a été porté pour la dernière fois pendant un *spring break* à Palm Springs.

Sa tête disparaît. Puis tout son corps sort, et je m'étouffe. Avec de l'air ? Ma propre salive ? Je ne sais pas, mais je lutte pour avoir de l'oxygène.

Appeler « bikini » ce qu'elle porte est une énorme exagération. Ces minuscules bouts de tissu ne couvrent absolument rien. Elle se retourne, et ouais, tout son cul est à l'air, le plus petit bout de ficelle rose reposant entre ses fesses.

— Tu pensais vraiment que Lo allait me donner quelque chose de pratique ?

Ma bouche est aussi sèche qu'un désert, j'ai du mal à déglutir. Depuis notre accord, elle se déshabille dans la salle de bains, je n'ai donc pas vu autant de peau depuis notre dernière douche. Elle portait vraiment plus que ça la dernière fois que nous avons fait l'amour.

— Euh…

Très sexy, Nate.

— On devrait aller dans la piscine ?

Elle essaie de ne pas rire tandis que j'essaie de ne pas la reluquer ouvertement. Aucun de nous ne s'en sort très bien. Je suis vraiment content que l'équipe de natation ne soit pas là à l'heure actuelle. Je ne suis pas sûr que j'aurais pu frapper tous les gars qui auraient regardé dans sa direction, même si l'envie ne m'aurait pas manqué.

Le centre de natation a plusieurs bassins différents, donc nous travaillons dans le moins profond. Le but est de faire croire à Stassie que je ne la laisserai pas tomber alors que le plus gros risque, c'est qu'elle se retrouve avec une bouche pleine de chlore.

— Oh, super, se plaint-elle après avoir entendu le plan tout en abandonnant le bord pour plonger dans l'eau. Donc, non seulement je dois faire attention à ce que tu ne me laisses pas tomber, mais maintenant je dois aussi faire attention à ne pas me noyer.

— Je ne vais pas te laisser tomber, et je ne te laisserai jamais te noyer. Répète-le pour que je sache que tu m'écoutes, insisté-je en la rejoignant.

— Tu ne vas pas me lâcher.

— Quoi d'autre ?

— Tu ne me laisseras jamais me noyer.

— Bien. Maintenant, qu'est-ce qu'on fait en premier ?

Je ne me suis jamais autant concentré sur quelque chose dans ma vie. Jusqu'à présent, chaque mouvement, que nous avons pratiqué au moins dix fois chacun, même dans l'eau, a été très facile.

La profondeur de la piscine est suffisante pour lui offrir la sécurité dont elle a besoin, tout en nous permettant de travailler avec notre différence de taille. Dès qu'elle m'annonce que nous commençons les exercices difficiles, son enthousiasme chute.

— Je me penche en avant et prends appui sur tes hanches pour pousser mon corps vers le haut, dit-elle en posant ses deux mains sur les os de mes hanches. Ma joue va sur ton épaule, comme ça. Toi, tu dois tenir ma cage thoracique, en quelque sorte, et te pencher en arrière. C'est presque comme une situation de contrepoids.

Je fais exactement ce qu'elle dit. Je me penche lentement en arrière tandis que son corps sort de l'eau, les jambes parfaitement tendues. J'ai une vue imprenable sur ses fesses à cet instant, mais je suis également heureux de cette réussite.

Son corps s'abaisse, et je reste en position en attendant qu'elle me dise que je peux arrêter. Son sourire est presque contagieux. Je suis tellement soulagé que ça semble fonctionner. Nous le faisons encore une poignée de fois, jusqu'à ce qu'elle soit satisfaite.

— Qu'est-ce qu'on fait ensuite, coach ?

Elle presse ses doigts contre ses lèvres, les joues rouges, et secoue la tête.

— Ça me gêne de te le montrer.

— Je promets de ne pas te laisser tomber.

Elle tapote la surface de l'eau en regardant partout, sauf vers moi.

— Ce n'est pas seulement ça. J'ai un peu peur que tu aies un aperçu de ce qu'il y a entre mes jambes. Je dois écarter les jambes quand je suis au-dessus de ta tête.

Je l'ai vue faire cette figure-ci. Je dirais que ses préoccupations sont valables, étant donné la taille de son morceau de ficelle.

— Tu ne peux rien me montrer que je n'aie déjà vu. Tu as utilisé mon visage comme un siège, Anastasia. Je suis un grand fan – sans doute ton plus grand fan.

Elle murmure un « Putain de merde » et se retourne pour ne pas me voir.

— Prêt ?

Elle joint ses doigts aux miens et compte à rebours à partir de trois. Je la pousse en l'air, verrouillant mes bras alors que ses jambes s'écartent. Elle vacille un peu, ses mains me serrent plus fort.

— Ne panique pas, je te tiens. Je t'attraperai avant même que tu touches l'eau, bébé. Concentre-toi.

Je l'entends marmonner, mais je n'arrive pas à comprendre ce qu'elle dit. Après quelques secondes, le flottement s'arrête, et elle se met à rire. Ses jambes s'abaissent. Je la fais lentement redescendre dans l'eau.

— Bravo, tu t'en sors très bien.

Nous nous entraînons encore une poignée de fois jusqu'à ce qu'elle soit satisfaite de notre réussite, et chaque fois que je la ramène dans l'eau, je peux sentir la peur s'étioler.

— Tu es vraiment fort, tu sais, dit-elle, presque comme si elle était surprise.

Je n'entre pas dans le vif du sujet avec elle, car je sais qu'elle s'est probablement pesée ce matin et que ce n'est pas le moment.

— Pourquoi ne pas reproduire le mouvement que tu faisais quand tu es tombée ? C'est celui qui t'inquiète le plus, non ?

Tout en flottant devant moi dans l'eau, elle m'explique les tenants et aboutissants du mouvement, mais ne me laisse pas la toucher. Je m'enfonce pour que mes épaules soient également submergées et je l'écoute me dire où nos mains doivent se poser. L'anxiété dans sa voix me laisse deviner la catastrophe si elle avait heurté la glace.

— Anastasia, écoute-moi. Je ne vais pas te faire tomber, et même si c'était le cas, tu atterrirais dans l'eau. La pire chose qui pourrait t'arriver, c'est que tu aies les cheveux mouillés et de l'eau dégoûtante de Maple Hills plein la bouche.

— Je sais que je suis idiote, je suis désolée. Je te fais confiance, je te le promets.

— Allez, on arrête de parler. On se lance.

On se met en position, et avant qu'elle n'ait le temps de changer d'avis, elle est au-dessus de ma tête, en équilibre sur une de mes mains. Même avec ma main sur sa hanche, je peux sentir la façon dont son corps tremble et entendre sa respiration erratique.

— Prends de grandes inspirations.

— Laisse-moi descendre, je n'aime pas ça.

— Essaie de tomber, Stas. Trémousse-toi. Bouge autant que tu peux.

— Tu es ridicule !

— Fais-le !

Elle marmonne quelques jurons en se trémoussant au-dessus de ma tête. Il ne me faut qu'une seconde pour mettre ma main sur son autre hanche, mais elle a beau bouger, elle ne va nulle part. Je lui laisse encore dix secondes pour essayer de se libérer avant de la faire redescendre lentement dans l'eau devant moi, les mains toujours fixées sur ses hanches.

— Tu vois ? Tu es en sécurité.

Son ventre est plat contre le mien, ses bras sont serrés autour de mon cou, sa respiration est laborieuse.

— Qu'ai-je fait pour te mériter ? demande-t-elle.

Je presse mes lèvres contre son front, réfléchissant à la meilleure façon de répondre à cette question. Il n'y en a pas, alors je vais devoir me contenter de ça :

— Je ne sais pas, mais je t'aimerais bien si tu avais des mains de crabe, moi aussi.

VINGT-NEUF

ANASTASIA

JE N'AI JAMAIS ÉTÉ AUSSI heureuse de dire au revoir aux études et aux examens.

La maison des garçons est en cours de transformation pour devenir la meilleure grotte du Père Noël de Maple Hills, ce qui est le rêve de Robbie. Pour quelqu'un si détendu d'ordinaire, il est incroyablement stressé par toute cette histoire de grotte… dont il est le seul responsable.

JJ dit que c'est un vieux piégé dans le corps d'un jeune homme et qu'il a le droit d'être grincheux par défaut. Henry dit que Robbie a besoin d'une excuse pour les diriger en dehors du hockey. Lola dit qu'il a une personnalité dominante, et que c'est chaud comme la braise.

Je ne suis pas sûre de savoir lequel a raison, mais lorsqu'il est arrivé ce matin suffisamment de gui pour remplir toute la maison, j'ai décidé de ne pas m'en mêler.

Lola et moi avons dansé sur des musiques de Noël en nous creusant les méninges pour essayer de trouver où tout mettre. Finalement, j'ai dû abandonner parce qu'il y avait trop de choses. Je décide de retourner à mon autre tâche : fixer mon ordinateur portable afin de décider si je dois réserver un vol pour Seattle pour Noël.

En passant la porte d'entrée, Henry s'arrête pour admirer le nouveau salon amélioré.

— Vous êtes lentes, toutes les deux. JJ et moi aurions déjà terminé.

Il parvient à esquiver de justesse la décoration que Lo lui lance en s'écartant de sa trajectoire, de sorte qu'elle frappe Robbie à la poitrine au moment où il franchit le seuil. Il la lui renvoie.

— Merci, bébé. Tu m'as manqué aussi.

— Chérie, je suis rentré ! crie JJ en franchissant la porte d'entrée en costume.

Ils sont tous allés en Utah pour un match, et ont donc dû y passer la nuit. Même si Nathan n'a pas le droit de jouer, il a quand même le droit de voyager et de regarder. Sachant qu'il a fini par partager une chambre avec Mattie et Bobby, je pense qu'il aurait préféré ne pas y aller. Ils ont essayé de ramener des femmes en douce dans la chambre, et Nate a été réveillé par les cris de Faulkner qui leur en mettait plein la gueule.

Il me fait un beau sourire en entrant, le sac en bandoulière. *Moi aussi, j'aimerais accrocher mes jambes en bandoulière autour de lui.* Il a de larges épaules, elles vont bien avec son costume. Tout son corps est beau dans son costume. Je pense à la façon dont il est serré autour de ses cuisses quand il atterrit sur le canapé à côté de moi avec un sourire en coin.

— Arrête de me regarder, Allen.

Il a raison. Je suis pratiquement en train de baver, et je ne suis même pas discrète.

— Je suis désolée, tu es juste exceptionnellement beau dans ton costume. Je suis en train d'avoir un moment pour moi, là.

— On peut avoir un moment dans la vraie vie, si tu veux, me taquine-t-il en me posant sur ses genoux.

Il jette un coup d'œil à l'écran de mon ordinateur portable et me lance un regard compatissant.

— Tu n'arrives toujours pas à franchir le pas ?

— Ça fait une heure que j'essaie.

Sa main parcourt doucement mon tibia tandis que je lui explique pour la millionième fois que je veux *vraiment* rentrer chez moi. Il sait ce que je ressens parce que nous en avons longuement parlé.

Il comprend que j'essaie de gagner du temps, mais heureusement, il ne me le reproche pas.

— Pourquoi ne viens-tu pas dans le Colorado avec moi ? demande-t-il quand j'énumère à nouveau mes excuses. Ma famille ne sera pas là. Nous pourrons patiner sur le lac dans mon jardin et utiliser le spa de la station de ski autant que tu le souhaites. Dis à tes parents que c'est une préparation à la compétition.

— Pourquoi tu cherches des vols à partir de Seattle ?

— J'ai pensé qu'on pourrait aller chez tes parents quelques jours, puis prendre l'avion pour le comté d'Eagle *via* Denver. Ou bien tu pourrais y aller et prendre ensuite l'avion pour me rejoindre par exemple. Je pense que tu devrais rendre visite à ta mère et ton père. Je pense sincèrement que tu seras bouleversée quand le Nouvel An arrivera et que tu ne les auras toujours pas vus.

La perspective de rester chez mes parents avec Nate semble super sérieuse, mais d'une certaine manière, elle fait disparaître l'anxiété que je ressens.

— Laisse-moi d'abord en parler à ma mère, d'accord ?

— D'accord, mais ne tarde pas trop. Le Père Noël arrive, après tout.

En plus de toutes les raisons pour lesquelles mon agenda est merveilleux, le fait d'être organisée pour Noël figure en tête de liste.

Je note tout au long de l'année les choses que les gens disent aimer et à Noël, je regarde ma liste. Enfin, j'ai fait ça pour tout le monde, sauf pour une personne.

— Tu veux quoi pour Noël ?

— Rien.

— Nate, me fâché-je, dis-moi ce que tu veux pour Noël, ou tu auras du charbon.

— Je ne veux rien.

— Nathan !

Cette dispute dure depuis des jours. Or, je commence à manquer de temps pour lui acheter quelque chose. Pour tous les autres, ça a été si facile, mais Nate ne lâche jamais aucun indice, donc je n'ai jamais rien à écrire.

J'ai acheté de nouveaux crayons à dessin et de la peinture pour Henry et des produits dérivés de hockey pour Robbie. Quant à JJ, il ne fête pas Noël. Je nous ai offert un cours de cuisine vietnamienne pour deux afin de poursuivre notre éducation alimentaire au cours de la nouvelle année, puisque nous aimons tant cuisiner ensemble.

Mais Nathan n'a rien.

Notre barricade de coussins n'a jamais été rétablie, donc ce n'est pas si difficile de grimper sur lui afin d'exiger toute son attention.

— S'il te plaît, dis-moi ce que tu veux. Je veux t'offrir quelque chose qui te rendra heureux.

— Tu me rends déjà heureux. Laisse-moi t'avoir.

— Mais tu m'as déjà, ronchonné-je. Et tu ne peux pas me déballer.

— Je pourrais te déballer si tu me laissais faire… râle-t-il en glissant la main sous mon tee-shirt pour me chatouiller le ventre.

Je peux le sentir durcir entre mes cuisses, et toutes les pensées qui me taraudaient quittent instantanément ma tête.

Quatre semaines, ça ne semble pas long, mais plus j'apprends à le connaître, plus j'ai envie de grimper sur lui comme sur un arbre. Apprendre que le film préféré d'un joueur de hockey musclé est *Coco*… ça fait des choses bizarres à l'intérieur.

Quand je lève les bras en l'air, il se redresse et passe mon tee-shirt au-dessus de ma tête. Ses yeux bruns s'assombrissent, et la chaleur dans son regard se répand en moi, faisant monter un frisson d'anticipation dans ma colonne vertébrale. Mon soutien-gorge suit. Sa langue effleure immédiatement mon téton déjà tendu. Il remonte le long de ma poitrine en m'embrassant, jusqu'à arriver à ma bouche. Là, il saisit mon visage entre ses mains.

— On enfreint toutes les règles ? demande-t-il contre mes lèvres.

Il n'y a presque pas de place entre nous, et je jure que je ne me suis jamais sentie aussi satisfaite depuis des semaines.

— Absolument.

Enfin, sa bouche rencontre la mienne. Sa langue l'explore avec ferveur tandis que mes hanches développent un esprit d'initiative étonnant et viennent se frotter contre lui. Chacun de leurs mouvements m'envoie la plus addictive des vagues de plaisir.

— Mon Dieu, tu m'as manqué. Je ne vais pas tenir si tu continues à faire ça.

Ses dents mordent ma lèvre inférieure, sa voix est basse et tendue.

— Dis-moi ce que tu veux pour Noël, ou je ne te laisserai pas jouir du tout, le taquiné-je en glissant une main entre nous pour le saisir à travers son caleçon.

Son gloussement choqué est instantanément remplacé par un gémissement faible et guttural alors que je l'astique de haut en bas.

— Allez, Hawkins, juste un petit cadeau de Noël.

— Je ne sais pas !

Mon dos heurte le matelas quand il nous fait basculer. Son corps dur plane un instant au-dessus du mien, avant qu'il ne descende le long de mon corps, en s'arrêtant pour lécher et embrasser chaque endroit, jusqu'à ce que sa bouche se trouve juste au-dessus de la tache humide de ma culotte. Il fronce les sourcils en tirant sur la dentelle.

— C'est sur mon chemin.

À la seconde où sa bouche est sur moi, je me cambre contre le lit, puis me frotte à son visage. Des cris de désespoir et de besoin dont il ne semble pas se soucier retentissent alors qu'il prend son temps, aspirant mon clito palpitant dans sa bouche. Je ne tiens plus. Le plaisir me parcourt. Un grognement satisfait vibre dans sa gorge alors que sa langue me fait basculer dans le vide, au point que j'en crie son prénom.

On pourrait penser que ça suffirait pour qu'il cède, mais ce n'est pas le cas. Il passe ses bras autour de mes jambes pour me bloquer dans cette position et me serre encore plus fort lorsque la douleur dans cette partie trop sensible et trop stimulée de mon anatomie me fait essayer de m'éloigner. La sensation est trop forte. Si mon dos se cambre encore plus sur le lit, je jure que je vais craquer. Ça fait des semaines que je suis seule avec la pomme de douche, alors le voir enfouir sa tête entre mes jambes et me dévorer en gémissant joyeusement, c'est plus que je ne peux supporter.

— Encore une fois, bébé.

Et, bien sûr, mon corps fait tout ce qu'il dit.

— Petite futée, roucoule-t-il.

Il remonte le long de mon corps et replace les cheveux de mon front humide. Je pousse son caleçon vers le bas pour libérer sa bite, puis je déplace ma main de haut en bas, regardant ses yeux se plisser.

— Dis-moi ce que tu veux pour Noël, Nathan.

Il continue de glisser lentement entre mes doigts.

— Comment peux-tu encore penser à Noël alors que je viens de te faire jouir deux fois ?

— Parce que c'est important pour moi de faire quelque chose de gentil pour toi.

— Je ne veux que toi, Anastasia. Rien de ce que tu peux m'acheter ne vaut les quatre semaines passées avec toi. Donne-moi plus de ça, et je serai heureux.

J'attire sa bouche vers la mienne, me goûtant sur sa langue. Je ne sais pas quoi dire. Comment le pourrais-je ? Cet homme fait voler en éclats toutes les pensées négatives que j'ai eues sur l'exclusivité. Pourquoi voudrais-je me partager, ou le partager, lui ?

Il m'embrasse, berce mon visage et me donne chaque parcelle de son attention et de ses soins. Au moment où son bras se tend vers le tiroir de chevet, les mots sortent de ma bouche.

— Nous ne sommes pas obligés d'utiliser un préservatif… sauf si c'est ce que tu veux. Je prends un contraceptif, et je n'ai pas de relations sexuelles avec quelqu'un d'autre. Je te fais confiance, dis-je en prenant une profonde inspiration, et j'espère que toi aussi, tu me fais confiance.

Je ne pense pas l'avoir déjà vu sans voix. Il s'éclaircit enfin la gorge après m'avoir fixée avec une mâchoire relâchée pendant trente secondes.

— Tu es sérieuse ?

— Oui. Je ne l'ai jamais fait sans avant, mais ne te mets pas la pression.

— Moi non plus. Oh, mon Dieu. (Il s'aligne, et l'attente me tue.) T'es sûre ?

— Pitié, nous avons attendu assez longtemps.

Nate s'enfonce en moi à nu, et la sensation ne ressemble à rien de ce que j'ai connu. Tout est dix fois plus intense, je peux sentir chaque parcelle de lui. Il halète contre mon épaule, me laissant m'ajuster après m'avoir remplie.

— Oh, mon Dieu. Putain, c'est tellement bon, Anastasia. Bon sang, tu es tellement humide, tellement prête pour moi.

Il recule ses hanches et vient les faire claquer en avant. Le claquement de nos peaux résonne dans la pièce. Ma peau est sur le point de s'enflammer, chaque nerf est à vif. Je veux plus.

— Dur et rapide, chuchoté-je en enroulant mes jambes autour de lui et en croisant mes chevilles au bas de son dos.

— Je ne durerai pas, gémit-il. C'est trop bon. Il me faut tout mon self-control pour ne pas tout lâcher maintenant.

J'utilise mes pieds pour soulever mes hanches et glisser le long de son membre. Je roule des hanches une fois parvenue à son gland.

Je veux qu'il m'écrase contre le lit et qu'il perde la tête, mais M. Généreux est trop affairé à me transformer en une épave tremblante. *Encore.*

— Je m'en fiche, lui réponds-je honnêtement. Donne-moi tout ce que tu as.

Il glisse ses mains sous moi pour s'accrocher à mes épaules. J'essaie de cacher l'expression étourdie sur mon visage, mais il la repère, et ses lèvres se retroussent en un sourire en coin.

— Enroule tes bras autour de moi, et rappelle-toi que c'est toi qui l'as demandé.

Personne ne pourra jamais dire que Nathan Hawkins ne sait pas recevoir d'instructions.

Ses mains me tirent vers le bas à chaque poussée, si bien que j'en pleure dans sa bouche et enfonce mes ongles dans ses épaules. Mes jambes tremblent, et à chaque fois qu'il s'enfonce, mon dos se cambre et mes jambes se resserrent autour de lui.

— Nathan…

— Je sais, bébé. Je sais. (Son front se pose contre le mien, nos nez se frôlent et nos bouches s'entrechoquent désespérément.) Regarde-toi, tu prends tout comme une putain de bonne fille.

— Je suis si proche ! crié-je en serrant fortement sa nuque d'une main et en frottant frénétiquement entre mes jambes de l'autre.

— À qui est cette chatte, Anastasia ? halète-t-il.

Ses coups de reins deviennent de plus en plus violents.

— Oh, mon Dieu. À toi. Elle est à toi.

— Jouis pour moi. Laisse-moi te sentir jouir.

— Nathan, oh, putain…

Mon corps tout entier s'agite, se contracte, s'immobilise et fond simultanément. Je ne sais pas quelle sensation privilégier, alors je me contente de me désintégrer. Son corps s'effondre sur le mien. Sa poitrine se soulève rapidement, son corps tremble alors que je le sens palpiter et tressauter en moi.

— Putaaaain.

On reste allongés là pendant de longues minutes, assommés par le silence, lui toujours dur en moi, à nous embrasser paresseusement.

Je ne sais pas comment on peut se sentir mieux que ça, comment on peut s'attendre à ce que je me contente de moins.

Quand je finis par retrouver mon souffle et que le brouillard post-orgasme commence à se dissiper, je passe mes doigts dans ses cheveux.

— Je ne t'ai pas fait dire ce que tu veux comme cadeau de Noël, grommelé-je, déçue de m'être fait hypnotiser par sa bite et d'avoir oublié.

Il grogne. Son souffle chatouille mon cou, où sa tête est actuellement posée.

— Je crois que tu viens de me donner mon cadeau de Noël.

Joyeux Noël, je suppose.

TRENTE

NATHAN

— JE N'ACHÈTERAI PAS sa putain de lingerie ! répété-je pour ce qui me semble être la millionième fois.

— Bonjour, puis-je vous aider ?

Nous nous tournons tous en direction de la voix polie qui vient d'interrompre la discussion la plus inutile du monde. La vendeuse a l'air d'avoir vu un fantôme. Je suppose que nous sommes tous un peu intimidants à la fixer comme ça.

En dépit de ses joues rouges, elle fait de son mieux pour maintenir le contact visuel, un sourire amical aux lèvres. Je n'envie pas ceux qui doivent travailler au service client à cette période de l'année.

— Oui, vous pouvez. Aidez-nous à régler cette dispute, s'il vous plaît, dit JJ en me poussant hors du chemin. Est-ce qu'acheter un pyjama à votre copine de baise est une putain de mauvaise idée ? (Ses yeux s'écarquillent légèrement, mais elle se reprend rapidement.) Vous ne pensez pas qu'elle préférerait quelque chose comme ça ?

Il brandit le corset en dentelle pour lequel nous nous disputons depuis quinze minutes et la fixe, attendant qu'elle prenne son parti.

Je le frappe dans le biceps aussi fort que possible.

— Ne parle pas d'elle comme d'une copine de baise. Ce n'est pas ce qu'elle est.

— Il a raison, Jaiden, renchérit Henry avec un sourire en coin odieux qui me dit qu'il est sur le point de me faire chier. Tu ne peux pas l'appeler comme ça alors qu'elle ne l'a pas laissé s'approcher d'elle depuis un mois. C'est sa copine tout court, à ce stade.

Je n'ai évidemment parlé à personne de la nuit dernière. Ou de ce matin. J'ai passé ma matinée à plaquer ma main sur sa bouche pour l'empêcher de réveiller tout le monde et à la sentir me serrer à mort. Nous avons considérablement amélioré notre niveau de discrétion si Henry pense que je traîne dans la *friendzone*.

Après avoir passé toute la nuit dernière, ainsi que la matinée, à rattraper les semaines où nous nous sommes trop bien comportés, je suis surpris d'avoir encore l'énergie de marcher dans ce centre commercial.

La jeune fille rigole bruyamment, avant de porter la main à sa bouche avec horreur. Rapidement, elle se reprend et retrouve son sourire de service à la clientèle.

— Je suis désolée… Euh… Les sous-vêtements sont un cadeau assez intime. Donc, si vous n'êtes pas certain, je dirais que le pyjama est l'option la plus sûre pour vous.

— Et si moi, je lui achète de la lingerie ? Ça fait quoi, hein ? me taquine JJ en attrapant la culotte assortie et en la tenant contre le corps de Hen.

Henry reluque la vendeuse depuis qu'elle a débarqué ici. Maintenant, je pense qu'elle va avoir du mal à se débarrasser de cette image de lui avec de la lingerie collée contre lui. Il rougit et repousse JJ en marmonnant quelque chose qui ne convient pas vraiment à l'esprit de Noël.

Tout en grattant les poils de ma barbe, je soupire, principalement parce que je pourrais être dans un lit, enfoui dans Stassie en ce moment même, mais que je suis ici, au centre commercial de Maple Hills, avec ces deux abrutis.

— Je pense que Faulkner sera encore plus énervé contre moi si je t'arrache tous tes membres.

Je m'intéresse à nouveau à l'étagère de pyjamas à côté de nous. Je pense que ceux que j'ai choisis sont les plus beaux. Anastasia a précisé qu'elle voulait un beau pyjama qu'elle pourrait porter avec les garçons. Leur présence chez moi ne la dérange pas du tout, mais parfois lorsqu'elle descend prendre un verre en tee-shirt, certains joueurs de hockey qu'elle ne connaît pas aussi bien sont là, en train de jouer à des jeux vidéo, et elle se sent un peu mal à l'aise.

En plus, si je devais lui acheter de la lingerie, je ne le ferais pas avec ces putains de JJ et Henry.

J'entends Henry terroriser la pauvre fille, l'accusant d'avoir sursauté ou quelque chose comme ça.

— Laisse-la tranquille, Hen, grommelé-je en prenant un pyjama à fleurs et en le comparant à celui que j'ai déjà choisi.

Je les laisse faire pendant que j'explore les autres options à proximité. Quand je reviens, Henry est en train de lui parler de notre grand nœud rouge sur la porte et de lui dire que ses colocataires adorent capter l'attention des gens, ce qui me fait ricaner. L'air offensé de Jaiden rend la chose encore plus drôle.

Elle pousse un long soupir.

— OK.

— OK, genre… on se voit plus tard ? demande Henry d'une voix étrangement joyeuse.

Je jette un discret coup d'œil à JJ, qui me considère déjà avec étonnement. Normalement, la magie opère instantanément, sans même qu'on s'en aperçoive, ou mieux encore, nous devons nous asseoir et regarder les femmes se jeter sur Henry.

Cette fille est jolie, je peux comprendre l'intérêt d'Henry. Grande, mince, de longs cheveux bruns soyeux, de grands yeux bruns, des lèvres pleines et une peau brune éclatante. Je dirais qu'elle est son type, mais je ne sais même pas vraiment quel est son type : je ne l'ai jamais vu avec la même fille deux fois et ses conquêtes sont toutes différentes.

— C'est quoi, ton prénom ? crie-t-il alors qu'elle tente de s'échapper.

— Euh…

La *pauvre fille est probablement en train d'inventer quelque chose.*

— Gen.

— Au revoir, Gen ! nous nous exclamons, JJ et moi, ignorant les regards étranges des autres personnes dans le magasin.

Après dix minutes de plus, je décide, puisque je n'arrive pas à faire mon choix, d'acheter les deux, au grand dam de JJ. Je leur ordonne de rester dehors tous les deux pendant que je vais à la caisse pour payer. Dès que j'aurai terminé, on pourra rentrer à la maison. J'ai déjà acheté les principaux cadeaux d'Anastasia, donc je pense que tout est prêt.

Je m'avance vers le comptoir et pose les articles. Je suis immédiatement choqué de voir que c'est Summer qui me sert.

— Salut, étranger, dit-elle poliment en rapprochant le pyjama d'elle et en scrutant les étiquettes. C'est pour une sœur ?

— Non. Anastasia.

Mais qu'est-ce qu'elle est ?

— Oh. J'ai vu cette vidéo, mais je n'avais pas réalisé que vous étiez ensemble… dit-elle en tapant sur la caisse.

— Nous sommes… Euh, elle est incroyable. (Je lui donne ma carte de crédit, ne sachant toujours pas comment je suis censé l'appeler.) Est-ce que tu viens à la fête plus tard ? Je pense qu'Henry vient d'intimider une de tes employées pour qu'elle vienne.

— Pas ce soir, désolée.

Elle met le pyjama dans le sac et m'en tend la poignée. Tout semble bizarre. Ça ne ressemble pas du tout à la Summer que je connais.

— Nous allons à un office à l'église avec la famille de Cami. Briar s'envole demain pour New York à l'occasion des fêtes. Elle a un vol très tôt, donc on ne va pas boire.

— Je croyais que B venait d'Angleterre ?

— C'est le cas. Ses parents ont déménagé à New York l'année dernière. Deux de ses frères et sœurs vont à l'école là-bas. Sa sœur Daisy est à Maple Hills, par contre.

— Waouh. Je n'avais jamais réalisé que sa famille était si grande.

Elle acquiesce avec un sourire forcé.

— J'ai mis ton reçu dans le sac. J'espère qu'elle les aimera. Passe un bon Noël, Nate.

— Toi aussi, Summer.

Eh bien, c'était inutilement gênant.

Le temps qu'on rentre à la maison, on dirait que le Père Noël a vomi dessus.

Je pense que Lola a mis un peu trop d'épices dans le lait de poule parce que Stassie déborde d'énergie alors qu'elle danse autour du salon dans son costume d'elfe. Elle appelle ça un costume d'elfe, mais ce qu'elle porte en fait, c'est une petite robe verte avec des chaussures d'elfe qu'elle a achetées dans un magasin de costumes.

Robbie m'a fait disposer des verres à shot et des gobelets au hasard sur un tapis Twister, et au lieu d'aider, Henry a discuté avec Stas et Lo. Tout à l'heure, j'ai fait ce que je considère maintenant comme une erreur : j'ai raconté aux filles qu'Henry avait dragué une fille pendant notre shopping de Noël. Maintenant, elles sont obnubilées par cette information.

Anastasia a immédiatement commencé à poser des questions sur une certaine Daisy, une fille avec qui j'ai apparemment empêché Hen de coucher. C'était la deuxième fois cet après-midi que j'entendais le nom de Daisy. *Est-ce qu'il se passe un truc entre Hen et la sœur de Briar ?* Je ne me souvenais pas de l'avoir rencontrée. Puis j'ai réalisé que c'était bien arrivé, il y a des mois, quand Henry a menacé de me voler ma copine.

Lorsque JJ apparaît avec la nouvelle fille en question, plus une amie, je vois Stassie essayer de ne pas la zieuter de manière trop évidente. Rob se place sur le dessus du tapis et se racle la gorge d'une manière très robbiesque pour capter l'attention de tous.

Je prends une gorgée de ma bière. J'aime bien le regarder dans son élément, c'est-à-dire au centre de l'attention.

— Bienvenue au premier jeu officiel de Twister bourré ! Les règles du jeu sont très simples : vous le touchez, vous buvez.

Bobby me donne un coup dans les côtes et crie :

— C'est le titre de ta sextape ?

Ce qui lui vaut un doigt d'honneur de la part de Rob.

— Le jeu se termine lorsque quelqu'un tombe, retire sa main ou son pied du tapis, ou qu'il refuse de boire. Stassie, JJ, Joe jouent. Il nous faut deux autres joueurs, poursuit Robbie.

Henry se déplace pour poser son gobelet sur le rebord de la fenêtre à côté de moi.

— Je vais le faire.

Stassie me montre du doigt, d'un air de dire « toi », mais avant que je ne puisse me porter volontaire, JJ crie :

— Gen joue !

La pauvre fille a l'air mortifiée quand tout le monde se retourne pour la regarder. Je peux entendre Mattie et Kris chuchoter qu'elle est sexy. Toutefois, ses yeux sont rivés sur une personne, qui la regarde en retour. Je n'arrive pas à décider si JJ joue les entremetteurs ou s'il espère que Gen finira avec lui pour pouvoir énerver Henry.

Robbie tape dans ses mains et putain, c'est comme être à l'entraînement avec Brady. Je ne l'avais jamais remarqué avant de passer du temps loin de Faulkner, mais Robbie est sa version miniature. Il a clairement un peu de Brady en lui aussi.

— Stas, Joe, vous deux, restez à cette extrémité. Henry, va là-bas avec JJ et Gen. Tout le monde enlève ses chaussures et… euh… peut-être s'étire ? Je ne sais pas.

Stassie sautille jusqu'à moi, affichant un large sourire d'ivresse. Elle retire ses chaussures d'elfe et enroule ses bras autour de mon cou. Elle approche alors ses lèvres des miennes tout en gloussant.

— Protège mes chaussures, d'accord ?

Elle ne me laisse pas le temps de réagir, déjà en train de s'éloigner et de taper dans la main de Joe. Si quelqu'un ne sait pas ce qui se passe entre nous, il le saura après ce soir. Depuis le début de la soirée, nous sommes constamment collés l'un à l'autre d'une manière ou d'une autre. Nos amis s'en fichent, bien que j'ai le sentiment que certains paris ont été conclus à notre sujet.

Je tourne mon attention vers Robbie.

— Ça t'arrive de ne pas être autoritaire ?

— Ferme ta gueule, Hawkins, répond-il en roulant des yeux.

Faire tourner Robbie en bourrique a été ma principale source de divertissement pendant environ quinze ans, et je n'ai pas l'intention d'arrêter maintenant.

Il commence le jeu. Les filles ne font que bouger les pieds, là où Joe et JJ sont très, très imbriqués.

— Stas, main droite jaune ! crie Robbie par-dessus les voix de JJ et Joe, qui se disputent.

À la seconde où elle se penche, je réalise pourquoi tous mes amis ont commencé à me regarder dès l'instant où Robbie a annoncé son mouvement.

Henry souffle quand sa main se pose sur le jaune.

— Anastasia, s'il te plaît, enlève tes fesses de mon visage.

— Elles ne sont même pas dans ton visage !

Son cul est définitivement dans son visage. Pour aggraver la situation, sa robe couvre tout juste ses fesses. Si elle se soulève davantage, l'équipe de hockey au complet, sans compter les autres spectateurs, verront tous les suçons que j'ai laissés à l'intérieur de ses cuisses.

— Nathan ! crie-t-il en tordant le cou pour me chercher dans la foule des badauds. Comment est ta tension artérielle en ce moment ?

Oui, le gamin me connaît.

— Plutôt haute, mon pote.

— Tu vois ! Parce que ton cul est dans mon visage. Tu vas le tuer.

Le jeu continue, jusqu'à ce qu'Henry lève la main du tapis pour flirter avec Gen. Anastasia revient immédiatement vers moi pour récupérer ses chaussures.

Elle se glisse sur la pointe des pieds, effleure mes lèvres et baisse la voix.

— J'ai mal entre les jambes, mais j'ai tellement envie de toi.

Oui, Henry a raison. Elle va me tuer.

J'ai perdu mon elfe.

Pendant que j'étais aux toilettes, les gars ont espionné Henry, qui avait mystérieusement disparu dans notre buanderie avec Gen. Leur présence indiscrète a effrayé la pauvre fille et a ruiné les chances d'Henry, qui a juré de se venger de chacun d'eux. Je n'ai jamais été aussi soulagé de ne pas être impliqué.

Je n'ai pas ce qu'il faut pour me battre contre lui pour garder Anastasia. Si j'avais été là quand ils l'ont empêché d'emmener Gen à l'étage et qu'un jour je ne trouvais pas Stas, le premier endroit que je vérifierais serait la chambre d'Henry.

Il n'y a rien de sexuel dans leur relation, mais je pense sincèrement qu'Anastasia serait parfaitement heureuse dans un mariage platonique avec lui.

Tout en bavardant avec des gens que je n'ai pas vus depuis longtemps, je fais de mon mieux pour répondre aux questions sur le fait que je ne joue pas. Le tout en gardant un œil sur ma copine.

Elle finit par apparaître sur la dernière marche de l'escalier, ses yeux scrutant la pièce. Sa robe verte n'est plus visible, car elle porte un tee-shirt des Titans dans lequel se noie son corps.

C'est bizarre de l'admirer depuis l'autre côté de la pièce, mais elle est tellement belle que je ne pourrais pas la quitter des yeux, même si je le voulais. En m'apercevant enfin dans la cuisine, elle esquisse un sourire à couper le souffle, et la satisfaction que je ressens lorsque je réalise qu'elle me cherchait est inégalable.

Elle est à mi-chemin lorsque des bras l'entourent, la stoppant dans son élan. Un sentiment de malaise s'installe aussitôt dans mon estomac.

Sa tête s'enfonce dans son cou, et ma pression sanguine remonte. Est-ce que j'ai le droit d'être jaloux ? Je veux dire, ce n'est pas ma petite amie, mais c'est ma *quelque chose*. Ne serais-je pas encore un peu jaloux de Ryan Rothwell ? Peut-être, mais j'espère que non.

Je sais qu'Olivia a rompu avec lui. Anastasia a pris un café avec lui hier, et il lui a dit qu'Olivia avait des soucis, qu'elle n'était engagée qu'à moitié. Est-ce qu'il pense qu'il va récupérer Anastasia, maintenant ?

J'essaie de ne pas l'interrompre, mais j'ai du mal à me retenir. Combattre mes réflexes est difficile. Cependant, il ne m'est jamais rien arrivé de bon chaque fois que j'ai essayé de lui imposer l'exclusivité. Je pense qu'il lui parlait à l'oreille, car elle défait ses bras et s'éloigne de lui d'un grand pas.

Je ne peux pas entendre à cause de la musique, mais je peux voir qu'il est complètement ivre et qu'il la touche dès qu'il le peut. Elle l'enlace amicalement. J'espère parce qu'elle est en train de mettre fin à la conversation. Il se penche finalement pour embrasser le sommet de sa tête. Quand elle recule d'un pas, il lève les yeux pour me voir les fixer. Il gratte sa mâchoire maladroitement avec un sourire penaud.

Je suis toujours en train de regarder Ryan remuer, mal à l'aise, quand je sens ses bras s'enrouler autour de ma taille.

— Alors comme ça, tu pouvais me voir. Pourquoi ne m'as-tu pas sauvée, dans ce cas ? grommelle-t-elle en se mettant sur la pointe des pieds pour embrasser le coin de ma bouche.

— Je ne savais pas que tu avais besoin d'être sauvée.

Ses grands yeux bleus me fixent, ses sourcils se froncent.

— Je sais que c'est un bon ami. Je ne voulais pas que tu penses que je m'en mêle.

— Euh, OK, M. Diplomatie, dit-elle en enroulant ses bras autour de mon cou. La prochaine fois, sauve-moi. J'aime Ryan, c'est un super ami, mais le seul homme que je veux autour de moi, c'est toi.

Merde.

— C'est noté.

— C'est une personne tactile, et il est ivre, mais je l'ai remis à sa place. Ne lui en veux pas, je pense qu'il est triste pour Liv.

Je me sens soulagé, maintenant. J'aurais pu partir en claquant la porte à la seconde où il l'a touchée, ou pire, partir en claquant la porte et faire un drame. J'aurais pu sauter aux conclusions et tout foutre en l'air.

J'écarte les cheveux de son visage, les place derrière ses oreilles et pose mes mains de chaque côté de son cou. Je le caresse doucement tandis qu'elle lève les yeux vers moi.

— Qu'est-ce que tu lui as dit ?

— Je lui ai dit que j'étais avec toi et qu'il ne pouvait pas me toucher comme ça parce que je ne veux pas que tu te fasses de fausses idées. Tu es d'accord ? Je suis désolée, je ne savais pas quoi dire.

Elle sautille nerveusement, les chaussures d'elfe toujours aux pieds. Je me penche pour presser mes lèvres contre les siennes, savourant le mouvement de sa langue contre la mienne.

— Ça me semble parfait.

TRENTE ET UN

ANASTASIA

ÊTRE AUTOUR D'UN FEU DE CAMP me rappelle le camping quand j'étais plus jeune.

Mes parents investissaient tout leur argent dans le patinage. Nous ne pouvions donc pas nous permettre de nous offrir des vacances exotiques ou luxueuses. Mais chaque été, nous allions camper quelques nuits à Snoqualmie Pass, et j'adorais ça.

J'aidais papa à faire un feu de camp pendant que maman préparait tout pour les s'mores. Puis, assis devant le feu, on jouait aux cartes toute la nuit.

On est bien loin de la nature sauvage de l'État de Washington ici, dans l'arrière-cour d'une grande maison de Maple Hills, mais la compagnie est bonne. La fête a naturellement commencé à devenir plus bruyante à mesure que les gens gagnaient en ivresse, si bien que les gars ont pensé que ce serait le bon moment pour aller dehors s'asseoir sur d'énormes chaises de camping confortables, boire de la bière et dire des bêtises comme de vieilles femmes.

J'ai commencé à dessaouler après ma prise excessive de shots de tout à l'heure. Maintenant, je me sens juste endormie et en manque. Robbie est extrêmement satisfait de son nouveau jeu, mais il a décidé que la prochaine fois, il enlèverait les gobelets de soda pour corser les choses et mettrait une autre personne sur le tapis. Je ne savais même pas qu'il y avait du soda à disposition parce que tout ce que j'ai eu, c'était de la tequila.

Henry a toute ma gratitude pour avoir arrêté le jeu parce que j'allais vomir. Quand j'ai réussi à lui mettre la main dessus après cette histoire avec Gen, il m'a expliqué qu'il avait retiré sa main du tapis exprès parce qu'il avait peur qu'elle s'exhibe accidentellement. Je lui ai demandé ce qu'il en était de moi et du risque que je m'exhibe ? Il a répondu que ce n'était qu'une question de temps avant que ça n'arrive, de toute façon, et que je devrais probablement investir dans un pantalon.

Il est de mauvaise humeur maintenant, parce que, lorsqu'il a essayé de trouver la fille qu'il veut embrasser sous le gui, son amie et elle étaient introuvables. Il n'a pas pensé à prendre son numéro ou, par exemple, son nom complet.

Le crépitement du feu est relaxant, à tel point que je pourrais m'endormir dehors. Ça n'aide pas que je sois lovée sur les genoux de Nathan, enveloppée dans une couverture. Sa main me caresse la jambe de haut en bas tandis que son autre bras me berce comme si j'étais un bébé. Aussi étrange, que cela puisse paraître, je suis ridiculement à l'aise. Il rit avec ses amis, parle de sport et sirote une bière. Il n'arrête pas de citer des sportifs dont je n'ai jamais entendu parler, ce qui ne m'aide pas dans mon état semi-conscient.

De temps en temps, il baisse les yeux et m'embrasse sur le front, vérifiant que je suis assez à l'aise et que j'ai assez chaud. Puis il enroule plus étroitement la couverture autour de moi et s'assure qu'aucune partie de mon anatomie n'est exposée.

Un sentiment de chaleur et de plénitude se répand dans mon cœur quand je suis avec cette équipe. C'est à la fois inconnu et familier. Une contradiction, je sais, mais si spécifique que j'ai l'impression qu'elle a été spécialement conçue pour moi. C'est un sentiment dont je ne savais pas que j'avais besoin jusqu'à ce que ces gars entrent dans ma vie il y a trois mois.

Il est de plus en plus difficile de garder les yeux ouverts au fil des minutes. Les battements de son cœur tambourinent doucement contre ma joue, pareils à une berceuse. Finalement, je ne parviens plus à lutter, et mes yeux se ferment.

Je ne sais pas combien de temps j'ai passé dehors quand des cris me tirent de mon profond sommeil. Pourtant, c'est Nate qui me réveille en se levant d'un bond.

C'est comme quand vous rêvez, et que vous vous sentez tomber, alors vous vous réveillez en sursaut et l'adrénaline monte en flèche dans votre système. J'ai l'impression que ma peau bourdonne lorsque Nate m'abandonne brutalement sur le siège qu'il vient de quitter. Un rapide coup d'œil autour du feu de camp montre que tous les gars ont bondi pour se précipiter à l'intérieur.

— Reste ici et ne bouge pas, m'ordonne Nate avant de courir à son tour vers la maison.

Je défais la couverture enroulée autour de mon corps et me lève pour le suivre. Mais quand il atteint la porte arrière, Nate se retourne une dernière fois vers moi.

— Reste assise, Anastasia.

Je suis figée sur place, à moitié prête à entrer en courant et à ignorer Nathan, car je sais que quelque chose de grave est en train de se produire.

Mon téléphone se met à sonner. Je le cherche frénétiquement, le trouvant finalement sous le siège.

— Où es-tu ? crie Lola par-dessus le bruit de son côté.

— Dans le jardin. Qu'est-ce qui se passe ? demandé-je en m'approchant de la porte arrière.

— Il y a une bagarre. Reste dehors. Je te retrouverai quand ils s'arrêteront.

— *Qui se bat ?*

S'il te plaît, ne dis pas Nathan.

— Je ne sais pas ! Je suis dans la chambre de Robbie, je peux juste l'entendre.

Il n'y a personne qui traîne dans le salon lorsque je passe la porte. Ils sont tous regroupés sous l'arcade de la cuisine.

Le fracas et les cris me rendent malade, tout comme le fait que je ne peux voir aucun des garçons, ce qui signifie qu'ils sont de l'autre côté de la foule. Faire un mètre soixante-deux a quelques avantages, mais là, pour ce qui est de traverser une foule de gens ivres, ça n'en a aucun.

À bout de souffle, je me fraie un chemin dans le rassemblement. Quand j'arrive enfin à la source du bruit, mon cœur se serre.

Kris et Joe éloignent Bobby d'un gars dans un coin pendant que Mattie et JJ écartent Henry de quelqu'un d'autre dans un autre coin. Mon sang, désormais corrosif, ne fait qu'un tour tandis que mon cœur pompe de façon erratique.

En balayant la pièce d'un regard frénétique, j'aperçois Nathan qui tient quelqu'un par la gorge contre le mur. Le sang a quitté leurs deux visages. Celui de Nate est dur alors qu'il dit quelque chose au gars entre ses dents serrées. Ce n'est que lorsque JJ délaisse Henry pour éloigner Nathan du gars que je réalise que ce même gars qu'il épingle, c'est Aaron.

Je ne peux plus bouger.

Le visage d'Aaron est tuméfié et entaillé. Il ne me remarque même pas quand le type avec lequel Henry se battait le traîne vers la sortie.

— Tout le monde dehors ! crie JJ au moment même où quelqu'un éteint la musique. Foutez le camp, maintenant !

Je me sens comme Mufasa qui se fait tamponner alors que tout le monde commence à me bousculer pour partir. J'ai besoin de bouger, mais je ne peux pas. *Putain, comment c'est arrivé ? Pourquoi Aaron est là, encore ?*

Lorsque je sens qu'on me tire la main, je suis, laissant Lola m'entraîner hors du chemin, vers l'endroit où Robbie est assis, la tête entre les mains.

Je n'ai jamais vu une fête se vider aussi vite. La dernière personne part, et la porte se ferme, ce qui semble donner à Robbie l'intimité qu'il souhaitait.

— Putain, à quoi vous pensiez ? hurle-t-il. Vous avez tous de la chance que les flics ne soient pas là, putain !

JJ hausse les épaules en se laissant tomber sur le canapé. Il essuie le sang de sa lèvre d'un revers de main.

— Ça devait arriver.

Je suis trop occupée à détailler leurs visages et leurs mains abîmés pour remarquer que Nathan s'avance vers moi.

— Je t'ai dit d'attendre dehors, lance-t-il avec colère.

— J'étais inquiète.

La grotte de Noël s'est transformée en grotte du Père Fouettard. Il y a un sapin sur le côté avec des ornements qui décorent le sol au lieu de ses branches, et la moitié des lumières féeriques sur les murs ont été retirées. Joe apparaît avec des bouteilles de bière, qu'il commence à distribuer, ce qui m'agace, car la bière ne devrait pas être la priorité à cet instant.

— Vous avez une trousse de premiers soins ?

— Tu aurais pu être blessée, Anastasia ! crie Nate, de quoi me faire sursauter.

— Moi ? Ce n'est pas moi qui ai le visage en sang ! Est-ce que quelqu'un peut me dire ce qui se passe, bordel ? réponds-je en hurlant.

— Aaron était ivre et parlait avec des gars que je ne connais pas, explique Nate en prenant la bière froide de Joe et en la pressant contre sa mâchoire. Typique d'Aaron.

— Alors, tu l'as tabassé ? Vraiment, Nathan ? Avec Skinner au cul, tu t'es dit qu'il fallait aggraver la situation ?

Robbie s'installe à côté de moi et dépose la trousse de secours entre mes mains tremblantes.

— Assieds-toi ! ordonné-je à Nate, apparemment d'une manière assez effrayante pour qu'il s'exécute sans rechigner.

Il semble qu'ils soient préparés à cette situation, car Robbie donne une autre trousse de secours à Lo pour qu'elle commence à essuyer le sang sur le visage de Bobby. Il grimace chaque fois qu'elle le touche, si bien qu'elle s'exclame bruyamment :

— Oh, ferme-la, gros bébé !

— Tu t'en prends à la mauvaise personne, Stas, déclare Nathan en sifflant lorsque j'essuie la coupure sur sa joue avec une solution alcoolisée. J'arrêtais la bagarre. Raison pour laquelle tu aurais dû rester dehors, là où je t'ai laissée.

— Tu n'as pas le droit d'être en colère contre moi, à l'heure actuelle !

— J'ai le droit si tu m'ignores et que tu te mets en danger !

J'ai envie à la fois de l'embrasser et de l'étrangler. De lui crier dessus et de m'occuper de lui. Quel homme insouciant, imprudent ! Il saisit légèrement mes poignets, les abaissant lentement. Ce n'est que lorsque ses mains stables sont sur moi que je réalise que les miennes tremblent.

— J'ai frappé Aaron. Tu peux me crier dessus, Stassie.

La seule personne que je ne m'attendais pas à entendre parler, c'est peut-être Henry. Pourtant, il est là, en train de siroter une bière et de presser une poche de glace sur le côté de sa tête. Il n'a pas l'air coupable, il n'y a aucun soupçon de remords dans sa voix. Il m'informait simplement qu'il a frappé Aaron.

— C'est quoi, ce bordel, Henry ? couiné-je en écartant les mains de Nate lorsqu'il les remonte le long de mes bras pour me prendre par les épaules.

Je suis toujours en colère contre lui. Pas de passe-droit pour lui juste parce qu'Henry veut jouer à Mohamed Ali.

— Je ne compte pas m'excuser.

— Je me suis fait casser la gueule à cause de tes conneries ! s'emporte Nate en lui mettant un pansement sur la joue. Tu vas t'excuser auprès d'elle si elle veut des excuses.

— Vous voulez que je répète ce qu'il a dit d'elle ? Pour qu'elle comprenne pourquoi il l'a mérité ? dit Henry en regardant Nathan droit dans les yeux, avec un visage sans émotion. C'est une merde, je ne suis pas désolé. Tu es seulement en colère contre moi parce que tu aurais dû le faire il y a des mois.

— Fais gaffe, gamin ! réplique Nate, et mon estomac se noue.

— Au moins, ton exclusion aurait valu le coup. Il est venu ici pour foutre la merde. Il a réussi. Fin de l'histoire.

— Qu'est-ce que tu entends par « ce qu'il a dit d'elle » ? Tu peux arrêter de parler de moi comme si je n'étais pas là ?

Tous les regards sont braqués sur moi, mais personne ne dit rien. J'ai l'impression de crier dans le vide. C'est comme s'il y avait un énorme secret et que j'étais la seule à ne pas le savoir.

— Ça n'a pas d'importance, Stassie, murmure Robbie. Tu ne peux pas te battre contre les gens qui disent des conneries, Hen.

— Il se trouve que je ne suis pas d'accord, renchérit JJ en se levant du canapé pour prendre une autre bière. Préviens-moi juste la prochaine fois, Hen, hein ? J'étais sur le point de lâcher la sauce quand ton petit drame m'a bloqué. Considère-nous comme à égalité pour le truc avec Gen.

— Est-ce que quelqu'un peut m'expliquer ce qu'on dit sur moi, putain ! m'écrié-je pour couvrir leurs voix alors qu'ils discutent comme si cette situation était normale.

Lola les examine les uns après les autres à la recherche de blessures à nettoyer, pas du tout impressionnée.

— Lols, comment fais-tu pour être si calme ?

L'adrénaline est bel et bien retombée. Je me sens épuisée, et je n'ai rien d'autre à faire que de me sentir de plus en plus perdue et de crier.

Elle hausse les épaules et donne des coups de pied à Nathan, jusqu'à ce qu'il comprenne le message et se déplace suffisamment pour qu'elle puisse s'asseoir à côté de moi.

— J'ai des frères. Notre maison ressemblait à ça la plupart du temps… Ça, c'est du pipi de chat. (Elle se renfrogne en regardant Nathan.) Rends-toi utile et va lui chercher un verre, Rocky.

Elle m'entoure d'un bras et m'embrasse sur le front.

— Parfois, il vaut mieux ne pas savoir ce que les gens disent dans ton dos, chérie. Je pense que nous savons toutes les deux qu'Aaron est un petit merdeux. Quand tu reviendras du Colorado, il sera peut-être temps pour nous de parler de notre nouveau chez-nous.

J'incline ma tête pour la poser sur son épaule.

— Ne sois pas trop dure avec lui, murmure-t-elle. Il protégeait Henry.

Nathan réapparaît avec deux bouteilles d'eau dans une main et me tend l'autre.

— Allons nous coucher.

Il ne demande pas, il affirme, et même si j'ai envie de rester ici, j'ai l'impression que j'ai plus de chances d'obtenir des réponses en étant seule avec lui.

Lo m'embrasse à nouveau sur la tête.

— Va, je te verrai demain matin.

TRENTE-DEUX

NATHAN

COMMENT SE FAIT-IL que je sois plus dans la merde qu'Henry ?

Elle se promène nue, prête à aller au lit, tout en ignorant mon existence. Je peux seulement imaginer ce qu'elle doit ressentir, sachant qu'une fois de plus Aaron est au centre d'un autre putain de désastre.

Je ne sais même pas ce qu'il a dit, cette fois. Henry a raison, je suis énervé parce que j'aurais dû faire quelque chose il y a des semaines. D'après les histoires qu'elle a partagées sur leur amitié et les bons moments passés avec lui, je peux comprendre sa réticence à couper les ponts avec lui. Je comprends pourquoi Anastasia veut lui donner le bénéfice du doute, lui permettre de grandir et d'être l'ami qu'elle croit qu'il peut être. Le problème que j'ai, c'est que je sais ce qu'il dit dans son dos, et elle non. J'ai fait un choix, à tort ou à raison, et je l'ai gardé pour moi.

Je suis égoïste, je ne veux pas être celui qu'elle associe à la douleur qu'elle va ressentir. Je ne veux pas voir son visage s'effondrer quand elle réalisera à quel point ce type est un connard.

Stassie était endormie sur mes genoux quand j'ai entendu le bruit caractéristique d'une bagarre. Les bagarres ne sont normalement pas quelque chose que nous devons gérer lors de nos fêtes. Nous avons déjà notre compte pendant les matchs, nous n'avons pas besoin de ce genre de merde pendant notre temps libre.

Maintenant qu'Anastasia et Lola sont tout le temps là, l'envie de maintenir la paix est bien plus grande. Quand j'ai finalement réussi à entrer, Henry frappait du poing le visage d'Aaron pendant que Bobby et JJ écartaient deux types de lui. Je ne pense même pas qu'Henry ait remarqué qu'ils étaient sur lui. À la seconde où je l'ai débarrassé d'Aaron, il a commencé à s'attaquer à un autre gars comme un putain de connard.

J'ai ramassé Aaron sur le sol, sans rien faire, juste en voulant qu'il parte, et il s'est jeté sur moi. Il frappe comme un gamin qui ne s'est jamais battu de sa vie, mais il a réussi à me blesser au visage et à me fendre un peu la joue.

Même Lola m'a frappé plus fort le jour où j'ai fini ses céréales préférées.

Lorsque je l'ai pris à la gorge pour le plaquer contre le mur, la tentation de déverser toute ma haine était incroyable. Sentant son pouls battre sous mes doigts, j'ai resserré ma prise, et ses yeux se sont plantés dans les miens. Il s'est débattu tandis que je le menaçais, le prévenant que s'il revenait ici, je lui donnerais enfin une raison de me causer des problèmes.

Même dans le feu de l'action, je ne suis pas assez imprudent pour ne pas voir le piège que tendait Aaron. Skinner veut me faire porter le chapeau pour tout ; je ne peux pas lui donner des munitions.

Stas souffle en faisant le tour de mon bureau et en déplaçant les livres. Sa routine est très spécifique. Je sais donc qu'elle cherche sa brosse à cheveux, car se brosser les cheveux vient après se brosser les dents. C'est incroyable d'avoir face à soi la fille la plus prévisible de la planète.

— Ça ne me dérange pas que tu m'ignores, Anastasia, lui dis-je en regardant ses jolies fesses bouger. Parce que c'est moi qui t'ignore.

J'entends qu'elle rigole, moqueuse, mais elle ne rentre pas dans mon jeu.

— Et je sais où est ta brosse à cheveux, mais je ne peux pas te le dire parce que je t'ignore.

Je m'attends à ce qu'elle se précipite ici, me saute dessus, me plaque au sol et exige l'information. Peut-être en m'embrassant ? Je ne sais pas. On peut rêver. Mais elle ne le fait pas, loin de là. Elle lève son majeur et continue à chercher.

Elle est de plus en plus frustrée. Alors, je prends mon temps, attendant patiemment qu'elle cède. Elle me regarde, étalé sur le lit, et au moment où je pense qu'elle va craquer, elle comprend où est sa brosse à cheveux et fonce vers moi.

Ses mains se posent sur sa taille, sa hanche se décale sur le côté.

— Arrête de regarder mes seins et montre-moi tes mains.

— Salut, bébé. C'est bon d'entendre à nouveau ta voix.

— Je sais que tu me la caches. Ça fait quinze minutes que tu me regardes la chercher en sachant que tu l'as, grommelle-t-elle en luttant pour ne pas afficher un sourire en coin. Je te déteste.

Elle est partagée entre amusement et frustration de savoir que je suis plus malin qu'elle.

— Je ne peux ni confirmer ni infirmer, car je t'ignore actuellement.

Elle fait un pas de plus vers moi, assez pour que je puisse l'attraper et tirer son corps sur le mien.

— C'est derrière l'oreiller, n'est-ce pas ? (Mes doigts s'enfoncent dans ses flancs jusqu'à ce qu'elle se tortille en couinant de rire, et je sais que je l'ai récupérée.) Tu es tellement énervant.

Son corps est chaud et doux contre le mien. Elle me regarde avec des joues rouges ainsi qu'un sourire détendu. J'écarte les mèches folles de son visage, puis embrasse le bout de son nez.

Elle soupire et me caresse doucement la joue, sous le pansement.

— Je n'ai pas besoin que tu me défendes, murmure-t-elle.

Sa nature insolente et têtue est ce à quoi je m'attends, mais parfois, elle m'aveugle par sa vulnérabilité.

— Je sais que tu ne veux pas, mais tu vaux la peine d'être défendue. Tu vaux chaque coupure, chaque ecchymose, chaque sentiment de colère ou de frustration. Tout ça en vaut la peine. Je donnerais mon dernier coup pour te défendre parce que tu mérites d'avoir quelqu'un qui soit cette personne pour toi, et il n'y a personne de plus qualifié que moi pour ce travail.

Des larmes s'accumulent au bord de ses cils, menaçant de tomber, mais elle les chasse d'un clignement d'œil en prenant une respiration tremblante.

— Embrasse-moi.

Je n'ai pas besoin qu'on me le dise deux fois. Quand mes lèvres rencontrent les siennes, les choses semblent s'apaiser aussitôt. Il y a quelque chose de différent entre nous, quelque chose de plus profond, quelque chose de réel. Je ne peux pas imaginer ce qu'elle ressent à cet instant, sachant que quelqu'un à qui elle tient a trahi sa confiance.

— Je te promets que je te dirai tout demain matin, d'accord ?

— D'accord, bébé.

Elle est déjà réveillée quand j'ouvre les yeux. Je me demande depuis combien de temps elle est là, à trop réfléchir.

Moi aussi, je me souviens que j'ai promis de tout lui dire. Sa tête est posée contre mon torse, ses jambes sont entrelacées aux miennes, et je ne sais pas comment je pourrais un jour à nouveau me réveiller seul.

— À quoi tu penses ?

— À la pomme de douche de ta salle de bains.

Je hausse un sourcil.

— Pourquoi ?

— Haute pression. C'est ma préférée.

Quand je comprends enfin de quoi elle parle, je sors du lit, l'entraînant avec moi. Amusé, je lui donne une tape sur les fesses pendant qu'elle glousse. Elle n'a pas pris la peine de s'habiller, hier soir. Alors, je la jette directement dans la douche, sous le jet chaud, pendant que j'enlève mon caleçon et que j'entre à côté d'elle.

— Jambe, dis-je en tapant sous ma poitrine.

Elle s'appuie contre le mur en me regardant, une lueur malicieuse dans les yeux, et lève la jambe sans effort. J'attrape la pomme de douche sur le mur et l'allume après m'être assuré que le jet était réglé sur la pression la plus puissante.

— Prête ?

Elle acquiesce, les dents enfoncées dans sa lèvre inférieure, tout en parcourant mon torse de ses mains. Je pointe le jet entre ses cuisses. Ma propre poitrine se soulève d'impatience tandis que ses yeux se révulsent.

— Oh, gémit-elle.

Ses doigts s'enfoncent dans ma peau.

Il ne faut que quelques minutes, tant la pression est intense, pour que son dos commence à se cambrer et qu'elle me serre plus fort. La sachant proche, j'éloigne la pomme de douche et regarde son visage se décomposer tandis que son orgasme s'éloigne.

Un gémissement quitte ses lèvres, je suis presque sûr qu'il lui a échappé. Puis plus rien. Alors, je remets le pommeau de douche, un peu plus loin cette fois, et le fais bouger en petits cercles.

— Nathan…

— Oui, bébé ?

Ses ongles caressent mon nombril, ce qui me fait frissonner. Sa tête est inclinée en arrière, sa bouche cherche la mienne. J'attrape sa gorge avec ma main libre et tire sur sa lèvre inférieure avec mes dents. Elle y est presque. Sa jambe tremble contre mon torse, sa voix est désespérée.

— S'il te plaît, laisse-moi jouir.

— Hum, dis-je en éloignant encore la pomme de douche. Non.

— Tu me tortures, se plaint-elle alors que je dirige une fois de plus le jet d'eau vers son clitoris et que je laisse son orgasme monter.

Finalement lassé de ce petit jeu, je laisse sa jambe retomber sur le sol tandis qu'elle lâche un gémissement de frustration.

— Nate, s'il te plaît, baise-moi.

— Mais je croyais que c'était ton préféré ?

Ses bras s'enroulent autour de mon cou et elle se glisse sur la pointe des pieds.

— Il n'y a rien que j'aime plus que toi. Tu es mon préféré.

Je la soulève, arrête la douche, prends une serviette pour l'envelopper et sors. Dès que je la pose sur le lit, elle roule sur le ventre et lève son cul en l'air, la joue contre le matelas, la tête tournée pour me regarder. *Comment puis-je être aussi chanceux ?*

— Je suis à dix secondes de retourner sous la douche, Hawkins. Seule, murmure-t-elle en balançant ses fesses d'un côté à l'autre avec impatience.

Je rampe lentement jusqu'à elle. Je prends mon temps, ignorant le bras qui se tend pour me faire avancer plus vite.

— Une si jolie chatte, Anastasia, soufflé-je en faisant courir ma bite entre les plis de son sexe.

Je regarde la chair de poule parcourir son dos tandis que mon gland la frôle.

— Dépêche-toi et baise-la, alors, soupire-t-elle quand je m'aligne. Je t'en prie.

— Si impatiente, je roucoule en m'accrochant fermement à ses hanches.

Je plonge en elle et halète lorsque je réalise à quel point elle est humide.

Mes yeux roulent à l'arrière de ma tête tant elle me serre. Elle commence à reculer. Ses fesses rondes claquent contre mes hanches alors qu'elle se baise elle-même en poussant des cris.

— Merde, tu es parfaite, gémis-je, la tête inclinée en arrière.

Je m'assois sur mes talons et attire son corps contre le mien, la laissant s'enfoncer un peu plus à chaque fois.

— Tu es trop gros.

— Et pourtant, tu peux tout prendre.

Je suis proche. Je suis si proche, putain. Le bruit de sa peau contre la mienne n'a d'égal que de l'entendre gémir mon nom et de la voir jouer avec ses seins. Je glisse ma main entre ses jambes pour caresser son clito gonflé, utilisant mon autre main pour incliner sa tête vers moi.

— Tu vas jouir pour moi ?

— Ahh.

— Tu es la gentille fille de qui ?

Ses yeux se plantent dans les miens, au point de m'en couper le souffle.

— La tienne.

— C'est vrai, bébé, je roucoule fièrement. J'y suis presque…

Elle doit prendre ça comme un défi, car ses mouvements deviennent désordonnés et rudes tandis qu'elle se jette avec force sur moi, encore et encore. Son corps tremble, ses bras se tendent derrière elle pour s'enfoncer dans mes cheveux et tirer fermement. Puis chaque centimètre de son corps se resserre alors qu'elle crie presque :

— Nathan, oh, mon… Oh, putain…

C'est tout ce dont j'avais besoin pour qu'elle me fasse basculer. Mes couilles se resserrent, et j'explose en elle. L'instant d'après, mon front en sueur retombe sur son épaule.

Même si je ne veux pas la laisser partir, je dois m'y résoudre parce que, aussi incroyable que soit le fait de venir en elle, ça en met partout et ça gâche le moment.

— Tu vas me tendre une serviette chaude comme dans les romans d'amour ? demande-t-elle.

— Je peux t'offrir du papier toilette et peut-être une lingette humide, si j'en ai.

Tout en rigolant, elle se lève maladroitement du lit et se dandine jusqu'à la salle de bains alors que mon sperme coule sur sa cuisse.

— Je vais recommencer à te faire porter des préservatifs. Ta tête ne va bientôt plus passer les portes.

— Arrête de me dire que j'ai une grosse bite si tu ne veux pas que j'aie un gros ego ! lui crié-je.

Je souris en entendant les rires qui s'échappent de la salle de bains.

Après s'être nettoyée, Stassie veut retourner dans le lit faire des câlins. Qui suis-je pour dire non à ça ?

— Alors, qu'est-ce que ça implique d'être ta copine ? demande-t-elle prudemment en traçant des motifs sur mon torse du bout du doigt.

J'y réfléchis une minute, sachant à quel point je dois faire attention à ne pas tout faire foirer.

— En gros, c'est tout ce que tu es et fais déjà, je peux juste t'appeler ma copine sans avoir peur de te faire fuir.

— Et comment je t'appelle ? Je ne peux pas t'appeler mon mec, c'est trop bizarre.

— Tu peux m'appeler comme ça… ou ton petit ami. Ou ce que tu veux, ce qui met à l'aise ton petit cœur de phobique de l'engagement.

Elle reste silencieuse un peu plus longtemps que je ne le voudrais.

— Peu importe comment tu m'appelles, Stassie. Les titres n'ont pas d'importance parce que je t'ai quand même. Je sais que je suis un peu intense et que je plaisante souvent, mais je veux que tu saches que je n'ai jamais fait ça avant non plus. Je n'ai jamais eu de petite amie et je ne me suis jamais engagé avec quelqu'un. Trois mois ne semblent pas être une longue période, mais je suis un gars qui sait quand il est sûr. Et je suis sûr de toi.

— Je suis sûre de toi aussi, murmure-t-elle en passant son pouce sur la coupure sur ma joue. Je sais que les choses ont été désordonnées et chaotiques, et je te suis reconnaissante d'avoir traversé tout ça avec moi.

Je gratte ma barbe maladroitement.

— Je… euh… je pense que je suis à blâmer pour une grande partie du désordre et du chaos, pour être honnête, bébé. Donc, c'est moi qui te suis reconnaissant d'avoir traversé tout ça avec moi.

Elle demeure calme et pensive, mais je la laisse faire, lui donnant le temps de réfléchir. Je commence à m'assoupir quand elle s'éclaircit la gorge.

— Je suis prête à entendre ce qui a été dit sur moi. On peut appeler Henry ?

Je redoutais ce moment. C'est pourquoi j'étais plutôt content qu'on couche ensemble plus tôt. Elle aussi cherchait clairement une distraction. Toutefois, peut-être savoir lui fera-t-il du bien.

— Bien sûr, je vais aller le chercher. Tu peux éventuellement mettre un pantalon pour qu'il puisse, tu sais, te faire face.

Elle me frappe doucement le bras en riant.

— Je pense que nous sous-estimons tous Henry.

Je pense qu'elle a raison.

TRENTE-TROIS

ANASTASIA

POUR QUELQU'UN QUI s'est battu avec trois personnes hier soir, Henry est étonnamment enjoué, et d'après ce que je peux voir, il n'a pas une égratignure.

Ce dernier bondit dans la chambre, avec des céréales dans la bouche, et se jette au pied du lit. Sa bouche se tord en une grimace alors que son regard alterne entre Nate et moi.

— Ça pue le sexe ici.

— Tu es sur la corde raide, Turner, gronde Nate en remontant sur le lit à côté de moi.

— On pourrait penser que le sexe te détendrait, mais apparemment non, Grincheux, marmonne-t-il en avalant une autre cuillerée de Lucky Charms.

— Je suppose que tu sais pourquoi j'ai demandé à Nathan de venir te chercher, dis-je, interrompant ce qui va très probablement se transformer en une dispute absurde.

Il pose son bol désormais vide à côté de lui et croise les jambes en s'adossant au cadre du lit.

— J'espère que ce n'est pas pour un plan à trois parce que tu n'es pas mon genre.

La tête de Nate bascule en arrière. Il fixe le plafond et gémit tout en se frottant le front. J'espère qu'il n'a pas de migraine. Pourtant, si quelqu'un peut en provoquer une aujourd'hui, c'est bien Henry. Nate se retourne vers lui.

— Mec.

— Comment ça, je ne suis pas ton genre ? sifflé-je.

— Tu es trop petite, répond-il de but en blanc. Tu fais genre quoi ? Un mètre soixante ? Un mètre soixante-cinq ? Il faut faire un mètre soixante-quinze ou plus pour me monter.

De toutes les mauvaises choses qui se sont produites récemment, c'est de loin la pire. Je veux dire, techniquement, j'ai en quelque sorte un petit ami maintenant, bien que ce mot me donne légèrement la nausée.

— Je veux porter plainte. C'est de la discrimination.

— Bébé, tu sais que je suis juste là ? dit Nate en haussant un sourcil.

Henry glousse et lui fait un clin d'œil.

— Ouais, heureusement, parce que je pense qu'Anastasia a envie de moi.

— Tu te souviens quand tu étais silencieux ? demande Nate avec nonchalance. Ces moments-là me manquent.

Je roule des yeux et pousse Nate de l'épaule.

— Nous sommes hors sujet. Hen, tu dois me dire ce qui a provoqué votre bagarre la nuit dernière.

Mes paumes sont moites, mon estomac se tord d'impatience. Je veux et je ne veux pas savoir.

— Je refuse de te le dire, Anastasia, rétorque Henry. Pas parce que j'ai envie de te mentir, mais parce que je ne vois pas ce que tu gagnes à savoir. Il disait des conneries, je l'ai frappé, et il est parti. Tu n'as plus besoin de vivre avec lui, maintenant. Même l'année prochaine, quand Nate et JJ seront partis, je serai toujours là pour veiller sur toi.

J'ai l'impression d'être le Grinch quand son cœur devient trois fois plus gros, tant l'amour que j'ai pour Henry est écrasant. Je ne pense pas qu'il se rende compte à quel point il est gentil. Mais gentil ou pas, mon cerveau va continuer à se créer des scénarios jusqu'à ce que je sache.

— J'aimerais quand même savoir, Hen. Franchement, pour que tu affrontes trois gars, il a dû dire des choses dures. Je ne savais même pas que tu savais te battre.

Il me regarde comme si j'avais deux têtes, les sourcils froncés.

— Je suis un joueur de hockey, j'étudie l'art et j'ai deux mamans. Tu penses que je n'ai jamais eu à frapper quelqu'un avant ?

— D'accord, gros dur, intervient Nate. Ne faisons pas comme si tu n'avais pas grandi dans la banlieue tranquille de Maple Hills. Dis-lui, elle a le droit de savoir.

Henry hoche la tête en soupirant.

— Je cherchais Gen, quand je l'ai vu entrer avec deux types. Ils étaient clairement ivres. Aaron a demandé où tu étais, alors je lui ai dit de partir. Il a refusé, alors je l'ai frappé.

Mes yeux se plissent alors qu'il regarde partout, sauf dans ma direction.

— Tu mens.

— Je ne mens jamais, Anastasia.

— Je sais. Alors, pourquoi tu mens, maintenant ? Dis-moi ce qu'il a dit.

Nathan soupire et rapproche mon corps de lui pour poser ses lèvres sur ma tempe.

— Ça a commencé au début du mois d'octobre. C'était juste après que je t'ai demandé d'amener Lo à la fête d'anniversaire de Robbie. Il a dit qu'il prendrait plaisir à te voir me laisser tomber comme tu le fais avec tous les autres.

— Et puis quoi ?

Ses doigts caressent doucement mon dos de haut en bas. Henry est assis en face de nous, silencieux.

— Chaque fois qu'on avait entraînement après vous et tu étais dans les vestiaires, il traînait autour de Brady en lui disant que tu étais distraite, que tu étais hors de contrôle durant les fêtes, que tu buvais et que tu sortais avec des inconnus. Ça a duré des semaines, jusqu'à ce qu'un jour, Brady l'engueule.

— Nous n'avons pas entendu ce qu'il a dit, l'interrompt Henry. Mais elle a répondu que s'il avait un tel problème avec ta façon de patiner, il n'avait qu'à chercher une autre partenaire. C'était juste avant son accident.

Coach Brady a été nettement plus douce avec moi cette année. J'avais d'abord pensé qu'elle me témoignait de la compassion vu tout ce par quoi nous étions passés. Elle est toujours intimidante, c'est certain, mais j'ai constaté qu'elle ne se montrait plus aussi prompte à me critiquer qu'avant. Il ne m'était jamais venu à l'esprit qu'elle voulait peut-être simplement éviter de donner du grain à moudre à Aaron.

— OK, donc il a dit de la merde jusqu'à Halloween. Il a passé deux semaines collé à moi, je me suis réconciliée avec Nate, puis j'ai commencé à rester ici. C'est presque Noël. Alors, qu'est-ce que tu ne dis pas ?

Henry soupire en se frottant la mâchoire.

— Tim, un gars de l'équipe, était assis derrière Aaron à un match de basket des Titans. Tim ne pense pas que les deux gars avec qui il était venaient de Maple Hills.

— Tous les amis d'Aaron vont à UCLA, alors il n'a jamais pris la peine de se faire des amis ici, j'explique. Il était censé y aller avec eux, mais il a été accepté ici. C'est comme ça qu'on s'est retrouvés ensemble. On était tous les deux des patineurs en couple dont les partenaires n'ont pas eu d'offre de l'UCMH.

— C'étaient peut-être eux, je ne sais pas. Mais Tim a pu l'entendre parler de toi. Il raconte que Ryan t'a rejetée parce qu'il a réalisé que tu courais après les joueurs de hockey.

— Original, me moqué-je. Quoi d'autre ?

Les yeux d'Henry se tournent vers Nathan, en quête de conseils. Du coin de l'œil, je vois ce dernier faire un signe de tête à Henry, qui se traîne sur le lit. Mes paumes me piquent tant mes ongles s'y enfoncent avec force.

— Tim l'a entendu dire que tes parents étaient fauchés, alors tu te raccroches à des gars qui passent pro. Il t'a traitée de salope. Il a dit que tu en avais toujours été une et que tu tentais le même coup avec Nate.

Ne pleure pas.

— OK. Il y a autre chose ?

Henry acquiesce, si bien que mon cœur s'accélère dans ma poitrine.

— Il a dit que tu piégerais Nate avec un bébé. Que tu n'avais pas le talent pour aller jusqu'au bout en patinage et qu'être enceinte te donnerait une excuse pour ne pas avoir à admettre que tu n'es pas assez douée. Il suppose que c'est probablement ce que la coach Brady a fait.

Mes mots se bloquent dans ma gorge. Je ne pense même pas que ce que je ressens est de la peine ; Aaron m'a dit pire lui-même. C'est de l'embarras. Le fait de savoir que ces gens, les amis de Nate, les personnes qui le respectent, ont dû l'écouter me décrire comme cette horrible personne qui veut le piéger.

— On en est déjà à la nuit dernière ?

— Hier soir, il a dit qu'il venait te ramener chez toi, là où tu dois être. J'ai affirmé que tu n'irais nulle part, ce à quoi il a répondu : « Alors, tu la baises, toi aussi ? » Je lui ai demandé de sortir, mais il a continué.

Henry considère à nouveau Nate, mal à l'aise.

— Continue, le pressé-je.

La main de Nate se glisse dans la mienne. Son pouce caresse doucement les marques laissées par mes ongles.

— Il a clamé haut et fort que tu nous utilisais pour vivre, comme tu l'as fait avec lui. Que Nate se trompait s'il pensait que tu l'aimais vraiment, parce que tu es fausse. Puis il a dit… Putain.

Henry laisse traîner une main sur son visage en fixant la literie.

— Je suis désolé, Stassie. Je suis désolé d'avoir à te répéter ça… Il a dit que personne ne serait jamais capable de t'aimer, parce que comment le pourraient-ils alors que tes propres parents n'ont pas pu le faire et que ceux qui t'ont achetée veulent seulement que tu remplisses leur armoire à trophées ?

— Putain, grogne Nate.

— Et c'est là que je l'ai frappé.

— Nathan, tu me fais mal, murmuré-je en regardant mes doigts rougir là où il les serre trop fort. Merci de me l'avoir dit, Hen, rajouté-je en calmant ma voix. Et merci de m'avoir défendue. Je suis désolée de vous avoir embarqués dans toutes ces histoires.

Il a l'air tout aussi mal à l'aise que moi.

— Lola m'a interdit de parler de vos sentiments, mais moi, je t'aime, Anastasia. J'étais sérieux quand j'ai dit que je voulais que tu vives ici. Que vous soyez ensemble ou non, si tu en as assez de Nathan, tu peux dormir dans ma chambre. J'installerais le matelas gonflable.

Un gros sanglot menace de m'échapper, mais je le réprime et hoche la tête à la place.

— Moi aussi, je t'aime, Henry.

Il quitte la pièce avec son bol de céréales vide. Dès que la porte se referme, Nathan me tire sur lui et se penche en arrière, calant ma tête sur sa poitrine tandis que je m'enroule autour de lui.

— Laisse tout sortir. Tu es en sécurité. Je suis là.

Alors, je laisse la digue se rompre. Je le serre contre moi, et toutes les émotions que j'ai réprimées me frappent d'un seul coup.

Nathan me laisse pleurer jusqu'à épuisement. Quand je me tais enfin, il me dit ce qu'il attendait patiemment que je sois prête à entendre.

— Je sais que tu ne te sers pas de moi. Je sais que tu n'essaies pas de me piéger. Putain, j'aime vivre avec toi. Les gars aiment vivre avec toi, nous voulons tous que tu sois là. Je sais que tu m'aimes bien, même si tu détestes définitivement ça, ajoute-t-il en gloussant alors qu'il presse ses lèvres contre mon front.

— Je déteste vraiment, vraiment ça.

— Je ne sais pas si tu te soucies beaucoup de mon opinion à ce sujet, mais tu es une patineuse incroyablement talentueuse. Je suis profondément convaincu que tu vas atteindre tous tes objectifs. Je n'imposerais pas à ce tronc d'arbre qu'est mon corps des putains de positions de yoga si je ne pensais pas que toi et ton talent en valaient la peine.

— Nate…

— Je n'ai pas fini. Tu es quelqu'un de bien, Anastasia. Je suis désolé de ne pas te le dire tous les jours. Tu me fais sentir qu'on s'occupe de moi, qu'on m'écoute, et d'autres choses que je ne sais même pas comment exprimer correctement. Tu me donnes l'impression d'être apprécié, pour ce que je suis en tant que personne, pas pour ce que je suis en tant que capitaine d'équipe ou autre.

— Bien sûr que je t'estime en tant que personne.

— C'est un sentiment que je n'avais pas ressenti depuis longtemps. Pas depuis que ma mère est morte. J'aime les gars, mais ce n'est pas la même chose. Je ne sais pas comment le décrire… C'est comme s'il y avait une place dans ta vie que tu gardais juste pour moi. Un endroit que je n'ai pas à partager, un endroit où tu n'attends rien de moi. Sais-tu à quel point c'est incroyable ? Combien je me sens chanceux de te connaître ? Tu me donnes envie de donner le meilleur de moi-même.

— Oh…

— Tu es intelligente et déterminée, et tu es tellement digne d'être aimée, Anastasia. Tellement digne. Tu es entourée de gens qui t'aiment, et on est tous dans ton équipe. Aaron n'en fait pas partie, c'est pour ça qu'il essaie de te faire du mal. Je suis désolé que tu aies dû entendre ces choses.

— Merci d'avoir dit… eh bien… tout ça. Moi aussi, je me sens valorisée grâce à toi.

— C'est la vérité, et j'aurais aimé te le dire avant. Écoute, je ne pense pas que ce soit à moi de parler de tes parents, mais d'après ce que tu m'as dit d'eux, il semble que tu sois la meilleure chose qui leur soit arrivée.

Je hoche la tête, sans rien ajouter. Il a répondu à toutes les questions et à tous les doutes que j'avais à l'esprit. Ce n'est pas suffisant pour arrêter le bruit dans ma tête, mais il a un peu baissé de volume.

Nous restons allongés sur le lit en silence pendant un moment. Une fois que je suis en mesure de lui promettre que je me sens un peu mieux, Nate me donne l'espace dont j'ai besoin pour réfléchir. Il se rend à la salle de sport avec Robbie et Henry, me laissant à la maison avec JJ et Lola, qui prétendent que la musculation est pour les perdants. Dans leur grande sagesse, ils ont décidé de me distraire en approfondissant mes connaissances culinaires.

Lola s'est sentie coupable de mon alimentation désastreuse. Elle s'est reproché de ne pas avoir fait plus attention. Comme moi, elle ne pense pas qu'Aaron l'ait fait exprès, mais elle pense qu'elle aurait pu donner davantage son opinion afin d'éviter tout ce désordre.

Depuis, elle essaie de m'apprendre à préparer certains de ses plats préférés. Enfin, elle le faisait, jusqu'à ce que JJ la bannisse de la cuisine et lui ordonne de s'asseoir de l'autre côté de l'îlot lorsqu'elle a commencé à critiquer ma façon de couper le poulet.

JJ lui a dit que si elle ne jouait pas gentiment, elle n'avait pas le droit de jouer.

On fait du Butter Chicken parce que, comme le dit JJ, les filles blanches comme moi adorent le Butter Chicken. JJ m'a d'ores et déjà expliqué que le plat pourrait être décevant parce que nous n'avons pas fait mariner le poulet assez longtemps, mais on s'y tient quand même parce que les Johal-Mitchell-Allen ne sont pas des dégonflés.

Il m'a regardée ajouter du bicarbonate de soude aux ingrédients secs pour nos naans, tout en vérifiant que je me souvenais bien de ses enseignements de la semaine dernière. Maintenant, je suis en train de retourner le cinquième sur la *tawa* tandis qu'il s'est détourné de notre activité pour consulter une application de rencontre.

Apprendre à cuisiner de nouvelles recettes apaise ma relation avec la nourriture. Je mentirais si je disais qu'en regardant la crème que nous avons mise dans le poulet, je n'ai pas eu envie d'ouvrir mon application sur les calories, mais je m'efforce de profiter du moment présent.

Prendre trois kilos en un mois a été un coup dur. J'ai évidemment pleuré, parce qu'il semble que je ne fasse que pleurer en ce moment, mais Nate m'a rapidement fait remarquer que c'était du muscle. Je suis plus affûtée et je bats tous mes records personnels à chaque séance d'entraînement, car je deviens plus forte. J'alimente mon corps correctement pour la première fois depuis si longtemps, et aussi difficile cela soit-il, j'essaie d'oublier les chiffres. Je n'avais jamais réalisé auparavant à quel point ma vision de la nourriture était toxique. Je m'efforce ainsi de m'améliorer chaque jour en donnant à mon corps ce dont il a besoin, et non ce que je pense qu'il a besoin.

Lorsque je pose le dernier naan sur l'assiette, JJ relève enfin les yeux de son téléphone.

— Vous emménagez ici, toutes les deux ? demande-t-il sans ambages.

— Où est ton filtre, Johal ? Tu ne veux pas y aller doucement ? rigole Lo.

— Je suis un homme occupé, Lols. Je dois aller droit au but.

— Je ne sais pas ce qu'on est en train de faire, soupiré-je. On en parlera quand je rentrerai du Colorado.

— Je suis sûr qu'Hawkins t'a déjà sorti un discours complet et a promis de donner sa vie pour toi ou autre, mais pour ton information, je suis d'accord pour que vous viviez toutes les deux ici. Mon instinct ne me trompe jamais quand il s'agit des hommes et je vous le dis, Aaron est un *red flag* ambulant.

La porte d'entrée s'ouvre, et les gars entrent, tous en sueur et fatigués.

— Mon Dieu, ça sent bon ! se réjouit Robbie, qui tend la main vers un naan dès son entrée dans la cuisine.

Je repousse sa main avant même qu'il n'atteigne l'assiette.

— Patience.

Après ce qui m'a semblé être une éternité – parce qu'il fallait protéger les naans des garçons affamés qui essayaient d'y goûter –, j'ai finalement réussi à préparer le plat et à faire asseoir tout le monde à table.

— Ça a l'air bon, Stassie, dit Henry, sans aucun sous-entendu.

— Je suis si fier de toi, renchérit Nate en se penchant pour embrasser ma tempe. Ça sent très bon.

Va te faire foutre, application qui compte les calories.

TRENTE-QUATRE

NATHAN

SUIS-JE SURPRIS QUE MA PETITE AMIE – oui, j'ai le droit de l'appeler comme ça maintenant – soit la personne la plus chiante avec qui voyager ? Non.

Elle est tellement réveillée en ce moment que ça me rend un peu malade. On prend le premier vol pour l'État de Washington, ce qui veut dire qu'il ne fait même pas jour, et pourtant, elle s'agite dans tous les sens.

D'un côté, c'est si bon de la voir heureuse après le marasme post-Aaron. D'un autre côté, on a beau se réveiller ensemble tous les jours, je ne l'ai jamais vue agir comme ça avant le déjeuner, alors je suis complètement perdu. Bien que je sois en train de siroter mon deuxième café, j'ai encore la sensation de nausée que l'on a quand on se réveille trop tôt.

Ce n'est pas l'avion pour Seattle qui la réjouit, on pourrait aller n'importe où. Il s'avère qu'elle aime s'organiser pour voyager. L'Anastasia autoritaire est ma préférée ; elle est déterminée et insolente, putain d'hilarante quand je n'écoute pas et qu'elle se met à se renfrogner. Au lit, quand elle prend le contrôle, Seigneur, je suis un homme chanceux. Je serais heureux d'avoir affaire à cette Anastasia-là tous les jours.

L'Anastasia en voyage est la pire. Des listes. Tellement de putains de listes. Elle ne fait confiance à rien de ce que je fais ; elle a dû revérifier tous les sacs parce que je ne vérifie pas aussi bien qu'elle.

L'Anastasia en voyage m'a obligé à utiliser des sacs de rangement, ce qui signifie que j'ai passé une heure à jouer à *Tetris* avec ma valise. À mon troisième essai, j'ai échoué une fois de plus et j'ai lancé les sacs à travers la pièce. Sentant que j'étais un peu frustré, elle s'est mise à genoux devant moi, a attrapé ma ceinture et m'a montré à quel point elle aimait voyager. C'est la seule chose qui m'a empêché d'annuler les vols.

Après avoir avalé le reste de mon café, je m'adosse au siège branlant de l'aéroport. Je sens immédiatement les regards se poser sur moi.

— Tu es un grincheux, ce matin, gazouille Anastasia en dégustant la salade de fruits qu'elle a payée environ quinze dollars dans la boutique de l'aéroport.

— Il est tôt. Fatigué, grogné-je.

— Pauvre bébé, dit-elle sarcastiquement en gloussant et en me pinçant la joue. Tu veux dormir sur mes seins dans l'avion ?

— Je veux évidemment dormir sur tes seins, marmonné-je en me penchant pour voler le morceau d'ananas sur sa fourchette. Comment fais-tu pour être si bien réveillée ? Et heureuse ?

— J'adore les aéroports. Regarder les gens, m'organiser, faire du shopping et tout ça, c'est génial. En plus, je suis sur le point de passer près de deux semaines avec toute ton attention, comment ne pas être heureuse ?

Oh, purée. C'est comme si elle savait quoi dire pour me donner envie de la demander en mariage. Elle me tend sa fourchette, me laissant voler un autre morceau d'ananas. Je replace une mèche de cheveux derrière son oreille avec un soupir.

— Tu es chiante, mais tu es mignonne.

— Oh, je crois que notre porte d'embarquement est affichée, couine-t-elle. Allons-y !

Se levant d'un bond, elle essaie frénétiquement de rassembler ses sacs d'une main et de tenir en équilibre son pot de fruits de l'autre. C'est un désastre qui s'annonce.

— Ne bouge pas, lui dis-je en lui prenant les sacs des mains et en les mettant sur mon épaule.

Elle me regarde rassembler nos affaires en souriant jusqu'aux oreilles.

— OK, allons-y, dis-je.

— À vos ordres, capitaine.

Dès que l'avion a décollé, je me suis endormi au creux de la poitrine de Stassie. Après trois heures paisibles, nous atterrissons dans l'État de Washington où les températures sont bien plus fraîches qu'à L. A. On saute dans un taxi, Stassie donne son adresse, et on part.

On ne reste ici que deux nuits avant de gagner le Colorado, où on va passer Noël et le Nouvel An. C'est peu dire que je suis terrifié à l'idée de rencontrer ses parents. Elle parle si bien d'eux, sans compter qu'on n'a qu'une seule fois l'occasion de faire une bonne première impression.

Quand elle rallume son téléphone, tous leurs messages excités commencent à arriver. Elle lie nos mains, puis porte le dos de la mienne à sa bouche pour le couvrir de baisers.

— Tu vas bien, bébé ?

— Et s'ils ne m'aiment pas ?

— Ils t'apprécient déjà, Nathan. Et si d'une manière ou d'une autre, tu fais une terrible première impression, sache que je ne les vois qu'une fois par an, donc ça n'a pas d'importance, de toute façon. Je t'aime assez pour tout le monde.

— Tu te souviens il y a un mois, quand tu disais que dormir dans mon lit toutes les nuits serait une distraction ?

— Oui.

— Je suis content que tu m'aies laissé te distraire. Merci de ne pas me laisser passer les vacances seul.

Elle m'offre ce sourire que j'aime. C'est un sourire doux, qui fait briller ses yeux, et j'aime croire qu'elle ne le réserve qu'à moi.

— Je pense que tu m'as probablement plus améliorée que distraite.

Nous restons assis dans un silence confortable tout le reste du trajet. Je me sens calme, jusqu'à ce que le taxi tourne dans un cul-de-sac et s'arrête devant la maison. Stassie me serre la main une dernière fois, puis commence à descendre. Plus de retour en arrière possible.

Après avoir eu l'impression que j'allais m'évanouir de nervosité pendant les quinze premières minutes de mon séjour ici, je peux honnêtement dire que Julia et Colin Allen sont les personnes les plus accueillantes que j'aie jamais rencontrées.

C'est bouleversant et très agréable à la fois. Je les connais déjà un peu grâce à Anastasia, mais c'est plaisant de les entendre parler de leur famille. S'il y a une chose qu'ils n'auront jamais besoin de me dire, c'est à quel point ils aiment Anastasia. Ça s'est vu à la façon dont ils l'ont regardée les rejoindre sous le porche. Julia n'a pas voulu la lâcher pendant cinq minutes.

Ils m'ont rapidement fait visiter les lieux, avant de nous laisser ranger nos sacs. Tout l'endroit est couvert de photos de Stas. Anniversaires, camping, Noël, toutes avec le même visage malicieux.

Mon Dieu, nos enfants seront adorables.

Julia me tend mon troisième biscuit à la cannelle, puis se tourne vers Stassie et s'éclaircit la gorge.

— Tu ne m'as pas répondu à propos de ta réservation à la patinoire, chérie. Je ne savais pas quoi faire…

L'atmosphère de la pièce change instantanément. Elle devient plus froide, ou peut-être est-ce mon imagination, car je sais que le patinage est à la fois le soleil et le nuage noir de cette famille.

Je glisse ma main libre dans celle d'Anastasia et la serre pour l'encourager. Elle s'y accroche fermement.

— Je n'ai pas l'intention de patiner et… euh… si c'est d'accord, j'aimerais que nous ne parlions pas de patinage quand je suis ici.

J'ai eu quelques séances avec le Dr Andrews le mois dernier. Il pense qu'il serait bon pour moi de trouver d'autres sujets de conversation.

Colin se penche en avant, l'air sincèrement choqué.

— Vraiment ?

Elle acquiesce tout en observant ses deux parents. Julia s'efforce de ne pas montrer sa stupeur, mais elle n'y parvient pas tout à fait.

— Ça aide à supporter la pression. Il pense que c'est bon de se reposer physiquement *et* mentalement. Donc, le fait que vous ne posiez pas de questions à ce sujet m'aide. Je peux vous prévenir si quelque chose de nouveau ou d'intéressant se produit à l'avenir.

— Bien sûr, Annie. Nous te posons des questions seulement parce que nous savons combien c'est important pour toi. Nous ne pensons qu'à ton bonheur, chérie. On n'en parlera pas, n'est-ce pas, Col ? Sauf si tu le demandes.

Je sens la tension dans le corps d'Anastasia se relâcher, sa prise se desserre et elle se détend. Je change de sujet pour passer à autre chose.

— Annie ?

Stas me regarde, son expression est sérieuse.

— Oui, on m'appelle Annie parce que j'étais orpheline.

Colin éclate de rire quand Julia hoquette, les bras croisés sur sa poitrine.

— Anastasia Rebecca Allen ! couine-t-elle. Nous t'appelons Annie parce que tu n'as pas su épeler « *Anastasia* » avant d'avoir huit ans ! (Elle me regarde en secouant la tête.) S'il te plaît, n'écoute pas ma fille.

Je ne peux m'empêcher de rire.

— Il le faut bien, madame. Elle est assez effrayante quand elle le veut, elle a même terrifié toute mon équipe de hockey.

— Elle a toujours été comme ça, déclare fièrement Colin. Quand elle avait treize ans, un garçon de sa classe était malmené par quelques garçons plus âgés. Nous avons été convoqués dans le bureau du directeur parce qu'Anastasia les avait tous fait pleurer.

— Hum, marmonne Julia, ce que tu sembles oublier, c'est qu'elle a fini en retenue pendant deux semaines entières parce qu'elle a dit au directeur que s'il avait besoin d'une adolescente pour faire son travail à sa place, il n'était pas fait pour être à la tête de l'école.

Les joues de Stassie rougissent un peu, mais elle l'ignore.

— Avais-je seulement tort ? Et ils ne l'ont plus jamais maltraité.

— Brady m'a malmené pendant des semaines, et tu ne m'as pas défendu une seule fois, la taquiné-je.

Elle me donne un coup de coude en riant.

— Je suis courageuse, mais pas à ce point.

Quelques heures après notre arrivée, Julia nous a donné deux combinaisons de Noël – un renne pour moi et un bonhomme de neige pour Stas –, et c'est la chose la plus confortable que j'aie jamais portée. J'ai l'impression de mieux connaître Anastasia, maintenant que j'ai entendu toutes les histoires embarrassantes que ses parents connaissent sur elle.

Puisque la journée a été si tranquille, Anastasia a suggéré que nous sortions dîner ce soir, pour que personne n'ait à cuisiner. Elle se prépare depuis une éternité. En attendant, je me suis installé confortablement sur son lit avec un énorme paquet de chips que Julia m'a donné. Mon estomac a gargouillé une fois tout à l'heure, et elle s'est donné pour mission personnelle de me faire manger tout ce qu'il y a dans la maison.

J'adore regarder Stassie se préparer. Elle boucle ses cheveux mèche par mèche avec une grande concentration, au point que ses dents s'enfoncent dans sa lèvre inférieure. De temps en temps, elle se penche vers le miroir, et la lumière accroche sa peau bronzée. Je ne peux m'empêcher de laisser mes yeux dévaler sa silhouette…

— Tu es si sexy.

Elle me jette un œil à travers le miroir en souriant.

— Tu me parles à moi ou à tes chips ?

— Toi. Les chips, c'est bien, mais tu es évidemment mieux. Tu peux m'aider à descendre du lit ?

Elle plisse les yeux, légitimement suspicieuse.

— Pourquoi ? Pour que tu puisses me tirer sur le lit dès que je te tendrai la main ?

— Non, mens-je.

Après avoir éteint le truc chaud, elle se dirige lentement vers le côté du lit.

— Pourquoi tu es si loin ? demandé-je. Viens plus près.

Ses lèvres se relèvent légèrement alors qu'elle fait un petit pas vers moi, suffisant pour que je me jette sur elle et la tire sur le lit. Elle couine quand mes doigts s'enfoncent dans ses côtes, la chatouillant jusqu'à ce qu'elle puisse à peine respirer.

Elle s'appuie contre mon torse, ses boucles parfaites décorant ma peau.

— Tu dois te préparer.

Je sais, mais elle a l'air si contente que je ne veux pas en manquer une minute.

— On peut passer la semaine prochaine comme ça ? Mais nus, ajouté-je. Enfin, toi, toute nue. J'aime bien cette grenouillère, mes couilles sont bien au chaud.

— Évidemment, du moment que tes boules sont bien au chaud.

— On peut se chauffer pendant dix minutes ? Ensuite, je me préparerai, demandé-je en enroulant une de ses boucles autour de mon doigt.

— Non.

— Cinq minutes ?

Elle roule des yeux en soufflant.

— Pelotage pendant trois minutes, mais ensuite, tu te prépares.

— Deal.

J'ai commis une erreur en négociant ce pelotage tout à l'heure. Ce que j'aurais dû négocier, c'est de porter ma combinaison de renne au restaurant. Après un après-midi de confort, cette chemise est étouffante.

Le seul avantage, c'est qu'Anastasia me fixe comme si elle s'imaginait des choses bien plus intenses.

— Arrête de me regarder comme si tu voulais que je te baise, murmuré-je alors que ses parents marchent devant nous, suivant le serveur jusqu'à notre table.

— Mais je veux que tu me baises. Je pense que ce sont les manches retroussées. Tu es si sexy.

Pour toute réponse, un rire s'échappe de ma gorge. Les manches retroussées sont un classique de JJ. Il insiste sur le fait que c'est le truc le plus sexy qu'un mec puisse faire, et que le taux de réussite est de 100 %. Putain, je déteste quand il a raison.

Anastasia et moi ne mangeons pas beaucoup à l'extérieur lorsque nous sommes à la maison parce que nous travaillons si dur sur ses repas. Ça semble un peu contre-productif alors qu'apprendre de nouvelles recettes la rend heureuse.

Ce soir est évidemment une occasion spéciale puisque c'est la première fois que Stas rentre à la maison depuis un an. C'est donc agréable de voir quel type de restaurant figure sur sa liste de favoris.

C'est trop chic pour ma grenouillère, je dirais même. Ambiance calme, lumière tamisée, intime. Je jette un coup d'œil au menu, faisant mine de le découvrir et gardant pour moi le fait que Stassie m'a forcé à l'étudier en détail quinze minutes avant notre départ.

Tout ce travail de préparation, et elle ne sait toujours pas ce qu'elle veut. Je me penche vers son menu pour l'observer avec elle.

— Qu'est-ce que tu prends ?

— Je ne sais pas, dit-elle, ce qui confirme mes soupçons.

Elle se mordille l'intérieur de la joue en retournant le menu pour étudier l'autre côté.

— Quels sont les choix possibles ?

Elle le retourne à nouveau.

— Les raviolis au crabe ou la pizza au poulet. J'ai envie de raviolis sur la pizza, c'est bizarre ?

Ses parents l'entendent. Ils nous regardent par-dessus leurs menus et hochent la tête à l'unisson.

— Ouais.

— Pourquoi je ne commanderais pas la pizza et toi, les raviolis. On pourra échanger si en voyant la nourriture arriver, tu regrettes.

Elle pose le menu sur la table pour me dévisager et *quelque chose* papillonne dans ses yeux.

— Je t'ai dit que tu étais mon humain préféré, aujourd'hui ?

— Bien, et même… Oh, salut, les gars, dit une voix derrière moi.

Je détourne le regard de Stassie pour le poser sur le serveur qui vient de s'approcher de notre table. Il me semble étrangement familier, bien que je ne sois jamais venu ici auparavant.

Je jette un coup d'œil à Stas pour qu'elle m'éclaire, car il est évident qu'elle le connaît bien, vu son air embarrassé. Julia se lève de table et se penche pour embrasser le mec sur la joue.

— James ! s'exclame-t-elle joyeusement. Quel plaisir de te voir, chéri. Je ne savais pas que tu travaillais ici.

C'est drôle de voir Julia arborer un sourire forcé, parce que c'est exactement le même que celui de Stassie – il est terrible. Dès qu'elle prononce son prénom, je réalise qui il est. J'ai regardé des photos de lui tout l'après-midi, plus jeune, mais il a gardé le même visage et ses cheveux blond sable.

James était le partenaire de patinage de Stassie avant qu'elle n'entre à l'université. Il était aussi son premier petit ami, son premier amour, son premier tout.

Super. Je suis content qu'il soit là.

Colin serre la main de James, et ils ont tous deux l'air aussi gênés que je le suis.

— Je travaille ici pour quelques semaines, puisque je suis rentré pour les vacances. (Ses yeux me survolent pour se poser sur la femme à côté de moi, qui n'a pas dit un mot.) C'est bon de te voir, Stassie.

Entendre son nom semble la faire sortir de son moment de flottement.

— Toi aussi, James. Voici Nathan, mon petit ami. Nate, voici James. C'était mon partenaire de patinage jusqu'à ce que je déménage à Maple Hills.

Petit ami.

C'est la première fois que je l'entends le dire, et elle l'a dit avec tant d'assurance. Je ne l'ai définitivement pas imaginé.

Ce n'est pas le moment de faire une crise intérieure, Hawkins.

Je tends la main pour serrer la sienne. C'est bizarrement formel, mais c'est ce que Colin a fait, alors je le fais aussi.

— Enchanté de te rencontrer.

— De même, dit-il en s'efforçant de ne pas paraître gêné. Qu'est-ce que je peux vous servir à manger ?

Après avoir pris nos commandes, mon nouveau copain James disparaît, et quand nos boissons arrivent, c'est une personne totalement différente.

La nourriture est délicieuse, la conversation est facile. J'ose à peine imaginer à quel point ce serait différent si c'était Stas qui rencontrait mon père. Ça me soulage qu'on rentre à L. A. avant qu'il ne revienne de vacances.

Tout en m'essuyant la bouche avec ma serviette, je rassemble le courage que je cherchais depuis cinq minutes.

— J'aimerais que vous me laissiez payer le dîner, pour vous remercier de m'avoir accueilli chez vous. (La bouche de Colin s'ouvre, mais je continue avant qu'il ne puisse dire quoi que ce soit.) Et je sais que vous allez refuser, mais sachez que je n'ai pas peur de faire semblant d'aller aux toilettes pour payer en cachette.

J'ai passé une super journée avec vous. J'aimerais vous remercier en payant l'addition.

— Oh, papa, laisse-le faire ! râle Anastasia. Honnêtement, il est tellement têtu qu'il va se disputer avec toi pendant des heures.

Nous tournons tous la tête vers elle au ralenti avec ce même regard déconcerté.

— Attends, c'est moi qui suis têtu ?

Elle glisse sa main vers la mienne, posée sur la table, en faisant résonner un rire doux et musical. Ses yeux brillent alors qu'elle essaie de cacher son sourire. Elle est hypnotisante.

— Euh, évidemment.

Putain, je suis tellement amoureux de cette femme.

TRENTE-CINQ

ANASTASIA

— ON EST ARRIVÉS ?

— Je jure devant Dieu que je vais te laisser dans cet aéroport, grommelle Nate en me donnant une claque sur les fesses.

Il éclate de rire, attirant l'attention d'un couple âgé qui se retourne pour nous dévisager, me faisant rougir encore plus.

En ce moment, nous courons pour attraper notre vol de correspondance à Denver, et Nate semble incroyablement de bonne humeur après notre vol matinal en provenance de Seattle. Je n'aurais jamais pensé être attristée de quitter Seattle, mais c'est le cas. Cette mélancolie persiste.

La façon dont mes parents ont réagi lorsque j'ai exprimé le désir de dîner dehors, de prendre une pause du patinage et de cuisiner pour eux, m'a fait comprendre à quel point j'avais été rigide lors de mes précédentes visites. Prendre du recul par rapport à tout cela, même pour les deux courts jours de notre visite, a été plus bénéfique pour moi que n'importe quelle session de thérapie. En partant ce matin, j'ai promis que je reviendrais bientôt, et je le pense vraiment.

Hier, j'ai joué à la guide touristique pour Nate, lui montrant toutes les merveilles de la ville jusqu'à ce que nos visages soient engourdis par le froid et que nous ne puissions plus avaler une gorgée de notre chocolat chaud.

J'ai vécu à Los Angeles trop longtemps, j'ai perdu l'habitude des températures hivernales. Nathan a plaisanté en disant que j'allais avoir un choc terrible en arrivant chez lui et que j'allais apprendre ce qu'est vraiment le froid. Mais il a promis que nous passerions au moins 90 % de notre temps au coin du feu. Il va donc falloir que j'apprenne à gérer les 10 % restants.

J'ai adoré jouer les guides touristiques, même si nous étions sérieusement fatigués au moment de rentrer à la maison. Voir Nathan se comporter comme l'homme charmant et attentionné qu'il est, voir mes parents le comprendre, a été un rêve. Sans oublier que le voir fourrer son corps de colosse dans une grenouillère a été le point culminant de mon année.

J'ai beaucoup observé Nathan pendant notre voyage, ce qui était très facile – il est si beau.

Il a passé des heures hier soir à parler de hockey avec mon père, évoquant son intention de rejoindre Vancouver l'été prochain après l'obtention de son diplôme. Mon père était naturellement impressionné.

— Je suis impatient de te voir jouer. Maintenant, je ne promets pas de changer d'équipe, mais si tu gagnes la coupe Stanley, je pourrais l'envisager, a-t-il plaisanté.

C'était un mélange bizarre d'émotions pour Nathan, je pense. Tout ce qu'il a toujours voulu, c'est que son propre père s'intéresse un tant soit peu à sa carrière. Et voilà que quelqu'un qui était un étranger quarante-huit heures plus tôt était sincèrement emballé pour lui.

Hockey mis à part, ma mère est peut-être amoureuse de mon petit ami, ce qui me rend heureuse tout autant que ça me fait un peu peur pour mon père. J'ai proposé de cuisiner du biryani pour le dîner afin d'aider maman, mais aussi pour montrer un peu mes nouveaux talents culinaires. Elle m'a dévisagée, assise, les yeux pleins de larmes.

— Qu'est-ce qui ne va pas ? ai-je demandé en haussant un sourcil sceptique.

— Tout va bien, chérie, a-t-elle murmuré, semblant retenir ses larmes. Je suis fière de toi. Tu es à la maison, heureuse et en bonne santé. Tu as un petit ami merveilleux. Je suis ta mère, donc j'ai le droit d'être émotive quand je vois ma fille s'épanouir.

Elle voulait tout savoir, comment on s'est rencontrés, comment on s'est mis ensemble, alors j'ai dû me montrer créative et retoucher un peu la vérité. Malheureusement, c'est impossible de parler de Nate et moi sans parler d'Aaron.

— Cette petite merde ! fulmine-t-elle en hachant agressivement la coriandre. Attends juste que je le voie !

Son accident et notre dispute n'ont pas été la partie la plus difficile. Elle a fait des remarques et roulé des yeux à certains moments, sachant exactement comment Aaron peut être parfois. C'est quand je suis arrivé à sa dispute avec Henry que les choses sont devenues gênantes.

— Il a dit…

J'ai marqué une pause, me demandant si c'était quelque chose que je pouvais supporter de répéter à haute voix. Avec un soupir, je me suis approchée et lui ai pris le couteau de cuisine.

— Il a dit que personne ne serait jamais capable de m'aimer parce que mes parents biologiques n'en avaient déjà pas été capables.

Ses pupilles se sont dilatées, son visage a rapidement pâli et elle s'est agrippée au comptoir de la cuisine.

— Et comme si ce n'était pas suffisant, il a dit que vous ne vouliez de moi que pour remplir l'armoire à trophées.

Il n'y avait pas une once d'émotion dans mes mots. Je les ai toutes usées en pleurant contre le torse de Nate il y a une semaine. Mais regarder le visage de ma mère sombrer dans l'horreur m'a donné envie de m'effondrer.

— Il n'a pas fait ça… a-t-elle murmuré.

J'ai hoché la tête, la laissant me serrer dans ses bras et me voler mon oxygène. Le visage enfoui dans mes cheveux, elle s'est étouffée avec ses mots.

— Comment peut-on penser ça ? Comment ? Pourquoi ? Qu'est-ce que… ? Mais qu'est-ce qui ne va pas chez lui ?

— Il blesse les gens quand il souffre, ai-je expliqué dans un soupir, la détachant avec beaucoup de difficulté.

Elle a pris ma tête entre ses mains et a embrassé affectueusement mon front.

— Ne le dis pas, ai-je soufflé. Tu n'as pas besoin de le dire.

— J'en ai besoin. Tu es la meilleure chose qui nous soit arrivée, Anastasia. La meilleure de toutes. Ton talent s'ajoute à ce qui te rend si spéciale, mais je t'aimais bien avant que tu enfiles une paire de patins à glace.

— Je sais.

Ce n'était pas un mensonge. Malgré les doutes et la pression que je m'inflige, je sais que mes parents m'aiment. Ils ne se sont pas pliés aux exigences du système d'adoption public américain en espérant avoir un enfant sportif. Ils voulaient agrandir leur famille.

— Que vas-tu faire de lui ? a-t-elle demandé.

La question impossible à laquelle j'aimerais avoir une réponse.

Il est compréhensible que Nate veuille m'éloigner et refuse qu'Aaron regarde dans ma direction, d'autant que Lola n'est pas loin d'emprunter la même voie que lui. Mais la réalité de la situation est que je n'ai pas trop le choix, car c'est mon partenaire.

Je m'attendais à avoir de ses nouvelles après la bagarre, mais rien. Lola m'a dit qu'il était parti à Chicago et qu'il ne serait pas de retour avant le Nouvel An. Je sais que passer les fêtes avec ses parents qui se disputent ne fera que le mettre de plus mauvaise humeur.

Je me fais lentement à l'idée que mon amitié avec Aaron a atteint le maximum de tension qu'elle pouvait supporter. Je ne peux plus servir de paillasson à un homme brisé qui fait peser sur moi son bagage émotionnel et refuse d'essayer de s'aider lui-même.

Aaron est incroyablement privilégié et a toutes les ressources à sa disposition. J'ai désespérément envie qu'il les utilise, qu'il devienne l'homme que je sais qu'il est au fond de lui, sous les doutes et la colère, mais j'ai l'impression qu'il s'en éloigne constamment.

Ça me fait mal d'admettre tout ça et de comprendre que je renonce à lui.

Du moins est-ce comme ça qu'il le verra.

Je pouvais supporter ses sautes d'humeur et ses tentatives subtiles de contrôle. Mais le temps que nous avons passé à rire à la maison ou à sourire jusqu'aux oreilles quand nous réussissions quelque chose sur la glace ne compense plus les mauvais côtés. Toutes ces choses ignobles qu'il a dites sur moi ont détruit la confiance que j'avais en lui.

Même avec toutes ces émotions qui m'envahissent, et la voix dans ma tête qui me crie de faire une pause, je ne peux pas être une patineuse en couple sans partenaire. Je dois commencer à envisager cette relation comme un partenariat strictement professionnel.

Celle de deux collègues.

Nathan déteste ça, évidemment, mais il ne s'agit pas de lui ou de ce qui le met à l'aise. Je comprends, honnêtement. La façon dont Nathan se soucie de moi suscite une sensation bizarre dans mon estomac, le genre que je croyais inventée.

Il me traite avec respect et gentillesse, et il me soutient dans tous les domaines. Je l'appelle mon petit ami, pour l'amour de Dieu, un mot qui, auparavant, m'inspirait une vague d'horreur, mais qui, aujourd'hui, me satisfait. Nous sommes inséparables, et nous sommes tous les deux heureux comme ça.

Toutefois, ce qu'il oublie, c'est qu'il part cet été s'installer dans un autre État. Il doit donc accepter l'idée que je peux gérer Aaron seule.

Ce n'est pas normal que Nate et moi vivions ensemble, peu importe à quel point nous aimons tous les deux ça. J'ai toujours aimé cohabiter avec Lo et Aaron, et j'aimerais revenir au point où Aaron et moi pouvons coexister dans le même espace, même si nous ne sommes plus meilleurs amis. Je n'évoque plus ce sujet, car Nathan déteste l'idée que je retourne à la Maple Tower.

Il ne partage pas mes craintes. Il ne se demande pas si nous ne fonctionnons que parce que nous sommes ensemble vingt-quatre heures sur vingt-quatre et si, lorsqu'il déménagera et que nous devrons passer du temps séparés, nous tiendrons le coup.

J'espère que notre relation durera. J'ai besoin qu'elle dure. Passer d'ennemis à amoureux en trois mois n'est pas quelque chose que j'aurais cru possible. Pourtant malgré tous mes efforts pour résister, je suis follement amoureuse de cet homme.

— On est arrivés ?

Nate se pince l'arête du nez en soupirant profondément. Il ne me trouve pas drôle à cet instant, mais plus il s'énerve, plus ça m'amuse.

Est-ce que je me suis transformée en… JJ ?

Il baisse soudain la tête, et son nez effleure le mien. En sentant son souffle chaud sur ma peau, ses lèvres à quelques centimètres des miennes, je perds momentanément tous mes moyens.

— Dès que nous serons seuls, dit-il en faisant un signe de tête vers notre chauffeur, qui s'occupe de ses affaires à l'avant, je vais te donner une fessée pour chaque fois où tu as posé cette question.

Mon souffle se bloque dans ma gorge, à mi-chemin entre le rire et l'étouffement. Il comble le fossé, me faisant fondre dans un baiser. Quand on se sépare, il appuie son front contre le mien.

— Ne me menace pas avec une partie de jambes en l'air, Hawkins.

Il se penche pour me regarder. Ses yeux bruns se plantent dans les miens, et je sais. Je sais que j'ai fait le bon choix en passant les vacances ici avec lui.

— Tu es si vilaine, parfois.

— On est bientôt arrivés ?

Ses doigts se faufilent entre les miens sur mes genoux tandis qu'il jette un coup d'œil par la vitre.

— Deux minutes. Ça fera une fessée de plus, d'ailleurs.

— J'espère bien.

Ce sont les deux minutes les plus longues de ma vie.

Nous nous arrêtons finalement devant un grand portail. J'essaie de ne pas me montrer à quel point je suis impatiente et nerveuse, car je sais que c'est idiot. C'est une maison vide. Comment pourrais-je être nerveuse s'il n'y a personne ?

Correction : il s'agit d'un manoir. Un manoir gigantesque, enneigé, avec une énorme allée menant à la porte d'entrée. Je ne me rends pas compte que j'ai la bouche ouverte, jusqu'à ce que Nate me tape sous le menton en gloussant, ce qui me pousse à la fermer.

— Tu es drôlement riche, chuchoté-je, sans nécessairement lui parler, juste pour traiter l'information.

Je savais que la famille de Nate avait de l'argent, mais je n'aurais jamais pensé que ce serait à ce point-là. La voiture s'arrête devant la porte d'entrée, qui est si grande qu'elle a peut-être été conçue à l'origine pour des géants.

— Mon père est drôlement riche.

Tout est un peu flou alors qu'on prend nos sacs et qu'il me fait entrer. Il me pousse vers le centre de la pièce.

— Va fouiner, je sais que tu en as envie.

Il a raison.

— J'ai peur de me perdre. Tu peux me faire visiter ?

Après avoir déposé nos sacs près de la porte, il me fait traverser une porte qui mène à la cuisine.

— C'est la cuisine.

— Eh bien, comme je n'avais pas vu le four, j'ai pensé que c'était la chambre.

Je n'ai même pas fini de rouler des yeux qu'il essaie déjà de m'attraper. Je me précipite de l'autre côté de l'îlot de cuisine dans un éclat de rire pour l'éviter. Il se renfrogne et me fait signe de la tête.

— Tu es putain d'énervante.

— Et tu es lent. Tu devrais travailler là-dessus.

Le reste de ma visite ne prend presque pas de temps, car je cours entre les pièces en gloussant pendant que Nathan essaie de m'attraper. Je sais qu'il me laisse filer, un de ses pas vaut deux des miens, mais cette façon de découvrir les lieux est plus amusante.

J'admire vaguement les hauts plafonds et la lumière naturelle. Bla-bla-bla. Toutes les choses qu'on est censé commenter quand on est dans une belle maison.

En montant le gigantesque escalier, un escalier qui devrait être réservé pour des entrées en robe de bal, Nate me guide sournoisement vers une pièce en particulier.

Essoufflée, surexcitée et prête à admettre la défaite, j'ouvre la porte de ce qui est – surprise, surprise – sa chambre. Je m'arrête dans l'encadrement de la porte. Ses bras m'enveloppent par-derrière, me portent et me jettent sur son lit.

Il s'affale à côté de moi et me fait rouler sur lui.

— Qu'est-ce que tu as pensé de la visite de la maison ?

— Je pense que je dois faire plus de cardio.

Je sens le rire gronder dans sa poitrine sous mon corps. Ses mains balaient les cheveux de mon visage.

— J'étais nerveux à l'idée de t'amener ici.

— Pourquoi ?

— Ça n'a rien à voir avec ta maison. Il n'y a pas de photos. Les seuls trophées que tu verras sont ceux de Sasha, et c'est un peu… Je ne sais pas. Froid.

Difficile de ne pas le remarquer. Il n'y a aucune décoration de Noël, bordel de merde.

Je sais que son père est un connard, Nate me l'a bien fait comprendre. Mais savoir que votre fils va être seul à la maison et ne pas mettre un sapin de Noël ? Et pour Sasha, qui a vécu ici tout le mois ? Et si j'étais restée dans l'État de Washington ou en Californie ? Il serait seul dans cette maison immense et vide.

Une boule se forme dans ma gorge, que j'essaie de ravaler, en vain.

Ses yeux s'écarquillent, son corps se fige.

— Qu'est-ce qu'il y a ?

— Je suis désolée, dis-je en le poussant pour m'asseoir, au bord des larmes. Je ne veux pas constamment me comporter comme une épave émotionnelle, je… Putain. Je pense juste à ce que ça aurait été pour toi de rester ici tout seul. Je suis tellement heureuse d'être ici avec toi.

— Moi aussi.

TRENTE-SIX

NATHAN

QUEL EST LE BON MOMENT pour dire à quelqu'un qu'on l'aime ?

Je n'espérais pas tomber amoureux cette année. Je n'ai jamais été amoureux, et je ne sais pas comment je suis censé le dire à Anastasia sans qu'elle parte en courant. Elle a réussi à dire le mot « petit ami » à voix haute il y a seulement quelques jours, et je m'imagine maintenant lui envoyer ces trois mots à la figure ? Je dois être en train de perdre la tête.

Mais je ne peux pas m'en empêcher, ils sont constamment sur le bout de ma langue.

Mon stress vient peut-être du fait que je sais que c'est une série d'événements malheureux qui nous ont amenés là où nous sommes aujourd'hui, à cette situation dans laquelle je me sens incroyablement chanceux, ce qui n'arrive pas très souvent. Chanceux, c'est le seul mot qui me semble approprié, car la situation aurait pu prendre une tout autre direction.

Je pourrais parler pendant des heures de sa beauté. Décrire chaque tache de rousseur, chaque courbe, chaque centimètre de son corps. Comme le soleil, Anastasia est d'une beauté chaude et aveuglante. Mais pour être honnête, ce n'est pas ce qui fait d'elle ma moitié.

Je suis amoureux de sa détermination et de son engagement, de sa douceur, de la façon dont elle parvient à me dire exactement ce qu'elle ressent et pourquoi, même si ça la met mal à l'aise.

Elle m'a appris que communiquer ne signifie pas que tout est parfait, ni que nous ne pouvons pas être en désaccord. Ça signifie que nous travaillons ensemble sur nos imperfections. Même lorsque nous ne sommes pas d'accord, nous savons pourquoi l'autre pense ainsi, bien que ça ne nous fasse pas changer d'avis. Nous sommes toujours des individus, mais nous sommes des individus ensemble. Je n'ai jamais su que les relations pouvaient être ainsi.

Par-dessus tout, elle se soucie de moi et de mon bonheur. Elle me fait étudier, elle m'encourage à parler de ma mère. Je pourrais m'allonger ici et énumérer toutes les choses qu'elle fait et qui me poussent à être la meilleure version de moi-même. C'est ma meilleure amie.

Je dois arrêter d'attendre que les choses tournent mal, parce que je sais que rien n'est censé être parfait, et nous sommes tous les deux assez têtus et déterminés pour réparer les parties qui ne nous conviennent pas.

Il semble trop tôt pour pouvoir faire ce genre de déclarations. Merde, il est trop tôt pour être amoureux. Trois mois et quelques, ce n'est pas long, mais on a passé tant de temps côte à côte que je pense pouvoir être pardonné pour mon assurance.

Je devrais vraiment lui dire.

Je m'extrais de mes pensées en effleurant sa joue de mon pouce.

— On peut acheter des décorations de Noël, si ça te rend triste. On peut y aller maintenant.

— Ce n'est pas ça. Je m'en fiche. Je déteste juste l'idée que tu serais arrivé seul et que ton père n'aurait même pas pris la peine de mettre un sapin de Noël pour toi. Ou Sasha ! Pauvre Sasha.

— Ils ne sont presque jamais là. Ils sont toujours à la station, expliqué-je. Ce n'est pas grave, je t'assure. Mais on peut aller acheter un sapin de Noël, si tu veux. Je ne pensais pas que ça t'affecterait autant. Je sais que ce n'est pas comme chez tes parents, j'aurais dû te prévenir. Je suis désolé.

— Non, non. Ne t'excuse pas auprès de moi. C'est moi qui suis désolée. Je vais retrouver ma bonne humeur, je te le promets.

Stas se secoue et se force à sourire, puis se met à rire devant mes sourcils froncés. Elle se lève pour se jeter à nouveau sur le matelas.

— Oh, mon Dieu ! s'exclame-t-elle, et ma bite tressaute dans mon pantalon. Ce lit est divin. Il est chaud ! Comment diable peut-il être chaud ?

— J'ai demandé à Betty de mettre la couverture chauffante en déposant la nourriture.

— Betty est ton autre petite amie ?

Elle lève le pied en l'air et tire sur sa botte pour la lancer sur le côté du lit.

— Betty est notre gouvernante. Elle doit avoir environ cent ans. Elle travaille pour ma famille depuis des années, dis-je en regardant Stassie tenter d'enlever son autre botte avec beaucoup de difficulté. Elle refuse de prendre sa retraite, et elle fait la meilleure purée de pommes de terre du monde entier. Elle est géniale, tu l'adorerais. Nous ne la verrons pas, je lui ai dit de prendre des congés pour les passer avec sa famille. Tu as besoin d'aide ?

Elle s'arrête dans sa tentative d'enlever son sweat, qui est également emmêlé dans ses cheveux et coincé par sa montre. Elle me lance un regard par-dessus son bras.

— J'essayais de me déshabiller pour te séduire, mais bon sang, se déshabiller avec ce climat est fatigant. J'aurais dû baisser un peu mon pantalon et me pencher en avant.

Elle continue à se débattre jusqu'à ce qu'elle soit libre, mais ça ne fait que révéler une autre couche. J'enlève mes propres bottes et tire sur ma fermeture Éclair pour ne pas me laisser distancer. Le principal inconvénient de la montagne est le temps qu'il faut pour se déshabiller. J'ai demandé à Anastasia de se couvrir ce matin, avant le vol, pensant que la première chose qu'elle voudrait faire en arrivant serait d'aller voir le lac. Toutefois, je ne pense pas que ça lui ait un instant traversé l'esprit.

— C'est fait ! crie-t-elle, essoufflée, mais avec un sourire suffisant. Je t'ai battu.

Seule Anastasia Allen pouvait transformer le fait de se déshabiller avant de faire l'amour en une compétition, puis se déclarer gagnante. Elle grimpe sur le matelas, s'appuie sur la tête de lit et observe mon sourire malicieux.

Une fois que j'ai enlevé mon caleçon, je rampe vers elle, m'arrêtant lorsque son pied vient s'appuyer sur le centre de mon torse. Je m'assois sur les talons, saisis son pied et presse ma bouche contre sa cheville alors qu'elle ricane.

— Quelle est ta récompense pour avoir gagné ?

Elle sursaute lorsque mes dents effleurent sa peau. Les lèvres pincées, elle fait mine de réfléchir.

— Hum, peux-tu être mon prix ? susurre-t-elle. (Ses yeux se mettent à briller quand je hoche la tête.) Je veux te voir te toucher.

Je m'étouffe.

Je lâche son pied, qu'elle plante sur le lit, m'offrant une vue parfaite sur sa chatte rose et humide. J'aurais beau passer des heures à essayer de prédire ce qu'Anastasia va dire et faire, je n'aurais jamais raison.

— Ne me regarde pas comme ça, murmuré-je en me penchant en avant pour planer au-dessus de son corps. Avec ces grands yeux de biche, comme si tu ne venais pas de dire que tu voulais me regarder me branler.

Son menton s'incline, sa bouche cherche la mienne. Elle sent si bon. Comment diable fait-elle pour sentir aussi bon tout le temps ? Douce, délicieuse et exaspérante. Je tire son corps contre le mien, nous fais rouler sur le dos et la positionne sur mes cuisses. Je suis déjà dur. Comment ne pas l'être après ce qu'elle vient de dire ?

Elle tend immédiatement la main pour m'attraper, mais je saisis son poignet.

— Mains dans le dos, Allen.

Elle ne sait plus où donner de la tête. Ses yeux oscillent entre mon visage, mon ventre qui se gonfle et ma main qui fait des va-et-vient avec ma queue. Je gémis son prénom, appréciant l'éclat de surprise sur son visage, qui se transforme rapidement en quelque chose de plus sombre.

Ses hanches se tortillent, cherchant une friction qu'elle ne trouvera pas avec ses jambes écartées par mes cuisses. Elle s'agite en suivant des yeux les mouvements de mon poing.

— Tu es si chaud, putain, râle-t-elle, les yeux noirs de désir. Laisse-moi te toucher, s'il te plaît.

— Mais je te donne ce que tu voulais.

De ma main libre, j'emprisonne son téton. Le gémissement qu'elle laisse échapper est un mélange de satisfaction et de frustration. Je fais glisser ma main plus rapidement. Le plaisir picote, augmente, commence à lécher ma colonne vertébrale.

Lorsqu'elle s'éloigne de moi, je fronce les sourcils, curieux. Tout en posant une main hésitante sur le lit, à côté de mes hanches, elle se penche, les yeux plantés dans les miens. Elle plane au-dessus de moi sans me toucher.

— Qu'est-ce que tu fais ? demandé-je en réduisant le rythme de ma main à quelque chose d'atrocement lent.

— Et si je n'utilise pas mes mains ? Je peux te toucher, alors ?

— Ouvre la bouche, bébé.

On pourrait croire que c'est moi qui contrôle la situation, mais c'est faux. Je la regarde, hypnotisé, alors qu'elle lèche et embrasse de la base jusqu'à la pointe de mon sexe, en s'arrêtant pour me regarder retenir mon souffle. Je veux désespérément qu'elle me glisse dans sa bouche chaude et humide.

Elle ne le fait pas. Je sens son souffle chaud sur mon gland. Elle est si proche, mais elle embrasse et lèche toute ma longueur, jusqu'à mes couilles, qu'elle suce doucement.

Je lâche le souffle que je retiens et passe ma main dans mes cheveux quand sa langue tourbillonne autour de moi.

— Putain, tu es si belle.

Elle continue à me taquiner, à toucher tout sauf mon gland, qui palpite et brille de quelques gouttes de sperme. Je sais qu'elle va continuer jusqu'à ce que je sois prêt à la supplier.

Je suis prêt à la supplier dès maintenant.

Un dernier regard à mon expression torturée, et elle sourit, l'air sincèrement contente d'elle. Je meurs d'envie de la baiser pour effacer la suffisance sur son visage.

Elle abaisse lentement – et je dis bien lentement – sa bouche sur moi, et je ne peux m'empêcher de lever les hanches pour accélérer le processus. Un « hum » satisfait vibre contre ma queue tandis qu'elle creuse les joues et essaie d'aspirer l'âme de mon corps.

Putain de merde.

Je prends ses cheveux, les enroule autour de mon poing en une queue-de-cheval approximative. Tout en les serrant bien, je bouge selon le mouvement contrôlé de sa tête, qui se balance de haut en bas.

Ses ongles raclent l'intérieur de ma cuisse, ce qui me fait sursauter et heurter le fond de sa gorge. Pendant une fraction de seconde, je crains que ce soit trop pour elle, jusqu'à ce que ses yeux larmoyants me regardent à travers d'épais cils sombres. Même quand elle s'étouffe bruyamment sur ma queue, elle garde un air suffisant. Alors, je continue à pousser, profondément et précisément, tandis qu'elle ronronne joyeusement, répondant parfaitement à chacun de mes mouvements.

Ne lui dis pas que tu l'aimes pendant une fellation, espèce de loser.

Mon corps entier tremble.

— Bébé, je vais jouir.

Son gémissement d'approbation envoie une secousse dans mon corps. Elle accélère. Des mouvements négligés, fous, jusqu'à ce qu'un feu intense se déploie dans mon sang et désintègre mon corps tout entier.

— Putaaaaain, est le seul mot qu'il me reste dans mon vocabulaire alors que je me déverse dans sa gorge.

Étourdi, je la regarde se redresser et nettoyer le coin de sa bouche avec son pouce, puis le sucer. Je respire fortement en luttant pour revenir sur terre. Nous faisons souvent l'amour, et je meurs toujours d'envie d'être à l'intérieur d'elle, mais ça… c'était…

Mon Dieu. Je vais peut-être devoir la demander en mariage.

Je tire son corps vers le mien. Elle s'allonge sur mon torse avec un couinement, avant de se déplacer sur mon flanc, la jambe en travers de mon ventre. Je presse mes lèvres sur son front en la serrant contre moi. Puis je lui donne une fessée, ce qui provoque un autre couinement.

— C'était en quel honneur ?

— Combien de fois as-tu demandé : « On est bientôt arrivés ? », hein ? Les actes ont des conséquences, Anastasia.

— C'est vrai ?

— Ouaip, gazouillé-je en la fessant à nouveau.

Elle se met sur le ventre et lève un peu les fesses. La forme de ma main est légèrement imprimée dessus. Elle tourne la tête pour me regarder avec ce même rose pâle rougissant ses joues.

— On est bientôt arrivés, Nathan ?

Un des avantages d'avoir la maison pour soi, c'est de pouvoir se promener nu.

Je laisse Anastasia dormir paisiblement dans mon lit pendant que je cherche dans le réfrigérateur de quoi nous nourrir. Je prends une brique de jus d'orange et me place devant la fenêtre de la cuisine, qui donne sur le lac gelé à l'arrière de la maison.

Le blanc s'étend sur des kilomètres, brillant et intact, à tel point qu'on ne sait pas où le lac se termine et où la terre commence.

Moi, je le sais, cependant. Je connais cet endroit comme ma poche. J'ai passé assez de temps dessus, dedans et autour au fil des ans.

Un corps chaud s'enroule autour du mien par-derrière, des lèvres se pressent affectueusement contre le creux de mon dos. Elle me contourne, prend la brique de jus de fruits, la porte à sa bouche et vient s'appuyer sur mon corps pendant que nous admirons tous les deux l'extérieur.

— C'est magnifique, murmure-t-elle.

— Pas aussi magnifique que toi.

— Tu es ringard.

— Peut-être. Mais je n'ai pas tort.

TRENTE-SEPT

ANASTASIA

J'AI UNE IRRÉSISTIBLE ENVIE de lui dire que je l'aime chaque fois qu'il me regarde, et je ne sais pas comment arrêter ça.

J'ai peur que ça sorte par accident et que, d'une manière ou d'une autre, j'éclate cette bulle dans laquelle nous flottons joyeusement.

Je suis sûre que toute nouvelle relation commence par l'idée que son partenaire est parfait, mais le mien l'est. Il est attentif et affectueux, il me fait me sentir appréciée et il s'efforce de me rendre heureuse. Pas d'une manière matérialiste ou frivole, mais en travaillant activement à mes côtés, main dans la main, pour essayer de rendre ma vie meilleure. J'imagine qu'il n'y a pas beaucoup d'hommes, d'étudiants de surcroît, qui vous veulent quand même après avoir vu les parties les plus laides de votre corps.

L'ironie, c'est que si je lui disais ça, il me dirait qu'il n'y a rien de moche chez moi.

Mais c'est le cas, et j'ai l'impression que cette laideur a été exposée pendant des semaines, constamment jetée à mon visage pour m'abattre. En étant ici avec Nathan, à des kilomètres de tout le monde, j'ai l'impression que je peux enfin respirer. Une partie de moi souhaite que nous n'ayons pas à retourner à Los Angeles, mais d'une manière ou d'une autre, je pense que la bulle va probablement éclater dès que le père de Nate – mon nouvel ennemi juré – rentrera à la maison.

Je n'arrive pas à m'imaginer grandir dans un endroit comme celui-ci. Regarder l'immense domaine à travers la fenêtre de la cuisine avec Nate m'a coupé le souffle. Il est entièrement recouvert de neige, mais même ainsi, on devine à quel point il est grand.

Tout semble si vide. Je donnerais tout pour voir une photo de bébé Nathan. *Tout.*

La station de ski est dans sa famille depuis des générations, transmise de père en fils. Nate préfère Nate ou Nathan, mais son nom complet est Nathaniel, hérité de l'arrière-grand-père qui a fondé la station.

Nate n'a aucun intérêt à prendre la relève. Il déteste l'idée qu'elle lui revienne simplement parce que c'est un homme. Pourquoi voudrait-il d'une station de ski alors que c'est sa sœur, la prodige du ski ? argue-t-il. Il a grommelé quelque chose sur le fait d'emmerder le patriarcat avant de retourner vaquer à ses occupations.

La station n'est qu'à quinze minutes d'ici, je peux voir les bâtiments depuis la chambre de Nate. Il refuse que je skie pendant mon séjour, puisque je ne l'ai jamais fait auparavant. Il ne veut pas que je prenne le risque de me blesser alors que j'espère encore participer à une compétition le mois prochain. Il dit que nous pourrons revenir dans le futur et qu'il m'emmènera sur les pistes bleues avec les enfants.

Ça me fait du bien de l'entendre songer à des projets d'avenir. Je pourrais prétendre que je ne sais pas pourquoi, mais le déni est inutile, à ce stade. Tout ce qu'il dit me fait fondre, et la moitié du temps, je ne sais pas comment réagir. Alors, je l'embrasse, puis les choses s'intensifient, et avant même de m'en rendre compte, je crie son nom et je vois des étoiles.

La bite de Nathan mérite une mention honorable dans la liste de ses attributs positifs. Sa bouche, aussi, et ses doigts. Ai-je déjà mentionné son corps ? Et son visage…

Mon Dieu, je devrais probablement lui dire tout ça, avant de lui avouer que je l'aime et trouver une des millions de pièces de cette gigantesque maison pour m'y cacher. Il mettrait au moins deux jours à me trouver.

— Tu es prête à te rhabiller ?

Je ne lui réponds pas tout de suite, faisant mine d'y réfléchir, comme si j'ignorais que la réponse est « non ».

— Ce n'est pas le fait de se rhabiller. C'est de savoir que je devrai me déshabiller plus tard.

— Si je te promets de te déshabiller plus tard, tu te rhabilles et tu viens quelque part avec moi ?

Je lie mon petit doigt au sien.

— Seulement parce que tu as promis.

S'habiller est beaucoup plus facile que de se déshabiller. Moins de dix minutes plus tard, Nate me traîne vers son jardin, patins à la main.

— Je ne peux pas croire que c'est la première fois que tu fais ça.

Lorsque Nathan m'a proposé de patiner sur le lac gelé de son jardin, j'ai supposé qu'il exagérait un peu et que je patinerais sur un petit étang, mais je ne devrais probablement jamais le sous-estimer, car c'est loin d'être un petit étang.

Je n'arrive pas à savoir où est le bord puisque le lac se ramifie en ce qui ressemble à de plus petits ruisseaux à travers les arbres. Nate tapote sur son téléphone jusqu'à ce que les premières notes de *Clair de lune* commencent à résonner. Il me lance alors un sourire qui me fait un peu fondre.

— Tu danses avec moi ?

Nous pratiquons ma routine jusqu'à ce que mon corps soit endolori et que je ne puisse rien voir d'autre que mon souffle devant moi. Il y a quelque chose de différent et de rafraîchissant dans le fait de patiner à l'extérieur, mais il manque quelque chose. Je me creuse la tête, essayant de mettre le doigt sur ce que c'est. Puis je réalise : Brady. Personne ne nous crie dessus.

— Attends ici, dit-il en patinant à nouveau vers la maison.

Il réapparaît une minute plus tard, avec deux crosses de hockey et un petit filet.

— Mettons toute cette rage que tu as à profit, Allen.

Découvrir que je suis nulle au hockey n'était pas ce que je voulais pour les fêtes de fin d'année, surtout compte tenu de l'homme à mes côtés. Je n'ai pas l'habitude d'être mauvaise en quoi que ce soit, surtout sur la glace.

— Arrête de bouder, me taquine-t-il en enfouissant sa tête dans mon cou.

Sa bouche chaude contraste avec le vent glacial.

Je n'arrête pas de faire la tête, même quand il me laisse marquer deux fois contre lui.

— Tu es vraiment une mauvaise perdante, Stas.

— Tu es littéralement un joueur de hockey de division 1 ! Et tu es énorme, tu occupes tout le but ! crié-je par-dessus son rire.

Il vient plaquer son torse contre mon dos, m'encercle pour saisir mes mains sur la crosse et colle sa joue contre la mienne.

— C'est en forgeant qu'on devient forgeron, Anastasia, murmure-t-il en envoyant le palet directement au fond du filet.

OK, c'était hot.

— Rentrons. Il va bientôt faire nuit, et je sens que tu as faim.

Il dépose un baiser sur ma tempe et me prend la crosse des mains.

— Je commence à penser que tu me connais très bien, Hawkins, soupiré-je en me retournant pour passer mes bras autour de sa taille. Je crois que je vais m'en tenir au patinage artistique.

Ses joues sont rougies par le froid, le bout de son nez est rouge vif, ses yeux brillants. J'aime le voir dans la maison de son enfance, souriant, m'apprenant quelque chose qu'il aime.

Il se baisse pour embrasser le sommet de ma tête recouverte d'un bonnet de laine.

— Bien sûr que je te connais très bien, Anastasia. Tu es ma matière préférée.

Nate a insisté pour préparer le dîner, tout ce que j'avais à faire c'était de m'asseoir devant le feu dans ma grenouillère de bonhomme de neige, avec un bon verre de vin trouvé à la cave.

Une fois le dîner terminé, nous nous installons sur le canapé devant *Maman, j'ai encore raté l'avion !*, bien que je sois un peu pompette. L'état d'ébriété, c'est bien, c'est amusant, ça implique que mon appareil photo soit rempli de photos de Nathan se pavanant dans sa combinaison de renne sans que je puisse m'empêcher de rire.

Quand je suis ivre, c'est là que nous avons un problème, car je me sens exceptionnellement sentimentale. Or, il y a un gros risque que la Stassie ivre avoue ses sentiments. C'est ironique, j'encourage les gens à communiquer et à partager, mais je n'arrive pas à dire à mon propre petit ami que je l'aime.

Alors que Nathan porte sa bière à ses lèvres en inclinant légèrement la bouteille vers le haut, je l'observe comme une groupie. Il doit sentir mes yeux sur lui parce qu'il me jette un coup d'œil, le sourcil légèrement levé, avant de reporter son attention sur le film. Ses cheveux sont un peu longs en ce moment, il commence à avoir de petites boucles brunes sur la nuque. C'est si mi…

— Pourquoi tu me fixes ? grommelle-t-il en me tirant plus près de lui.

Sa proximité est plus enivrante que le vin. Il sent très bon. Exceptionnellement et incroyablement bon.

— Anastasia ?

Je soupire et reprends une gorgée de mon vin, prolongeant le silence. Comment puis-je dire ce que j'ai en tête sans avoir l'air obsédée ? Je suis un peu obsédée, mais hors de question de le lui faire savoir.

— Tu es juste vraiment très beau, Nathan. C'est super difficile de se concentrer parfois, tu sais ? Tu comprends à quel point c'est parfois difficile pour moi de me concentrer sur quoi que ce soit quand tu te pavanes autour de moi en étant si naturellement beau ?

Ses yeux s'écarquillent, ma confession le fait un peu rougir. Oh, mon Dieu, je crois que je l'ai embarrassé. Je devrais probablement me sentir plus gênée que je ne le suis, mais le voir rougir, éviter le contact visuel, se gratter nerveusement la mâchoire, c'est trop bon.

— Eh bien… souffle-t-il en saisissant ma main libre pour la baiser. C'est la même chose pour moi, Allen.

Dès que le film se termine, il change de chaîne pour regarder les meilleurs moments du sport. Il s'étire sur le canapé jusqu'à être à l'horizontale et me tend le bras pour que je me blottisse contre lui. J'ai des papillons dans l'estomac en le regardant, si détendu et si posé. J'ai l'impression d'avoir un aperçu de mon avenir : nous, en train de nous câliner devant un match de hockey, en buvant du vin dans une maison chaleureuse alors qu'il neige dehors.

— Tu voudrais revenir vivre dans le Colorado ?

— Mon Dieu, non !

— Pourquoi détestes-tu autant ton père ?

Bon sang, je suis inarrêtable ce soir ! Qu'est-ce qui ne va pas chez moi ?

— Je suis désolée, tu n'as pas à répondre à ça. Tu m'as déjà raconté des choses, mais j'ai l'impression qu'il y a plus que ça.

Son bras se tend. Il replace une mèche de mes cheveux derrière mon oreille, s'arrêtant pour caresser ma joue.

— Tu peux me demander n'importe quoi, Stas. Mais je ne suis pas sûr que haïr soit le bon mot, explique-t-il. Ma mère a été malade pendant longtemps avant de mourir, et il a engagé toutes ces infirmières privées pour s'occuper d'elle. C'était pratique, mais il la voyait à peine. Il se noyait dans le travail. Betty préparait le dîner, et il se montrait pour manger, puis disparaissait à nouveau. Il passait voir Sasha sur les pistes, mais à part ça, c'était comme si c'était un fantôme.

Je pose ma main sur la sienne pour la serrer. Je sais déjà que la mère de Nathan, Mila, est morte d'une maladie sanguine rare quand il était en quatrième.

— Pour faire court, il trompait sa femme mourante avec une monitrice de ski de vingt-cinq ans.

Je me sens subitement mal alors que j'encaisse ses mots. Mon cœur se brise instantanément pour l'adolescent qu'a été Nate.

— Je pense que ça a commencé bien avant qu'elle tombe malade. Puis, quelques années plus tard, quand Robbie a eu son accident, c'était à la station. Ses factures médicales étaient astronomiques. Les Hamlet sont riches, dotés d'une bonne assurance, mais papa ne voulait pas les aider, même si c'est à ça que sert l'assurance de la compagnie.

Je savais déjà que Robbie avait été blessé dans un accident de ski, mais je n'ai jamais pensé qu'il pouvait avoir eu lieu ici. Comment fait-on pour faire face à tout ça quand on n'est qu'un adolescent ?

— Il était convaincu qu'ils allaient le poursuivre en justice et le mettre en faillite. Il se comportait si bizarrement. Il a fait l'autruche pendant des semaines, jusqu'à ce que M. Hamlet n'ait d'autre choix que de faire appel à un avocat, ce qu'il n'avait jamais voulu faire. Les Hamlet aimaient ma mère, et ils m'ont toujours traité comme un fils.

— C'est tellement affreux, murmuré-je en serrant sa main encore plus fort.

— Je ne le lui pardonnerai pas. Je suppose qu'il se sent coupable maintenant, toutes ces années après. Je pense que je te l'ai déjà dit, mais papa est propriétaire de notre maison à Maple Hills. Il l'a achetée à la fin de la première année. Il a payé pour que notre garage soit transformé en chambre pour Robbie, avec une salle de bains accessible aux fauteuils roulants et tout ce dont il a besoin. C'était étrange. Nous nous démenions pour trouver un endroit convenable pour vivre, et soudain, j'ai reçu un coup de téléphone de lui me disant qu'il avait acheté une maison sur Maple Avenue et qu'elle serait rénovée à temps pour la deuxième année.

— Je suis désolée, Nathan. C'est… terrible.

Tout en m'offrant mon sourire préféré, il me tire vers son corps chaud pour me serrer dans ses bras et embrasser mon front.

— C'est bon, il y a des gens qui ont une vie pire que la mienne. Je ne suis pas assez bête pour ignorer que je suis privilégié, et que ce sont des problèmes de gens privilégiés. Cela dit, il m'a appris tout ce qu'il ne faut pas faire en tant que père… donc nos enfants se porteront bien. Attends, non… Attends, ce n'est pas sorti comme je voulais ! Oh, mon Dieu…

À mon tour de rougir, maintenant. Il s'est immobilisé sous moi, et aucun de nous ne dit quoi que ce soit. Qu'est-ce qu'on répond à ça, exactement ? La Stassie ivre n'est pas la personne idéale pour avoir cette conversation, car pour une raison quelconque, ce qui est dans ma tête n'est pas ce qui sort de ma bouche.

— Je veux adopter.

Il s'accroche un peu plus à moi.

— Ça me paraît bien.

— J'ai toujours voulu le faire, de toute façon, mais pousser ton gros bébé détruirait mon vagin. Genre, le détruirait littéralement.

— C'est noté.

Je suis encore à moitié endormie quand je me retourne dans le lit pour chercher Nathan et trouve un morceau de papier à sa place.

J'ai une course top secrète à faire, mais je ne serai pas long.
Amuse-toi à fouiner.
N
PS : Je t'ai fait un smoothie, il est dans le frigo.

J'ai tellement d'options qui s'offrent à moi que je ne sais pas par quoi commencer. D'abord, j'explore l'arrière de la maison, mon nouvel endroit préféré, tout en dégustant mon smoothie. On dirait le paysage d'une carte de Noël tant c'est beau. Ça ne ressemble pas à la vraie vie.

Il me faut dix secondes pour prendre conscience de ce que je veux faire. Je me précipite pour trouver mes patins et ma veste, avant de me diriger vers ma nouvelle patinoire préférée.

Je ne suis même pas en train de m'entraîner, je profite juste de la vue. C'est alors que j'aperçois un cerf qui me regarde depuis les bois au loin. Vivre à L. A. ces dernières années a été vraiment difficile après avoir eu la chance de vivre dans l'État de Washington toute ma vie. À Maple Hills, ce qui se rapproche le plus de cette nature sauvage, c'est la rue des fraternités.

Il marche sur le sol gelé, court entre les arbres, alors je patine un peu plus près. J'ai oublié de demander à Nathan où mène cette partie du lac, mais ces immenses arbres qui me surplombent, parés de petites gouttes gelées à chaque branche, me donnent l'impression d'être dans un film.

Le cerf m'observe toujours depuis la forêt lorsque j'arrive à l'orée du bois, mais mon téléphone sonne, et il détale à toute vitesse. J'enlève mon gant et porte le téléphone à mon oreille, déçue.

— Allô ?

— Hé, où es-tu ? demande Nate. Je viens de rentrer, et je ne te trouve pas.

— J'essayais de faire ami-ami avec un cerf, mais ton appel l'a fait fuir, grommelé-je en scrutant les arbres.

— Un cerf ? Où es-tu ?

— En train de patiner à l'orée des bois. J'allais avoir un moment à la Blanche-Neige et tout.

— Anastasia, ce n'est pas prudent…

Mais je n'entends pas le reste.

La glace craque sous mes pieds et l'eau paralyse mon corps à la seconde où ma tête passe sous l'eau.

TRENTE-HUIT

NATHAN

JE N'AI JAMAIS VOULU être celui qui se bat pour se frayer un chemin dans un magasin la veille de Noël, et pourtant…

Je suis entouré d'hommes à l'air paniqué, pointant frénétiquement du doigt toutes les surfaces, achetant manifestement des choses qu'ils étaient censés acheter il y a des semaines.

J'avais commandé le cadeau de Stassie afin qu'il soit livré à la maison et que je n'aie pas à voyager avec, mais le livreur est arrivé alors que Sasha était absente, et papa a refusé la livraison en disant que c'était une erreur.

Ça fait donc deux semaines que je discute avec la poste et le magasin. Ils m'ont finalement envoyé un e-mail hier soir pour me dire que je pouvais le récupérer en magasin. C'est pourquoi je me traîne ici à contrecœur.

Je sais qu'elle va s'énerver sur le prix d'un iPad, mais j'y ai réfléchi. Et elle ne peut pas être en colère si j'y ai réfléchi, pas vrai ?

Elle suit sa thérapie par appels vidéo puisque son médecin est dans l'État de Washington, mais comme elle n'en a pas, elle doit emprunter celui de Lola. Je ne peux pas toujours lui laisser emprunter le mien, car je l'utilise pour prendre des notes en classe et tout mon emploi du temps y est intégré.

Ça m'amène au deuxième bonus : un agenda numérique. Je sais déjà que son agenda a évolué, comme elle utilisait, enfant, un tableau avec des autocollants. J'imagine donc qu'il est temps qu'il évolue à nouveau. Je pense, non, je suis convaincu que si elle peut déplacer ses activités facilement – comme elle le ferait avec un iPad –, elle sera plus encline à être flexible avec elle-même.

C'est de la psychologie de merde, je sais, mais une fois qu'elle aura arrêté de stresser à ce sujet et qu'elle l'utilisera, elle profitera de ce cadeau.

Je comprends son inquiétude. Nos revenus ne sont pas les mêmes, ils sont même loin de l'être. Elle a dit une fois qu'elle ne pouvait pas sauter le travail parce que « nous n'avons pas tous un compte d'épargne », et elle a raison. Je ne m'attends pas à ce qu'elle m'achète quelque chose de cher, cependant. Je n'attends pas d'elle qu'elle m'achète quoi que ce soit. Sa présence ici est déjà un cadeau.

Elle a sangloté à l'idée que je sois seul pour Noël. J'ai une petite amie qui pleure sur mon hypothétique malheur. Comment ça se fait que ça m'arrive à moi ? Elle doit tenir beaucoup à moi, ou du moins est-ce ce dont je me suis convaincu. Alors, j'ai décidé de lui avouer que je suis amoureux d'elle demain. Noël semble être le bon moment pour exprimer ses sentiments.

N'est-ce pas ?

Le trajet pour retourner à la maison prend beaucoup trop de temps à mon goût. Il n'y a pas de circulation, je suis juste impatient et j'ai hâte de retrouver ma copine. Je me demande dans quelle mesure elle a fouiné dans la maison pendant mon absence. À mon retour, je m'attends à la voir dans le salon, les bras chargés de trucs pour lesquels elle exigera une explication. Je sais qu'elle veut absolument voir des photos de moi bébé, ou au moins une preuve que j'ai été un enfant, puisqu'il n'y a aucune photo de moi dans la maison.

Heureusement, elle est introuvable lorsque je franchis enfin la porte, ce qui me donne l'occasion de ranger le sac sous mon lit.

Je passe en revue le reste de la maison. Je tends l'oreille pour la trouver, mais chaque pièce que je vérifie est vide. Finalement, ayant perdu toute patience, je sors mon téléphone et l'appelle.

— Allô ? s'exclame-t-elle.

— Hé, où es-tu ? demandé-je en essayant d'écouter sa réponse par-dessus le bruit du vent. Je viens de rentrer, et je ne te trouve pas.

— J'essayais de faire ami-ami avec un cerf, mais ton appel l'a fait fuir, grommelle-t-elle doucement.

— Un cerf ? Où es-tu ?

— En train de patiner à l'orée des bois, dit-elle, faisant chuter mon cœur dans mon estomac. J'allais avoir un moment à la Blanche-Neige et tout.

Je commence à me sentir mal. Je me précipite à l'arrière de la maison, en direction du lac, aussi vite que mes jambes me le permettent.

— Anastasia, ce n'est pas prudent. Éloigne-toi doucement de là.

Mais je ne pense pas qu'elle m'entende, car la communication est coupée et, au loin, j'entends un cri à glacer le sang.

On dit que lorsque quelque chose de traumatisant se produit, le temps s'arrête, mais je ne suis pas d'accord. J'ai l'impression que chaque seconde passe à toute vitesse alors que mes bottes crissent dans la neige. Je n'arrive pas à me concentrer au milieu du chaos de mes pensées, qui hurlent toutes en même temps.

Elle est forte, elle est tellement forte, et elle sait nager, je l'ai vue nager de mes propres yeux. La bouée de sauvetage orange lumineuse attire mon attention lorsque je m'approche du lac. Maman a demandé à papa de l'installer quand Sasha a commencé à marcher. Elle était terrifiée à l'idée d'avoir autant d'eau à proximité. À tout moment, un accident risquait de se produire. Je l'arrache de son support et continue vers les bois.

Je ne pourrais même pas dire combien de temps s'est écoulé depuis que je l'ai entendue crier.

La bouée de sauvetage rebondit sur ma hanche alors que je sprinte plus vite que je ne l'ai jamais fait auparavant. Mon souffle devant moi me brouille la vue, mais subitement, je le vois. Le grand trou béant dans la glace, les morceaux fracturés flottant sur l'eau. Toutes les vidéos qui alertent sur la sécurité, tous ces articles, toutes ces présentations – ainsi que tous ceux qui ont un peu de bon sens – vous diront qu'il ne faut pas courir sur une couche de glace mince ou fragile. Mais moi, je ne suis pas fragile. Je connais cette eau mieux que quiconque, c'est pourquoi je savais qu'elle était en danger.

Je tombe à genoux là où je sais que la glace est plus fine et je rampe vers le trou, le cœur battant si fort qu'il pourrait sortir de ma poitrine. La seule chose à laquelle j'arrive à penser, c'est : « Putain, s'il te plaît, sois en vie. »

Je suis à quelques centimètres de l'endroit où la glace s'est brisée lorsque l'eau commence à onduler. Sa tête émerge, ses yeux terrifiés se verrouillent aux miens, avant que sa tête ne s'immerge à nouveau. Elle panique. Putain, moi aussi, je panique alors que je plonge mon bras dans l'eau, à la recherche d'une partie d'elle à laquelle m'accrocher.

Rien.

J'essaie de garder mon poids stable, de ne pas me pencher trop en avant – tout ce qu'on nous recommande de faire –, au moment où je jette la bouée dans l'eau en espérant qu'elle la trouve. Aller la chercher n'est pas la décision la plus intelligente, mon corps pourrait entrer en état de choc aussi, mais c'est la seule idée que j'ai. Ne pas laisser mes vêtements m'alourdir est le meilleur moyen pour moi de survivre à ça.

Qu'on survive tous les deux à ça.

J'enlève ma veste lorsque la corde de la bouée de sauvetage commence à remuer à côté de moi. Je me retourne, en prenant soin de ne pas faire craquer la glace sous moi. J'ai le souffle coupé lorsque je vois sa petite main s'accrocher au bord de la bouée, sa peau bleue contre la surface orange vif. Une seconde main la rejoint, puis je vois le sommet de son crâne remonter. Alors, je tire la corde et la regarde revenir jusqu'au bord.

— Stas, tu vas bien ? Tu peux dire quelque chose ? Il faut que tu t'accroches, je vais te sortir de là, lui dis-je frénétiquement, la voix vacillant à chaque syllabe.

Rien.

Je recule, me rapprochant d'un sol plus sûr, ignorant les picotements du froid à travers mes vêtements. Je tire fermement sur la corde jusqu'à ce que je sente la résistance de son corps contre le bord. Je halète, je pousse des jurons, au bord des larmes, mais je continue à tirer et finalement, finalement, son corps commence à glisser sur la glace. Je continue jusqu'à ce que je voie ses patins. Là, je sais que tout son corps est sorti. Quand nous sommes suffisamment éloignés du danger, je me relève et lui arrache la bouée, la faisant rouler sur le dos.

Ses lèvres sont bleues, ses traits délicats sont d'une pâleur mortelle et ses yeux sont fermés.

— Anastasia ? crié-je en collant mon oreille contre elle pour percevoir un murmure, un souffle, n'importe quoi.

Elle ne respire pas.

Mon corps se met à bouger tout seul. Je relève son menton et lui pince le nez. J'abaisse ma bouche vers la sienne et souffle jusqu'à ce que sa poitrine se soulève. Je tire sur la fermeture Éclair de sa veste, mais elle est gelée, alors je m'acharne au point de la casser, puis place mes mains jointes sur son sternum et appuie en rythme, avant de lui insuffler de l'air à nouveau.

Sa poitrine se soulève et s'abaisse, puis se soulève à nouveau, et elle commence à tousser. Des haut-le-cœur la secouent alors qu'elle expulse l'eau.

— Oh, mon Dieu, j'ai cru que je t'avais perdue, murmuré-je en la prenant dans mes bras.

Ses yeux se referment, mais elle respire toute seule, ce qui me permet de la recouvrir du manteau que j'avais enlevé plus tôt et de courir vers la maison.

Tout en montant les escaliers deux par deux, je me dirige à toute vitesse vers la salle de bains. Plus que tout, je veux que ses tremblements violents dans mes bras cessent. Elle n'a toujours rien dit. Je n'ai pas d'autre choix que de la poser sur le bord de la baignoire pour lui retirer ses patins. Après m'être assuré qu'elle est stable, je me dirige vers la douche pour la mettre à la bonne température.

— Nate, murmure-t-elle, ses lèvres d'une teinte légèrement plus humaine par rapport au bleu précédent.

— Je suis là.

Je m'efforce de la rassurer en essayant désespérément de chasser toute émotion de ma voix. Je l'amène sous l'eau chaude, me concentrant sur le centre de son corps. Je grimace lorsqu'elle siffle de douleur et se met à pleurer.

— Je sais que ça pique. Je suis vraiment désolé, bébé.

La douche est seulement sur un réglage légèrement chaud, mais pour elle, c'est comme se tenir sous une eau bouillante.

J'enlève son manteau et son sweat. J'aimerais plus que tout que nous puissions revenir à hier, quand la déshabiller était amusant, un instant rempli de rires.

Elle lève lentement les bras, me permettant de la débarrasser de ses couches de vêtements.

— Tu te débrouilles si bien, Stas, si bien. Je suis tellement fier de toi, tout va bien se passer. On va te réchauffer, et je vais te trouver un médecin. Tu vas bien.

J'augmente un peu la température et je m'accroupis pour retirer son pantalon et ses chaussettes, jusqu'à ce qu'elle soit nue sous le jet. Sa peau est encore glacée sous mes mains.

L'adrénaline diminue. La réalité me frappe alors qu'elle se tient devant moi en pleurs, les bras croisés sur son corps. Je me débarrasse de mes vêtements à mon tour et m'avance vers elle pour attirer son corps contre le mien. J'augmente un peu plus la température, essayant de l'apaiser pendant qu'elle pleure.

Sa tête se redresse et ses yeux rencontrent les miens pour la première fois. Ils sont baignés de larmes, mais la terreur de tout à l'heure a disparu, remplacée par de la confusion.

— J'ai cru que j'allais mourir.

Je ne peux pas empêcher mes propres larmes de couler, parce que je pensais qu'elle allait mourir, moi aussi.

Je presse doucement mes lèvres contre les siennes, puis laisse mon front reposer contre le haut de son crâne lorsque nous nous séparons.

— Je t'ai promis de ne jamais te laisser tomber ou te noyer, Anastasia. Je serai toujours là pour te sauver.

Ses bras se resserrent autour de ma taille et sa respiration se fait saccadée lorsque je monte un peu plus le débit de la douche. La couleur revient sur ses joues, ses larmes se tarissent. Elle se mord les lèvres pendant que je lui essuie les yeux.

— Je t'aime, Nathan. (Elle s'éclaircit la gorge plusieurs fois, pour essayer de clarifier le son brut et râpeux de sa voix.) Et ce n'est pas… je ne sais pas… lié à un quelconque traumatisme. Je suis amoureuse de toi, et c'est ce à quoi je pensais quand je suis tombée. Que je le savais depuis si longtemps et que je ne te l'avais même pas dit. Que j'allais mourir sans que tu le saches. Et j'étais tellement en colère contre moi-même. Je t'aime, et je suis désolée de ne pas te l'avoir dit quand j'en ai pris conscience.

Elle l'a dit trois fois et pourtant, je n'arrive toujours pas à réaliser.

— Je t'aime aussi, réussis-je finalement à bafouiller. Je suis tellement amoureux de toi, Anastasia.

Je me réveille en sursaut de mon cauchemar et regarde frénétiquement autour de moi. Stassie est profondément endormie, branchée à de multiples machines qui me confirment qu'elle va bien, qu'elle n'est pas morte comme dans mon rêve.

L'hôpital Vail Health n'est pas l'endroit où je m'attendais à me réveiller le matin de Noël, mais je ne m'attendais pas non plus à ce que ma petite amie se noie, alors un voyage impromptu aux urgences ne me semble pas si terrible.

Dès qu'elle a cessé de frissonner, je l'ai rhabillée, ajouté autant de couches que son corps fragile pouvait le supporter et je l'ai mise dans la voiture pour l'emmener à l'hôpital. Je pensais me faire engueuler parce que je n'avais pas appelé une ambulance, ce que j'aurais dû faire, mais j'imagine qu'ils ont vu mon visage stressé et qu'ils ont préféré ne pas en rajouter.

Le médecin m'a félicité d'avoir réussi à faire remonter sa température corporelle et lui a dit que tout allait bien après l'avoir examinée.

Elle a entendu « tout va bien » et a pensé qu'elle pourrait rentrer chez elle, sans réaliser que ni le personnel médical ni moi n'allions la laisser partir où que ce soit. Je n'ai pas quitté son chevet depuis hier. J'ai même agité ma carte bleue jusqu'à ce que l'hôpital améliore les prestations de sa chambre et me fournisse un lit afin que je puisse rester.

Le lit est encore parfaitement fait, car dès que nous avons été laissés seuls, j'ai grimpé à côté de Stas. J'ai fait semblant de dormir quand l'infirmière est venue vérifier ses constantes pour qu'elle ne me fasse pas sortir.

— Joyeux Noël, chuchote Stassie.

— Bonjour, bébé, dis-je en embrassant sa tempe. Comment te sens-tu ?

— Comme si j'étais, malgré moi, attachée à une perfusion inutile et que je préférais être chez moi, avec toi, dans nos combinaisons. (Ses doigts s'enfoncent dans mes côtes pour me taquiner.) Je me sens bien, Nathan, je te le promets. C'est Noël, on peut sortir d'ici ?

— Pas avant que tu aies été examinée.

— On m'a examinée. Je suis en parfaite santé. Allons-y.

Mes yeux se posent sur la perfusion qui sort de sa main.

— Oh oui, tu m'en as tout l'air.

— Au moins, je ne suis pas morte.

Mon air choqué la fait rire.

— Trop tôt pour plaisanter à ce sujet ?

— Ce sera toujours trop tôt.

TRENTE-NEUF

ANASTASIA

LA SEMAINE DERNIÈRE A ÉTÉ L'ILLUSTRATION même du proverbe : « le calme après la tempête ».

Après notre conversation le matin de Noël sur ma santé, Nate a lié nos doigts et a porté le dos de ma main à ses lèvres.

— Tais-toi, Anastasia. Laisse-moi m'occuper de toi, s'il te plaît.

Le lit d'hôpital n'est pas aussi confortable que l'énorme lit chauffant de Nathan, et je me fais retourner dans tous les sens, mais pas de la manière que j'aime. Tout le monde a été très gentil avec moi. On ne m'a pas une seule fois jugée pour la décision insensée que j'ai prise de m'aventurer seule sur un terrain dangereux.

Je suis physiquement et mentalement épuisée, mais de bonne humeur vu les circonstances. Nate force pratiquement le médecin à m'ausculter une fois de plus pendant que l'infirmière retire l'intraveineuse.

— Il est protecteur, n'est-ce pas ? glousse l'infirmière.

Je hoche la tête.

— Très. Mais c'est parce qu'il tient à moi, alors ça ne me dérange pas.

— Ah, l'amour naissant.

Même après une journée des plus traumatisantes et une nuit de sommeil merdique, lorsqu'il me regarde depuis le bureau où il rassemble les papiers pour ma sortie, son sourire fait vibrer tout mon corps de bonheur.

*

Le retour à la maison se fait tranquillement, avec George Michael à la radio et Nate qui tapote ma cuisse. Il me regarde quand nous nous arrêtons à un feu rouge.

— Pourquoi tu souris ?

— Tu te souviens d'avoir chanté ça, bourré, sous la douche ? dis-je en repensant à Nathan hurlant *Last Christmas* à pleins poumons deux semaines auparavant.

— Hé ! dit-il en me serrant la cuisse. Dès que la soirée est terminée, tu dois tout oublier de nos moments d'ivresse. Ce sont les règles, Allen. (Il me jette un nouveau coup d'œil furtif, accompagné d'un grand sourire.) Je t'aime.

Je pose ma main sur celle qui me réchauffe la cuisse.

— Je t'aime aussi.

Nous rentrons à la maison en fin de matinée, tous deux trop fatigués pour faire l'effort de fêter Noël. Cette fatigue influence toute notre semaine. Le soulagement d'être de retour dans le lit de Nate n'a pas duré aussi longtemps que je l'avais espéré, et la gravité de ce qui s'est passé commence à me frapper.

Appeler mes parents depuis le téléphone de Nate a été le point de départ. J'ai réalisé que mon téléphone était au fond du lac et qu'ils allaient essayer de me joindre pour me souhaiter un joyeux Noël. Maman et papa ont paniqué. J'ai dû les rassurer, leur répéter que j'allais bien pour les convaincre de ne pas venir en avion.

Les cauchemars sont intenses, mais quand je me réveille en sueur, terrifiée, Nathan est toujours là pour me bercer et m'aider à me rendormir. S'il ne perce pas dans le hockey, il fera un excellent infirmier. Chaque jour, il m'a emmenée au spa de la station, me réservant un traitement après l'autre, s'assurant que chaque partie de mon corps était détendue.

Même maintenant, une semaine plus tard, tous les feux de cheminées sont allumés parce qu'il a peur que je tombe malade.

L'avantage, c'est que son corps dégage déjà une telle chaleur qu'il a dû se mettre en caleçon pour ne pas mourir de chaud.

Je profite de la vue. Me focaliser sur Nate qui se promène en caleçon m'aide à reprendre mes esprits.

— Arrête de mater mon cul, crie-t-il depuis l'intérieur du frigo.

La tête pratiquement posée sur le frigo, il fait semblant de chercher quelque chose à manger, mais en réalité, je pense qu'il essaie juste de faire baisser sa température. Il n'a pas vraiment réfléchi quand il a décidé de transformer cette maison en un four géant, alors même que je lui certifiais que j'allais bien.

— Le lac est assez froid, si tu veux te rafraîchir, lui réponds-je en criant.

La porte du frigo se referme, et il se retourne pour me faire face. Son air agacé est si mignon. Il pense effrayer qui exactement, avec ses lèvres pincées et ses sourcils froncés ? Si c'est cet air qu'il prend pendant un match, il ne va pas faire peur à grand monde.

— Pas drôle.

Il traverse l'arcade entre la cuisine et le salon et se jette à côté de moi sur le canapé. Je me glisse sur ses genoux, balaie ses cheveux en arrière avant de déposer un léger baiser sur son front.

— Hé, Grincheux. C'est fini, d'accord ? Je suis en sécurité. Tu m'as sauvée, et je suis en parfaite santé. Je suis en train de rôtir vivante dans ce four, mais je vais bien.

— Tu me le promets ?

— Promis. Tu veux ouvrir tes cadeaux de Noël ? On devrait probablement le faire avant la fin de l'année.

Aucun de nous ne se sent particulièrement d'humeur festive, donc tous nos cadeaux sont encore dans la valise.

— Je croyais que tu m'avais déjà donné mon cadeau ?

Je roule des yeux et me lève.

— Jouir en moi n'est pas un foutu cadeau de Noël, Nathan.

— Ça me rend pourtant joyeux quand je le fais.

Il évite de justesse le coussin que je lance dans sa direction, en marmonnant quelque chose sur le fait que je ne ferais pas partie de son équipe pour une balle aux prisonniers. Les mains sur les hanches, je m'énerve.

— Pourrais-tu juste prendre la valise qui est là, s'il te plaît ? Je dois faire quelque chose en haut.

J'ignore le regard étrange qu'il me jette et cours vers les escaliers. J'accélère à chaque marche, jusqu'à ce que je pousse la porte de sa chambre et fouille dans son armoire pour trouver le sac que j'ai caché quand nous sommes arrivés.

Je fais ce que j'ai à faire, j'enfile une robe de chambre et je me précipite en bas. Il a déballé tous les cadeaux et les a empilés en tas. Il m'attend maintenant patiemment près de sa pile, les jambes croisées.

— Prête ?

Nous travaillons à l'unisson, déchirant les emballages, nous noyant dans une pile de cadeaux de nos proches, jusqu'à ce qu'il ne reste que ceux que nous avons achetés l'un pour l'autre.

— Je ne t'ai pas acheté beaucoup de choses, le préviens-je en tendant le sac de cadeaux. Commence par celui avec le ruban bleu, mais… euh… Oui, c'est très difficile de trouver quoi t'acheter, on te l'a déjà dit ?

Il me tend un sac identique et se penche au-dessus de la pile de papier d'emballage déchiré pour déposer un léger baiser sur mes lèvres.

— Tu es mon plus beau cadeau, Anastasia.

Je déchire le premier cadeau et découvre les deux plus beaux pyjamas que j'aie jamais vus.

— Tu as dit que tu voulais quelque chose à porter à la maison, et je n'arrivais pas à choisir…

— Je l'adore, Nathan. Merci, soufflé-je en faisant courir mes doigts sur le satin. À ton tour.

Il tire sur le papier jusqu'à ce que les leggins tombent sur ses genoux. Il montre l'imprimé léopard et zèbre, un sourcil en l'air.

— Je n'arrivais pas à choisir non plus…

Nous continuons à déballer en riant. Soudain, il cache ses mains dans son dos.

— J'ai oublié ça, donc je n'ai pas eu le temps de l'emballer. Alors, ferme les yeux et tends les deux mains.

— Si c'est ta bite, Nat…

— Tais-toi et fais-le, s'il te plaît, grommelle-t-il en s'agitant.

J'obéis. L'instant d'après, il place quelque chose de lourd sur mes paumes tendues.

— OK, ouvre les yeux.

J'écarquille immédiatement les yeux en découvrant la boîte de l'iPad. Il grignote nerveusement le coin de son pouce, agite son genou, m'observe avec impatience. Je ne sais pas quoi dire, alors je le dévisage.

— Tu es en colère ?

Je secoue rapidement la tête.

— Non, dis-je, et ma voix se brise sur ce mot.

— Est-ce que tu es contente ? C'est pour que tu l'aies toujours pour ta thérapie. En plus, il y a cette application cool que je vais télécharger pour toi. C'est un agenda numérique. Tu peux prendre des notes pour l'école et…

— Nate, je l'adore. Je suis juste choquée de voir à quel point tu es généreux. Je ne sais pas quoi dire… Merci beaucoup. Sérieusement, merci.

Il m'a acheté un iPad pour que je puisse toujours parler à mon thérapeute. Comment peut-il être réel ?

— De rien, bébé. Je suis vraiment soulagé que ça te plaise, admet-il en poussant un soupir. OK, le dernier cadeau. Allons-y.

Pour la dernière fois, je le regarde déchirer le papier d'emballage et retirer le couvercle du paquet-cadeau. Aussitôt, il relève vers moi un air inquisiteur.

— Il est vide ?

Je me mets à genoux et détache lentement la robe de chambre que je porte, jusqu'à ce qu'elle tombe de mes épaules et finisse sur le sol derrière moi.

— J'ai un peu triché, c'est plutôt un cadeau pour moi, mais j'ai pensé que tu l'aimerais.

Le maillot des Titans est un peu grand sur moi, mais juste assez pour couvrir le haut de mes cuisses. Ses yeux sont pratiquement noirs alors qu'ils me détaillent de haut en bas.

— Je ne t'ai même pas montré la meilleure partie.

Je me tourne pour lui dévoiler mon dos en balayant mes cheveux de mon épaule.

— Hawkins, murmure-t-il, avec une douceur dans la voix que je n'avais jamais entendue. Tu as mon nom sur ton maillot.

Je me penche en avant de façon à ce que le maillot remonte sur mes fesses, juste assez pour le pousser à agir.

— Tu es tellement belle, Anastasia. Bon sang !

Après une semaine à être traitée comme si j'étais en verre, sentir son corps contre le mien est un changement bienvenu. Sa bouche remonte le long de mon cou et sa main se glisse sous l'ourlet.

— Je veux te baiser avec ça, d'accord ?

— Oui, capitaine.

L'excitation m'envahit tandis que sa main palpe mes fesses.

— J'ai une idée. Tu peux t'allonger sur l'îlot de la cuisine ?

QUARANTE

NATHAN

QUAND ANASTASIA A POSTÉ ce matin une photo avec la légende : « Une seule pensée positive dans la matinée peut changer votre journée entière », j'ai cru que c'était un nouvel exemple de ces moments où ma petite amie grincheuse fait semblant auprès de ses followers d'être de nature positive.

Mais apparemment, le réveillon du Nouvel An la rend heureuse. C'est pourquoi je suis à présent allongé nu sur l'îlot de la cuisine, les mains attachées au-dessus de ma tête avec un ruban de cadeau de Noël.

Pour être totalement honnête, je ne sais pas comment j'ai fini dans cette position. Ma copine est une visionnaire. En tout cas, elle le prétend. Alors, quand elle m'a dit de baisser mon caleçon et de m'allonger sur le comptoir, je l'ai fait sans hésiter.

Que dire pour ma défense ? Je suis un homme faible.

Je doute qu'il y ait un gars sur cette terre qui puisse réussir à réfléchir correctement si sa meuf porte son maillot sans culotte en dessous. Je suis pratiquement de la pâte à modeler dans ses mains très talentueuses, mais très autoritaires.

Je l'entends fouiller dans le réfrigérateur.

— Stassie, qu'est-ce que tu fais ?

— La patience est une vertu, Hawkins, gazouille-t-elle en faisant tinter ce qui ressemble à des bocaux les uns contre les autres.

— Je ne me sens pas très vertueux en ce moment, Anastasia, dis-je en tirant sur le ruban. C'est plutôt le contraire.

Ses pieds tapent doucement contre le carrelage. Elle place ce qu'elle a choisi à côté de moi, hors de ma vue, grimpe sur le comptoir, puis sur mes hanches. Elle n'a rien fait et pourtant, mon sexe est déjà dur contre le sommet de ses cuisses. Elle se frotte contre moi et gémit doucement en parcourant mon corps d'un regard pétillant.

— T'es tellement sexy, putain.

Stassie me dit tout le temps que je suis sexy, même quand je viens de me réveiller. Au début, j'étais un peu décontenancé. J'avais en quelque sorte ancré dans ma tête que j'étais censé être celui qui la complimentait, et évidemment, je le fais, mais il s'avère que j'aime l'entendre me faire des compliments également.

Je ne suis pas seulement beau ; elle me qualifie aussi de gentil et d'intelligent, entre autres. L'écouter murmurer qu'elle m'aime pour ce que je suis, que je suis spécial pour elle, est quelque chose que je n'avais jamais espéré d'une relation avant. Mais l'entendre me dire que je suis sexy alors qu'elle me tient attaché et que ma bite dure se frotte à son entrejambe me fait atteindre un tout autre niveau de « putain, j'aime ma copine ».

Elle tend la main vers quelque chose en dehors de mon champ de vision, et j'entends le bruit caractéristique d'un couvercle qui saute. L'excitation pulse dans mon sang quand j'aperçois le tube de chantilly dans sa main. Elle porte l'embout à sa bouche, roule des yeux et asperge sa langue de crème.

— Hum.

Mes hanches se cambrent vers l'avant pour se frotter contre sa peau humide. Sa bouche s'abaisse vers la mienne, et je savoure le goût sucré de la chantilly sur sa langue.

Elle se redresse, tend la main vers la crème et l'applique immédiatement dans le creux de mes abdominaux. Avant même que je ne puisse me plaindre que c'est froid, sa bouche vient lécher mon corps. Elle sourit en sentant ma queue tressauter.

Ses hanches vont et viennent, me faisant glisser entre ses plis. Mes mains se crispent contre le ruban tandis que mon corps se tortille sous elle avec impatience.

— J'ai besoin d'être en toi.

Avec un sourire, elle reprend de la chantilly.

— Pas avant que tu me supplies, Hawkins.

Alors que je suis sur le point de rétorquer, l'alarme sonne, m'indiquant que la porte d'entrée a été ouverte.

— Nate ? crie Sasha.

Sa voix résonne dans toute la maison. Les yeux d'Anastasia s'écarquillent, son visage perd toutes ses couleurs.

— C'est quoi, ce bordel ?

Je tire sur mes mains pour les libérer. Nous nous dépêchons tous les deux de redescendre. À toute vitesse, je remets mon caleçon.

— Attends une minute, Sash ! m'écrié-je en faisant passer Stassie devant moi.

La porte de la cuisine s'ouvre brusquement, et Sasha nous regarde frénétiquement à tour de rôle.

— Beurk ! crie-t-elle. Est-ce que vous étiez tous les deux… Beurk ! Nate ! Je cuisine ici. Oh, mon Dieu !

Son nez se fronce, son visage se tord de dégoût. Elle détourne la tête en frissonnant.

— Tu dois être Stassie. Je te ferais bien un câlin, mais je pense que ça serait gênant pour tout le monde.

Stas bouge nerveusement, la tête baissée pour que ses longs cheveux cachent ses joues roses. Finalement, elle acquiesce et lève la main pour la saluer.

Ce n'est pas comme ça que je voulais que les deux femmes les plus importantes de ma vie se rencontrent pour la première fois.

— Qu'est-ce que tu fais ici, Sasha ? Tu es censée être à Saint-Barth.

— Je t'ai appelé et t'ai envoyé des textos, crétin. Tu n'as pas répondu, s'énerve-t-elle.

Elle croise les bras sur sa poitrine, le regard toujours ailleurs.

— Tu veux que je t'ennuie avec les détails de la dernière trahison de notre père, ou tu préfères laisser ta copine mettre un pantalon… tu sais… avant que papa apporte les sacs de la voiture ?

Trahison ?

— Donne-moi cinq minutes. On revient tout de suite, promets-je.

Je pousse une Anastasia mortifiée vers l'escalier qui ne la conduira pas directement dans la ligne de mire de mon père.

— Vous êtes tellement riches que vous avez deux escaliers.

— Je vais baisser mes standards pour toi et nous acheter une maison avec un seul escalier. Est-ce que ça te rendrait heureuse ? (Je la taquine en pressant ses fesses, qui rebondissent devant mon visage alors que nous montons les escaliers.) Je suis vraiment désolé pour ça, bébé. Je ne me souviens pas de la dernière fois où j'ai regardé mon téléphone.

Nous arrivons dans ma chambre. Elle met immédiatement la main sur une culotte et un jean, puis attache ses cheveux en queue-de-cheval. Je m'approche d'elle par-derrière, enroule mes bras autour de sa taille et enfouis ma tête dans son cou, humant cette odeur de miel et de fraise que j'adore.

Elle laisse aller contre mon torse dans un soupir tout en inclinant son visage pour m'embrasser.

— Ton père va me détester, n'est-ce pas ?

Je peux sentir l'anxiété qui se dégage d'elle. C'est écrit sur son visage, dans sa posture, dans le désespoir de son baiser.

— Anastasia, écoute-moi. Tu n'as pas à te soucier de l'opinion de cet homme. Je t'aime, et je compterai les minutes jusqu'à ce que je puisse t'éloigner de lui.

— Ça veut dire oui, rétorque-t-elle en se débarrassant de mon étreinte.

Elle attend sur le lit que j'enfile un jean et un pull. Je déteste l'idée qu'il soit là, qu'il ait réussi à faire éclater notre bulle. On rentre à Maple Hills demain soir, et on était *si* près de passer une semaine parfaite. Pas de noyade, pas de bagarre et pas de parent.

— Tu te changes ? demandé-je en jetant un œil sur son maillot.

— Ton père a déjà regardé un de tes matchs ? demande-t-elle.

Elle hoche la tête lorsqu'elle me voit secouer la mienne.

— Alors, non, je ne me changerai pas. OK, finissons-en. Et Nate, je t'aime aussi.

Sasha grignote des chips devant *Esprits criminels* quand nous entrons dans le salon, main dans la main.

— Il est allé au centre de vacances, dit-elle, sans détourner le regard de sa série. Il veut qu'on le retrouve pour déjeuner dans une heure.

Super.

— Anastasia, voici Sasha, ma petite sœur, dis-je en essayant de rendre ça moins bizarre. Sash, voici ma petite amie, Stassie.

Je détourne enfin son attention de la télé. Je le regrette toutefois instantanément quand elle lève un sourcil parfaitement sculpté.

— Pourquoi fais-tu comme si on ne s'était jamais rencontrées ? Je vous ai surpris en train de le faire dans la cuisine il y a dix minutes…

— Bon sang, Sasha ! grogné-je en passant une main dans mes cheveux. Ce n'est pas ce qui s'est passé. Tu peux te montrer sympa ?

— Dis ça à la bombe de chantilly, au pot de Nutella et à la sauce sundae à la fraise sur le comptoir, marmonne-t-elle.

Dès qu'elle liste le contenu de ce qui était sur le comptoir, je suis plus irrité encore parce que je réalise ce qu'elle a interrompu.

— Et je suis sympa. Sois contente que ce soit moi et pas papa, dit-elle en tournant la tête vers Stassie. Je suis sympa, je te le promets. Je ne te juge pas… Enfin, sauf pour ce qui est de sortir avec mon horrible frère.

Je me jette sur le canapé en face de Sasha tandis qu'Anastasia demeure maladroitement sur place. Je tapote le siège à côté de moi pour qu'elle s'assoie, mais elle semble absente, mal à l'aise. Ça me tue qu'elle ressente ça après tout le temps que nous avons passé ici.

— Pourquoi es-tu de retour ? Je croyais que tu ne revenais pas avant après-demain ? On avait réservé nos vols demain exprès.

— Charmant, grogne-t-elle en baissant le volume de la télé et en croisant les jambes. Ce n'étaient pas des vacances, c'était une retraite de conditionnement physique pour « me rendre plus forte » et, je ne sais pas, soi-disant pour devenir une meilleure athlète. J'ai passé une heure au total sur la plage. Hier, je lui ai dit que s'il ne me ramenait pas à la maison, je ne skierais plus jamais. Alors, il nous a réservé une place sur le prochain vol.

J'aimerais pouvoir faire semblant d'être surpris pour elle, mais ce n'est pas le cas. En fait, c'est exactement le genre de chose que j'aurais deviné si je n'avais pas été si préoccupé ces derniers temps. Mais j'ai bêtement cru qu'il allait écouter ma suggestion.

Mon père a toujours une idée derrière la tête. Cet après-midi en est l'exemple même, car pourquoi rencontrer quelqu'un pour la première fois dans un lieu public alors qu'il est déjà chez vous ?

— Il est de quelle humeur ?

— Comme d'habitude. Comme si quelqu'un lui avait enfoncé un très gros bâton dans le cul et qu'il ne pouvait pas s'en débarrasser.

Elle fait à Stassie un sourire presque menaçant.

— Tu as de l'expérience avec les parents autoritaires ?

Elle rit pour la première fois depuis l'arrivée de Sash à la maison.

— Mes parents sont super gentils, désolée.

Sasha s'assoit et interroge Stas sur toutes les choses de sa vie, et pour sa défense, Stas répond honnêtement à toutes les questions. Au moment où nous arrivons à la station, ces deux-là sont devenues les meilleures amies du monde. On pourrait penser qu'elles ont en commun d'être des prodiges du sport, mais non, c'est plutôt qu'elles adorent m'énerver pour le plaisir.

Je ne vois pas assez Sasha sans papa. Elle me manque tellement. La personne qu'elle est quand il n'est pas là me manque. Je suis presque triste pour Anastasia de savoir que la personne avec laquelle elle vient de faire amie disparaîtra à la seconde où papa s'assiéra à table. J'espère qu'elle comprendra et qu'elle saura que ce n'est pas personnel.

— Ça va ? demandé-je doucement à Anastasia en regardant nos mains jointes.

Elle est en train de couper la circulation au bout de mes doigts.

Le maître d'hôtel nous conduit à la table préférée de papa et nous propose les menus. Sans surprise, il est en retard pour un déjeuner qu'il a organisé.

— Je prendrai un verre de dom pérignon, s'il vous plaît, dit Sasha en parcourant le menu avec désinvolture.

Le gars me regarde, paniqué. Il sait clairement qui nous sommes, mais ne sait pas quelle est la bonne réponse. J'abrège ses souffrances en arrachant le menu des mains de Sasha et en lui tapant sur la tête avec.

— Elle a seize ans. Donnez-lui un jus de fruits ou autre.

— Elle aura de l'eau, renchérit une voix profonde et familière derrière moi. Bonjour, Nathaniel, ajoute-t-il froidement. Et qui avons-nous là ?

QUARANTE ET UN

ANASTASIA

C'EST QUOI MON PRÉNOM, DÉJÀ ?

Pourquoi je n'arrive pas à me rappeler mon putain de prénom ?

Ian Hawkins se tient à côté de moi tel Dark Vador, la main tendue, prêt à me rencontrer pour la première fois, et je ne me souviens pas de mon prénom. La main de Nate serre mon genou. Au lieu de me réconforter, ce geste me rappelle que je ne parle pas alors que je devrais.

— Voici Anastasia Allen, ma petite amie. Stas, voici mon père, Ian Hawkins, répond calmement Nate en déplaçant sa main pour la lier à la mienne.

Son père ressemble à Nate tel que je l'imagine dans trente ans. Il est grand, a une mâchoire carrée, des cheveux et de grands yeux bruns. S'il n'était pas mon nouvel ennemi juré, je pourrais même admettre qu'il est très beau, mais tant pis.

— M. Hawkins, je suis ravie de vous rencontrer enfin, parviens-je à sortir avec le sourire le plus faux du monde.

Je lui serre la main comme si nous étions des politiciens. Il s'assied juste en face de moi. Je sens que je vais passer le déjeuner à croiser son regard. Gênant. Bien que pour l'instant, il soit plus préoccupé par la tenue de Sasha.

— Tu ne voulais pas te changer après l'avion ?

On ne dirait pas qu'il a voyagé pendant quinze heures. Ses vêtements sont impeccables, ses cheveux parfaitement coiffés. Mais avec cette seule phrase, ce seul rictus en direction de sa fille adolescente, je sais tout ce que j'ai besoin de savoir sur Ian Hawkins.

Sa posture change. Elle se braque et baisse la tête. *Je ne peux pas regarder ça.*

— Tu as l'air à l'aise, Sasha. Moi aussi, j'aurais aimé venir avec mon pantalon de survêtement, dis-je aussi joyeusement que possible.

C'est suffisant pour capter à nouveau l'attention du père de Nate. Ses yeux rencontrent les miens, et je ne détourne pas le regard, même si j'en ai envie. J'ai l'impression de l'avoir invité à intervenir, avec ses critiques, son jugement. Je peux le voir me jauger. C'est clair dans la façon dont ses yeux quittent les miens pour scruter mon visage, ainsi que ce que je porte. Sa bouche s'ouvre.

— Parle-moi de toi, Anastasia.

— Que voulez-vous savoir, M. Hawkins ?

— Ian me convient, et tu peux me tutoyer. Il n'y a pas besoin d'autant de formalités. À en juger par la façon dont mon fils est en train de couper toute circulation dans tes doigts, je suppose qu'il est assez attaché à toi, dit-il avec un petit rire sans humour. Et si on commençait par parler d'où tu viens ?

— Seattle, Washington. Je vis à Maple Hills pour mes études depuis quelques années.

Les boissons apparaissent sur la table. Le personnel travaille efficacement et en silence en présence de leur patron. Nate ne détourne pas le regard de son père, effrayé à l'idée de le quitter des yeux, je pense. Il murmure tout de même un « merci » en attrapant son Sprite de la main qui n'écrase pas la mienne.

— De rien, Nate, répond une voix mielleuse.

Nous levons tous les deux les yeux en même temps et découvrons une belle femme blonde qui pose une carafe d'eau devant Ian.

Elle a de jolis yeux verts et un sourire éblouissant, et si je devais deviner, je dirais qu'elle a notre âge. Elle le regarde avec une familiarité, un *quelque chose* qui me met mal à l'aise. Mon estomac se serre, j'en ai le souffle coupé. Je réalise que je suis jalouse.

— Je ne savais pas que tu étais en ville, poursuit-elle, ignorant complètement mon existence. Tu aurais dû me le dire.

Ses doigts se détachent, et mon cœur se serre lorsqu'il lâche ma main. Pourtant, c'est pour tendre la main vers moi et balayer mes cheveux derrière mon oreille. Il la pose ensuite sur le dossier de ma chaise, où il laisse son doigt chatouiller mon épaule.

— Tu as demandé qu'il n'y ait pas de glaçons, n'est-ce pas ? demande-t-il en désignant d'un signe de tête la boisson qu'on a posée devant moi.

Je me concentre sur les glaçons qui flottent et la condensation qui coule le long de la paroi du verre, au lieu de me concentrer sur la femme avec laquelle Nathan a manifestement fait l'amour à un moment donné.

Je dois arrêter, c'est inutile. Je ne me sens pas comme ça quand on est à Maple Hills. Les personnes qu'il a eues dans son lit ne me dérangent pas là-bas, mais ici, devant son père et sa sœur, je sens le feu de la jalousie me parcourir le corps.

— Quoi ? Euh, ouais. Mais ça n'a pas d'importance.

Il prend le verre et le rend à la jeune fille.

— Elle ne voulait pas de glaçons.

Son ton est tranchant, bien plus tranchant que je ne l'ai jamais entendu l'être, et c'est étrange d'en être témoin. La fille a l'air interloquée, mais elle accepte le verre, toujours sans me regarder, les yeux rivés sur Sasha, qui tente de cacher son rire derrière sa main. Trop de temps passe sans que personne ne parle.

— C'est tout, Ashley, lance Ian, lassé de cette drôle de situation. Apporte à Anastasia une boisson sans glaçons comme elle l'a demandé, et dis à Mark que nous sommes prêts à commander à manger.

Son ton autoritaire la tire de sa rêverie.

— Oui, monsieur.

— Et Ashley ?

— Oui, M. Hawkins ? répond-elle rapidement, en se retournant pour lui faire face.

— Anastasia fait partie de cette famille, c'est une invitée. Je vais prétendre que tu as eu la courtoisie de la regarder et de t'excuser pour cette erreur, comme tu le ferais avec n'importe quel autre client. Ne laisse pas cela se reproduire, ou tu vas commencer l'année en cherchant un nouveau travail.

Ma mâchoire est à deux doigts de toucher le sol. Nathan récupère ma main. Ian se verse un verre d'eau et en prend une gorgée.

— Où en étions-nous ? Aux études. Qu'est-ce que tu étudies ?

Je lui explique que je suis étudiante en gestion d'entreprise, que je suis fille unique, que j'ai déjà vingt et un ans parce que j'ai commencé les études avec un an de retard, après avoir été adoptée à l'âge de cinq ans. Il hoche la tête aux bons moments et pose des questions pertinentes, ce qui est tout à son honneur.

Ma nouvelle boisson arrive. Nate et Sasha sont tranquillement assis, probablement reconnaissants que l'attention ne soit pas sur eux. J'ai un petit moment de répit lorsqu'on commande enfin. Nate se penche et presse ses lèvres contre ma tempe.

— Qu'est-ce que tu prends ? demande-t-il en baissant la voix pour chuchoter. Je suis si fier de toi, bébé. Tu te débrouilles très bien.

Je n'ai pas l'occasion de lui répondre, car Sasha essaie de commander un burger au poulet avec des frites, et son père refuse.

— Elle prendra la salade de poulet et de noix de cajou, avec la vinaigrette à part.

— Mais papa, je…

— Non, Sasha.

Toutes les pensées critiques que j'ai pu avoir sur mes parents pèsent soudainement sur moi, m'écrasant de culpabilité. Parce que mes parents ne m'ont jamais fait me sentir aussi mal que Ian avec Sasha. Les mots sortent de ma bouche avant que je ne puisse les arrêter.

— Le monde ne va pas s'écrouler si elle mange un hamburger.

Pour la première fois depuis que nous sommes ici, je vois une lueur d'émotion sur son visage. Son sourcil se lève et ses lèvres se pincent. Soudain, il ne ressemble plus du tout à Nathan. Il n'a pas les yeux doux de Nathan, ni son sourire effronté quand il relève les sourcils, surpris.

— Ça n'a rien à voir avec toi, mais Sasha a une compétition bientôt. Elle doit s'en tenir à son programme alimentaire.

— Moi aussi, mais un burger ne va pas faire dérailler sa carrière. Si elle veut un burger, elle doit en prendre un. Je vais prendre le burger, rétorqué-je.

Je ne sais pas pourquoi je fais ça, pourquoi je fais exprès d'énerver un homme dont je cherche l'approbation, même si je ne l'aime pas. Je ne peux pas m'en empêcher. Je veux la protéger de toutes les pensées qui la tourmenteront quand il s'agira de manger, longtemps après qu'il aura cessé de choisir ses repas.

Je ne veux même pas de ce foutu burger. J'allais commander une salade.

La main de Nate serre mon genou, en signe d'alliance.

— On peut avoir trois burgers au poulet, s'il te plaît, Mark. Pas besoin de salade.

Mark regarde Ian, qui repose son menu sur la table en faisant un petit signe de tête d'approbation. Lorsque Mark se dirige à nouveau vers la cuisine, en poussant un bruyant soupir de soulagement, je ressens immédiatement le poids de ce que je viens de faire. Sasha regarde son verre en grignotant son pouce.

— Je n'apprécie pas l'insolence devant mon personnel, dit sèchement Ian.

— Papa…

Nathan intervient.

— Je m'adresse à vous deux, grogne-t-il. Vous avez peut-être apprécié le temps passé ici à faire semblant d'être responsables, mais tant que vous mangerez dans *mon* restaurant et dormirez sous *mon* toit, vous me montrerez un peu de respect.

Le corps de Nate se raidit, et je sens la tension monter. Mais avant qu'elle ne prenne de l'ampleur, Sasha prend la parole.

— Tu es patineuse artistique, non ? C'est ton sport, Stassie ?

Et ça suffit à capter l'attention de Ian.

La chambre de Nathan semble être le seul endroit sûr de la maison à cet instant.

Le déjeuner aurait pu être pire, je suppose, mais il aurait certainement pu être meilleur. Nathan pense que ça s'est bien passé, ce qui m'interroge sérieusement sur ce qu'est un déjeuner qui se passerait mal pour lui.

Ce soir, le père de Nate et la station organisent une grande fête pour le réveillon du Nouvel An, et notre présence est *attendue*.

Alors que Nate somnole contre mon ventre, je ne peux m'empêcher de penser à Mila Hawkins, la mère de Nate et Sasha. Comme elle a dû être merveilleuse pour mettre au monde des enfants comme eux, avec un mari comme lui !

Je me souviens qu'il y a plusieurs semaines – avant que je ne réalise que je n'avais absolument aucune chance de faire autrement que de tomber éperdument amoureuse de cet homme –, il m'a dit qu'il était le produit de l'éducation de sa mère. Qu'il se donnait, avec tout son cœur et toute sa tête. Nate dit qu'elle m'aurait aimée – au même titre que Lo –, parce qu'elle aimait les femmes fortes et déterminées. C'est dans cette optique qu'elle élevait Sasha avant de mourir. Je peux en voir les lueurs quand son père n'est pas là. J'aimerais pouvoir ramener Sasha à Los Angeles avec nous.

— Tes pensées sont parfois très bruyantes, grommelle Nate depuis mon ventre.

Il lève ses yeux endormis et ses joues roses vers moi.

— À quoi tu penses ?

— À la fête, mens-je.

— On n'y va pas. C'est prétentieux, tu vas détester, dit-il en m'embrassant autour du nombril. Cette chambre a la meilleure vue sur les feux d'artifice, de toute façon.

— Et ta petite amie va probablement cracher dans mon verre.

Il soupire lourdement et relève la tête vers moi avec une expression chagrinée.

— J'aimerais qu'il n'y ait eu personne avant toi, mais je ne peux pas changer le passé. Je peux juste te promettre qu'il n'y aura personne après toi. Elle n'a jamais été ma petite amie, par contre. Nous étions des enfants. Nous sommes allés au lycée ensemble, on se voyait parfois quand je rentrais pour les vacances.

— Je plaisante, je te le promets. Je suis désolée, je ne sais pas pourquoi je suis jalouse. Je te jure que je ne me sens pas comme ça en temps normal, et je me fiche de ce que tu as fait avant moi, sois-en certain. Je ne pense même pas que ce soit une question de sexe. Je pense que c'est parce qu'elle est la petite amie parfaite pour la version de toi qui existe ici. Celui qui porte des snow-boots et joue au hockey sur le lac dans son jardin. Tu es si détendu ici, et moi, j'ai provoqué la situation la plus stressante qui soit et j'ai juste…

— Anastasia, dit-il doucement, interrompant mes divagations. Je suis détendu parce que tu es là. C'est la première fois depuis des années que j'aime être ici, et c'est uniquement parce que tu es avec moi. Il n'existe aucune version de moi qui soit meilleure sans toi à mes côtés.

— Tout à l'heure, je pensais à tes parents, admets-je à contrecœur. À combien ta mère a dû être gentille pour que tu sois comme tu es.

Il remonte le long de mon corps, jusqu'à ce qu'on soit face à face, et colle son nez contre le mien.

— C'était la meilleure. Je ne suis pas du tout comme lui, Stas. Je te jure que je vais être bon avec toi. Tu n'auras jamais à t'inquiéter.

Son visage sérieux me serre le cœur. L'idée que Nathan puisse un jour être mis sur le même plan que son père est absurde.

— Je sais, Nate. Je te promets que je sais, et je ne doute pas de toi, même pas une seconde. J'ai beaucoup de chance, et je ne la prends pas pour acquise.

Sa bouche rencontre la mienne, d'abord doucement, puis de manière plus intense, plus urgente, tandis que je plonge mes doigts dans ses cheveux et le laisse se blottir entre mes jambes. L'amour se déverse de lui. Chaque contact est doux et attentionné, chaque regard et chaque mouvement sont spécifiquement conçus pour moi, pour nous. Et quand il s'enfonce en moi, me faisant me tordre de plaisir sous lui, il me murmure à l'oreille combien il m'aime, combien je suis parfaite pour lui, combien c'est lui qui est chanceux.

Je ne compte plus le nombre de fois où mon corps se serre autour du sien, le nombre de fois où j'enfouis mon visage dans sa poitrine, son cou, son oreiller, le nombre de fois où je dois m'empêcher de crier son nom. Ses doigts sont enfoncés dans la chair de mes hanches, pour mieux me guider tandis qu'il s'enfonce si profondément en moi que je peux le sentir jusque dans mes os. Sa poitrine se soulève rapidement, son estomac se contracte, sa carotide pulse contre mes lèvres.

Et quand il se déverse en moi, il s'accroche à moi si fort que je ne sais pas comment nous pourrions un jour être à nouveau deux êtres séparés.

QUARANTE-DEUX

NATHAN

JE ME DIRIGE VERS LA CUISINE pour apporter un verre à Stassie. Elle est en train de jouer à *Tetris* avec nos valises, alors je fuis pour qu'elle ne me demande pas de l'aider.

Bizarrement, je tombe sur mon père. Ça peut paraître idiot de dire que l'on tombe sur quelqu'un dans sa propre maison, mais il n'est jamais là d'habitude. J'ai l'impression qu'il ne m'a pas remarqué, trop occupé par ce qu'il lit, quand soudain, il prend la parole :

— À quelle heure pars-tu ?

— Dans quelques heures.

— Je l'aime bien. Elle a de la volonté. C'est une bonne chose. Elle en aura besoin si elle veut réussir. Tu l'aimes ?

— Oui.

Il hoche la tête pour lui-même et me regarde enfin. Il lie ses mains et pose son menton dessus.

— Elle me rappelle ta mère quand je l'ai rencontrée pour la première fois. Audacieuse, belle, n'ayant peur de rien. Une fois, elle a traité ton grand-père de tête de mule misogyne, tu savais ? (Il sourit, et pour la première fois depuis longtemps, il est sincère.) Elle le lui a dit en face, en plus. J'ai failli m'étouffer avec mon verre, mortifié, et quand on s'est disputés à ce sujet, elle m'a mis au défi de lui prouver le contraire.

Je m'appuie sur le plan de travail, lui accordant toute mon attention, à l'affût de toute information à propos de maman.

— Je ne le savais pas.

— Je ne pouvais pas, évidemment. Ton grand-père était un connard, faute d'un meilleur mot pour le qualifier. Il était très dur, et ta mère n'aimait pas ça. Je crois qu'elle est la seule personne à lui avoir tenu tête de toute sa vie. C'est la seule personne qui m'ait tenu tête, en tout cas.

Il ramasse les papiers qu'il lisait. Alors que je pense que la conversation est terminée, il les repose en soupirant.

— Anastasia t'aime aussi, ça ne fait pas de doute. Une femme comme elle, comme ta mère… Elle sera farouchement loyale et protectrice. Tu as de la chance.

— Si maman était si géniale, pourquoi lui as-tu fait ça ?

Je n'ai pas besoin de préciser de quoi je parle. Il le sait très bien, même si je n'ai pas prononcé les mots.

— Les humains commettent des erreurs, Nate.

— Certaines erreurs sont impardonnables.

Il acquiesce.

— Je sais.

Stassie fait irruption dans la cuisine et ralentit quand elle nous repère tous les deux de part et d'autre de l'îlot.

— Désolée de vous interrompre, je peux juste…

— Qu'est-ce qu'il y a, Stas ?

Je lui pose la question doucement. Je ne veux pas qu'elle panique en me voyant parler avec mon père.

— J'ai besoin que tu t'assoies sur la valise. Elle ne se ferme pas, et Sasha n'est pas assez lourde.

— J'arrive dans une seconde.

Elle acquiesce et part aussi vite qu'elle est arrivée. Je jette un coup d'œil à mon père, mais il est retourné aux papiers qu'il parcourait plus tôt.

À ce moment-là, alors que j'observe ses épaules basses et l'expression vide sur son visage, je réalise que, malgré tous ses défauts, personne ne peut le détester plus qu'il ne se déteste lui-même.

C'est une sensation douce-amère de retourner à Los Angeles. Bien sûr, mettre un millier de kilomètres entre nous et mon père est la meilleure chose à faire pour le bien de tous, mais je ne me lasserai jamais de voir Stassie tisser un lien de grande sœur avec Sasha.

Je sais que je devrais être reconnaissante qu'elles se soient déjà rencontrées, puisque nous n'étions pas censés la voir du tout, mais je suis gourmand. Je suis avide de les voir toutes les deux si heureuses en compagnie l'une de l'autre.

La résolution du Nouvel An de Stassie est de lire davantage. Ainsi, elle passe tout le vol du retour le nez plongé dans le livre qu'elle a acheté à l'aéroport.

— C'est inspiré de *Pretty Woman,* me dit-elle avec enthousiasme. Elle est autiste et elle engage un escort pour l'aider à devenir meilleure au lit. C'est tellement bien, Stella est tellement drôle et mignonne.

Je lui arrache le livre des mains, examine la couverture turquoise, puis ouvre une page au hasard.

— Tu lis du porno en public ? La honte !

Sa main scelle ma bouche, m'intimant de me taire alors que je rejette la tête en arrière en riant.

— Arrête de crier, râle-t-elle en vérifiant autour d'elle si quelqu'un nous écoute. (Elle baisse la voix et me tire plus près d'elle.) Ce n'est pas du porno. C'est une romance qui contient un peu de sexe.

Elle essaie de cacher son visage, mais j'accroche mon doigt sous son menton et le lève pour qu'elle rencontre mon regard. Je presse doucement mes lèvres contre les siennes, puis me penche à son oreille pour chuchoter :

— Tout ce que tu lis, je te le ferai en rentrant à la maison.

Quand je me penche en arrière, je peux voir des milliers de possibilités défiler sur son visage.

— Ce n'est honnêtement pas ce genre de livre… mais j'en ai quelques-uns à la maison qui pourraient… euh… t'intéresser, dit-elle en rougissant de plus belle.

— J'aime une femme qui aime lire.

— Va te faire foutre, Hawkins. Tu l'as depuis des semaines, tu ne peux pas la partager pendant deux putains de minutes ?

Je ne faisais rien quand Lola a commencé à m'insulter. Je me suis juste penché pour embrasser le sommet du crâne de Stassie en passant, mais à part ça, je les ai laissées tranquilles. Henry, par contre…

— Tu n'es pas la seule à avoir besoin de lui parler, Lola, grommelle-t-il en croisant les bras et en posant ses gros pieds sur la table basse comme un enfant irascible. J'ai des trucs à lui raconter aussi, tu sais.

Je traverse la pièce et lui fais un clin d'œil au lieu de l'approcher (parce que putain, Lola me terrifie) avant de me jeter à côté de Hen.

— Ça va, toi ? demandé-je en lui tendant une bière alors qu'il me regarde comme si j'avais deux têtes. Je peux t'aider avec tes « trucs » ?

— Je n'ai pas de trucs… mais je pourrais avoir des trucs si je voulais avoir des trucs. Je pourrais avoir plus de trucs que Lola. Je pourrais avoir plus de trucs que vous tous.

— Personne n'a plus de trucs que Lola, murmure Robbie en regardant par-dessus son épaule pour vérifier qu'elle n'écoute pas. À la fois métaphoriquement et littéralement.

Rattraper le temps perdu avec les gars n'a pris qu'un quart d'heure quand nous sommes rentrés à la maison, mais Lola ne peut rien faire en moins de quinze minutes. Quinze minutes est son temps minimum d'échauffement.

Après une autre heure de conversation à voix basse dans la cuisine, Anastasia s'approche avec Lo et arrive à caser son cul entre Henry et moi.

— Tu as passé un bon Noël, Henry ?

— Tu t'es noyée, dit-il en réponse.

Un peu abasourdie, elle me lance un regard, avant de se tourner vers Henry.

— Je sais, mais je vais bien, maintenant. Nathan m'a tirée de là.

— Tu aurais pu mourir.

Il regarde ses mains au lieu d'elle, et je ne sais pas pourquoi je suis surpris. Henry aime Stas comme si c'était sa sœur, il m'a envoyé des messages tous les jours pour vérifier qu'elle allait bien. Je pensais que c'était suffisant pour lui. Visiblement, non.

— Mais ce n'est pas le cas. Je suis là, dit-elle doucement en appuyant sa tête contre son épaule.

Il se lève rapidement et se dirige vers la cuisine, fixant le réfrigérateur plus longtemps que nécessaire.

— On peut aller se coucher ? Je suis fatiguée, me demande-t-elle doucement.

Je jette un dernier regard en direction d'Henry et lui fais un signe de tête, sachant que le gamin a besoin d'un peu d'espace.

Nous travaillons en équipe pour nous laver, nous déshabiller et nous brosser les dents jusqu'à ce que nous puissions nous mettre au lit. Blottie contre moi, elle trace des cercles sur mon torse.

— Ton lit me manque.

— Tu veux que j'achète le même matelas ?

— Non, dit-elle en dessinant un O, comme si elle voulait dire oui. Ça ne sert à rien, tu seras diplômé dans six mois. Ce sera juste un truc en plus à déménager.

— Oui, mais tu seras toujours là.

La tentation d'échouer cette année et de la repasser pour avoir mon diplôme avec elle est forte. Bizarre ? Oui. Est-ce que ça me dérange ? Non. Mais je pense que les Vipers de Vancouver s'en soucieraient, et c'est la seule raison pour laquelle je continue à aller en cours.

Anastasia se détache pour s'asseoir face à moi, les jambes croisées.

— Nathan… Je ne veux pas vivre ici l'année prochaine. D'autant plus que tu seras au Canada.

— Pourquoi ?

Un sentiment de malaise s'installe dans mon estomac. J'aimerais pouvoir revenir trente secondes en arrière afin de ne pas commencer cette conversation.

— Pourquoi ai-je l'impression que tu vas me dire quelque chose que je ne veux pas entendre… ?

— Parce que ça ne va probablement pas te plaire, ce qui ne veut pas dire pour autant qu'on ne doit pas en parler. (Elle pose sa main sur ma cuisse en gloussant.) J'aime que vous ayez tous l'air heureux que je vive ici. Honnêtement, je ne sais pas ce que j'aurais fait sans vous. Mais comme je te l'ai dit tant de fois, je veux retourner vivre dans mon appartement.

— Tu veux vivre avec le gars qui te raconte des conneries en permanence ? demandé-je durement, bien plus durement que je ne le voulais.

— Écoute, je sais que ça peut ne pas avoir de sens pour toi, et ça n'a pas à en avoir. Lo m'a raconté tout ce que j'ai manqué quand je n'avais plus de téléphone, et je pense qu'Aaron est enfin prêt à mettre les choses au clair.

— Anastasia, il a été ignoble avec toi. C'est un menteur et un tyran. Tu n'as pas besoin de lui.

— Oui, j'en suis plus que consciente ! Ça tourne en boucle dans ma tête, et je ne prétends pas que nous sommes amis. Mais si, j'ai besoin de lui. C'est mon partenaire de patinage et, à moins que je ne veuille repartir de zéro, ce que je ne suis pas prête à faire après deux ans de souffrance, je dois trouver un moyen pour que nous puissions à nouveau travailler ensemble.

— Ça me tue, putain.

— Je sais, bébé. Et j'aime ton côté protecteur, mais ma présence devait être provisoire. Sais-tu à quel point c'est dur de passer chaque seconde avec toi, tout en sachant que tu me quittes dans six mois ?

— Je n'aime pas non plus l'idée de déménager, mais tu sais que je n'ai pas le choix !

— Ce n'est pas ce que je veux dire, Nathan. Bien sûr que je veux que tu joues pour l'équipe de tes rêves ! Même si tu n'avais pas déjà signé, je te soutiendrais, peu importe où tu irais. (Elle soupire, et ce bruit, celui que j'entends si souvent, celui qui me dit à quel point elle est moralement épuisée par cette situation, me fait détester le fait que nos vacances se terminent comme ça.) Ce que je veux dire, c'est que je veux être excitée pour toi dans six mois, pas pleurer parce que je ne veux pas que tu déménages. Je pense que ce sera beaucoup plus facile si je vis à nouveau dans mon propre appartement.

Elle tapote ses lèvres et bouge la jambe, signe qu'elle est nerveuse. Mon cœur bat la chamade.

— Qu'est-ce que tu ne me dis pas ?

Sa main sur ma cuisse me frotte de haut en bas, me réconfortant avant même qu'elle ne m'ait donné les nouvelles merdiques qu'elle s'apprête à annoncer.

— Aaron a été autorisé à patiner. J'allais te le dire dans la matinée, mais la journée a été tellement longue… Mais je pense que ça veut dire que tu peux rejouer.

Ce qu'elle m'annonce devrait être une douce musique à mes oreilles, mais en réalité, j'ai l'impression qu'elle est en train de m'échapper.

— Donc, on ne va plus patiner ensemble et tu déménages, dis-je brusquement. Je ne serai qu'un coup du jeudi soir, alors ? Quand tu trouveras du temps pour moi dans ton agenda ?

Je regrette mes mots dès qu'ils sortent de ma bouche.

Ses yeux s'écarquillent, et je vois son corps se tendre.

— Tu es bouleversé, Nathan, mais s'il te plaît, ne me parle pas comme ça.

Je m'excuse, mais la honte que je ressens ne me permet pas de le dire plus haut qu'un murmure.

— Tu es mon petit ami, et je t'aime. Je te verrai autant que possible, tu tires des conclusions hâtives. Je vais l'écouter. C'est tout.

— Tu as un grand cœur, Stas, marmonné-je en ramenant son corps contre le mien, me sentant instantanément mieux maintenant qu'elle est de nouveau dans mes bras. Je ne veux pas qu'il le brise plus qu'il ne l'a déjà fait. Je ne lui fais pas confiance, mais j'ai confiance en toi et en ton jugement. Je serai là pour toi, quelle que soit ta décision.

Elle s'endort rapidement. J'écoute le doux son de sa respiration, la laissant m'apaiser autant qu'elle le peut. Ça ne fonctionne pas, et je m'endors en pensant à quel point je ne fais absolument pas confiance à Aaron Carlisle.

L'odeur des fleurs fraîches me monte à la tête. J'ai hâte de remonter dans ma voiture. La fleuriste prend son temps pour emballer les pivoines que j'ai choisies, bien que je sois douloureusement conscient que JJ tourne en rond derrière moi en se parlant à lui-même.

— Pourquoi tu marmonnes ?

Il met ses mains dans ses poches et hausse les épaules.

— Je veux qu'un mec sexy m'achète des fleurs.

Je le dévisage, attendant que son sourire en coin apparaisse, signe qu'il plaisante.

— T'es sérieux ?

— Je dis juste que des fleurs, ce serait bien, tu vois ? Les gens avec qui je sors s'attendent toujours à ce que je leur achète des fleurs. C'est toujours : « JJ, ta bite est si grosse », « Tu es si intelligent » ou « JJ, c'était la meilleure baise de ma vie ». C'est jamais : « JJ, je t'ai acheté des fleurs ». Peu importe, ça n'a pas d'importance.

Il frappe du pied quelque chose d'invisible et s'en va regarder des tournesols.

Quand je me retourne vers la fleuriste, elle s'est arrêtée de travailler pour, elle aussi, écouter la tragédie florale de JJ. Je secoue la tête en fouillant dans ma poche pour trouver de l'argent.

— Je peux avoir deux bouquets, s'il vous plaît ?

L'odeur sucrée des fleurs reste coincée dans mon nez sur le chemin du retour. JJ a un sourire carnassier sur le visage et s'accroche à ses pivoines bleu clair, les roses d'Anastasia reposant entre ses genoux pour éviter qu'elles ne s'abîment.

Petite merde manipulatrice.

J'aimerais dire que si j'ai envie d'acheter des fleurs à ma copine, c'est uniquement parce que je l'aime, mais si je suis honnête, ce sont des fleurs de culpabilité. De belles et coûteuses fleurs de culpabilité.

Je n'aime pas la façon dont je lui ai parlé hier soir, et même si je me suis excusé et que j'ai regretté ce que j'ai dit immédiatement, dans ma tête, je voulais dire bien pire. Je voulais la secouer et lui rappeler toutes les choses horribles qu'Aaron lui a dites, toutes les façons dont il l'a fait culpabiliser. La forcer à voir pourquoi il devrait être présent le moins possible dans nos vies.

Mais ce n'est pas juste, car elle en est consciente. Je l'ai tenue dans mes bras pendant qu'elle sanglotait à cause de ses mots. Elle sait exactement pourquoi elle doit rester loin de lui. Je ne peux pas prétendre qu'il n'y a pas une énorme partie de moi qui ne veut tout simplement pas la partager avec lui.

Patiner avec elle pratiquement tous les jours pendant six semaines m'a fait plaisir. Me réveiller à ses côtés, cuisiner avec elle, même faire de la musculation et étudier avec elle m'a fait plaisir. Et si elle se réconciliait avec Aaron et qu'elle n'avait plus besoin de moi ?

Je veux construire ma vie avec elle, une vie qui existera quand Maple Hills ne sera plus qu'un souvenir. Alors, j'ai l'impression que nous sommes sur le point de faire marche arrière. Mon instinct me souffle de m'accrocher à elle, d'intervenir, de la protéger, mais je sais que ce n'est pas bien. Je ne serai pas ce type, je ne céderai pas à cette pulsion alors qu'Anastasia a travaillé si dur pour aller mieux. Elle mérite la meilleure version de moi, et cette version fait confiance à sa petite amie et la soutient.

Cette version lui achète des fleurs quand il s'est comporté comme un con.

JJ et moi allons voir le coach Faulkner, et heureusement, il est de bonne humeur. Il l'est toujours après deux semaines passées sans nous. Même s'il est terrifiant, c'est un père attentionné qui adore passer les vacances avec sa famille. Il ne parle pas beaucoup de ses filles. Imogen et Thea doivent être à la fin de l'adolescence, maintenant. Seulement, j'ai trop peur pour demander, même si c'est par politesse.

Faulkner a confirmé les dires de Lols, ce qui est à la fois un soulagement et un stress. Aaron a reçu un certificat assurant qu'il était en bonne santé. Tout sera donc de retour à la normale demain.

— Souris, putain ! exige l'entraîneur quand je ne montre pas autant d'enthousiasme qu'il l'espérait. Si c'est à propos de cette fille, Hawkins, je jure devant Dieu…

— C'est ma petite amie, monsieur.

Il soupire bruyamment tout en se pinçant l'arête du nez.

— Juste ce qu'il te fallait pour ta dernière année, une petite amie. Pour l'amour de Dieu, assure-toi de te protéger ! Je suis sérieux. Pour votre bien à tous les deux, mettez des préservatifs.

JJ grogne à côté de moi, jusqu'à ce que Faulkner le transperce d'un de ses fameux regards.

— Ne m'oblige pas à me pencher sur ton cas, Johal.

QUARANTE-TROIS

ANASTASIA

POUR LA PREMIÈRE FOIS, je suis soulagée de me réveiller seule.

La conversation que j'ai eue avec Nate hier soir a envahi mon esprit alors que je luttais pour trouver le sommeil. Quand il m'a informée ce matin qu'il allait voir Faulkner, je ne me suis pas battue pour le garder au lit.

Même sans que nous ayons eu de véritable conversation, je devine qu'il est d'une humeur bizarre et boudeuse, probablement rongé par la culpabilité. Il n'a pas arrêté de m'envoyer des messages depuis qu'il est parti : excuses, justifications, excuses, râleries, excuses. C'est épuisant. Mais je relègue Nate et ses soucis au second plan pour m'occuper de mon deuxième – peut-être même premier – homme préféré.

Je suis en train de rentrer le code lorsqu'il crie « entre ». Je trouve Henry sur le sol, entouré de peintures et d'une immense toile. Je fais attention à ne pas interférer en m'asseyant à côté de lui, tout en étant assez proche pour qu'il soit obligé de me faire face.

— Henry, il y a quelque chose dont tu veux parler ?

Il secoue la tête. C'est un non très déterminé, mais peu convaincant. Ses coups d'œil dans ma direction deviennent plus fréquents, et il finit par poser son pinceau.

— Je ne peux pas m'empêcher d'y penser.

— Dis-moi pourquoi. Ils m'ont examinée tant de fois, je te promets que je vais bien.

— J'ai commencé à chercher sur Google les statistiques des personnes qui tombent dans des lacs gelés, puis celles qui en meurent. Puis, d'une manière ou d'une autre, j'ai atterri sur les personnes qui se blessent gravement en patinage artistique, et je n'ai pas pu m'arrêter de regarder toutes ces choses qui pourraient t'arriver.

— Oh, Henry…

— Je n'arrête pas d'être obsédé par ça, Anastasia. Tu as failli mourir. Je ne sais pas comment faire pour que ça s'arrête.

— Je suis désolée de t'avoir fait peur. Moi aussi, j'ai eu peur, mais je te promets que je suis en bonne santé et que ça n'arrivera plus.

— S'il te plaît, ne patine plus sur des trucs gelés en plein air.

— Je te promets que c'était la dernière fois, mais j'ai besoin que tu me promettes d'arrêter de regarder les statistiques. Tu as besoin d'un câlin ?

Il se mordille la lèvre avant de secouer la tête.

— Non. Je promets d'essayer d'arrêter de chercher, mais je n'y arrive pas toujours. C'est comme si, maintenant que j'ai cette idée en tête, elle creusait et creusait encore et que je ne parvenais pas à la chasser. Je déteste ça chez moi, et je ne sais pas pourquoi je réagis comme je le fais.

— Tu sais que je t'aime, pas vrai ? Et qu'il n'y a pas une seule chose que je déteste chez toi.

— Je le sais, et c'est pour ça que je m'inquiète pour toi. Je n'ai jamais eu une relation comme la nôtre avant. Je ne veux pas perdre ça.

Sa confession me fait perdre mes mots.

Je le regarde peindre jusqu'à ce que je n'aie plus d'autre choix que de me préparer pour mon rendez-vous avec Aaron, et même alors, le quitter est difficile.

J'ai l'impression de me rendre à un entretien d'embauche lorsque je franchis l'entrée et prends la direction du bureau de Brady.

Aaron a l'air aussi mal à l'aise et nerveux que moi, ce qui me fait me sentir un peu mieux. Le bureau de Brady est petit, mais la table est assez grande pour que Aaron et moi soyons assis l'un en face de l'autre, avec la coach à nos côtés, pareille à une avocate spécialisée dans les divorces.

— Merci d'être venue, Stassie. Je sais que je ne mérite pas ton temps.

— Ne soyons pas dans l'exagération dès le départ, Aaron, grogne Brady.

J'essaie de rester indifférente et de ne pas réagir.

— Tu as mon attention. Que souhaites-tu me dire ?

— Que j'ai été cruel avec toi et que tu ne le méritais pas. (Il se redresse sur sa chaise en jouant avec ses doigts.) Je n'ai pas été le partenaire, ou l'ami, que tu méritais.

— Tu sais ce que tu ne m'as pas encore dit en face ?

Reste calme.

— Tu ne t'es pas excusé. Tu n'as pas dit : « Désolé, Stassie. Je suis désolé d'avoir propagé des rumeurs te faisant passer pour une salope. Je suis désolé d'avoir créé une situation si toxique que tu as déménagé. Je suis désolé d'avoir dit du mal de toi à tout le monde. »

— Anastasia, s'il te plaît, intervient Brady en se raclant la gorge. Nous sommes ici pour arranger les choses. Je sais à quel point vous tenez l'un à l'autre, concentrons-nous là-dessus.

— Il a dit que personne ne serait capable… (Ma voix se brise.) Il a dit que personne ne serait capable de m'aimer si mes parents biologiques ne le pouvaient pas. Il vous l'a dit, ça, coach ? Quand il a émis le souhait d'arranger les choses ?

— Aaron.

Le visage de Brady pâlit, sa voix est tendue.

— S'il te plaît, dis-moi que tu ne…

Il enfouit sa tête dans ses mains.

— C'est vrai, coach. J'ai dit tout ça, et pire encore. Je suis tellement désolé, Anastasia.

— Je t'ai tellement défendu, Aaron. Quand les gens pensaient que tu étais toxique, je leur expliquais que tu étais incompris. Pendant ce temps, tu me traitais de mauvaise patineuse et tu racontais aux gens que j'allais piéger Nate en lui faisant un bébé parce que je suis pauvre. Est-ce que tu te rends compte à quel point c'est tordu ? Qu'est-ce que j'ai fait pour que tu me détestes ?

C'est suffisant pour attirer son attention. Il lève enfin les yeux vers moi. Son expression est vide. Il réfléchit à la réaction appropriée, car il ne savait probablement pas que j'étais au courant.

— Mon père a eu une autre liaison. La fille est tombée enceinte, alors maman l'a finalement mis à la porte. Elle a notre âge, Stas. Tu sais à quel point c'est malsain ? Je vais avoir un frère ou une sœur, et leur mère est quelqu'un avec qui j'aurais pu sortir.

— Ta mère ne mérite pas d'être traitée comme ça. Elle n'a jamais rien mérité de tout ça, mais je ne comprends pas ce que ça a à voir avec moi ?!

— Tu n'étais pas là ! J'avais besoin de toi, de ton soutien, et tu n'étais nulle part. Tu faisais la fête et tu traînais avec des gars que tu n'aimais même pas. J'étais seul et en colère contre toi.

Tout ce chagrin, toutes ces larmes et cette douleur. Toutes ces fois où j'ai cru ne pas être assez bien, à me demander si je méritais mon sort, tout ça parce qu'il ne m'a pas dit que quelque chose n'allait pas.

— J'ai été tellement blessé par le fait que tu ne sois pas une bonne amie que j'ai été un ami encore pire. Je ne m'attends pas à ce que tu me pardonnes tout de suite, je veux le mériter. Je sais que ça prendra du temps, et j'ai une idée de la façon dont on peut surmonter ça.

Reste calme.

— Ce ne sont que des mots, Aaron. Ils ne veulent rien dire.

— Il y a cette thérapeute ici, à L. A., qui s'appelle Dr Robeska. Elle est spécialisée dans les couples, mais pas d'une manière romantique, précise-t-il rapidement. Elle aide les gens comme nous, les paires et les coéquipiers. Ma mère a dit qu'elle paierait les séances après que je lui ai expliqué ce que j'avais fait. Maman dit que ça pourrait marquer un nouveau départ pour nous tous.

Brady acquiesce avec enthousiasme, ce qui m'irrite puisque c'est à elle qu'Aaron s'est plaint de moi pendant je ne sais combien de temps.

— Une bonne communication est essentielle quand il s'agit de partenariat. Vous avez connu quelques mois très difficiles, et si ce partenariat doit continuer, nous devons vous remettre sur les rails.

Il sait exactement ce qu'il fait, et c'est ce qui m'irrite le plus. Avoir conscience qu'il fait tout pour que je ne puisse pas refuser. Je n'ai cessé de vanter l'efficacité de la thérapie depuis que je le connais, principalement pour qu'il aille régler ses problèmes. Même après tout ce qui s'est passé, il essaie encore de me manipuler pour que je fasse un pas vers lui.

— Lola dit qu'on t'a autorisé à patiner à nouveau. C'est vrai ?

Il acquiesce avant même que je ne finisse ma phrase. Il lève le bras qui a été blessé, le fléchit pour montrer qu'il a retrouvé le mouvement qu'il avait perdu.

— Le médecin m'a fait un bilan de santé complet. Je suis prêt à m'y remettre si toi aussi… Alors, une thérapie ?

— Je vais devoir y réfléchir, Aaron. C'est un énorme engagement à prendre, et tu m'as fait du mal. Tu as vraiment blessé les gens qui m'entourent, les gens que j'aime.

— Tu m'aimais aussi autrefois, répond-il platement. Et moi, je t'aime. Comme un ami, évidemment.

— Je pense que nous ferions mieux de passer notre temps à nous préparer pour les nationales. Je ne suis pas sûre de vouloir redevenir ton amie, mais nous pouvons nous en tenir à un partenariat professionnel.

— Si je pouvais revenir en arrière, je le ferais sans hésiter, Stassie. Mais je ne peux pas, et je veux toujours cette amitié avec toi, ainsi que le partenariat, mais je dois gagner ton pardon de la bonne manière. (Il prend une grande et dramatique inspiration.) En prouvant que je suis meilleur que cet homme que j'ai été. Je te laisse le temps de réfléchir à la thérapie. J'espère que tu feras le bon choix. Je suis vraiment désolé, et je te le dirai autant de fois que tu en auras besoin.

Brady nous fait un discours sur l'esprit sportif, si bien qu'au moment de quitter le bureau, je suis fatiguée et irritée, maudissant le jour où j'ai décidé d'essayer le patinage en couple. Je me sens submergée par les problèmes et les émotions des autres, ce qui est difficile, car moi aussi, je suis extrêmement sensible.

Je ne suis pas parfaite. Je suis si loin d'être parfaite que c'en est risible, mais je fais de mon mieux pour être une bonne amie. Alors, s'entendre dire que tout ce bazar est dû au fait que j'ai soi-disant échoué avec Aaron en tant qu'amie est difficile à avaler.

Logiquement, je sais que ce n'est pas vrai, mais Aaron n'allait jamais admettre qu'il n'a même pas essayé de m'en parler. Émotionnellement, je me demande si j'aurais pu faire plus. Et maintenant, je m'en veux parce que c'est ce qu'il veut et que je tombe dans le panneau.

C'est le problème avec les gens. Rien n'est simple, tout le monde a des bons et des mauvais côtés. Comme le père de Nate, par exemple. Est-il le père dont Nate et Sasha ont besoin ? Non. Mais est-ce une mauvaise personne ? Non plus. C'est la même chose avec Aaron. Je ne serais pas si bouleversée et tiraillée si c'était quelqu'un de totalement mauvais.

C'est là que Nate et moi nous différencions, car il ne regarde que le bon et le mauvais. Il ne fait pas attention à la zone grise et douteuse entre ces deux points. Et ce que j'ai appris désormais, c'est que, lorsque Nate est gêné par quelque chose, ça se traduit par de la frustration.

Nathan m'attend avec un magnifique bouquet de pivoines lorsque je rentre à la maison, et je ne peux même pas faire semblant d'en être heureuse. Il me le tend.

— Comment ça s'est passé ?

— Je n'ai pas l'énergie de te raconter pour que tu me fasses culpabiliser. Je peux te le dire demain, quand j'aurai digéré tout ça ? J'ai besoin d'un verre. Je pense que je vais sortir avec Lola.

La surprise se lit rapidement sur son visage. Il se penche pour embrasser ma tempe.

— Je le mérite. Oui, prends le temps qu'il te faut. Je t'aime.

— Je t'aime aussi.

Je crois que je suis en train de mourir.

Une crinière de cheveux roux couvre mon visage lorsque j'ouvre à contrecœur les yeux. Ça sent les oranges fraîches, et malgré le fait que j'adore les oranges, l'idée d'en manger une en ce moment fait monter la bile dans ma gorge.

Je suis enveloppée par des paillettes. Je ne sais pas où je suis, si ce n'est que je ne suis pas avec Nathan, c'est certain. Je me retourne sur le dos, me détachant de celle qui, je l'espère, est Lola, et examine la pièce qui m'entoure. Une partie de moi s'inquiète pendant une seconde que nous soyons à l'appartement, mais cette pièce est bien trop bien rangée pour appartenir à l'une de nous deux.

Un ronflement profond en provenance du lit me fait me redresser. Le mouvement me rend malade, et je m'arrête aussitôt pour me couvrir la bouche. La vision du visage endormi de Robbie ne fait qu'ajouter à ma confusion, mais mon cerveau imbibé d'alcool en déduit que je suis dans le lit de Robbie, bizarrement, avec Lola et Robbie.

Je ne me souviens pas d'être rentrée chez moi, hier soir. Enfin, je me souviens seulement de morceaux très flous qui ne m'aident pas, pour l'instant.

Après ma journée de merde, le stress et la tension ont enfin quitté mon corps à l'aide de quelques shots. Mais quelques shots plus tard, tout est devenu flou. Chaque mouvement que j'effectue me fait mal, et même si j'ai envie de monter à l'étage et de me glisser dans le lit à côté de mon petit ami, je ne pense pas avoir la force ou la coordination nécessaires pour y arriver.

J'attrape mon téléphone en priant pour que Nate soit réveillé.

NATE

STASSIE : Tu es réveillé ?

NATE : Salut, fille bourrée. Ouais, je viens de me réveiller.

STASSIE : Je crois que je suis en train de mourir.

NATE : Descendre une bouteille de tequila peut faire cet effet.

STASSIE : Pourquoi je suis au lit avec Lo et Robbie ?

NATE : J'ai essayé de te conduire jusqu'à notre lit, mais tu as dit que j'essayais de me mettre entre toi et Lola.

NATE : Vous vouliez vous blottir l'une contre l'autre.

STASSIE : Rien que l'idée de bouger me donne envie de vomir.

STASSIE : J'ai le mal des transports à l'idée de prendre les transports.

STASSIE : Regarder des mots sur mon écran me rend malade. Aide-moi.

NATE : Tu veux que je te porte jusqu'en haut des escaliers ? Mais tu n'as pas le droit de vomir.

STASSIE : Tu peux me porter tout doucement ? C'est possible ?

STASSIE : Le moindre bruit me donne envie de vomir.

NATE : Je viens te chercher pour te porter très doucement.

Des pas lourds résonnent dans les escaliers. Pourtant, je suis incapable d'esquisser le moindre mouvement. La serrure de la porte émet un bip lorsqu'il tape le code, puis il entre, naturellement beau en caleçon. Je veux le regarder, l'admirer. Seulement, plus il bouge, plus je me sens mal, alors je ferme les yeux.

— Je vais essayer de ne pas être offensé par ta grimace.

— Tu es une œuvre d'art, mon gars, vraiment. Un dieu du sexe, dix sur dix. Mais te voir bouger si vite me donne envie de vomir, marmonné-je entre mes lèvres serrées.

— Un dieu du sexe, dix sur dix ? Je pense que quelqu'un est encore un peu bourré.

Ses bras puissants se glissent sous mon corps et me tirent vers sa poitrine en un seul mouvement fluide.

— Oh, mon Dieu, arrête de bouger, gémis-je à travers la paume de ma main collée à ma bouche. Comment puis-je être ivre *et* avoir la gueule de bois ?

— Tu te sentiras mieux après avoir pris du paracétamol et une bonne douche. J'en déduis que tu ne veux pas t'entraîner avec moi ce matin ?

Quand je lève les yeux vers son visage outrageusement beau, il essaie de ne pas rire, ce qui est sage, car le mouvement provoqué par son rire pourrait me faire vomir.

Il nous conduit lentement vers la cuisine, où il m'assied doucement sur le comptoir.

— Tu as l'odeur du McDonald's et des regrets.

Il fouille dans le tiroir et sort un flacon d'analgésiques.

— J'ai mangé McDonald's hier soir ? Ou est-ce que l'odeur du Big Mac est mon odeur naturelle ?

Il écarte mes cheveux emmêlés de mon visage et me regarde avec tant d'amour que, pendant une seconde, j'oublie que je ressemble à un véritable gremlin de poubelle.

— Tu as mangé vingt nuggets de poulet en quatre minutes environ. C'était comme si tu participais à un concours de bouffe, mais que tu étais la seule concurrente. Je n'ai jamais été aussi amoureux de toi. (Il me tend un verre d'eau et dépose deux comprimés dans ma main.) Tu ne te souviens pas d'être rentrée ? Russ est venu te chercher parce qu'il était sobre. Tu l'as forcé à t'emmener manger.

— J'aime bien Russ.

Nate glousse et frotte mes jambes nues pendant que j'avale les pilules.

— Je sais, tu l'as répété assez souvent. Tu l'as appelé Muffin devant tout le monde. Tu devines comment tous les gars l'appellent, maintenant ?

Oh, non. Pauvre Muffin.

— Oups.

Il me reprend dans ses bras et se dirige vers les escaliers en faisant attention à ne pas trop me faire bouger.

— Oups, en effet. Pauvre gamin, mais il s'en remettra, ne t'inquiète pas. Je pense qu'il va vivre ici l'année prochaine, donc tu auras de nombreuses occasions de te rattraper. Russ et Henry sont en train de devenir amis, je crois.

Nate me pose sur son lit et m'enveloppe dans les couvertures jusqu'à ce que je sois l'équivalent d'un burrito humain. Il me regarde avec tant d'amour qu'à ce moment-là il est difficile de penser à nos différences.

— Nathan ?

— Oui ?

— J'ai besoin de vomir, mais je ne peux pas bouger mes bras ou mes jambes…

Il me déballe frénétiquement et me regarde courir vers la salle de bains. Je ne sais pas ce qu'il fait pendant que j'expulse violemment tout ce que j'ai dans le corps, mais j'imagine qu'il s'émerveille d'avoir une petite amie aussi gracieuse.

Nate me douche, me remet au lit, me prépare à manger et va à la salle de sport tandis que je reste au lit avec un livre, à m'apitoyer sur mon sort.

Je dois m'être assoupie, car je sursaute lorsqu'il franchit la porte de la chambre, en sueur.

— Ça va ? demande-t-il en déposant son sac de sport au pied du lit.

Avant ma sieste improvisée, j'ai réfléchi aux dernières vingt-quatre heures et j'en suis rapidement arrivée à la conclusion que j'avais des excuses à présenter.

— Je suis désolée d'avoir été brusque avec toi, hier.

— Tu t'es excusée hier soir, ne t'inquiète pas pour ça.

— C'est vrai ?

— Oui, une trentaine de fois. Puis tu as essayé de me séduire, des avances que j'ai poliment rejetées. Désolé. Tu étais bien trop ivre pour faire autre chose que dormir.

Je m'enfonce davantage dans la couette en sentant la chaleur me monter aux joues.

— Ça ne me ressemble pas. Tu es sûr ?

Il lâche un « ouais » en se souriant à lui-même.

— Tu étais très explicite sur ce que tu voulais me faire. Tu m'as dit que ma bite était la plus belle que tu aies jamais vue.

Je jette un œil à son expression par-dessus ma couette. Il a l'air si heureux.

— C'est vrai, pour être honnête.

Il s'installe à côté de moi et caresse doucement mon mollet de haut en bas.

— Écoute, tu me demandes d'être toujours honnête avec toi, alors je le suis. Ça m'embête de ne pas savoir comment ça s'est passé hier avec Aaron. Est-ce qu'on peut en parler ?

— Bien sûr.

Nathan ne pipe pas mot pendant que je parle. Il reste assis en silence et écoute attentivement. Quand j'ai enfin terminé, il garde le silence. Je me traîne nerveusement sur le lit et le pousse du pied.

— Alors ?

— Thérapie de couple ?

— Thérapie de partenaires sportifs.

— Il prépare quelque chose. (Nate se glisse entre mes jambes et se tortille jusqu'à ce que sa tête soit posée sur mon ventre.) Je ne veux pas te contrarier à nouveau. Il ne s'agit jamais de toi, bébé. Je suis désolé si je t'ai donné l'impression que c'était le cas.

— Je sais.

— Mais je n'aime pas ça.

— Je sais aussi ça.

— J'essaie de ne pas en faire un problème pour nous. Je suis juste agacé, et c'est difficile de passer outre.

— Nate…

— Oui ?

— Bouge de mon estomac, je vais encore vomir !

QUARANTE-QUATRE

NATHAN

LES DEUX PREMIÈRES SEMAINES du trimestre sont passées dans un flou absolu de crosses de hockey, de devoirs et de pure panique à l'idée qu'Aaron bouleverse Stassie.

Ils ont commencé leurs consultations de couple qui ne sont pas pour les couples quelques jours après sa soirée d'ivresse avec Lola, et à chaque fois, elle rentre à la maison en larmes, fatiguée et accablée.

C'est normal, me répète-t-elle encore et encore. *Il est toujours difficile d'entamer une thérapie.* Son ton est déterminé, sa volonté de donner l'impression de maîtriser la situation transparaît comme un putain de phare dans la nuit noire. Toujours est-il que je ne suis pas convaincu. Elle se fait du mal pour lui pardonner, et ça me tue.

Nous essayons d'en parler, mais je m'énerve, ce qui l'oblige à se mettre sur la défensive. Nous laissons donc tomber, car je ne veux pas passer les rares soirées libres que j'ai avec elle à discuter d'Aaron Carlisle. Elle vit toujours avec moi, et elle continue d'appeler cet endroit « sa maison », mais son emploi du temps est surchargé par ses séances d'entraînement, sa thérapie avec Aaron, sa thérapie pour elle-même. C'est sans fin.

Je ne peux pas dire que je suis beaucoup mieux. Près de deux mois sans hockey m'ont rendu négligent, même si le temps passé avec Stas a fait de moi un meilleur patineur. Mes mouvements sont plus propres, plus lisses. Je remarque nettement à quel point je suis meilleur dans le jeu. J'aimerais que Stas puisse le voir aussi, mais la semaine dernière, le second aréna a été rouvert après des réparations. Alors, nous avons emballé toutes nos affaires et sommes retournés dans notre propre patinoire.

Ces moments où je la croisais avant ou après l'entraînement me manquent : un coup de coude ou une main impatiente posée sur sa hanche, voire un regard furieux quand on dépassait les bornes. Mais elle a une compétition dans une semaine, donc je ne peux pas lui reprocher de se sentir soulagée de ne plus partager la patinoire.

Elle n'est d'ailleurs pas surprise qu'Aaron n'ait rien perdu de son talent pour le patinage artistique. Elle dit qu'il a ça dans le sang et que, malgré tous ses défauts, il ne la laisse pas tomber sur la glace. Elle clame qu'elle peut gérer le reste tant qu'il continue à patiner.

Je ne vais pas prétendre qu'être son partenaire de patinage ne me manque pas. Non, je n'envisage pas de laisse tomber le hockey pour devenir un patineur artistique de seconde zone, mais c'était amusant, et je regrette nos moments sur la glace. Ça m'a fait réaliser combien de temps les partenaires passent ensemble, surtout ceux qui vivent ensemble. L'idée qu'elle passe autant de temps avec Aaron ou qu'il fasse autant partie de nos vies me remplit d'effroi. Je *sais que je ne peux pas prendre sa place*. Pourtant, j'aimerais que ce soit le cas.

JJ et Robbie m'ont dit que j'avais besoin de me ressaisir, et ils ont raison, mais j'ai ce sentiment inébranlable d'*échec*. Henry pense que je suis obsédé par Aaron comme Aaron est obsédé par Anastasia, mais le gamin est de mon côté, pour une fois.

C'est comme ça que je sais à quel point c'est la merde.

Je me force à mettre toutes les conneries d'Aaron de côté, car aujourd'hui avait lieu mon premier match de retour avec les Titans, et je devais être à la hauteur. Par miracle, je n'ai pas tout foutu en l'air et nous avons gagné.

Je ne sais pas si j'étais nerveux à l'idée de rejouer, nerveux parce que Stassie regardait pour la première fois ou parce que quinze secondes avant d'entrer sur la glace, Faulkner m'a dit qu'il me renvoyait à Brady si je faisais une erreur.

Les gars sont ravis que je sois de retour, et leur enthousiasme est contagieux. Enfin, quand je ne pense pas à la vitesse à laquelle passe ma dernière année, et au fait qu'il ne reste plus beaucoup de matchs à jouer ensemble.

Stassie a patiné ce matin, puis a fait une séance de psy avec Connard et le Dr Robeska. Je n'ai donc pas pu la voir avant le début du match, mais j'ai obtenu les meilleures places pour elle et Lo. Quand elle a emporté des vêtements de rechange ce matin, elle a pris son maillot à mon nom.

— Je n'arrive pas à croire que tu aies réussi à me convaincre de regarder du hockey, s'est-elle moquée, mais au fond, je savais qu'elle était excitée.

Quel sentiment étrange de savoir que quelqu'un dans la foule était là juste pour moi. Je joue pour Maple Hills depuis la première année, et j'ai souvent entendu des supporters qui criaient mon nom. Seulement, là, c'était différent. Chaque fois que je passais devant l'endroit où je savais qu'elle était assise, je me sentais bien. Ça valait la peine de me faire insulter par Robbie quand j'ai patiné jusqu'à elle, que j'ai appuyé ma main sur le plexiglas et qu'elle a fait la même chose de l'autre côté.

Il a fermé sa gueule deux minutes plus tard quand j'ai marqué.

Pour couronner le tout, le père de Stassie m'a envoyé un message ce matin pour me souhaiter bonne chance. Il a dit qu'il avait trouvé un bar qui diffusait le match, donc qu'il allait s'offrir une bière – ou cinq. Il a ajouté qu'il se vanterait à qui voudrait l'entendre, alors qu'il fallait assurer et jouer de mon mieux. J'ai regardé mon téléphone pendant dix bonnes minutes avant de réussir à le remercier pour son soutien. Et heureusement, je lui ai donné une raison de se vanter.

Je me sens putain d'angoissé alors que Faulkner finit son débriefing d'après-match. Il aime le faire pendant que tout est frais dans la tête de chacun, sans tenir compte de notre envie d'aller faire la fête. Ça montre à quel point les choses ont changé. Je me rappelle que j'étais assis ici il y a quelques mois, dans la même situation, mais terriblement concentré sur le hockey.

— OK, j'ai fini, vous pouvez tous remballer votre air misérable ! aboie Faulkner. Ne faites pas trop la fête, je ne fais sortir personne de prison ce soir. On se voit tous lundi.

Stassie est appuyée contre le mur, à scroller sur son téléphone, quand je la rejoins. En me sentant approcher, elle relève les yeux, m'offre un sourire radieux et commence à courir vers moi. Je l'attrape d'un bras alors qu'elle saute, laissant mon sac glisser à mes pieds.

— Je suis si fière de toi ! crie-t-elle en enroulant ses jambes autour de moi et en déposant des baisers sur chaque centimètre de mon visage. Je veux tout laisser tomber pour devenir femme de hockeyeur. Mon cœur n'a pas arrêté de battre pendant une seconde, et quand ce type a frappé Bobby, c'était comme si j'étais possédée ! Je criais si fort, et je ne comprenais même pas ce qui se passait la plupart du temps… mais tu as gagné !

Je la repose sur ses pieds et la détaille de haut en bas. Putain, elle est belle dans ce maillot, c'était vraiment mon meilleur cadeau.

— Tu es ivre. S'il te plaît, n'abandonne pas tout…

— Je n'ai jamais dit que je voulais être *ta* femme, ricane-t-elle. Et je ne suis pas ivre ! Enfin, je l'étais, mais tout le stress et l'excitation m'ont dégrisée. Tu es tellement doué, Nathan. Je ne connais même pas le hockey, mais *tout le monde* autour parlait de toi… Oh ! Et papa m'envoyait constamment des textos.

Je ne sais pas quoi répondre tandis que nous marchons vers la voiture, alors je la laisse récapituler chaque minute du match, ce qui lui a fait quitter son siège ou crier sur l'arbitre. Même si elle ne savait pas exactement ce qui n'allait pas, elle savait que ses garçons étaient en train de se faire avoir.

— Alors, ça t'a plu ?

— J'ai vraiment apprécié, bébé.

Le reste des gars sont partis avec Lola avant que je ne quitte les vestiaires, et le plan est de sortir tous ensemble. Une partie de moi souhaiterait que nous rentrions à la maison, mais les gars le méritent. Ce n'est pas leur faute si je suis ennuyeux à mourir ces jours-ci. Le trajet jusqu'à la voiture prend deux fois plus de temps que prévu, car les gens me tapent dans le dos et me félicitent. Nous finissons toutefois par y arriver. J'attends d'être dans l'intimité de la voiture pour poser à Stassie la question qui m'a trotté dans la tête tout l'après-midi.

— Comment s'est passée la thérapie avec Aaron ?

Elle continue de regarder droit devant elle tout en haussant les épaules. Sa voix se brise lorsqu'elle répond :

— Bien, nous en parlerons plus tard. Faisons la fête.

L'anxiété qui se dégage de son corps est presque palpable. Anastasia ne peut pas cacher quand quelque chose la tracasse, elle n'a pas un visage impassible. Je sais qu'elle ne me dit pas tout vu sa posture rigide, la façon dont elle évite mon regard, la façon dont elle se mordille les lèvres. Je me penche pour lier sa main à la mienne en essayant de garder une voix égale.

— Je veux savoir maintenant. Les gars peuvent attendre… Je veux que tu me racontes ta journée.

Elle se retourne sur son siège pour me faire face, porte nos mains liées à sa bouche et embrasse doucement mes articulations. Ses yeux bleus, qui étaient encore brillants et si heureux quelques instants plus tôt, laissent maintenant apparaître quelque chose d'incertain.

— S'il te plaît, Nathan. Je ne veux pas en parler maintenant. Amusons-nous.

— Pourquoi refuses-tu de m'expliquer ?

— Parce que ça ne va pas te plaire, murmure-t-elle. (Son visage s'adoucit tandis qu'elle expire profondément en passant une main dans ses cheveux.) Et je sais comment tu vas réagir. Ça me rend anxieuse de te parler de ça. Je veux fêter ta victoire.

Mon instinct sait déjà ce qu'elle va dire. Si je n'obtiens pas la confirmation que j'ai raison, impossible de profiter ce soir.

— Tu déménages, n'est-ce pas ?

Quand elle pousse un soupir, je comprends que j'ai vu juste.

— Le Dr Robeska pense que c'est une bonne idée. Nous avons les nationales le week-end prochain, alors elle suppose que ce serait bon pour nous – Aaron et moi – de passer la semaine ensemble. Nous avions l'habitude de nous sentir en phase quand nous vivions ensemble, et nous avons perdu ça. Elle a ajouté que, même si c'est juste un essai, c'est le bon moment pour le faire.

Je ne sais pas trop quelle émotion je ressens, car la jalousie, l'amertume, la colère, l'inquiétude et la douleur me frappent en même temps.

— Donc, le médecin qu'il a choisi et qu'il paie pense que tu devrais retourner à l'appartement. C'est une putain de surprise ! Je n'arrive pas à croire que tu te laisses avoir.

— Ne me parle pas comme si j'étais naïve, Nathan.

— Ce n'est pas le cas. Je ne comprends pas comment tu fais pour ne pas voir ce qu'il est en train de faire ! Comment peux-tu lui pardonner tout ce qu'il t'a fait ? Toutes les choses qu'il a dites ?

J'ai l'impression d'être un disque rayé.

— Tu ne comprends pas. Tu n'essaies même pas de comprendre. Tu veux juste que je le fasse taire, et je ne peux pas ! Ce n'est pas comme le hockey, Nate ! Il n'y a pas d'autres personnes prêtes à prendre le relais. C'est moi et Aaron, c'est tout. Je n'ai pas pardonné et je n'oublie pas. J'essaie de dépasser ça et de ne pas gâcher mes rêves à cause de ressentiments.

— Anas…

— Non, tu dois m'écouter pour une fois, m'interrompt-elle. Je sais qu'Aaron a été un ami terrible, mais il faut faire des sacrifices pour être la meilleure. Je ne peux pas être la meilleure sans lui, mais tu es tellement déterminé à ériger ce mur entre lui et moi que tu n'écoutes pas quand je te dis que je sais ce que je fais. J'ai fait le choix d'essayer d'arranger les choses pour des raisons *professionnelles.*

— C'est des conneries. On a toujours le choix, Stas. Tu n'es pas obligée de déménager, d'aller en thérapie, de faire tout ce que tu ne veux pas faire pour cet homme. Pourquoi devrais-tu faire des sacrifices pour lui ? Il ne se soucie pas de toi. D'ailleurs, je trouve ça bizarre qu'il me déteste et que, soudain, ce thérapeute te conseille de ne plus vivre avec moi.

— Il ne s'agit pas de toi, Nathan. Tu fais le choix de ne pas comprendre, répond-elle doucement. Tu n'essaies pas de voir les choses de mon point de vue. Tu t'es sacrifié pour ton équipe, mais je me sacrifie pour moi, pour mon avenir, ce qui est censé être *notre* avenir. Tu dois séparer Aaron l'ami d'Aaron le patineur. Il faut que tu te sortes de la tête cette idée que je suis manipulée, parce que ce n'est pas le cas.

Je déteste tout ce que j'entends. Je déteste avoir l'air d'être celui qui n'est pas raisonnable, surtout par comparaison avec Aaron. Je ne veux tout simplement pas qu'elle passe du temps avec lui. Je comprends que ce soit nécessaire pour le patinage, mais son planning est déjà assez chargé sans que je doive en plus la partager avec lui.

— Est-ce qu'il te laissera manger quand tu reviendras vivre avec lui ?

Pour toute réponse, elle laisse tomber sa tête entre ses mains.

Je regrette mes mots. Finalement, alors que je me tortille inconfortablement sur mon siège, elle relève la tête.

— J'essaie vraiment d'être patiente avec toi parce que je t'aime et que je sais qu'au fond de toi, tu t'inquiètes pour moi. Mais si tu n'es pas en mesure de me montrer le même respect envers moi, ne me parle pas du tout. La compétition la plus importante de ma carrière de patineuse a lieu dans une semaine, et je n'ai pas le temps de me préoccuper de protéger ton ego parce que tu penses que ce putain d'Aaron Carlisle est capable de saper mes sentiments pour toi.

J'ai l'impression d'être un enfant capricieux lorsqu'elle a terminé. Je ne peux rien faire d'autre que d'acquiescer en silence. Elle se penche au-dessus de la console centrale pour presser ses lèvres contre les miennes. Lorsque nous finissons par nous séparer, elle pose son front contre le mien et passe doucement sa main sur ma mâchoire. Tout ce qu'elle a dit est vrai, et dans ma tête, je peux l'admettre, mais quand il s'agit de l'exprimer, les mots ne veulent pas sortir de ma bouche.

Finalement, j'arrive à dire quelque chose, mais ce ne sont pas les excuses qu'elle mérite.

— Je ne veux pas qu'il te fasse du mal.

Elle lie nos mains et les ramène sur sa poitrine. Je vois la douleur sur son visage, et je ne peux même pas blâmer Aaron pour ça, parce que cette fois-ci, c'est ma faute.

— Peux-tu, s'il te plaît, nous emmener célébrer votre victoire, maintenant ? S'il te plaît, Nate. Je veux profiter de cette soirée avec toi, plaide-t-elle d'une voix à peine plus forte qu'un murmure.

Je mets la voiture en marche et fais ce qu'elle me demande, même si je n'ai plus l'impression d'avoir quoi que ce soit à fêter.

QUARANTE-CINQ

ANASTASIA

J'AI TOUJOURS PENSÉ QUE LE patinage artistique serait l'engagement le plus complexe de ma vie.

J'avais tort.

— Tu penses que toute cette attitude vient avec la bite ou que c'est quelque chose qu'ils développent avec le temps ? demande Lola en enfournant une cuillère de Ben and Jerry's dans sa bouche.

Elle jette un coup d'œil à la robe qu'on est censées retoucher, les sourcils froncés, et prend une autre cuillerée.

— Les mecs sont les pires.

Lola joue Angelica Schuyler dans le spectacle de printemps de *Hamilton,* et le gars qui joue le marquis de La Fayette ne l'a pas lâchée de la journée. Elle ne voulait pas traîner sur le plateau pour faire retoucher sa robe, alors elle l'a rapportée à la maison, sachant que je répare et ajuste des tenues de patinage depuis que je suis enfant.

On n'a pas encore touché la robe, mais on a regardé trois épisodes d'*Esprits criminels*. J'ai un agenda rempli de choses à faire, mais je ne peux pas y faire face, et je suis trop épuisée pour me soucier du fait que je m'en fiche.

Je n'arrive pas à savoir si j'évolue ou si je régresse.

— Je pense que ça vient avec l'âge. Je ne me souviens pas que j'étais aussi irritée il y a dix ans, grommelé-je derrière ma pomme.

Le fait d'être à l'appartement ces trois dernières nuits a été une pause bienvenue alors que je tourne en rond avec Nathan. D'un autre côté, il me manque aussi. C'est une situation tellement difficile, parce que je sais qu'il ne ferait jamais rien pour me faire du mal intentionnellement, mais en refusant d'écouter ce que je dis, il me fait du mal.

Nathan a toujours été quelqu'un qui prend soin des autres et qui répare ce qui est brisé. C'est intrinsèque à qui il est, et c'est une facette de lui que j'admire profondément. Ce que j'apprécie encore plus, c'est sa fierté à embrasser ce rôle et sa bienveillance envers ceux autour de lui. Lors de notre première dispute, quand j'ai essayé de le fuir, il ne m'a pas laissée m'isoler. Après la soirée chez Robbie, alors que j'étais embarrassée, il est venu vers moi pour s'assurer que j'allais bien.

Quand il a découvert ce qui s'était vraiment passé à la patinoire, il a voulu protéger Russ. Il a endossé le poids de l'affaire avec Aaron pour sauvegarder son équipe, même si c'était une démarche insensée. Il m'a confrontée sur un sujet aussi délicat que les troubles alimentaires parce que pour lui, ma santé primait sur mes sentiments. À maintes reprises, Nate a démontré, à moi et à tous ceux qui le connaissent, combien il tient à être un pilier pour les autres.

C'est pourquoi je sais que, même s'il m'aime, toute cette histoire va bien au-delà de la défiance que lui inspire Aaron. C'est à propos de son estime de soi et de sa place dans ma vie.

Ce que je n'arrive pas à lui faire comprendre, c'est qu'Aaron ne le remplace pas. Personne ne pourrait le remplacer. Mais plus je passe de temps avec Aaron, plus il y a de chances qu'Aaron soit là quand j'aurai besoin de quelqu'un, et c'est le cœur du problème de Nathan.

Il dit lui-même qu'il y a une partie égoïste et jalouse de lui qui ne veut pas me partager avec Aaron. Et alors que d'ordinaire, ce serait un *red flag*, maintenant que nous en avons parlé et que nous avons décortiqué la situation, j'ai l'impression que c'est parce que Nate me tient en si haute estime qu'il ne pense pas qu'Aaron me mérite.

Nathan ne sait pas comment gérer ce qu'il ressent parce qu'il n'a pas suivi des centaines d'heures de thérapie comme moi, si bien que je ne lui en veux pas de ne pas savoir mettre des mots sur ses émotions. Mais il sait comment écouter, et ce n'est pas ce qu'il fait en ce moment.

Pour lui, et pour le reste des gars, Aaron est le méchant de l'histoire, le cauchemar imprévisible qui vient tout gâcher. Alors qu'en réalité, Aaron est un homme émotionnellement immature et malavisé. Je l'ai répété tant de fois : les gens blessés blessent les gens. Ils mentent et manipulent parce que c'est tout ce qu'ils connaissent.

J'ai passé toute notre scolarité à l'université à justifier le mauvais comportement d'Aaron, sans autre raison que la facilité et l'espoir sincère qu'au fond, ce soit une bonne personne. Ça ne fait pas de moi quelqu'un de naïf. Ça signifie qu'après avoir vu les bons côtés qu'il m'a montrés, j'ai cru que c'était la vraie version de lui. Mais j'ai ignoré tous les mauvais signaux, et c'était stupide de ma part, car j'ai fini par être blessée. Maintenant, j'ai les yeux grands ouverts et je considère notre relation comme un moyen d'arriver à nos fins.

Nous sommes des patineurs qui avons besoin d'un partenaire pour patiner.

Je n'ai pas besoin ni ne veux son opinion ou son approbation. Je n'ai pas mystérieusement oublié que ses actions ont poussé l'homme le plus détendu et le plus calme que je connaisse à le frapper au visage. Je n'ai pas oublié à quel point ses mots m'ont blessée, et même si ces blessures ont guéri en surface, elles vont continuer à guérir à l'intérieur, lors de mes thérapies, pendant qui sait combien de temps.

Je ne devrais pas avoir à crier que je ne suis pas naïve ou manipulée pour que Nathan ait confiance en mon jugement. Je ne devrais pas avoir à le supplier de comprendre qu'il y a une différence entre amitié et partenariat.

Si Aaron doit jouer le rôle du méchant dans ce scénario, Nathan est le héros. Et oui, il peut garder ce titre, car il est le héros de mon histoire, mais c'est l'une de ces histoires fantastiques, ce n'est pas un conte de fées. Je ne suis pas la princesse, je ne l'ai jamais été. Cependant, on ne peut nier qu'il m'a aidée à me construire et qu'il m'a donné le courage de faire face à ce type de situation.

Je veux que Nate soit fier de moi. Il aborde les problèmes de front, et c'est ce que j'essaie de faire. C'est pourquoi, depuis que j'ai décidé de m'attaquer à Aaron, j'ai été très surprise que ça entraîne des disputes avec Nathan. Et je dis « attaquer » parce que la thérapie avec Aaron n'a rien de facile. C'est épuisant et pratiquement corrosif. Le Dr Robeska est impartiale, par contre. Elle n'accepte ni ses conneries ni ses moues boudeuses quand il essaie de faire sortir quelques larmes. Elle le remet à sa place, ce que j'apprécie énormément.

Par exemple, lorsqu'il a répété ce qu'il avait dit lors de l'intervention de Brady, à savoir qu'il avait besoin de moi et que je n'étais pas là, elle lui a aussitôt demandé combien de fois il avait essayé de me contacter pour le soutenir. Ainsi que le nombre de fois où nous avons fait des projets et où je l'ai envoyé promener. Bien sûr, la réponse était zéro, ce qui l'a conduite à parler de sa capacité à se servir de ses émotions comme des armes.

Depuis que je suis de retour à l'appartement, j'ai l'impression qu'Aaron surveille chaque morceau de nourriture que je mets dans ma bouche. Je le crois toujours quand il affirme qu'il n'a pas fait exprès de saboter mon régime, et Nate m'a pratiquement suppliée d'aborder le sujet en thérapie avec Robeska.

Nate veut qu'on lui donne raison, mais c'est aussi l'homme qui me rappelle que guérir ne consiste pas à gagner, mais à apprendre et à se pardonner. Ce n'est pas linéaire, c'est ce qu'il a répété tant de fois, et je ne peux pas ignorer l'ironie de la situation, car les mêmes arguments pourraient être appliqués avec Aaron.

Plusieurs fois par jour, je me suis surprise à envoyer des photos de nourriture à Nate, juste pour qu'il vérifie que je n'avais pas fait une énorme connerie. Aaron ne dit jamais rien sur mes nouveaux repas, et quand je surprends son regard, il se détourne vers sa propre assiette. Peut-être est-ce dans ma tête. Peut-être se fout-il de ma gueule. Peut-être, peut-être, peut-être…

— Je ne veux pas vivre ici l'année prochaine, lâché-je, prenant Lola au dépourvu.

Elle pose sa glace sur la table basse et se tourne vers moi, m'accordant toute son attention.

— Je ne veux pas vivre dans la maison de l'équipe de hockey, parce que je ne pense pas que ce soit juste pour Henry et Russ, mais je ne veux pas vivre ici non plus. En revanche, je comprendrais si tu voulais rester. Je ne peux pas m'offrir quelque chose d'aussi joli que la Tour Maple.

— On déménage.

— Quoi ?

— Je ne veux plus vivre ici non plus. Prenons un nouveau départ.

Aaron grogne alors que je retombe au creux de ses bras.

— Arrêtez la musique ! crié-je en direction de Brady tout en mettant une certaine distance entre Aaron et moi pour ne pas lui donner un coup de pied dans la tête.

— Qu'est-ce qui ne va pas, cette fois-ci ? se plaint-il en me suivant jusqu'au bord de la patinoire.

— Toi ! C'est toi, mon problème, Aaron ! Comment suis-je censée me concentrer quand tu souffles et grognes chaque fois que tu dois me toucher ?!

La musique s'arrête enfin. Brady a l'air blasée, mais je m'en fiche. Je ne me soucie plus de jouer la gentille. Je refuse d'accepter la merde de cet odieux crétin une seconde de plus.

— Pourquoi vous vous disputez, encore ? souffle Brady.

Aaron hausse les épaules et me jette un regard incrédule.

— Je ne sais pas, coach. Anastasia semble avoir un problème. *Encore.*

La chaleur me picote la nuque tandis que je lutte pour retenir la colère qui bouillonne en moi. J'ai toujours associé mon impatience et mon caractère à ce que je suis en tant que patineuse. J'ai toujours mis ça sur le compte de ma compétitivité, ce besoin impérieux d'être la meilleure, mais ce n'est clairement pas le cas. Je n'ai pas ressenti une seule fois cette poussée de rage lorsque je m'entraînais avec Nate. Même lorsque nous tombions ou que nous nous cognions la tête pour la dixième fois, je prenais tout ça à la légère et nous en riions.

Je pose mes mains sur mes hanches pour ne pas le prendre à la gorge, mais la peau sous le bout de mes doigts devient douloureuse à force de serrer si fort. Je sais de quoi il s'agit, et c'est probablement pour ça que je suis si énervée.

— Tu as du mal à me soulever ? C'est pour ça que tu fais tous ces bruits ? Tu as besoin de t'entraîner davantage ? m'insurgé-je.

— Quoi ? Non, bafouille-t-il.

Le rose de ses joues s'étend rapidement jusqu'au bout de ses oreilles alors que son expression se durcit.

— Lâche-moi un peu, Stas. Tu ne peux pas prendre du poids et t'attendre à ce que je n'aie pas besoin d'un peu de temps pour m'adapter.

Et voilà.

— À la salle de gym, tu soulèves avec facilité 45 kg de plus que ce que je pèse. Je t'ai vu le faire ce matin ! Tu as rajouté des poids, bordel ! J'ai pris cinq kilos de muscles, c'est tout ! À quoi dois-tu t'adapter ?

— Je dois m'adapter à ta putain d'attitude, pour commencer.

— T'es vraiment un con.

— Je ne peux pas m'entraîner avec toi quand tu es comme ça. Je rentre à la maison. On doit perfectionner ça, et tu me fais perdre mon temps.

— Au revoir, dans ce cas !

— Les jeunes, s'il vous plaît ! grogne Brady.

Je n'entends pas ce qu'elle ajoute parce que je suis déjà en train de m'élancer vers le milieu de la patinoire dans l'espoir de me débarrasser de ma rage. S'il veut faire passer la mesquinerie avant la préparation, je ne vais pas me mettre en travers de son chemin.

QUARANTE-SIX

NATHAN

JE SUIS OCCUPÉ à me morfondre, la tête plongée dans le canapé du salon, quand un chuchotement vient me troubler.

Je lève les yeux et trouve JJ, Henry et Robbie, chacun tenant une tasse de café dans leurs mains, en train de marmonner entre eux comme des vieilles femmes dans une salle de bingo.

— Quoi ? grogné-je.

— Elle t'a largué ? demande JJ.

Il s'éloigne de ce qui ressemble en tout point à une réunion de mamans pour s'asseoir sur la chaise en face de moi.

— Non ! m'énervé-je.

Je m'assois correctement sur le canapé, puisqu'apparemment une discussion de famille est imminente. Je savais que j'aurais dû rester dans ma putain de chambre, mais la gym m'a tabassé, et je ne pouvais pas affronter la montée des escaliers.

JJ lève les mains, sur la défensive.

— Très bien, ne pleure pas, dit-il d'un ton sarcastique. Si elle ne t'a pas largué, pourquoi tu es si malheureux ?

Henry se jette à côté de moi en me lançant un regard mi-suspicieux, mi-sympathique, tandis que Robbie apparaît quelques secondes plus tard avec une tasse de café pour moi.

J'ai vraiment l'impression d'avoir été piégé, mais je suppose que je devrais être reconnaissant d'avoir des amis qui en ont quelque chose à foutre quand je suis clairement de mauvaise humeur. Je m'enfonce dans le canapé en soupirant bruyamment et descends mon café pour faire passer le temps : par où commencer, putain ?

— Elle dit que je ne l'écoute pas. Elle est en colère contre moi, mais elle est aussi incroyablement compréhensive quand je me comporte comme un con, ce qui me fait me sentir encore plus mal. Et elle me manque.

— Mais tu ne l'écoutes pas, alors tu ne devrais pas être surpris qu'elle soit en colère ? demande Robbie sans ambages.

— Eh ben si ! insisté-je. J'ai parfaitement entendu quand elle a dit qu'elle donnait une autre chance à cet enfoiré. J'ai écouté quand elle a dit qu'elle déménageait. J'ai écouté quand elle a dit qu'elle allait à une putain de thérapie de couple avec lui.

— Pour quelqu'un d'aussi intelligent, tu es vraiment un putain d'idiot parfois, Hawkins, déclare JJ en secouant la tête.

Son habituel sourire espiègle est inexistant. Pour une fois, il est totalement sérieux.

— C'est la personne la plus déterminée que je connaisse. Il n'y a aucun doute dans mon esprit qu'elle obtiendra tout ce qu'elle veut dans la vie parce qu'elle est prête à faire des sacrifices. Que se serait-il passé si tu n'avais pas été sélectionné ?

— Je…

— Non, ne me donne pas de réponse à la con, se moque-t-il. Tu aurais utilisé ton compte en banque pour faire absolument tout ce que tu veux, et pour faire bonne mesure, tu as l'entreprise familiale sur laquelle tu peux te reposer. Stassie n'a pas d'argent de côté. Elle n'a pas d'entreprise familiale. Si elle ne réussit pas dans le patinage, elle sera probablement coincée dans l'enseignement ou pire, dans un travail qu'elle déteste.

— Pourquoi tu me donnes une conférence sur ma propre petite amie, Johal ?

— Parce que tu ne regardes que le présent et que tu te comportes comme un putain d'égoïste ! Elle ne peut pas être une patineuse en couple sans un partenaire. Elle est intelligente, Nate. Elle utilise Aaron pour atteindre ses objectifs parce qu'elle n'a pas d'autre choix. Tu devrais être fier qu'elle soit si forte, et toi, tout ce que tu fais, c'est te montrer jaloux et mesquin et la faire culpabiliser pour quelque chose qui est difficile pour elle.

Henry et Robbie restent terriblement silencieux pendant que JJ s'en prend à moi. Henry louche sur sa tasse, faisant tourbillonner le liquide pour ne pas avoir à me confronter. Robbie, lui, pose sur moi un regard vide.

— Vous comptez dire quelque chose ?

Rob hausse les épaules.

— Franchement, il a raison. Tu en as conscience aussi. C'est pour ça que tu as l'air si énervé en ce moment. Tu sais qu'on l'aime, Nate. Tu crois que j'aime l'idée que Lola soit près de lui ? Bien sûr que non, mais ce sont toutes les deux de grandes filles. De grandes filles têtues. D'après ce que tu nous as dit, et… euh… ce que Lo m'a dit, elle n'aurait pas pu être plus claire avec toi sur le fait qu'elle ne veut pas être son amie. Je pense que tu dois te décider. Tu es prêt à la faire fuir juste à cause de ton ego ?

— Ce n'est pas mon putain d'ego ! Je suis inquiet à l'idée que la femme dont je suis amoureux passe du temps avec quelqu'un qui est horrible pour elle.

— C'est ton ego, murmure Henry à côté de moi, sans lever les yeux de son café. Tu penses qu'il va la manipuler pour qu'elle lui pardonne et qu'elle n'aura plus besoin de toi. Tu aimes qu'elle ait besoin de toi. Ça te fait te sentir important. Tu sais qu'Aaron te déteste, et tu penses qu'il va l'éloigner de toi. Ce qui montre juste que tu ne sais pas à quel point elle est forte, ou que tu ne saisis pas vraiment à quel point elle t'aime.

Ça doit être l'une des pires interventions de tous les temps.

— Alors, vous pensez tous que je suis un con, c'est ce que j'entends ?

Robbie se racle la gorge et rigole.

— Je pense que tu es un con depuis le jardin d'enfants, pour info.

— Je ne t'ai pas connu au jardin d'enfants, ajoute JJ. Seulement, j'imagine que si c'était le cas, j'aurais aussi pensé que tu étais un con. Tu sais qu'on t'aime, mec, mais tu l'as amenée ici, tu nous as laissés vivre avec elle et apprendre à la connaître, et maintenant, on l'aime aussi. On ne veut pas que tu gâches quelque chose d'assez spécial, putain. C'est ce que veut Aaron.

— Je ne pense pas que tu sois un con, Nathan, dit doucement Henry. Je pense que tu dois te mettre à sa place. Si tu t'étais disputé avec JJ, mais que nous avions un match et que tu avais besoin d'un défenseur qui nous aiderait à gagner, tu l'aurais laissé jouer. Tu mettrais de côté les histoires et tu te concentrerais sur la victoire. C'est ce qu'elle fait.

— Vous avez rendez-vous plus tard, non ? demande Robbie. (Il sourit quand je hoche la tête.) Parle-lui de ça. Elle a besoin de savoir que tu es avec elle pour tout ça.

— Vous n'avez rien de mieux à faire que de me faire un coup à la Oprah ?

Ma blague brise la tension, si bien qu'ils se mettent à rire tous les trois.

— Ça change, j'en ai marre de regarder Henry chercher désespérément cette fille qu'il a repérée à Noël, Jenny ou un truc du genre.

— Tu ne l'as *toujours* pas trouvée ? Qu'as-tu dit à cette pauvre fille ? Elle a rejoint le programme de protection des témoins ou quoi ? plaisanté-je.

Mon sourire s'agrandit quand Henry me dévisage comme s'il essayait de m'enflammer avec ses yeux.

— Désolé, Nathan. On ne peut pas tous harceler une fille pour qu'elle se mette en couple avec nous. Certains d'entre nous ont besoin de temps pour se découvrir d'abord, d'accord ? Je…

Je n'entends rien d'autre de ce qu'il dit à cause de nos éclats de rire, à JJ, Robbie et moi.

Je ne sais pas pourquoi je suis nerveux à l'idée d'aller à un rendez-vous avec ma propre petite amie. Je la regarde dire poliment au revoir au portier à l'entrée de son immeuble. Elle a l'air incroyable. Si incroyable qu'on risque de ne pas arriver à notre réservation à l'Octopus.

C'est un restaurant de fruits de mer qui vient d'ouvrir à Malibu, et heureusement, un gars qui aime bien JJ y travaille et a réussi à réserver pour moi. Je ne milite pas *pour* que mon colocataire se prostitue pour une table dans un restaurant prestigieux, mais je ne suis pas non plus contre.

Dès qu'elle monte dans ma voiture, la douce odeur de son parfum envahit l'habitacle. Elle sent toujours bon, mais là, c'est autre chose. C'est ce qui arrive quand je ne la vois pas pendant quelques jours ? Je lui dirais bien, mais je l'entends déjà me vanner en me lançant que je suis un vampire aux sens aiguisés.

— Qu'est-ce qui te fait glousser ? demande-t-elle en riant.

Elle se penche pour m'embrasser, et mon Dieu, elle a même bon goût. J'avance ma main vers son visage, mais elle la repousse en marmonnant :

— Mon maquillage.

— Les vampires… Euh, ça n'a pas d'importance… Tu m'as manqué. Tu es si belle, ce soir.

— Tu n'es pas mal non plus, Hawkins. Comment s'est passé l'entraînement ?

Nous bavardons tranquillement pendant tout le trajet jusqu'à Malibu, rattrapant les petites choses qui se sont passées aujourd'hui et que nous ne pensons plus à mentionner maintenant que nous ne passons plus la plupart de nos journées ensemble. Elle me raconte comment elle a battu son record de squats, et que Brady va encore augmenter ses calories après sa compétition.

Je lui parle de l'amitié naissante entre Henry et Russ, qui ne semble pas du goût des membres les plus immatures de l'équipe. Je leur ai dit un mot pour qu'ils grandissent un peu. La culture des fraternités est bizarre et peut être un peu sectaire de mon point de vue. C'est pourquoi je n'ai jamais été intéressé. Je préfère traîner avec des gens que j'aime bien plutôt que d'être obligé d'apprécier certaines personnes au nom de la fraternité.

— Je me battrai avec quiconque fera du mal à mes garçons, dit-elle sévèrement.

Je sais qu'elle ne plaisante pas non plus. Elle s'attaquerait du haut de son mètre soixante à n'importe qui pour protéger Henry, et maintenant Russ.

Le type est de toute évidence *très* intéressé par JJ, car il nous a réservé une table à l'extérieur, dans le patio qui donne sur la mer. J'envoie un message à JJ pour lui faire savoir que notre table est très bien, afin de faire gagner des points au gars, puisqu'il fait clairement tout pour l'impressionner.

Je sais que je dois parler à Anastasia de la façon dont j'ai agi récemment, mais je ne sais pas comment aborder le sujet. Elle remplit le silence avec des histoires drôles sur Lo et une de ses prestations où tout a mal tourné. Elle m'adresse finalement un sourire compatissant, un sourire qui dit qu'elle sait ce qui se passe dans ma tête.

— Nate, tu vas bien ?

Le temps que nous avons passé séparés l'un de l'autre a ressemblé à une rupture, et même si ce n'était pas le cas, j'ai détesté ça. Je sais à quel point il est rare de rencontrer quelqu'un qui illumine votre vie entière. Je sais que j'ai de la chance d'avoir à mes côtés quelqu'un qui prendrait les armes pour défendre les gens qu'elle aime, et ça m'a fait réaliser qu'en ce moment, elle se bat pour elle-même.

Et je dois être à ses côtés, pas l'attaquer depuis un autre endroit du terrain.

— Je te dois des excuses, lâché-je, mais certainement pas de la manière calme et douce que j'espérais. Je n'ai pas été juste et je suis désolé, Anastasia. Vraiment.

Elle glisse sa main sur la table et la lie à la mienne.

— Ce n'est rien. Merci de t'être excusé.

— Tu es la personne la plus importante dans ma vie. Je ne sais pas si tu le sais, mais tu l'es, et j'ai été égoïste. Je t'ai mise dans une position difficile en te donnant l'impression que tu devais choisir entre nous, en quelque sorte. Ce n'est pas le cas, et je veux que tu saches que je soutiens tes objectifs.

Elle acquiesce, me laisse me débattre avec mes mots et déblatérer rapidement. Elle ne m'interrompt pas ; elle me donne l'espace dont j'ai besoin pour essayer d'exprimer ouvertement ce que je ressens.

— J'écoute, maintenant. Je te promets que je t'écoute, je t'entends et je comprends que je dois te laisser faire et gérer Aaron comme tu l'entends.

Quand elle sent que j'ai terminé, elle porte nos mains jointes à sa bouche et dépose un baiser sur mes jointures. L'expression de soulagement sur son visage est écrasante. Ça me fait me sentir plus mal encore, parce qu'elle doit avoir eu plus de peine que je ne le pensais.

Je me sens soulagé, aussi. C'est drôle parce qu'elle peut être la personne la plus impétueuse et la plus têtue que je connaisse, mais quand il s'agit de parler, elle a la patience d'un saint. Et j'avais besoin de cette patience pour réparer ça.

— Personne ne te remplace, Nathan. Chaque minute que je passe à patiner avec lui, je pense à quel point j'aurais aimé que tu fasses du patinage artistique quand tu étais petit, pas du hockey. La thérapie m'a changée en mieux. Peut-être que pour lui aussi, ce sera le cas. Peut-être pas. Ce qui se passe en dehors de la patinoire ne me concerne plus.

— Je suis désolé de la façon dont je t'ai parlé récemment.

Elle me serre la main.

— Tu veux entendre quelque chose de drôle ?

— Là, tout de suite ? Oui, absolument.

Tout, sauf parler du fait que je suis un mauvais petit ami.

— J'ai fait partir Aaron en trombe pendant l'entraînement, aujourd'hui, glousse-t-elle en portant son verre de vin à ses lèvres. Au milieu de l'entraînement, il est monté dans sa voiture et est rentré chez lui. J'ai dû prendre un Uber, mais ça en valait la peine.

— Que s'est-il passé ?

— Il n'arrêtait pas de souffler chaque fois qu'il devait me soulever ou me rattraper, alors je lui ai demandé s'il devait travailler plus dur à la salle de sport. Je lui ai dit que je savais qu'il soulevait plus lourd que moi. Il… euh… n'a pas aimé ma remarque du tout.

Son nez se plisse alors qu'elle hausse les épaules. Elle se fiche clairement d'Aaron.

— Je n'ai pas à m'inquiéter, n'est-ce pas ? demandé-je en me parlant plus à moi-même qu'à elle.

— Pas même un peu, tout est sous contrôle. Tu m'as aidée à être assez forte pour y faire face.

Ses yeux distinguent quelque chose derrière moi. Elle sourit tellement que j'en viens à penser que quelqu'un de connu est entré, mais non. Elle commence à s'agiter sur son siège.

— Oh ! Je pense que nos plats arrivent !

J'hésite à la laisser sortir de la voiture quand je m'arrête à la Tour Maple, mais je dois le faire.

— Je serai de retour samedi soir, marmonne-t-elle. On pourra passer tout le dimanche ensemble, je te le promets.

Stassie part demain matin à San Diego pour les championnats nationaux, et nous avons décidé que la chose la plus responsable à faire était de dormir dans nos lits respectifs. Aucun de nous ne le souhaite, mais elle doit se détendre ce soir, et ce ne sera pas possible chez moi. Et si je restais ici, elle passerait toute la nuit à s'inquiéter en nous imaginant, Aaron et moi, dans la même pièce.

C'est le bon choix, même si ça nous rend tous deux temporairement malheureux.

Elle grimpe sur mes genoux, enroule ses bras autour de mon cou et appuie son front contre moi.

— Je t'aime, murmure-t-elle en pressant sa bouche contre la mienne. Je dois sortir. Sinon, je vais finir par te laisser me baiser dans un parking.

Elle ouvre ma portière, me fait un dernier baiser et descend de mes genoux. Je la regarde pour m'assurer qu'elle entre dans l'immeuble en toute sécurité. Puis j'allume le moteur en espérant que ma gaule aura disparu quand je rentrerai à la maison.

QUARANTE-SEPT

ANASTASIA

DEPUIS QUE JE SUIS RENTRÉE, j'ai une douleur bizarre dans la poitrine qui refuse de partir.

C'est peut-être le stress de la compétition. Je ne pense pas que quelqu'un puisse me blâmer, étant donné que demain, j'affronte la plus grande épreuve de ma vie. Les Jeux olympiques n'auront lieu que dans deux ans, mais il existe tant d'autres compétitions internationales. C'est ainsi que je vais montrer à Team USA ce dont je suis capable, ce que je peux offrir, ce que *nous pouvons* offrir.

Tous les efforts qu'il a fallu consentir pour être prête pour ce week-end ne doivent pas être vains.

Il *faut* qu'ils portent leurs fruits.

Lola sait qu'il faut me laisser tranquille quand je suis comme ça. Il n'y a rien qu'elle puisse dire ou faire pour me réconforter, et je préfère être seule avec mes pensées, de toute façon. J'ai coché tout ce que j'avais à faire sur mon iPad, je me suis douchée, je me suis installée dans mon lit avec mon tee-shirt préféré des Titans. Ça devrait suffire, et pourtant… ce n'est pas le cas.

Le tee-shirt sort tout juste de la machine, il sent la lessive. C'est une odeur que j'ai toujours aimée, celle du linge propre qui sort de la machine à laver, ce qui signifie que j'ai coché quelque chose dans mon agenda. Mais pour une raison quelconque, l'odeur ajoute à la douleur.

Ça ne sent plus comme Nathan.

Et tout à coup, mon lit me paraît incroyablement vide, et le tee-shirt me gratte la peau.

Je comprends la raison pour laquelle Dr Robeska voulait que je retourne dans l'appartement. Elle pensait que ma relation avec Aaron se rétablirait plus vite si nous passions du temps ensemble, comme avant. En dehors du patinage, il était clair que nous passions de bons moments.

Nous avions besoin de nous remettre en phase, et si on oublie la crise de colère d'Aaron sur la glace, ça a marché. Je voulais aussi réemménager chez Aaron, ce que j'ai annoncé à Nate avant même que Robeska n'en parle. Je craignais que Nathan et moi ne puissions fonctionner qu'en étant constamment ensemble, et je pensais que dès que sa carrière en NHL débuterait, je ne serais plus en mesure de lui offrir le soutien dont il a besoin, ce qui nous éloignerait.

Mais je ne suis pas heureuse ici, et mes garçons me manquent.

Un garçon en particulier.

Après quelques sonneries, je commence à avoir peur qu'il ne réponde pas à mon appel, mais juste avant que la ligne ne soit coupée, son visage remplit mon écran.

— Désolé, mon téléphone était en train de charger à côté de mon lit. Est-ce que tout va bien ? demande-t-il d'un air méfiant.

Le petit pli entre ses sourcils se creuse lorsqu'il regarde son écran.

— Les vêtements que je t'ai volés ne sentent plus ton odeur.

— Et… c'est une bonne ou une mauvaise chose ?

— Une mauvaise chose. Une chose horrible, terrible, catastrophique. Tu me manques, et ça me perturbe.

— Bébé, tu *viens* juste de me voir, ne te sens pas déstabilisée. Qu'est-ce que tu veux que je fasse ?

— Tu peux rester ici, ce soir ? Je sais que tu ne veux pas être près d'Aaron, mais il sera dans sa chambre et nous serons dans la mienne, m'empressé-je de lui assurer. Tu ne le verras pas. J'ai juste besoin de toi, Nate. J'ai besoin que tu fasses ce truc où tu arranges tout par magie.

Le coin de sa bouche se relève de manière à m'offrir mon sourire préféré. C'est le sourire que j'obtiens quand je le prends par surprise, mais dans le bon sens. Ça n'arrive pas très souvent tant il me connaît bien, mais ça rend la chose encore plus spéciale quand ça arrive.

— Je… euh… je ne sais pas comment, mais je pars maintenant. Tu veux que je te ramène quelque chose en chemin ?

Je secoue la tête, le regardant se lever de son lit et prendre un sac de voyage.

— Non, bébé. Juste toi. Tu es tout ce dont j'ai besoin.

Je n'arrive pas à me concentrer sur le livre que je suis censée lire.

Je lis un paragraphe ou deux, puis mes yeux reviennent immédiatement sur le point en mouvement sur la carte de mon écran. Je n'arrive pas à me décider : l'excitation que je ressens quand je vois sa voiture entrer dans le parking de mon immeuble est-elle mignonne ou pathétique ?

Je traîne devant notre porte d'entrée comme un chiot surexcité, à l'écoute du ding caractéristique de l'ascenseur, tout en étant pleinement jugée par Lola, qui est sur le canapé à regarder *Hamilton* pour la dixième fois cette semaine. Il n'a même pas fini de frapper que j'ouvre la porte et l'entraîne à l'intérieur.

— Salut.

Il glousse quand j'enroule mes bras autour de lui en inspirant profondément.

— Tu sens si bon, putain, murmuré-je contre son torse.

Il resserre ses bras autour de moi et enfouit sa tête dans mes cheveux, avant d'embrasser le sommet de mon crâne.

— Même si je suis sûre que vous êtes sexy en train de baiser, vous pouvez ne pas le faire devant moi ? Vous avez une chambre juste là, et moi, j'essaie de regarder la révolution américaine tranquillement ! crie Lo depuis le salon.

Quand Nathan dit à Lola d'arrêter de se comporter comme une perverse, elle lui répond par un doigt d'honneur. Je traîne Nate vers ma chambre avant qu'Aaron ne sorte de la sienne pour enquêter sur la source du rire qui résonne dans l'appartement.

Cette douleur dans ma poitrine est de plus en plus facile à supporter à chaque seconde qui passe, à chaque seconde où je peux le sentir contre moi. Son doigt se pose sous mon menton pour incliner mon visage vers le sien.

— Tu es sûre que ça va ?

— J'avais cette douleur dans la poitrine qui ne voulait pas partir. Je suis désolée de te ramener ici, mais égoïstement, t'avoir près de moi me fait me sentir mieux. Je suis collante ?

Il secoue la tête, passe doucement ses doigts dans mes cheveux et dépose un baiser sur mon front.

— Il n'y a rien que je ne ferais pas pour que tu te sentes mieux, Anastasia. Je ne sais pas trop comment je suis censé mettre mon odeur sur toi, par contre…

Il se déchausse et grimpe sur mon lit. Je le regarde se battre avec tous mes oreillers jusqu'à ce qu'il soit dans une position confortable. Là, je grimpe sur ses genoux et allonge mes jambes de chaque côté des siennes.

— Lève les bras, lui dis-je en tripotant l'ourlet du tee-shirt qu'il porte.

Il fait ce que je lui demande. Il se penche légèrement en avant et maintient les bras au-dessus de sa tête pour que je puisse retirer le tee-shirt. Il s'affale ensuite contre les oreillers, me laissant glisser mes doigts sur les surfaces lisses et chaudes de son ventre, jusqu'à son pantalon de survêtement. Pantalon qu'il a gris, évidemment, parce que Nathan Hawkins a tout d'un homme écrit par une femme.

Ses mains se déplacent rapidement pour saisir mes poignets, qu'il positionne au-dessus de ma tête.

— À ton tour, Allen.

Je garde les bras en l'air pendant qu'il retire mon tee-shirt. Mes mamelons durcissent sous la chaleur de son regard, et quand il se lèche les lèvres et passe ses mains sur le devant de mes cuisses, la chair de poule se répand sur chaque centimètre de mon corps.

L'attente est suffocante. Ses mains glissent le long de mes hanches, de ma taille et se posent juste sous mes seins. Nathan m'a vue nue un nombre incalculable de fois, mais là, je ne me suis jamais sentie aussi exposée.

— Tu es parfaite, murmure-t-il en se redressant pour embrasser la vallée entre mes seins.

Je suis pratiquement à bout de souffle lorsque sa langue effleure mon mamelon dur et qu'il fredonne joyeusement en l'aspirant dans sa bouche. Mes mains s'agrippent à ses épaules et ma tête bascule en arrière au moment où sa bouche passe à mon autre sein, lui accordant tout autant d'attention. Il lèche et embrasse mon cou, gémit tandis que je me frotte contre lui, si bien que, quand il atteint ma bouche, je suis sur le point d'exploser.

— Je te veux tellement.

Son rire est sombre et ses yeux sont brillants.

— Demande-le-moi gentiment.

— Nathan… dis-je en gémissant d'impatience.

— C'est un bon début. Quoi d'autre ? Dis-moi ce que tu veux, bébé.

Mon corps bouge contre le sien dans une recherche désespérée de friction, de *quelque chose* pour apaiser la douleur entre mes jambes. Il me semble que ce que je veux est clair comme de l'eau de roche. Son bras s'enroule autour de mon buste et me maintient contre lui alors qu'il nous fait basculer pour que je sois sur le dos. Si je ne devais avoir qu'un seul souvenir pour le reste de ma vie, ce serait celui de Nate à genoux entre mes jambes ouvertes. Son corps est fort et dur, mais sa peau est douce et lisse. Il ne cille même pas en me regardant, ivre de luxure.

— Je veux ta bouche.

— Où veux-tu ma bouche ?

Je fais glisser mon doigt sur le devant de ma culotte, sentant combien elle est déjà humide et chaude. Ses yeux suivent ma main, ses lèvres se retroussent en un sourire suffisant.

— Tu dois dire les mots.

Tout le sang de mon corps se précipite vers mon visage. Je me mordille l'intérieur de la joue en le regardant me contempler. Ses mains massent mes mollets, il n'est donc pas pressé de me donner ce que je veux. Ma poitrine se soulève, en manque d'affection, impatiente.

— Je veux ta bouche sur ma chatte.

Il prend chaque côté de mon sous-vêtement et le fait glisser le long de mes jambes. Ensuite, il les écarte et s'installe entre elles. Apparemment, le temps des taquineries est terminé, car il n'hésite pas à enfouir sa tête et à me dévorer. En quelques secondes, je me cambre. J'en redemande, bien que submergée par la sensation de bien-être qu'il me procure.

— Tu aimes ça ? roucoule-t-il, sachant très bien que la réponse est oui.

Mes mains s'enfoncent dans ses cheveux pour le tirer plus près de moi, avant de le repousser, puis de le maintenir en place. Je l'utilise comme une ancre pour me garder sur ce lit.

— Nate, pleuré-je sans trop savoir pourquoi.

— Je sais, bébé, je sais que c'est bon.

Il glisse un doigt à l'intérieur de moi, puis un autre. Il les courbe alors que j'y suis presque.

— Tu vas jouir pour moi ?

Mes jambes tremblent, mon corps entier commence à avoir des spasmes.

— Nathan… Oh, putain…

Il me laisse étourdie et à bout de souffle sur le lit tandis qu'il descend et laisse tomber son caleçon ainsi que son pantalon de survêtement sur le sol. Les mains de Nathan s'enroulent autour de mes cuisses nues et me tirent vers le bord du lit, de sorte que mes chevilles reposent sur ses épaules. Il enferme sa bite dans son poing et fait passer son gland entre mes plis.

— Quelle bonne fille, dit-il fièrement en plongeant l'extrémité de son sexe à l'intérieur. Bon sang, arrête de me serrer, ou ça va être fini dans trente secondes.

Il enfonce ses doigts dans mes cuisses pour me maintenir en place, avant de s'introduire complètement en moi.

— Arrête de me dire que je suis une bonne fille, et j'arrêterai de serrer, réponds-je.

Si cette relation fonctionne si bien, c'est parce que Nathan adore me féliciter, et que j'adore être félicitée. Au début, il est doux avec moi, des coups lents et profonds qui me font recroqueviller les orteils, mais rapidement, sa main quitte ma cuisse et il associe des poussées plus fortes avec des caresses sur mon clito.

— Tu es trop bon à ça, haleté-je.

Je tends la main pour essayer de le toucher, mais il demeure hors de ma portée.

Il fait passer mes jambes de ses épaules à ses hanches et me tire vers le haut, me portant jusqu'à la porte de ma chambre pour me plaquer contre elle.

— C'est mieux ? Tu peux m'atteindre, maintenant.

Il sourit, puis embrasse et mordille ma mâchoire.

Je m'accroche à lui. J'utilise chaque dernière parcelle d'énergie pour le prendre encore et encore. La chaleur s'installe dans mon estomac, s'intensifie alors que Nate gémit et murmure louange après louange au creux de mon oreille et que mes ongles s'enfoncent dans les muscles tendus de son dos. Ses poussées deviennent plus brutales et ses mains se resserrent sur l'arrière de mes cuisses. Et quand ça ne peut pas être plus intense, l'onde de chaleur m'envahit, plongeant chaque nerf de mon corps dans le chaos. Quelques autres poussées puissantes, et il me rejoint en grognant une série de jurons incompréhensibles contre ma gorge.

— Mon Dieu, je t'aime.

Je balaie les cheveux qui collent à mon front humide et prends son visage en coupe.

— Hum, oui, dis-je, la respiration tremblante. Moi aussi, je t'aime.

QUARANTE-HUIT

NATHAN

LE SEUL INCONVÉNIENT à passer la meilleure nuit de sommeil de sa vie, c'est qu'il faut se réveiller un jour ou l'autre.

C'est paisible ici, le matin, contrairement à chez moi, où résonnent les piétinements dans les escaliers et les disputes pour savoir qui a utilisé la dernière tasse de café propre. Stassie s'agite dans mes bras quand son alarme sonne, avec des grognements et grommellements. Elle lance ensuite un juron tout en cherchant son téléphone.

Quand nous vivions ensemble, j'étais un maître de l'art de feindre le sommeil – aussi appelé « mode furtif ». Mais quelques nuits passées séparément ont érodé cette compétence. Ainsi, lorsque elle qualifie son téléphone vibrant de « putain de nugget », je ne peux réprimer un éclat de rire.

— Continue de rire, Hawkins, et on verra ce qui va se passer, dit-elle entre un bâillement et une tape agressive sur l'écran de son téléphone.

— Viens ici, petite grincheuse, lancé-je en souriant et en ramenant son corps contre le mien. Comment te sens-tu ? Je peux faire quelque chose pour t'aider à te sentir prête ?

Elle roule sur moi et pose son visage contre ses mains sur ma poitrine.

— Tu veux bien patiner à ma place ? Je vais me rendormir, et tu pourras m'envoyer un SMS pour me dire comment ça se passe.

— Eh bien, je peux essayer de soudoyer les juges, mais je ne suis pas sûr que ton petit justaucorps me convienne s'il faut que je patine.

Le poids de cette journée me paraît colossal, et je suis vraiment étonné qu'elle ne soit pas en train de flipper. Mais, alors que cette réflexion me vient à l'esprit, elle se rue aux toilettes pour y vomir.

Heureusement, elle m'avait préalablement informé que l'anxiété la faisait souvent vomir le matin d'une compétition, et qu'il n'y avait pas lieu de s'inquiéter. Elle m'avait aussi dit que ce serait mon signal pour partir, car son niveau de stress deviendrait insupportable à partir de ce moment, et elle ne souhaitait pas que je sois témoin de cet état.

Heureusement, quand elle revient de la salle de bains, elle dégage davantage une odeur de menthe poivrée qu'autre chose.

— C'est mon signal pour partir, non ? demandé-je en me penchant pour embrasser son front.

— Merci d'être resté ici la nuit dernière. (Ses bras se resserrent autour de moi.) Je serais bien plus mal en point si tu ne l'avais pas fait. Bonne chance pour ton match d'aujourd'hui. Je ne serai pas sur mon téléphone, mais je t'appellerai quand je rentrerai à mon hôtel, d'accord ? Envoie-moi aussi tes résultats par SMS.

La compétition de Stas m'a tellement préoccupé que j'en ai presque oublié qu'on joue contre UCLA, aujourd'hui. Avec un peu de chance, le drame autour de la patinoire endommagée est derrière nous maintenant, car l'équipe de UCLA est généralement composée de bons gars qu'on croise souvent dans les clubs ou les fêtes. La rivalité est saine. C'est l'une des équipes les plus amusantes à affronter.

Les championnats nationaux de patinage artistique ont lieu à San Diego et dureront tout le week-end. La première de leurs performances aura lieu aujourd'hui, et s'ils obtiennent un score suffisant, ils en feront une autre demain. Anastasia a très bien compris que je ne puisse pas l'accompagner à cause de mon match de hockey. Mais ce que je ne lui ai pas dit, c'est qu'à la seconde où mon match se terminera, je sauterai dans ma voiture pour venir la voir. Je lui fais un dernier discours d'encouragement, lui dis combien je l'aime et combien je suis fier d'elle, avant de la laisser.

Comme à leur habitude, les gars font les clowns quand je rentre à la maison. JJ, Henry, Mattie et Russ sont tous en tenue de hockey, debout sur le canapé. Mattie utilise la table comme tremplin pour sauter sur une chaise de l'autre côté de la pièce. La table craque sous son poids, mais heureusement ne s'effondre pas. Je les étudie tous les quatre, attendant que quelqu'un dise quelque chose.

Robbie sort du bureau en tenant une tasse de café dans une main et en faisant rouler son fauteuil avec l'autre. Il est déjà en tenue, lui aussi, et je peux sentir l'imminence d'un sermon sur le fait de déconner avant un match. Au lieu de ça, il hausse les épaules et m'explique :

— Le sol est en lave.

— Tu es foutu, alors.

— Pas aussi foutu que toi. Va t'habiller, on ne peut pas être en retard à un match à domicile.

Il ne me faut pas longtemps pour me préparer, et alors que je suis sur le point de monter dans la voiture, mon téléphone vibre.

LA PUTE DU UBER

LA PUTE DU UBER : Je viens de partir, et Brady nous fait écouter du ABBA.

NATE HAWKINS : Ça n'a pas l'air trop mal.

LA PUTE DU UBER : Elle chante, aussi.

NATE HAWKINS : JJ a dit de l'appeler, ils peuvent faire un duo.

LA PUTE DU UBER : M'aimeras-tu toujours si je tombe sur le visage et me déshonore devant l'élite du patinage artistique américain ?

NATE HAWKINS : *émoji en pleine réflexion*

LA PUTE DU UBER : …

NATE HAWKINS : Ouais, probablement.

LA PUTE DU UBER : Je te déteste.

NATE HAWKINS : Tu ne vas pas tomber. Tu vas tout déchirer, et je t'aimerai quel que soit le résultat.

LA PUTE DU UBER : J'ai la nausée.

NATE HAWKINS : Inspire profondément. Si tu dois vomir, assure-toi d'être tournée vers Aaron.

JJ conduit ma voiture pour que je puisse envoyer des SMS à ma copine hyper nerveuse. Dès qu'on se gare, Robbie se met en mode connard de coach et me demande de ranger mon téléphone pour être « dans l'ambiance ».

— Tu la verras dans quelques heures, tiens-toi bien, d'accord ? grogne-t-il avec sa voix à la Faulkner. Moi aussi, je suis nerveux pour elle, mais on doit passer au-dessus.

— Oui, coach.

Je passe en mode capitaine dès que nous franchissons les portes de l'aréna.

Et ça paie, car c'était probablement le meilleur match que nous ayons joué jusqu'à présent cette saison. Nous avons battu UCLA d'un très confortable 9-3. Faulkner m'a dit hier que si nous gagnions, il me laisserait retarder notre entretien d'après-match pour que je puisse aller directement à San Diego. Je suis sur le point de passer la porte quand Cory O'Neill, le capitaine de UCLA, m'attrape.

— Content de te voir, mec ! lance-t-il en me mettant une tape sur le biceps. C'est bon de te voir de retour sur la glace. J'ai entendu dire que tu faisais du patinage artistique.

— Oui, pendant six semaines. Mais c'est une longue histoire. Ça ne s'arrête jamais à Maple Hills, hein ? renchéris-je en me grattant maladroitement la nuque. Le directeur des sports m'a mis sur la touche parce qu'un gamin de l'équipe de patinage s'est blessé et m'a accusé. Ils allaient empêcher toute l'équipe de jouer tant qu'ils ne trouvaient pas le responsable, alors j'ai porté le chapeau. Je n'ai pas été autorisé à jouer jusqu'à ce qu'il puisse à nouveau patiner.

— Oh, merde !

— La totale, tu vois. Ma copine est la partenaire du gars, donc c'était six semaines de patinage et d'entraînement avec elle. J'ai bien aimé, si on oublie les courbatures. Ils ont une compétition aujourd'hui, en fait. C'est là que je vais.

Les sourcils de Cory se froncent.

— Attends une minute, tu parles d'Aaron et de Stas ?

Ce n'est pas bon signe.

— Oui, tu les connais ?

Il hoche la tête, une confusion flagrante sur le visage.

— Je suis allé à l'école avec Aaron à Chicago. Je le connais depuis qu'on est enfants. Tu as été accusé pour la blessure d'Aaron ? Stassie est ta copine ?

— C'était à Halloween. Il est arrivé au Honeypot avec un poignet cassé, il a dit que je lui avais fait une farce et qu'il avait été blessé. Et avec notre réputation…

— Halloween ? Mec, m'interrompt-il en levant une main, Aaron s'est blessé en jouant au football avec nous. On était en train de boire et de déconner à la plage, autour d'un feu de joie. Davey l'a plaqué, et il a atterri sur son bras… Je ne savais pas qu'il te collerait ça sur le dos. C'est quoi, ce bordel ?! Il ne nous a rien dit de tout ça.

Je peux voir sa bouche bouger devant moi, mais je n'entends rien à cause du bourdonnement dans mes oreilles.

Le temps semble s'écouler au ralenti alors que toutes les pièces se mettent rapidement en place. Je m'étais fait à l'idée d'être la première personne qu'Aaron blâmerait lors d'un accident malheureux. Je me suis battu pour rétablir la réputation de cette équipe pendant presque quatre ans, mais je n'étais plus en colère à ce sujet.

Seulement, il savait. Il savait comment il avait été blessé, et il a essayé de m'attirer des ennuis pour ça quand même.

Pour quoi ? Pour Anastasia ? Elle est célibataire depuis des années, et il n'a jamais rien tenté. Pour me faire virer de l'école ? Rien n'a de sens parce que ce qu'il a fait n'a aucun sens, putain.

— Hawkins ? demande Cory avec méfiance.

— Je dois y aller.

Je suis à mi-chemin de San Diego quand je réalise que je conduis en silence. Je mets la radio à fond, n'importe quoi pour noyer mes pensées assourdissantes. Le principal est de savoir ce que je vais faire quand je serai là-bas. J'ai envie d'entrer en trombe, de dire à tout le monde ce qu'il a fait, comment il a trompé les personnes les plus proches de lui. Mais *elle* ne mérite pas ça. C'est la compétition la plus importante de sa vie jusqu'à présent. *Vais-je vraiment faire exploser une bombe alors qu'elle a besoin de se concentrer ?*

J'ai répondu à ma propre question avant même d'avoir fini de la formuler. Ça devra attendre.

Je ne peux pas imaginer un avenir sans Stassie, et malheureusement, son avenir est aussi lié au sien. Encore plus s'ils gagnent ce week-end. Leurs noms vont être enregistrés côte à côte.

Il sait qu'elle a plus besoin de lui qu'elle ne le déteste. C'est pour ça que cette connerie de thérapie a eu lieu. Il lui a rappelé qu'elle a besoin de lui comme partenaire.

Comme si on ne le savait pas déjà tous, putain.

Le reste du trajet passe vite, et avant même de m'en rendre compte, je me gare sur le parking bondé du Spirit Center. Stas a dit que c'était la première fois depuis des années que les championnats nationaux se déroulaient sur la côte Ouest. Je suis chanceux qu'elle ne soit pas à l'autre bout du pays. Par-dessus tout, je suis chanceux d'être ici pour la soutenir, et c'est ce sur quoi je me concentre.

Les gens sont alignés dans les couloirs lorsque je pénètre dans le bâtiment. Des entraîneurs avec leurs protégés, des parents avec leurs enfants nerveux et des familles portant les emblèmes des équipes de patinage sur leurs vestes. C'est un peu fou que les meilleurs patineurs artistiques du pays se trouvent dans ce bâtiment en ce moment même et que Stassie en fasse partie. Pratiquer ce sport pendant six semaines m'a définitivement fait comprendre à quel point c'est difficile.

J'ai environ dix minutes avant le début du programme de patinage en couple, ce qui me laisse assez de temps pour acheter un verre et passer aux toilettes. Je ne sais pas pourquoi je suis si nerveux alors que c'est elle qui doit patiner.

J'ai la chance d'avoir un siège au bout d'une allée, à côté d'une énorme famille qui porte des tee-shirts assortis. Stassie et Aaron sont en deuxième position dans leur groupe, mais j'ai manqué l'échauffement, donc je n'ai même pas pu l'apercevoir. Je n'arrive pas à prêter attention au premier couple qui se produit, mon esprit est trop préoccupé. Mon siège est juste au-dessus du tunnel d'accès à la glace, et dans ma ligne de mire, j'ai l'arrière de la tête de Brady. Donc, je sais que Stas est proche.

Toute la compétition est diffusée en ligne. Les gars, entassés chez nous pour regarder Stassie, font exploser notre conversation de groupe avec leur soutien – et leur horreur quand quelqu'un fait une mauvaise chute.

— Les prochains sur la glace de l'équipe de patinage de Maple Hills sont Aaron Carlisle et Anastasia Allen.

Mon cœur pulse jusque dans mes oreilles tandis que je la regarde patiner sur la glace. Elle est magnifique avec ses longs cheveux châtain clair bouclés et épinglés en arrière. Un filet incrusté de diamants recouvre sa poitrine, ses bras et le devant de son costume bleu marine. Ils se dirigent vers le centre de la patinoire, main dans la main, en attendant que la musique commence.

Une version acoustique ralentie de *Kiss Me* de Sixpence None the Richer résonne, et ils font leur premier pas sur la glace. J'ai écouté cette chanson et *Clair de lune* plus de fois que je ne peux en compter depuis qu'on est ensemble.

À l'entraînement, j'étais avec elle alors qu'elle évoluait sur la glace. Elle semblait si proche de la perfection qu'il était difficile de croire qu'elle n'avait pas été mise sur terre juste pour faire ça. Et à la maison, j'étais avec elle quand elle glissait sur le carrelage de la cuisine en m'encourageant à l'imiter, en riant et en prétendant que nous nous entraînions. Cette chanson me rappellera toujours ces moments-là.

Je ne peux pas détacher mon regard du couple qui exécute chaque mouvement à la perfection. Mon téléphone bourdonne inlassablement dans ma poche, mais je l'ignore, ne voulant pas manquer une seule fraction de seconde. Ils approchent de la fin du programme, deux minutes et presque quarante secondes sont passées en un clin d'œil. Aaron la soulève pour leur dernier mouvement, et Anastasia vole dans les airs sans problème, atterrissant si doucement qu'on ne penserait qu'elle échappe à la gravitation.

Ils se dirigent vers le centre de la patinoire, font leurs derniers pas de danse et finissent enroulés l'un autour de l'autre au moment où la musique s'arrête. Chaque seconde était parfaite. Pas même un cheveu déplacé.

Et quand les applaudissements retentissent, c'est là qu'Aaron prend son visage dans ses mains et l'embrasse.

QUARANTE-NEUF

ANASTASIA

DES LUMIÈRES CLIGNOTENT autour de nous. Ma poitrine est si serrée que je n'arrive plus à respirer.

Je le repousse, mais son emprise sur mon visage est trop forte, et je ne veux pas faire de scène sur la glace, puisqu'il y a une trentaine de caméras qui filment ça sous tous les angles.

Elles filment.

Tout le monde va pouvoir voir ça. Les gens l'ont déjà vu, ils regardent en ce moment même. Nathan est à la maison en train de regarder lui aussi. En train de nous regarder nous embrasser

Je vais vomir.

Aaron se détache enfin de moi et se penche en arrière, l'air triomphant. Il lève un bras pour saluer la foule tandis que je fais tout mon possible pour ne pas fondre en larmes, ici même, devant tous ces gens. Mon corps commence à fonctionner par lui-même, me conduisant hors de la glace, vers le visage souriant de Brady.

Elle sourit ; nous étions parfaits. Je pouvais le sentir dans chaque mouvement, chaque virage, chaque moment sur la glace. Nous étions totalement synchronisés. Jusqu'à la fin, quand Aaron a posé sa bouche sur la mienne sans ma permission et a *tout* gâché.

Je repousse la main tendue de la coach, évitant l'étreinte dans laquelle elle tente de me piéger, et me dirige vers le tunnel, loin des caméras et loin d'Aaron. Je vois à peine la sortie qui se trouve à quelques mètres devant moi tant les larmes s'amassent au bord de mes yeux, brouillant ma vision.

— Stas ! crie Aaron derrière moi.

Je peux l'entendre dans sa voix : il est confus. Il ne comprend pas pourquoi je m'éloigne de lui alors que nous devrions être en train de célébrer notre excellente performance. Une performance qui a fait tourner les têtes. Le genre de performance qui vous place sur les radars de certaines personnes. Les personnes par lesquelles on espère être repéré.

Sa main se referme sur mon biceps, me stoppant net, si bien que je n'ai d'autre choix que de me retourner pour lui faire face. Je veux paraître forte, donner l'impression qu'il ne m'affecte pas, mais je ne peux pas, car les larmes coulent sur mon visage.

— C'est fini, Aaron. Tu es allé trop loin, cette fois.

Ses sourcils remontent pratiquement à la racine de ses cheveux.

— Qu'est-ce que tu veux dire par « c'est fini » ? On a tout déchiré, putain !

Brady apparaît derrière lui. Ses yeux papillonnent prudemment de moi à lui.

— Nous devons attendre votre score. Anastasia, je sais que tu es bouleversée. Nous pouvons faire face à la situation, mais tu dois essuyer tes larmes et faire bonne figure devant les caméras. (Ma poitrine se soulève rapidement alors qu'ils m'étouffent avec leurs regards méfiants.) Je sais, chérie, murmure-t-elle. Je suis désolée, vraiment. Mais il faut que tu penses à ta carrière. On s'occupera de ça après, je te promets qu'on le fera.

— Je ne comprends pas ce que j'ai fait, dit platement Aaron. Je ne comprends pas. Arrête de pleurer, il faut qu'on sache notre position.

— Non ! C'est fini, je sanglote. Je n'arrivais pas à le faire bouger. Il ne voulait pas s'arrêter. Je ne voulais pas. *Tu* ne voulais pas me laisser partir. Je ne le ferai plus, coach. Je ne veux plus le faire, je ne veux plus le faire, *je ne veux plus le faire*.

Les portes de sortie s'ouvrent derrière nous, et j'ai le choc de ma vie lorsque Nathan les franchit en trombe. Je le regarde s'approcher de nous par-dessus mon épaule. Il lui suffit de croiser mes yeux larmoyants pour comprendre que ce n'était pas pour le show. Ça ne faisait pas partie de notre prestation. Nous n'étions pas en train de vendre notre amour pour les caméras et les juges.

— Oh, c'est parti ! grogne Aaron.

— Tu vas bien ? demande Nate en attirant frénétiquement mon corps contre le sien dans une étreinte serrée.

Ses pouces balaient doucement les larmes sur mes joues tandis que je lève les yeux vers lui en secouant la tête.

— Je veux rentrer à la maison, me forcé-je à dire entre deux sanglots.

— C'est vraiment ridicule. Anastasia, je suis désolé si je t'ai contrariée, d'accord ? J'étais plongé dans l'instant. C'est ce que les gens voulaient, et j'avais juste envie de le faire. Je ne le referai plus si tu t'énerves pour un truc stupide.

— Tu ne comprends rien, n'est-ce pas ? fulmine Nathan.

Il me lâche pour se rapprocher d'Aaron. Avant même que je n'aie le temps de lui dire de laisser tomber, son poing s'abat sur le visage d'Aaron, le faisant tomber au sol. Brady saisit le bras de Nate pour l'empêcher de faire quoi que ce soit d'autre en hurlant son nom.

— Tu l'as forcée, espèce de merde ! crie-t-il à Aaron, qui tient sa joue enflée.

— Oh, mon Dieu. Que tout le monde se calme ! crie Brady. Hawkins, sors d'ici. Aaron, lève-toi. (Elle se tire les cheveux, perdant finalement son calme.) Anastasia, reste pour les quinze prochaines minutes, *s'il te plaît*. Ensuite, nous parlerons, je te le promets.

Aaron et moi devons avoir l'air de catastrophes absolues, assis sur les bancs devant la caméra, dans l'attente de notre résultat. Mes yeux sont bouffis, et le visage d'Aaron est gonflé d'un côté, bien qu'il soit partiellement couvert par la poche de glace qu'un secouriste lui a fournie. Brady est assise entre nous, sa main entrelacée avec chacune de nos mains libres. Je ne peux pas imaginer trois personnes ayant moins envie d'être assises devant une caméra que nous trois en ce moment.

Les scores arrivent, nous plaçant en première position parmi les patineurs qui se sont déjà produits, mais je ne peux même pas me résoudre à être excitée, parce que c'est fini. Je reste assise sans bouger, ignorant les encouragements de Brady et d'Aaron. Son bras s'enroule autour de mon épaule en guise de réconfort, mais lorsque la lumière de la caméra s'éteint pour indiquer que l'enregistrement est terminé, je me lève et me mets en route pour retrouver Nathan.

— Anastasia, attends ! crie ma coach.

Le son de ses chaussures résonne derrière moi. Je ralentis, me tourne vers elle et la regarde courir vers moi, les bras ouverts.

— Je suis désolée qu'il t'ait fait ça.

— C'est fini.

— Tu n'arrêtes pas de répéter ça, mais qu'est-ce que ça veut dire ? demande-t-elle prudemment.

Je vois Aaron s'approcher de la salle des résultats en déambulant calmement, comme un homme qui n'a absolument rien à craindre.

— Tu ne peux pas arrêter de patiner pour un baiser, Anastasia. Je ne te laisserai pas faire.

— Je n'abandonne pas, dis-je en regardant Aaron par-dessus son épaule lorsqu'il nous rejoint. Je ne patinerai plus jamais avec Aaron.

Il rit, au point que mon envie de frapper l'autre côté de son visage devient presque irrésistible.

— Tu n'auras jamais d'autre partenaire, et même si tu en as un, tu ne seras jamais prête dans les deux prochaines années. Tu as vraiment l'intention de faire tes débuts aux Jeux olympiques à vingt-sept ans ? Sois réaliste, putain. Accepte mes excuses, Stas. Nous en parlerons avec le Dr Robeska la semaine prochaine. Il faut qu'on se mette dans le bain pour demain. Regarde comme on est bien ensemble, putain ! On…

Je le laisse continuer encore et encore, se vanter auprès de moi comme un putain de vendeur. Et quand il achève enfin son monologue, avec un sourire béat parce qu'il pense que ses conneries ont marché sur moi une fois de plus, je me retourne vers Brady.

— J'y vais en solo. Si notre score nous fait passer, dites-leur que je me retire.

Les mains d'Aaron s'agrippent à ses cheveux alors que la réalité commence à s'imposer à lui.

— Tu ne peux pas faire ça en solo. Ne me fais pas ça, Anastasia. Après tout ce que j'ai fait pour toi, bordel de merde ! Arrête de te comporter comme une salope têtue ! Tu n'es même pas assez bonne pour concourir seule. Oh, mon Dieu. Oh, mon Dieu, putain. Tu es en train de ruiner ma vie.

— Ça suffit ! lui répond Brady en claquant des doigts.

— Je vais trouver mon petit ami, et ensuite, je rentre à la maison. Au revoir, Aaron.

— Stas, s'il te plaît ! me supplie-t-il.

— J'ai continué à te faire confiance envers et contre tout, Aaron. Pendant presque deux ans et demi, j'ai mis tout ce que j'avais dans ce partenariat, dans notre amitié. Tout ce que tu as fait, c'est m'utiliser et me manipuler, me faire honte, me dire que je n'étais pas assez bien pour être ta partenaire. Eh bien, message reçu cinq sur cinq. Tu ne veux pas de moi, et c'est bien, parce que je ne veux pas de toi non plus. Je préfère patiner seule, au risque d'échouer, plutôt que de réussir avec toi. Gagner ne vaut absolument rien si c'est au prix de devoir me détester quand je suis avec toi.

Je ne lui laisse pas l'occasion de répondre et regagne la salle d'attente pour retrouver Nate. Une partie de moi se sent délivrée, légère, libre, mais une autre partie, beaucoup plus importante, se sent embarrassée et déçue d'avoir un jour pensé que nous pourrions être de vrais partenaires.

Nate se précipite vers moi dès qu'il me voit approcher. Je ne lui laisse pas l'occasion de me demander si je vais bien, surtout parce que j'ai peur de pleurer à nouveau. Je lui demande plutôt de m'emmener à l'hôtel pour récupérer mes affaires.

Je ne peux pas me résoudre à regarder mon téléphone entre l'aréna et l'hôtel, mais je sais qu'il va exploser sous les messages. Heureusement, je n'ai pas encore défait mes bagages. Alors, je prends rapidement ma valise et remets la carte magnétique à la réception, avant de prendre directement l'autoroute pour retourner à Maple Hills.

Je regarde le nom de ma mère s'afficher pour la millionième fois. Je l'ignore jusqu'à ce qu'elle tombe sur la messagerie. Nathan n'a rien dit, mais sa main se déplace entre ma jambe et ma nuque depuis que nous sommes montés dans la voiture, la caressant doucement, la serrant de temps en temps pour me faire savoir qu'il est là pour moi.

La radio s'éteint alors que le nom de mon père clignote sur l'écran, nous indiquant qu'il y a un appel entrant.

— Ils vont être furieux contre moi. Ils ont dépensé tellement d'argent pour cette tenue…

— Ils ne seront pas fâchés, bébé. Ils sont visiblement inquiets pour toi. Je peux répondre ?

Je lui fais un signe de tête, et il prend l'appel.

— Salut.

— Nate, je suis désolé de te déranger. Je suppose que tu n'as pas parlé à Annie, si ? Julia l'a appelée, mais pas de réponse. On regardait le live, elle avait l'air si désemparée. Entre toi et moi, Julia est très perturbée.

— Elle est avec moi. (Il me jette un rapide coup d'œil, puis se concentre à nouveau sur la route.) Elle s'est endormie. Elle est très bouleversée. En plus, elle est épuisée. On retourne à Maple Hills. Elle n'était pas très heureuse qu'Aaron l'ait embrassée. Ça ne faisait pas partie de leur prestation, et je ne suis pas sûr qu'elle veuille encore être sa partenaire de patinage.

Je n'aime pas l'idée d'obliger Nate à mentir à mes parents, mais je ne suis pas prête à les affronter.

— Je ne suis pas surpris, grogne-t-il. La poche de glace…

Nate s'éclaircit la gorge.

— Je l'ai frappé. Mais je veux que tu saches que je…

Avant même qu'il ne puisse finir d'expliquer qu'il n'est pas une personne violente, papa l'interrompt :

— Pas besoin d'explication. C'était bien justifié, je crois. Nous sommes si fiers d'elle, elle était phénoménale jusqu'à ce qu'il gâche tout. Dis-lui de nous appeler quand elle sera réveillée, s'il te plaît. On veut s'assurer qu'elle va bien. On peut venir à Los Angeles, si elle le souhaite, mais pas de pression.

Mes parents détestent prendre l'avion, alors cette proposition me met à nouveau au bord des larmes. La seule chose qui m'empêche de les libérer est le fait que je suis censée dormir et que je ne peux donc pas pleurer en arrière-plan.

Nate me serre la cuisse.

— Ce sera fait. Merci d'avoir appelé.

— Ils n'ont pas l'air en colère, dis-je, ne parlant à personne d'autre qu'à moi-même.

— Ils ne le sont pas, confirme Nate.

Je m'endors dans la voiture, et je ne me réveille que lorsque nous passons sur un dos-d'âne en entrant dans le parking de mon immeuble.

J'ai bêtement repris toutes mes affaires chez Nathan la semaine dernière, mais je veux quelques objets réconfortants avant d'y retourner. J'entends des coups et des bruissements avant même d'ouvrir la porte, et une partie de moi a peur de surprendre Lola et Robbie en train de faire quelque chose de bizarre sur le canapé. Au lieu de cela, c'est Russ qui est debout dans mon salon, ressemblant à un cerf pris dans les phares d'une voiture. Il tient une boîte étiquetée *SMUT* en grosses lettres.

— C'est quoi, ce bordel ? marmonné-je en regardant tous les joueurs de hockey présents.

Les mains de Nathan s'accrochent à ma taille et me poussent plus loin dans la pièce.

— Mettez-y du vôtre ! crie Lola à personne en particulier en sortant de ma chambre.

Elle comble l'écart entre nous en deux secondes, m'attirant dans un câlin qui vole mon oxygène.

— Qu'est-ce qui se passe ?

Je parviens à m'échapper avec le peu de souffle qu'il me reste.

— On déménage, dit-elle nonchalamment.

— Sérieux ? Toi et moi ? On va où ?

J'ai l'air d'une idiote à bafouiller comme ça, alors que les gars s'activent tous autour de nous, en suivant ce que j'imagine être les instructions très strictes de Lo.

Les bras de Nathan s'enroulent autour de mes épaules, et il enfouit sa tête dans mon cou, m'embrassant légèrement sous l'oreille.

— Où penses-tu aller ?

— Bon, homme des cavernes, dit Lola. Avec les garçons, jusqu'à ce qu'on trouve un endroit où vivre. On ne peut pas vivre ici avec *lui*.

Un bruit sourd s'échappe de sa chambre, et je crois avoir vu sa tension artérielle augmenter.

— JJ ! crie-t-elle en se dirigeant vers la source du bruit.

Je suis censée me sentir accablée en ce moment, mais honnêtement, je ne ressens que du soulagement. J'ai pris une énorme décision, aujourd'hui. Je n'étais pas prête à en prendre d'autres. Je me tourne dans les bras de Nathan pour me blottir contre son torse, laissant le chaos derrière moi s'évanouir. Ses lèvres se pressent contre mes cheveux tandis qu'il glousse.

— Tu es prêt à jouer au papa et à la maman tous les jours ?

— Tant que c'est avec toi.

CINQUANTE

NATHAN

Trois mois plus tard

— ARRÊTE D'ESSAYER DE ME SÉDUIRE. J'ai une réunion avec Skinner dans trente minutes, et je dois me doucher.

Anastasia interrompt la traînée de baisers qu'elle était en train de laisser le long de mon torse pour me regarder par-dessus mon nombril avec ses grands yeux bleus que j'adore. Comment peut-on avoir l'air si innocente et être si dérangée en même temps ? Elle se redresse un peu avec un sourire des plus espiègles sur les lèvres, remonte le long de mon corps et dépose un baiser chaste sur mes lèvres avant de rouler pour s'allonger à côté de moi.

— Qu'est-ce que tu crois qu'il veut ? demande-t-elle en tirant les couvertures sur son corps pour que je puisse formuler une réponse sans être distrait par ses seins qui sont en plein dans ma ligne de mire.

— Je ne sais pas, marmonné-je en me rapprochant d'elle et en passant ma main sur sa peau douce. Il veut probablement m'utiliser pour un sacrifice humain ou quelque chose comme ça.

Elle acquiesce et se pelotonne contre moi.

— Je vois. Tu crois que ton père me laissera rester ici quand tu seras parti ? Nous ne pouvons pas emménager dans notre nouvel appartement avant la fin de l'année scolaire, et je ne pense pas que les rues de Maple Hills soient faites pour moi.

— Je pense qu'il préférerait sans doute te jeter à la rue, mais il y a des chances qu'il ne remarque pas que je suis mort avant au moins six mois, donc tu t'en sortirais probablement.

Les relations avec mon père sont toujours aussi chouettes. La seule chose à moitié décente qu'il ait faite récemment a été d'accorder un congé à Sasha pour permettre aux Hamlet de l'emmener à Denver pour nous voir jouer les championnats de la NCAA.

Nous avons gagné le tournoi. Il ne l'aurait pas remarqué même s'il avait été là. Je suis content que Sasha ait pu nous voir gagner, avec Anastasia et ses parents. J'entends encore Colin me dire, à moi et à tous ceux qui voulaient l'entendre, à quel point il était fier. C'était une journée pleine d'émotions pour tout le monde. Même Faulkner et Robbie ont eu leur petit moment. C'était la parfaite façon de terminer ma carrière de hockeyeur universitaire, encore plus parfaite en raison des personnes avec qui je la partageais.

— Si tu es sacrifié, est-ce que j'accède à ton compte d'épargne ou est-ce que ton père le reprendra ? plaisante-t-elle tandis que je fais courir mes doigts sur sa hanche. Pourrais-tu aussi me donner ta bénédiction pour épouser Henry ?

— Non, et non, dis-je aussi sévèrement que possible. Je veux que tu portes du noir pour le reste de ta vie et que tu ne passes jamais à autre chose.

— Mince, grogne-t-elle en riant à moitié et en se tortillant. Ça va interférer avec les plans de *spring break* de l'année prochaine.

Elle pousse un cri et rit quand je la tire du lit, la jette sur mon épaule et nous conduis à la douche.

Le trajet jusqu'au bureau du directeur Skinner semble prendre deux fois plus de temps que d'habitude. J'ai envoyé un SMS à Faulkner hier pour voir s'il savait de quoi il retournait, mais il n'a pas été d'une grande aide.

COACH

NATE HAWKINS : Hé, coach. On m'a demandé d'aller voir Skinner demain. Vous savez de quoi il retourne ?

COACH : Est-ce que je ressemble à sa putain de secrétaire ?

NATE HAWKINS : Je ne vous ai jamais vus, vous et sa secrétaire, au même endroit…

NATE HAWKINS : Donc…

COACH : Viens me voir dans mon bureau une fois que tu en auras fini avec Skinner. Ne m'apporte pas de mauvaises nouvelles. Ma vie sera tellement plus facile quand tu seras diplômé dans deux mois.

NATE HAWKINS : Vous allez me manquer aussi, coach.

Le bureau de Skinner n'est pas dans le bâtiment des sports avec le reste des entraîneurs et du personnel sportif. Pour une raison quelconque, le sien est dans le bâtiment principal, juste à côté du bureau du doyen. J'imagine que c'est plus facile pour lui de lécher le cul du doyen s'il est dans le même bâtiment. Il est au téléphone lorsque sa secrétaire me fait entrer dans son bureau, ce qui me donne l'occasion de jeter un coup d'œil et de confirmer que c'est aussi sinistre que je m'y attendais.

— Désolé de t'avoir fait attendre. Nathan, bonjour, merci d'être venu me voir. Je suis sûr que tu te demandes de quoi il s'agit.

— Ai-je fait quelque chose de mal ?

— Pas exactement, dit-il calmement en s'adossant à sa chaise. Il y a deux mois, j'ai été contacté par une étudiante au sujet de l'incident vous impliquant, toi et Aaron Carlisle.

— OK…

— Elle m'a expliqué que M. Carlisle avait une vendetta contre toi et qu'il s'était blessé hors du campus alors qu'il était ivre avec ses amis. Il a utilisé l'accident comme une opportunité pour ternir ta réputation.

— C'est ce que m'ont dit des gens qui étaient avec lui, oui.

— Bien sûr, tu as admis en être la cause, ce que tu n'aurais pas dû faire… mais j'ai été informé que c'était seulement après la mise au banc de toute l'équipe par le coach Faulkner. En fait, tu as fait de ton mieux pour protéger ton équipe.

Pas un de mes choix les plus intelligents.

— C'est vrai, monsieur.

— Une enquête indépendante a été menée et a révélé que tout ce que l'étudiante nous avait raconté était vrai. Elle a été très minutieuse et tenait à ce que ton nom soit blanchi de tout méfait.

— Est-ce que cette étudiante était Anastasia Allen par hasard, monsieur ?

Il hausse les épaules, mais un léger sourire se dessine sur ses lèvres.

— L'étudiante en question a demandé à rester anonyme, mais je voulais te voir en tête à tête pour t'assurer que l'incident sera effacé de ton dossier universitaire. J'ai conscience que tu seras bientôt diplômé, mais pour ton information, et celle de toutes les parties concernées, M. Carlisle a été transféré à UCLA, avec effet immédiat.

Oh.

— Je suis sûr qu'Aaron sera très heureux là-bas. C'est tout ? demandé-je prudemment, désireux de partir sur une bonne note.

— Oui, c'est tout. Oh, et félicitations pour votre victoire au championnat.

Je lui fais un signe de tête appréciateur et dégage mon cul de là aussi vite que possible. J'aurais dû savoir que Stassie ne laisserait pas Aaron impuni.

LA PUTE DU UBER

NATE HAWKINS : Tu as de sérieux problèmes.

LA PUTE DU UBER : Suis-je le sacrifice ?

LA PUTE DU UBER : Je ne vais pas pouvoir. Je suis très occupée et importante.

NATE HAWKINS : Tu es allée voir Skinner.

LA PUTE DU UBER : Ça ne ressemble pas à quelque chose que je ferais.

NATE HAWKINS : Tu es allée voir Skinner et tu as dénoncé Aaron.

NATE HAWKINS : Tout ça parce que tu voulais défendre mon honneur.

LA PUTE DU UBER : Tu n'as pas d'honneur *émoji lève les yeux au ciel*.

LA PUTE DU UBER : Ce que tu m'as fait hier soir n'est pas du tout honorable.

NATE HAWKINS : Tu as aimé.

LA PUTE DU UBER : Bien sûr que oui. Je n'ai pas d'honneur non plus.

NATE HAWKINS : Aaron a été transféré à UCLA

LA PUTE DU UBER : Putain ! Vraiment ?

NATE HAWKINS : Ouaip. Skinner vient de me l'annoncer.

LA PUTE DU UBER : J'aurais préféré quelque part en Alaska, mais hors de Maple Hills fera l'affaire.

Savoir que je ne serai pas là l'année prochaine a été une pilule difficile à avaler, mais savoir qu'elle n'aura pas à l'affronter à la patinoire ou à le croiser dans les fêtes me soulage énormément.

Le prochain arrêt sur la liste est le bâtiment des sports pour voir le coach. Il est en train de manger ce qui ressemble à un bagel quand je rentre. Ses yeux se rétrécissent immédiatement, et je peux l'imaginer en train de me crier dessus dans sa tête. Il finit par avaler et me grogne à moitié dessus :

— Je n'ai même plus la paix pour prendre mon petit déjeuner seul. Entre vous tous et mes filles, je grisonne prématurément.

En regardant son crâne complètement rasé, j'approuve de la tête.

— Vous vouliez me voir ?

Il s'essuie les mains sur une serviette et pousse son bagel à moitié mangé sur le côté.

— Nous devons discuter de ton remplacement en tant que capitaine. Il est temps de commencer à chercher à transmettre le titre, comme Lewinski l'a fait avec toi. Tu y as pensé ?

J'ai réfléchi à qui allait me remplacer depuis que j'ai été mis sur le banc l'an dernier. Ne pas être sur la glace m'a donné le temps de regarder l'équipe, de l'observer comme le font Faulkner et Robbie, et j'ai vu beaucoup de choses.

— Vous allez rire…

— Je ne ris pas, mais continue.

— Je pense qu'Henry ferait un excellent capitaine, dis-je honnêtement. Il est calme. Une fois que je serai parti, il sera le meilleur joueur de l'équipe. Il sera toujours honnête, et il ne va pas faire l'idiot. Il sera junior, ce qui signifie que l'équipe aura le même capitaine pendant deux ans.

Il y réfléchit pendant une minute en marmonnant doucement pour lui-même.

— OK. Laisse-moi parler à Robbie, voir ce qu'il en pense.

— Nous en avons déjà parlé, et il est d'accord pour dire que Turner est le meilleur choix.

Robbie va rester à l'UCMH pour faire sa maîtrise, il continuera donc à entraîner l'équipe. Comme le poste d'entraîneur adjoint est normalement un poste de professeur rémunéré, nous espérons tous que lorsqu'il aura terminé ses études, le poste lui sera confié.

Il y a quelques semaines, autour d'un tas de bières, on s'est assis et on a discuté de celui qui pourrait me succéder. Henry a tellement gagné en confiance depuis qu'il vit avec nous que je pense qu'il pourrait gérer la pression qui accompagne le rôle de leader. À part ça, personne ne peut contester le fait qu'il est le meilleur joueur.

— Laisse-moi y réfléchir, dit Faulkner en attrapant son bagel, signe qu'il est temps pour moi de sortir et de le laisser tranquille. Je te verrai à l'entraînement plus tard.

La maison est pleine de joueurs de hockey à mon retour.

— Vous n'avez pas de chez-vous où aller ? Au lieu d'être ici à manger toute ma nourriture et à empester mon salon ?

Je reçois quelques doigts d'honneur, un grognement bizarre, et finalement une réponse de Kris :

— Ta copine nous a promis un pad thaï.

JJ et Anastasia ont suivi le cours de cuisine vietnamienne il y a quelques semaines, et depuis, cet endroit est devenu un véritable restaurant. Ils sont déterminés à essayer autant de plats et de cuisines différents que possible. Ils cuisinent côte à côte, rivalisant secrètement l'un avec l'autre pour savoir qui fait le meilleur plat principal, la meilleure entrée ou les meilleurs accompagnements. Ensuite, nous passons à table, et ils restent là, suffisants, à profiter de tous les compliments que les garçons leur adressent.

Je ne dis pas à Stas que je suis sûr que Bobby et Mattie vivent exclusivement de pizzas au four, et qu'ils continueront à venir manger bien après que JJ et moi aurons obtenu notre diplôme.

Je me fraie un chemin à travers tous les corps et le désordre de mon salon pour me diriger vers la cuisine. Stassie est en train de mâchouiller des germes de soja en observant le wok très attentivement.

— Salut, bébé, lance-t-elle avec un sourire. Le repas est presque prêt.

J'incline sa tête en arrière pour capturer ses lèvres, appréciant la façon dont son corps se blottit immédiatement contre moi.

— Tu sais que tu n'as pas à nourrir tout le monde, n'est-ce pas ? Je n'attends pas de toi que tu le fasses.

Elle ricane et retourne au wok.

— Tu sais, j'adore ça. C'est comme avoir plein d'enfants, mais au lieu d'être mignons et petits, ils sont super grands, boivent trop et lâchent des jurons. C'est bien que vous passiez du temps ensemble puisque certains d'entre vous ne seront bientôt plus là. La cuisine thaïe semble être la préférée de tout le monde. Ils se sont montrés immédiatement.

— Anastasia Allen, aurais-tu une envie de bébé ?

Elle en reste bouche bée, les joues rouges. Elle cligne des yeux à plusieurs reprises, comme si elle ne pouvait pas croire que je l'aie accusée d'une telle chose.

— Non ! Je suis une bonne petite amie et colocataire.

Je ne peux pas m'empêcher de rire. Elle est si mignonne. Parfois, je ne sais pas quoi faire d'elle.

— Tu es la meilleure petite amie et certainement la meilleure colocataire. Je t'aime…

— C'est quoi, cette histoire de meilleur colocataire ? m'interrompt JJ en me poussant loin de la cuisinière. Sors de notre cuisine, Hawkins. Tu pollues notre génie culinaire avec tes vibrations de débutant.

Stas me regarde, sourcils levés, alors que je m'éloigne à reculons. Elle murmure « vibrations de débutant » en essayant de ne pas rire quand JJ commence à lui donner des instructions pour la mise en place des plats. Je les regarde – à bonne distance – mettre tout dans des bols et les poser sur la table de la salle à manger.

— C'est servi ! crie JJ à tue-tête, si bien que les autres gars commencent immédiatement à se précipiter vers le salon.

Lola et Robbie sont déjà assis à la table, s'assurant les meilleures places. Les gars arrivent, les yeux écarquillés par la sélection devant eux. La salle se remplit du son des couverts qui s'entrechoquent et des « hum », « ah » et « oh » appréciatifs. Stassie apporte la dernière assiette de nems, et je ne peux pas m'empêcher de l'admirer alors qu'elle se tient debout, à regarder tout le monde en se souriant à elle-même.

La fille qui ne mangeait que de la salade, qui ne voulait pas de relation et qui ne supportait pas les joueurs de hockey n'est plus.

Elle se glisse sur la chaise à côté de moi et remplit son assiette de nourriture. Un joyeux gémissement lui échappe lorsque sa bouche est pleine de nouilles. Elle tape sur la main de Bobby quand il essaie de voler un nem dans son assiette et le regarde si méchamment qu'il recule. Son visage s'adoucit lorsqu'elle se tourne vers moi et me trouve en train de rire de cette interaction. Elle hausse les épaules, sans regretter le moins du monde d'avoir renforcé la peur de Bobby à son égard.

— Les nems sont ce que je préfère.

— Toi, tu es ce que je préfère, murmuré-je en me penchant pour embrasser sa joue rougie.

— Même si j'avais des mains de crabe ?

— Même si tu avais des mains de crabe, Anastasia.

ÉPILOGUE

ANASTASIA

Deux ans (et un peu plus) plus tard

LA LIGNE D'HORIZON DE SEATTLE brille sous la chaude lumière du soleil de début de soirée. Le Dr Andrews est à la traîne, mais ça ne me dérange pas, car ça me laisse un peu plus de temps pour admirer la vue.

Le temps de Los Angeles me manque parfois, lorsque je suis coincée sous la pluie, mais pour l'instant, je suis parfaitement satisfaite.

— Entre, Anastasia. (Le Dr Andrews m'ouvre la porte.) Je suis désolé pour le retard.

— Ne vous inquiétez pas, je le rassure en me levant de ma chaise. Mes chevilles sont tellement enflées que c'est agréable de s'asseoir.

— Eh bien, tu es rayonnante, si ça peut te rassurer. La grossesse te va bien.

— C'est de la sueur, ne vous faites pas avoir.

Je m'assieds en face de son bureau et passe ma main sur mon ventre, sifflant quand je sens un coup de pied dans ma cage thoracique.

— Nous pensons qu'elle va devenir une joueuse de football. Elle aime donner des coups de pied.

— Je suis sûr qu'avec une mère médaillée d'or et un père vainqueur de la coupe Stanley, quoi qu'elle décide de faire, elle sera la meilleure.

— En ce moment, elle est la meilleure pour me donner envie de me pisser dessus.

Après avoir obtenu mon diplôme et être retournée à Washington pour être plus proche de Nathan, j'ai décidé de commencer à suivre des séances de thérapie semi-régulières. La thérapie ne me semble plus difficile, elle me fait ressentir de la gratitude. Je repense à mes sentiments, aux choses que j'ai faites, à celles que j'attends avec impatience et même à celles qui me rendent nerveuse. Tout ça me rappelle à quel point j'ai de la chance.

Au moment où je rentre à la maison, Bébé H se tortille, visiblement aussi excitée que moi de voir son père. Enfin, c'est ce que je dirai à Nate, en laissant de côté le fait qu'elle a commencé à danser sur mes organes quand j'ai ouvert mon deuxième sac de Cheetos.

Lorsqu'il m'a acheté ma Range Rover, autrement dit son cadeau signifiant « désolé de t'avoir accidentellement engrossée », il a rempli tous les compartiments disponibles de snacks. Un choix judicieux puisque son enfant a constamment faim.

Oui, je blâme mon futur bébé pour la quantité de merde que je mange quand je suis assise dans les bouchons.

J'arrive dans notre allée, à côté de la voiture de mes parents. Je ne suis pas encore complètement sortie de la voiture que j'entends l'aboiement caractéristique de Bunny qui résonne dans le jardin.

— Arrête d'énerver mon bébé ! crié-je par-dessus les aboiements.

Je me dandine vers l'endroit où Nathan et mon père tirent sur Bunny avec un pistolet à eau.

— Maman est à la maison ! crie Nate.

Vingt kilos de poils dorés et une queue remuant d'excitation courent vers moi.

Sachant qu'il déménagerait à Seattle à la fin de la saison, Nathan m'a assuré que, après les Jeux Olympiques de février, nous adopterions un golden retriever. Ce que nous n'avions pas anticipé lors de notre décision d'adopter un chien, c'est que le stress de mes débuts olympiques me ferait oublier ma pilule contraceptive.

J'ai remporté la médaille d'or en compétition individuelle féminine.

Nous avons célébré cet accomplissement.

Plusieurs fois.

Partout où nos mains frénétiques pouvaient se poser.

Six mois plus tard, j'ai une pastèque géante attachée à mon estomac et le chiot le plus foufou du monde.

Nate réduit l'écart entre nous en pointant le pistolet à eau dans ma direction, une lueur malicieuse dans ses yeux bruns. Son short est bas sur ses hanches, les derniers rayons du jour rebondissent sur sa peau bronzée. *Mon Dieu, il est sexy.*

— N'ose même pas, Hawkins.

— Bienvenue à la maison.

Il laisse tomber son arme sur le sol, manquant de peu Bunny. L'instant d'après, il prend mon visage en coupe et abaisse sa bouche vers la mienne, faisant joyeusement bourdonner chaque cellule de mon corps.

La grossesse a tout intensifié. Si je pensais être attirée par lui avant, j'avais tort. La présence de mes parents est la seule raison qui me retient de grimper sur lui comme à un arbre.

— Comment vont mes filles préférées, aujourd'hui ?

Les mains de Nate descendent doucement le long de mes bras jusqu'à mon ventre. Elle devient folle, comme chaque fois qu'il est près de nous.

— Tu veux que je fasse le truc ?

— Carrément. Nous allons bien, on a juste faim.

Il se place derrière moi, enroule ses bras autour de mon corps et les lie au bas de mon ventre, le soulevant pour m'enlever un peu de poids. Je fonds instantanément contre lui.

— Oh, mon Dieu, oui.

J'ai toujours pensé que le bébé Hawkins serait un gros bébé, et effectivement, mon ventre a pratiquement commencé à grossir à partir du moment de sa conception. RIP mon vagin dans quelques mois.

J'ai un gros ventre et des seins gigantesques qui font que tout le monde regarde ma poitrine. J'ai rendu visite à Lola à New York avec ma mère, et elle a passé tout le voyage à me contempler et à se demander si elle voulait une opération des seins.

Maman apparaît avec un verre de limonade, et entre eux deux qui s'occupent de moi, je me demande pourquoi j'ai pris la peine de quitter la maison aujourd'hui.

— Tu as tout préparé, chérie ?

Je hoche la tête.

— Rien ne me va, donc je vais juste porter des crop tops pendant une semaine.

Nate m'embrasse la joue par-derrière.

— Ça ne dérange pas Winnie l'ourson.

Quand Alex, le partenaire de JJ, a proposé de nous aider à organiser notre lune de miel, j'ai cru qu'il plaisantait. Mais il s'avère qu'il y a tout un tas de choses liées aux bébés que je dois encore apprendre. Celles qui impliquent de recevoir des cadeaux et des voyages sont mes préférées.

— Les affaires du bébé sont emballées ? demandé-je en grattant les oreilles de Bunny.

Maman soupire.

— Tu sais que tu devras arrêter de l'appeler comme ça quand elle sera là ?

Mes sourcils se froncent instinctivement.

— Non, je n'arrêterai pas. Premier-né, dis-je en désignant le visage duveteux qui lèche intensément ma cheville. (Puis je montre du doigt mon ventre gonflé.) Dernier-né.

Elle roule des yeux, s'accroupit pour lui donner une tape et évite de justesse l'énorme langue baveuse qui se dirige vers son visage.

— Allez, petit gars, toi aussi, tu pars en vacances !

L'excitation intense que je ressentais autrefois en voyage est moins forte maintenant que je suis une boule de bowling, mais j'aime bien diriger Nathan depuis une position confortable, les pieds en l'air.

Plus de deux ans et demi ensemble, et cet homme ne sait toujours pas utiliser des sacs de rangement.

Le voyage de Seattle à Cabo se déroule sans encombre, et nous ne sommes arrêtés pour des photos qu'environ un million de fois. Mes fans préférés sont ceux qui ne regardent pas le hockey. Ils tendent leur téléphone ou leur appareil photo à Nate lorsqu'ils demandent une photo. Il affirme que ça ne le dérange pas que les gens pensent qu'il est célèbre parce qu'il est mon petit ami.

Je ne peux pas m'empêcher de rire quand il dit ça, car il semble le penser. Je lui ai proposé de travailler ensemble sur son image publique avant que je ne gagne ma prochaine médaille. Peut-être cela réduira-t-il le nombre de fois où il doit jouer au photographe.

Notre maison est plutôt une villa privée en bord de plage, mais Nate avance que l'extravagance est nécessaire parce qu'il veut un endroit à l'abri des regards où je peux être à l'aise.

Nue. Où je peux être nue, en fait.

Nous passons la journée sur la plage, à lire et à faire la sieste, à nous rafraîchir dans la mer. Nate a fait un trou dans le sable de la taille de Bébé Hawkins, la taille parfaite pour y placer mon ventre, et pour la première fois depuis des mois, je peux dormir sur le ventre. *Le bonheur.*

— Stas, tu es bientôt prête ?

— Arrête de me presser !

Je l'entends glousser dans le salon.

— Eh bien, tu peux au moins accélérer un peu ? Nous avons une réservation.

J'ai commis l'erreur fatale d'après-douche de m'asseoir sur le lit, enroulée dans ma serviette, avec un sac de Lays goût barbecue et mon téléphone. Je suis maintenant au courant de ce que font toutes les personnes que je suis, mais je n'ai malheureusement pas de vêtements sur moi et mes cheveux sont humides et pleins de frisottis.

Je ramène mes cheveux en une queue-de-cheval élégante, enfile une robe d'été, mets un peu d'highligther et ajoute du mascara. L'avantage d'être en vacances, c'est que je peux prétendre que c'est le look que je recherchais, et personne ne pourra me dire le contraire.

Quand je sors enfin de la chambre, Nate regarde le Grand Prix avec une bière.

— Viens, on va être en retard.

Il tourne la tête pour me regarder avec incrédulité, bouche bée.

— C'est moi qui t'attends ! Je t'attends depuis si longtemps !

— Ça me semble exagéré, marmonné-je en mettant mon téléphone dans mon sac. On ne devrait pas partir ?

Il boit le reste de sa bière debout tout en secouant la tête et en me maudissant à voix basse.

— Je dois vérifier quelque chose. Je te retrouve dehors.

— Dépêche-toi, Nathan. (Je lutte pour empêcher un sourire de s'afficher sur mon visage.) Nous avons une réservation.

Ses yeux s'écarquillent, puis se referment brusquement tandis qu'il prend une profonde inspiration.

— Je sais. Je n'arrête pas de te le dire.

Le chemin jusqu'au restaurant est court. On nous fait traverser la salle principale pour sortir par l'arrière, vers une zone de plage privée. Des pétales de rose ont été utilisés pour créer un chemin vers une table isolée sur la plage.

Nathan m'aide à m'installer sur ma chaise, avant de s'asseoir en face de moi.

— Je vais manger tout ce qu'il y a au menu, je te préviens. Ça ne va pas être très sexy.

— Tout ce que tu fais est sexy.

— Nous verrons ça…

Je n'arrive pas à manger tout ce qui était au menu, mais je mange mon repas, une part de celui de Nate et le contenu de la corbeille à pain. Je le dévisage pendant qu'il sirote son vin et observe les gens. Il est étrangement calme, ce soir. Mais parfois, il est comme ça pendant ses temps morts. Être entouré de bruit et de chaos tout le temps au travail est fatigant pour lui, et certains de nos moments les plus précieux sont ceux où nous profitons en silence de la compagnie de l'autre.

En sentant mes yeux sur lui, il tourne la tête vers moi. Ses yeux se verrouillent aux miens, ce qui me coupe le souffle. Le bout de son nez est rose à cause du soleil d'aujourd'hui, et sa barbe, normalement taillée, s'est allongée. Chaque fois que je le regarde, mon pouls s'accélère et mon cœur martèle dans ma poitrine. Lorsque je pense avoir atteint le maximum de mon amour pour lui, quelque chose me prouve le contraire.

Tomber amoureuse de Nathan Hawkins n'était pas quelque chose que j'aurais pu planifier.

Aucun agenda, iPad ou tableau d'autocollants n'aurait pu me préparer à mon avenir.

Mon imagination n'est pas capable d'envisager un tel niveau de bonheur.

— Tu me regardes avec ce regard louche que tu as quand tu réfléchis trop.

Je roule des yeux. L'interruption grossière de mon monologue intérieur me fait glousser.

— Je pense à combien je t'aime.

— C'est drôle. Je pensais aussi à toi.

Il repousse sa chaise et se lève de notre table. Je l'observe avec curiosité.

— Qu'est-ce que tu fais… ?

Il enfonce un genou dans le sable à côté de moi.

— Oh, mon Dieu !

Alors qu'il fouille dans sa poche, mon cœur ralentit et une boule – grosse, mais pas aussi grosse que le diamant qu'on me tend – se forme dans ma gorge. Bébé *H* fait la fête sur mon estomac, et les larmes envahissent mes yeux.

— Anastasia, tu es la meilleure chose qui me soit arrivée, et dire que tu es l'amour de ma vie ne rend pas justice à combien je t'aime. Mon existence n'a pas de sens sans toi à mes côtés. Pour le reste de nos vies, dans la prochaine vie, dans chaque réalité alternative, je serai à toi si tu veux de moi. Tu es ma meilleure amie, mon plus beau cadeau, et Mila – sans oublier Bunny – sont si chanceux de t'avoir comme maman.

Ça y est, je pleure.

— Veux-tu m'épouser ?

Je hoche frénétiquement la tête et m'élance vers lui, manquant de le faire tomber dans le sable.

— Oui, oui, oui !

Mes mains tremblent alors qu'il fait glisser la bague autour de mon doigt. Il capture immédiatement mon visage pour m'embrasser à pleine bouche.

— Anastasia Hawkins. Waouh… Et moi qui pensais que c'était juste un truc occasionnel, sans engagement, sans jalousie.

Il grogne en pressant ses lèvres contre les miennes une fois de plus.

— Tais-toi, Anastasia.

FIN

REMERCIEMENTS

Mon mari, pour avoir cru en moi, pour m'avoir laissée dépenser nos économies pour financer mon rêve (très coûteux) et, malgré sa grande gueule, pour avoir gardé mon hobby secret comme tu l'avais promis.

Marcy, pour m'avoir convaincue que je pouvais écrire mon propre livre. Merci de m'avoir aidée à découvrir ma passion.

Ha-Le, la personne qui connaît définitivement *Icebreaker* mieux que moi. Merci pour ton soutien sans faille.

Paisley et Leni, pour m'avoir pratiquement tenu la main pendant la publication de mon premier livre. Votre travail acharné et votre créativité ont fait de ce livre ce qu'il est, et je suis impatiente de travailler sur de nombreux autres projets avec vous deux.

Enfin, à mon équipe de crise, que j'aime infiniment :

Erin, pour avoir été un soutien émotionnel. Merci pour ton amitié, pour être là pour écouter toutes mes idées bizarres et à moitié réfléchies, et pour les encourager activement. C'est grâce à toi que ma liste de livres à écrire compte quarante-cinq livres. Ça, c'est moi qui mets la BookBar énergie dans l'univers.

Kiley, pour avoir été la première personne à lire le plan de l'intrigue de *Icebreaker*. Merci d'être toujours à mes côtés, d'exiger des chapitres quand j'ai le syndrome de la page blanche (ce qui fonctionne, bizarrement), et surtout, de répondre à tous mes messages commençant par « Ki, en Amérique… ». Ton calme équilibre mon chaos. Tu es une amie merveilleuse.

Rebecca, pour avoir été ma version canadienne. Merci de m'avoir fait croire que l'autoédition était réalisable, d'avoir écouté mes divagations à quatre heures du matin et de m'avoir calmée lorsque le syndrome de l'imposteur essayait de gagner. J'ai beaucoup de chance de t'avoir comme amie.

À PROPOS DE L'AUTEURE

Hannah est une romancière anglaise qui aime décrire ses propres livres de « réconfortants ». Depuis son domicile de Manchester, elle se consacre principalement à la romance contemporaine.

Quand elle n'est pas occupée à décrire de manière répétitive les yeux des personnages dans ses chapitres, à confondre accidentellement les noms de ses personnages, ou à insérer des expressions typiquement anglaises dans ses récits se déroulant aux États-Unis que personne ne saisit, elle passe du temps avec son mari et leurs deux chiens, Pig et Bear.